HEYNE <

Das Buch

Als einziger Überlebender eines Flugzeugabsturzes irrt Anders durch das dunkle Land - eine bizarre Welt mit brutalen Regeln, bevölkert von seltsamen Kreaturen. Als er sich aufmacht, herauszufinden, was dem vergessenen Tal widerfahren ist, beginnt ein Albtraum.
Schon lange hat sich Anders danach gesehnt, zu Katt und den Tiermenschen zurückzukehren. Mit Boris, dem Troll, wagt er den gefährlichen Marsch über die Ebene des Todes. Doch in der toten Stadt erfährt er Schreckliches: Katt und ihr Volk sollen vernichtet werden. Ein letztes Mal versucht Anders das Unheil abzuwenden und die Bewohner des Tals zu befreien. Als er dabei auf das düstere Geheimnis dieser vergessenen Welt stößt, gerät er selbst in Lebensgefahr. Jetzt ist er auf die Hilfe des verhassten Gottes der Elder angewiesen.

Die Autoren

Wolfgang und Heike Hohlbein zählen zu den erfolgreichsten und meistgelesenen Fantasy-Autoren des deutschsprachigen Raums. Sie wurden unter anderem mit dem »Preis der Leseratten« (ZDF) und dem »Phantasie-Preis der Stadt Wetzlar« ausgezeichnet, und ihr gemeinsames Erstlingswerk, der phantastische Roman *Märchenmond*, wurde mit bisher über 700.000 verkauften Exemplaren zum Bestseller. Sie leben mit ihren Kindern in der Nähe von Düsseldorf.

Ein ausführliches Werkverzeichnis der beiden Autoren findet sich am Ende des Buches.

WOLFGANG & HEIKE

HOHLBEIN

anders 4

Der Gott der Elder

Roman

WILHELM HEYNE VERLAG
MÜNCHEN

MIX
Papier aus verantwortungsvollen Quellen
FSC® C014496
FSC
www.fsc.org

Verlagsgruppe Random House FSC-DEU-0100
Das für dieses Buch verwendete FSC®-zertifizierte Papier
Holmen Book Cream liefert Holmen Paper, Hallstavik, Schweden.

Vollständige Taschenbuchausgabe 11/2011

Printed in Germany 2011
Umschlaggestaltung: Nele Schütz Design, München
unter Verwendung einer Illustration von © Peter Gric
Druck und Bindung: GGP Media GmbH, Pößneck
ISBN: 978-3-453-53328-8

www.heyne.de

1

»Hier. Trink das!« Die Hand, die sich unter sein Kinn legte und seine Kiefer auseinander zwang, war so rau wie die Stimme, die in den grauen Nebel drang, der seinen Kopf erfüllte und jeden klaren Gedanken ebenso erstickte, wie er seine Erinnerungen verschlang und ihm nahezu jedes Gefühl für seinen Körper nahm. Ganz instinktiv und vielleicht einzig als Reaktion auf den befehlenden Ton versuchte sich Anders zu wehren und presste die Kiefer so fest aufeinander, wie er nur konnte. Es war aussichtslos. Die Hand, die ebenso stark wie die dazugehörige Stimme unduldsam war, zwang seine Kiefer mühelos auseinander und etwas stieß schmerzhaft gegen seine Zähne. Eine Schale wurde zwischen seine Lippen gezwängt und lauwarmes, leicht brackig schmeckendes Wasser floss in seinen Mund.

Anders schluckte ganz instinktiv. Der erste Schluck schmeckte unangenehm, der zweite widerlich und der dritte so Ekel erregend, dass er zu würgen begann und sich verschluckte. Er begann zu husten und verschluckte sich noch stärker, aber das Wasser wurde weiter in seinen Mund gegossen, bis er ernsthaft befürchtete zu ersticken.

Endlich wurde die Schale zurückgezogen. Die Hand, die seinen Kiefer hielt, blieb für einen Moment, wo sie war, und drückte seinen Kopf dann zur Seite, als sein Husten heftiger wurde und er sich zu übergeben drohte.

Es gelang ihm im letzten Moment, das Schlimmste zu verhindern, doch sein Husten wurde noch qualvoller und seine Lungen schienen zerreißen zu wollen. Es dauerte nicht lange – vielleicht eine Minute, kaum länger –, aber als er wieder halbwegs zu Atem gekommen war, fühlte er sich so ausgelaugt und erschöpft, als wäre er kilometerweit um sein Leben gerannt. Sein Herz jagte, in seinem Mund war der ekelhafte Geschmack von Erbrochenem und jeder einzelne Nerv in seinem Körper meldete sich mit loderndem Schmerz zurück. Keine schöne Art, um aufzuwachen.

Anders öffnete mühsam die Augen, und was er sah, war noch weit weniger schön.

Graues Licht umgab ihn. Irgendetwas schien mit seinen Augen nicht zu stimmen, denn er konnte nur verschwommen sehen; alle Dinge hatten einen zweiten, zerfaserten Umriss, und er konnte im ersten Moment keinerlei Farben erkennen, sondern bloß unterschiedliche Schattierungen zwischen schmuddeligem Weiß und matschigem Schwarz.

Vielleicht war es aber auch ganz gut so.

Aus dem grauen Nebel, der noch immer den größten Teil seiner Gedanken umschlang, schälten sich allmählich zusammenhanglose Fetzen eines Albtraumes, der etwas mit Feuer zu tun hatte – *blauem* Feuer –, einem unerträglichen Schmerz, der sich wie Säure in seine Seele gebrannt hatte, und riesigen schwarzen Gestalten ohne Gesicht und dem furchtbaren Gefühl, zu fallen, ohne dass es ihm möglich war, etwas wie einen roten Faden zu finden. Trotzdem wäre es ihm für einen Moment fast lieber gewesen, wieder in die surreale Welt dieses Albdrucks zurückzufallen. Warum er keine Farben sah, lag möglicherweise nicht an seinen Augen, sondern daran, dass es keine Farben *gab.*

Alles rings um ihn herum war grau, abgesehen von einigen wenigen Tupfern Rostrot und Schimmelgrün, und selbst das Licht, das in schrägen dreieckigen Bahnen in den trostlosen Raum fiel, wirkte grau, als hätte sich sogar die Sonne in einen Staubball verwandelt. Ein Übelkeit erregender Geruch ließ ihn zusätzlich würgen; ein Gemisch aus süßlicher Verwesung, schlecht gewordenem Essen und saurem Schweiß – zumindest Letzteres stammte eindeutig von ihm –, und die Unterlage, auf der er lag, fühlte sich an wie das Nagelbrett eines Fakirs.

Anders hatte ein intensives Déjà-vu-Gefühl, obwohl er zugleich vollkommen sicher war, noch nie hier gewesen zu sein. Aber vielleicht half es ja, wenn er sich darauf besann, *wie* er hierher gekommen war.

Er versuchte es, doch es hatte keinen Sinn. Er erinnerte sich, dass sie bei Jannik gewesen waren und dass die Drachen seine unterirdische Bunkerfestung angegriffen hatten, aber alles, was zwischen jenem Zeitpunkt und dem Moment seines Erwachens geschehen war, schien auf schon fast unheimliche Weise aus seinem Gedächtnis getilgt zu sein. Er erinnerte sich an Feuer, an verzehrende blaue Glut und Schreie und daran, gerannt zu sein, aber es waren nur zusammenhanglose Bilder, die keine Geschichte erzählten. Irgendetwas Entsetzliches war geschehen; etwas, das so schrecklich war, dass er sich nicht daran erinnern *wollte*, weil der damit verbundene Schmerz zu schlimm gewesen wäre, um ihn zu ertragen.

Apropos Schmerz: Anders versuchte nur einmal und ganz kurz, sich zu bewegen, was von einer solchen Explosion von Pein belohnt wurde, dass er sich sofort wieder zurücksinken ließ und mit einem gedämpften Stöhnen erstarrte. Buchstäblich jeder Quadratzentimeter seines Körpers tat weh; auf die unterschiedlichsten Weisen, aber ausnahmslos furchtbar.

»Willst du essen?«

Die Stimme riss ihn roh in eine Wirklichkeit zurück, die nicht wirklich angenehmer war als die düsteren Erinnerungen, die ihn plagten. Widerwillig und mit zusammengebissenen Zähnen drehte er den Kopf und blickte in ein Gesicht, von dem er nicht ganz sicher war, ob es nicht ebenfalls einem Albtraum entsprungen war.

Falls es ein Gesicht war.

Es war flach, als wäre sein Besitzer ein paarmal zu oft mit aller Wucht vor eine flache Wand gelaufen, und dabei sonderbar kantig und von zahllosen Runzeln und Furchen durchzogen, zugleich aber auch von Tausenden winziger roter Schuppen bedeckt, die im Sonnenlicht glitzerten und funkelten, als versuchten sie auf diese Weise die stumpfe Farblosigkeit ihrer

Umgebung wettzumachen. Die Augen waren dunkel und lagen tief in den Höhlen, und als sie blinzelten, sah Anders, dass eines davon ununterbrochen tränte, was irritierend aussah, jedoch nicht im Geringsten abstoßend. Der Mund schien ein bloßer lippenloser Schlitz, hinter dem eine doppelte Reihe winziger, aber nadelspitzer Zähne blitzte.

Boris.

Der Name entstand so klar hinter seiner Stirn, als hätte ihn jemand deutlich hörbar ausgesprochen, und obwohl er nicht die geringste Ahnung hatte, woher dieses Wissen kam, wusste er zugleich doch auch mit unerschütterlicher Gewissheit, dass dies der Name des Wesens war.

Ebenso wie er wusste, dass es vollkommen und absolut unmöglich war.

»Willst du essen?«, wiederholte Boris seine Frage – der unmöglich Boris sein konnte, denn Boris war tot, in Stücke gerissen und in dem gleichen blauen Höllenfeuer verbrannt, in dem auch Lara umgekommen war. Anders blinzelte. Seine Erinnerungen kamen ganz langsam zurück, bruchstückhaft und ganz offensichtlich nicht unbedingt in der richtigen Reihenfolge, aber sie *kamen* zurück.

Er war nur nicht ganz sicher, ob er sich auch wirklich erinnern *wollte.*

»Essen«, drängte Boris erneut. Irgendetwas an ihm stimmte nicht mit dem Bild aus Anders' Erinnerungen überein, und es verging auch nur noch ein kurzer Moment, bis er erkannte, was es war: Der Boris, an den er sich erinnerte – ohne wirklich sein Bild vor Augen zu haben –, hätte nicht nur tot sein müssen, er hatte auch keine Schuppen im Gesicht gehabt.

Es waren auch gar keine Schuppen. Als Boris den Kopf bewegte, sah Anders, dass es sich in Wahrheit um zahllose winzige verschorfte Wunden und Kratzer handelte, als wäre ein wahrer Regen aus Glasscherben oder Reißnägeln auf den Troll niedergegangen.

»Essen«, drängelte Boris zum vierten Mal.

Anders schüttelte den Kopf, was er aber sofort wieder bedauerte, denn die Bewegung wurde von einer wahren Explosion hämmernder Schmerzen geahndet, die in seinem Hinterkopf begannen und sich bis zu seiner Stirn fortsetzten.

»Nein«, antwortete er mit zusammengebissenen Zähnen. Nach einer winzigen Pause fügte er hinzu. »Danke.«

»Solltest du aber«, knurrte der Troll. »Musst hungrig sein.«

»Muss ich das?«, fragte Anders. »Wie lange bin ich denn schon hier?«

»Seit gestern Abend«, antwortete Boris. »Aber alle haben Hunger. Immer.«

»Wie ... wie bin ich hierher gekommen?«

»Bist vom Himmel gefallen.« Die dunklen Augen des Trolls blinzelten müde und Anders wurde klar, dass das unheimliche Geschöpf die ganze Nacht an seinem Bett gesessen haben musste. »Gestern.«

Vielleicht war es doch nicht nur ein Traum gewesen, dachte Anders schaudernd. »Vom Himmel gefallen?«, wiederholte er unsicher. Sein Herz klopfte.

Boris zuckte mit den breiten Schultern und hielt ihm etwas hin, von dem Anders nicht sagen konnte, ob es noch lebte oder ob es überhaupt jemals gelebt hatte. »Essen? Ist gut.«

»Das glaube ich dir gerne«, sagte Anders. »Aber trotzdem, danke. Später vielleicht.«

Boris wiederholte sein Schulterzucken und schob sich das undefinierbare Etwas kurzerhand zwischen die Zähne. Das Geräusch, mit dem er zu kauen begann, erinnerte Anders an den Laut von splitterndem Glas. Doch wenigstens schrie Boris' Frühstück nicht, als er hineinbiss.

»Solltest essen«, sagte Boris kauend. »Ist gut.«

Anders lächelte verkniffen und schüttelte noch einmal – sehr viel vorsichtiger – den Kopf, dann schloss er die Augen und lauschte einen Moment lang in sich hinein. Er fühlte sich tatsächlich, als wäre er vom Himmel gefallen (und zwar geradewegs auf Beton), aber wenn er nur vorsichtig genug war, dann *konnte* er sich bewegen. Der Schmerz wurde im ersten Moment schlimmer und sank dann auf ein erträgliches Maß herab, so wie bei einem besonders heftigen Muskelkater. Er war nicht ganz sicher (wie auch?), aber es fühlte sich zumindest so an, als hätte er sich nichts gebrochen. Behutsam machte er die Augen wieder auf, sah eine oder zwei Sekunden lang in Boris' Gesicht, der immer noch damit beschäftigt war, mit großer Konzentration zu kauen, und setzte sich dann noch behutsamer auf. Der erwartete Schmerz blieb aus, doch das Muskelkater-Gefühl wurde so schlimm, dass er sich nur millimeterweise und mit zusammengebissenen Zähnen bewegen konnte und fast eine Minute brauchte, um sich aufzusetzen und die Beine von der Liege zu schwingen. Da Boris keine Anstalten machte, ihm zu helfen oder das Gespräch fortzusetzen, straffte Anders vorsichtig die Schultern und drehte den Kopf von links nach rechts und wieder zurück, um sich in seiner neuen Unterkunft umzusehen.

Es hatte nicht an seinen Augen gelegen. Das von Müll und Gerümpel erfüllte Zimmer, in dem er aufgewacht war, hatte tatsächlich keine Farben. Alles war grau in grau, was aber weniger an der Einrichtung lag, sondern eher an der fast fingerdicken Staubschicht, die hier alles bedeckte. Anders nahm sich vor, sich nur sehr behutsam zu bewegen, um den Staub nicht aufzuwirbeln. Wenn er husten musste, würden ihm wahrscheinlich die Lungen explodieren.

»Hast du mich gefunden?«, fragte er.

Da Boris keinen Hals hatte, war die Bewegung schwer zu deuten, aber Anders vermutete, dass es ein Nicken sein sollte. »Nicht weit«, sagte er. »Hab dich hergetragen. Bist nicht schwer. Musst mehr essen.«

Klick. Ein Teil seiner Erinnerungen kam zurück, so abrupt, als hätte jemand in seinem Kopf einen Schalter umgelegt. Aber auch auf diesen Teil hätte er liebend gerne verzichtet.

»Wieso lebst du eigentlich noch?«, fragte er. »Ich dachte, sie hätten dich erschossen, bevor alles in die Luft geflogen ist.«

»Hatte Glück, wurde weggeschleudert«, antwortete Boris mampfend. »Viele tot. Fast alle. Viele Schmerzen. Aber ich konnte entkommen.«

»Und … Lara?«, fragte Anders zögernd. Sein Herz klopfte.

»Das Menschenmädchen?« Der Troll schüttelte den Kopf und mampfte unbeeindruckt weiter. »Ist tot. Verbrannt.«

Anders schwieg. Der Schmerz, auf den er wartete, kam nicht. Tief in sich hatte er gewusst, dass Lara tot war – obwohl es ihm noch immer schwer fiel, diesem Namen ein Gesicht zuzuordnen oder gar eine Geschichte. Es war, als verhindere etwas in ihm, dass er sich zu schnell und an zu vieles auf einmal erinnerte, damit der Schmerz nicht übermächtig wurde.

»Iss«, drängelte Boris.

Anders war tatsächlich hungrig – aber ganz bestimmt nicht auf das, was Boris noch immer genüsslich zwischen den Zähnen zermalmte. »Bist abgestürzt«, fügte der Troll, nach einem Moment und immer noch mit vollem Mund kauend, hinzu.

»Was?« Anders wurde hellhörig.

Boris beugte sich zur Seite und angelte mit einer Hand, die nicht nur deutlich größer war als Anders' ganzes Gesicht, sondern auch zu viele Finger hatte, ein weiteres unappetitliches Etwas aus einem rostigen Zinkeimer, der neben seinem Bett auf dem Boden stand. Als er es zwischen den Zähnen verschwinden ließ, war Anders fast sicher, dass es sich noch bewegte.

»*Was* ist abgestürzt?«, fragte er noch einmal.

Irgendetwas zersplitterte mit einem Geräusch wie zerbrechender Stein zwischen Boris' Zähnen. »Das Ding, aus dem du gefallen bist«, antwortete er kauend, »hat gebrannt.«

»Der *Drache?*«, fragte Anders aufgeregt. Er merkte gar nicht, dass er ganz automatisch das Wort benutzte, das die Bewohner dieses Tals für die schwarzen Kampfhubschrauber gewählt hatten.

»Ja«, antwortete Boris, während er mit seinen mächtigen Schultern zuckte. »Hat gebrannt. Wollte dich befreien, aber konnte nicht. Habe selbst gebrannt. Jannik hat gesagt, soll auf dich aufpassen, doch konnte nicht. Der Drache ist weggeflogen und hat dann auch gebrannt. Ist noch einen Moment hin und her gewackelt und dann wie ein Stein nach unten gefallen, genau wie du. Viel Feuer.«

»Und die Besatzung?«, fragte Anders.

Der Troll blinzelte ihn verständnislos an. »Viel Feuer«, wiederholte er.

Der Helikopter war also abgestürzt, dachte Anders. Sonderbarerweise erfüllte ihn der Gedanke nicht mit Zufriedenheit oder wenigstens Erleichterung, sondern machte ihn ganz im Gegenteil betroffen. In dem grauen Nebel, der noch immer über seinen Erinnerungen lag, entstand plötzlich eine Lücke und er sah ein einzelnes Bild wie eine eingefrorene Momentaufnahme: Er sah sich selbst, wie er die Waffe abfeuerte, deren Partikelausstoß das Armaturenbrett des Hubschraubers zertrümmerte. Nicht mehr. Er erinnerte sich nicht daran, was danach geschehen war, aber es war auch nicht besonders schwer, sich den Rest zusammenzureimen. Die Maschine war abgestürzt, weil er das Instrumentenpult zerschossen hatte. Die vier Männer, die an Bord gewesen waren, hätte er ebenso gut auch gleich erschießen können.

»Ist es … weit von hier?«, fragte er zögernd. »Ich meine: Kannst du es mir zeigen?«

Boris schluckte. Es hörte sich an, als fiele ein Stein in einen leeren Blecheimer. »Nicht weit. Kannst du laufen?« Er schien jedoch gar keine Antwort auf seine Frage zu erwarten, denn er angelte sich noch einen Snack aus seinem Eimer, stand mit einer sonderbar fließenden und zugleich plump wirkenden Bewegung auf und fügte im Herumdrehen hinzu: »Wenn nicht, trage ich dich. Bist nicht schwer.«

Nachdem sich Boris zu seiner vollen Größe erhoben hatte, fiel es Anders leicht, seine Behauptung zu glauben. Obwohl er in der gleichen weit nach vorne gebeugten Haltung dastand, in der er auch gerade neben dem Bett gesessen hatte, war er weit über zwei Meter groß und Anders schätzte sein Gewicht auf mindestens sechs Zentner. Allein die Vorstellung, dass dieses Monster ihn in den Armen getragen hatte, ließ ihm einen kalten Schauer über den Rücken laufen.

Bevor Boris auf irgendwelche dummen Ideen kommen konnte, raffte er all seinen Mut zusammen und stand mit zusammengebissenen Zähnen auf. Es ging besser, als er befürchtet hatte, wenn auch nicht so gut, wie er gehofft hatte. Er konnte sich bewegen, aber das Muskelkater-Gefühl wurde so schlimm, dass er nur winzige schleppende Schritte tun konnte und fast so weit nach vorne gebeugt ging wie Boris.

Anders nutzte die Zeit, die sie zum Durchqueren des großen Zimmers benötigten, um sich noch einmal und noch aufmerksamer umzusehen – ohne allerdings zu einem deutlich anderen Ergebnis zu kommen als zuvor. Das Zimmer war so voll gestopft und zugestellt, dass selbst Anders nur in einem mühsamen Slalom vorwärts kam und es ihm schlichtweg rätselhaft war, wie sich der massige Troll überhaupt hier drinnen bewegen konnte. Der Anblick erinnerte ein wenig an den Lagerraum, den er hinter Culains Schlafgemach entdeckt hatte, nur dass es sich bei Boris' gesammelten Schätzen ausnahmslos um nutzlosen Krempel zu handeln schien – und dass alles unter einer zentimeterdicken Staubschicht begraben lag, die alt genug war, um sich auch von seinen Schritten nicht mehr aufwirbeln zu lassen.

Als sie einen zweiten, beinahe noch voll gestopfteren Raum durchquerten, fragte Anders: »Und du bist sicher, dass dein Name Boris ist und nicht Messie?«

Boris blieb stehen und drehte ihm in Ermangelung eines Halses den gesamten Oberkörper zu, als er ihn fragend anblickte. »Was?«

»Nichts«, antwortete Anders hastig. »Geh weiter.«

Der Troll schenkte ihm einen irritierten Blick, ehe er sich mühsam wieder nach vorne drehte und weiterschlurfte. Es war schwer, in seinem Gesicht zu lesen, doch Anders hatte das Gefühl, dass er verstimmt war. Wenn die Gefühle dieses sonderbaren Wesens so fremdartig waren wie sein Äußeres, dann war es vielleicht besser, wenn er sich in Zukunft ganz genau überlegte, was er sagte.

Aber seine Umgebung verstörte ihn mehr, als er sich eingestehen wollte. Er hatte Boris bei Jannik kennen gelernt und nie auch nur einen Gedanken daran verschwendet, woher der Troll kam oder wie er gelebt hatte, *bevor* er Janniks aus dem Boden gestampfter Wilden-Armee beigetreten war. Die Vorstellung, dass der Troll tatsächlich so etwas wie eine – wenn auch hoffnungslos zugemüllte – Wohnung haben sollte, erschien ihm vollkommen absurd.

Und dennoch war es so. Dem zweiten Zimmer folgte keine dritte Sperrmülldeponie mehr, sondern ein kurzer Gang, der zu einer lieblos aus Brettern zusammengestümperten Tür führte. Durch die fast fingerbreiten Ritzen fiel helles Sonnenlicht, in dem Myriaden von feinen Staubkörnern tanzten, und die Tür selbst hing in Angeln, die grob aus dicken Hanfstricken geflochten waren. Anders hob geblendet die Hand vor die Augen, als Boris die Tür öffnete und gebückt ins Freie schlurfte.

Er erlebte eine Überraschung, die diesmal jedoch ausnahmsweise einmal von angenehmer Natur war. Ein wohltuend warmer Wind streichelte sein Gesicht und nach den ersten zwei oder drei Atemzügen merkte er erst, wie staubig und trocken die Luft drinnen in Boris' Haus wirklich gewesen war. Auch das Sonnenlicht war nicht annähernd so grell, wie es ihm im allerersten Moment vorgekommen war. Seine Augen gewöhnten sich binnen weniger Sekunden daran und er sah sich heftig blinzelnd um. Boris' Haus lag auf der Kuppe eines flachen, von wild wuchernden Büschen und Unkraut überwachsenen Hügels – jedenfalls dachte er das im ersten Moment, bevor er begriff, dass das Haus der Hügel *war*. Auf der anderen Seite fiel das Gelände in sanftem Winkel ab und wurde zu einem Gemisch aus Grasland, flachen Hügeln und vereinzelt stehenden Bäumen, die meist von sonderbar verkrüppeltem Wuchs waren. Irgendwo, nicht allzu weit entfernt, schimmerte es silbrig zwischen den Büschen hindurch; vielleicht ein Bach oder ein kleiner See. Zumindest wusste Anders nun, dass er sich noch immer in den Ödlanden befand. Allzu weit hatte ihn der Helikopter nicht gebracht. Aber sie waren ja wohl auch mehr oder weniger im Kreis geflogen.

»Wo genau hast du mich gefunden?«, fragte er.

Boris, der schon ein paar Schritte vorausgeeilt war, blieb stehen und sah ihn einige Sekunden lang aus seinen von dunklen Ringen umrandeten Augen an, bevor er eine wedelnde Geste machte, mit der er in so ziemlich alle Richtungen zugleich zu deuten schien.

»Aha«, sagte Anders.

Boris betrachtete ihn einen weiteren Moment lang auf dieselbe sonderbare Art, dann drehte er sich um und schlurfte weiter, als interessiere ihn nicht wirklich, ob Anders ihm folgte oder nicht. Anders hingegen blieb stehen und sah sich unschlüssig – wenn auch mit einem Gefühl wachsender Enttäuschung – um. Er hatte gehofft, dass der Anblick hier draußen ihm helfen würde sich zu erinnern, doch das war nicht der Fall. Da *war* die vage Erinnerung an den Sturz, aber das mochte durchaus der Nachhall eines Albtraums sein; Träume vom Fallen, so hatte er einmal gelesen, gehörten zum klassischen Repertoire, mit dem das menschliche Unterbewusstsein einem die Nächte zu verderben pflegte. Außerdem hatte Boris ihm erzählt, dass er geradewegs vom Himmel gefallen sei (was für ein Blödsinn!), und seinen überstrapazierten Nerven traute er durchaus zu, sich die passende Erklärung dazu zurechtzubasteln.

Wildes Herumraten brachte jedenfalls gar nichts. Er musste sich erst einen Überblick verschaffen, in welcher Situation er sich befand, um dann zu entscheiden, was weiter zu tun war.

Das Schimmern von Wasser irgendwo zwischen den Bäumen erregte erneut seine Aufmerksamkeit. Anders warf einen fragenden Blick in Boris' Richtung – der sah jedoch nicht einmal zu ihm hin, sondern trottete behäbig weiter –, schwenkte nach rechts und hielt auf das silberne Blitzen zu. Er hätte selbst nicht sagen können, warum, aber irgendetwas daran weckte seine Neugier.

Anders brauchte nur wenige Minuten, um den kleinen Wald zu erreichen. Irgendwo auf halber Strecke merkte Boris dann doch, dass er ihm nicht mehr folgte, und machte kehrt, um nun seinerseits ihm nachzugehen, und ein- oder zweimal rief er ihm wohl auch etwas hinterher, das Anders allerdings zu ignorieren vorzog. Er glaubte eigentlich nicht, dass ihm von dem Troll irgendeine Gefahr drohte, aber er registrierte dennoch mit einem Gefühl vager Erleichterung, wie schwerfällig und vor allem *langsam* sich Boris bewegte. Drinnen in Janniks Bunkerfestung war ihm das nicht aufgefallen. Vielleicht war Boris doch schlimmer verletzt worden, als er bisher zugegeben hatte. Gleichwie – wenn es sein musste, würde er ihm wohl spielend davonlaufen können, selbst in seinem momentanen Zustand.

Im Augenblick jedoch verringerte sich der Abstand zwischen ihnen wieder. Dass es silbern und hell zwischen den Bäumen hindurchschimmerte, änderte leider nichts an der Tatsache, dass das Unterholz nahezu undurchdringlich war. Dornige Zweige und wie zerknüllter Stacheldraht ineinander gedrehte Ranken schienen ihn fast mit Gewalt vom Betreten des Waldes abhalten zu wollen; sie zerkratzten nicht nur seine Hände und sein Gesicht, sondern ruinierten auch endgültig das, was von seinem Gewand noch übrig geblieben war. Als er endlich das Ufer des kleinen Sees vor sich sah, dessen Glitzern ihn angelockt hatte, war er nicht nur vollkommen außer Atem und hatte sich jede Menge neuer Kratzer und Schrammen eingehandelt, sein Vorsprung Boris gegenüber war auch auf wenige Schritte zusammengeschmolzen.

Nicht dass es ihn noch interessierte oder er auch nur noch an den sonderbaren Troll *dachte*, als er sah, was aus der Mitte des kleinen Sees herausragte …

Selbst jetzt, da sein mechanisches Herz zum Stillstand gekommen und er all seiner furchtbaren Kraft beraubt war, zerschlagen, zertrümmert und fast bis zur Unkenntlichkeit verbogen, wirkte der Helikopter noch bedrohlich. Anders' Herz begann unwillkürlich schneller zu schlagen, als er dastand und das zerfetzte schwarze Wrack betrachtete, das nur noch zu einem knappen Drittel aus dem ölig schimmernden Wasser ragte. Trotz seines bejammernswerten Zustandes war da etwas in ihm, das felsenfest davon überzeugt war, dass eine einzige unbedachte Bewegung, ein leichtsinnig verursachtes Geräusch, ja, ein zu hastiger Gedanke ausreichen musste, den Drachen zu wecken, woraufhin er sich mit all seinem Zorn und seiner schrecklichen Macht aus seinem nassen Grab erheben und Feuer und Tod auf ihn herabschleudern würde.

Anders verscheuchte den albernen Gedanken, auch wenn es ihm deutlich mehr Mühe bereitete, als er zugeben wollte. Dieser Helikopter würde nirgendwo mehr hinfliegen. Keine Macht der Welt würde aus diesem zertrümmerten Wrack wieder etwas machen, das sich auch nur einen Millimeter weit bewegte. Allem Anschein nach hatte er die kreatürliche Angst der Menschen hier schon so weit verinnerlicht, dass auch er selbst allmählich begann, die schwarzen Kampfhubschrauber weit mehr als *Drachen* zu betrachten, denn als das, was sie wirklich waren: Maschinen. Schreckliche und mit Recht Furcht einflößende Maschinen vielleicht, aber trotzdem nicht mehr. Nach allem, was er mit ihnen selbst erlebt hatte, war das ja auch kein Wunder.

»Wie lange … liegt er schon hier?«, fragte er zögernd.

Boris war einen halben Schritt hinter ihm stehen geblieben, doch Anders spürte trotzdem seine Furcht, als er antwortete: »Seit gestern. Ist kurz nach dir vom Himmel gefallen. Gab einen mächtigen Knall. Alles hat gebrannt. Sogar das Wasser.«

Anders' Blick wanderte noch einmal über die schimmernde Wasseroberfläche. Offensichtlich waren Treibstoff, Schmieröl oder andere Flüssigkeiten aus dem Wrack ausgelaufen, und vermutlich hatte etliches davon nach dem Absturz Feuer gefangen. Ein guter Teil des Unterholzes, das das Ufer säumte, war verkohlt und angesengt, und selbst einige der Bäume auf der anderen Seite wiesen deutliche Brandspuren auf.

Erst dann begriff er wirklich, was Boris gesagt hatte. Verwirrt drehte sich Anders zu dem Troll um und blinzelte in sein Gesicht empor. »Moment mal«, murmelte er. »Was hast du gesagt? Er ist kurz *nach* mir abgestürzt?«

Boris nickte. »Nicht viel. Zuerst bist du vom Himmel gefallen, dann er. Gab einen mächtigen Knall.«

Wieder blitzte eine Erinnerung in dem Durcheinander scheinbar ebenso zusammenhang- wie sinnloser Bilder in seinem Kopf auf. Er war gefallen; unendlich tief und schneller und schneller werdend und hatte den Hubschrauber über sich torkelnde Kreise ziehen sehen, während schwarzer Qualm aus der offen stehenden Tür quoll ...

Anders schüttelte auch dieses Bild ab. Seine Erinnerungen spielten ihm einen bösen Streich und Boris redete Blödsinn – so einfach war das. Niemand überlebte einen Sturz aus mehreren hundert Metern Höhe, basta.

Langsam ließ er sich in die Hocke sinken und tauchte die Finger ins Wasser. Es war eiskalt und fühlte sich leicht schleimig an; gar nicht wirklich wie Wasser, sondern eher wie etwas Chemisches. Anscheinend war aus dem Helikopter mehr als nur *Benzin* ausgelaufen. Allein der Gedanke, in was für eine Chemiesuppe sich der kleine Teich verwandelt haben mochte, ließ ihm schon wieder einen kalten Schauer über den Rücken laufen. Trotzdem richtete er sich nach einem weiteren Augenblick auf, biss die Zähne zusammen und trat dann mit angehaltenem Atem in den See hinein.

»Würde ich nicht tun«, sagte Boris hinter ihm. Klang er besorgt? »Das Wasser ist nicht gut.«

»Stell dir vor, das ist mir auch schon aufgefallen«, antwortete Anders gepresst, watete aber trotzdem vorsichtig weiter. Das Wasser war so eisig, dass er kaum noch Luft bekam, und er konnte sich nur sehr vorsichtig bewegen, denn er befürchtete – vollkommen zu Recht –, der Boden des kleinen Sees könnte mit scharfkantigen Trümmerstücken nur so übersät sein. Er erreichte die Maschine zwar unverletzt, aber mit klappernden Zähnen und so erschöpft, dass die kleine Anstrengung, sich in das Wrack hineinzuziehen, beinahe seine Kräfte überstiegen hätte.

Auch das Innere der Maschine war halb mit Wasser gefüllt. Was noch vor wenigen Tagen ein hypermodernes Fluggerät gewesen war, das sah nun aus wie ein fünfhundert Jahre altes Wrack, das Astronauten auf einem fremden Planeten gefunden hatten. Alles war zerstört und verbrannt, und was das Feuer und der Absturz nicht verheert hatten, war dem Wasser zum Opfer gefallen. Abfall und zerbrochene Plastikteile bewegten sich träge auf der Wasseroberfläche. Aus den aufgebrochenen Wänden quollen bunte Kabel und zerrissene Drähte wie mechanische Eingeweide.

Anders drehte sich schaudernd nach links und betrachtete das, was vom Armaturenbrett des Helikopters übrig geblieben war. Auch dieser Teil seiner Erinnerung stammte nicht aus einem Traum; so gerne er es auch gehabt hätte.

Vor dem Sitz des Copiloten gähnte ein gewaltiges Loch mit zerschmolzenen Rändern in dem Sammelsurium von erloschenen Instrumenten und Bildschirmen. Ein gutes Drittel der Cockpitscheibe war weggesprengt, und ein besonders großes, scharfkantiges Trümmerstück hatte die Rückenlehne des Piloten durchschlagen und ragte nun daraus hervor wie eine glänzende Messerklinge. Anders wusste nicht, ob die dunklen Flecke darauf Blut waren oder nicht, und er wollte es auch gar nicht wissen. Von den beiden Piloten war jedenfalls nichts zu entdecken, was Anders allerdings mit großer Erleichterung registrierte. Er hätte es nicht ertragen, hier drinnen auch noch Tote zu finden. Dies alles war sein Werk. Das hässliche Loch im Instrumentenbrett, das letztendlich zum Absturz des Helikopters geführt hatte, hatte *er* verursacht.

Anders begann sich zu fragen, was er überhaupt hier wollte. Es gab in diesem Wrack rein gar nichts, was ihm irgendwie von Nutzen gewesen wäre. Vielleicht hatte er gehofft, dass der Anblick des Helikopters seine Erinnerung endgültig wecken würde – aber auf das, *woran* er sich erinnerte, hätte er getrost verzichten können.

Anders drehte sich unschlüssig um und wollte sich schon wieder auf den Rückweg machen, als er ein Geräusch hörte. Es kam aus dem hinteren Teil des Wracks, das im Schatten lag, und hätte Anders nicht gewusst, dass es vollkommen unmöglich war, dann hätte er geschworen, es handelte sich um ein Stöhnen. Mitten in der Bewegung drehte er sich wieder um und versuchte den Wust von Schatten und ineinander fließenden Umrissen, der das hintere Drittel des Hubschrauberinneren erfüllte, mit Blicken zu durchdringen.

Das Geräusch wiederholte sich. Irgendetwas fiel mit einem hörbaren Klacken ins Wasser, und er glaubte zu Recht, dass sich einer der Schatten bewegte. Anders' Herz begann zu klopfen. Irgendetwas Lebendiges war hier drinnen und all seine Sinne schrien ihm zu, die Beine in die Hand zu nehmen und davonzurennen, so schnell er nur konnte – und vor allem, *so lange* er es noch konnte.

Stattdessen drehte er sich vollends um und watete mit klopfendem Herzen auf den Schatten zu.

Es war kein Schatten.

Es war auch kein Tier.

Es war ein Mensch.

Vielleicht hätten ihn die meisten nicht einmal als solchen erkannt, denn er trug einen schwarzen, wie nasses Gummi glänzenden Anzug, der jeden Quadratmillimeter seines Körpers einhüllte, und wo sein Gesicht hätte sein sollen, befand sich eine schwarz verspiegelte Scheibe, in der Anders nur sein eigenes verzerrtes Gesicht erahnen konnte.

Und er … lebte.

Anders' Herz machte einen erschrockenen Sprung bis in

seinen Hals hinauf, als der schwarze Riese mit einer langsamen, unendlich mühevoll aussehenden Bewegung den Arm hob und die Hand um einen der verbogenen Stahlträger über seinem Kopf schloss. Ein dumpfes Stöhnen drang unter dem bizarren Helm hervor.

Und dann, schlagartig und ohne die geringste Vorahnung, waren seine Erinnerungen wieder da. Plötzlich, als hätte es des Anblicks der riesigen schwarz gekleideten Gestalt bedurft, erinnerte er sich wieder an alles: die Schlacht um die Torburg und das schreckliche Gemetzel, das die Drachen unter den Wilden angerichtet hatten. Seine Flucht bis zu Jannik und den brutalen Überfall der Helikopter und das Höhlenlager der Wilden und schließlich ihre abermalige Flucht und Laras Tod.

Panik drohte ihn zu übermannen. Es waren Männer wie dieser gewesen, die mehr als einmal versucht hatten ihn zu töten. Es waren die Kameraden dieses Mannes gewesen – möglicherweise sogar er selbst! –, die ihn erbarmungslos gehetzt hatten, die nahezu jeden umgebracht hatten, den er kannte und der ihm etwas bedeutete, die seine Welt in Stücke geschossen und ein unvorstellbares Blutbad unter Janniks Kriegern angerichtet hatten und am Ende auch Lara töteten. Der Schmerz, auf den er vorhin vergeblich gewartet hatte, kam jetzt, und das mit erbarmungsloser Wucht. Er glaubte noch einmal Laras gellenden Todesschrei zu hören, das grässliche Knistern und Krachen, mit dem sich das blaue Feuer in den Fels hinter ihm fraß, und den fürchterlichen Geruch, den niemand je wieder vergessen konnte, der ihn einmal kennen gelernt hatte: den Gestank von Fleisch, das im Feuer der Hölle verbrannt wurde. Alles in ihm schrie danach, herumzufahren und davonzulaufen, so schnell und so weit er nur konnte!

Stattdessen bewegte er sich mit vorsichtigen kleinen Schritten weiter auf den schwarz verhüllten Giganten zu. In seinem Kopf war plötzlich eine leise, fast hysterische Stimme, die ihm zuraunte, dass er den Verstand verloren hätte. Er sollte diese

Gestalt hassen, zumindest aber fürchten wie den Teufel und sich in Sicherheit bringen. Doch er konnte weder das eine noch das andere. So absurd auch einem Teil von ihm selbst dieser Gedanke vorkommen mochte – die düstere Gestalt vor ihm war in diesem Moment einfach nur ein Mensch, der verletzt war und der Hilfe brauchte.

Dennoch blieb Anders auf der Hut. Es war vielleicht himmelschreiend leichtsinnig und er selbst (nach eigener Einschätzung) vollkommen verrückt, nicht den nächstbesten Stahlträger zu nehmen und diesem Mistkerl den Schädel einzuschlagen, aber er war nicht lebensmüde. Unendlich vorsichtig näherte er sich dem schwarzen Riesen und blieb knapp außerhalb seiner Reichweite stehen.

Der Mann bewegte nun auch die andere Hand; aber nicht, um nach ihm zu greifen. Jetzt, aus der Nähe, konnte Anders das Muster aus haarfeinen Rissen und Sprüngen erkennen, das die verspiegelte Sichtscheibe seines Helms in ein surrealistisches Spinnennetz verwandelte. Quer über die Brust seines schwarzen ABC-Anzugs zog sich ein fingerbreiter Riss, unter dem dunkelbraun verkrustetes Blut sichtbar war. Der Mann war keine Gefahr mehr für ihn. Ganz im Gegenteil erschien es Anders plötzlich fast wie ein Wunder, dass er überhaupt noch lebte.

Er blieb dennoch vorsichtig.

»Verstehen Sie mich?«, fragte er. Seine Stimme zitterte so stark, dass er fast selbst Mühe hatte, die Worte zu verstehen, und verursachte ein unheimliches hohles Echo in der stählernen Gruft, in die sich das Wrack des Helikopters verwandelt hatte.

Der Mann reagierte; wenn auch erst nach einigen Sekunden und so schwach, dass Anders nicht einmal sicher war, ob seine Bewegung tatsächlich ein Nicken darstellte oder einfach nur eine instinktive Reaktion auf den bloßen Klang seiner Stimme. Seine rechte Hand klammerte sich weiter um den verbogenen Metallträger, an dem er sich festhielt, während sich die andere mühsam aus dem Wasser hob und nach dem Helm zu tasten versuchte.

Es blieb bei dem Versuch. Seine Kraft reichte nicht, um die Bewegung zu Ende zu bringen, und sein Arm fiel mit einem hörbaren Klatschen ins Wasser zurück.

Anders machte mit klopfendem Herzen einen Schritt weiter vor und blieb wieder stehen. Sein Blick tastete prüfend über den einfachen Schließmechanismus des Helms, und er zögerte noch einmal einen allerletzten Moment, aber dann hob er die Hand und drückte die beiden Kunststoffhebel nach oben. Obwohl der Helm längst nicht mehr luftdicht schließen konnte, wie das Durcheinander aus Sprüngen und gesplitterten Rissen in der Sichtscheibe bewies, ertönte ein hörbares Zischen, und Anders drehte den Helm mit einem Ruck nach links und hob ihn ab.

Das Gesicht, das darunter zum Vorschein kam, gehörte einem jungen Mann von allerhöchstens fünf- oder sechsundzwanzig Jahren; auch wenn Anders im allerersten Moment den Eindruck hatte, einem Greis gegenüberzustehen. Dunkle, tief eingegrabene Linien zerfurchten das an sich noch fast jungenhafte Gesicht, Stirn und Wangen glänzten fiebrig und die Augen hatten einen trüben, ungesunden Glanz. Sein Atem roch so schlecht, dass Anders ganz instinktiv einen halben Schritt zurückwich und sich beherrschen musste, um nicht angeekelt den Kopf wegzudrehen.

»Danke«, murmelte der Mann. Seine Stimme klang brüchig, der fiebrige Glanz in seinen Augen nahm zu. Anders war nicht sicher, ob der Mann ihn wirklich erkannte.

»Verstehen Sie mich?«, fragte er unsicher.

Sein Gegenüber fuhr sich mit einer geschwollenen Zunge über die rissigen Lippen. Er hatte hohes Fieber, begriff Anders. Er starb.

»Durst«, flüsterte der junge Mann. »Wasser … bitte.«

Im allerersten Moment kam Anders diese Bitte geradezu absurd vor – der Mann saß bis zum Bauch im Wasser, und das wahrscheinlich seit mehr als einem Tag! –, aber dann begriff er, dass der Krieger sich absolut nicht rühren konnte. Seine Kraft hatte ja nicht einmal gereicht um den Helm zu berühren, geschweige denn ihn *abzunehmen*.

Er sah sich um und entdeckte einen Fetzen Kunststoff, der neben ihm im Wasser trieb – vielleicht ein Teil der Sitzpolsterung, die beim Absturz herausgerissen war –, und drückte ihn unter Wasser und zusammen, um den improvisierten Schwamm dann vorsichtig an die Lippen des Sterbenden zu heben. Gierig sog der junge Mann das schmutzige Wasser auf und versuchte den Fetzen mit dem Mund festzuhalten, als Anders ihn zurückzog.

»Mehr«, bat er. Nein, verbesserte sich Anders in Gedanken: Er *flehte*.

»Gleich«, antwortete er. »Du bekommst gleich mehr. Aber zu viel auf einmal ist nicht gut.«

Das war albern. Der Mann *starb*. In der Welt, in der er geboren und aufgewachsen war und aus der auch dieser tödlich verwundete junge Mann stammte, hätte er vielleicht noch eine Chance gehabt, aber nicht hier. Er tauchte seinen improvisierten Schwamm ins Wasser und ließ ihn trinken, so viel er wollte. Der Gedanke, dass das alles war, was er für ihn tun konnte, trieb ihn fast in den Wahnsinn.

Er musste seinen Schwamm insgesamt fünf Mal eintauchen, bis sein Gegenüber endlich den Kopf zur Seite drehte und etwas murmelte, das Anders nicht verstand.

»Kann ich … sonst noch etwas für dich tun?«, fragte er zögernd. Seine eigenen Worte kamen ihm wie purer Hohn vor, aber der Mann, der zu den verachtungswürdigen Kriegern Oberons gehört hatte und nun nichts mehr weiter war als ein Mitmensch in Not, schüttelte mühsam den Kopf und zwang sogar einen Ausdruck in seine Augen, der fast an ein Lächeln erinnerte.

Ohne selbst genau zu wissen, warum, sagte Anders: »Du brauchst keine Angst zu haben. Ich tu dir nichts.«

»Ich weiß«, antwortete der andere. »Niemand muss dich fürchten, nicht wahr? Du bringst keine Schmerzen. Du beendest sie.«

Es dauerte einen Moment, bis Anders begriff. Anscheinend hielt der junge Mann ihn für niemand Geringeren als den Tod.

»Du stirbst«, sagte er geradeheraus. Seltsam – wie leicht ihm dieses Wort von den Lippen ging. »Ich fürchte, ich kann nichts mehr für dich tun.« Er zögerte einen Moment, dann: »Soll ich … deine Kameraden benachrichtigen? Ich meine: Hast du irgendwo ein Funkgerät oder so was?«

Und auch das war absurd. Anders musste an seinen allerersten Tag in diesem Land hinter dem Ende der Welt denken; an die Männer, die auf ihren eigenen Kameraden geschossen hatten, als sie sahen, dass sein Anzug beschädigt war.

»Die Krankheit«, sagte er leise. »Niemand wird kommen, um nach dir zu suchen, habe ich Recht?«

»Ja«, antwortete der andere einfach.

»Aber das … das ist unmenschlich«, murmelte Anders. »Sie können dich doch nicht einfach … *einfach sterben lassen.*«

Er hatte nicht mit einer Antwort gerechnet, doch seine Worte schienen irgendetwas in dem schwer verletzten jungen Soldaten berührt zu haben, denn er wandte nicht nur den Kopf, sondern sah ihn nun direkt an. Sein Blick klärte sich; doch nicht vollkommen und wahrscheinlich auch nicht für lange.

»Das ist schon in Ordnung«, sagte er leise. »Ich kannte das Risiko, als ich diesen Job angenommen habe.« Er versuchte zu lachen, aber das Geräusch ging fast augenblicklich in ein gequältes Husten und dann in ein Keuchen über. »Das Schlimme ist, dass man nie glaubt, es könnte einen selbst treffen«, fuhr er fort, nachdem er wieder halbwegs zu Atem gekommen war. »Man denkt immer, es passiert nur den anderen, und ist dann ganz erstaunt, wenn es einen selbst erwischt.« Er hustete wieder. Hellrotes Blut erschien auf seinen Lippen und sein Atem wurde jetzt von einem schrecklichen nassen Rascheln begleitet. Es ging zu Ende, begriff Anders. Wieso empfand er eigentlich nicht eine Spur von Zufriedenheit? Dieser Mann war sein *Todfeind!*

Und trotzdem hörte er sich im nächsten Moment fast zu seiner eigenen Überraschung sagen: »Es tut mir Leid. Das ... das wollte ich nicht.«

»Es ist nicht deine Schuld«, antwortete der Soldat. »Ich wusste, worauf ich mich einlasse. Ich an deiner Stelle hätte dasselbe getan.«

»Was?«

»Um meine Freiheit gekämpft, auch wenn es noch so sinnlos wäre.«

»Seit wann ist es sinnlos, um seine Freiheit zu kämpfen?«, fragte Anders.

»Was willst du damit anfangen?«, fragte der Soldat. »Du kannst nie wieder zurück.«

»Das werden wir ja noch sehen«, grollte Anders. »Bisher habt ihr mich jedenfalls nicht gekriegt!«

»Und selbst wenn«, antwortete der junge Mann, »würdest du es wirklich wollen? Du würdest Millionen von Menschen den Tod bringen. Willst du das wirklich?«

»Wie ... wie meinst du das?«, fragte Anders verwirrt. »Was soll das heißen: Ich würde Millionen von Menschen den Tod bringen? Das ist doch Blödsinn!«

»Hat es dir niemand gesagt?« Ein qualvolles Husten, das in einen feinen Sprühregen aus Blut überging, dem Anders gerade noch im letzten Moment ausweichen konnte. »Natürlich nicht. Wozu auch?«

»Ich verstehe nicht, wovon du sprichst«, antwortete Anders fast verzweifelt. »Was soll das heißen? Antworte mir!«

Aber er bekam keine Antwort und er würde sie auch nicht mehr bekommen. Der Mann war tot.

Niedergeschlagen drehte sich Anders um und verließ den Hubschrauber, um zu dem wartenden Troll zurückzuwaten.

2

Obwohl Boris am Ufer geblieben war und nichts von dem mitbekommen haben konnte, was im Inneren des abgestürzten Hubschraubers geschehen war, erwartete ihn der Troll sonderbar schweigsam, und Anders glaubte fast so etwas wie Mitleid in den nachtschwarzen Augen zu lesen, als er langsam durch das ölig schimmernde Wasser ans Ufer zurückwatete. Schweigend bahnten sie sich ihren Weg durch das dichte Unterholz und zum Waldrand zurück.

Der Troll deutete nach links, in die Richtung, aus der sie gekommen waren, doch Anders schüttelte fast trotzig den Kopf.

»Ich kann nicht zurück«, sagte er.

»Musst aber«, antwortete Boris. Er machte eine unbeholfene Handbewegung in den Himmel hinauf. »Können nicht hier bleiben. Viele Drachen.«

Vielleicht meinte er damit, dass die Helikopter häufig Patrouille flogen, dachte Anders. Was hatte er auch erwartet? Trotzdem schüttelte er entschieden den Kopf. »Nein. Ich muss zu Jannik. Wirst du mich zu ihm bringen?«

Falls Jannik noch lebt, flüsterte eine dünne Stimme in seinem Kopf. Falls sie ihn nicht auch umgebracht oder gefangen genommen haben.

Anders brachte diese Stimme mit einer bewussten Anstrengung zum Schweigen. Wenn es wirklich so war, dann war ohnehin alles verloren.

Boris starrte ihn nur wortlos an und Anders sagte: »Ich kann mich auch allein auf den Weg machen. Ich meine – es kann nicht allzu weit sein, oder? Aber ich weiß nicht, ob Jannik besonders begeistert wäre. Wenn ich mich richtig erinnere, dann sollst du doch auf mich aufpassen, oder?«

Boris starrte ihn weiterhin schweigend an und plötzlich kam sich Anders nicht anders als gemein vor. Nur weil der

Troll doppelt so groß und viermal so schwer war wie er, bedeutete das nicht, dass er nichts spürte. Das riesige Geschöpf war verletzt – viel schwerer als er – und litt vermutlich große Schmerzen. Und er musste entsetzlich müde sein. Anders glaubte nicht, dass er auch nur eine einzige Sekunde Schlaf bekommen hatte, seit sie aus Janniks unterirdischer Bunkerfestung geflohen waren.

Trotzdem blickte ihn Boris nur noch einen weiteren Moment lang leicht vorwurfsvoll an, dann drehte er sich mit hängenden Schultern um und deutete in die Ferne. »Ist nicht weit. Jannik suchen, wo er zuletzt war.«

»Wo er zuletzt war ...« Anders überlief ein kalter Schauder bei dem Gedanken, zu der unterirdischen Festung zurückzugehen, die Oberons Krieger in Schutt und Asche gelegt hatten. »Du meinst, Jannik ist immer noch da? Aber wie kann das sein? Die Drachen haben doch alles zusammengeschmolzen!«

Boris zuckte mit den Schultern, drehte sich um und ging los – in die entgegengesetzte Richtung des Sees, wie Anders zu seiner Erleichterung feststellte. Wenn er sich nicht weiter die Beine in den Bauch stehen wollte, blieb ihm wohl nichts anderes übrig als ihm zu folgen.

Die Frage blieb, ob ihn Boris wirklich richtig verstanden hatte. Und nicht anstatt zu Jannik direkt ins Verderben führte.

»Dort unten«, raunzte Boris, nachdem sie den Hügel aus geschmolzenem Erdreich und Gestein erklommen hatten, der einen künstlichen Wall um den Ort bildete, der Lara und vielen anderen zum Verhängnis geworden war. »Nicht bewegen. Haben scharfe Augen.«

Anders nickte nur stumm zur Antwort und bedeutete dem Troll mit einem warnenden Blick, nicht zu laut zu reden. Die Männer, von denen Boris sprach, hatten nicht nur scharfe Augen, sondern mindestens ebenso scharfe Ohren; auch wenn sie nicht so spitz und haarig waren wie die des Trolls. Dass sie sich gute fünfhundert Meter von dem ersten der vier gelandeten Kampfhubschrauber und seiner Besatzung entfernt aufhielten, würde ihnen gar nichts nutzen, wenn die Männer misstrauisch wurden oder ihre Richtmikrofone auch nur rein routinemäßig einmal über die umliegenden Hügel streifen ließen.

Sie lagen jetzt seit sicherlich fünf Minuten im Schutz der niedrigen Büsche, die den Waldrand säumten, und Anders hatte den Schreck immer noch nicht ganz verarbeitet. Unter ihnen befand sich die Felskuppe, an der Lara, Boris und er gestern herausgekommen und ihren Verfolgern direkt in die Arme gelaufen waren – oder, um genauer zu sein: direkt vor die Gewehre. Die ehemals sorgsam getarnte Tür des Notausganges war jetzt nicht mehr zu übersehen. Die Felsen waren schwarz verbrannt und hier und da sogar zu glänzender Schlacke zerschmolzen, sodass es Anders auch im Nachhinein wie ein schieres Wunder vorkam, dass Boris und er dieser Hölle lebend entronnen sein sollten.

Lara hatte es nicht geschafft. So bizarr der Anblick auch sein mochte, ließ er ihn doch trotzdem keine Sekunde lang vergessen, dass sie auf ihr Grab hinabsahen. Eine Mischung aus Trauer und einer sonderbar ziellosen Wut machte sich in Anders breit, als er an das dunkelhaarige Mädchen zurückdachte. Lara war nicht der erste Mensch gewesen, dem er den Untergang gebracht hatte; ganz einfach nur, weil sich ihre Wege im falschen Moment gekreuzt hatten.

Doch sie würde der letzte bleiben. Anders wusste noch nicht, wie, aber er würde diesem sinnlosen Töten ein Ende bereiten, und wenn es sein eigenes Leben kostete.

Er schüttelte den Gedanken ab; wenigstens versuchte er es. Stattdessen lenkte er seine Aufmerksamkeit auf die schwarzen Silhouetten der gelandeten Helikopter. Abgeschaltet und tot, wie sie dort unten hockten, wirkten sie wie riesige schwarze Insekten, die sich zum Schlafen niedergelassen hatten. Und selbst in diesem Zustand strahlten sie noch etwas durch und durch Furcht einflößendes aus. Vielleicht lag es auch einfach an dem gewaltigen Loch, das zwischen ihnen im Boden gähnte.

Noch vor weniger als vierundzwanzig Stunden hatte sich dort eine mit Geröll und Schutt übersäte Grasebene befunden, jetzt fiel sein Blick ungehindert bis in die tief darunter liegende Höhle, die Teil von Janniks unterirdischer Bunkerfestung gewesen war. Die Helikopter, die jetzt so täuschend harmlos am Rande des Loches standen, hatten die gut drei Meter dicke Decke aus gewachsenem Fels einfach weggesprengt und jede Spur von Leben ausgelöscht, das sich darunter verborgen und vermeintlich in Sicherheit gewähnt hatte. Anders würde den Anblick des gigantischen Kampfhubschraubers wohl nie wieder vergessen, der urplötzlich aus einem brennenden Himmel herabstürzte und Tod und Vernichtung spie wie ein mythisches Ungeheuer aus der düstersten aller Legenden.

Er hatte es für das Schlimmste gehalten, was er jemals erlebt hatte, und doch machte ihm der Anblick dort unten klar, dass es nach ihrer Flucht noch viel, viel schlimmer gekommen sein musste. Aus der Tiefe stieg nach wie vor Rauch empor, und obwohl seit dem Angriff beinahe vierundzwanzig Stunden vergangen waren, flimmerte die Luft über der gewaltsam geschaffenen Öffnung noch immer vor Hitze. Winzige Gestalten, über die große Entfernung hinweg kaum mehr als Ameisen, bewegten sich am Rande des gewaltigen Lochs, und manchmal glaubte er es tief auf dem Grund der gewaltsam geschaffenen Grube grellblau und gleißend aufblitzen zu sehen.

»Wie viele haben es überlebt?«, murmelte er.

»Weiß nicht«, antwortete Boris. »Bin weggelaufen. Sollte auf dich aufpassen. Viele tot.«

»Ja, und Jannik vielleicht auch«, murmelte Anders niedergeschlagen und eigentlich nur an sich selbst gewandt. »Falls sie ihn nicht gefangen genommen haben.«

»Nein«, sagte Boris. »Jannik ist frei.« Er machte eine flatternde Handbewegung zum Horizont hin. »Ist in die Berge geflohen.«

»Kannst du mich zu ihm bringen?«, fragte Anders.

»Nein«, antwortete der Troll. »Zu weit. Mein Bein schmerzt. Und zu viele Drachen unterwegs. Zu gefährlich.«

»Dann sag mir einfach, wo ich ihn finde«, erwiderte Anders. »Ich kann auch allein gehen.«

Der Troll wand sich für einen Moment, als würde ihm die Frage körperliches Unbehagen bereiten. »Jannik bringt Krieger in Versteck.«

»Ich verstehe«, sagte Anders. »Und er will nicht, dass ich weiß, wo es ist.«

Der Troll druckste einen Moment herum und wich schließlich sowohl seinem Blick als auch einer direkten Antwort auf seine Frage aus. »Du könntest gefangen werden.«

»Ich würde euch niemals verraten«, antwortete Anders. Aber er war nicht ärgerlich; nicht einmal verletzt. Ganz im Gegenteil tat es ihm Leid, zu sehen, wie sehr Boris darunter litt, seine Frage nicht beantworten zu dürfen. Zweifellos hatte Jannik ihm ganz eindeutige Anweisungen erteilt; wenn es jemanden gab, auf den er zornig sein durfte, dann war es sein ehemaliger Leibwächter und Freund.

»Schon gut«, sagte er. »Ich bin dir nicht böse.« Er sah wieder nach unten und plötzlich musste er mit aller Macht gegen die Tränen ankämpfen, die ihm in die Augen schießen wollten. Über die große Entfernung hinweg wirkte die Szenerie auf eine Art harmlos und friedlich, die einfach nur noch grässlich war. Boris hatte bisher nicht einmal eine entsprechende Bemerkung gemacht und es war Anders auch vollkommen unmöglich, in dem kantigen Gesicht des riesigen Geschöpfes zu lesen, und doch war ihm klar, dass in dem Feuersturm, den die Drachen dort unten entfesselt hatten, die allerletzte Hoffnung des Trolls und seines gesamten Volkes verbrannt sein musste. Seit es diese Welt gab, hatten sie kaum besser gelebt als Tiere, die von Menschen und Elder gleichermaßen wie ebensolche behandelt und zum reinen Zeitvertreib gejagt worden waren.

Jannik hatte ihnen zum ersten Mal Hoffnung gegeben, wenn auch auf eine Art und mit Mitteln, die Anders niemals gutheißen konnte, und wieder war er es gewesen, der diese Hoffnung mit einem einzigen Schlag zunichte gemacht hatte; ganz einfach nur, weil er hierher gekommen war. Natürlich war es nicht seine Schuld. Er hatte nichts von dem Peilsender wissen können, den Tamar im Griff seines Dolches versteckt hatte, und er hatte erst recht nicht ahnen können, mit welch unmenschlicher Brutalität und Härte die Männer in den schwarzen ABC-Anzügen vorgehen würden, um ihn zurückzuholen. Doch nichts von alledem änderte etwas an der Tatsache, dass es den Angriff nicht gegeben hätte, wäre er nicht gekommen. Und da wunderte er sich wirklich, warum Boris ihm nicht verraten wollte, wo sich die Überlebenden seines Volkes versteckten.

Einen Moment lang spielte er ernsthaft mit dem Gedanken, dort hinunter und an Bord eines der Helikopter zu schleichen. Erst als er verschiedene Möglichkeiten in Gedanken durchgespielt und sie allesamt wieder verworfen hatte, wurde ihm klar, dass er nicht einmal wusste, warum er das tun sollte. Er war weder in der Lage, eine solche Maschine zu fliegen, noch gab es dort unten irgendetwas, das dieses Risiko wert gewesen wäre. Vielleicht, dachte er, wollte er einfach aufgeben. Mit erhobenen Armen den Hügel hinuntermarschieren und sich den Männern ausliefern und einfach hinnehmen, was immer sie mit ihm vorhatten. Seine Lage war vollkommen aussichtslos. Es gab nichts mehr, was er noch tun konnte, und wenn er aufgab und sich stellte, dann hatte vielleicht wenigstens das sinnlose Töten ein Ende.

Aber damit wäre auch alles, was bisher geschehen war, sinnlos geworden. Dann wären all die Menschen und Elder, Janniks Krieger – und Lara – vollkommen umsonst gestorben.

»Müssen zurück«, grollte Boris neben ihm. »Tag bald zu Ende. Drachen können nachts sehen. Wir nicht.«

»Ich kann nicht zurück, Boris«, sagte Anders leise. »Sie werden mich suchen. Sie würden dich auch noch töten, wenn sie mich bei dir finden.«

Der Troll starrte ihn mit undeutbarem Ausdruck an und zum allerersten Mal fragte sich Anders wirklich, was wohl hinter der Stirn des bizarren Wesens ablaufen mochte. Zuerst hatte er diese grotesken Geschöpfe einzig aus den Geschichten der Menschen und Elder gekannt, später dann als erbarmungslose Feinde, von denen mehr als einer ernsthaft versucht hatte ihn umzubringen, und selbst unten, in Janniks Bunkerfestung, waren sie ihm allerhöchstens als Verbündete vorgekommen, mit denen er widerwillig gegen einen gemeinsamen Feind kämpfte; ganz gewiss nicht als seine Freunde, und wenn er ehrlich war, nicht einmal als denkende, fühlende Individuen.

Selbst an den Tiermenschen von Katts Volk war noch immer sehr viel Menschliches, auch wenn es sich nicht bei allen in ihrem Aussehen niederschlug. Aber die Trolle und Zwerge, die Gnome und Harpyien, die Riesen und Greife und all die anderen, zum Teil noch viel bizarreren Ungeheuer, aus denen sich Janniks zusammengewürfelte Armee rekrutierte, hatten in seinen Augen rein gar nichts Menschenähnliches mehr; weder in ihrem Äußeren noch in ihrem Benehmen. Ganz allmählich begann er sich jedoch zu fragen, ob er sich nicht getäuscht hatte. Vielleicht verbarg sich hinter Boris' kantigem, narbenübersätem Gesicht mehr Menschliches als in so manchem Menschen, dem er begegnet war.

»Kannst du mir den Weg zur Stadt der Tiermenschen zeigen?«, fragte er.

Diesmal gelang es Boris nicht mehr ganz, seinen Schrecken zu verbergen. »Nicht dorthin! Sie suchen dich!«

»Das tun sie auch hier«, antwortete Anders. »Ich kenne mich dort aus, keine Angst. Wenn ich erst einmal dort bin, finden sie mich nie.« Sein Optimismus war vielleicht ein wenig übertrieben, aber keineswegs gespielt. Anders schätzte seine Chancen, sich vor seinen unheimlichen Verfolgern zu verstecken, in dem Labyrinth aus Ruinen, Gängen, Kellerräumen und niedergebrannten Häusern als weitaus größer ein als hier. Ganz offensichtlich waren die Männer immer noch damit beschäftigt, das unterirdische Höhlenlabyrinth zu durchsuchen, und wenn es auch nur annähernd so groß war, wie Anders vermutete, würden sie damit mindestens noch bis morgen früh beschäftigt sein. Aber früher oder später mussten sie begreifen, dass er nicht mehr da war, und dann würden sie anfangen auch die Umgebung nach ihm zu durchkämmen. Mit all ihren technischen Apparaturen und Möglichkeiten war es nur eine Frage der Zeit, bis sie ihn aufspürten.

»Ich kann nicht bei dir bleiben«, sagte er traurig. »Ich muss hier weg, verstehst du? Nicht nur um meinetwillen. Sie werden niemals aufhören mich zu jagen, und solange sie nach mir suchen, seid auch ihr in Gefahr. Nicht nur du, sondern dein gesamtes Volk.«

Boris starrte ihn durchdringend und schweigend an und Anders konnte regelrecht sehen, wie es hinter seiner Stirn arbeitete. »Ich weiß, dass Jannik dir befohlen hat auf mich aufzupassen«, fuhr er fort. »Aber du weißt auch, dass ich dir einfach davonlaufen kann, wenn es unbedingt sein muss.«

Boris streckte die Hand nach ihm aus um ihn zu packen. Er war wirklich schnell, wenn man seine Größe und sein vermeintlich plumpes Äußeres bedachte, aber Anders hatte ganz genau mit dieser Reaktion gerechnet, und so fiel es ihm nicht besonders schwer, ihm auszuweichen. Er ließ sich einfach nach links fallen, rollte über die Schulter ab und nutzte den Schwung seiner eigenen Bewegung, um auf die Füße zu kommen und rasch zwei oder drei Schritte weit in den Schutz des Unterholzes zurückzuweichen. Boris fuhr mit einem knurrenden Laut – und nur unwesentlich langsamer als er – ebenfalls hoch und setzte zur Verfolgung an, aber da war Anders schon herumgewirbelt und rannte tiefer in den Wald hinein.

Es war ein ziemlich ungleiches Wettrennen. Der Troll

nutzte seine gewaltige Körperkraft und seine massige Statur, um rücksichtslos durch das dichte Unterholz zu brechen, während Anders sich mühsam einen Weg suchen und im Zickzack zwischen Büschen und Bäumen hindurchrennen musste – aber er hatte sich nicht getäuscht, was Boris' Verfassung anging: Der Troll war nur auf den ersten paar Schritten wirklich schneller als er. Schon nach kurzer Zeit kam er ins Stolpern und torkelte mehr hinter ihm her, als er wirklich lief. Und nach ein paar weiteren Augenblicken sank er erschöpft gegen einen Baum und begann fast qualvoll nach Luft zu japsen. Anders lief noch ein paar Schritte weiter und hielt dann ebenfalls an, blieb aber auf der Hut und war jederzeit bereit wieder davonzustürmen.

»Nicht mehr ... rennen«, keuchte Boris. »Kann nicht ... mehr laufen.«

»Weil dein Bein wehtut, ich weiß«, sagte Anders. »Du hast es mir ja schließlich selbst gesagt.«

Boris wirkte ein bisschen beleidigt, nickte aber und beließ es lediglich bei einem giftigen Blick.

»Wir können das Spielchen beliebig lange fortsetzen«, log Anders. Auch sein Herz jagte. Seine Lungen brannten vor Anstrengung und seine Knie zitterten so stark, dass er sich beherrschen musste, um sich nicht ebenfalls erschöpft an einen Baum zu lehnen. Trotzdem fuhr er fort: »Aber es wäre mir lieber, wenn du mir helfen würdest statt mich zu jagen.«

Boris schwieg noch immer, doch Anders glaubte seine Unentschlossenheit nun zu spüren, und so fügte er hinzu: »Ich kann diesen Krieg beenden, Boris.«

»Niemand kann das«, antwortete Boris. »Jannik hat versucht. Viele tot.«

»Weil er es auf die falsche Art versucht hat«, antwortete Anders. »Gewalt hat noch nie ein Problem gelöst, weißt du? Aber ich kann es.«

»Wie?«, fragte Boris.

Anders musste sich beherrschen, um nicht nur innerlich,

sondern auch äußerlich aufzuatmen. Allem Anschein nach hatte er sich nicht in dem Troll getäuscht.

»Indem ich von hier verschwinde«, antwortete er. »Ich weiß noch nicht, wie, aber irgendwie komme ich über diese verdammte Mauer. Ich muss nur nach Hause und das alles hier hört auf, das verspreche ich dir. Wenn die Welt draußen erfährt, was in diesem Tal vorgeht, dann wird es keine Drachen mehr geben. Und auch keine Menschen und Elder, die zum Zeitvertreib Jagd auf euch machen.«

Boris wirkte nicht überzeugt, aber er zögerte sichtlich, die unterbrochene Verfolgungsjagd fortzusetzen – wenn auch möglicherweise aus dem einzigen Grund, weil ihm klar geworden war, dass er Anders sowieso nicht einholen konnte.

»Glaub mir«, fuhr Anders fort. »Ich sage die Wahrheit. Wenn ich bis zur Mauer komme, ist es vorbei.«

»Niemand kommt über die Mauer«, antwortete der Troll.

»Vielleicht nicht«, gestand Anders. »Doch selbst dann wird es aufhören.« Er zuckte mit den Schultern. »Wenn ich bei dem Versuch draufgehe, dann haben sie keinen Grund mehr, hier alles auf den Kopf zu stellen.« Das war eine bloße Vermutung. Vielleicht würde es wirklich aufhören, vielleicht aber auch nie. Der Aufstand, den Jannik angezettelt hatte, war möglicherweise ganz genau der Anlass, auf den viele der Elder nur gewartet hatten, um das Problem der *Wilden* ein für alle Mal zu lösen.

Doch auch das war letzten Endes nur ein weiterer Grund, um einen Weg hier heraus zu suchen.

»Jannik hat gesagt …«, begann Boris.

»Dass du auf mich aufpassen sollst, ich weiß«, unterbrach ihn Anders. »Das kannst du am besten, indem du mich zu Katt und ihren Leuten bringst. Oder du lässt mich allein losziehen und erklärst Jannik später, wieso sie mich unterwegs geschnappt haben – oder ich umgekommen bin.«

Er kam sich bei diesen Worten ziemlich gemein vor, aber er hatte keine Wahl. Ganz gleich, wie selbstsicher er sich auch Boris gegenüber gab: Anders war sich vollkommen darüber im

Klaren, wie lächerlich klein seine Aussichten waren, es ganz allein bis zur Stadt der Tiermenschen zu schaffen. Wenn er ehrlich war, kannte er nicht einmal die genaue *Richtung.*

»Nur bis zu den Tiermenschen?«, vergewisserte sich Boris leise.

»Keinen Schritt weiter«, versprach Anders feierlich.

3

Für die Strecke, die Anders in Culains Wagen in wenigen Stunden zurückgelegt hatte, brauchten sie mehr als zwei Tage. Sein Instinkt hatte ihm geraten, ausschließlich im Schutz der Dunkelheit zu marschieren und sich tagsüber versteckt zu halten, aber sie hatten es genau andersherum gehalten. Ihren Verfolgern mit all ihren technischen Möglichkeiten war es vollkommen gleichgültig, ob es heller Tag oder stockfinstere Nacht war, während sie umgekehrt die Helikopter tagsüber wenigstens *sehen* konnten, wenn schon nicht hören, denn die schwarzen Kampfmaschinen bewegten sich nahezu lautlos.

Sie hatten die Nacht noch im Haus des Trolls verbracht und waren mit dem ersten Licht des neuen Tages aufgebrochen, und Boris hatte kommentarlos die Führung übernommen, nachdem er gemerkt hatte, dass sein Versuche, Anders zum Bleiben zu überreden, nichts fruchteten. Obwohl er sich Mühe gab, es sich nicht anmerken zu lassen, war Anders doch klar, dass sich der Troll in keiner besonders guten Verfassung befand. Er humpelte jetzt deutlich stärker als gestern und er blieb immer wieder stehen und schwankte manchmal hin und her, so als müsse er neue Kraft zum Weitergehen sammeln. Anders' schlechtes Gewissen machte sich immer stärker bemerkbar, denn ihm wurde rasch klar, er verlangte einfach zu viel von dem hünenhaften Troll.

Aber er hatte keine Wahl. Er konnte nur hoffen, dass der Preis, den Boris dafür zahlte, ihm zu helfen, nicht zu hoch war.

Sie kamen nicht besonders gut voran. Boris schlug nur ein gemäßigtes Tempo an und zog sich mehr als einmal hastig hinter ein Versteck oder in die Deckung eines Felsbrockens oder Busches zurück, und zwei- oder dreimal sah Anders tatsächlich eine schwarze Silhouette über den Himmel gleiten; wie ein Hai, der lautlos durch sein Jagdrevier streift und nach Beute Ausschau hält. Die Gelegenheiten, bei denen er nichts sah, sondern nur mit klopfendem Herzen neben dem Troll saß und darauf wartete, dass irgendetwas geschah, waren weitaus zahlreicher; doch er vertraute einfach darauf, dass Boris über die schärferen Sinne verfügte.

Sie verbrachten die Nacht in einer niedrigen Felsenhöhle, deren Decke ihnen möglicherweise Schutz vor den unsichtbaren Augen ihrer Verfolger gewährte, in der es aber so erbärmlich stank, dass Anders kaum Schlaf fand. Obwohl hundemüde und so erschöpft, als flösse geschmolzenes Blei durch seine Adern und nicht länger Blut, gab er das vergebliche Ringen um Schlaf irgendwann auf und stemmte sich auf seinem Lager in die Höhe, das ohnehin nur aus einer Hand voll Ästen und feuchter Blätter bestand. Er war allein. Als er am vergangenen Abend seinen Widerwillen niedergekämpft hatte und hier hereingekrochen war, hatte sich Boris unmittelbar vor dem Eingang zum Schlafen zusammengerollt. Jetzt war die Höhle leer.

Anders vertraute dem Troll hundertprozentig. Dennoch war er beunruhigt. Einen Moment lang saß er mit klopfendem Herzen da und lauschte, dann erhob er sich auf Hände und Knie und kroch zum Ausgang. Obwohl er sehr vorsichtig war, stieß er sich zweimal den Hinterkopf an dem harten Stein und biss die Zähne zusammen, um einen Schmerzenslaut zu unterdrücken. Die Nacht war unglaublich still. Man musste nicht über das scharfe Gehör einer Katze (oder eines Trolls) verfügen, um jedes noch so kleine Geräusch über große Entfernungen wahrzunehmen.

Als er die Höhle verließ, war er im allerersten Moment fast

blind, denn sonderbarerweise schien es hier draußen beinahe dunkler zu sein als drinnen. Der Wald war an dieser Stelle besonders dicht, sodass das Blätterdach über ihren Köpfen eine fast undurchdringliche Decke bildete, die ihn selbst in diesem Moment mit einem Gefühl trügerischer Sicherheit erfüllte. Natürlich wusste er, dass es absolut falsch gewesen wäre, sich darauf zu verlassen. Ihre Verfolger verfügten über Augen und Ohren, die mühelos durch die Baumwipfel hindurchspähen und -lauschen konnten; Anders war nicht einmal völlig sicher, dass ihnen die Höhle Schutz bot, wenn die Häscher seines Vaters direkt über sie hinwegflogen und dabei mehr als nur einen flüchtigen Blick auf ihre Instrumente warfen.

Er hörte ein gedämpftes Rascheln hinter sich, drehte den Kopf und gewahrte einen massigen Schatten, der in wenigen Schritten Entfernung dasaß und Kopf und Schultern an einen Baum gelehnt hatte. Im allerersten Moment sah es so aus, als wäre Boris eingeschlafen, dann aber drehte der Troll langsam den Kopf und Anders sah das Glitzern eines verirrten Lichtstrahles in seinen Augen. »Kannst du auch nicht schlafen?«, fragte er.

»Muss Wache halten«, antwortete Boris. Seine Stimme klang irgendwie ... sonderbar, fand Anders. Aber er konnte nicht sagen, wieso. Irgendetwas in seiner Stimme war eben ... anders.

»Wache?«, fragte er. »Wieso? Gibt es hier wilde Tiere?«

Boris wandte so hastig den Kopf, als hätte Anders etwas ganz Furchtbares von ihm verlangt, und schwieg gerade ein wenig zu lange, als dass es ihm *nicht* hätte auffallen können. Schließlich hob er den Arm und deutete – Anders hatte das fast sichere Gefühl, vollkommen willkürlich – nach oben und ein Stück nach links. »Drachen. Sind vorhin gekommen. Vor einer Stunde. Aber weitergeflogen.«

Ja, Anders war jetzt ganz sicher, irgendetwas hatte sich in der Stimme des Trolls verändert. Sie klang so mühsam beherrscht, als versuche Boris etwas vor ihm zu verbergen; ohne dass er allerdings sehr viel Übung in solchen Dingen hatte. Anders wollte eine entsprechende Frage stellen, überlegte es sich dann aber im letzten Moment und kroch auf Händen und Knien zu dem Troll hinüber; die Strecke war zu kurz, es hätte sich nicht gelohnt, aufzustehen. Boris bewegte sich unruhig. War es Zufall, dass er sich gerade so weit umdrehte, um Anders nicht direkt ins Gesicht zu blicken?

Eine Zeit lang saßen sie einfach schweigend nebeneinander und die frische Luft und die Dunkelheit begannen ihre Wirkung zu tun. Anders spürte plötzlich, wie müde er war. Er musste kämpfen, um die Augen offen zu halten, und zugleich fragte er sich, warum er es eigentlich tat. Vernünftig wäre, sich einfach fallen zu lassen und ein wenig zu schlafen. Der kommende Tag würde noch anstrengend genug werden, sodass er jedes bisschen Kraft brauchte, und was danach kam …

Anders verscheuchte den Gedanken. Er wusste nicht, was danach kam, und das spielte im Moment auch keine Rolle. Er würde Katt wiedersehen, und das war alles, was im Moment zählte.

Bei dem Gedanken an das Katzenmädchen überkam ihn ein sonderbares Gefühl; aber es war nicht so, wie er erwartet hatte. Seit seiner Rückkehr in die Torburg hatte er es sich nicht gestattet an sie zu denken – es war zu viel geschehen und er musste den Kopf frei haben, und außerdem hatte er ja noch nicht einmal gewusst, ob er Katt jemals wiedersehen würde, sodass er sie ganz bewusst aus seinen Gedanken verdrängt hatte.

Jedenfalls hatte er das bisher geglaubt.

Aber natürlich stimmte das nicht. In Wahrheit hatte es keine Sekunde gegeben, in der ein Teil von ihm *nicht* an sie gedacht hatte. Selbst jetzt sah er ihr Gesicht vor sich, ihre Augen, in denen er versinken konnte wie ein Ertrinkender in einem bodenlosen, warmen See, wenn er auch nur einen einzigen Blick hineinwarf, ihre Stimme, in der – obwohl sie so glockenhell und klar war – stets das Schnurren einer zufriedenen

Katze mitzuschwingen schien, und den samtweichen getigerten Fellstreifen, der sich von ihrem Nacken bis weit den Rücken hinabzog und den zu berühren und zu streicheln er niemals müde geworden war …

Es war alles da, aber da war auch noch mehr. Trotz des warmen Gefühls von Geborgenheit, das allein der Gedanke an sie in ihm wachrief, fühlte sich Anders … schuldig. Er verging vor Sehnsucht danach, sie wiederzusehen, und dennoch hatte er zugleich beinahe Angst davor. Er hatte sie im Stich gelassen. Sein Verstand sagte ihm, dass das Unsinn war – da war rein gar nichts gewesen, was er für sie hätte tun können –, aber Tatsache blieb, dass er nicht da gewesen war, als sie ihn am allerdringendsten gebraucht hatte.

Anders schüttelte auch diesen Gedanken ab. In weniger als einem Tag würde er Katt wieder in die Arme schließen, und das war alles, was ihn im Moment interessierte. Er sog die kühle Luft so tief in seine Lungen, wie er nur konnte, rückte noch ein kleines bisschen dichter an Boris heran und lehnte Hinterkopf und Schultern auf die gleiche Art an den Baumstamm wie der Troll. Boris würde es wahrscheinlich nicht einmal merken, aber für Anders schuf diese Geste eine Vertrautheit zwischen ihnen, die er in diesem Moment einfach brauchte. Er fühlte sich schrecklich allein.

»Hast du auch eine …« Anders suchte einen Moment nach dem richtigen Wort, ohne es zu finden. »Gefährtin?«, fragte er schließlich.

Etwas Sonderbares geschah: Er spürte, wie Boris den Kopf drehte und ihn ansah, doch als Anders seinerseits in das kantige Gesicht des Trolls hinaufsehen wollte, wandte er mit einem Ruck den Kopf wieder ab und fuhr sich mit dem Handrücken über die Augen.

»Früher«, sagte er nach einer Weile. »Lange her. Vor deinem Freund.«

»Vor meinem Freund?«, wiederholte Anders verwirrt. Dann begriff er. »Du meinst, bevor Jannik gekommen ist?«

»Haben ihn gefunden«, antwortete Boris. »Fast tot. Schwer verletzt.«

»*Du* hast Jannik gefunden?«, fragte Anders ungläubig. »Moment mal! Soll das heißen, dass du in der Stadt warst? Du warst es, den ich damals gesehen habe?«

Der Troll nickte. Er sah immer noch nicht in seine Richtung.

»Was habt ihr dort gemacht?«, fragte Anders. »Ich meine: Die Tiermenschen lieben euch nicht gerade und es wimmelt dort von Fressern.«

»Hunger«, antwortete Boris. »Schmecken gut.«

»Die *Fresser?«,* ächzte Anders.

»Schmecken gut«, wiederholte der Troll. »Immer genug da. Gibt viele.«

Um ein Haar hätte Anders laut aufgelacht. Die Vorstellung, dass Boris und seine Leute ausgerechnet Jagd auf die *Fresser* machten, Lebewesen, die dafür bekannt waren, schlichtweg *alles* aufzufressen, das nicht aus Stahl, Glas oder Beton bestand, erschien ihm geradezu grotesk. Aber schon im nächsten Augenblick jagte sie ihm auch einen eisigen Schauer über den Rücken. Wie verzweifelt musste man sein, um regelmäßig auf eine Jagd zu gehen, bei der man nur zu leicht selbst zur Beute werden konnte?

»Dann hast du Jannik also gefunden«, sagte er noch einmal und hauptsächlich, um seine Gedanken von diesem unheimlichen Thema abzulenken. »Und du hast ihn auch gerettet. Warum?«

»Kein Feind«, antwortete der Troll. »Menschen Feinde. Elder Feinde. Er … anders.«

»Ja, da hast du wohl Recht«, sagte Anders, wobei ein flüchtiges Lächeln auf seinem Gesicht erschien, dessen er sich kaum bewusst war. Jannik war in der Tat ein außergewöhnlicher Mann. Selbst der Troll hatte das wohl auf den ersten Blick bemerkt.

»Außerdem haben Drachen euch gejagt«, fügte Boris hinzu.

»Oh«, sagte Anders.

»Feinde von Drachen – unsere Freunde«, sagte der Troll.

»Wenn das stimmt, dann müsstet ihr eigentlich eine Menge Freunde haben«, murmelte Anders. Er war jetzt vollkommen verwirrt. Für eine kurze Weile hatte er geglaubt das riesige Wesen ein wenig besser zu verstehen – aber anscheinend war wohl eher das Gegenteil der Fall. Je mehr er über Boris und sein Volk erfuhr, desto weniger schien er wirklich über sie zu wissen.

»Wo ist deine … Gefährtin jetzt?«, fragte er.

»Tot«, antwortete Boris. »Viele tot.«

Anders schwieg betroffen. Er fragte nicht, ob Boris' Frau (plötzlich dachte er ganz selbstverständlich dieses Wort, obwohl es ihm noch vor einem Augenblick trotz aller Anstrengung nicht über die Lippen hatte kommen wollen. Vielleicht war es diese Kleinigkeit, die ihm klar machte, mit was für anderen Augen er den Troll mit einem Mal sah) bei der Schlacht um die Torburg umgekommen war oder bei dem anschließenden Überfall der Drachen auf Janniks Bunkerfestung. »Das Haus, in dem wir gestern waren …«

»Unser Haus«, sagte Boris.

»Du hast mit deiner Frau dort gelebt«, vermutete Anders. »Und all der … (um ein Haar hätte er *Müll* gesagt) … all die Dinge, die ihr dort gesammelt habt? Was wolltet ihr damit?«

»Tauschen«, antwortete Boris.

»Tauschen?«

»Manchmal kommen Elder«, bestätigte der Troll. »Nehmen Dinge für Essen.«

Es dauerte immer noch einen Moment, bis Anders wirklich begriff, was ihm der Troll sagen wollte. Nicht weil es so schwer zu verstehen gewesen wäre, sondern weil ihm der Gedanke so vollkommen absurd erschien. »Du willst mir erzählen, die Elder treiben *Tauschhandel* mit euch?«, fragte er ungläubig. »Du und deine Leute, ihr seid in diesen Bunker hinuntergestiegen und habt allen möglichen Kram herausgeholt, und die Elder haben es dann gegen Essen getauscht?« Boris nickte und Anders fügte leiser und in verändertem Ton hinzu: »Wenn sie nicht gerade Jagd auf euch machen.«

Boris schwieg auch dazu, und weil er den Kopf noch immer zur Seite gedreht hatte, konnte Anders auch nicht in seinen Augen lesen, doch er spürte, wie es in dem riesigen Geschöpf arbeitete.

»Wie heißt du eigentlich?«, fragte er unbehaglich. »Ich meine: Ich nenne dich immer Boris, aber das ist ja wohl kaum dein richtiger Name.«

Boris hustete.

»Nein, ich habe nach deinem Namen gefragt«, sagte Anders.

Boris hustete erneut, sah ihn nun endlich doch an und hustete zum dritten Mal, und jetzt begriff Anders.

»Na ja, vielleicht bleiben wir doch lieber bei Boris«, seufzte er. »Auch wenn du wahrscheinlich noch nie etwas von Boris Karloff gehört hast.«

Der Troll sah ihn leicht verwirrt an und Anders lächelte wieder – aber dann musste er daran denken, wie er Lara die Bedeutung dieses Namens zu erklären versucht hatte, und sein Lächeln wurde traurig.

»Lassen wir es bei Boris«, sagte er noch einmal. Er stand auf. »Komm. Es wird bald hell und wir haben noch einen weiten Weg vor uns.«

4

Wären sie auch nur im Tempo eines normalen Spaziergängers vorangekommen, dann hätten sie die Stadt der Tiermenschen am frühen Nachmittag erreicht. Aber es wurde Abend. Der Himmel hinter der zerfurchten Silhouette der Ruinenstadt begann sich bereits dunkel zu färben und es war fühlbar kälter geworden.

Vielleicht war es aber auch nur die Müdigkeit, die Anders spürte.

Der Tag war im Großen und Ganzen nicht anders verlaufen als der vorhergehende. Sie hatten freie Flächen und deckungslose Gelände gemieden, wo es nur ging, und sich ihrem Ziel nicht in gerader Linie genähert, sondern auf einem betrunkenen Zickzackkurs. Dennoch hatte Boris ihn mindestens ein halbes Dutzend Mal hastig in ein Versteck geschubst, obwohl sie den ganzen Tag über nicht einen einzigen Hubschrauber gesehen hatten.

Aber gerade das war es, was Anders beunruhigte.

Er hatte mit dem genauen Gegenteil gerechnet. Die Männer, die ihn suchten, waren nicht dumm. Wenn sie auch nur den leisesten Verdacht hatten, dass er noch lebte und entkommen war, dann konnten sie sich an den Fingern einer einzigen Hand abzählen, wohin er unterwegs war. Eigentlich sollte es hier von Helikoptern und Männern in schwarzen ABC-Anzügen nur so wimmeln. Aber es war ganz im Gegenteil fast unnatürlich still – wobei Anders allerdings keine Ahnung hatte, was hier normal war und was nicht.

Trotzdem: Hier stimmte etwas nicht.

Sie hatten angehalten. Vor ihnen lag der sorgsam frei geräumte Streifen, der den Beginn des Ödlandes von den letzten Ruinen der Stadt trennte; jene Strecke von vielleicht zwei- oder dreihundert Schritten vollkommen ebenen, deckungslosen Geländes, auf dem Culain und seine Schweinekrieger damals ihr Lager aufgeschlagen hatten – was übrigens ein ausgesprochen dummer Lagerplatz war, wie Anders jetzt klar wurde, denn er konnte sowohl aus der Deckung des Waldes heraus als auch von der Ruinenstadt her vollkommen eingesehen werden, ohne dass die hier Lagernden auch nur ahnen konnten, dass sie beobachtet wurden. Vermutlich war das auch der Grund, aus dem Boris im Schutz der letzten Bäume stehen geblieben war und sichtlich nervös zögerte weiterzugehen.

»Du musst nicht weiter mitkommen«, sagte Anders leise. Obwohl sie noch weit von den ersten Häusern entfernt waren, senkte er die Stimme ganz instinktiv zu einem Flüstern. »Von hier aus finde ich den Weg auch allein.«

»Nicht gut«, antwortete Boris, ebenso leise und mit angespannter Stimme. Sein Blick glitt misstrauisch über die kantigen Silhouetten der ersten Häuser und suchte dann den Himmel ab. Die Abenddämmerung hielt mit raschen Schritten Einzug. Von Osten her begann sich ein Gespinst aus grauer Dunkelheit über den Himmel auszubreiten, als begänne eine Armee winziger Spinnen den Tag einzuweben, und die Temperaturen fielen schnell und erinnerten Anders nachhaltig daran, dass der Winter noch nicht allzu lange vorüber war und sie sich hoch oben in den Bergen befanden. Anders konnte Boris' Unbehagen verstehen, die Sicherheit des Waldes zu verlassen. Ihm selbst erging es kein bisschen besser. Wenn er sich entsprechend beeilte, würde er nur wenige Minuten brauchen, um den sorgsam gerodeten Streifen zu durchqueren, aber *wenige Minuten* konnten zu einer Ewigkeit werden. Wer immer sich die Mühe gemacht hatte, diesen Streifen so sorgfältig zu roden, würde sich vielleicht auch die weitere Mühe machen, Wachen aufzustellen.

Trotzdem sagte er: »Es wird Zeit.« Seltsam – noch vor zwei Tagen hätte er jeden ausgelacht, der ihm gesagt hätte, dass es ihm einmal schwer fallen würde, Abschied von einem *Troll* zu nehmen, aber ganz genauso war es.

Boris suchte ungerührt weiter den Himmel ab und verriet mit keiner Regung, ob er seine Worte überhaupt gehört hatte oder nicht.

»Ich gehe jetzt besser allein weiter«, fuhr er fort. »Es ist besser, wenn niemand erfährt, dass du mir geholfen hast.«

Auch diesmal bekam er keine Antwort. Boris betrachtete weiter konzentriert den Himmel, obwohl es dort rein gar nichts anderes zu sehen gab, als das immer schneller verblassende Tageslicht. Vielleicht gehörten sentimentale Abschiedsszenen ja auch nicht zum normalen Verhalten von Trollen, dachte Anders.

Er trat einen weiteren Moment lang unbehaglich von einem Fuß auf den anderen, dann räusperte er sich übertrieben. »Also dann. Vielen Dank. Und pass auf dich auf, Großer.«

Zumindest konnte er sich einreden, dass sich in der Bewegung, in der Boris nun endlich doch den Kopf in seine Richtung drehte und ihn ansah, ein angedeutetes Nicken verbarg. Anders erwiderte es dafür umso heftiger, drehte sich mit einem entschlossenen Ruck um und ging los.

Er kam genau zwei Schritte weit. Dann griff eine riesige Hand aus dem Gebüsch heraus, packte ihn im Genick und zerrte ihn mit solcher Kraft in den Wald zurück, dass er den Boden unter den Füßen verlor und einen halb erstickten Schreckensschrei ausstieß.

Kaum eine Sekunde später verstummte er endgültig, als Boris ihm eine gewaltige haarige Pranke auf das Gesicht presste und seinen Schrei damit erstickte. Und nicht nur seinen Schrei.

»Still!«, knurrte der Troll. »Keinen Laut!«

Anders hätte nicht einmal einen Laut von sich geben können, wenn er es gewollt hätte. Boris wollte ihm zweifellos nur den Mund zuhalten, damit er nicht schrie, aber er hatte anscheinend vergessen, dass seine Hand ein gutes Stück größer war als Anders' ganzes Gesicht und er selbst stark genug, um einen jungen Elefanten niederzuringen. Anders bekam nicht nur keine Luft mehr, er hatte auch das Gefühl, mit dem Kopf in einen Schraubstock geraten zu sein, der erbarmungslos weiter zugedreht wurde.

Verzweifelt begann er mit den Füßen zu strampeln, riss und zerrte mit beiden Händen an Boris' Arm und schlug schließlich mit den Fäusten darauf ein.

Es nutzte nichts. Boris spürte seine verzweifelte Gegenwehr wahrscheinlich nicht einmal, während Anders' Bewegungen bereits langsamer wurden. Seine Lungen fühlten sich an, als wollten sie explodieren, und wenn der Troll auch nur noch ein winziges bisschen fester zudrückte, dann würde es seinem Kopf ergehen wie einer Erdnuss, die er selbst zwischen Daumen und Zeigefinger zerreiben wollte.

Im buchstäblich allerletzten Moment ließ Boris ihn los. Anders plumpste unbeholfen zu Boden, kippte nach vorn und versuchte vergeblich, seinen Sturz mit den ausgestreckten Händen aufzufangen. Qualvoll nach Luft ringend und hustend fiel er mit dem Gesicht nach vorn in den Morast und wälzte sich instinktiv auf den Rücken. Bunte Lichtpunkte und Sterne explodierten vor seinen Augen, und seine Lungen schienen in Flammen zu stehen. Plötzlich begriff er, dass er um ein Haar tatsächlich erstickt wäre. Noch ein paar Sekunden mehr und diese Geschichte hätte ein ebenso böses wie zugleich absolut lächerliches Ende genommen.

»Du blöder … großer … Tollpatsch«, keuchte er atemlos. »Du hättest mich … um ein Haar … umgebracht!«

»Still!«, zischte Boris – wobei das Zischen eines Trolls deutlich weiter zu hören sein musste als die in normaler Lautstärke gesprochenen Worte eines Menschen. Zugleich deutete er erschrocken mit der Hand nach oben. »Drachen!«

Anders schrak heftig zusammen und hielt instinktiv die Luft an – was sich als keine besonders gute Idee erwies. Sofort wurde ihm wieder schwindelig. Unwillkürlich rang er nach Luft, hielt sich aber zugleich auch die linke Hand vor den Mund, um nicht zu laut zu keuchen; was streng genommen genauso albern war.

So konzentriert er nur konnte, lauschte er. Er hörte nichts, aber es vergingen nur noch einige Sekunden, dann huschte ein gedrungener Schatten über den Baumwipfeln entlang, und einen Augenblick später peitschte eine Schleppe aus Wind, die der fliegende Koloss hinter sich herzog, die Blätter.

Anders drehte hastig den Kopf, um dem Schemen mit den Blicken zu folgen. Der Helikopter schoss – so tief, dass man meinte nur den Arm ausstrecken zu brauchen, um ihn fast berühren zu können – über den gerodeten Geländestreifen dahin, machte im buchstäblich allerletzten Moment einen fast unmöglich erscheinenden Satz, der ihn ein Stück weit senkrecht in die Höhe beförderte, und verschwand dann hinter den Ruinen. Nur eine Wolke aus hochgewirbelten Blättern und Staub kündete für zwei oder drei Sekunden noch davon, dass er überhaupt da gewesen war, dann war auch die letzte verräterische Spur verschwunden.

Langsam richtete Anders sich auf und drehte sich zu dem Troll um. Boris starrte noch immer aus seinen dunklen, fast pupillenlos erscheinenden Augen in die Richtung, in der der Helikopter verschwunden war, und obwohl es Anders immer noch schwer fiel, in seinem grobschlächtigen Gesicht zu lesen, konnte er die Beunruhigung des riesigen Geschöpfes beinahe körperlich spüren. Es war kein angenehmes Gefühl. Der Troll war über zwei Meter groß und musste sechs oder sieben Zentner wiegen. Wer diesem Geschöpf Angst machte, sollte auch ihm zumindest Unbehagen bereiten.

»Danke«, flüsterte er, immer noch ein wenig außer Atem. »Das war knapp.«

»Nicht gut«, murmelte Boris.

Anders lächelte flüchtig. *Nicht gut* war offensichtlich auch einer von diesen Ausdrücken, deren Bedeutung relativ war und wohl zum Großteil von dem abhing, der sie aussprach.

Davon abgesehen hatte der Troll Recht. Das Auftauchen des Helikopters war tatsächlich *nicht gut.* Vor allem die Art, *wie* die Maschine geflogen war, gefiel Anders ganz und gar nicht. Der Pilot hatte den Hubschrauber so dicht über die Baumwipfel gejagt, dass seine Unterseite die Blätter beinahe gestreift hätte, und ihn nur knapp über die größeren Bäume gezogen, wenn es unbedingt nötig gewesen war, um ihn jeweils sofort wieder hinter ihnen in den Schutz des dichten Blätterdaches eintauchen zu lassen. Darüber hinaus war das Rotorengeräusch, das auch unter normalen Umständen schon extrem leise war, praktisch nicht mehr zu hören gewesen. In einem anderen Leben und einer anderen Welt hatte Anders von Hubschraubern gehört, die in einer Art Flüsterbetrieb fliegen konnten; was allerdings stark auf Kosten von Tempo und Beweglichkeit ging. Wenn der Pilot auf diese beiden Vorteile verzichtete und noch dazu so extrem niedrig flog – was alles andere als ungefährlich war –, dann konnte das nur bedeuten, dass ihm vor allem daran gelegen war, nicht gesehen zu werden. Und das wiederum konnte nur eines bedeuten.

Er lief geradewegs in eine Falle.

Trotz allem, dachte Anders niedergeschlagen, hatte er seine Gegner unterschätzt. Sie wussten ganz genau, wohin er wollte, aber sie machten sich nicht einmal die Mühe, wirklich nach ihm zu suchen oder gar eine umständliche Treibjagd zu veranstalten – wozu auch? Sie taten das, was am einfachsten (und, wie sich Anders zerknirscht eingestand, auch am naheliegendsten) war: Sie warteten auf ihn.

»Nicht gut«, wiederholte er leise die Worte des Trolls. Boris blickte ihn leicht verwirrt an und Anders schüttelte resigniert den Kopf und machte einen einzelnen Schritt in Richtung des Waldrandes, blieb aber stehen, bevor er ganz aus der Deckung des wild wuchernden Gebüsches herausgetreten wäre. Selbst so war er noch in Gefahr, entdeckt zu werden, das war ihm klar. Wenn die Häscher seines Vaters auch nur einen einzigen mit Ortungsgeräten ausgerüsteten Posten in der zerstörten, gar nicht mehr weit entfernten Häuserfront vor ihnen aufgestellt hatten, dann würden ihn alle Büsche und Bäume der Welt nicht davor bewahren, von ihren elektronischen Augen und Ohren aufgespürt zu werden.

Anders schätzte diese Gefahr jedoch nicht allzu hoch ein. Er war gerade ohne jede Deckung gewesen, und hätte er bereits irgendeinen Alarm ausgelöst, dann wäre der Helikopter kaum so schnurstracks über sie hinweggeflogen. Vielleicht hatten sich seine Verfolger ja tatsächlich die Mühe erspart, Posten aufzustellen. Er an ihrer Stelle hätte es möglicherweise auch nicht getan. Sie konnten nicht wissen, aus welcher Richtung er sich näherte, und es wäre eine ohnehin überflüssige Anstrengung; denn alles, was sie zu tun brauchten, war, in aller Ruhe in ihren hermetisch abgeschlossenen und klimatisierten Maschinen sitzen zu bleiben und darauf zu warten, dass er zu ihnen kam.

Trotzdem: Anders gedachte nicht, sein Glück übermäßig zu strapazieren.

»Gibt es noch einen anderen Weg in die Stadt?«, wandte er sich an Boris.

Der Troll zögerte zu antworten. Der besorgte Ausdruck war von seinem Gesicht verschwunden und hatte wieder jener Miene von tumbem Unverständnis Platz gemacht, die so perfekt darüber hinwegtäuschte, was dieses Geschöpf wirklich war, und von der Anders mittlerweile gar nicht mehr sicher war, ob er sie nicht ganz bewusst aufsetzte. Sicherer war er da schon, was die Antwort auf seine Frage anging. Boris zögerte eindeutig zu lange, als dass er ihm das halblaute »Nein« abkaufte, das er schließlich von sich gab.

»Red keinen Unsinn«, sagte er zwar scharf, aber trotzdem mit einem angedeuteten Lächeln. »Du willst mir doch nicht erzählen, dass du so einfach durch die Stadt gewandert bist, um auf die andere Seite zu kommen.«

Boris zögerte noch immer und Anders fuhr fort: »Ich verlange nicht, dass du mitkommst. Zeig mir einfach, wie ich es nach drüben schaffe, dann kannst du gehen.«

»Nicht gut«, sagte Boris. Anscheinend begann sich sein Wortschatz rapide zu verkleinern.

»Das weiß ich selbst«, erwiderte Anders unwillig. »Aber gut. Meinetwegen. Wenn du mir nicht helfen willst, dann warte ich eben, bis es dunkel wird, und versuche es danach auf eigene Faust. Ist ja nicht dein Problem, wenn sie mich erwischen.«

Diesmal blickte ihn der Troll eindeutig verletzt an. »Nicht allein gehen. Kannst nicht.«

»Und wieso nicht?«, fragte Anders.

Statt ihm zu antworten starrte ihn Boris noch geschlagene vier oder fünf Sekunden lang traurig und kopfschüttelnd an, dann drehte er sich auf der Stelle um und begann wieder in den Wald zurückzuschlurfen. Anders hatte nicht die geringste Ahnung, was diese Reaktion bedeutete. Boris war einfach zu schwer einzuschätzen. Möglicherweise hatte er den Sarkasmus in seinen Worten verstanden, vielleicht hatte er sie aber auch genau so aufgefasst, wie er es wollte, und wähnte sich von ihm entlassen, sodass er sich auf den Rückweg machen konnte. Aber Anders hatte gar keine andere Wahl, als bei ihm zu bleiben. Bis es wirklich dunkel geworden war, dauerte es mindestens noch eine halbe Stunde, und vorher konnte er es nicht riskieren, den freien Geländestreifen zu überqueren. Er würde sich Boris' Führung so lange anvertrauen, bis er sicher war, schlimmstenfalls den Weg zurück zum Waldrand aus eigener Kraft zu finden.

Seine Besorgnis erwies sich jedoch ausnahmsweise einmal als überflüssig. Der Troll – der übrigens ganz anders als bisher plötzlich sorgfältig darauf achtete, keine Spuren zu hinterlassen und keine Äste zu knicken – bewegte sich nur gerade fünfzig oder sechzig Schritte weit in den Wald hinein und blieb dann wieder stehen, um zu ihm zurückzublicken. Als er sich davon überzeugt hatte, dass Anders ihm folgte, ließ er sich in die Hocke sinken und grub mit den gewaltigen Pranken im Boden. Ein Knirschen und Rumpeln erscholl und dann ein leises, aber so schrilles Quietschen, dass es Anders in den Zähnen schmerzte.

Als Anders zu dem Troll aufgeschlossen hatte, erkannte er, dass unter der Decke aus Laub, halb verfaulten Ästen und Morast eine gut einen Meter messende rostige Eisenklappe zum Vorschein gekommen war. Das erbärmliche Quietschen stammte von den rostigen Angeln, in denen sie sich bewegte, als Boris daran zog, und jetzt verstand er auch, warum der Troll daran gezweifelt hatte, es zu schaffen: Selbst seine gewaltigen Körperkräfte reichten kaum aus, um den zentnerschweren Eisendeckel anzuheben. Anders sah, wie sich die Muskeln in seinem Nacken und seinen Schultern wie dicke Stricke spannten, während er die Metallplatte buchstäblich zentimeterweise in die Höhe stemmte.

Darunter kam ein rechteckiger, senkrecht in die Erde führender Schacht zum Vorschein. Anders konnte zwei rostige Trittstufen aus Eisen erkennen, die in einen Abgrund aus vollkommener Schwärze hinabführten, und ein unbeschreiblicher Gestank nach Moder, uralter abgestandener Luft und Fäulnis schlug ihm entgegen.

»Dort hinunter?«, fragte er zweifelnd.

»Nicht gut«, antwortete Boris. Wie originell.

Anders überlegte einen Moment, ob der Troll ihn etwa auf den Arm nahm, tat die Frage dann mit einem Schulterzucken ab und wartete darauf, dass Boris als Erster in die Tiefe stieg. Der Troll dachte jedoch nicht daran. Ganz im Gegenteil zog er die Klappe gerade so weit hoch, dass der entstandene Spalt ausreichte, um seine breiten Schultern hindurchzuquetschen, wich in der Hocke ein kleines Stück zurück und wedelte auffordernd mit der Hand. »Geh!«

»Ich soll zuerst da runterklettern?« Anders kreischte fast. Es war nicht nur der Gestank. Seine Fantasie gaukelte ihm alle möglichen Ursachen für diesen grässlichen Odem aus Fäulnis und Tod vor, der aus der Tiefe zu ihnen empordrang; er sagte sich, dass Boris und seine Brüder und Schwestern diesen Tunnel offensichtlich seit Jahrzehnten benutzten und immer noch lebten, aber das half ihm herzlich wenig. Schließlich war er kein zwei Meter großer Troll mit der Kraft eines anabolikasüchtigen Elefantenbullen. Boris wiederholte jedoch nur seine auffordernde Geste und schließlich ergab sich Anders in sein Schicksal. Mit einem gemurmelten Stoßgebet ließ er sich in die Hocke sinken, tastete mit dem Fuß nach der obersten Trittsprosse und klammerte sich mit übertriebener Kraft am Rand des Schachtes fest, während er langsam in die Tiefe zu klettern begann.

Er hatte es sich schlimm vorgestellt, aber das stimmte nicht. Es war schlimmer. Das Licht, das von oben in den Schacht fiel, reichte gerade aus, um die ersten zwei oder drei Stufen zu beleuchten, und schon nach wenigen Sekunden kletterte er in absoluter Dunkelheit dahin. Die Leitersprossen, die zwar ganz offensichtlich sogar das Gewicht des Trolls halten konnten, schienen unter seinen Händen und Füßen spürbar zu zittern, und immer wieder löste sich irgendetwas unter seinen Tritten und stürzte prasselnd und klappernd in die Tiefe. Es dauerte beunruhigend lange, bis das Geräusch des Aufpralls zu ihm heraufdrang, und es verursachte ein noch viel beunruhigenderes lang anhaltendes Echo. Und als wäre das alles noch nicht genug, hatte er kaum das erste halbe Dutzend Sprossen hinter sich gebracht, als Boris' riesiger Schatten das grau erleuchtete Rechteck über ihm zu verdunkeln begann.

Anders' Herz machte einen erschrockenen Sprung, als er sah, dass der Troll nur wenige Sprossen weit herabstieg und dann anhielt um den Arm auszustrecken. Einen Moment lang weigerte er sich einfach zu verstehen, was er sah, aber es nutzte nichts: Boris' Pranke griff nach der Kante des eisernen Deckels und zog ihn behutsam wieder herunter. Mit einem Geräusch, das in Anders' Ohren unangenehm große Ähnlichkeit mit dem Laut hatte, mit dem sich ein Sargdeckel schließen mochte, rastete die Klappe ein und vollkommene Dunkelheit schlug über ihnen zusammen.

Für einen Moment drohte Anders in Panik zu geraten. Er hatte keine Angst vor der Dunkelheit und sein Verstand sagte ihm auch, dass sich Boris ganz bestimmt nicht so große Mühe machen würde, nur um ihn in eine besonders perfide Falle zu locken. Aber sein Verstand war eine Sache und das, was er in den unterirdischen Gängen und Stollen unter dieser Ruinenstadt erlebt hatte, eine ganz andere. Plötzlich schien die Dunkelheit voller Geräusche zu sein, die vorher noch nicht da gewesen waren; ein Kratzen und Schaben, das hektische Trippeln kleiner klauenbewehrter Füßchen auf uraltem Beton, das Rascheln chitingepanzerter Körper und das Klicken und Klappern Millionen und Abermillionen winziger, aber rasiermesserscharfer

Beißzangen. Und war da nicht auch plötzlich der typische durchdringende Geruch, der das Auftauchen der Fresser stets begleitet hatte?

Boris trat ihm so kräftig auf die Finger, dass der Schmerz die furchtbaren Bilder, mit denen ihn seine Fantasie plagte, einfach auslöschte. Anders keuchte – die Dunkelheit fing den Laut auf und warf ihn hundertfach gebrochen und verstärkt zurück – und Boris sagte wieder einmal: »Nicht gut.«

Anders war jetzt sicher, dass der Troll ihn veralberte.

»Ich weiß«, quetschte er mühsam hervor. »Ich würde ja auch gerne weiterklettern, wenn du von meiner Hand heruntersteigst.«

Boris grummelte irgendeine Antwort, die Anders gar nicht verstehen wollte, und hob den Fuß gerade lange genug, dass er seine Finger darunter hervorziehen konnte. Obwohl seine Hand vor Schmerz pochte und er sie kaum benutzen konnte (Anders korrigierte seine Einschätzung, was Boris' Gewicht anging. Der Troll wog nicht sechs Zentner, sondern mindestens sechs *Tonnen*), kletterte er hastig weiter in die Tiefe, bevor Boris ihm das nächste Mal vielleicht ins Gesicht trat. Er hatte sich vorgenommen die Sprossen zu zählen, die sie nach unten kletterten, aber der hässliche Zwischenfall hatte ihn die Zahl vergessen lassen.

Auf jeden Fall waren es *viele.* Anders schätzte, dass sie sich mindestens fünfzehn oder zwanzig Meter tief unter der Erde befanden, als sein tastender Fuß endlich auf Widerstand traf. Es war immer noch vollkommen dunkel. Rasch trat er ein paar Schritte zur Seite, um Platz für den Troll zu machen, und schloss dann trotz der absoluten Finsternis die Augen. Dann lauschte er. Er konnte seine eigenen Atemzüge und die des Trolls hören, das Hämmern seines Herzens und ein rhythmisches an- und abschwellendes Rauschen, wie das Geräusch einer riesigen Wasserpumpe irgendwo in der Nähe, das er aber nach einer weiteren Sekunde als das Geräusch seines eigenen Blutes in den Ohren identifizierte. Wo waren sie?

Boris, der offenbar ganz selbstverständlich darauf vertraute, dass er aus der Erfahrung gelernt und Platz gemacht hatte, überwand die letzten vier oder fünf Sprossen, indem er sich einfach in die Tiefe fallen ließ. Als er mit großer Wucht neben Anders landete, zitterte der Boden unter ihm. Anders schluckte jede entsprechende Bemerkung hinunter, nahm sich aber vor, in Zukunft einen noch größeren Sicherheitsabstand zu dem Troll einzuhalten. Er war jetzt nahezu sicher, dass Boris sich einen groben Scherz mit ihm erlaubte, aber sein Sinn für Humor war Anders eindeutig ein wenig zu derb.

»Und jetzt?«, fragte er.

Boris drehte sich geräuschvoll neben ihm um. Obwohl es so dunkel war, dass man die berühmte Hand vor Augen nicht mehr sehen konnte, spürte Anders seine Nähe ganz eindeutig. Er roch sie übrigens auch.

»Komm mit«, antwortete der Troll. »Nahe bleiben. Gefährlich.«

»Seltsam«, murmelte Anders. »Ich hätte geschworen, dass du jetzt sagst: Nicht gut.«

Boris enthielt sich einer Antwort und ging los, und Anders folgte ihm, mit halb geschlossenen Augen und beide Arme tastend wie ein Blinder weit vor sich ausgestreckt und mit schlurfenden Schritten. Er spürte rauen Beton, der von zahllosen Rissen und kleinen Löchern durchzogen wurde. Manchmal stießen seine Füße gegen irgendetwas, das klappernd davonflog, und einmal glaubte er Metall zu fühlen, als überquerten sie etwas wie uralte Schienen. Boris bewegte sich sehr langsam. Anders redete sich ein, dass er das nur tat, damit er nicht den Anschluss verlor, nicht etwa, weil er unsicher war oder gar Angst hatte.

Jedenfalls *versuchte* er es sich einzureden.

Auch diesmal verlor er schon nach wenigen Schritten jedes Raum- und Zeitgefühl und wusste nicht mehr, welche Entfernung sie schon zurückgelegt hatten. Aber es war weit. Boris blieb mehrmals stehen und wechselte mehrmals die Richtung

– einmal verlor Anders tatsächlich den Anschluss und es vergingen zwei oder drei schreckliche Sekunden, in denen er plötzlich allein und vollkommen hilflos in der Dunkelheit stand, bevor ihn eine haarige Pranke an der Schulter berührte und wieder in die richtige Richtung drehte – und es gab einen weiteren, fast noch schlimmeren Moment, in dem unter Anders' tastendem Fuß plötzlich nichts mehr war und er zu spät reagierte. Mit einem keuchenden Schrei und hilflos rudernden Armen kippte er nach vorn und sah sich in Gedanken schon eine endlose Treppe hinunterstürzen und mit gebrochenen Knochen an ihrem Fuß liegen bleiben, als er mit dem Gesicht gegen Boris' haariges Hinterteil prallte. Hastig klammerte er sich im struppigen Fell des Trolls fest, fand irgendwie Halt auf den zerbröckelnden Betonstufen und richtete sich fluchend wieder auf.

»Nicht gut, ich weiß«, sagte er, bevor Boris es tun konnte. »Hast du noch mehr solcher Überraschungen auf Lager?«

»Vorsichtig sein«, antwortete Boris.

»Ja, danke, dass du mich daran erinnerst«, sagte Anders säuerlich. »Von selbst wäre ich nie darauf gekommen. Ist es noch weit?«

»Nicht mehr weit«, antwortete der Troll. »Aber jetzt leise.«

»Okay«, antwortete Anders. »Ich werde versuchen möglichst lautlos zu fallen.«

Boris reagierte auf eine Weise, die Anders ihm niemals zugetraut hätte – nämlich mit einem leisen, grollenden Lachen –, setzte seinen Weg aber dann fort, und Anders verabschiedete sich auch noch vom allerletzten Rest seines Stolzes und tat das, was er von Anfang an hätte tun sollen: Er krallte die rechte Hand in das struppige Fell des Trolls und ließ sich von ihm führen.

Die Treppe war nicht annähernd so tief, wie es ihm seine hyperaktive Fantasie hatte weismachen wollen. Nach kaum fünfzehn Stufen befanden sie sich wieder auf ebenem Boden und nach weiteren zehn oder zwölf Schritten blieb Boris plötzlich stehen.

»Sind wir da?«, fragte Anders und riss die Augen auf. Er sah so viel wie vorher – nämlich nichts –, aber Boris knurrte eine Zustimmung.

»Zurück«, sagte er dann. »Vorsichtig.«

Anders gehorchte in jeglicher Hinsicht. Er wich zwei oder drei Schritte zurück und er war sehr vorsichtig. Er konnte noch immer nichts sehen, aber die endlosen Minuten, die er sich in vollkommener Dunkelheit bewegt hatte, hatten sein Gehör auf ganz erstaunliche Weise geschärft. Die Echos ihrer Atemzüge und Schritte verrieten ihm nicht nur, dass sie sich in einem langen, sehr hohen Korridor befanden, sondern auch, dass der Troll unmittelbar vor einer Mauer stand, die den Weg vor ihnen versperrte. Was wollte er tun? Sie etwa mit den Fäusten einschlagen? Nicht dass Anders ihm das nicht zugetraut hätte – aber so etwas konnte selbst nach den Begriffen des Trolls kaum unter die Kategorie *leise* fallen.

Er konnte natürlich nicht sehen, was Boris tat, aber er spürte, wie sich der gewaltige Troll in die Hocke sinken ließ. Aus seinen bisher regelmäßigen Atemzügen wurde ein mühsames Schnauben, dann ein dumpfes Keuchen und Ächzen, das eine gewaltige Anstrengung verriet. Ein schrilles Quietschen und Scharren erscholl, ganz ähnlich dem Geräusch vorhin oben bei der Klappe, nur ungleich lauter, und plötzlich erschien eine haarfeine Linie aus dunkelgrauem, flatterndem Licht am Boden vor ihnen. Rasch wurde sie breiter, wuchs zu einem Band und einem immer größer werdenden Streifen heran, und es vergingen noch einmal etliche Sekunden, bis Anders wirklich begriff, was er sah: Die Mauer vor ihnen war gar keine Mauer, sondern eine Platte aus massivem Metall, die einen Gang verschloss und – den Tönen nach zu urteilen, die Boris von sich gab – ein enormes Gewicht haben musste. Selbst dem Troll gelang es nur zentimeterweise, sie nach oben zu schieben. Das erbärmliche Kreischen, mit dem sie sich in ihren rostigen Schienen bewegte, musste noch bis nach Tiernan zu hören sein.

Neugierig ließ sich Anders ebenfalls in die Hocke sinken und spähte in den dahinter liegenden Teil des Gangs, der von unsicherem, blassem Licht erhellt wurde. Schutt und Trümmer bedeckten fast knietief den Boden und ein sachter, aber eiskalter Windzug schlug ihnen entgegen und verjagte den Fäulnisgestank, der auf ihrer Seite des Korridors vorherrschte.

Boris schob die Metallplatte ächzend noch weiter in die Höhe und grunzte etwas, das Anders nicht verstand, doch die Bedeutung seiner Aufforderung war klar. Anders zögerte noch einen kurzen Moment und warf einen misstrauischen Blick in das Gesicht des Trolls, das vor Anstrengung zu einer Grimasse verzerrt war, und auf seine bis zum Zerreißen gespannten Muskeln, dann ließ er sich jedoch noch weiter herabsinken und kroch unter der tonnenschweren Metallplatte hindurch. Während er sich keuchend auf der anderen Seite aufrichtete und mit klopfendem Herzen umsah, folgte ihm Boris auf die gleiche Weise. Irgendwie brachte er nicht nur das Kunststück fertig, dabei nicht zerquetscht zu werden, sondern die Stahlplatte auch beinahe lautlos wieder nach unten gleiten zu lassen.

Anders wollte eine Frage stellen, doch Boris brachte ihn mit einem hastigen Wink zum Schweigen. Nach dem Heidenlärm, den der Troll gerade selbst verursacht hatte, kam ihm das zwar beinahe lächerlich vor, aber er nahm dennoch an, dass Boris seine Gründe hatte, und beließ es bei einem fragenden Blick. Sein riesenhafter Begleiter deutete den Gang hinab und dann nach links, und sie setzten sich ohne ein weiteres Wort in Bewegung.

Wenigstens konnte er wieder etwas erkennen – auch wenn ihn das, was er sah, nicht unbedingt fröhlich stimmte. Sie befanden sich in der Fortsetzung des Gangs, durch den sie gekommen waren. In der Decke und den Wänden auf dieser Seite gähnten zahlreiche Löcher, durch die graues Licht hereinsickerte, und vor ihnen wurde es noch heller. Überall lagen

Stein- und Betontrümmer und Glas, das unter ihren Schritten knirschte, ganz gleich, wie vorsichtig sie auch auftraten. Irgendetwas am Anblick dieses Schutts störte ihn, ohne dass er genau sagen konnte, was.

Der Gang mündete in einen weitläufigen Kellerraum, der allerdings so niedrig war, dass Boris nicht aufrecht darin stehen konnte, und ebenfalls knöchelhoch voller Schutt und Trümmer aus Beton und Stein. In der Decke gähnte ein unregelmäßig geformtes Loch von bestimmt zwei Metern, das mit einem rostigen Eisengitter verschlossen war, vermutlich, damit niemand hineinfiel, und in dem weit besseren Licht, das durch diese Öffnung drang, erkannte Anders endlich, was ihn an der Trümmerschicht auf dem Fußboden so irritiert hatte. Es war tatsächlich reiner Schutt – aber eben auch nicht mehr. Jedes noch so winzige Stückchen Metall, Holz oder Plastik schien sorgsam entfernt worden zu sein. Selbst die Glasscherben, die überall zwischen den Trümmern blitzten, waren winzig. Nichts war hier geblieben, was größer als ein Fingernagel und noch irgendwie als Werkzeug, Waffe oder zu sonst einem Zweck zu gebrauchen gewesen war. Oder, um es genauer auszudrücken: nicht weggeschafft worden.

Jetzt gab es keinen Zweifel mehr. Sie waren wieder auf dem Gebiet der Tiermenschen. Die Eisenjäger, die Katts Volk regelmäßig ausschickte, um nach irgendetwas Verwertbarem zu suchen, hatten diese Keller vermutlich schon vor Jahren abgegrast und alles mitgenommen, das sich irgendwie gebrauchen, weiterverarbeiten oder eintauschen ließ.

Der Gedanke bewirkte etwas Seltsames in Anders. Es kam ihm fast selbst verrückt vor, aber irgendwie hatte er das Gefühl, nach Hause zu kommen. Alles hier war alt und verfallen, die Luft roch trocken und verbraucht und brannte in der Kehle, und er musste sorgsam aufpassen, wohin er trat, um sich nicht an einem der scharfkantigen Trümmerstücke zu verletzen, und dennoch war es, als atme ein Teil von ihm erleichtert auf, endlich wieder hier zu sein. Es war vollkommen absurd – doch er hatte das Gefühl, genau an den Ort zurückzukehren, an den er gehörte.

Auch Boris war stehen geblieben. Der Raum hatte vier oder fünf Ausgänge, die sich in Anders' Augen in nichts unterschieden, aber der Troll sah sich nur ganz kurz suchend um und deutete dann nach links. Anders signalisierte ihm mit einem Nicken, dass er verstanden hatte, und wollte gerade losgehen, als er ein Geräusch hörte. Abrupt blieb er wieder stehen und hob mahnend die Hand, als Boris ihm einen unwilligen Blick zuwarf. Er lauschte. Das Geräusch wiederholte sich, und als es zum dritten Mal erklang, identifizierte Anders nicht nur die Richtung, aus der es kam – direkt von oben, aus der vergitterten Öffnung in der Decke –, sondern erkannte es auch als den Widerhall menschlicher Stimmen. Er konnte die Worte nicht verstehen, aber sie klangen aufgeregt.

Boris bedeutete ihm mit einer ungeduldigen Geste, weiterzugehen, doch Anders schüttelte nur den Kopf und machte ganz im Gegenteil kehrt, um direkt unter die vergitterte Öffnung zu treten. Jetzt, als er ganz nahe war, konnte er sehen, dass das Gitter offensichtlich nachträglich und mit sehr viel mehr guter Absicht als wirklichem Geschick eingesetzt worden war; die einzelnen Stäbe waren unterschiedlich dick und auch nicht miteinander verschweißt, sondern mit rostigen Drähten aneinander gebunden worden. Der Abendhimmel, der darüber zu sehen war, hatte sich mittlerweile dunkelblau verfärbt und würde spätestens in ein paar Minuten ganz schwarz sein. Schon jetzt konnte man die ersten Sterne darauf erkennen, wenn man genau hinsah.

Boris langte neben ihm an und forderte ihn mit einem leichten Stups gegen die Schulter auf, weiterzugehen. Anders wiederholte nur sein unwilliges Kopfschütteln und deutete ganz im Gegenteil mit der Hand nach oben. Boris sog erschrocken die Luft zwischen den Zähnen ein, aber Anders wiederholte seine Aufforderung und warf dem Troll einen scharfen Blick zu. Tatsächlich geschah das, womit er kaum zu rechnen gewagt hätte: Boris zog zwar eine ärgerliche Grimasse, ergriff ihn aber dennoch ohne viel Federlesens an den Hüften und hob ihn in die Höhe; so schnell, dass Anders die Luft anhielt und schon erwartete, mit dem Kopf gegen die Gitterstäbe zu knallen. Im buchstäblich allerletzten Moment beendete er die Bewegung, und als Anders erleichtert und zornig zugleich den Kopf drehte und ins Gesicht des Trolls blickte, das sich nun auf einer Höhe mit seinem eigenen befand, begegnete er einem breiten, schadenfrohen Grinsen.

Anders beschloss, sich später über Boris' ausgeprägten Sinn für derbe Scherze zu ärgern, klammerte sich mit beiden Händen an das rostige Eisengitter und zog sich noch ein kleines Stückchen weiter in die Höhe. Es nutzte nichts. Sogar wenn er das Gesicht gegen die Stäbe presste, konnte er nur einen Ausschnitt des Abendhimmels erkennen. Aber das Stimmengewirr war lauter und zahlreicher geworden und er konnte den aufgeregten (ängstlichen?) Ton darin jetzt nicht mehr ignorieren, selbst wenn er es gewollt hätte. Und da war noch etwas anderes: ein Geräusch, das er kannte und das ihn beunruhigte, obwohl er es im ersten Moment nicht richtig einzuordnen vermochte.

Obwohl ihm klar war, welches Risiko er einging, spannte er die Muskeln an und drückte behutsam gegen die Gitterstäbe. Ein paar kleinere Steinchen lösten sich aus der Decke und fielen mit einem hellen Klingen und Klappern zu Boden. Seine Einschätzung der improvisierten Konstruktion war richtig gewesen: Das Gitter war weder einzementiert noch auf irgendeine andere Weise befestigt und bewegte sich knirschend, als er den Druck verstärkte. Boris knurrte ebenso erschrocken wie unwillig. Anders ignorierte ihn und drückte noch ein wenig fester, und die gesamte Gitterkonstruktion hob sich ein Stück und rutschte dann mit einem weithin hörbaren scharrenden Laut zur Seite.

Anders' Herz machte einen erschrockenen Sprung und er spürte, wie auch Boris zusammenfuhr, wobei er ihm beinahe die Rippen gebrochen hätte. Fünf, zehn Sekunden lang wartete er mit geschlossenen Augen und klopfendem Herzen darauf, dass irgendetwas geschah. Aber das verräterische Geräusch zeigte keine Wirkung und nach einem weiteren Augenblick wagte es Anders, die Augen wieder zu öffnen und das Gitter behutsam so weit zur Seite zu schieben, dass er den Kopf durch die entstandene Öffnung zwingen konnte.

In der nächsten Sekunde hatte er sowohl den Troll als auch seine Angst und auch fast alles andere vergessen. Sie befanden sich am Ende eines lang gestreckten, an allen Seiten von schwarz in den Himmel ragenden Häuserruinen umgebenen Platzes. Aber es war nicht irgendein Platz. Anders hatte ihn schon einmal gesehen, wenn auch noch nie aus dieser Perspektive. Es war der zentrale Versammlungsort im Lager der Tiermenschen. Das Haus, in dem Katt, ihre Schwester und er damals zusammen gelebt hatten, befand sich direkt auf der gegenüberliegenden Seite, und daneben wuchs die von Flammen geschwärzte Fassade des Gebäudes in die Höhe, das die Drachen in Brand geschossen hatten.

Eine große Anzahl Tiermenschen – Anders vermutete, die gesamte Sippe – war im Schein Dutzender von Fackeln aus den Häusern getreten und rief und schnatterte wild gestikulierend und aufgeregt durcheinander. Es war Anders nicht möglich, zu erkennen, ob sich auch Katt unter ihnen befand, und er verschwendete auch kaum einen Gedanken daran. Doch was ihn zutiefst erschreckte, das war weder dieser Platz noch das knappe Hundert bizarrer Gestalten, das im flackernden roten Licht der Fackeln aussah wie eine Armee von Dämonen, sondern der schwarze Koloss, der mitten unter ihnen gelandet war.

Die Rotorblätter des Hubschraubers waren zum Stillstand gekommen. Aus der offen stehenden Schiebetür an der Seite fiel ein unheimliches mattgrünes Licht, das die beiden ganz in Schwarz gekleideten Gestalten, die mit angelegten Waffen vor dem Hubschrauber Aufstellung genommen hatten, in groteske

Invasoren aus einer fremden Welt verwandelte, und eine dritte gleichartige Gestalt ging gerade in diesem Moment auf die Versammlung der Tiermenschen zu. Fast gegen seinen Willen musste er den Mut des Mannes bewundern, der sich der Mauer aus riesigen Körpern, Zähnen, Hörnern, Klauen und Panzerplatten ohne das geringste Zögern näherte. Er hatte lange genug bei diesem Volk gelebt um zu wissen, dass sie den fliegenden Drachen und ihren Blitze schleudernden Insassen wenig Sympathie entgegenbrachten. Dafür fürchteten sie sie umso mehr, aber Furcht allein war noch niemals ein Garant dafür gewesen, dass nicht jemand etwas Unbedachtes tat. Ganz im Gegenteil.

Der schwarze Riese erreichte die Front der Tiermenschen und blieb stehen. Anders war viel zu weit entfernt um verstehen zu können, was geredet wurde, aber das drohende Murren der Menge wurde lauter, Fackeln wurden hektisch hin und her geschwenkt und er glaubte auch zu sehen, wie die eine oder andere Faust drohend geschüttelt wurde.

Aber er musste auch nicht hören, was der Mann sagte. Es war nicht besonders schwer, zu erraten, dass seine Worte nicht auf Begeisterung stießen.

5

»In Ordnung«, flüsterte Anders. »Lass mich jetzt runter.«

Boris stellte ihn nicht nur behutsam wieder auf die Füße, sondern hob auch fast in der gleichen Bewegung den Arm und zog das Gitter (übrigens vollkommen lautlos) wieder an seinen Platz zurück. Anders setzte dazu an, etwas zu sagen, aber Boris gebot ihm mit einer fast herrischen Geste, zu schweigen, und machte zugleich eine Kopfbewegung zu derselben Tür hin wie eben. Anders verstand, auch wenn er Boris' Vorsicht im Moment für unnötig hielt. In einer hoffnungslos übertriebenen Art auf den Zehenspitzen schleichend, folgte er dem Troll, gab es aber nach ein paar Sekunden wieder auf, als Boris ihn nur verständnislos anblickte. Sie traten durch die Tür, auf die sein Begleiter gedeutet hatte, in einen weiteren und merklich dunkleren Gang, doch Boris ging auch jetzt noch ein knappes halbes Dutzend Schritte weiter, bevor er endlich stehen blieb und sich mit einem fragenden Blick zu ihm umdrehte.

»Unsere Freunde sind da«, begann Anders mit einer Kopfbewegung zur Decke.

»Drachen«, vermutete Boris.

»Ja, und das ist *nicht gut*«, antwortete Anders mit einem flüchtigen Lächeln. Boris' Gesicht blieb vollkommen ausdruckslos.

»Ich glaube, von hier ab sollte ich wirklich besser alleine weitergehen«, fuhr Anders fort. »Ich kenne mich hier aus, keine Sorge.«

»Allein?« Boris schüttelte den Kopf. »Nicht gut.«

»Ja, das stimmt vermutlich«, gestand Anders. »Aber glaub mir, wenn sie uns zusammen erwischen, dann ist das noch viel mehr *nicht gut*. Mich werden sie nur einfangen. Aber dich bringen sie ganz bestimmt um.«

Boris schüttelte nur den Kopf und forderte ihn mit einer unwilligen Geste auf, weiterzugehen.

Anders gab auf. Ob der Troll nur den Dummkopf spielte oder einfach stur war, änderte letzten Endes gar nichts. Anscheinend konnte er Boris nicht davon abhalten, mit offenen Augen in sein Unglück zu rennen. »Also gut«, seufzte er. »Aber dann sei wenigstens leise. Ein paar von den Jungs und Mädels da oben haben verdammt scharfe Ohren.«

Boris schenkte ihm nur einen fast mitleidigen Blick, dann wandte er sich um und schlurfte mit hängenden Schultern los.

Es wurde wieder dunkel, wenn auch nicht vollkommen. Das graue Licht blieb hinter ihnen zurück, aber sie befanden sich jetzt wohl nicht mehr so tief unter der Erde wie vorhin.

Dann und wann kamen sie an einem Kellerfenster vorbei oder an einem Treppenschacht, durch den graues Licht hereinfiel; manchmal auch an einer Tür, die unübersehbar nachträglich instand gesetzt worden war. Manches hier kam Anders bekannt vor, auch wenn dieses Gefühl vermutlich nur daher rührte, dass er wusste, wo er sich befand.

Er fühlte sich mit jedem Schritt unwohler. Auch wenn ihm sein Verstand sagte, wie gering die Gefahr war, von den Männern in dem gelandeten Hubschrauber über ihren Köpfen entdeckt zu werden, so zerrte doch allein das Wissen um ihre Anwesenheit gewaltig an seinen Nerven. Außerdem fragte er sich vergeblich, warum Boris ihn ausgerechnet *hier* entlangführte. Die Stadt war vielleicht nicht besonders groß, aber es gab trotzdem nur wenige Flecken an diesem Ort, die gefährlicher gewesen wären.

»Wohin bringst du mich eigentlich?«, fragte er schließlich.

»Versteck«, grummelte Boris. »Sicher.«

»Sicher?« Anders grinste. »Sozusagen nicht *nicht gut,* meinst du?«

Boris drehte im Gehen den Kopf und sah ihn verständnislos an, und Anders grinste zwar noch einen kurzen Moment weiter, gab es aber nun endgültig auf. Ganz gleich, wie sehr er sich auch in dem Troll geirrt haben mochte – er war ganz gewiss nicht der richtige Partner, um Konversation zu betreiben.

Für eine Weile war alles, was sie hörten, das raschelnde Geräusch, mit dem Boris' Hinterkopf und Schultern an der niedrigen Kellerdecke entlangstrichen. Anders versuchte die Entfernung zu schätzen, die sie bisher zurückgelegt hatten. Eigentlich musste der Platz bereits ein gutes Stück hinter ihnen liegen und er fragte sich erneut, wohin ihn der Troll eigentlich brachte.

Vor allem aber fragte er sich, wie zum Teufel er Boris wieder *loswerden* sollte. Er war dem Troll mehr als dankbar, ihn in die Stadt gebracht zu haben, denn ihm war längst klar geworden, dass er es aus eigener Kraft niemals bis hierher geschafft hätte. Dennoch wurde es Zeit, sich von seinem grizzlybärgroßen Führer zu verabschieden. Anders hatte Boris zwar erzählt, dass er weiter nach Süden und über die *Mauer* gehen wollte, und das stimmte auch. Aber nicht jetzt. Er war Katt so nahe wie seit Monaten nicht mehr und er würde nicht von hier weggehen, bevor er sie wiedergesehen hatte.

Sie marschierten weitere, endlose Minuten durch die zunehmende Dunkelheit, dann blieb Boris plötzlich stehen und hob erschrocken die Hand, und auch Anders erstarrte mitten in der Bewegung. Etwas wie ein surrender Laut, eigentlich mehr zu spüren als wirklich zu hören, lag für einen Moment in der Luft, und dann begann der Boden unter ihren Füßen für einen ganz kurzen Augenblick zu zittern.

»Keine Angst!«, sagte Anders hastig. »Das ist nur der Hubschrauber … der Drache. Er ist abgeflogen.« Er zögerte einen Moment und fügte dann ganz leise und nur an sich selbst gewandt hinzu: »Hoffe ich wenigstens.«

Boris blickte ihn zweifelnd an und Anders erlebte eine neuerliche Überraschung. Bisher hatte er noch nicht einmal gewusst, dass das riesige Wesen zu einer solchen Empfindung überhaupt fähig war, aber was er nun in Boris' Augen las, das war ganz eindeutig Angst.

»Sie sind weg«, sagte er noch einmal – obwohl es nicht den mindesten Beweis für diese Behauptung gab. »Und so schnell kommen sie auch nicht wieder.« Für *diese* Behauptung gab es noch weniger Anlass.

Trotzdem wirkte Boris zumindest *ein bisschen* beruhigt, auch wenn er sich in einer komplizierten Bewegung den nicht vorhandenen Hals verdrehte, um einen nervösen Blick zur Decke zu werfen – was einigermaßen komisch aussah, denn sie befand sich kaum einen Zentimeter von seiner breiten Nase entfernt.

Allerdings war Anders nicht im Mindesten zum Lachen zumute. Auch er wies zur Decke. »Die Show da oben ist vorbei.

Wir sollten langsam verschwinden. Ich weiß zwar nicht, ob einer von ihnen sich hier heruntertrauen würde, aber ich möchte es auch nicht unbedingt darauf ankommen lassen.«

Boris sah ihn stirnrunzelnd an, als müsse er angestrengt über diesen komplizierten Satz nachdenken (Anders war ziemlich sicher, dass es nicht so war), aber dann schüttelte er wieder den Kopf. »Nicht mehr weit«, sagte er. »Versteck.«

»Das hat doch keinen Sinn«, sagte Anders. »Verschwinde endlich, Boris. Ich komme schon klar. Aber wenn sie dich erwischen, dann bringen sie dich um, begreifst du das eigentlich nicht? Ich will nicht, dass dir etwas passiert!« Das war ebenso ehrlich gemeint, wie es sogar in seinen eigenen Ohren lächerlich klang. Er stand einem Koloss gegenüber, der mindestens fünfmal so schwer war wie er, und er hatte am eigenen Leib gespürt, wozu diese Kreaturen fähig waren – und *er* machte sich Sorgen um *ihn*?

Die schlichte Antwort auf diese Frage lautete: ja.

»Bitte, Boris«, sagte er. »Ich meine es ernst! Bring dich in Sicherheit! Ich komme schon zurecht. Ich weiß, dass Jannik dir befohlen hat auf mich aufzupassen, aber hier hilfst du mir gar nicht. Wenn es unbedingt sein muss, dann bleib irgendwo in der Nähe. Ich melde mich bei dir, wenn ich dich brauche – doch jetzt lass mich allein. Ich will nicht, dass dir etwas zustößt!«

Der Troll sah ihn weiter ebenso wort- wie verständnislos an, aber von der anderen Seite des großen Raumes her ertönte plötzlich ein leichtes Händeklatschen und eine sonderbar bellende Stimme sagte: »Wie rührend. Schade nur, dass du dir nicht um all deine Freunde so große Sorgen zu machen scheinst.«

Anders fuhr mit einer fast entsetzten Bewegung herum und auch Boris wandte sich knurrend in die Richtung, aus der die Stimme gekommen war. Schatten bewegten sich am anderen Ende des lang gestreckten, dunklen Raumes. Das Klatschen erscholl erneut und dann ein leises höhnisches Lachen. Eine

Gestalt löste sich aus den Schatten und trat zwei Schritte auf sie zu, bevor sie wieder stehen blieb. Boris ließ ein halblautes drohendes Knurren hören und Anders riss ungläubig die Augen auf.

»Rex?«, murmelte er.

In den Augen des Hundemannes blitzte es spöttisch auf, aber da war auch noch mehr in seinem Blick, etwas, das Anders zur Vorsicht gemahnte. Hinter ihm bewegten sich weitere Schatten in der Dunkelheit. Viele Schatten. Boris knurrte erneut. Anders konnte spüren, wie er sich anspannte, und er machte eine rasche beruhigende Geste in seine Richtung, ohne sein Gegenüber allerdings auch nur einen Sekundenbruchteil aus den Augen zu lassen.

»Schön, dass du dich wenigstens noch an meinen Namen erinnerst«, sagte Rex hämisch. Sein Blick wurde hart. »Was willst du hier?«

Anders' Gedanken rasten. Rex war nicht allein gekommen. Er konnte nicht sehen, wie viele Männer sich hinter ihm in der Dunkelheit verbargen, aber er zweifelte nicht daran, dass es genug waren – das bewies allein schon die selbstbewusste Art, auf die der Hundemann dem riesigen Troll entgegentrat. Rex war weder feige noch ein Schwächling, doch gegen Boris war er so wehrlos wie ein kleines Kind, das sich einem tobsüchtigen Erwachsenen gegenübersieht. Dennoch war in seinen Augen nicht einmal eine Spur von Furcht zu erkennen.

Als er nichts sagte, fuhr Rex fort: »Ich hätte nicht gedacht, dass du dich noch einmal hierher traust. Hast du nicht schon genug Schaden angerichtet?«

Anders zögerte irgendetwas darauf zu erwidern – auch wenn er zugleich wusste, dass es vollkommen egal war, was er sagte. Ausgerechnet Rex! Von allen Bewohnern der Ruinenstadt war Rex derjenige, den er zuallerletzt hatte treffen wollen. Der Hundemann hatte niemals einen Hehl daraus gemacht, was er von ihm hielt, und Anders hatte ihn umgekehrt auch nicht gerade in sein Herz geschlossen, aber aus ihrer ge-

genseitigen Antipathie war mittlerweile etwas anderes geworden, etwas viel Gefährlicheres.

»Nun, du bist also zurück«, fuhr Rex fort, als er immer noch nicht antwortete. »Bist nachlässig geworden, wie? Zumindest«, fügte er mit einem Seitenblick auf den Troll und einem verächtlichen Verziehen der Lippen hinzu, »was die Auswahl deiner Freunde angeht.«

Er machte eine fast unmerkliche Bewegung mit der Linken, und ein gutes halbes Dutzend Gestalten löste sich aus den Schatten am anderen Ende des Raumes und trat hinter ihn. Boris knurrte und Anders konnte die Reaktion des Trolls nur zu gut verstehen, als er seinen Blick über die versammelten Krieger schweifen ließ. Gegen die Männer, die er mitgebracht hatte, wirkte Rex wie ein Zwerg. Keiner von ihnen war deutlich kleiner als der Troll, und der eine oder andere nahm es auch an Massigkeit beinahe mit ihm auf.

Beunruhigt blickte er zu Boris hoch und erschrak noch mehr, als er ins Gesicht des Trolls sah. An Boris war jetzt rein gar nichts Freundliches oder gar Gutmütiges mehr. Der Troll stand geduckt und in angespannter Haltung da, die Arme leicht erhoben und mit gebleckten Zähnen, und Anders verspürte einen raschen eisigen Schauer. Boris war von einem Atemzug auf den anderen nicht mehr Boris; plötzlich stand neben ihm wieder eine der unbesiegbaren wilden Bestien, gegen die er auf der Mauer der Torburg gekämpft hatte. Anders betete, dass niemand einen Fehler beging, der eine Katastrophe heraufbeschwören würde.

Rex' Überlegungen schienen in eine ganz ähnliche Richtung zu gehen, denn auch er klang plötzlich ein ganz kleines bisschen nervös. »Du solltest deinem Freund lieber raten keine Dummheiten zu machen«, sagte er. »Es könnte ihm schlecht bekommen.«

»Hätte er denn Grund dazu?«, fragte Anders. »Dummheiten zu machen, meine ich?« Er schüttelte den Kopf. »Was willst du?«

Rex riss die Augen auf und ein Ausdruck ehrlicher Verblüffung ergriff für einen Moment von seinem Gesicht Besitz. »Ich?«, ächzte er. »Ich wusste ja gar nicht, dass du so viel Humor hast.« Er legte den Kopf auf die Seite und seine Augen wurden schmal. »Täusche ich mich oder seid *ihr* es, die zu *uns* gekommen seid?«

»Wir wollen nichts von euch«, antwortete Anders vorsichtig. »Ihr solltet nicht einmal merken, dass wir hier sind. Wir sind gewissermaßen ... nur auf der Durchreise.«

Rex' Augen verengten sich noch weiter und waren jetzt nicht mehr als schmale, misstrauisch zusammengekniffene Schlitze. »Pech nur, dass wir es gemerkt haben«, knurrte er. Er würde sie nicht gehen lassen, das begriff Anders plötzlich, ganz egal was er sagte.

Er war nicht einmal sicher, ob Rex vorhatte, ihn *am Leben* zu lassen.

So ruhig, wie er nur konnte, betrachtete er noch einmal und jetzt aufmerksamer die muskulösen Gestalten, die mittlerweile in einer perfekt ausgerichteten Reihe hinter Rex Aufstellung genommen hatten. Es waren ausnahmslos Tiermenschen wie Rex – wobei die Betonung bei zweien von ihnen ganz eindeutig auf dem Wort *Mensch* lag. Zwei weitere konnte er nicht richtig einordnen – sie waren groß, dabei fast so breit wie hoch, und hatten Panzerplatten und lange gekrümmte Klauen –, aber bei den letzten dreien handelte es sich offensichtlich um Schweine. Anders war sogar beinahe sicher, zumindest einen von ihnen bei der Eskorte gesehen zu haben, die Morgen, Culain und ihn damals nach Tiernan gebracht hatte.

»Ich frage dich noch einmal«, drang Rex' Stimme scharf in seine Gedanken. »Was wollt ihr hier?«

Anders riss sich mit einiger Mühe vom Anblick der schweinsgesichtigen Riesen los, wandte sich zu Rex um und blickte ihm so fest in die Augen, wie er konnte. Irgendwo in seinem Hinterkopf regte sich eine ganz leise Stimme, die ihn an etwas zu erinnern versuchte, was er einmal gelesen hatte: So ziemlich das Dümmste, was man tun konnte, wenn man einem zornigen Hund gegenüberstand, war, ihm in die Augen zu schauen, denn das bedeutete nichts anderes als eine Herausforderung.

Andererseits war ihm klar, dass der menschliche Teil von Rex nur auf ein winziges Zeichen von Schwäche wartete. »Nichts«, sagte er. »Glaub mir, Rex – wir wollen nichts von euch. Lass uns einfach gehen und du siehst mich nie wieder. Und Boris auch nicht.«

Rex lachte leise. »Ich fürchte, das kann ich nicht machen. Ihr seid Eindringlinge. Diebe, wie mir scheint.« Er trat einen halben Schritt zurück und sah sich demonstrativ nach rechts und links um. »Wenn ich es mir recht überlege, dann seid ihr vielleicht genau die, nach denen wir suchen.«

»Ach?«, machte Anders.

Der Hundemann nickte. »Du kannst es nicht wissen. Du warst ja bei deinen Freunden im Norden und hast dir ein schönes Leben gemacht. Aber seit einer ganzen Weile schon werden wir bestohlen. Manchmal verschwinden Lebensmittel, oft Dinge, die die Eisenjäger unter Einsatz ihres Lebens von der anderen Seite geholt haben. Wir haben uns schon lange gefragt, wer wohl dahinter stecken mag.« Er maß den Troll mit einem langen Blick von Kopf bis Fuß. »Ich glaube, wir haben unseren Dieb gefunden.«

»Red keinen Unsinn!«, sagte Anders.

»Unsinn?«, wiederholte Rex lauernd. Zwei oder drei seiner Männer griffen nach ihren Waffen; Knüppeln, Eisenstangen oder auch primitiven selbst gefertigten und schartigen Schwertern, die an ihren Gürteln hingen, und auch Boris spannte sich. Es würde zum Kampf kommen, begriff Anders. Nicht weil er sich nicht mehr vermeiden ließe, sondern ganz einfach weil Rex ihn *wollte.*

Fast verzweifelt versuchte er es noch einmal. »Warum tust du das, Rex?«, fragte er. »Ich weiß, dass wir keine Freunde sind. Du machst mich für eine Menge Dinge verantwortlich und vielleicht hast du sogar Recht damit. Aber ich bin nicht dein Feind, glaub mir. Es ist nicht nötig …«

»… dass wir noch mehr Zeit mit Reden vergeuden, da hast du Recht!«, fiel ihm Rex ins Wort. »*Packt sie!*«

Der Befehl galt seinen Kriegern, die ganz offensichtlich nur darauf gewartet hatten. Während Rex rasch einen weiteren Schritt zurückwich, stürmten sie wie ein Mann vor und stürzten sich auf den Troll. Zugleich bewegte sich auch Rex plötzlich wieder in die entgegengesetzte Richtung und streckte die Arme aus, um Anders zu packen.

Anders hatte den Angriff kommen sehen und wich ihm ohne besondere Mühe aus, aber Rex war erstaunlich schnell. Noch während Anders zur Seite steppte und sich mit einer hastigen halben Drehung ganz aus seiner Reichweite zu bringen versuchte, fuhr auch der Hundemann herum und grapschte nach ihm. Anders wich diesem Griff nicht nur blitzartig aus, sondern schlug Rex' Arm auch noch mit solcher Wucht beiseite, dass der Hundemann das Gleichgewicht verlor und der Länge nach hinschlug. Und damit hörte Anders' Glückssträhne schon wieder auf.

Rex fiel, streckte aber noch im Sturz den Arm nach ihm aus und bekam sein Fußgelenk zu fassen, und als Anders sich mit einer instinktiven Bewegung loszureißen versuchte, brachte er sich damit praktisch selbst aus dem Gleichgewicht. Noch während er mit wild rudernden Armen nach hinten kippte, erscholl neben ihm eine Folge dumpfer Schläge und irgendetwas flog kreischend über ihn hinweg und prallte wuchtig an die gegenüberliegende Wand. Und im selben Augenblick schlug Anders' Hinterkopf mit solcher Kraft auf den Boden, dass ihm übel wurde. Bunte Sterne explodierten vor seinen Augen und für einen Moment wich alle Kraft aus seinen Gliedern.

Als er wieder sehen konnte, hatte sich Rex nicht nur hochgerappelt, sondern kniete auf seiner Brust und starrte ihn mit aufgerissenem Mund an. Der Anblick war so grotesk, dass Anders um ein Haar zu spät begriffen hätte, in welch tödlicher Gefahr er schwebte. Rex hatte nämlich nicht nur den Charakter eines Straßenköters, sondern auch das dazu passende Gebiss – und er setzte gerade dazu an, ihm die Kehle durchzubeißen!

Anders riss ganz instinktiv die Arme hoch und versuchte Rex von sich herunterzustoßen. Es gelang ihm nicht, aber immerhin bekam er irgendwie die Rechte zwischen sich und Rex' Kiefer, und statt ihm die Kehle durchzubeißen, gruben sich die Reißzähne des Hundemannes nur tief in seine Hand.

Anders brüllte auf, und was die schiere Todesangst nicht geschafft hatte, das bewirkte der grausame Schmerz, der in seiner rechten Hand explodierte: Anders bäumte sich auf, hämmerte Rex die andere Faust ins Gesicht und zog die Knie an den Leib, und Rex' Zähne lösten sich endlich aus seiner Hand. Er kippte zur Seite, rutschte halb von seiner Brust herunter und fiel mit einem schrillen Winseln endgültig zu Boden, als Anders mit einem zweiten und noch besser gezielten Fausthieb nachhalf.

Mit zusammengebissenen Zähnen und die rechte Hand, die heftig blutete, fest gegen den Leib gepresst, richtete sich Anders in eine halbwegs sitzende Position auf. Neben ihm versuchte sich auch Rex wieder hochzurappeln, aber er war benommen und eindeutig zu nahe; Anders versetzte ihm einen Tritt vor die Schläfe, der ihm endgültig das Bewusstsein raubte, dann hob er stöhnend die Hand vor die Augen. Der Hundemann hatte wirklich rücksichtslos zugebissen. Die Wunden waren tief und bluteten nicht nur heftig, sondern brannten auch wie Feuer. Ein winziges bisschen mehr und er hätte ihm glatt ein Stück aus der Hand herausgebissen! Dämlicher Köter!

Anders stemmte sich keuchend in die Höhe, versetzte Rex in aller Freundschaft noch einen saftigen Tritt in die Rippen und wandte sich dann hastig ab, um nach Boris zu sehen.

Der Troll hielt sich erstaunlich gut, wenn man die erdrückende Übermacht bedachte, der er sich gegenübersah. Er hatte mittlerweile einen zweiten Gegner ausgeschaltet, der reglos und mit blutigem Gesicht auf dem Boden lag, aber die verbliebenen fünf – vor allem die drei muskulösen Schweinekrieger – setzten ihm immer heftiger zu. Unter freiem Himmel oder wenigstens in einer anderen Umgebung hätte der Troll vielleicht sogar die Chance gehabt, selbst mit dieser Übermacht fertig zu werden. Doch der enge Raum und die niedrige Decke machten es ihm unmöglich, seine überlegene Körperkraft auszuspielen. Seine gewaltigen Fäuste hämmerten erbarmungslos auf die Angreifer ein, aber auch er selbst wurde immer und immer wieder getroffen, und die Hiebe seiner Gegner standen den seinen an Wucht kaum nach. Boris wankte bereits sichtbar – was ihn jedoch nicht daran hinderte, genau in diesem Moment einen weiteren Angreifer zu Boden zu schicken. Doch Anders machte sich nichts vor. Es konnte nur noch Augenblicke dauern, bis der Troll der Übermacht erlag. Er musste Boris helfen! Die Frage war nur: wie? Auch dieser Raum war vollkommen leer geräumt. Es gab hier absolut nichts, was er als Waffe benutzen konnte.

Von schierer Verzweiflung getrieben (und ohne auch nur eine Sekunde nachzudenken), sprang er vor und schlug dem erstbesten Tiermenschen die zu einer einzigen Faust verschränkten Hände in den Nacken.

Das Ergebnis war nicht unbedingt das, was er sich vorgestellt hatte: Er hatte das Gefühl, gegen massiven Fels geschlagen zu haben, und vor allem der Schmerz in seiner ohnehin verletzten Hand trieb ihm die Tränen in die Augen. Der Schweinekrieger, den er attackiert hatte, grunzte unwillig und fuhr mit einer zornigen Bewegung herum. Seine gewaltigen Klauen schnappten nach ihm, schlossen sich blitzartig um Anders' Kehle und drückten mit einer erbarmungslosen Kraft zu, der er nichts entgegenzusetzen hatte. Wieder rang er verzweifelt nach Luft und wieder bekam er keine; ganz im Gegenteil wurde der Druck auf seinen Hals immer grausamer, fast als wolle der Schweinekrieger ausprobieren, was schneller ging: ihn zu erwürgen oder ihm das Genick zu brechen.

Anders hämmerte verzweifelt mit den Fäusten auf das hässliche Schweinegesicht seines Gegenübers ein, erreichte damit aber nicht mehr, als dass der Krieger noch fester zudrückte und ihn zugleich am Hals in die Höhe zog. Anders' Füße verloren den Kontakt zum Boden, und der Schmerz in seinem Nacken wurde unerträglich. Anders begann verzweifelt mit den Beinen zu strampeln, trat und schlug nach dem Krieger und traf ihn mehrere Male, ohne die geringste Wirkung zu erzielen. Dafür begann das Schweinegesicht vor seinen Augen allmählich zu verschwimmen und plötzlich rauschte das Blut in seinen Ohren so laut, dass es jedes andere Geräusch übertönte.

Eine riesige Pranke schloss sich von hinten um den Kopf des Schweinekriegers und zerrte ihn mit einem einzigen Ruck in die Höhe. Die Kreatur begann schrill und hoch zu quieken, ließ endlich Anders' Hals los und quiekte noch lauter. Dann erscholl ein helles Krachen wie von einem zerbrechenden Zweig und das Quieken brach ab.

Anders und der Schweinekrieger stürzten gleichzeitig zu Boden, doch auch Boris konnte sich nun nicht mehr halten. Sein beherztes Eingreifen hatte Anders vielleicht das Leben gerettet, ihn aber auch für einen winzigen Augenblick abgelenkt, und die verbliebenen vier Angreifer nutzten seine Blöße sofort aus. Obwohl er sich noch immer mit verzweifelter Kraft wehrte, wurde er zu Boden gerissen, und die Tiermenschen fielen gemeinsam über ihn her und begannen auf ihn einzuschlagen und zu -treten.

Anders rang qualvoll nach Luft. Obwohl die Hände seinen Hals nicht mehr zusammenpressten, konnte er immer noch nicht atmen. Seine Kehle war verkrampft und seine Muskeln gehorchten seinen Befehlen nicht mehr. Er krümmte sich. Sein Herz raste wie ein außer Kontrolle geratenes Hammerwerk, und dann, endlich, konnte er atmen – auch wenn er im ersten Moment eher das Gefühl hatte, fein gemahlenes Glas in die Lungen zu saugen.

Qualvoll hustend und würgend richtete er sich auf die Knie, versuchte die Tränen wegzublinzeln und drehte sich schwankend um. Alles, was er sah, war in unterschiedlichen Rottönen gefärbt, als betrachte er es durch einen Nebel aus Blut, und während er die Hand hob und sich über das Gesicht fuhr, stellte er fest, dass es auch tatsächlich Blut war; wenn auch vermutlich sein eigenes, das von seiner verwundeten Hand stammte.

Der Kampf war vorüber. Der gewaltige Troll lag mit dem Gesicht nach unten auf dem Boden und rührte sich nicht mehr, aber die Tiermenschen – und auch hier vor allem die beiden überlebenden Schweinekrieger – schlugen und traten weiter mit aller Kraft auf ihn ein. Sie würden ihn umbringen, begriff Anders.

»Hört auf!«, krächzte Anders. Seine Stimme ging im Gebrüll und Lärm der Tiermenschen einfach unter, und er hatte nicht die Kraft, zu schreien. Er versuchte sich hochzustemmen, doch auch das konnte er nicht.

»Was geht hier vor? Hört sofort auf! *Sofort!*«

Die Stimme war nicht einmal besonders laut, aber so scharf und befehlsgewohnt, dass die Tiermenschen fast erschrocken von ihrem Opfer abließen und ein Stück von dem reglos daliegenden Troll zurückwichen, wenn auch nur für einen Moment; dann sprang einer der Schweinekrieger vor und trat Boris mit aller Kraft ins Gesicht.

»Aufhören! Auf der Stelle!«

Anders kannte diese Stimme. Aber das konnte nicht sein. Mühsam versuchte er sich umzudrehen, doch seine Arme gaben einfach unter dem Gewicht seines Körpers nach. Er stürzte. Alles begann sich um ihn zu drehen und für einen Moment sah er nur noch wallende rote Nebel. Schritte näherten sich und die Stimme fuhr fort, in scharfem Ton Befehle zu erteilen, aber er verstand die Worte nun nicht mehr.

Vielleicht verlor er auch tatsächlich für einen Moment das Bewusstsein, denn das Nächste, was er wahrnahm, war eine starke Hand, die ihn am Arm packte und brutal in die Höhe riss. Ein verschwommenes Gesicht tauchte vor ihm auf und starrte ihn hasserfüllt an. Rex. Aber er hatte sich verändert. Sein breites Bulldoggengesicht war blutverschmiert und begann bereits sichtlich anzuschwellen, und sein linkes Auge hatte sich geschlossen. Einer seiner nadelspitzen Reißzähne war abgebrochen. Anders bedauerte zutiefst, dass es nur einer war.

Rex bleckte drohend die verbliebenen Zähne und riss ihn derb endgültig auf die Füße. Wieder begann sich der ganze Raum um ihn herum zu drehen, und hätte Rex ihn nicht festgehalten, dann wäre er wahrscheinlich auf der Stelle wieder zusammengebrochen.

»Zum letzten Mal – was ist hier los? Wie kommt dieses Untier hierher, und wer …«

Die Stimme brach mit einem erschrockenen Keuchen ab und Anders raffte all seine Kraft zusammen und hob den Kopf.

Sein Herz schien stehen zu bleiben.

Er sah in Katts Gesicht.

Sie hatte sich verändert, ohne dass Anders im allerersten Moment sagen konnte, wie, und sie war zumindest ebenso fassungslos ihn zu sehen, wie er umgekehrt sie.

Nein, verbesserte sich Anders in Gedanken, nicht fassungslos.

Was er im allerersten Moment in ihren Augen las, das war pures Entsetzen.

»Anders?«, murmelte sie ungläubig. »Aber du …« Dann hatte sie sich plötzlich wieder in der Gewalt. Das Entsetzen in ihren Augen erlosch und machte einer Härte Platz, die Anders noch sehr viel weniger verstand.

»Katt«, begann er. »Du …«

Katt brachte ihn mit einer warnenden Geste und einem raschen, aber fast beschwörenden Blick zum Verstummen und drehte sich mit einer abrupten Bewegung herum.

»Zum allerletzten Mal!«, sagte sie mit einer Stimme, die nicht einmal besonders laut war und trotzdem irgendwie nur noch einen Deut davon entfernt, wirklich zu schreien. »Was ist hier los? Woher kommt dieses … Ding?« Sie deutete auf Boris und maß die übrig gebliebenen Tiermenschen zugleich mit einem eisigen Blick. Niemand antwortete.

»Warum fragst du nicht einfach deinen alten Freund hier«, bellte Rex. »Er hat ihn schließlich mitgebracht. Wahrscheinlich wollten die beiden ein bisschen spionieren.«

Katt drehte sich betont langsam zu ihm um. Sie sagte nichts, aber der Blick, mit dem sie Rex maß, machte ziemlich klar, was sie von der Idee hielt, dass Anders tatsächlich in Begleitung eines riesigen Trolls hierher gekommen war, um zu spionieren.

»Katt, bitte«, begann Anders. »Ich kann das alles erklären. Ihr dürft Boris nichts tun.«

»Boris?«, fragte Katt verwundert.

Anders machte eine Kopfbewegung auf den Troll hinab. »Ich weiß nicht, wie er heißt. Ich nenne ihn so. Er wollte euch nichts Böses. Ich habe ihn gebeten mich herzubringen. Das ist alles. Bitte lasst ihn gehen.«

Vielleicht hätte er noch mehr gesagt, aber Rex grub seine Klauen mit solcher Kraft in seinen Oberarm, dass er vor Schmerz aufstöhnte, und auch einer der Schweinekrieger stieß ein drohendes Grunzen aus. Katt bedachte den Hundemann mit einem strafenden Blick, woraufhin dieser seinen Griff wieder ein wenig (aber nicht ganz) lockerte, dann sah sie eine ganze Weile und sehr nachdenklich Anders an und wandte sich schließlich wieder zu dem bewusstlosen Troll um.

»Fesselt ihn«, befahl sie. »Aber bindet ihn gut fest. Ihr wisst, wie stark diese Ungeheuer sind. Wir werden ihn später verhören.«

»Katt, bitte!«, flehte Anders regelrecht. »Du musst mir glauben! Er wollte nichts von euch!«

»Ja, so wenig wie du, nehme ich an«, antwortete Katt sonderbar kalt. Anders starrte sie fassungslos an. In ihrer Stimme war eine Feindseligkeit, die er weder begriff noch wahrhaben wollte. Und auch der Blick, mit dem sie ihn maß, war nicht der, den er erwartet hatte.

»Wir sollten ihn auf der Stelle erschlagen«, knurrte Rex. »Und diesen verräterischen Elder-Spion hier gleich mit.«

»Halt die Klappe, Rex«, sagte Katt beinahe müde. Sie hob die Hand und winkte einen der Schweinekrieger herbei, ohne sich zu ihm umzudrehen. »Bringt ihn in das leer stehende Haus. Und passt auf ihn auf. Ich rede später mit ihm.«

»Was soll das heißen – du redest später mit mir?«, wiederholte Anders verständnislos. »Katt! Was soll das? Ich bin es – Anders!« Ganz instinktiv versuchte er sich loszureißen, was ihm zwar nicht gelang, Rex aber als willkommener Vorwand diente, ihm so kräftig den Arm zu verdrehen, dass er vor Schmerz aufstöhnte. Katt warf dem Hundemann einen strengen Blick zu, woraufhin dieser den Druck auf Anders' Arm wieder ein wenig lockerte, ihn aber keineswegs losließ. Erst dann wandte sie sich wieder an Anders. Ihr Blick blieb kühl.

»Stell dir vor, ich weiß noch, wer du bist«, sagte sie schnippisch. »Deshalb frage ich mich auch, ob es nicht besser ist, dich ebenfalls in Ketten zu legen. Du bist gefährlich.«

»Überlass ihn mir«, sagte Rex, »und du brauchst dir keine Sorgen mehr um ihn zu machen.«

Diesmal machte sich Katt nicht einmal mehr die Mühe, ihm zu antworten, sondern beließ es bei einem bloßen ärgerlichen Hochziehen der Augenbrauen. Im allerersten Moment war Anders enttäuscht, denn er hatte erwartet, dass sie dasselbe tun würde wie er, wäre es umgekehrt gewesen – sich nämlich auf seine Seite stellen oder ihn zumindest in Schutz nehmen –, aber dann begriff er: Selbstverständlich stand Katt auf seiner Seite. Vermutlich konnte sie sich gar nicht offen vor ihn stellen. Es war viele Monate her, dass er von hier weggegangen war. Er hatte keine Ahnung, wer nach Bulls Tod das Sagen im Lager hatte, aber es war nicht zu übersehen, dass die Feindschaft zwischen ihr und Rex keinen Deut schwächer geworden war. Wahrscheinlich ging sie bereits ein großes Risiko ein, indem sie die Krieger davon abhielt, Boris gleich an Ort und Stelle umzubringen.

»Ich gebe dir mein Ehrenwort«, sagte er.

»Fragt sich nur, was das Ehrenwort eines Elder wert ist«, knurrte Rex.

»Mindestens so viel wie das eines Hundes«, antwortete Anders. Rex knurrte wütend und verbog seinen Arm gerade weit genug, dass es wehtat.

»Hört auf!«, sagte Katt scharf. »Beide!«

Rex ließ seinen Arm tatsächlich los, aber er wich keinen Schritt zurück, sondern funkelte ihn nur weiter ebenso zornig wie herausfordernd an, und Katt schüttelte mit einem irgendwie resigniert klingenden Seufzen den Kopf.

»Hört auf«, bat sie. »Also gut – ich akzeptiere dein Ehrenwort. Verspiel es nicht, sonst muss dein großer Freund dafür büßen.« Sie wiederholte ihre befehlende Geste, auch wenn sie jetzt eher müde wirkte. »Bringt sie fort.«

6

Es war ein Dreivierteljahr her, dass er das letzte Mal hier gewesen war, aber in dem kleinen Zimmer schien die Zeit stehen geblieben zu sein. Nichts hatte sich verändert. Selbst die Spuren des Kampfes, den sich Bull mit dem Schweinekrieger geliefert hatte, waren noch zu sehen. Es war, als wäre er eben erst weggegangen.

Seit die Krieger ihn hereingebracht hatten, war eine gute Stunde vergangen; vielleicht auch mehr. Anders' Zeitgefühl, auf das er sich normalerweise gut verlassen konnte, ließ ihn nun vollkommen im Stich. Er vermutete zwar, dass es nicht annähernd so lange war, wie es ihm vorkam – aber es war auf jeden Fall *zu* lange.

Draußen auf dem Platz herrschte ein reges Kommen und Gehen. Dutzende von Fackeln brannten und tauchten das von Ruinen gesäumte Areal in fast taghelles, zuckendes rotes Licht. Soweit er das durch das schmale Fenster erkennen konnte, war die gesamte Sippe zusammengekommen. Es wurde heftig gestritten und debattiert, und mehr als einmal glaubte er auch wütendes Gebrüll zu hören, einmal sogar etwas, das durchaus das Geräusch eines kurzen Kampfes sein konnte. Er war nicht sicher, aber mit jeder Minute, die verging, wuchs seine Besorgnis.

Sorge um Katt, nicht um sich selbst. War er vorhin vor allem bestürzt und hoffnungslos verwirrt gewesen, so wurde ihm doch mit jeder Minute, die verging, klarer, wie bitter unrecht er ihr getan hatte, ihr zu unterstellen, sich nicht für ihn eingesetzt zu haben. Ganz im Gegenteil – je öfter er die Reaktion der Krieger (und vor allem die von Rex!) Revue passieren ließ, desto klarer wurde ihm, was für ein gewaltiges Risiko sie eingegangen war, um ihn zu schützen. Vielleicht war seine allererste Einschätzung der neuen Machtstrukturen hier im Lager ja doch falsch gewesen und Rex hatte nach dem Tod des Minotaurus kurzerhand die Macht an sich gerissen und sich zum Führer aufgeschwungen. Zuzutrauen wäre es ihm jedenfalls.

Aber alles wilde Herumrätseln und -spekulieren brachte ihn nicht weiter. Er musste sich gedulden, bis Katt zu ihm kam, um mit ihm zu sprechen.

Oder sonst wer.

Anders hatte sich auf das bereits mehrfach notdürftig reparierte Bett gesetzt, auf dem Katt – und er selbst – damals geschlafen hatten, war dann wieder aufgestanden und hatte sich auf einem Stuhl niedergelassen, um anschließend zu Ratts rostigem Eisenbett überzuwechseln und danach eine Weile unruhig im Zimmer auf und ab zu tigern; und so war es weitergegangen. Es war ihm vollkommen unmöglich, länger als ein paar Augenblicke stillzusitzen oder zu -stehen. Er war weder gefesselt worden noch hatte man ihm einen Aufpasser mitgegeben (womit er gerechnet hatte), aber vor der Tür stand ein grimmig dreinblickender Schweinekrieger, dessen bloße Anwesenheit jeden Gedanken an eine Flucht von vornherein ausschloss; zumal Rex und er einige Augenblicke miteinander getuschelt hatten, bevor der Hundemann wieder ging – und es fiel Anders nicht besonders schwer, zu erraten, welche Art Anweisung Rex ihm gegeben hatte.

Nicht dass Anders wirklich vorhatte zu fliehen. Ganz im Gegenteil: Er hatte sich ja alle nur erdenkliche Mühe gegeben, überhaupt erst hierher zu kommen.

Endlich näherten sich seinem Gefängnis Schritte – denn ob er sich hier nun beinahe zu Hause fühlte oder nicht, änderte nichts daran, dass es ganz genau das war – und Anders stand ungeduldig auf und wandte sich dem Ausgang zu. Der zerschlissene Vorhang, der die Stelle einer Tür einnahm, wurde zurückgeschlagen und Katt trat ein. Zu seiner Enttäuschung (aber was hatte er erwartet?) kam sie nicht allein. Rex war bei ihr, und hinter ihnen bückten sich drei Schweinekrieger durch den niedrigen Eingang, die nicht nur bewaffnet, sondern auch in voller Rüstung waren. Anders runzelte vielsagend die Stirn. Bisher waren diese Geschöpfe die eingeschworenen Feinde der Tiermenschen gewesen. Während seiner Abwesenheit hatte sich wirklich *eine Menge* geändert.

Anders verscheuchte den Gedanken und wandte sich wieder zu Katt um, und erneut machte sich ein Gefühl von Enttäuschung in ihm breit, als er den Ausdruck auf ihrem Gesicht gewahrte. Da war keine Spur von Freude oder auch nur Erleichterung, ihn zu sehen. Nicht einmal die Andeutung eines Lächelns war in ihren Augen zu erkennen.

»Entschuldige, dass du warten musstest«, begann Katt. »Wir hatten … eine Menge zu besprechen.«

Anders überlegte, ob das fast unmerkliche Stocken in ihren Worten wohl etwas zu bedeuten hatte, und wenn ja, was, lächelte aber dann über seine eigenen Gedanken. Er war entschieden zu lange auf der Flucht. Er musste endlich damit aufhören, zu viel in jede Kleinigkeit hineinzugeheimnissen.

»Was ist so lustig?«, fragte Rex.

»Nichts«, antwortete Anders. »Was habt ihr mit Boris gemacht?«

Rex setzte zu einer – vermutlich gehässigen – Antwort an, doch Katt kam ihm zuvor, indem sie rasch die Hand hob und ihm das Wort abschnitt. »Deinem Freund geht es gut. Er hat ein wenig Kopfweh, nehme ich an, aber er wird es überleben.«

»Du solltest dir lieber Sorgen um *deinen* Kopf machen«, fügte Rex hinzu.

Katt verdrehte die Augen, sagte jedoch nichts. Rex war auf Streit aus, aber ganz offensichtlich hatte sie nicht vor, sich provozieren zu lassen. Oder war es Respekt?

»Hast du alles, was du brauchst?«, fragte sie. »Bist du hungrig. Brauchst du Wasser?«

»Nein, danke«, antwortete Anders. Er *war* hungrig und den letzten Schluck Wasser hatte er am Vormittag getrunken, aber im Moment hatte er wirklich andere Sorgen.

»Wie du willst«, sagte Katt achselzuckend. Sie wirkte plötzlich ... verlegen; als wüsste sie nicht genau, wie sie fortfahren sollte. Anders nutzte die Zeit, in der sie nach Worten suchte, um sie genauer in Augenschein zu nehmen. Vorhin, in dem kaum beleuchteten Keller, war ihm nur aufgefallen, *dass* sie sich verändert hatte. Nun sah er auch, wie sehr.

Sie trug ein schlichtes, aber sehr ansehnliches Kleid, das schon bessere Tage gesehen hatte und offensichtlich für jemand viel Größeres angefertigt und nachträglich und mit nicht besonders viel Geschick umgeändert worden war, ihr jedoch ausgezeichnet stand. Irgendwie kam sie ihm größer vor, als er sie in Erinnerung hatte – was vermutlich nicht stimmte –, aber sie war auf jeden Fall *älter* geworden; als wären nicht sieben Monate vergangen, sondern mindestens sieben *Jahre*, seit sie sich das letzte Mal gesehen hatten. Vielleicht lag es an dem ungewohnten Ernst, den er in ihren Augen las. Er war jetzt nicht mehr sicher, dass dieser Blick einzig ihm galt. Irgendetwas in Katt schien erloschen zu sein.

»Du machst dir wirklich Sorgen um dieses Ungeheuer, wie?«, fragte sie. »Was verbindet dich mit ihm?«

»Er hat mir das Leben gerettet«, antwortete Anders.

»Er bleibt trotzdem ein Ungeheuer«, sagte Rex verächtlich.

Anders bedachte ihn mit einem langen Blick. »Als ich hierher gekommen bin, da sind mir viele von euch wie Ungeheuer vorgekommen«, sagte er betont. »Aber irgendwann habe ich gelernt, dass es nicht immer auf das Äußere ankommt.« Er konnte sich gerade noch verkneifen, *was natürlich nicht für alle gilt,* hinzuzufügen, aber er war ziemlich sicher, Rex konnte die Worte deutlich genug auf seinem Gesicht ablesen.

»Es mag sein, dass du dieser *Kreatur* zu Dank verpflichtet bist«, sagte Katt ernst. Täuschte er sich oder musste sie sich beherrschen, um den beiden Kriegern hinter sich nicht einen nervösen Blick zuzuwerfen? Allmählich begann er sich zu fragen, wen die beiden Furcht einflößenden Ungetüme eigentlich bewachten. »Aber das ändert nichts daran, dass du dich damit in große Schwierigkeiten gebracht hast.« Sie zögerte einen winzigen Moment und fügte dann, deutlich leiser, hinzu: »Und mich auch.«

»Ich kann das alles erklären«, sagte Anders. Was war hier los? Wieso zum Teufel musste er sich rechtfertigen, weil er zu ihr *zurückgekommen* war?

»Na, da sind wir aber gespannt«, sagte Rex höhnisch. Anders schenkte ihm einen giftigen Blick, ignorierte ihn aber ansonsten und fuhr, so ruhig er konnte und an Katt gewandt, fort: »Bring mich zu eurem Anführer und ich erkläre ihm alles. Es ist wichtig. Nicht nur für mich, sondern auch für euch.«

»Ja, darauf wette ich«, sagte Rex.

Katt verdrehte abermals die Augen, sah Rex jedoch nicht

einmal an, sondern bedachte Anders mit einem sehr langen nachdenklichen Blick und wandte sich schließlich mit einer befehlenden Geste an die beiden Schweinekrieger. »Lasst uns allein«, sagte sie.

Rex fuhr auf. »Das meinst du doch nicht etwa ...«

»Alle!«, unterbrach ihn Katt.

Rex funkelte sie eine Sekunde lang trotzig an, schluckte aber dann alles hinunter, was ihm so sichtbar auf der Zunge lag, und drehte sich mit einer wütenden Bewegung herum um hinauszustampfen. Die beiden Krieger folgten ihm und Katt sah ihnen lange genug nach, bis sie ganz sicher sein konnte, dass sowohl sie als auch Rex außer Hörweite waren. Dann wandte sie sich mit einem fragenden Blick wieder zu Anders um. »Also?«

»Also?«, wiederholte Anders verständnislos.

»Ich warte«, sagte Katt. »Du wolltest mit dem neuen Führer der Sippe reden. Also – was hast du so Wichtiges zu sagen?«

Anders starrte sie mit offenem Mund an. »Du?«, murmelte er.

Katt hob die Schultern. Sie sah ein wenig genervt aus. »Siehst du hier sonst noch jemanden? Oder legst du Wert darauf, dass ich eine Krone aufsetze? Da müsste ich dich leider enttäuschen.«

»Aber du?«, wiederholte Anders, der noch immer vollkommen fassungslos war.

»Irgendjemand muss es sein, oder?«

»Aber du bist doch ...«, stammelte Anders. »Ich meine: nachdem Bull tot war ... ich dachte, dass Rex ...«

»Ja, das war er auch«, unterbrach ihn Katt, nun hörbar ungeduldig. »Für ein paar Tage.« Sie machte eine unwillige Geste. Ganz offensichtlich wollte sie nicht über das Thema reden. »Also, was gibt es so Wichtiges? Oder wolltest du nur allein mit mir sein?«

»Das auch«, antwortete Anders ganz impulsiv. Zu seiner Überraschung schien diese Antwort Katt deutlich zu verärgern, und er schüttelte rasch den Kopf und fuhr fast hastig fort: »Nein, natürlich nicht. Entschuldige. Ich war nur so ...« Mitten im Wort brach er ab, breitete in einer Geste vollkommener Hilflosigkeit die Arme aus und wartete darauf, dass Katt auch nur *irgendetwas* sagte, aber sie starrte ihn nur an, auf eine Art, die ihn sich immer elender fühlen ließ.

»Katt, was ist los?«, fragte er schließlich. »Ich habe nicht erwartet, dass du mir um den Hals fällst und mich in dein Bett zerrst (Blödsinn! Ganz genau das hatte er erwartet, und ein Teil von ihm erwartete es sogar immer noch), aber freust du dich denn nicht wenigstens ein bisschen, mich zu sehen?

»Natürlich freue ich mich«, antwortete Katt, ohne auch nur eine Miene zu verziehen. »Ich frage mich bloß, warum du gekommen bist. Doch bestimmt nicht nur, um mich wiederzusehen, oder?«

»Und wenn doch?«, fragte Anders.

»Blödsinn«, antwortete Katt ruhig. Ganz allmählich wurde ihm ihre Art unheimlich. Konnte es sein, dass sie ... beobachtet wurden? Anders versuchte einen verstohlenen Blick mit ihr zu tauschen, aber sie reagierte auch darauf nicht.

»Verdammt noch mal, was ist los?«, fragte er geradeheraus und hörbar lauter.

Katt zog die linke Augenbraue hoch. »Was soll mit mir los sein? Nichts.« Sie hob die Schultern. »Ich bin gesund, ich bin dort, wo ich hingehöre, und wie du siehst, habe ich Karriere gemacht.«

Ich bin dort, wo ich hingehöre. Die Worte hallten ein paarmal hinter seiner Stirn nach und ihr Klang schien jedes Mal ein winziges bisschen bitterer zu werden. War es das?

»Wie ist es dir ergangen?«, fragte er.

»Gut«, antwortete Katt kühl. »Wie du siehst. Und dir? Man hat mir erzählt, es hätte eine große Schlacht gegeben. Ich hoffe doch, du bist nicht verwundet worden.«

»Ein paar Kratzer«, antwortete Anders. »Nicht der Rede wert.«

»Das freut mich«, sagte Katt. »Culain und Morgen? Wie geht es Lara?«

Anders setzte zu einer Antwort an, aber dann legte er stattdessen den Kopf auf die Seite und sah Katt lange und mit gerunzelter Stirn an. »Du … bist nicht zufällig eifersüchtig auf sie?«, fragte er.

»Eifersüchtig?« Katt machte ein abfälliges Geräusch. »Mach dich nicht lächerlich. Warum sollte ich wohl eifersüchtig sein? Worauf? Ich habe alles, was ich will. Mehr, als ich jemals zu bekommen gehofft habe. Ich bin dir sogar dankbar.« Sie nickte heftig, wie um einem Widerspruch zu begegnen, zu dem er gar nicht angesetzt hatte. »Nein, wirklich – wenn ich dich nicht getroffen hätte, dann wäre ich niemals so weit gekommen. Sieh mich an. Ich war ein Nichts, bevor du aufgetaucht bist. Ein kleines, hässliches Mädchen, das immer Hunger hatte und vielleicht schon heute nicht mehr am Leben wäre. Jetzt gehorcht die ganze Sippe meinem Wort. Ich habe immer satt zu essen und niemand wagt es, auch nur die Hand gegen mich zu erheben. Ich bin glücklich und ich wünsche mir ehrlich, dass du es auch wärst.« Ihre Stimme war so kalt wie Glas und auf ihrem Gesicht zeigte sich nicht die geringste Regung.

»Was ist nur los mit dir?«, murmelte Anders zum wiederholten Male. Seine Stimme zitterte ein wenig und er merkte erst mit einer Verzögerung von zwei oder drei Sekunden, dass er plötzlich gegen Tränen ankämpfen musste. »Habe ich dir … irgendetwas getan?«

»Du?« Katt schüttelte den Kopf. »Nein. Du hast mir nichts getan. Rein gar nichts.«

»Ich konnte nichts tun!«, verteidigte sich Anders. »Ist es das? Glaubst du vielleicht, ich hätte dich im Stich gelassen? Ich hätte überhaupt nichts tun können! Sie haben mich für ein halbes Jahr in ein Loch geworfen, in dem ich nicht einmal die Sonne sehen konnte! Glaubst du, ich hätte dich im Stich gelassen, wenn ich auch nur irgendetwas hätte tun können? Glaubst du das wirklich?«

»Natürlich nicht«, antwortete Katt ruhig. Sie lächelte matt. »Ich werfe dir nichts vor, Anders. Und du solltest das auch nicht. Keiner von uns konnte etwas tun. Es ist so gekommen, wie es sein sollte.«

»Ach?«, machte Anders spröde. »Wer sagt das?«

»Vielleicht das Schicksal?« Katt hob rasch die Hand, als sie sah, wie Anders auffahren wollte. »Ich weiß, dass du nicht an ein vorbestimmtes Schicksal oder die Macht der Götter glaubst, aber das spielt auch keine Rolle. Es ist, wie es ist. Du sagst, du hättest mir etwas Wichtiges mitzuteilen? Etwas von großer Bedeutung für die Sippe?«

Anders konnte nicht antworten. Seine Kehle war wie zugeschnürt. Wie oft hatte er sich den Moment in Gedanken ausgemalt, in dem sie sich endlich wiedersehen würden. Aber das? Anders weigerte sich einfach zu glauben, was er da gerade erlebte.

»Ja«, sagte er mühsam. »Doch ich glaube, ihr wisst es schon. Eigentlich bin ich hergekommen, um euch zu warnen.«

»Vor den Drachen?« Katt nickte. »Sie waren bereits hier. Aber mach dir keine Sorgen. Niemand hier würde dich an sie ausliefern. Nicht einmal Rex.«

»Weil er die Männer meines Vaters noch mehr hasst als mich?« Anders konnte nicht sagen, ob der leicht überraschte Ausdruck, der plötzlich auf ihrem Gesicht erschien, seinem bitteren Ton galt oder der Information, die er ihr gerade – ganz und gar nicht unabsichtlich – gegeben hatte.

»Weil wir uns nicht zu Werkzeugen der Elder machen lassen«, antwortete sie.

»Und wenn ich es beenden könnte?«, fragte Anders. Verdammt, warum stand er nicht einfach auf und schloss sie in die Arme? Er wollte nichts mehr als das – aber er wagte es nicht. Er konnte sie nur ansehen, und was er in ihren Augen las, das tat mehr weh als jede Wunde, die er in der Schlacht um die Torburg davongetragen hatte.

»Was?«, fragte Katt.

»Alles«, antwortete Anders. Er sprach langsam, weil es ihm plötzlich schwer fiel, sich auf das Sprechen zu konzentrieren. »Alles hier. Ich könnte es beenden. Es könnte anders werden, Katt. Ich werde über die *Mauer* gehen. Wenn ich es schaffe, nach Hause zu kommen, dann werdet ihr in Zukunft ein anderes Leben führen können, und nicht nur ihr.«

Katt sah ihn weiter stumm und mit vollkommen undeutbarem Ausdruck an. »Und wer sagt dir, dass wir das wollen?«, fragte sie leise.

»Ich«, antwortete Anders. Plötzlich wurde er zornig. »Ich weiß nämlich, dass es auch anders sein kann.«

»Und wer sagt dir, dass wir auch anders leben wollen?«, fragte Katt noch einmal. Sie klang traurig, aber das schürte Anders' Zorn bloß noch.

»Ich!«, sagte er noch einmal und in fast wütendem Ton. »Und ob es dir gefällt oder nicht, wenn es sein muss, dann zwinge ich euch eben zu eurem Glück!«

»Und was gibt dir das Recht dazu?«, wollte Katt wissen.

»Alles, was ich weiß«, antwortete Anders. »Ich weiß nämlich mehr als du! Mehr als irgendjemand hier, ob dir das nun passt oder nicht! Ich habe eine Welt kennen gelernt, die besser ist als diese hier. Sie ist bestimmt nicht perfekt, aber sie ist tausendmal besser als *das hier*!«

»Und das kannst du entscheiden?«, fragte Katt. In ihren Worten war eine Ruhe, die ihn rasend machte.

»Ja!«, antwortete er. »Das kann ich. Ich kenne nämlich beide Welten.«

»Und was ist an deiner Welt um so vieles besser als an unserer?«, fragte Katt.

Anders wollte es nicht, denn er wusste, wie unfair und schmerzhaft es war, aber er hob fast gegen seinen Willen die Hand und deutete auf das rostige Metallbett, das Katts Schwester gehört hatte. »Weil Ratt in unserer Welt noch leben würde.«

Er bedauerte die Worte, noch bevor er sie ganz ausgesprochen hatte, aber es war unmöglich, sie zurückzunehmen. Etwas in Katts Blick erlosch; etwas, von dem er bisher noch gar nicht gewusst hatte, dass es da war. Fünf, sechs, schließlich zehn endlose Sekunden lang starrte sie ihn einfach nur an, dann drehte sie sich mit einem Ruck um und ging mit schnellen Schritten und in sonderbar steifer Haltung zur Tür. »Ich lasse dir später etwas zu essen bringen«, sagte sie leise. »Versuch ein wenig zu schlafen. Wir haben morgen eine Menge zu besprechen.«

Sie hob fast hastig die Hand, um nach dem Vorhang vor der Tür zu greifen, aber Anders hielt sie noch einmal zurück.

»Katt!«

Er war fast überrascht, als sie tatsächlich stehen blieb und sich – wenn auch widerwillig – noch einmal zu ihm umdrehte. »Ja?«

»Ich habe deine Frage noch nicht beantwortet, glaube ich«, sagte Anders. »Morgen geht es gut. Culain wurde beim Kampf um die Torburg verletzt, aber ich denke, er hat sich bereits wieder erholt.« Er schwieg einen kurzen Moment, bevor er hinzufügte: »Und Lara ist tot.«

Katt starrte ihn weiter mit demselben, immer noch so schrecklich ausdruckslosen Blick an, dann drehte sie sich mit einer abrupten Bewegung endgültig um, zog den Vorhang beiseite und rannte regelrecht aus dem Haus.

7

Anders hatte eine ganze Nacht Zeit, seine Worte zu bedauern, und es wurde eine sehr lange Nacht. Ein wortkarger Tiermensch hatte ihm Essen und eine gesprungene Keramikschale mit brackig schmeckendem Wasser gebracht, und er hatte beides hinuntergewürgt, obwohl er nach dem Gespräch mit Katt weder Hunger noch Durst verspürte. Seine Zeit als Gejagter jedoch hatte ihn gelehrt zu essen und zu trinken, wann immer er etwas bekam; nicht wenn ihm danach war.

Es dauerte lange, bis er endlich Schlaf fand. Eine ihm endlos erscheinende Zeit wälzte er sich auf den rostigen Metallfedern des uralten Bettes herum, die bei jeder noch so kleinen Bewegung erbärmlich quietschten, was ihn zusätzlich wach hielt, und als die Müdigkeit endlich seine Lider zufallen ließ, da war es ein unruhiger, nervöser Schlummer, in den er sank und aus dem er ein paarmal schweißgebadet und mit hämmerndem Puls und den Bildern eines wirren Albtraumes im Kopf hochschrak. Einmal glaubte er vom Geräusch eines landenden Hubschraubers geweckt zu werden, doch als er sich mit klopfendem Herzen auf seinem Bett aufrichtete und lauschte, erwies sich das Geräusch ebenfalls nur als Teil seines Albtraumes, der ihn hinüber ins Wachsein verfolgt hatte.

Anders war nicht der Einzige, der in dieser Nacht nicht besonders gut schlief. Bis in den frühen Morgen hinein brannten draußen auf dem Platz Fackeln und er hörte die ganze Nacht über Stimmen, die aufgeregt miteinander debattierten; vielleicht auch besorgt. Erst lange, nachdem die Sonne aufgegangen war, wachte er endgültig auf, aber er fühlte sich alles andere als ausgeschlafen, sondern ganz im Gegenteil zerschlagen und wie gerädert.

Neben seinem Bett stand eine Schale mit matschigem, kaltem Gemüse und ein Becher mit Wasser, das genauso abgestanden und brackig schmeckte wie das am gestrigen Abend. Anders würgte beides hinunter, aber er wunderte sich ein wenig über den schlechten Geschmack des Wassers. Schon immer war Wasser im Lager der Tiermenschen knapp gewesen, was jedoch nur an der großen Entfernung lag, aus der es herbeigeschafft werden musste; nicht an seiner Qualität. Daran war im Grunde niemals etwa auszusetzen gewesen. *Diese* Brühe schmeckte wie Regenwasser, das in einem rostigen Eimer aufgefangen worden war. Nicht alle Veränderungen, die es hier gegeben hatte, schienen erfreulich zu sein.

Obwohl das Wasser schlichtweg scheußlich schmeckte,

trank er es bis auf den letzten Tropfen, denn er war sehr durstig. Wenigstens, dachte er sarkastisch, würde er den grässlichen Geschmack wahrscheinlich den ganzen Tag über nicht mehr loswerden und auf diese Weise ganz bestimmt daran denken, Katt zu fragen, was mit der Wasserversorgung der Sippe passiert war.

Eine halbe Stunde, nachdem die Sonne endgültig aufgegangen war, kam einer der beiden Schweinekrieger und befahl ihm grob, mit ihm zu kommen. Es war das erste Mal, dass Anders eine dieser unheimlichen Kreaturen sprechen hörte, und er hatte alle Mühe, die Worte überhaupt zu verstehen. Was den Stimmapparat anging, schienen die Schweine nicht besonders viel Menschliches mitbekommen zu haben; was Anders hörte, war eher ein Grunzen und Röcheln, dessen Bedeutung er viel mehr erriet als verstand, aber dafür waren seine befehlenden Gesten umso unmissverständlicher. Der Zwei-Meter-Koloss schien regelrecht enttäuscht zu sein, als Anders sofort aufstand und ihm keinen Vorwand lieferte, seiner Einladung mit Fäusten Nachdruck zu verleihen. Anders hatte die Schweine eigentlich bei der ersten Gelegenheit fragen wollen, was sie überhaupt hier im Lager der Tiermenschen taten, verbiss sich die Frage aber. Selbst wenn der Krieger ihm geantwortet hätte, hätte er die Antwort vermutlich nicht verstanden.

Der Himmel war bedeckt und die Sonne, gerade aufgegangen, begann sich bereits wieder hinter tief hängenden, dunklen Wolken zu verstecken, die nicht nur den Tag wieder ein Stück weit zurücktrieben, sondern auch eine unangenehme Kälte mit sich brachten und ihn daran erinnerten, dass der Winter noch nicht so lange her war, wie es für sein Vorhaben gut gewesen wäre. Oben, bei der Mauer, würde noch immer Schnee liegen. Als Katt und er das erste Mal dort gewesen waren, wären sie um ein Haar erfroren; und diesmal würde es wahrscheinlich noch kälter werden. Anders wusste, dass er sich mit solcherlei Überlegungen keinen Gefallen tat, aber als sie das Haus verließen, irrte sein Blick trotzdem ganz ohne sein Zutun nach Süden. Er konnte die schneebedeckten Berggipfel von hier aus nicht erkennen, weil ihm die Häuser im Weg waren, aber für einen Moment glaubte er die Kälte und den eisigen Wind bereits zu spüren, die dort auf ihn warteten.

Er versuchte den Gedanken abzuschütteln (natürlich gelang es ihm nicht wirklich), doch er war langsam genug geworden, um seinem schweinsgesichtigen Bewacher nun doch einen Vorwand für einen freundschaftlichen kleinen Stups zu geben.

Nachdem er wieder aufgestanden war, steuerte er automatisch das Gebäude an, in dem Bull damals gewohnt hatte. Irgendwie widerstrebte ihm die Vorstellung, dass Katt nun im Haus des Minotaurus leben sollte und an seiner Stelle über die Sippe gebot. Gestern Abend war er viel zu überrascht gewesen, um wirklich darüber nachzudenken, aber je länger er es nun tat, desto weniger leicht fiel es ihm, wirklich zu glauben, was er gehört hatte. Katt war einfach niemand, der an *Macht* interessiert gewesen wäre. Sie hätte diese Position niemals gewollt – und so ganz nebenbei hätte die Sippe sie auch niemals als Bulls Nachfolgerin akzeptiert.

Als sie den Platz nahezu überquert hatten, erschien Rex unter der Tür des Hauses, das sie ansteuerten, und seine Reaktion überraschte Anders wirklich: Er blieb mitten im Schritt stehen und starrte ihn eine Sekunde lang aus aufgerissenen Augen und eindeutig entsetzt an, dann warf er mit einem Ruck den Kopf in den Nacken und suchte mit hektischen Bewegungen den Himmel ab. Anders spürte, wie der Schweinekrieger dichter zu ihm aufschloss, und beeilte sich, seinerseits schneller zu gehen, um nicht eher, als er wollte, und mit ausgebreiteten Armen vor Rex' Füßen zu landen.

Kaum hatten sie das Haus betreten, fuhr Rex ihn an: »Bist du vollkommen verrückt geworden? Was ist in dich gefahren, am helllichten Tag hier herumzuspazieren? Willst du uns alle umbringen?«

Anders verstand zwar nicht wirklich, was Rex meinte, aber er blickte ihn dennoch herausfordernd an und deutete zugleich mit dem Daumen über die Schulter zurück. »War nicht meine Idee«, sagte er. »Sondern die deines Bruders.«

Rex' Augen wurden schmal. »Bruder?«

»Ihr seid doch Brüder, oder etwa nicht?«, fragte Anders mit übertrieben geschauspielertem Erstaunen. »Ich meine ja nur, wegen der Familienähnlichkeit.«

Rex' Augen wurden noch schmaler und er begann leise und drohend zu knurren. Sein Gesicht war seit dem vergangenen Abend noch weiter angeschwollen und Anders sah nun, dass nicht nur einer, sondern gleich drei seiner Zähne abgebrochen waren. Das Zahnfleisch war geschwollen und an einigen Stellen blutverkrustet. Es musste höllisch wehtun.

»Du solltest dir genau überlegen, was du sagst, Elder-Prinz«, knurrte Rex. »Du magst ja mächtige Freunde haben, aber verlass dich besser nicht zu sehr darauf, dass dir niemand etwas tut.«

»Ich zittere vor Angst«, sagte Anders spöttisch. »Warum gehst du nicht ein bisschen Gassi?«

Rex setzte zu einer wütenden Entgegnung an und hinter ihm sagte Katts Stimme: »Hört mit den Albernheiten auf. Beide. Das ist ja lächerlich.«

Anders drehte sich zu ihr um, aber nicht, ohne Rex noch einen provozierenden Blick und ein noch provozierenderes Grinsen zugeworfen zu haben. Natürlich wusste er, wie albern er sich verhielt – doch was hatte er zu verlieren? Rex und er würden so oder so nie Blutsbrüder werden.

»Rex hat Recht«, sagte Katt, nachdem er sich vollends zu ihr umgedreht hatte. »Du solltest nicht einfach so über die Straße gehen. Neuerdings hat der Himmel Augen, weißt du?« Sie machte eine rasche Geste, als er sich verteidigen wollte, und wandte sich im gleichen Atemzug an Rex: »Es ist in Ordnung, Rex. Bitte geh zur Wasserstelle und sieh nach, wie weit sie dort sind. Ich möchte allein mit Anders sprechen.«

Der Blick, mit dem der Hundemann sie maß, war nichts anderes als purer Hass. Aber er sagte nichts, sondern fuhr mit einem zornigen Ruck herum und stürmte davon.

Katt blickte ihm kopfschüttelnd nach. »Du solltest ihn nicht so provozieren, Anders.«

»Seltsam«, antwortete Anders. »Dasselbe wollte ich dir auch gerade raten.«

Katt reagierte nicht darauf, sondern wich rückwärts gehend wieder durch die Tür zurück, aus der sie gerade gekommen war, und winkte ihm gleichzeitig zu. »Komm.«

Anders überzeugte sich mit einem raschen Blick davon, dass Rex und der Schweinekrieger auch wirklich gegangen waren, bevor er ihr folgte. Katt hatte vollkommen Recht gehabt: Er hatte sich albern benommen und noch dazu ziemlich dumm. Rex war nicht nur aggressiv, sondern vor allem gefährlich; und zu allem Überfluss auch nicht sehr klug, was eine besonders unglückselige Mischung ergab. Anders hatte auch da, wo er herkam, den einen oder anderen Hund getroffen, der erst zugebissen und dann nachgesehen hatte, wonach er überhaupt geschnappt hatte.

Katt führte ihn in einen großen, überraschend hellen und vor allem *warmen* Raum, dessen Anblick ihn so verblüffte, dass er einen Moment lang stehen blieb und sich aus aufgerissenen Augen umsah.

Licht und Wärme kamen zum größten Teil von den prasselnden Flammen eines gewaltigen Feuers, das in einem offenen Kamin brannte, der nahezu die gesamte gegenüberliegende Wand des Zimmers einnahm. Die hohen Fenster hatten richtiges Glas, das zwar zahlreiche Risse und Sprünge aufwies (einige davon waren mit silberfarbenem Klebeband geflickt!), Kälte und Zugluft aber trotzdem draußen hielt; und die Wärme zuverlässig drinnen. Auf dem Boden lag ein zerschnittener Teppich, der vor Schmutz starrte und zahlreiche Löcher aufwies, dem man aber immer noch ansah, wie prachtvoll er einmal gewesen sein musste. Und soweit die Wände nicht hinter deckenhohen Bücherregalen verschwanden, waren sie mit wertvollem Holz vertäfelt.

Als diese Stadt noch eine Stadt gewesen war und kein Grab, dachte Anders, mochte dieses Haus ein wahres Prunkstück gewesen sein. Trotz den allgegenwärtigen Spuren der Zerstörung durch die Katastrophe, die die Stadt vor Jahrzehnten verheert hatte, wäre es das wahrscheinlich heute noch, hätte sich nicht jemand sehr viel Mühe gegeben, das Zimmer in etwas zu verwandeln, von dem es Anders schwer fiel, zu entscheiden, ob es sich nun um eine Installation moderner Wohnkunst handelte, deren Schöpfer ziemlich über sein Ziel hinausgeschossen (und noch dazu farbenblind) war, oder einfach um eine Müllkippe. Ein Teil der Einrichtung stammte zweifellos noch von den früheren Bewohnern dieses Zimmers: ein schwerer Eichentisch und dazu passende Stühle mit geschnitzten Lehnen und kunstvoll gedrechselten Beinen, eine wuchtige lederbezogene Couch und ein gläserner Schachtisch samt Figuren, der vor dem Kamin stand; aber daneben auch noch ein geradezu unglaubliches Sammelsurium von … Krempel. Ein besseres Wort dafür fiel ihm nicht ein. Auf den Regalböden standen tatsächlich noch einige wenige Bücher, auch wenn die meisten davon zerrissen oder halb vermodert und aufgequollen waren.

Den größten Teil des vorhandenen Platzes aber nahmen alle möglichen Fundstücke ein: Kartons voller Schrauben und Nägel, ein zerbeulter Toaster und eine Anzahl unterschiedlich großer Spiegelscherben, zerbrochenes Werkzeug und eine halb auseinander genommene Kaffeemaschine in einem fünfzig Jahre alten Design, Haufen aus zersplitterten Plastikteilen und aufgerissene Kissen, aus denen staubig zusammengeklumpte Daunenfedern quollen, Campingbesteck und Autoersatzteile, ein paar auseinander gebaute Transistorradios und Fernsehgeräte, zerrissene Lebensmittelverpackungen und Kleidungsstücke.

Die Aufzählung hätte sich noch beliebig lange fortsetzen

lassen und dieses sonderbare Sammelsurium beschränkte sich längst nicht nur auf die Regale. Auch überall im Zimmer türmten sich die unterschiedlichsten Dinge, die jemand anscheinend vollkommen wahllos zusammengetragen hatte. Die Krönung des Ganzen war ein ausgewachsener Motorblock, der aus einem ziemlich großen Lkw stammen musste. Auf dem Tisch, an den sich Katt nun setzte, während sie zugleich eine Geste auf einen der anderen freien Stühle machte, lag eine gewaltige Axt. Jedenfalls dachte Anders im allerersten Moment, jemand hätte sie mühsam darauf ausbalanciert. Als er näher kam, stellte er jedoch fest, dass jemand sie mit großer Kraft in die massive Holzplatte hineingeschlagen hatte.

»Gefällt es dir?«, fragte Katt spöttisch. Sein verwirrter Blick war ihr nicht entgangen.

»Na ja, es ist … ein wenig anders, als ich erwartet habe«, gestand Anders. Er zuckte mit den Schultern. »Kommt mir trotzdem irgendwie bekannt vor. Ich nehme an, du hast nie einen Mad-Max-Film gesehen?«

Katt sah ihn einen Moment lang verständnislos an und tat seine Worte dann mit einem Achselzucken ab. Sie wartete, bis er Platz genommen hatte. »Rex. Er hat sich das Zimmer eingerichtet. Nach Bulls … Tod hat er die Macht hier übernommen. Ich wollte es immer ändern, aber ich war nicht sicher, ob es sich lohnt.«

Anders zog es vor, nicht darauf zu antworten. Er sah Katt nur fragend an.

»Ich möchte mich bei dir entschuldigen«, begann Katt nach einer Weile unbehaglichen Schweigens.

»Entschuldigen?«

»Wegen gestern«, antwortete Katt. Sie sah ihn nicht direkt an, sondern blickte dicht an ihm vorbei ins Leere. »Ich war … ziemlich überrascht, als du plötzlich aufgetaucht bist. Es tut mir Leid, was passiert ist. Wie geht es deiner Hand?«

Anders sah sie eine Sekunde lang nur verständnislos an, dann hob er den rechten Arm und drehte die Hand vor dem

Gesicht hin und her. Es hatte erst Katts Frage bedurft, um ihn überhaupt wieder daran zu erinnern, dass Rex ihm gestern Abend in die Hand gebissen hatte. Was er sah, überraschte ihn beinahe selbst. Die Wunde tat nicht nur überhaupt nicht mehr weh, sie war auch nicht annähernd so schlimm, wie er im ersten Moment geglaubt hatte. Rex' Fänge hatten eine gleichmäßige Reihe kleiner runder Löcher unter den Handballen gestanzt, die aber allem Anschein nach schon fast verheilt waren und ihn auch nicht im Geringsten behinderten. Wie, um es sich selbst zu beweisen, ballte er die Hand ein paarmal zur Faust und ließ den Arm dann wieder sinken.

»Tja, allem Anschein nach hat er wenigstens nicht die Tollwut«, witzelte er.

»Gestern Abend sah es schlimmer aus«, sagte Katt, während sie stirnrunzelnd und mit einem sehr sonderbaren Blick seine Hand betrachtete.

»Ich hatte schon immer gutes Heilfleisch«, sagte er – was stimmte – und zuckte abermals mit den Schultern. »Und gestern Abend sah eine Menge schlimmer aus. Wie geht es Boris?«

»Dem Troll?« Katt schüttelte den Kopf. »Keine Sorge. Er lebt und er ist auch nicht schwer verletzt. Aber ich weiß nicht, wie lange wir ihn noch halten können. Er ist ziemlich wütend, und meine Leute weigern sich, ihm zu essen und zu trinken zu bringen. Du hättest ihn nicht hierher bringen dürfen.«

»Genau genommen hat er *mich* hergebracht«, antwortete Anders. »Ohne ihn hätte ich es nicht geschafft.« Er lächelte schief. »Jetzt behaupte nicht, ihr wüsstet nichts davon, dass die Wilden ihre eigenen Wege auf die andere Seite kennen.«

»Manchmal ist es leichter, etwas nicht zu wissen«, sagte Katt. »Du hast meine Frage nicht beantwortet. Warum bist du hierher gekommen?« Sie schüttelte den Kopf, als er antworten wollte. »Du weißt, dass du es nicht bis zur Mauer schaffst. Die Drachen kommen fast jeden Tag hierher. Und sie fliegen *un-*

unterbrochen über die Berge. Sie werden nicht aufgeben, bevor sie dich wieder eingefangen haben.«

»Vielleicht wollte ich dich wiedersehen«, antwortete Anders. Das war die Wahrheit und zugleich auch nicht. Nein – es war die Wahrheit. Es war einer von mehreren Gründen, aber es war zugleich auch der einzige, der wirklich zählte.

»Warum?«, fragte Katt.

Anders konnte sie nur anstarren. Warum? Ebenso gut hätte sie ihm ins Gesicht schlagen können.

»Wie?«, murmelte er benommen.

»Warum?«, wiederholte Katt. »Du weißt, dass es keinen Sinn hat. Sie würden es niemals zulassen.«

»Wer?«, fragte Anders verstört. »Wovon ... wovon sprichst du?«

»Tamar, Culain und die anderen Elder«, antwortete Katt. »Sie haben mir klar gemacht, dass wir nicht zusammengehören.« Sie machte eine rasche abwehrende Bewegung, als er auffahren wollte. »Sie haben Recht, Anders. Es hätte keinen Sinn.«

»Und sie haben dir auch klar gemacht, dass Lara und ich ...«, begann Anders, aber Katt unterbrach ihn erneut, und diesmal mit einem traurigen Kopfschütteln und einem angedeuteten bitteren Lächeln.

»Es tut mir Leid, was ich gestern über Lara gesagt habe«, sagte sie. »Es war dumm. Es tut mir wirklich Leid, dass ich das gesagt habe, und es tut mir auch wirklich Leid um Lara. Sie war ein nettes Mädchen. Wie ist sie gestorben? Bei der Schlacht um die Burg?«

»Nein«, antwortete Anders. »*Dabei* ist nur ihr Freund ums Leben gekommen.«

»Ihr Freund?« Katt wirkte irritiert und zugleich ein bisschen schuldbewusst.

»Davon hat dir Culain nichts erzählt, nehme ich an«, sagte Anders scharf. »Sie war ihm versprochen. Wusstest du das nicht?«

Katt schüttelte den Kopf. Sie schwieg, doch die Pupillen ihrer gelben Katzenaugen weiteten sich und verrieten ihre wahren Gefühle; vermutlich sogar deutlicher, als ihr selbst bewusst war, mit Sicherheit aber deutlicher, als sie wollte.

»Ja«, sagte Anders. »Er ist in der Torburg gefallen – um Lara und mich zu retten.« Er schüttelte sacht den Kopf. »Ich hätte nie eine Chance gegen ihn gehabt, selbst wenn ich es gewollt hätte. Ich wollte es auch nicht. Es ist so, wie du gerade selbst gesagt hast: Sie war ein nettes Mädchen. Eine wirklich gute Freundin. Ich habe sie gemocht, aber mehr auch nicht.«

Katt schwieg immer noch. Ihr Gesicht war wie Stein, doch Anders spürte, wie es hinter ihrer Stirn arbeitete. Wie sehr sie litt.

»Was hat dir Culain erzählt?«, fragte er. Er vermied es ganz bewusst, *dein Vater* zu sagen, aber er sah Katt an, dass sie es trotzdem irgendwie hörte. »Dass Lara und ich ein Paar sind? Dass wir zusammengehören? Dass wir füreinander bestimmt sind oder irgend so einen Blödsinn?« Er lachte bitter. »Willst du wissen, wie sie gestorben ist? Wir sind zusammen geflohen und haben uns zu Jannik und seinen Leuten durchgeschlagen.«

»Jannik?«, fragte Katt. »Dein Freund, von dem du mir erzählt hast? Aber ich dachte, er wäre tot.«

»Das dachte ich auch«, antwortete Anders. »Doch er lebt. Jedenfalls war er noch am Leben, als wir ihn verlassen haben. Und wie ich Jannik kenne, hat er es auch geschafft. Aber Lara …« Plötzlich war in seinem Hals ein bitterer Kloß, der ihn daran hinderte, weiterzusprechen. Er musste neu ansetzen. »Sie hat es nicht geschafft«, sagte er schließlich.

»Das tut mir Leid«, sagte Katt. Es klang ehrlich. »Die Wilden?«

»Nein«, antwortete Anders bitter. »Die nicht.« Er wollte nicht darüber reden, er wollte nicht daran denken, aber natürlich war es zu spät. Katts Frage hatte die Erinnerung nicht einmal wirklich wecken müssen. Sie war die ganze Zeit über da gewesen. Sie würde immer da sein.

Obwohl er es nicht wollte, fuhr er, fast wie unter einem inneren Zwang, fort: »Sie wollte sich ihm anschließen. Den … den Aufständischen. Jannik wollte die Herrschaft der Elder mit Gewalt brechen, weißt du? Beinahe hätte er es sogar geschafft. Wenn die Drachen nicht eingegriffen hätten, dann hätte er gewonnen. Die Torburg war bereits gefallen und auch Tiernan hätte nicht mehr lange standgehalten.«

»Ich habe davon gehört «, sagte Katt. »Die Drachen haben seine gesamte Armee vernichtet. Ich konnte es kaum glauben. Sie haben sich noch nie in unsere Belange eingemischt.«

»Ich war ja auch noch nie hier«, sagte Anders bitter. »*Ich* war in Gefahr, verstehst du nicht? Es war ihnen völlig egal, was mit euch passiert oder den Wilden – oder sogar den Elder. Es ging nur um mich.« Er schüttelte zornig den Kopf. »Ebenso gut hätte ich sie auch alle mit meinen eigenen Händen umbringen können.«

»Und wie bist du entkommen?«, fragte Katt; zweifellos nur um ihn abzulenken.

»Lara und ich haben uns zu Jannik durchgeschlagen«, antwortete er. »Die Drachen haben sein Lager überfallen und alle getötet. Dabei ist auch Lara umgekommen. Mich haben sie gefangen genommen, aber ich konnte fliehen. Boris hat mich gefunden und hierher gebracht.«

Katt zog die linke Augenbraue hoch. »Das war die Kurzfassung, nehme ich an?«

»Mir war sie lang genug«, antwortete Anders unwirsch. Katt blickte überrascht, aber sie beließ es dabei. Anscheinend spürte sie, dass er nicht über dieses Thema reden wollte.

Doch das war nur die halbe Wahrheit. Er wollte nicht darüber reden und er konnte es auch gar nicht. Seine Erinnerungen waren längst und vollständig zurückgekehrt – in vieler Hinsicht vollständiger, als ihm recht war. Da war so vieles, was er liebend gern vergessen hätte – aber all seine Erinnerungen endeten mit dem Helikopterflug. Was danach geschehen war, das wusste er nur bruchstückhaft. Da waren die Männer in

Schwarz gewesen, Feuer, und das grässliche Gefühl, zu fallen. Sein eigenes Gesicht in der verzerrten Spiegelung auf einer schwarzen Scheibe. Explodierendes Metall und der durchdringende Gestank von schmorenden Leitungen und schmelzendem Plastik. *Du bist vom Himmel gefallen.* Schwarze Kleidung und der Anblick des Helikopters, der sich schneller und schneller drehte und dabei immer rascher kleiner wurde, als hätte er seinen Halt in der Wirklichkeit verloren, bevor er endgültig aus seinem Blickfeld verschwand. Anders presste für einen Moment die Lider so fest zusammen, dass bunte Farbflecke und Blitze auf seinen Netzhäuten entstanden, um die schrecklichen Bilder auf diese Weise zu vertreiben, aber es funktionierte nicht. Sie waren immer noch da, nur jetzt eingerahmt von einem Feuerwerk aus roten und orangefarbenen Lichtpunkten.

»Und wie bist du ihnen entkommen?«, fragte Katt.

»Ich weiß es nicht«, antwortete Anders. *Du bist vom Himmel gefallen.* Er zuckte mit den Schultern. »Das ist die Wahrheit. Es ging alles so furchtbar schnell, und als Lara …« Er brach ab und hob nur noch müde die Schultern.

»Ich verstehe«, sagte Katt leise.

Anders bezweifelte das. Er verstand es ja selbst nicht. Aber er spürte auch ihre Hilflosigkeit, ihm nicht wenigstens ein bisschen Trost spenden zu können. Wieder fragte er sich, warum er nicht einfach aufstand und zu ihr ging, um sie in die Arme zu schließen. Einfach nur um ihr nahe zu sein, die Wärme eines anderen Menschen zu spüren, aus keinem anderen Grund. Und wieder konnte er es nicht. Plötzlich erwachte Zorn unter all dem Schmerz und der Bitterkeit in ihm. Er galt nicht Tamar, Culain oder irgendeinem der anderen Elder, obwohl er ihnen hätte gelten sollen, denn sie hatten alles zerstört, was ihm jemals etwas bedeutet hatte; er galt nicht einmal seinem Vater oder den Drachen, die in seinem Auftrag so unendlich viel Leid über diese Welt und ihre Bewohner gebracht hatten. Er war einfach da und er wurde mit jedem Moment stärker. Plötzlich hatte er das Bedürfnis, etwas zu packen und zu zerschlagen. Wäre ihm die Axt, die Rex so dekorativ in die Tischplatte gerammt hatte, nicht zu schwer gewesen, hätte er sie herausgerissen und irgendetwas damit zertrümmert.

Stattdessen fragte er mit erzwungener Ruhe: »Und wie ist es dir ergangen? Ich meine: Wie hast du das Kunststück fertig gebracht, Rex davon zu überzeugen, dass du dich besser für seinen Posten eignest als er?«

Katt lächelte flüchtig. »Oh, dazu hat nicht viel Überredungskunst gehört. Ich hatte ein paar sehr überzeugende Argumente auf meiner Seite.«

Anders blickte fragend und Katt fuhr mit einem bezeichnenden Blick auf die Axt in der Tischplatte fort: »Sie hatten weiße Mäntel, spitze Ohren und ziemlich scharfe Schwerter.«

»Elder?«, fragte Anders überrascht. »Wie meinst du das?«

»Ich wollte die Führung der Sippe nicht«, sagte Katt. »Ich wollte sie nie und ich will sie auch jetzt noch nicht – und du weißt ja auch, dass wir bislang nie wirklich einen Führer hatten, sondern nur einen Rat der Ältesten. Es war Morgens Entscheidung.« Sie streckte die Hand aus und strich nachdenklich mit der Fingerspitze über den Axtstiel. Ein seltsamer Ausdruck trat in ihre Augen.

»Morgen? Aber was hat Morgen mit … mit der Sippe zu tun?«, murmelte Anders verständnislos.

»Nicht mit der Sippe«, erwiderte Katt. »Aber mit mir.« Ihre Hand bewegte sich weiter und glitt über die Schneide der Axt. Sie musste wohl noch schärfer sein, als Anders ohnehin angenommen hatte, denn sie schnitt sich prompt in den Finger und zog leicht verärgert die Augenbrauen zusammen, während sie den einzelnen Blutstropfen betrachtete, der wie eine dunkelrote Träne an ihrer Hand herablief.

»Sie ist noch einmal zu mir gekommen, nachdem sie dich weggebracht haben und bevor ich … zurückgeschickt wurde«, begann sie, während sie sich zurücklehnte. Einen Moment lang betrachtete sie weiter stirnrunzelnd das Blut, das eine gewundene rote Spur über ihr Handgelenk zog, dann zuckte sie mit den Achseln und steckte den blutenden Finger kurzerhand in den Mund. »Das hier war sozusagen ihr Abschiedsgeschenk an mich. Ich wollte es nicht, aber du weißt ja, wie die Elder sind. Es hat sie noch nie interessiert, was andere wollen und was nicht. Sie hat entschieden, dass ich die Führung der Sippe übernehmen soll, damit ich in Sicherheit bin und so gut lebe, wie es hier nur möglich ist.«

»Sie ist immerhin deine Mutter«, sagte Anders ruhig. »Wahrscheinlich war sie nur besorgt um dich.«

»Meine Mutter.« Katt wiederholte das Wort auf seltsam bittere Art. »Ja, das hat sie mir auch gesagt. Wenn es wirklich so ist, dann tue ich ihr wahrscheinlich unrecht. Ich meine: Eltern wollen doch bestimmt immer nur das Beste für ihre Kinder, oder? Mütter für ihre Töchter, Väter für ihre Söhne …«

»Das mit meinem Vater und mir ist etwas anderes«, behauptete Anders.

»Sicher«, sagte Katt spöttisch. Sie lutschte weiter an ihrem Finger.

»Morgen hat bis vor einem halben Jahr nicht einmal gewusst, dass es dich gibt«, antwortete Anders. Katt zog die linke Augenbraue hoch und Anders fuhr fort: »Ich meine: Sie wusste nicht, dass du du bist, verstehst du?«

»Ja«, antwortete Katt und schüttelte heftig den Kopf. »Und als sie noch wusste, dass es mich gab, hat sie mich zu guten Leuten gegeben, damit ich es besser habe und nicht so arm und ständig hungrig und frierend aufwachsen muss wie die bedauernswerten Elder in Tiernan.«

Anders konnte ihre Bitterkeit verstehen. Katt war trotz allem glücklich gewesen, als er sie kennen gelernt hatte. Sie war in einer Welt aufgewachsen, in der jeder Tag der letzte sein konnte. Sie hatte immer Hunger gehabt und im Winter nie sicher sein können, nicht im Schlaf zu erfrieren – und doch war das halb verhungerte, misstrauische Mädchen, das er damals kennen gelernt hatte, hundertmal zufriedener gewesen als die zornige junge Frau, die ihm nun gegenübersaß. Sie war in einer grausamen und mörderischen Welt aufgewachsen, aber sie hatte niemals etwas anderes gekannt und sie hatte sich ihren Platz in dieser Welt gesucht und so behaglich eingerichtet, wie sie konnte. Morgen hatte ihr all das weggenommen, ganz einfach nur, indem sie ihr gezeigt hatte, wie ihr Leben *hätte sein können.*

»Und Rex hat das einfach so akzeptiert?«, fragte er, um sie aus ihren düsteren Gedanken zu reißen.

»Die Krieger, die Culain mir mitgegeben hat, waren sehr überzeugend«, sagte Katt. Sie machte eine Kopfbewegung auf die Axt. »Diese Waffe hat einem von ihnen gehört. Er hat Rex gefragt, ob er sie in diesen Tisch oder zwischen die Schulterblätter haben will. Rex hat nicht allzu lange gezögert.«

»Da, wo ich herkomme, nennt man so etwas eine feindliche Übernahme«, sagte Anders mit einem schiefen Lächeln. »Und du traust Rex? Irgendwie kommt er mir nicht vor wie jemand, dem ich mein Leben anvertrauen würde.«

»Die Elder haben auch gesagt, dass sie ab und zu herkommen, um nach mir zu sehen«, antwortete Katt.

»Und dass es Rex an den Kragen geht, wenn du an irgendetwas anderem als an Altersschwäche stirbst«, vermutete Anders. Katt nickte.

»Weiß Morgen eigentlich, was sie dir damit antut?«, fragte Anders kopfschüttelnd. »Rex ist niemand, der sich das bieten lässt. Er wird einen Weg finden, um …«

»So schlimm ist es nun auch wieder nicht«, unterbrach ihn Katt mit einer besänftigenden Geste. »Ich habe mit Rex gesprochen. Er weiß, dass es nicht meine Schuld ist, und er weiß auch, dass ich das alles hier nicht wollte.«

»Und da hat er dir vergeben und dich wieder in sein großes Herz geschlossen«, vermutete Anders.

Katt blieb ernst. »Rex war und ist der wirkliche Führer der Sippe. Ich wohne hier und alle tun so, als hätte ich das Sagen, aber in Wahrheit bestimmt er, was geschieht.«

»Das kam mir gestern Abend aber nicht so vor«, sagte Anders.

»Deswegen ist er ja auch so zornig«, bestätigte Katt. »Aber keine Angst. Ich habe mit ihm gesprochen. Dir wird nichts geschehen. Und deinem Freund auch nicht.«

Anders schwieg einen Moment. Als Katt das letzte Mal mit Rex gesprochen hatte, da hatte sie ihn weggeschickt wie irgendeinen ihrer Untertanen. Es fiel ihm schwer, Katts Optimismus zu teilen oder gar ihre Einschätzung des Hundemannes. Rex hatte nicht gerade einen verständnisvollen Eindruck gemacht. Anders glaubte nicht, dass er überhaupt wusste, was das war.

»Wie lange wird er wegbleiben?«, fragte er.

»Rex?« Katt machte eine vage Geste. »Es ist ein ziemliches Stück bis zur Wasserstelle und zurück. Warum fragst du?«

»Weil ich mit Boris sprechen möchte«, sagte er. »Bevor er zurück ist.« Er stand auf. »Bringst du mich zu ihm?«

»Ich weiß nicht, ob das klug wäre«, sagte Katt zögernd. »Unsere Leute sind nicht besonders froh, dass er da ist. Sie haben Angst vor den Wilden.«

»Ein Grund mehr, ihn möglichst schnell loszuwerden, oder?«, fragte Anders.

8

Sie hatten das Haus nicht verlassen, sondern waren in den Keller hinuntergegangen, in dem Anders damals auf Bulls private Schatzkammer gestoßen war. Sie hatten den kleinen Bretterverschlag passiert und waren dem Korridor bis zu seinem Ende gefolgt, das von einer massiven Eisentür gebildet wurde, die aussah, als könnte sie selbst dem Toben eines wütenden Trolls standhalten. Dennoch hielten zwei gepanzerte und bis an die Zähne bewaffnete Schweinekrieger davor Wache. Katt gebot Anders mit einer knappen Geste, zurückzubleiben, eilte mit raschen Schritten voraus und wechselte ein paar Worte mit den Posten. Sie sprach sehr leise, sodass Anders nicht verstand, was sie sagte, aber das Gespräch verlief alles andere als harmonisch. Selbst als sie die Debatte schließlich mit einer befehlenden Geste beendete, zögerten die beiden Schweine sichtbar, ihr zu gehorchen. Augenscheinlich schien zu stimmen, was Katt über die wirkliche Verteilung der Macht hier erzählt hatte.

Katt winkte ihn mit einem Blick herbei, während einer der Krieger – widerwillig – die Tür entriegelte. Sein Kamerad funkelte Anders so hasserfüllt an, dass sein Herz unwillkürlich schneller schlug und er sich abermals fragte, wieso die Schweine eigentlich hier waren; und vor allem, *wozu?*

Als sie die Tür durchschritten hatten, stellte er diese Frage auch Katt. »Hat Morgen dir die Krieger mitgegeben, um dich zu beschützen?«

Vor ihnen lag ein weiterer, langer Korridor mit nackten Betonwänden, an dessen Ende sich der Zwilling der eisernen Feuerschutztür befand, die sie gerade durchschritten hatten. Zu Anders' Erleichterung standen jedoch keine weiteren Wachen davor.

»Ganz bestimmt nicht«, sagte Katt inbrünstig. »Sie sind erst vor zwei Tagen gekommen. Tamar hat sie davongejagt.«

»Tamar?« Anders blieb überrascht stehen und sah sie zweifelnd an.

»Vielleicht ja auch der ganze Hohe Rat«, antwortete Katt mit einer Bewegung, die irgendwo zwischen einem Nicken und einem Schulterzucken angesiedelt war. »Sie haben sämtliche Schweinekrieger davongejagt. In Tiernans Armee dienen jetzt nur noch reinblütige Menschen und Elder.«

»Und ihr habt sie aufgenommen?«, fragte Anders fassungslos. Er hatte nicht vergessen, was die Schweine den Tiermenschen in der Vergangenheit angetan hatten. So wenig, wie er vergessen hatte, was sie *ihm* um ein Haar angetan hätten und ihr.

»Rex war dagegen«, antwortete Katt. »Aber ich konnte ihn

überzeugen, dass es besser ist, sie bei uns aufzunehmen, als das Risiko einzugehen, sie ebenfalls davonzujagen und uns neue Feinde zu schaffen. Wir sind froh, dass die Gefahr durch die Wilden wenigstens für eine Zeit gebannt ist. Ich kann mir etwas Angenehmeres vorstellen, als an ihrer Stelle eine Bande halb verhungerter Schweine draußen in den Wäldern zu wissen.«

Anders blinzelte. Katts Antwort überraschte ihn – nicht einmal so sehr das, *was* sie sagte, sondern hauptsächlich der Umstand, *dass* sie es tat und *wie*. Auch wenn sie von sich behauptete, nicht die Führerin des Stammes zu sein – sie dachte jedenfalls wie eine solche. »Falls du mich begleitest und wir es nach draußen schaffen, musst du unbedingt in die Politik gehen. Du machst garantiert Karriere.«

»Wie?«, fragte Katt.

»Vergiss es einfach«, seufzte Anders. Er machte eine auffordernde Bewegung und ging weiter. Die letzten drei oder vier Schritte legten sie in vollkommener Dunkelheit zurück, denn die Schweine schlossen die Tür hinter ihnen und es gab hier weder ein Fenster noch eine weitere Fackel. Anders entging auch nicht das metallische Scharren, mit dem der Riegel von außen vorgelegt wurde.

Die Elder haben alle Schweine davongejagt? Anders hatte natürlich keinen Grund, an Katts Worten zu zweifeln, aber es fiel ihm trotzdem schwer, ihr zu glauben. Immerhin waren diese gewaltigen Kreaturen der mit Abstand schlagkräftigste Teil von Tamars Armee gewesen – warum also sollte er sie so einfach wegschicken? Zugleich aber erinnerte er sich auch wieder daran, wie rücksichtslos der Elder die Schweine während der Verteidigung der Torburg eingesetzt hatte. Hätte es auch nur einen einzigen Grund für diese Annahme gegeben, so hätte man meinen können, dass er sie ganz bewusst in den Untergang geschickt hatte.

Katt tastete im Dunkeln nach dem Riegel, schob ihn zurück und flackernder roter Fackelschein fiel durch den breiter werdenden Spalt, als sie die Tür aufzog. Dahinter lag ein großer, fensterloser Raum mit nackten Wänden, der von einem halben Dutzend Fackeln in unstetes Licht getaucht wurde. Die Luft war so schlecht, dass sie in seiner Kehle brannte und ihm fast augenblicklich die Tränen in die Augen trieb. Es stank erbärmlich.

Boris war aufrecht und mit ausgebreiteten Armen an die gegenüberliegende Wand angekettet. Schwere eiserne Ringe hielten seine Handgelenke mit rostigen Gegenstücken an der Betonmauer fest, und eine weitere Kette mit Gliedern aus fast fingerdickem Eisen war um seine Hüfte geschlungen und ebenfalls mit der Wand verschraubt, und auch seine Fußknöchel waren mit rostigen Schellen miteinander verbunden. Nicht einmal die gewaltigen Körperkräfte des Trolls konnten ausreichen, um diese Fesseln zu sprengen. Trotzdem gab es noch zwei zusätzliche Wachen hier drinnen: Ein gutes Stück außerhalb seiner Reichweite standen zwei mit Hellebarden bewaffnete Schweine, die den Koloss so misstrauisch beäugten, als wären sie jeden Moment darauf gefasst, dass er seine Ketten mit einer spielerischen Bewegung zerreißen und sich auf sie stürzen könnte.

Selbst wenn der Troll dazu in der Lage gewesen wäre, hätte er vermutlich keine Gefahr mehr dargestellt. Im Augenblick zumindest waren es wohl einzig noch die eisernen Fesseln, die Boris davor bewahrten, zusammenzubrechen.

Anders' Bestürzung schlug in blanken Zorn um, als er sah, in was für einem bemitleidenswerten Zustand sich der Troll befand. Sein Fell starrte vor Schmutz und eingetrocknetem Blut, sein Gesicht war unförmig angeschwollen und blau und violett verfärbt und seine Lippen aufgeplatzt. Die Schweine mussten ihn noch weiter misshandelt haben, auch als er schon längst nicht mehr in der Lage gewesen war, sich zu verteidigen.

Katt schien über den Anblick ebenso erschrocken zu sein wie er. Obwohl Anders sie nur von der Seite sehen konnte, entging ihm nicht, dass sich ihr Gesicht vor Wut verdunkelte.

»Wer hat das getan?«, fragte sie schneidend. »Ich hatte befohlen, dass ihm kein Leid zugefügt wird!«

Eines der Schweine grunzte eine Antwort, die Anders nicht verstand, deren Ton aber noch trotziger war als das, was er gerade draußen vor der Tür gehört hatte. Katt wirbelte auf dem Absatz herum und fuhr den Krieger in scharfem Ton an, aber Anders hörte gar nicht mehr hin. Ohne dem drohenden Streit – oder dem warnenden Grunzen des zweiten Kriegers – irgendeine Beachtung zu schenken, trat er auf Armeslänge an den Troll heran und legte den Kopf in den Nacken, um in sein Gesicht hinaufzusehen. Seine Hände begannen vor Zorn zu zittern.

Aus der Nähe betrachtet bot Boris einen noch viel bemitleidenswerteren Anblick. Was aus der Entfernung wie ein Gemisch aus Blut und Schmutz in seinem Fell ausgesehen hatte, war beinahe ausschließlich braun und schwarz verkrustetes Blut. Unter dem struppigen Fell klafften etliche tiefe Schnittwunden und Boris' linkes Handgelenk schien gebrochen zu sein. Der Troll stank erbärmlich. Boris hatte sich beschmutzt, wahrscheinlich nachdem sie ihn an diese Wand gebunden und danach weiter auf ihn eingeschlagen und -gestochen hatten. Sein linkes Ohr war eingerissen und das Auge auf dieser Seite des Gesichts sah nicht so aus, als würde es sich jemals wieder öffnen. Aus Anders' Zorn wurde etwas anderes, Schlimmeres.

Er fuhr mit einer so abrupten Bewegung herum, dass Katt und der Krieger ihren Streit unterbrachen und verdutzt zu ihm hinsahen und ihn auch das zweite Schwein erschrocken anblinzelte.

»Wer von euch hat das getan?«, fragte er mit bebender, schriller Stimme. »Warum? Es war nicht nötig, ihn zu foltern! Er war wehrlos und er hätte euch niemals etwas getan!«

»Anders«, begann Katt, aber Anders beachtete sie gar nicht, sondern wandte sich mit einer herrischen Geste an den Krieger neben sich. »Mach ihn los! Auf der Stelle!«

Der Krieger gehorchte natürlich nicht, sondern starrte ihn nur aus aufgerissenen Augen an, aber Katt sagte fast entsetzt: »Anders, ich glaube nicht, dass das eine wirklich gute …«

»Hast du mich nicht verstanden?« Anders schrie jetzt wirklich. Herausfordernd trat er auf den Krieger zu, und der Zorn war offensichtlich nicht nur in seiner Stimme zu hören, sondern musste sich wohl auch ebenso deutlich auf seinem Gesicht widerspiegeln, denn das riesige Geschöpf wich ganz instinktiv vor ihm zurück, und in seinen tückischen Schweinsäuglein erschien ein unsicheres Flackern.

»Anders!«, keuchte Katt erschrocken.

Anders brachte sie mit einer zornigen Handbewegung zum Schweigen, ohne sein Gegenüber auch nur eine Sekunde lang aus den Augen zu lassen. »Verstehst du mich?«, fragte er scharf. »Du verstehst mich doch, oder? Du sprichst meine Sprache?«

Das Schwein nickte. Das unsichere Flackern in seinen Augen nahm noch zu, aber Anders spürte auch die Gefahr, in der er sich befand. Diese Geschöpfe waren unglaublich stark, und nach allem, was er bisher mit ihnen erlebt hatte, nicht besonders klug. Er musste Acht geben, bei seinem Gegenüber die Grenze zwischen Furcht und Aggression nicht zu überschreiten. Trotzdem fuhr er in beinahe noch schärferem Ton fort: »Du hast mich also verstanden? Dann mach ihn los – *sofort!*«

Das Eis, auf dem er sich bewegte, wurde dünner. Er glaubte es *knistern* zu hören. Das Flackern in den Augen des Kriegers nahm noch weiter zu, und unter der Mischung aus Furcht und Verwirrung in seinem Blick begann allmählich Wut heranzuwachsen. Ein falsches Wort, dachte Anders, ein winziges Zeichen von Unsicherheit und die Situation würde vollends außer Kontrolle geraten.

»Wovor hast du Angst?«, fragte er. »Glaubst du, er würde sich auf dich stürzen und dir etwas antun?«

Für einen ganz kurzen Moment war er sicher, zu weit gegangen zu sein. Blanke Wut breitete sich auf dem Gesicht des Schweins aus und seine Hand schloss sich so fest um den Griff der Hellebarde, dass das brüchige Leder seiner Handschuhe hörbar knirschte.

Aber der gefährliche Moment ging vorüber, ohne dass es zur Katastrophe kam. Der Krieger starrte ihn nur einen endlosen, schweren Herzschlag lang herausfordernd an, senkte dann jedoch den Blick und lehnte seine Hellebarde gegen die Wand, um an den gefesselten Troll heranzutreten. Mit nervösen, aber unerwartet geschickten Bewegungen löste er zuerst seine Fußfesseln, dann die schwere Kette um seinen Leib und schließlich seine Handfesseln. Boris gab ein dumpfes Stöhnen von sich, brach in die Knie und fiel dann wie ein gefällter Baum nach vorne. Der Krieger konnte sich gerade noch mit einem hastigen Sprung in Sicherheit bringen, um nicht unter ihm begraben zu werden, und auch Anders wich instinktiv einen Schritt zurück, obwohl er sich wie ein Verräter dabei vorkam, dem Troll nicht zu helfen; oder es wenigstens zu versuchen.

Boris blieb eine Sekunde lang so reglos liegen, dass Anders schon befürchtete, er wäre tot. Dann aber drehte er sich stöhnend auf die Seite, und Anders war mit einem einzigen Satz neben ihm und fiel auf die Knie. Aus den Augenwinkeln sah er, wie der Krieger zurückwich und seine Waffe wieder an sich riss und die zweischneidige Spitze drohend auf den hilflos daliegenden Troll richtete.

»Boris?«, fragte er mit klopfendem Herzen. Seine Stimme zitterte. Er fühlte sich so hilflos, dass es fast wehtat. »Verstehst du mich? Kannst du sprechen?«

Er bekam nicht sofort eine Antwort. Boris gab ein Geräusch von sich, von dem er nicht sicher war, ob es sich um ein Stöhnen oder ein drohendes Knurren handelte. Mühsam öffnete er das rechte, noch halbwegs unversehrt gebliebene Auge und sah Anders mit einem Blick an, der ihm einen eisigen Schauer über den Rücken laufen ließ.

»Kannst du mich verstehen?«, fragte Anders.

»Geht schon«, murmelte Boris. Seine geschwollenen Lippen machten es ihm noch schwerer als sonst, die Worte zu formen. »Schmerzen.«

»Nicht gut«, sagte Anders mit einem matten Lächeln. »Ich weiß. Es tut mir wirklich Leid.«

Boris grunzte, stemmte die unverletzte Hand gegen den Boden und richtete sich langsam und heftig schwankend ein kleines Stück auf. Die beiden Schweinekrieger deuteten erschrocken mit ihren Waffen auf ihn und auch Katt sog scharf die Luft zwischen den Zähnen ein. Anders machte eine rasche beruhigende Geste hinter sich, sah den Troll aber weiter an.

»Es tut mir unendlich Leid«, sagte er noch einmal. »Ich weiß, dass du nicht hierher kommen wolltest. Ich hätte dich niemals dazu zwingen dürfen.«

»Schon gut«, würgte Boris hervor. »Nicht ... schlimm.«

»Aber auch nicht gut«, sagte Anders leise. »Kannst du laufen?«

Boris schien einen Moment über diese Frage nachdenken zu müssen, doch dann deutete er zumindest ein Nicken an und Anders drehte sich zu den beiden Kriegern um. Die Schweine hatten ihre Hellebarden immer noch drohend auf den Troll gerichtet und sie wirkten sehr nervös.

»Ihr werdet ihn gehen lassen«, sagte er.

Katt ächzte. »Bist du verrückt? Rex wird das niemals ...«

Anders ignorierte sie. Mit einem fragenden Blick wandte er sich wieder an Boris. »Wenn wir dich hier herauslassen, findest du dann den Weg zurück?«, fragte er.

Boris sah ihn einen Atemzug lang verständnislos an. »Zurück?«, nuschelte er. »Nicht gut. Aber ich finde Weg. Wohin?«

»Du musst zu Jannik gehen.« Er musste an eine zentnerschwere Stahlplatte denken, die Boris mit Mühe und Not angehoben hatte, als er noch nicht verletzt und im Vollbesitz seiner Kräfte gewesen war, und als hätte er seine Gedanken gelesen, sagte Boris: »Anderer Weg gut, ja.«

»Dann geh zu Jannik«, sagte Anders eindringlich. »Sag ihm,

dass ich über die Mauer klettern werde. Ich werde der ganzen Welt sagen, was hier drinnen passiert, und sie werden kommen und alles beenden. Kannst du dir das merken?«

»Anders, bist du verrückt?«, murmelte Katt noch einmal.

Anders ignorierte sie weiter und sah Boris fest an. »Geh zu ihm und richte ihm wortwörtlich aus, was ich gesagt habe. Es ist wichtig. Glaubst du, dass du das schaffst?«

Boris nickte.

»Gut«, sagte Anders. Er stand auf, drehte sich betont langsam um und sah wieder die Schweine abwechselnd und so kalt an, wie er nur konnte. »Ihr werdet ihn gehen lassen.«

»Aber das können sie nicht!«, sagte Katt fast beschwörend. »Rex würde sie töten! Und dich auch!«

»Rex?« Anders lachte hart. »Rex ist nicht ihr Problem, glaub mir.« Er fixierte den Blick des Kriegers, der ihm am nächsten stand. »Worauf wartest du?«

Der Koloss reagierte nicht. Er bewegte sich unruhig auf der Stelle und Anders konnte seine Nervosität beinahe riechen.

»Ihr wisst, wer ich bin, nicht wahr?«, fragte er. »Ihr wisst, dass die Elder nach mir suchen. Aber ihr wisst auch, warum. Habe ich Recht?«

Natürlich bekam er auch jetzt keine Antwort, doch er konnte deutlich im Gesicht des Schweinekriegers lesen. Der Riese richtete seine Hellebarde mittlerweile nicht mehr auf Boris, sondern hatte sie herumgeschwenkt, sodass die Spitze auf ihn deutete, aber Anders ließ sich seine Furcht nicht anmerken, sondern trat ganz im Gegenteil weiter auf ihn zu, bis die rasiermesserscharf geschliffene Waffe seine Brust berührte.

»Ihr habt vielleicht Angst vor Rex«, sagte er. Sein Herz hämmerte. Er musste die Hände zu Fäusten ballen, damit man ihr Zittern nicht sah, und er starb innerlich fast vor Angst. Dennoch klang seine Stimme selbst in seinen eigenen Ohren so ruhig, dass er fast überrascht war.

»Ihr solltet besser Angst vor mir haben«, fuhr er fort. »Ich bin Oberons Sohn. Mein Wort ist Gesetz. Habt ihr wirklich den Mut, euch mir zu widersetzen?«

Das Schwein starrte ihn an. Sein Blick flackerte unstet und wirkte nun regelrecht gequält.

Anders machte einen weiteren Schritt auf die Kreatur zu. Die Speerspitze bohrte sich schmerzhaft in seine Brust, aber er gestattete sich nicht, auch nur den Anflug von Furcht auf seinem Gesicht zu zeigen.

»Es ist deine Entscheidung«, sagte er kühl. »Du kannst mich töten – oder ihn gehen lassen. Willst du das?« Er machte eine weitere, winzige Bewegung. Die Speerspitze durchstieß sein Hemd und verletzte seine Haut. Es tat nicht einmal besonders weh, aber auf dem weißen Stoff erschien ein dunkelroter, ganz langsam größer werdender Fleck und die Augen des Schweins weiteten sich.

»Willst du das wirklich?«, fragte er. »Willst du Oberons Sohn töten? Die Elder werden nicht nur dich dafür bestrafen. Sie werden dein ganzes Volk auslöschen.«

Was er tat, war nicht riskant – es war der pure Wahnsinn. Er pokerte mit einem Gegner, der vielleicht nicht einmal wirklich verstand, was er ihm zu sagen versuchte. Doch er war auch schon viel zu weit gegangen, um jetzt noch zurückzukönnen.

Die Zeit schien stehen zu bleiben. Vielleicht vergingen real nur zwei oder drei Sekunden, aber für Anders waren es Ewigkeiten. In seiner Brust war nun doch ein stechender Schmerz, ein fast sanftes Brennen im ersten Moment, das aber rasch zunahm und schlimm und schließlich fast unerträglich wurde. Warmes Blut lief über seine Brust und er glaubte fühlen zu können, wie sich die Spitze der Hellebarde unerbittlich durch sein Fleisch grub und sich den Weg zu seinem Herzen bahnte. Doch er konnte nicht zurück. Wenn er auch nur den Hauch von Unsicherheit zeigte, dann war er tot.

Der Schweinekrieger quiekte, prallte zurück, als hätte er einen Schlag ins Gesicht bekommen, und warf seine Hellebarde zu Boden. Anders musste all seine Kraft aufbieten, um nicht hörbar erleichtert aufzuatmen.

Er brauchte noch deutlich mehr Kraft, um sich möglichst ruhig umzudrehen und sich wieder an den Troll zu wenden. »Du kannst gehen. Aber ich würde dir raten dich zu beeilen. Geh zu Jannik und richte ihm genau aus, was ich dir gesagt habe. Erinnerst du dich noch daran?«

»Sicher?«, fragte Boris. Er hatte sich mittlerweile vollends auf die Knie hochgestemmt und umklammerte sein gebrochenes Handgelenk mit der unversehrten Rechten. Im Blick seines einzelnen offen stehenden Auges stand noch immer purer Schmerz geschrieben, dann drehte er leicht den Kopf und sah den Schweinekrieger hinter Anders an und etwas Neues erschien in seinem Blick.

»Nein!«, sagte Anders rasch. »Du musst gehen. Sofort! Es ist ungeheuer wichtig, dass du Jannik meine Botschaft überbringst. Erinnerst du dich noch daran?«

Es verging noch ein Moment, in dem Boris den Schweinekrieger so hasserfüllt anstarrte, dass dieser instinktiv einen weiteren Schritt zurückwich, dann aber wandte er sich direkt an Anders und nickte.

»Dann geh endlich«, sagte Anders.

Boris stemmte sich umständlich in die Höhe. Er schwankte ein bisschen, aber nun, wo er ungefesselt und aus eigener Kraft auf den Beinen stand, schien seine Kraft auch zusehends zurückzukehren. Seine ersten Schritte waren noch etwas tollpatschig, doch bereits auf dem Weg zur Tür wurden seine Bewegungen sicherer.

»Draußen stehen zwei Posten«, sagte Anders. »Bitte lass sie leben. Es hat schon genug Tote gegeben.«

Boris grunzte eine Antwort, die Anders nicht verstand, öffnete die Tür und war verschwunden, bevor er noch irgendetwas sagen konnte, und Katt atmete hörbar auf. Die beiden Schweine bewegten sich einen Schritt weit in dieselbe Richtung wie der Troll, blieben aber dann wieder stehen, als Anders ihnen einen eisigen Blick zuwarf. Nur einen Moment später war auf dem Gang ein dumpfes Krachen zu hören, gefolgt von einem kurzen erschrockenen Quieken und einem doppelten dumpfen Laut, der sich ganz so anhörte wie ein schwerer Körper, der zu Boden fiel.

»Ich hoffe, er schafft es«, sagte Anders.

»Und ich hoffe, du weißt, was du gerade getan hast«, fügte Katt hinzu. Sie wirkte … erschüttert. Ihr Blick irrte immer wieder ungläubig von Anders zu den beiden Schweinekriegern und wieder zurück. »Rex wird dich umbringen. Und sie und mich gleich mit.«

»Rex?«, wiederholte Anders. »Ich glaube kaum. Aber wenn es dich beruhigt, dann gehe ich selbst zu ihm und beichte. Bringst du mich hin?«

9

Anders war schon einmal bei dem zerfallenen Hochhaus gewesen, in dessen oberem Stockwerk sich die Wasserstelle der Sippe befand, aber sie nahmen einen anderen Weg. Nachdem Katt noch einmal zurückgegangen war und sich davon überzeugt hatte, dass die beiden Posten vor der vorderen Tür tatsächlich nur bewusstlos und ansonsten so gut wie unverletzt waren, nahm sie eine der brennenden Fackeln und deutete mit einer stummen Kopfbewegung in die entgegengesetzte Richtung. Die beiden Schweine, die Boris *bewacht* hatten, schlossen sich ihnen unaufgefordert an, und obwohl Anders von dieser Eskorte alles andere als begeistert war, erhob er keinerlei Einwände dagegen. Einer der beiden Krieger übernahm die Führung und ging vielleicht fünf oder sechs Schritte voraus, während ihnen der zweite im gleichen Abstand folgte.

Er selbst hatte nicht etwa schon nach wenigen Schritten die Orientierung verloren – er hatte sie nie gehabt. Seinem inneren Kompass nach bewegten sie sich genau in die entgegengesetzte Richtung, in der er die Wasserstelle vermutet hätte, aber sein Orientierungssinn war schließlich nicht das Einzige, was ihn im Stich gelassen hatte. Sicher eine halbe Stunde lang irrten sie durch ein unterirdisches Labyrinth aus Korridoren, Kellerräumen und Treppen, das vielleicht nicht ganz so verlassen war, wie es auf den ersten Blick den Anschein hatte. Mehr als einmal war Anders sicher, gedämpfte Schritte zu hören, die sich hastig entfernten, und einmal starrten sie unheimliche rot leuchtende Augen aus der Dunkelheit heraus an, zu klein für einen Menschen und zu tief über dem Boden. Sie verschwanden, bevor Anders Katt darauf aufmerksam machen konnte, und wenn er ehrlich war, dann wollte er auch gar nicht wirklich wissen, wem sie gehörten.

»Bist du sicher, dass wir auf dem richtigen Weg sind?«, fragte er schließlich.

»Das kommt darauf an, was du unter dem richtigen Weg verstehst«, versetzte Katt. Sie ging einen halben Schritt hinter ihm und ein kleines Stück seitlich versetzt. Manche der Gänge und Keller, durch die sie sich bewegten, waren so niedrig, dass die Flamme ihrer Fackel an der Decke entlangstrich und manchmal einen Schweif aus winzigen, kurzlebigen Funken hinterließ. »Wenn du wirklich mit Rex sprechen willst, dann *ist* das der richtige Weg.«

»Sollte ich nicht?«, fragte Anders mit gespielter Verwirrung.

Katt bedachte ihn mit einem schrägen Blick, beantwortete seine Frage aber nicht direkt, sondern deutete mit einer Kopfbewegung auf den vorausgehenden Krieger. Er hatte keine Fackel, bewegte sich aber dennoch mindestens ebenso sicher und schnell wie sie. Allem Anschein nach hatten die Schweine deutlich schärfere Augen als sie. Zumindest schärfere Augen als er.

»Ist dir klar, was du ihnen angetan hast?«, fragte Katt. »Rex wird nicht unbedingt begeistert reagieren, wenn er hört, was passiert ist. Ich würde mich nicht wundern, wenn er sie umbringt.«

»Mir bricht das Herz«, sagte Anders spöttisch.

Katt maß ihn mit einem sonderbaren Blick. »Wieso glaubst du eigentlich, dass sie weniger Recht zu leben hätten als dein Freund?«, fragte sie.

»Eines von diesen … *Dingern* hätte uns um ein Haar umgebracht, hast du das schon vergessen?«, fragte Anders. Er deutete auf den vorausgehenden Schweinekrieger. »Wer weiß – vielleicht war er sogar dabei.«

»Und wie viele deiner Freunde haben die Trolle erschlagen?«, fragte Katt.

Anders schwieg betroffen. Er bedauerte längst, sich überhaupt darauf eingelassen zu haben. Katt bestand zu seiner Erleichterung jedoch nicht auf einer Antwort, sondern ging einige Minuten schweigend neben ihm her, bevor sie das Thema wechselte.

»Du willst es also tatsächlich riskieren?«

Anders verstand sofort, was sie meinte. »Die Mauer?« Er nickte heftig. »Aus keinem anderen Grund bin ich hier.« Was nun wirklich nicht stimmte. Der eigentliche Grund, aus dem er hergekommen war, war nur einen Schritt von ihm entfernt und hielt eine brennende Fackel in der Hand.

»Du wirst dabei umkommen«, prophezeite ihm Katt. »Das letzte Mal …«

»… hatte ich keine Ahnung, was mich erwartet«, unterbrach sie Anders. Er schüttelte den Kopf, um sie gar nicht erst auf die Idee kommen zu lassen, ihm zu widersprechen. »Diesmal ist es anders. Ich brauche vernünftige Kleidung und ein paar Vorräte – und ich schätze, dass ich hier alles finde, um mir eine brauchbare Ausrüstung zusammenzubasteln.«

»Und um dich unsichtbar zu machen?«

Anders blickte fragend.

»Sie fliegen ununterbrochen über die Berge«, erklärte Katt. Eine Minute lang hatte er das Gefühl, dass sie seinem Blick voller Unbehagen auswich, dann fragte sie: »Und wie kommst du auf die Idee, ich würde dich gehen lassen?«

Anders blieb mitten im Schritt stehen und starrte sie an. »Was?«

»Du erwartest allen Ernstes, dass ich tatenlos zusehe, wie du in dein Verderben rennst?«, fragte Katt. »Kennst du mich denn nicht besser?«

»Aber ich dachte, dass ich ...«

»... dass du mir gleichgültig bist?« Katt schüttelte den Kopf. Sie wirkte zornig. »Bestimmt nicht. Und selbst wenn es so wäre – mein Volk ist es mir nicht. Ich kann dich nicht einfach gehen lassen. Tamar war ziemlich deutlich.«

»Tamar? Er war hier?«

»Gestern«, bestätigte Katt. »Kurz bevor du gekommen bist.«

»Der Hubschrauber?«, fragte Anders ungläubig. »Er ist mit dem Hubschrauber gekommen?«

»Und wieder abgeflogen«, bestätigte Katt. »Aber er hat keinen Zweifel daran gelassen, was uns passiert, wenn wir dich nicht an sie ausliefern, solltest du herkommen.« Sie ging weiter. »Anscheinend bist du ihnen noch wichtiger, als du selbst geahnt hast. Doch vielleicht weißt du das mittlerweile ja auch schon.«

»Was soll denn das schon wieder heißen?«

Katt deutete auf den breiten Rücken des Schweinekriegers. »Du hast es doch gerade selbst gesagt: Du bist Oberons Sohn!«

»Quatsch!«, sagte Anders ärgerlich. Der Krieger drehte im Gehen den Kopf und warf ihm einen irritierten Blick zu und Anders senkte deutlich die Stimme, als er fortfuhr. Er hoffte, dass das Gehör der Schweine nicht ebenso scharf war wie ihre Augen. »Das habe ich gesagt, um sie zu beeindrucken. Mein Vater ist vieles, aber ganz bestimmt kein Gott.«

»Tamar scheint es jedenfalls zu glauben«, erklärte Katt. »Er hat nämlich dasselbe gesagt.«

»Tamar ist verrückt«, sagte Anders.

»Das mag sein«, gab Katt ruhig zurück. »Trotzdem hat er gesagt, du wärst Oberons Sohn. Und dass wir alle sterben, wenn dir etwas zustößt. Nicht nur wir, sondern alle hier.«

»Und du glaubst diesen Unsinn?«, fragte Anders verächtlich.

»Ich fürchte, es spielt überhaupt keine Rolle, was *ich* glaube«, antwortete Katt. »Was zählt, ist allein das, was Tamar glaubt. Und wer weiß, vielleicht hat er ja sogar Recht.«

»Ha, ha, ha«, machte Anders. »Sicher doch. Wie konnte ich das nur vergessen? Mein Vater ist ein Gott und ich muss mich nur kurz an den richtigen Zauberspruch erinnern, um mich hier herauszubeamen. Dass ich nicht gleich darauf gekommen bin.«

»Du kennst deinen Vaters doch gar nicht richtig«, antwortete Katt ungerührt, ohne auf das Wort *beamen* auch nur im Geringsten einzugehen. »Jedenfalls hast du das erzählt.«

Anders' Antwort bestand nur aus einem wortlosen Schnauben. Er hatte keine Lust mehr auf dieses Thema. Das Gespräch war schlichtweg absurd. Katt mochte ja in gewisser Hinsicht durchaus Recht haben – in den zurückliegenden Wochen und Monaten hatte er ziemlich schmerzhaft begreifen müssen, dass er tatsächlich sehr wenig darüber wusste, wer sein Vater war, und er gestand ihr auch gerne zu, dass er ihn wirklich kaum kannte. Aber er war auch ganz gewiss nicht das, wofür ihn Tamar und die anderen Elder hielten.

»Warum gehst du nicht einfach zu den Drachen und verlangst von ihnen, dass sie dich zu deinem Vater bringen?«, fuhr Katt fort, als er ihr nicht antwortete. »Das ist vielleicht nicht ganz so lebensgefährlich wie der Weg über die Berge.«

»Um was zu erreichen?« Anders schüttelte heftig den Kopf. »Ganz davon abgesehen, dass sie mich bestimmt nicht zu ihm bringen werden – mein Vater ist der Letzte, mit dem ich sprechen will. Er ist für das alles hier verantwortlich, verstehst du nicht? Er hat das alles hier *gemacht!*«

»Also ist er doch ein Gott«, schloss Katt.

Anders setzte ganz automatisch zu einem noch schärferen Protest an, aber dann beließ er es nur bei einem betroffenen Blick. So absurd es ihm auch selbst im ersten Moment vorkommen mochte: Katt hatte vielleicht sogar Recht, von ihrem Standpunkt aus, und er hatte es ihr gerade auch noch bestätigt. Das alles hier war sein Werk. Es war sein Vater gewesen, der diese gleichermaßen bedrückende wie chaotische Welt in dem abgeschiedenen Tal in den Bergen erschaffen hatte. Es waren die Männer seines Vaters gewesen, die mit der Macht von Dämonen über seine Bewohner herrschten, die ihr Leben bestimmten und ihre Geschicke willkürlich lenkten, und es war auch sein Vater, der diese Welt mit einem Fingerschnippen vernichten konnte, wenn ihm danach war. Wo war der Unterschied? Für Katt und alle anderen hier *war* sein Vater Gott.

»Also gut«, murmelte er. »Dann lege ich mich eben mit einem Gott an. Viel Feind – viel Ehr.«

Die Worte hatten eigentlich nur ihm selbst gegolten, aber Katt hob trotzdem kurz den Blick und sah ihn im ersten Moment verwirrt, dann eindeutig amüsiert an. Sie sagte nichts mehr, wofür er ihr in diesem Moment sehr dankbar war, und der Weg war auch nicht mehr weit. Sie durchquerten noch einen letzten, niedrigen Gang, dann betraten sie einen sehr hohen, rechteckigen Raum, dessen Decke zum Großteil eingestürzt war. Schutt und Trümmer bildeten eine steil ansteigende Halde vor der gegenüberliegenden Wand, die der vorausgehende Krieger ohne zu zögern und mit unerwartetem Geschick hinaufzuklettern begann. Anders versuchte zu erkennen, was darüber lag, aber er konnte nur einen von kantigen Ruinen eingefassten Ausschnitt des Himmels sehen. Obwohl es mittlerweile fast Mittag sein musste, war es noch immer nicht richtig hell geworden und wahrscheinlich würde es bald zu regnen beginnen. Anders fragte sich, ob das wohl ein schlechtes Omen war.

Aber wahrscheinlich war es einfach nur schlechtes Wetter …

Katt reichte ihre Fackel an den Krieger hinter sich weiter und befahl ihm mit wenigen barschen Worten, hier unten auf sie zu warten, dann begann sie nach oben zu laufen, gebot Anders aber zugleich mit einer unmissverständlichen Geste, ein Stück hinter ihr zu bleiben.

Anders grinste.

»Was ist so komisch?«, wollte Katt wissen.

»Oh, nichts«, antwortete Anders, während sich sein Grinsen zu einem Feixen mauserte, das sich rasch über sein ganzes Gesicht ausbreitete. »Aber dafür, dass du Rex' Position nicht haben willst, kannst du schon ganz gut kommandieren.«

Katt streckte ihm die Zunge heraus und huschte dann so schnell und geschickt die Schutthalde hinauf, dass er sowieso nicht mitgekommen wäre. Oben angelangt blieb sie stehen, hob warnend die Hand und sah sich aufmerksam in alle Richtungen um, bevor sie ihm zuwinkte nachzukommen. Besonders lange, wie Anders nicht entging, hatte ihr Blick den Himmel abgesucht.

Als er aus dem Loch herauskletterte, erkannte er seine Umgebung wieder. Sie befanden sich nur noch ein paar Schritte von der Wasserstelle entfernt; dennoch deutete Katt in die entgegengesetzte Richtung und huschte so schnell und geduckt los wie ein Soldat, der unter feindliches Feuer zu geraten befürchtet. Anders folgte ihr auf die gleiche Weise – wenn auch nicht ganz so schnell –, sah sich aber zugleich irritiert in alle Richtungen um. Obwohl sie vollkommen allein waren, gab ihm Katts sonderbares Verhalten dennoch das Gefühl, beobachtet zu werden.

Genau wie beim ersten Mal, als Katt ihn hierher gebracht hatte, nutzten sie jede Deckung aus, während sie sich dem einzeln stehenden Gebäude am Ende der Straße näherten. Anders war nicht einmal sicher, ob Katt tatsächlich Angst hatte, von einem plötzlich auftauchenden Helikopter überrascht zu werden, oder ihr Verhalten einfach nur Gewohnheit war; sie hatte ihr Leben lang vorsichtig sein müssen, und lebenslange Gewohnheiten ließen sich nun einmal nicht so schnell ablegen. Ihm selbst erging es nicht anders. Auch er hielt sich eng an der Wand und blickte immer wieder nervös nach oben, obwohl er die Gefahr, entdeckt zu werden, als äußerst gering einschätzte. Selbst wenn irgendwo über der grauen Wolkendecke ein getarnter Helikopter schwebte, der das Land unter sich mit unsichtbaren Augen und Ohren absuchte – was sollten sie schon sehen? Von oben betrachtet unterschied er sich nicht von irgendjemand anderem hier.

Solange er nicht freundlicherweise den Kopf hob und das Gesicht in die Kamera hielt, hieß das. Anders sah rasch wieder nach vorne und beeilte sich, zu Katt aufzuschließen, die ihr Ziel schon beinahe erreicht hatte und keine Anstalten machte, auch nur langsamer zu werden. Er hatte erwartet, sie im Haus verschwinden und die Treppe hinaufeilen zu sehen, aber sie schwenkte plötzlich nach links und verschwand dann hinter dem Haus, und Anders beschleunigte seine Schritte noch einmal um sie einzuholen. Er rannte jetzt fast.

Dann bog er um die Ecke des vierstöckigen Gebäudes – und blieb wie vom Donner gerührt stehen.

Vor ihm lag nur noch die schmale Lücke, die das Haus von der schroffen, nahezu senkrecht aufstrebenden Felswand trennte, die an dieser Stelle den Beginn des Gebirges bildete. Als Anders das letzte Mal hier gewesen war, hatte es dort oben eine fast meterdicke Rohrleitung gegeben, die direkt aus dem Fels herauswuchs und den großen Tank unter dem Dach des Gebäudes – und somit nicht nur Katts Sippe, sondern auch die gesamte Einwohnerschaft der Ruinenstadt – mit einem beständigen Zustrom von Frischwasser versorgte.

Sie war nicht mehr da. Die zerborstenen Trümmer der Rohrleitung lagen in weitem Umkreis auf dem Boden verstreut wie Fetzen silbernen Lamettas, die ein gelangweilter Riese in den Himmel hinaufgeworfen hatte. Von der Rohrleitung selbst war nur noch ein brandgeschwärztes und irgendwie … zerschmolzen wirkendes Ende geblieben, aus dem ein dünnes Rinnsal herausfloss und seinen Sturz in die Tiefe begann. Das kostbare Wasser erreichte den Boden nie. Schon auf halber Höhe wurde es vom Wind ergriffen und in einen feinen

Sprühregen verwandelt, der nutzlos davontrieb und sich als feuchter Schleier über alles legte, was er berührte.

Zahlreiche Tiermenschen hielten sich in dem mit Trümmern übersäten freien Bereich zwischen dem Haus und der Felswand auf. Etliche waren damit beschäftigt, die Reste des zerborstenen Rohres aufzusammeln, womit sie anscheinend größere Schwierigkeiten hatten, denn die allermeisten Trümmer schienen regelrecht mit dem Boden verschweißt zu sein, und eine größere Anzahl der bizarren Kreaturen versuchte aus allen möglichen Teilen eine Konstruktion zusammenzubasteln, die es ihnen wahrscheinlich ermöglichen sollte, das gebrochene Rohr oben in der Wand zu erreichen. Das wackelige Podest, das noch nicht einmal die Hälfte der benötigten gut zwanzig Meter erreicht hatte, sah nicht so aus, als könnte ihm Anders guten Gewissens sein Gewicht anvertrauen; geschweige denn irgendeiner der anderen, zum größten Teil viel schwereren Tiermenschen.

»Um Himmels willen!«, murmelte Anders. »Was ist denn hier passiert?«

»Ein netter Gruß von deinem Freund Tamar«, grollte eine wohl bekannte Stimme neben ihm. Anders fuhr herum und blickte in Rex' Gesicht. Der Hundemann machte keinen Hehl daraus, wie sehr er sich über sein Hiersein ärgerte.

»Tamar?«, wiederholte Anders verständnislos. »Aber was hat Tamar …?«

»Er ist vor drei Tagen das erste Mal hergekommen«, antwortete Katt an Rex' Stelle. »Die Drachen haben auf seinen Befehl hin die Wasserleitung zerstört.« Sie zog eine Grimasse. »Er sagt, damit wir uns jederzeit daran erinnern, was uns passiert, wenn wir ihn reinlegen wollen.«

»Und ich habe mich schon gefragt, was mit dem Wasser geschehen ist«, murmelte Anders. Dann wurde er wütend. »Aber er kann euch doch nicht … ich meine: Ihr werdet verdursten, spätestens im nächsten Sommer!«

»Du siehst doch, dass er es kann«, sagte Rex böse. »Und er

hat keinen Zweifel daran gelassen, dass er noch sehr viel mehr kann, wenn wir dich nicht ausliefern.«

»Vor drei Tagen?«, vergewisserte sich Anders. Katt nickte nur und Anders' Sorge bekam noch einmal neue Nahrung. Vor drei Tagen – das bedeutete wohl nichts anderes, als dass Tamar nur wenige Stunden nach dem Überfall der Drachen auf Janniks Bunkerfestung hierher gekommen war; praktisch unmittelbar, nachdem er aus dem Helikopter gestürzt war. Und das wiederum konnte nur eines bedeuten: Tamar hatte zumindest geahnt, dass er noch am Leben war, und er war wohl davon ausgegangen, dass er sich sofort auf den Weg in die Stadt der Tiermenschen machen würde!

Anders tauschte einen besorgten Blick mit Katt. Er verstand plötzlich ein bisschen besser, warum sie so skeptisch auf seinen Plan reagiert hatte, die Berge zu überqueren. Ganz instinktiv legte er den Kopf in den Nacken und suchte erneut die Wolkendecke über ihnen ab.

»Was machst du überhaupt hier?«, knurrte Rex. »Willst du dich mit eigenen Augen davon überzeugen, dass dein Elder-Freund auch ganze Arbeit geleistet hat?«

Anders verbiss sich die scharfe Antwort, die ihm auf der Zunge lag, und blickte stattdessen wieder zu dem zerborstenen Rohr oben in der Felswand hinauf. Der Wasserstrom war nicht besonders stark, aber gleichmäßig. Anscheinend hatte Tamar nur die Leitung zerstört, nicht etwa den gesamten Zufluss unterbrochen – obwohl Anders fast sicher war, dass er auch das gekonnt hätte. Vielleicht stand das ja als Nächstes auf seiner Liste. »Ich kann euch helfen«, sagte er.

Rex schnaubte nur abfällig, aber Katt sah ihn mit einem Mal sehr aufmerksam an.

»Das Wasser reicht vollkommen aus«, fuhr Anders fort. »Nicht nur für euch, sondern für die gesamte Stadt. Wir müssen es nur auffangen.«

»Ach?«, machte Rex höhnisch. »Und wie?«

»Damit jedenfalls nicht.« Anders deutete auf die wackelige

Konstruktion, von der sich genau in diesem Moment ein rostiger Eisenträger löste und mit einem lauten Scheppern zu Boden fiel, wie um seine Worte zu unterstreichen. Rex' Blick wurde noch finsterer.

»Wir müssen ein Rohr bauen und dort oben befestigen«, fuhr er fort. »Und hier unten irgendeinen Sammelbehälter aufstellen.« Er machte eine entsprechende Handbewegung. »Ich kann dort hinaufklettern und ein Seil befestigen.«

»Da rauf?«, ächzte Rex. Anders konnte seinen Unglauben verstehen. Die Wand wuchs nahezu senkrecht in die Höhe und war vollkommen glatt. Massiver Granit, der keinerlei Vorsprünge oder Vertiefungen aufwies, an denen man Halt hätte finden können. Aber es gab eine Anzahl, wenn auch haarfeiner, Risse und Sprünge im Fels, und je länger er hinsah, desto mehr Möglichkeiten erkannte er. Ein Teil von ihm begann bereits eine entsprechende Route auszuarbeiten.

»Ich habe schon schwierigere Wände geschafft«, behauptete er. Das war glatt gelogen. Anders war allenfalls Hobbybergsteiger und er war seit Monaten aus der Übung. Andererseits war diese Aufgabe vielleicht ganz genau das, was er jetzt brauchte: eine Übung, bevor er sich an den lebensgefährlichen Aufstieg in die Berge machte.

»Und wie willst du das bewerkstelligen?«, fragte Rex misstrauisch. »Lässt du dir ein Paar Flügel wachsen oder hast du zufällig Saugnäpfe an Fingern und Zehen?«

»Ich brauche ein kräftiges Seil«, antwortete Anders ruhig. »Außerdem einen Hammer und ein paar Metallteile, um mir Steigeisen zu basteln. Das ist alles.«

»Und damit willst du da raufklettern?«, fragte Rex zweifelnd.

Katt sah plötzlich wieder eindeutig besorgt aus. Ihr musste klar geworden sein, warum Anders dort wirklich hinaufwollte. »Und was, wenn die Drachen zurückkommen, während du gerade da oben bist? Bisher waren sie mindestens einmal am Tag hier. Manchmal zweimal.«

»Dann warten wir, bis sie das nächste Mal hier gewesen

sind«, antwortete Anders. »Ich brauche sowieso ein bisschen Zeit, um mir eine Ausrüstung zusammenzubasteln. Sobald sie wieder abgeflogen sind, klettere ich rauf. Ich brauche eine Stunde, um das Seil zu befestigen.« Er maß die Wand mit einem neuerlichen abschätzenden Blick und verbesserte sich: »Vielleicht zwei. Aber auf keinen Fall mehr.«

Rex wirkte keineswegs überzeugt, sondern musterte die senkrechte Felswand nun seinerseits kritisch, aber dann tastete sein Blick über die heftig werkelnden Gestalten ringsum und den mit Trümmern übersäten Boden. Etliche Tiermenschen waren gar nicht damit beschäftigt, Bruchstücke und Trümmer aufzusammeln, wie Anders bisher angenommen hatte, sondern schöpften Wasser aus kleinen, ölig schimmernden Pfützen, die sich überall auf dem Boden gebildet hatten. Anders verspürte ein Gefühl von leiser Übelkeit, als ihm plötzlich klar wurde, woher der schlechte Geschmack kam, den er immer noch auf der Zunge hatte.

»Ich denke darüber nach«, sagte Rex schließlich.

»Und über ein paar andere Optionen, habe ich Recht?«, fügte Anders hinzu.

Rex schwieg.

»Du denkst darüber nach, mich an Tamar auszuliefern«, sagte Anders. Rex starrte ihn nur hasserfüllt an und schwieg beharrlich weiter, und Anders verkniff sich alles andere, was ihm noch auf der Zunge lag. Früher oder später würde er dieses Gespräch mit Rex führen müssen, aber jetzt war nicht der richtige Moment dazu. Wahrscheinlich war es klüger, abzuwarten, bis er ihm seine Loyalität *beweisen* konnte.

»Anders hat Recht, Rex«, sagte Katt. »Wir brauchen das Wasser.«

»Die Elder haben uns die Quelle schon einmal gegeben«, knurrte Rex. »Sie werden sie uns zurückgeben, wenn alles vorbei ist.«

»Träum weiter«, sagte Anders. »Das hier ist erst der Anfang, und das weißt du ganz genau.«

»Die Elder brauchen uns«, beharrte Rex. Er klang nicht so, als ob er selbst an das glaubte, was er da sagte. Er maß Anders mit einem wütenden Blick. »Warum seid ihr überhaupt hergekommen?«

Katt wollte etwas erwidern, aber Anders kam ihr zuvor. »Ich habe Boris freigelassen«, sagte er geradeheraus.

»Den Troll?« Rex riss die Augen auf. Zornig fuhr er zu Katt herum, doch Anders hob rasch die Hand, um seine Aufmerksamkeit auf sich zu ziehen. »Es war meine Entscheidung«, sagte er laut.

»Ach?«, fragte Rex lauernd. »Und seit wann hast du hier etwas zu entscheiden?«

»Boris hat mit alledem hier nichts zu tun«, antwortete Anders. »Er wollte nichts von euch. Er hat mich nur hergebracht, das ist alles. Und ich wollte nicht, dass ihr ihn dafür leiden lasst.«

Rex' Augen wurden noch schmaler. »Das ist alles, so?«, knurrte er. »Und damit ist die Sache erledigt, glaubst du?«

»So weit es mich angeht, ja«, antwortete Anders. »Ich weiß, dass du ein Problem mit mir hast. Das ist eine Sache zwischen dir und mir. Ich will nicht, dass Boris mit hineingezogen wird. Oder Katt oder sonst wer.«

»Wie edel«, sagte Rex höhnisch. »Benimmt sich so ein Prinz der Elder?«

»Ich bin kein Elder«, antwortete Anders. »So wenig wie du oder irgendein anderer hier.« Er wies auf die Felswand, ohne Rex dabei auch nur einen Sekundenbruchteil aus den Augen zu lassen. »Soll ich euch nun helfen oder nicht?«

Rex hielt seinem Blick zwei oder drei Sekunden trotzig stand, aber dann machte er ein wütendes Geräusch und drehte sich mit einer abrupten Bewegung weg.

»Meinetwegen«, fauchte er. »Vielleicht brichst du dir dabei ja den Hals.«

10

Anders verbrachte den Rest des Tages damit, den Keller unter Bulls Haus nach Dingen abzusuchen, aus denen er sich eine behelfsmäßige Bergsteigerausrüstung zusammenstellen konnte. Er wurde tatsächlich fündig, aber längst nicht so, wie er es gehofft hatte. In irgendeiner der Kisten und Kartons, mit denen der Bretterverschlag voll gestopft war, fand er eine Anzahl verschieden dicker Seile, die er zu einem einigermaßen brauchbaren Stück zusammenknoten konnte, sowie etliche Eisenteile, die ihm spitz und lang genug vorkamen, um sie in Felsspalten zu schlagen und das Seil daran festzuknoten. Es gab keinen Hammer oder Ähnliches, aber Anders meinte sich zu erinnern, irgendwo in dem Sammelsurium in Katts Wohnraum eine Kiste mit Werkzeugen gesehen zu haben. Und wenn nicht, würde er sich eben einen improvisieren.

Trotzdem war sich Anders darüber im Klaren, dass er im Grunde Schrott in den Händen hielt. Dieser Krempel würde – möglicherweise – ausreichen, um an der Felswand hinaufzuklettern und das zerbrochene Rohr zu erreichen, aber ganz bestimmt nicht, um ihn über die Berge zu bringen. Er verstand genug vom Klettern um zu wissen, dass eine vernünftige Ausrüstung das A und O war, aber vielleicht ging ja auch Rex' Wunsch in Erfüllung und er stürzte ab und brach sich das Genick.

Reichlich frustriert kehrte er mit seiner bescheidenen Ausbeute zurück nach oben. Die Tür zu Katts Zimmer stand offen, und obwohl im Kamin ein gewaltiges Feuer brannte, war sie nicht da. Das war ungewöhnlich. Feuerholz war eine Kostbarkeit und der Begriff *Verschwendung* gehörte nicht einmal zum Wortschatz der Sippe.

Anders zögerte einen Moment weiterzugehen. Er wusste, wie albern es war, aber er hatte trotzdem das Gefühl, etwas

Verbotenes zu tun; etwas, das ihm nicht zustand und sich einfach nicht gehörte. Auf der anderen Seite, sagte er sich, wäre es reine Verschwendung, das Feuer ganz umsonst brennen zu lassen. Unten im Keller war es ziemlich kalt gewesen und er fror erbärmlich.

Anders trat ein – er ließ die Tür hinter sich offen, damit niemand auf die Idee kam, er hätte sich heimlich hier eingeschlichen –, lud seine Last auf dem großen Holztisch ab und trat für einen Moment an den Kamin heran, um die Hände über die prasselnden Flammen zu halten. Die Wärme vertrieb das taube Gefühl rasch aus seinen Fingern, aber Anders blieb trotzdem noch einige weitere Augenblicke am Kamin stehen, bevor er an eines der Regale herantrat und die Böden abzusuchen begann. Er fand allen möglichen Krempel, nur nichts, was ihm geholfen hätte, und wollte sich gerade dem nächsten Regal zuwenden, als Katt hinter ihm ins Zimmer trat.

»Suchst du etwas Bestimmtes?«, fragte sie.

»Einen Hammer«, antwortete Anders.

»Einen Hammer?« Katt lächelte flüchtig. »Hast du eine Verabredung mit Rex?«

»Nein, nur mit einer Felswand. Aber das mit Rex ist auch keine schlechte Idee.« Anders trat mit einem enttäuschten Kopfschütteln zurück und maß die überquellende Regalwand mit einem fast feindseligen Blick. »Ich hätte schwören können, hier heute Morgen eine ganze Kiste mit Werkzeug gesehen zu haben.«

»Hast du auch«, sagte Katt, während sie sich von ihrem Platz an der Tür löste und ebenfalls zum Kamin ging, um sich zu wärmen. Ihr Gesicht war rot und ihre Finger zitterten ganz leicht. Offensichtlich war sie draußen gewesen. »Ziemlich genau da, wo du jetzt stehst. Rex hat ihn mitgenommen. Sie basteln immer noch an ihrem albernen Klettergerüst herum. Aber ich glaube, er weiß im Grunde ganz genau, dass es nicht funktionieren wird.«

»Oh, das wird es schon«, antwortete Anders. »Er bastelt Tamars neuen Freunden einen hervorragende Zielscheibe für weitere Schießübungen.«

Katt lächelte noch ein wenig mehr – aber nicht lange –, dann trat sie vom Kamin zurück, zog mit einem demonstrativen Frösteln die Schultern zusammen und ging zur Tür, um sie zu schließen. Als sie zurückkam, blieb sie neben dem Tisch stehen und betrachtete mit übertrieben zur Schau gestelltem Interesse die Dinge, die er mitgebracht hatte.

»Und damit willst du über die Mauer?«, fragte sie zweifelnd.

»Nein«, antwortete Anders. »Dafür brauche ich den Hammer. Ich schlage sie damit kurz und klein. Wird eine Weile dauern, aber ich hab ja Zeit.«

Einen Herzschlag lang wirkte Katt einfach nur irritiert, aber dann zwang sie sich zu einem nervösen Lachen. »Das … ist ein Witz, oder?«

»Natürlich war es ein Scherz«, antwortete Anders. Da war sie wieder, diese furchtbare Befangenheit, die plötzlich zwischen ihnen herrschte und die es ihm einfach unmöglich machte, irgendetwas von dem zu tun oder zu sagen, was er wollte. Es wäre so einfach. Zwischen ihnen lagen drei lächerliche Schritte und doch war es ihm nicht möglich, sie zu überwinden.

»Ich habe mich noch gar nicht bei dir bedankt«, sagte Katt plötzlich. Sie sah ihn nicht an.

»Bedankt? Wofür?«

»Dass du Rex nichts gesagt hast.«

»Rex?« Anders verstand nicht, wovon sie überhaupt sprach.

»Heute Mittag. Er hat dich Elder-Prinz genannt und du hast geantwortet, du wärest kein Elder, ebenso wenig wie irgendjemand hier.«

Endlich verstand Anders, worauf sie hinauswollte. »Du meinst, er weiß, wer du bist?«

Katt sah erschrocken zur Tür, als hätte sie Angst, belauscht zu werden, bevor sie antwortete. »Nein«, sagte sie überzeugt.

»Wenn er es wüsste, dann wäre ich längst tot. Wenn es irgendetwas gibt, das Rex noch mehr hasst als die Drachen, dann sind es die Elder! Aber ich glaube, er vermutet etwas.«

»Wieso?«

»Weil er nicht dumm ist«, antwortete Katt. »Wir beide verschwinden und dann hört er, dass wir in Tiernan leben, und kurz darauf ist Bull tot und dann komme ich zurück, bringe eine ganze Elder-Armee mit und Tamar persönlich erklärt ihm, dass *ich* ab sofort die Sippe anführen werde. So dumm kann er gar nicht sein, sich nicht zu fragen, was hier nicht stimmt.«

»Warum sagst du es ihm nicht einfach?«, fragte Anders.

Katt starrte ihn an, als zweifle sie an seinem Verstand. »Was? Dass Elder-Blut in meinen Adern fließt?«

»So wie wahrscheinlich in der Hälfte aller anderen hier«, antwortete Anders. »Niemand kann sich seine Eltern aussuchen, Katt. Du bist bestimmt nicht die Einzige eurer Sippe, deren Väter und Mütter spitze Ohren haben und weiße Hemden tragen.«

»Nein, wahrscheinlich nicht«, gestand Katt, schüttelte jedoch zugleich heftig den Kopf. »Aber das ist etwas anderes.«

»Weil deine Mutter Morgen ist und dein Vater Culain?« Anders machte eine wegwerfende Geste. »Mein Vater ist zwar kein Elder, aber so, wie es aussieht, scheint es ihm Spaß zu machen, Gott zu spielen … Habe ich schon erwähnt, dass sich niemand seine Eltern aussuchen kann?«

»Das ist trotzdem etwas anderes«, beharrte Katt. »Wahrscheinlich hast du Recht und ich bin wirklich nicht die Einzige, die in Wahrheit aus Tiernan stammt. Aber die anderen sind nicht von den Elder als …«, sie suchte nach Worten, »… als Statthalter eingesetzt worden!«

»Du hast nicht darum gebeten, oder?«, fragte Anders. Aber dieses Mal klang sein Widerspruch nicht einmal in seinen eigenen Ohren überzeugend. Natürlich wusste er, dass Katt Recht hatte. Letzten Endes waren es dieselben Gründe, aus denen er aus Tiernan geflohen war, statt dort zu bleiben und sich als Sohn des obersten Gottes der Elder verehren zu lassen.

»Auch das wird aufhören, das verspreche ich dir«, sagte er.

»Sobald du über die Berge bist, ich weiß.« Plötzlich und ohne jede Vorwarnung wurde Katt wütend. Mit einer einzigen zornigen Handbewegung fegte sie die Stricke und Eisenteile zu Boden, die er auf dem Tisch abgelegt hatte. »Damit? Mit diesem *Schrott?* Mach dich nicht lächerlich! Du kommst nicht einmal in die Nähe der Mauer! Entweder schnappen sie dich vorher oder du stirbst!«

Fast zu seiner eigenen Überraschung blieb Anders nicht nur ruhig, ein Teil von ihm war sogar regelrecht erleichtert über ihren Ausbruch. Ganz offensichtlich bedeutete er ihr doch noch etwas.

»Hast du eine bessere Idee?«, fragte Anders. »Ich bekomme ganz bestimmt nicht noch einmal die Chance, aus Tiernan zu fliehen.« Er hob die Hand, als Katt widersprechen wollte. »Ja, ich weiß, es wäre klüger, bis zum Sommer zu warten, bis das Eis geschmolzen und der Schnee weggetaut ist, aber so viel Zeit habe ich leider nicht. Was soll ich tun? Mich drei Monate lang hier verstecken?« Er beantwortete seine eigene Frage mit einem heftigen Kopfschütteln. »Du weißt, dass das nicht möglich ist. Sie würden mich erwischen und ihr müsstet darunter leiden. Ich wundere mich fast, dass sie nicht schon längst wieder hier aufgetaucht sind. Tamar ist schließlich nicht dämlich.«

»Und wenn du dich in den Bergen versteckst?«, fragte Katt. »Die Wilden sind doch deine Freunde und du könntest zu Jannik gehen.«

»Um was zu tun?«, fragte Anders. »Mich seinem Aufstand anzuschließen? Ganz bestimmt nicht!«

»Wieso? Du hast doch selbst gesagt – er hätte beinahe Erfolg gehabt.«

»Du hast mir nicht zugehört«, sagte Anders. »Er *hat* gewonnen. Aber ich will das nicht. Nicht so.«

»Warum nicht?«

»Weil ich dabei war«, antwortete Anders. »Ich habe es nicht nur gesehen, Katt. Ich war mitten in der Schlacht. Es … es darf nicht noch einmal passieren. So etwas darf nie wieder passieren.«

»Bist du plötzlich Pazifist geworden?«, fragte Katt spöttisch. Anders wunderte sich flüchtig, woher sie dieses Wort kannte, aber er ging nicht darauf ein, sondern fuhr mit einem traurigen Kopfschütteln fort: »Früher habe ich solche Geschichten geliebt, weißt du das?«

»Was für Geschichten?«, fragte Katt verwirrt.

Anders lachte bitter. »Geschichten wie diese hier. Geschichten von tapferen Helden und furchtbaren Ungeheuern und großen Schlachten. Ich habe sie geliebt. Ich habe Hunderte von Büchern gelesen und Filme gesehen. Ich konnte gar nicht genug davon bekommen, weißt du?« Er ging ein paar Schritte und ließ sich auf die lederbezogene Couch sinken, bevor er weitersprach. Das uralte Möbelstück ächzte unter seinem Gewicht, und für einen kurzen Moment hüllte ihn eine Wolke aus altem Staub und so trockener Luft ein, dass er gegen einen heftigen Hustenreiz ankämpfen musste. »Aber vor einer Woche, Katt, das … das war die Wirklichkeit. Es hat nichts mit einem ritterlichen Kampf zu tun, wenn zwei zu allem entschlossene Armeen aufeinander prallen. Es war … entsetzlich. So furchtbar wie … wie nichts, was ich mir je hätte vorstellen können.«

Seine Stimme drohte zu versagen und seine eigenen Worte beschworen noch einmal die schrecklichen Bilder der Schlacht vor seinem inneren Auge herauf; Bilder, die er nie wieder sehen wollte und die er zugleich nie wieder vergessen würde.

»Vielleicht könnte Jannik ja sogar jetzt noch gewinnen«, sagte er leise. »Trotz der Elder und der Drachen. Aber was wäre dann noch übrig, Katt? Sie würden alles zerstören.«

»Und?«, fragte Katt hart. »Glaubst du, Tiernan hätte es verdient, zu überleben?«

Er konnte sie verstehen und trotzdem taten ihm ihre Worte sehr weh. Und sei es nur, weil er wusste, dass er vor nicht einmal langer Zeit ganz genauso geredet hätte. Was er während der Schlacht um die Torburg kennen gelernt hatte – und noch viel mehr während seines Aufenthalts bei Jannik und bei ihrer verzweifelten Flucht vor den Drachen –, das war der Unterschied zwischen Vorstellung und Wirklichkeit. Es gab keine heroischen Kämpfe mit grandiosem Sieg oder Untergang. Es gab nur das, was Menschen einander antaten; und meistens sogar, ohne dass sie wirklich wussten, warum.

Er spürte, wie sich Katt neben ihn setzte, aber er drehte nicht einmal den Kopf um sie anzusehen. Sein Blick war weiter auf einen Punkt irgendwo im Nichts gerichtet, und seine Stimme wurde noch leiser. »Was würde es ändern?«, fuhr er fort. »Statt der Elder würde Jannik über das Tal herrschen. Ihr würdet ein Terrorregime gegen das andere eintauschen. Glaubst du, das ist den Preis wert?«

Er konnte spüren, dass Katt näher an ihn heranrückte. Sie war nun so nahe, dass sie ihn beinahe berührte – aber eben nur beinahe –, doch anscheinend war es auch ihr nicht möglich, die unsichtbare Barriere zu durchbrechen, die zwischen ihnen war. »Du hast keine sehr hohe Meinung von deinem Freund, wie?«, fragte sie.

»Doch«, widersprach Anders traurig. Sie hatte ihn nicht verstanden und wie konnte sie auch? »Jannik ist von dem überzeugt, was er tut. Und er meint es mit Sicherheit gut. Er will nur das Beste für die Menschen hier. Aber sein Weg ist falsch.«

»Dann bist du also im alleinigen Besitz der endgültigen Wahrheit?«, fragte Katt spöttisch.

Anders war nicht verletzt. Mühsam drehte er den Kopf und sah ihr in die Augen. »Nein. Aber ich weiß, dass der Weg, den er eingeschlagen hat, falsch ist. Genauso falsch wie das, was mein Vater tut.« Er schüttelte den Kopf, als Katt widersprechen wollte. »Die beiden sind sich sehr ähnlich, Katt. Sie beide glauben an das, was sie tun. Und sie beide denken, dass sie es nur mit Gewalt erreichen können. Aber das ist falsch. Ich glaube nicht, dass man die Zukunft eines Volkes auf Blut und Unrecht aufbauen kann.«

»Wenn das, was du mir erzählt hast, stimmt«, sagte Katt, »dann ist unsere ganze Welt aus einem gewaltigen Unrecht hervorgegangen.«

»Und du siehst, was aus ihr geworden ist«, antwortete Anders. »Sieh dich um. Glaubst du, irgendetwas würde besser, wenn ihr nur die Rollen tauscht? Was würde sich denn ändern, wenn ihr in Tiernan herrschtet und die Elder hier leben müssten?«

Katt antwortete nicht darauf, doch in ihren Augen erschien ein sonderbarer, fast verblüffter Ausdruck, so als hätte sie noch niemals wirklich über diese Frage nachgedacht. Sie wirkte irritiert, fast schon erschrocken, aber auch so hilflos, dass Anders plötzlich das heftige Bedürfnis verspürte, sie einfach in die Arme zu schließen und tröstend an sich zu drücken.

Doch er war nicht fähig, auch nur einen Muskel zu rühren.

Wie um es ihm leichter zu machen, rückte Katt noch ein winziges Stückchen näher an ihn heran, sodass sie ihn nun wirklich berührte. Als wäre sie mit einem Mal unendlich müde, schloss sie die Augen und legte den Kopf an seine Schulter. Ihr Haar kitzelte an seinem Gesicht und er konnte die Wärme ihres Körpers selbst durch seine Kleidung hindurch spüren. Das Verlangen, sie in die Arme zu schließen, wurde so stark, dass es fast körperlich wehtat, ihm zu widerstehen. Und das Schlimmste war: Es gab keinen Grund dafür. Katt hatte sich nicht neben ihn gesetzt, weil ihr seine Nähe unangenehm gewesen wäre.

»Wenn du es schaffst«, begann Katt leise. »Und das heißt nicht, ich glaube, dass du es schaffen könntest, aber wenn: Was wird dann mit uns?«

»Mit uns? Wie meinst du das?« Anders richtete sich ein wenig auf und rutschte gerade weit genug von ihr weg, um den

Kopf zu drehen und ihr ins Gesicht sehen zu können. Er verstand die Frage nicht.

»Leute wie uns gibt es bei euch nicht, habe ich Recht?«

»Leute wie euch?«, wiederholte Anders. Er lächelte. »Nein. Ein so hübsches Mädchen wie du ist mir jedenfalls noch nicht begegnet.«

Katt blieb ernst. »Du weißt, was ich meine.«

Ja, er wusste es. Und er verstand auch durchaus ihre Frage. Er hatte es schon im allerersten Moment getan. Er hatte sie nur nicht verstehen wollen, weil er auch die Antwort darauf kannte. Selbst wenn es ihm gelang, gegen jede Logik und jede Wahrscheinlichkeit den Weg zurück in die Welt jenseits der Berge zu finden und diesen Albtraum hier zu beenden, würden Katt und alle anderen hier niemals ein normales Leben führen können. Ganz im Gegenteil: Auf eine gewisse Art würde es vielleicht sogar schlimmer für sie werden.

Anders blieb ihr die Antwort auf ihre Frage schuldig, aber als hätte sie sie in seinen Augen gelesen, verdüsterte sich Katts Blick für einen Moment und eine sonderbar widerspenstige Trauer begann sich auf ihrem Gesicht breit zu machen.

»Niemand wird dir etwas tun, keine Sorge«, sagte er.

»Und wenn doch? Dann habe ich ja einen tapferen Beschützer, nicht wahr?«, fragte Katt. Anders wollte antworten, aber sie schüttelte rasch den Kopf und schlang mit einer plötzlichen Bewegung die Arme um seinen Hals, um die Hände hinter seinem Nacken zu verschränken. »Was muss ich eigentlich noch tun?«, fragte sie.

»Wofür?«, fragte Anders verwirrt.

Katt verdrehte die Augen. »Männer!«, seufzte sie. Dann presste sie die Lippen so fest auf seinen Mund, dass ihre Zähne zusammenstießen und es im ersten Moment regelrecht wehtat. Anders versteifte sich ganz instinktiv – was allerdings fast nur eine Reaktion auf den unerwarteten Schmerz war –, aber Katt zog ihn nur noch fester an sich und warf ihn dann kurzerhand nach hinten.

Anders hörte endlich auf, sich zu wehren, und schlang stattdessen seinerseits die Arme so fest um ihren zarten Körper, dass er ihr fast die Luft abschnüren musste. Trotzdem drängte sich Katt nur noch heftiger an ihn, und endlich zerbrach die unsichtbare Mauer, die ihn bisher so unerbittlich von ihr getrennt hatte. Und dennoch: Nach einer Weile schob Anders sie behutsam, aber auch entschlossen ein kleines Stück von sich fort. Ihr Kleid war auf einer Seite von ihrer Schulter gerutscht und sie hatte gerade die Hand gehoben – nicht, um es wieder hochzuziehen, sondern ganz im Gegenteil, um es vollends abzustreifen –, aber jetzt erstarrte sie für einen Moment mitten in der Bewegung und sah ihn überrascht, fast erschrocken an. »Was …?«

»Bist du sicher?«, fragte Anders.

»Bist du verrückt?«, gab Katt zurück.

Anders schüttelte ruhig den Kopf. »Nein. Ich möchte nur nicht, dass du glaubst … mir irgendetwas schuldig zu sein.«

Der Ausdruck von Verwirrung in Katts Augen nahm noch zu. »Wie wäre es denn andersherum? Dass du mir irgendetwas schuldig bist?«

»Ich meine es ernst«, antwortete Anders. Natürlich wollte ein (nicht kleiner) Teil von ihm ebenfalls wissen, ob er eigentlich verrückt war, und der Rest antwortete darauf mit einem eindeutigen *Ja*. Aber er hatte Katt diese Frage einfach stellen müssen.

»Ich auch«, antwortete Katt. Sie versetzte ihm einen Schubs, der ihn erneut nach hinten fallen ließ, streifte das Kleid mit einer geschickten Bewegung ab und beugte sich über ihn. »Halt die Klappe!«, knurrte sie.

11

Spät in der Nacht wachte er auf. Er war allein. Noch bevor er die Augen aufschlug, spürte er, dass Katt nicht mehr da war. Als er eingeschlafen war, hatte sich ihr warmer Körper an ihn geschmiegt und er hatte ihr vertrautes Gewicht in den Armen gespürt, den süßen Duft ihres Haares in der Nase und den Geschmack ihrer Lippen auf der Zunge. Jetzt war sie nicht mehr da. Er lag, nur in eine zerschlissene, dünne Wolldecke gehüllt, die ihm im Schlaf bis zu den Hüften heruntergerutscht war, auf der kalten Ledercouch, und obwohl er noch immer das Prasseln des Feuers hörte und rote Lichtreflexe an der zerbröckelnden Stuckdecke über ihm entlanghuschten, als er die Augen aufschlug, war es empfindlich kühl im Zimmer geworden. Irgendetwas stimmte nicht. Ein spürbare Aufregung lag in der Luft, die er nicht wirklich greifen konnte, die aber viel zu stark war, um sie zu ignorieren. Einen Moment lang überlegte er, ob ihn schon wieder ein Albtraum hinüber in die Wirklichkeit verfolgt hatte, um ihn zu quälen, doch das war es nicht. Er hatte tatsächlich geträumt, wenn auch wirres Zeug, an das er sich nur noch verschwommen erinnerte – aber das hier war etwas anderes.

Anders setzte sich behutsam auf und zog in der gleichen Bewegung die Decke wieder hoch, um sie sich wie einen Mantel um die Schultern zu legen und mit der linken Hand vorne zusammenzuraffen. Es nutzte nicht viel. Irgendwie schien der Kamin das Kunststück fertig zu bringen, zu brennen ohne echte Wärme abzugeben. Es war so kalt, dass er zitterte; aber vielleicht konnte sein Körper auch nur vor lauter Erschöpfung die Wärme des leise prasselnden Feuers nicht mehr ohne weiteres aufnehmen.

Anders lauschte. Da war tatsächlich etwas, doch die Geräusche waren zu leise, um sie zu identifizieren. Mit großer Sicherheit spürte er, dass es tief in der Nacht sein musste – zwei oder drei Uhr, wenn nicht später –, aber die Sippe war noch nicht zur Ruhe gekommen. Von draußen drang ein Wirrwarr von Gesprächsfetzen und verschiedensten Geräuschen herein, trappelnde Schritte und erregte Stimmen, als würde sich schon wieder ein Streit anbahnen. All das bildete einen Hintergrund aus Nervosität und Unruhe, der ihn wohl letzten Endes geweckt haben musste.

Wo war Katt? Anders tastete mit der Hand über die Couch neben sich. Das Leder war noch warm. Es konnten erst wenige Augenblicke vergangen sein, seit sie aufgestanden und aus dem Zimmer gegangen war.

Anders zog die Decke noch enger um die Schultern, sah sich fröstelnd um und bückte sich dann nach seinen Kleidern, die unordentlich im Umkreis von zwei Metern auf dem Boden verstreut lagen. Mit zitternden Händen und ohne die Decke abzustreifen zog er sich an, stand auf und wandte sich als Erstes stirnrunzelnd zum Kamin. Das Feuer war fast heruntergebrannt. Es spendete noch ein wenig Helligkeit, aber kaum noch Wärme, und trotzdem war es erstaunlich, wie erbärmlich er fror; schließlich hätte er sich nach allem, was hinter ihm lag, längst an die hier herrschenden kalten Nächte gewöhnen müssen. Neben dem Kamin standen zwei Körbe mit Feuerholz, doch da Anders wusste, wie wertvoll dieser Brennstoff hier war, kam er nicht einmal auf die Idee, hinzugehen und das Feuer neu zu entfachen. Stattdessen wandte er sich zur Tür, überlegte es sich dann aber nach zwei Schritten anders und ging zum Fenster.

Er hatte sich nicht getäuscht. Draußen auf dem Platz brannte ein halbes Dutzend Fackeln und Anders' Herz machte einen schmerzhaften Sprung direkt bis in seinen Hals hinauf, als er den eleganten schwarzen Schatten sah, der geduckt am Rande des unregelmäßig geformten Lichtkreises hockte. Die Luft über ihm schien zu flimmern, als wäre sie heiß, aber das war eine optische Täuschung, die durch die sich immer noch rasend schnell drehenden Rotoren zustande kam. Es war nicht das aufgeregte Murmeln und Rumoren der Tiermenschen draußen gewesen, das ihn geweckt hatte. Es war das Rotorengeräusch eines landenden Helikopters.

Für einen Moment drohte Anders schlichtweg in Panik zu geraten. Von überall her kamen struppige, gefiederte, schuppenbedeckte und gehörnte Gestalten herbeigelaufen. Fackeln wurden geschwenkt und irgendwo in dem Durcheinander glaubte er Katt zu erkennen, aber er konnte nicht sicher sein.

Dafür war er umso sicherer zu wissen, warum die Drachen gekommen waren.

Ein Teil von ihm schrie ihm fast hysterisch zu, dass er davonlaufen und sich irgendwo verstecken sollte, solange noch Zeit war, aber er war nicht in der Lage, diesem Ratschlag zu folgen. Wie gelähmt stand er da und starrte weiter aus dem Fenster. Anders sah jetzt, dass der Helikopter nicht wirklich gelandet war. Immer noch schwebte er nahezu reglos einen guten Meter über dem Boden, und der künstliche Sturmwind, den die Rotorblätter entfesselten, peitschte den herbeirennenden Männern und Frauen in die Gesichter und ließ sie wanken. Etliche von ihnen hatten Fackeln mitgebracht, die der Reihe nach erloschen, wenn sie dem Hubschrauber zu nahe kamen, und zwei oder drei kleinere Gestalten schienen große Mühe zu haben, sich in dem Miniaturorkan überhaupt auf den Beinen zu halten.

Die große Schiebetür an der Seite des Helikopters glitt auf, und zwei riesenhafte, ganz in Schwarz gekleidete Gestalten sprangen heraus und brachten sofort ihre Waffen in Anschlag. Zwei weitere Männer in ABC-Anzügen knieten hinter ihnen auf die gleiche Weise in der offen stehenden Tür nieder und schließlich folgte eine fünfte Gestalt, die jedoch nicht in die Farbe der Nacht gehüllt war, sondern ganz im Gegenteil in strahlendes Weiß. Irgendetwas Silberfarbenes blitzte kurz und hell an ihrem Kopf auf, aber Anders konnte nicht genau erkennen, was es war.

Er brauchte es auch nicht, um zu wissen, wen er vor sich hatte.

Tamar!

Dutzende verschiedener Gedanken schossen Anders gleichzeitig durch den Kopf. Hatte Rex ihn doch verraten? Hatte er seinen Feind trotz allem unterschätzt und war er deutlich sichtbar auf irgendeinem ihrer Überwachungsmonitore aufgetaucht, während er sich selbst unter den schwarzen Regenwolken in Sicherheit wähnte? Hatten sie versteckte Kameras oder Mikrofone hier zurückgelassen, vielleicht sogar in diesem Zimmer, und sich königlich über den jungen Narren amüsiert, der sich inmitten der Tiermenschen sicher und unbeobachtet glaubte und zusammen mit Katt Dinge tat, die niemanden etwas angingen?

Anders verscheuchte den Gedanken. Solcherlei Überlegungen brachten nichts. Das Einzige, was zählte, war, dass er von hier verschwand! Genau in diesem Moment aber erblickte er Katt und blieb doch noch einmal stehen. Den linken Arm schützend über das Gesicht erhoben und weit nach vorne gebeugt, um nicht vom Sturmwind der Rotoren einfach von den Füßen gefegt zu werden, näherte sie sich dem Helikopter und blieb zwei Schritte vor Tamar stehen. Der Elder stand mit leicht gespreizten Beinen da und sein weißer Mantel bauschte sich im Wind und machte aus der weißen Lichtgestalt etwas anderes, Unheimliches. Erneut blitzte es irgendwo an seinem Kopf flüchtig und silberfarben auf und Anders erkannte nun, dass er einen dünnen Silberreif mit einem blutfarbenen Edelstein um die Stirn trug. Oberons Auge.

Selbst wenn das Fenster offen gestanden hätte, wäre er viel zu weit entfernt gewesen um zu hören, was draußen auf dem Platz besprochen wurde. Aber das war auch nicht nötig. Sowohl Katts als auch Tamars immer ungeduldiger und herrischer werdende Gesten machten klar, dass der Elder nicht zu einem Freundschaftsbesuch gekommen war. Schließlich beendete Tamar das Gespräch, indem er eine befehlende Geste mit dem linken Arm machte, woraufhin sich die beiden *Drachen* neben dem Helikopter in Bewegung setzten und rasch hinter ihn traten. Die Tiermenschen, die mittlerweile näher gekommen waren, wichen unruhig ein kleines Stück zurück, und auch Katt fuhr erschrocken zusammen und setzte dazu an, den Kopf zu drehen und zu Anders zurückzublicken. Sie führte die Bewegung nicht zu Ende, aber Anders spürte sie trotzdem, und wie es aussah, nicht nur er. Auch Tamars Kopf ruckte hoch und für einen kurzen, aber durch und durch schrecklichen Moment hatte Anders das Gefühl, direkt in seine Augen zu blicken. Dann setzten sich der Elder und seine beiden schwarz gekleideten Begleiter in seine Richtung in Bewegung.

Anders erwachte endlich aus seiner Erstarrung. Er prallte vom Fenster zurück, sah sich mit wilden Blicken um und stellte fest, was er ohnehin schon wusste: Das Zimmer hatte nur einen Ausgang. Und der führte direkt auf den Flur und damit auf die Straße hinaus. Wieder drohte ihn Panik zu übermannen, doch diesmal gestattete Anders dem Gefühl nicht, Gewalt über seine Gedanken zu ergreifen. Blitzschnell fuhr er herum, streifte die Decke ab und war mit drei, vier gewaltigen Schritten bei der Tür um sie aufzureißen. Der Elder würde in spätestens einer halben Minute hier sein, aber dreißig Sekunden waren eine lange Zeit, wenn man sie gut nutzte. Er stürmte auf den Flur hinaus und verschwendete drei oder vier dieser kostbaren verbleibenden Sekunden damit, zu entscheiden, in welche Richtung er davonlaufen sollte – rechts, und damit gegenüber dem Ausgang, lag die Treppe, die vom Keller unter ihm in die obere Etage und danach zum Dach hinaufführte. Allein bei dem Gedanken an das finstere Labyrinth dort unten und dessen Bewohner lief ihm schon wieder ein kalter Schauer über den Rücken. Aber wenn er nach oben liefe und der Weg dort möglicherweise nicht weiterführte, saß er in der Falle, während er in dem Labyrinth aus Kellerräumen, Gängen, Stollen und Treppenschächten unter der Erde eine deutlich bessere Chance hatte, sich zu verstecken. Anders fuhr in die entsprechende Richtung herum …

und fühlte sich von starken Armen gepackt und zurückgerissen. Instinktiv wollte er aufschreien, aber er konnte es nicht, denn plötzlich legte sich ihm eine haarige Hand über Mund und Nase und erstickte jeden Laut. Fast mühelos wurde er herum- und in die Höhe gezerrt und davongeschleift.

Anders wehrte sich verzweifelt und trat um sich und versuchte hinter sich zu greifen, um das Gesicht seines Entführers zu erreichen, aber der hatte ihn so geschickt gepackt, dass seine Hände ins Leere griffen. Rasend schnell wurde er auf die Treppe zu- und nach oben geschleift. Seine Füße schlugen mit dumpfen Lauten auf den Stufen auf und Anders griff in purer Verzweiflung nach dem morschen Treppengeländer und klammerte sich daran fest.

»Verdammter Narr, lass das!«, knurrte eine Stimme dicht an seinem Ohr. »Willst du, dass sie uns kriegen?«

Anders ließ ganz instinktiv seinen Halt los und stellte auch seine Gegenwehr ein, und nur einen Augenblick später erreichten sie den Treppenabsatz; der Unbekannte duckte sich blitzschnell, wobei er Anders mit sich riss, und erstarrte dann plötzlich. »Still!«, zischte er ihm ins Ohr. »Keinen Laut!«

Unter ihnen polterten Schritte und im blass-silbernen Mondlicht, das durch den türlosen Eingang hereinströmte, erkannte Anders eine hoch gewachsene, breitschultrige Gestalt, die einen rechteckigen schwarzen Spiegel anstelle eines Gesichtes hatte. Oberons Krieger näherte sich mit schnellen Schritten der Tür zu Katts Zimmer, warf einen raschen Blick hinein und kam dann näher. Am Fuß der Treppe blieb er stehen und drehte sich langsam einmal um sich selbst, um schließlich den Kopf in den Nacken zu legen und direkt zu ihnen heraufzusehen.

Anders erstarrte zu vollkommener Reglosigkeit. Sein Herz begann zu hämmern und er wagte es nicht einmal, zu atmen. Der Drache sah direkt in ihre Richtung! Anders versuchte vergeblich sich damit zu beruhigen, dass er gerade selbst hier heraufgesehen und festgestellt hatte, dass am oberen Ende der Treppe völlige Dunkelheit herrschte. Das mochte stimmen, aber die Männer dort unten waren nicht auf Tageslicht angewiesen. Eine schreckliche Sekunde lang war Anders felsenfest davon überzeugt, den Blick der unsichtbaren Augen zu spüren, die ihn durch das einseitig verspiegelte Glas des Helms hindurch anstarrten, und für denselben unendlich kurzen Moment war er sicher, dass der Mann im nächsten Moment seine Waffe heben und auf ihn abfeuern würde und alles zu Ende war.

Aber die Sekunde verging und statt auf ihn zu schießen, drehte sich der Drache um und machte eine beruhigende Geste in Richtung des Eingangs. Tamar, der zweite Drache und schließlich auch Katt betraten das Haus. Anders konnte auch sie nur als flache Umrisse erkennen, aber hoch oben an Tamars Stirn glühte das winzige dunkelrote Auge, was den unheimlichen Eindruck, den er schon gerade draußen von ihm gehabt hatte, noch verstärkte.

Die Hand, die ihn bisher gepackt und mit so brutaler Kraft festgehalten hatte, legte sich nun auf seine Schulter und drückte kurz und warnend zu. Anders löste den Blick nicht von den Furcht erregenden Gestalten unten im Flur, nickte aber kurz zum Zeichen, dass er verstanden hatte. Was er für einen heimtückischen Überfall gehalten hatte, war in Wahrheit Rettung in letzter Sekunde gewesen.

Tamar gebot Katt, die vor ihm hereingekommen war, mit einer knappen Geste, stehen zu bleiben, und machte mit der anderen Hand eine Bewegung zu seinem Begleiter. Wortlos ging der Mann an ihm vorbei und verschwand in dem Zimmer, in dem Anders vor einer Minute noch gewesen war. Er blieb gut zwei Minuten verschwunden, in denen aus der offen stehenden Tür ein nahezu ununterbrochenes Scheppern, Klirren und Krachen drang, bevor er zurückkam und knapp den Kopf schüttelte.

»Es sieht so aus, als wärest du allein«, wandte sich Tamar spöttisch an Katt.

»Das hättet Ihr mit einer einfachen Frage auch herausfinden können«, antwortete Katt ärgerlich. Sie maß den Elder mit einem zornigen Blick, fuhr herum und blieb unter der Tür stehen. Als sie sich wieder zu ihm umdrehte, flammten ihre Augen vor Zorn.

»Hattet Ihr Angst, dass er sich auf einem der Bücherregale versteckt?«, fragte sie. »Oder unter dem Tisch?«

»Man kann nie misstrauisch genug sein«, antwortete Tamar. Die Hand, die auf Anders' Schulter lag, drückte noch einmal kurz zu und zog gleichzeitig sacht nach links, und Anders deutete ebenso fast unmerklich ein Nicken an. Sie waren noch lange nicht in Sicherheit, trotz der vollkommenen Dunkelheit hier oben. Wenn sich der Drache dort unten auch nur ein paar Stufen die Treppe heraufbewegte, musste er sie unweigerlich sehen. Anders spürte mehr, als er hörte, wie sich der Mann hinter ihm nahezu lautlos erhob und davonschlich, und auch er verlagerte sein Gewicht so, dass er sich allmählich auf Hände und Knie hochstemmen konnte. Unendlich behutsam richtete er sich weiter auf und zog sich dann, geduckt und buchstäblich zentimeterweise, weiter in die Dunkelheit zurück.

»Seid Ihr nur gekommen, um meine Einrichtung zu zertrümmern?«, fragte Katt.

Tamar lachte. »Aber, aber, meine Liebe«, sagte er spöttisch. »Begrüßt man etwa so alte Freunde?« Er schüttelte den Kopf, wodurch das winzige rot leuchtende Auge auf seiner Stirn ein paarmal an- und auszugehen schien, als blinzele es. »Es ist gut möglich, dass wir uns in Zukunft öfter sehen, Katt. Zumindest bis wir gefunden haben, was uns abhanden gekommen ist. Du weißt doch, wovon ich spreche?«

»Nein«, behauptete Katt.

Tamar hob die Schultern, als hätte er keine andere Antwort erwartet. »Sei's drum. Wir sind auch gar nicht gekommen, um nach Anders zu fragen – wozu auch? Ganz sicher hättest du uns doch sofort Bescheid gegeben, wenn er hier aufgetaucht wäre, oder?«

Katt schwieg, und auch der Drache, der noch immer unten am Fuß der Treppe stand, drehte sich nun zu ihr um, um sie scharf anzusehen. Anders nutzte die Gelegenheit, um sich weitere zwei oder drei Schritte weit in die Dunkelheit zurückzuziehen, bis er mit dem Rücken gegen die Wand stieß. Ein sachter Luftzug streifte sein Gesicht und verriet ihm, dass die

Tür, die sich ein paar Schritte neben ihm in der Dunkelheit verbarg, nun offen stand.

»Ich hörte, ihr hattet …«, fuhr Tamar fort, »ungebetenen Besuch.«

»Ich weiß nicht, wovon Ihr sprecht«, behauptete Katt. »Mir ist jeder willkommen, der unsere Gastfreundschaft beansprucht.«

»Auch Trolle?«, fragte Tamar mit einem Ton perfekt gespielten Unglaubens in der Stimme.

»Ach, das«, sagte Katt. »Ihr seid wirklich gut informiert. Warum sagt Ihr mir nicht, wer Euer Spion hier bei uns ist? Ich würde ihm zu gern persönlich meinen Dank überbringen.«

»Ich dachte, ich hätte mich klar ausgedrückt«, antwortete Tamar. Plötzlich war jede Spur falschen Humors aus seiner Stimme verschwunden. Obwohl Anders sein Gesicht nicht wirklich erkennen konnte, glaubte er die Härte zu spüren, die plötzlich auf seinen Zügen lag. »Hatte ich dich nicht gebeten, mich über *alles* Ungewöhnliche zu unterrichten, was hier passiert?«

Katt hob die Schultern. »Dass sich ein Wilder hierher zu uns verirrt, ist nicht so ungewöhnlich«, erklärte sie.

»Und auch nicht, dass ihr ihn einfach laufen lasst?«

»Wer sagt Euch, dass es so einfach war?«, fragte Katt kühl. »Wir haben ihn laufen lassen, das stimmt.«

»Bull hätte das nicht getan«, sagte Tamar. »Und Rex auch nicht.«

»Wie gut, dass ich weder der eine noch der andere bin«, entgegnete Katt gelassen. »Wir haben ihn gehen lassen, das stimmt. Wir haben ihn zu seinen Leuten zurückgeschickt, damit er ihnen klar macht, dass sie hier unerwünscht sind. Und wir haben es auf eine Art getan, die er verstanden hat, da bin ich sicher.«

»Du weißt, dass wir im Krieg mit den Wilden leben?«, fragte Tamar.

Katt hob die Schultern. »Ihr sagt es selbst, ehrwürdiger Elder. *Ihr*. Nicht wir.«

»Fühlt Euch lieber nicht zu sicher, Prinzesschen«, sagte Tamar scharf. »Vielleicht ist Eure Wohltäterin ja nicht immer da, um ihre schützende Hand über Euch zu halten.«

»Aber ehrwürdiger Elder«, sagte Katt spöttisch. »Ich verstehe gar nicht, was Ihr wollt. Niemand hier würde irgendetwas tun, um sich Euren Unmut zuzuziehen oder Euch zu verstimmen.«

Tamar schüttelte den Kopf. »Ich bin immer noch nicht ganz sicher, was das nun ist«, sagte er. »Mut – oder einfach nur Dummheit?« Er wedelte unwillig mit der Hand, als Katt antworten wollte. »Ich bin nicht hierher gekommen, um mich mit einem dummen Kind zu streiten.« Er machte eine Kopfbewegung hin zu der offenen Tür hinter Katt. »Bittet Ihr mich in Eure Gemächer, Prinzessin? Wir haben das eine oder andere zu besprechen.«

Katt drehte sich wortlos um und ging, und auch einer der beiden Drachen begleitete Tamar, als benötigte der Elder tatsächlich einen Leibwächter, um allein mit dem Katzenmädchen in ein Zimmer zu gehen. Der andere trat zur Tür und nahm mit drohend vor der Brust gehaltenem Gewehr Aufstellung und Anders nutzte den winzigen Moment, in dem er dabei in die entgegengesetzte Richtung blickte, um die wenigen Schritte zu tun und lautlos durch die Tür zu huschen. Sie wurde hinter ihm geschlossen, allerdings nicht vollends. Das verräterische Klicken des einrastenden Schlosses blieb aus.

»Komm!«, zischte eine Stimme. Ein Schatten huschte davon und Anders folgte ihm, so leise und schnell er konnte. Er hatte kein gutes Gefühl. Zwar war er um jeden Schritt erleichtert, den er sich aus der Nähe der schrecklichen schwarz gekleideten Männer und des Elder entfernte, aber er hatte dennoch das Gefühl, Katt im Stich zu lassen.

Sie kamen nicht ganz so lautlos voran, wie er es gern gehabt hätte. Da sie sich in vollkommener Dunkelheit bewegten, stieß er zwei- oder dreimal gegen die Wände und einmal prallte er gegen ein Hindernis, das bedrohlich zu wanken begann, bevor er es mit ausgestreckten Händen zu fassen bekam und wieder stabilisieren konnte. Auch wenn es gegen seinen Stolz ging, war er trotzdem erleichtert, als sich plötzlich eine Hand um seinen Oberarm schloss und ihn mit sanfter Gewalt mitzerrte.

Sie durchquerten einen weiteren Raum, in den wenigstens ein Schimmer von Licht drang, sodass er die hoch gewachsene Gestalt sehen konnte, die geduckt vor ihm entlanghuschte. Sehen, aber nicht erkennen. Er warf im Gehen einen Blick über die Schulter zurück, beinahe schon sicher, im nächsten Augenblick einen Verfolger in glänzendem Schwarz hinter sich auftauchen zu sehen, doch sie durchquerten unbehelligt auch diesen Raum, dann wurde eine Tür knarrend geöffnet und blassgraues Sternenlicht fiel auf die Stufen einer schmalen Holztreppe, die weiter hinauf zum Dach führte. Anders konnte seinen unheimlichen Führer nun besser ausmachen – dennoch erkannte er ihn erst, als sie das Ende der Treppe erreicht hatten und auf das flache Dach hinaustraten.

»Rex?«, entfuhr es ihm erstaunt.

Der Tiermann machte eine erschrockene Bewegung und fuhr herum. »Still!«, zischte er. »Willst du, dass sie uns hören?«

Anders sagte nichts mehr, starrte Rex aber weiter vollkommen fassungslos an, und schließlich streckte der Hundemann abermals die Hand aus, ergriff ihn am Arm und stieß ihn so grob von der Treppe weg und vor sich her, dass er nach zwei ungeschickten, stolpernden Schritten auf die Knie fiel. Bevor er wieder aufstehen konnte, zerrte Rex ihn weiter mit sich, bis sie die hüfthohe Mauer erreicht hatten, die das Dach von allen Seiten umgab. Erst dann ließ er ihn los und sank neben ihm auf die Knie. Zugleich gab er ihm noch einmal mit einem warnenden Wink zu verstehen, dass er still sein sollte. »Keinen Laut! Wenn sie uns hören, sind wir alle tot.«

Anders begriff mittlerweile überhaupt nichts mehr, aber er nickte, um Rex zu signalisieren, dass er verstanden hatte, und stemmte sich dann behutsam in die Höhe, um einen Blick über die Mauer zu werfen.

Von hier oben aus betrachtet, wirkte der Helikopter erstaunlicherweise noch größer als aus Katts Zimmer. Die Rotoren liefen immer noch – Tamar hatte offensichtlich nicht vor, allzu lange zu bleiben –, sodass es aussah, als hinge er schwerelos unter einer Scheibe aus flirrendem Glas, in der sich das Licht der zahllosen Fackeln brach, die die Tiermenschen mitgebracht hatten. Mittlerweile musste die gesamte Sippe zusammengelaufen sein und Anders konnte sich vorstellen, wie nervös die beiden Männer waren, die noch immer hinter der offen stehenden Seitentür der Maschine knieten. Tamar ging ein gewaltiges Risiko ein, hierher zu kommen; noch dazu auf diese Weise. Zweifellos reichte die Feuerkraft allein dieser Maschine aus, die gesamte Sippe auszulöschen, aber er hatte es nicht unbedingt nur mit Gegnern zu tun, die logisch oder gar mit Vorbedacht an eine Situation herangingen. Und auch die Männer im Inneren des Helikopters mussten das wissen. Eine einzige falsche Bewegung, eine Unbedachtsamkeit – gleich auf welcher Seite – konnte eine Katastrophe auslösen.

Anders ließ sich wieder zurücksinken und wandte sich mit einem fragenden Blick an den Hundemann. »Warum hast du das getan?«

»Wäre es dir lieber, ich hätte zugesehen, wie sie dich schnappen?«

»Nein«, gab Anders zurück. »Aber dir.«

Rex' einseitig angeschwollenes Bulldoggengesicht verdüsterte sich. »Vielleicht habe ich ja einen Fehler gemacht«, knurrte er. »Bring mich nicht auf Ideen. Noch sind sie da.«

Anders sah ihn aufmerksam an, aber es war ihm nicht möglich, in seinem Gesicht zu lesen. Er hatte Rex nie anders als übellaunig und aggressiv erlebt, doch vielleicht lag das ja schlicht und einfach am Aussehen des Hundemannes. Mit seinen Hängebacken, der flachen Nase und den eng beieinander stehenden, leicht aus den Höhlen quellenden Augen wirkte er wie eine Mischung aus einer Bulldogge und einem von chronischen Zahnschmerzen geplagten Mops. Möglicherweise setzte er diesen Gesichtsausdruck ja auch auf, wenn er gerade vor Glück aus allen Nähten platzte.

Was er im Moment allerdings ganz bestimmt nicht tat.

»Danke«, sagte Anders einfach.

Rex schnaubte. »Bedank dich nicht zu früh. Vielleicht überleg ich es mir ja noch. Vielleicht schneide ich dir ja selbst die Kehle durch.«

»Das hättest du doch längst gekonnt«, antwortete Anders. »Habe ich mich in dir getäuscht und du wirst doch allmählich vernünftig?«

»Wenn ich vernünftig wäre«, knurrte Rex, »dann würdest du jetzt schon lange in dem Ding da unten sitzen oder tot sein.«

Anders schüttelte den Kopf. »Das glaube ich nicht. Du weißt genauso gut wie ich, dass …«

»… dass wir alle darunter leiden müssten, wenn sie dich hier finden«, fiel ihm Rex ins Wort. »Ich weiß zwar nicht, warum Katt so versessen auf dich ist, aber so ist es nun einmal. Und ich will nicht, dass ihr etwas zustößt. Das ist alles. Bild dir nichts ein.«

Rex klang nicht einmal so, als wäre er selbst von seinen Worten überzeugt, und Anders machte sich erst gar nicht die Mühe, irgendetwas darauf zu erwidern. Etliche Minuten lang saßen sie einfach hinter der Mauer und blickten hinunter auf den gelandeten Hubschrauber und die immer noch anwachsende Menge unten auf dem Platz. Anders' Gedanken bewegten sich im Kreis. Ein paarmal blickte er ganz instinktiv über die Schulter zurück und zu dem kleinen Bretterverschlag auf der Treppe, aber er fürchtete eigentlich nicht mehr wirklich, dort eine Gestalt in einem schwarzen ABC-Anzug auftauchen zu sehen. Hätten die Drachen vorgehabt hier heraufzukommen, dann hätten sie es längst getan.

Es vergingen sicherlich zehn Minuten – eine Ewigkeit, wenn man darauf wartete, dass sich etwas tat –, bevor Tamar und seine beiden Begleiter wieder unter ihnen auftauchten.

Katt war nicht dabei, was Anders schon wieder mit einem leisen Gefühl von Sorge erfüllte, dem er aber nicht gestattete, Gewalt über seine Gedanken zu erlangen. In einer gewissen Hinsicht war Tamar berechenbar. Er hatte keinen Grund, Katt etwas anzutun; ganz im Gegenteil. Auch wenn Rex auf den ersten Blick vielleicht der bequemere Partner für ihn gewesen wäre, so war er auf den zweiten doch viel unberechenbarer und dabei nicht annähernd so vorsichtig und vorausschauend wie Katt. Anders' ungutes Gefühl, Katt nicht in Begleitung des Elder aus dem Haus kommen zu sehen, verschwand fast ebenso schnell, wie es gekommen war. Dafür fiel ihm etwas anderes auf. Er war zu weit entfernt, um Einzelheiten zu erkennen, aber er sah, dass einer der Soldaten etwas in der linken Hand hielt, worauf er in regelmäßigen Abständen hinabblickte. Es sah aus wie … ein Handy?

Unmöglich. Aber der Mann hatte irgendetwas in der Hand und Anders konnte sich nicht vorstellen, dass er die Gelegenheit nutzte, um eine Runde Gameboy zu spielen.

»Was hast du?«, fragte Rex. Anders' Überraschung war ihm nicht entgangen.

Anders winkte nur unwillig ab und sah wortlos zu, wie Tamar und die beiden Bewaffneten in den Hubschrauber hineinkletterten. Die Schiebetür schloss sich unmittelbar hinter ihnen, und doch konnte Anders noch erkennen, dass der Soldat den rechteckigen kleinen Gegenstand nach vorne an den Mann im Cockpit weiterreichte. Dann rastete die Tür ein und der schwarze Helikopter begann nahezu lautlos in die Höhe zu steigen.

Aber nicht ganz senkrecht und auch nur ein kleines Stück. Als er einige wenige Meter über die Höhe der Dächer geklettert war, hielt er an und begann sich langsam auf der Stelle zu drehen. Ein paar grellweiße, große Suchscheinwerfer flammten unter seinem Bug auf und tasteten wie leuchtende Finger über die brandgeschwärzten Fassaden der Häuser.

Anders war so überrascht, dass er um ein Haar zu spät reagiert hätte. Im buchstäblich allerletzten Moment ließ er sich zur Seite fallen und rollte in den toten Winkel hinter der Mauer. Nur einen halben Atemzug später strich der Scheinwerferstrahl genau dort entlang, wo er gerade noch deutlich sichtbar gesessen hatte, und erfasste Rex. Der Hundemann machte keine Anstalten, in Deckung zu springen, sondern blieb wie erstarrt auf den Knien sitzen und schloss nur geblendet die Augen. Der Scheinwerferstrahl tastete weiter, kehrte nach einem Sekundenbruchteil aber zurück und verharrte dann genau auf Rex.

Anders wagte nicht, auch nur zu atmen, sondern starrte aus aufgerissenen Augen zu Rex hinauf, während er ein verzweifeltes Stoßgebet zum Himmel schickte, dass der Helikopter nicht etwa näher kam, um sich den sonderbaren Schaulustigen auf dem Dach genauer anzusehen. Rex hob den Arm, aber Anders konnte nicht sagen, ob er nur seine Augen vor dem grellen Licht schützen wollte oder den Männern in der Maschine zuwinkte. Nach weiteren zwei oder drei Sekunden jedenfalls wanderte der grelle Strahl weiter und erlosch dann ganz.

Trotzdem blieb Anders noch fünf oder zehn Sekunden mit klopfendem Herzen und angehaltenem Atem liegen, den Rücken so fest gegen die Wand gepresst, dass es fast schon wehtat, und felsenfest davon überzeugt, dass der Helikopter im nächsten Augenblick wie ein biblischer Racheengel über dem Dach erscheinen müsse. Das Gegenteil war der Fall. Rex stieß mit einem hörbaren Zischen die Luft zwischen den Zähnen aus und sackte dann ein Stück in sich zusammen, als hätte ihn der helle Lichtstrahl jeglicher Kraft beraubt, und Anders registrierte erst jetzt, dass das kaum merkliche Sirren und Pfeifen der Rotorblätter nicht mehr da war.

Unendlich behutsam richtete er sich auf und spähte über die Dachkante.

Der Helikopter war verschwunden. Unten auf dem Platz bewegte sich noch immer ein quirliges Muster aus roten Funken und flackernden, winzigen Flammen, das einem geheimen

Rhythmus zu folgen schien, den er nicht nachvollziehen konnte. Als er den Blick in den Himmel hob, sah er gerade noch einen winzigen weißen Funken, kaum größer als einen Stern, der im nächsten Moment vollkommen verschwunden war.

»Das war knapp«, sagte er. »Ich dachte, jetzt wäre alles aus.«

»Bist ein richtiger Held, wie?«, knurrte Rex. Aber seine Stimme zitterte ein wenig zu sehr und das Flackern in seinem Blick war etwas zu deutlich, um seinen Spott irgendwie anders als hilflos wirken zu lassen. Als Anders den Kopf hob und ihn ansah, erkannte er, dass auch Rex' Hände ganz sacht zitterten.

»Das war knapper, als du ahnst«, antwortete er. »Hätten sie mehr als nur Licht benutzt, um sich umzusehen, dann wäre es das jetzt gewesen.«

»Mehr als nur Licht?«, fragte Rex stirnrunzelnd. »Was soll das sein?«

»Vergiss es«, antwortete Anders. So erleichtert er war, noch einmal davongekommen zu sein, so ging ihm doch seine Beobachtung nicht aus dem Kopf. Es war nur eine Kleinigkeit, aber er hatte schon lange und auf sehr schmerzhafte Weise gelernt, dass hier auch Kleinigkeiten über Tod und Leben entscheiden konnten.

»Bleib hier«, sagte Rex, während er sich vollends in die Höhe stemmte und umdrehte. »Ich gehe hinunter und schaue nach Katt.«

Anders nickte. Seine Knie zitterten so stark, dass er im Moment ohnehin Mühe gehabt hätte, Rex zu folgen. Als der Hundemann jedoch den Treppenaufbau fast erreicht hatte, rief er ihn noch einmal zurück. »Rex!«

Rex blieb tatsächlich stehen und sah übellaunig über die Schulter zu ihm zurück. »Was ist denn noch? Soll ich dich vielleicht runtertragen?«

Anders ignorierte seinen gehässigen Ton. »Wenn du in ihr Zimmer gehst, dann sprich auf keinen Fall über mich«, sagte er ernst. »Und auch sie darf es nicht, hast du verstanden? Keine Frage, keine Erwähnung, nichts. Ich bin nicht hier.«

Rex sah ihn verständnislos an. »Wie meinst du das? Was …?«

»Dafür ist jetzt keine Zeit«, unterbrach ihn Anders. »Ich glaube, ich weiß, warum sie gekommen sind. Geh runter zu Katt, schnell. Und denk dran – ich bin nicht hier und ihr wisst nichts von mir!«

12

Die Verwirrung in Rex' Blick nahm noch zu, aber er musste wohl auch begriffen haben, wie ernst Anders seine Worte meinte. Er nickte nur noch einmal und beeilte sich dann, mit schnellen Schritten die Treppe hinabzulaufen.

Unsicher richtete sich Anders auf und sah noch einmal auf den Platz hinunter, bevor er sich umdrehte und dem Hundemann deutlich langsamer folgte. Die Menge unten begann sich bereits wieder zu zerstreuen und er hörte einen ganzen Chor aufgeregter Stimmen und unwilligen Murrens. Die Mischung aus Zorn und Furcht, die von den Tiermenschen Besitz ergriffen hatte, war beinahe mit Händen zu greifen. Tamar war in der Tat ein gewaltiges Risiko eingegangen, hierher zu kommen, vor allem auf diese Weise. Anders glaubte nicht einmal, dass es ihm überhaupt bewusst gewesen war – sehr wohl aber den Männern seines Vaters. Ganz davon abgesehen, dass jeder Moment, den sich Oberons Krieger in diesem Tal aufhielten, für sie lebensgefährlich war, stellte diese Aktion ein besonderes Risiko dar. Er konnte sich nicht vorstellen, dass sie das ohne einen triftigen Grund eingegangen wären.

Dann wurde ihm klar, wie lächerlich dieser Gedanke im Grunde war. Der triftige Grund, den diese Männer hatten, ihr Leben zu riskieren, war er.

Deutlich langsamer als Rex zuvor und sogar langsamer, als notwendig gewesen wäre, ging er die Treppe hinunter und tastete sich halb links durch das fensterlose, dunkle Zimmer im obersten Stockwerk. Diesmal stieß er an mehrere Hindernisse und stolperte quer durch den Raum, und auch als er die Treppe nach unten erreichte, hatten sich seine Augen noch immer nicht wieder an die fast vollkommene Dunkelheit gewöhnt; er verfehlte die oberste Stufe und wäre um ein Haar gefallen. Erst im buchstäblich letzten Moment konnte er sich an dem morschen Geländer festklammern, das unter seinem Gewicht so protestierend ächzte, als wollte es zusammenbrechen. Obwohl ihn der Scheinwerferstrahl des Hubschraubers nicht einmal ganz getroffen hatte, tanzten auf seinen Netzhäuten immer noch weiße und orangefarbene Funken, wenn er die Lider schloss. Rex, der direkt in den Strahl hineingeblickt hatte, musste halb blind sein.

Immerhin sah er, dass sowohl Rex als auch Katt wieder in den Flur herausgetreten waren. Beide blickten ihm mit fragendem Gesichtsausdruck entgegen, aber seine Warnung schien Wirkung zu zeigen: Rex wirkte übellaunig wie immer, während Katt vielsagend die Stirn runzelte und eine fragende Bewegung mit beiden Händen machte. Anders antwortete ihr auf wortlose Art und bedeutete ihr noch einmal, still zu sein. Dann trat er ihnen auf der Treppe entgegen, legte den Zeigefinger auf die Lippen und wedelte sie mit der anderen Hand zu sich heran. Rex wirkte nun vollends irritiert und schien etwas sagen zu wollen, aber Katt setzte sich lautlos in Bewegung und kam auf ihn zu. Anders wartete, bis sie nur noch zwei Stufen von ihm getrennt war, dann drehte er sich um und ging die Treppe wieder nach oben. Wahrscheinlich war diese Vorsichtsmaßnahme hoffnungslos übertrieben. Aber man konnte nie wissen.

Erst oben auf dem Treppenabsatz hielten sie an. Anders wartete, bis Rex sich endlich dazu bequemt hatte, auch zu ihnen heraufzukommen, dann fragte er in Flüsterton: »Habt ihr irgendetwas gesagt? Hast du mich erwähnt, gerade als Rex heruntergekommen ist? Oder als du allein warst?«

»Nein«, antwortete Katt. »Ich bin noch nicht so alt, dass ich Selbstgespräche führe. Aber was soll das?«

»Hat er irgendetwas dagelassen?«, fragte Anders, statt ihre Frage zu beantworten.

»Wer?«, fragte Katt.

»Tamar«, antwortete Anders. »Tamar oder einer seiner Männer. Haben sie irgendetwas zurückgelassen?«

»So gute Freunde sind wir nicht, dass sie uns Geschenke dalassen«, knurrte Rex. »Was soll denn das?«

»Da wäre ich nicht sicher«, erwiderte Anders. »Auch wenn man sich vor Tamars Geschenken besser hüten sollte.« Er sah die beiden abwechselnd und fast beschwörend an. »Wir gehen jetzt wieder hinunter. Sprecht ganz normal miteinander, schimpft meinetwegen über Tamar oder die Elder oder die Drachen, aber redet nicht über mich und schon gar nicht *mit* mir, ganz egal, was ich tue. Habt ihr das verstanden?«

Sowohl Rex als auch Katt nickten zwar, aber er bezweifelte, dass sie wirklich begriffen, wovon er sprach. Wie hätte es auch anders sein können? Anders warf ihnen abermals einen beschwörenden Blick zu, wartete, bis sie auch diesmal mit einem Nicken darauf reagierten, und begann dann auf Zehenspitzen die Treppe hinunterzuschleichen. Katt und Rex tauschten einen verwirrten Blick und taten es ihm dann nach, und Anders blieb wieder stehen, verdrehte in gespieltem Entsetzen die Augen und winkte so wild mit beiden Händen, dass sie verstanden und ganz normal weitergingen. »Reden!«, raunte Anders ihnen zu, als sie an ihm vorbeischritten. »Unterhaltet euch über irgendetwas. Meinetwegen über das Wetter!«

Katt und der Hundemann wirkten nun vollkommen verstört, begannen aber zu seiner Erleichterung wieder miteinander zu reden.

Anders hörte nicht zu. Er schnappte ein paarmal die Worte *Tamar* und *Elder* auf und er hoffte, dass zumindest Rex ein so guter Schauspieler war, wie er es vermutete. Darüber hinaus jedoch konzentrierte er sich voll und ganz darauf, sich so lautlos zu bewegen, wie er nur konnte. Auf Zehenspitzen schlich er die Treppe hinunter, blieb stehen und trat vier oder fünf

Schritte hinter den beiden in das hell erleuchtete Zimmer. Die Flammen im Kamin brannten wieder höher und Tamar oder Katt hatten drei kleine Öllampen entzündet, sodass er deutlich sehen konnte, wie sehr Tamars Leibwächter hier drinnen gewütet hatte. Der Raum war auch vorher schon alles andere als ein Muster an Ordnung gewesen, nun aber war ein Großteil der Gegenstände, die sich noch vor wenigen Minuten in den Regalen befunden hatten, herausgerissen und überall auf dem Boden verteilt, einer der Stühle umgeworfen und sogar der schwere Tisch ein gutes Stück zur Seite gerückt.

Rex machte eine entsprechende böse Bemerkung und begann das schwere Möbelstück wieder an seinen Platz zu schieben, während Anders an das der Tür am nächsten stehende Regal herantrat und seinen Blick neugierig über die verwüsteten Bretter schweifen ließ. Plötzlich wurde ihm klar, wie vollkommen aussichtslos sein Vorhaben war. Rex und sein Vorgänger hatten jahrzehntelang buchstäblich alles hier zusammengetragen, was ihnen in die Finger gefallen und ihnen irgendwie nützlich oder auch nur hübsch vorgekommen war; von rostigen Nägeln bis hin zu kompletten Stereoanlagen, die noch altmodische Plattenspieler hatten und Kassettendecks anstelle von CD-Laufwerken und Computerschnittstellen. Er wusste ja noch nicht einmal genau, wonach er suchte. Geschweige denn ob es überhaupt da war.

Während er anfing, wahllos irgendwelche Gegenstände in Augenschein zu nehmen, starrten ihn Katt und Rex immer verständnisloser an, zumindest irritiert. Anders musste sogar ein amüsiertes Grinsen unterdrücken, als Katt nach einer Weile sämtliche Hemmungen fallen ließ und so kräftig über den Elder, seine Herkunft, seinen Charakter und sogar seine vermuteten intimen Gewohnheiten herzog, dass eine gute Chance bestand, dass Tamar einfach der Schlag traf, wenn er ihre Worte hörte.

Je länger er suchte, desto geringer wurde seine Hoffnung.

Schließlich gab er es auf, trat vom Regal zurück und versuchte es mit etwas Neuem: mit Nachdenken.

Was hätte er anstelle des Mannes gemacht? Tamars Verbündeter aus einer anderen Welt war nur eine oder zwei Minuten hier drin gewesen, nicht lange genug, um sich ein wirklich raffiniertes Versteck zu suchen, und den allergrößten Teil dieser Zeit hatte er damit zugebracht, ein heilloses Chaos zu veranstalten. Er war …

Ein gutes Stück größer als er. Nicht nur größer als er, sondern vor allem als Katt und die allermeisten hier. Mit ausgestreckten Armen musste er ohne Probleme auch die oberen Regalbretter in zweieinhalb Metern Höhe erreichen können. Anders drehte sich einmal um sich selbst und trat schließlich an das einzige Regal heran, das der Verwüstungswut des schwarz Gekleideten entgangen zu sein schien. So leise er konnte, hob er einen der schweren Stühle hoch, zog ihn zum Regal und stieg hinauf.

Er wurde fast sofort fündig. Auf dem zweitobersten Brett befanden sich nur zwei aufgequollene, von Feuchtigkeit und Staub zu einer einzigen matschigen Masse verunstaltete Bücher – und ein kaum zigarettenfiltergroßes schwarzes Plastikröhrchen, das an einem Ende geriffelt war und an dem eine winzige rote Leuchtdiode brannte.

Also doch. Er hatte Recht gehabt. Was der Mann draußen in der Hand gehalten und an den Copiloten des Hubschraubers weitergereicht hatte, war ganz eindeutig *kein* Gameboy gewesen.

Anders' allererster Impuls war, das verdammte Ding zu nehmen und so lange darauf herumzutrampeln, bis es nur noch Schrott war, aber er hatte sich gottlob gut genug in der Gewalt, um diesem Bedürfnis zu widerstehen. Ebenso wortlos, wie er auf den Stuhl geklettert war, stieg er wieder herunter, bedeutete den beiden anderen mit Gesten, ihm nach draußen zu folgen und sich dabei nach Möglichkeit weiter zu unterhalten. Auch im Flur hielt er nicht an, sondern wandte sich nach links, lief die Kellertreppe hinab und blieb erst vor der verschlossenen Tür an ihrem unteren Ende wieder stehen.

»Ich glaube, das ist weit genug«, sagte er.

»Wofür?«, fragte Katt und Rex fügte hinzu: »Was soll das denn eigentlich alles?«

»Es scheint, als hättest du dich geirrt«, antwortete Anders mit düsterem Gesicht. »Tamar hat euch doch ein Geschenk hinterlassen. Eine Wanze.«

»Eine *was*?«, fragte Rex. Katt runzelte nur die Stirn.

Anders schüttelte den Kopf. »Ein Abhörgerät. Entschuldige. Bei uns nennt man die Dinger so.«

»Und was soll das sein?«, grollte Rex.

»Ein Mikrofon mit einem angeschlossenen Funkgerät«, antwortete Anders. Rex' Gesichtsausdruck wurde noch verwirrter und auch Katt sah ihn zwar besorgt, dennoch aber vollkommen verständnislos an. »Eine ... Maschine«, erklärte Anders mit einem hilflosen Achselzucken. »Eine winzig kleine Maschine, nicht einmal halb so lang wie mein kleiner Finger ist. Sie hört jedes Wort, das dort oben im Zimmer gesprochen wird, und überträgt es an einen Empfänger.«

Rex ächzte, und trotz des schlechten Lichtes hier unten konnte Anders sehen, wie Katt erbleichte. »Aber ... sie sind doch weggeflogen«, murmelte sie. Anders war sicher, dass sie längst verstanden hatte, sie war einfach nur erschrocken und verwirrt und wollte nicht begreifen.

»Ich fürchte, das wird uns nichts nutzen«, sagte er, so ruhig er konnte. »Die Dinger sind zwar winzig, aber sie haben eine enorme Reichweite. Sie können meilenweit entfernt sein. Sogar auf der anderen Seite der Berge.«

»So etwas ... habt ihr?«, keuchte Rex. »Ihr könnt über Meilen hören, was jemand spricht?«

»Nicht nur das«, antwortete Anders, klappte den Mund wieder zu und spürte selbst, wie ihm alles Blut aus dem Gesicht wich. Plötzlich wurde ihm klar, wie vollkommen idiotisch er sich benommen hatte. Allein seine Entdeckung auf dem obersten Regalbrett machte ihm klar, dass es sich bei der Wanze wahrscheinlich nur um ein Abhörgerät handelte, nur um ein Mikrofon, keine Kamera. Aber es hätte eine sein können. Er hatte die Möglichkeit nicht einmal in Betracht gezogen.

»Was hast du?«, fragte Katt.

Anders schüttelte hastig den Kopf. »Nichts. Aber wir müssen vorsichtig sein. Bist du sicher, dass du nichts gesagt hast, nachdem Tamar weg war? Kein Stoßseufzer, nichts, was du erleichtert geflüstert hast?«

Katt schüttelte abermals den Kopf. »Nein. Höchstens ein paar böse Worte über Tamar selbst. Wenn er sie wirklich gehört hat, dann wird er nicht sehr glücklich sein.«

Anders lächelte flüchtig. »Vielleicht regt er sich ja so auf, dass er einen Herzanfall kriegt.« Auch damit konnte Katt nichts anfangen, doch sie spürte, was er meinte, und rang sich ebenfalls zu einem schiefen Lächeln durch. Im nächsten Moment aber wurde sie schon wieder ernst.

»Das heißt, sie hören jetzt alles, was wir besprechen?«

»Zumindest in deinem Zimmer, ja«, antwortete Anders.

»Dann muss ich mir wohl eine andere Unterkunft suchen«, sagte Katt, doch Anders schüttelte sofort den Kopf. »Nein«, meinte er. »Ganz im Gegenteil. Tamar ist schließlich nicht dumm. Er würde sofort merken, dass wir die Wanze gefunden haben.«

»Na und?«, schnappte Rex.

Katt sagte ruhig: »Und somit wüsste er, du bist hier.«

»Wieso?«, fragte Rex grimmig.

»Weil keiner von euch wissen kann, dass es so etwas wie diese Wanzen überhaupt gibt«, antwortete Anders geduldig. Er sah dem Hundemann fest in die Augen. »Na? Bist du immer noch der Meinung, den Elder vertrauen zu können?«

»Das habe ich nie gesagt«, knurrte Rex. Zorn blitzte in seinen Augen auf, der zweifellos den Elder galt, sich in diesem Moment aber auch gut auf Anders entladen konnte, weil er gerade so praktisch bei der Hand war.

»Das spielt jetzt keine Rolle«, sagte Katt rasch. »Wir müssen eine andere Unterkunft für dich finden. Und uns in Zukunft sehr genau überlegen, was wir sagen.«

»Was soll das heißen?«, fragte Rex.

»Katt hat Recht«, sagte Anders. »Solange die Elder nicht wissen, dass wir ihre Wanze entdeckt haben, können wir sie mit ihren eigenen Waffen schlagen.«

»Und sie belauschen?«, fragte Rex.

Eine Sekunde lang war Anders nicht einmal sicher, ob der Hundemann ihn nicht einfach auf den Arm nehmen wollte. Aber er las in seinen hervorquellenden Augen, dass er die Frage wohl vollkommen ernst meinte. »Nein«, antwortete er. »Aber Tamar wird uns kaum belauschen, weil er deine Stimme so angenehm findet, Rex. Er will etwas erfahren. Und solange wir es nicht übertreiben, können wir ihn an der Nase herumführen.«

»Ich verstehe«, sagte Katt nachdenklich. »Aber ich glaube nicht, dass es funktioniert. Tamar ist nicht dumm.«

»Manchmal ist es von Vorteil, es mit einem schlauen Gegner zu tun zu haben.« Anders lächelte flüchtig. »Vor allem mit jemandem, der sich für noch klüger hält, als er ist.«

Rex schnaubte nur, doch Katt hatte verstanden, was er meinte. »Ja, vielleicht«, sagte sie zögernd. »Aber wir müssen trotzdem vorsichtig sein. Wir müssen ganz genau überlegen, was wir ihm über uns verraten und was nicht. Und wir brauchen eine neue Unterkunft für dich. Am besten eine, die man vom Himmel aus nicht einsehen kann.«

»Warum nicht gleich hier unten?«, schlug Rex vor. »Das Zimmer deines Freundes ist noch frei.«

»Rex!«, seufzte Katt, aber Anders schüttelte rasch den Kopf.

»Warum eigentlich nicht?«, sagte er. Katt wollte auffahren, doch er brachte sie mit einer besänftigenden Geste zum Schweigen. »Nein, so dumm ist das gar nicht«, sagte er. »Je unsichtbarer ich bin, desto besser.«

Katt wirkte nicht überzeugt, sodass er mit einem beruhigenden Lächeln fortfuhr: »Sie haben nicht nur scharfe Ohren, weißt du? Ehrlich gesagt, war ich heute ziemlich leichtsinnig. Es sollte mich nicht wundern, wenn mein Vater die Stadt Tag und Nacht überwachen lässt.«

»So hoch können die Drachen nicht fliegen«, sagte Katt überzeugt. »Wir werden sie sehen.«

»Ja, sie vielleicht«, antwortete Anders. »Aber bestimmt keine unbemannten Drohnen.« Er winkte ab, als Katt ihn fragend anblickte. »Schon gut. Glaub mir einfach, dass mein Vater Möglichkeiten hat, die euch wie Zauberei vorkommen müssen.«

»Warum verfügst du denn nicht über diese Macht, wenn er doch dein Vater ist?«, wollte Rex wissen.

»Vielleicht weil ich sie nicht will«, antwortete Anders. Rex verzog nur abfällig die Lippen und auch Anders sprach nicht weiter. Sogar in seinen eigenen Ohren hatten sich die Worte einfach nur albern angehört. Kindisch. Im Augenblick hätte er eine Menge darum gegeben, auch nur einen Bruchteil der Mittel zu haben, die seinem Vater zur Verfügung standen.

13

Es war heiß. Vor einer guten Stunde, pünktlich in genau dem Augenblick, in dem er die Hände um das Seil geschlossen und den ersten Schritt in die Wand hineingetan hatte, war die Wolkendecke aufgerissen und über dem Regen und Kälte verheißenden grauen Frühsommerhimmel war eine Sonne erschienen, die mit ebenso gnadenloser wie unzeitgemäßer Kraft auf das Land herabbrannte. Selbst wenn er nicht jedes bisschen Kraft zum Klettern gebraucht hätte und jedes bisschen Konzentration, um an dem rauen Seil und der dafür umso glatteren Felswand nicht den Halt zu verlieren, wäre er vermutlich bereits in Schweiß gebadet gewesen. Mittlerweile war er so erschöpft, dass er nicht einmal mehr sicher war, ob er die nächste Bewegung noch schaffen würde.

Außerdem kam er sich vollkommen lächerlich vor.

Die Lage, in der er sich befand, war nicht nur kräftezehrend, sondern auch peinlich und lächerlich und stellte das mit Abstand Entwürdigendste dar, was er jemals erlebt hatte.

Anders hing in fünfundzwanzig Metern Höhe an einer lotrecht aufstrebenden Felswand, hatte ein grobes Seil um die Hüften geschlungen, das gerade rau genug war, um seine Haut wund zu scheuern und mittlerweile wirklich wehzutun und gerade dünn genug, um ihn im Notfall vielleicht *nicht* zu halten, und war darüber hinaus nackt bis auf einen schmuddeligen Lendenschurz, den der Wind zu allem Überfluss noch dazu ständig nach oben wehte, sodass er gegen seinen Bauchnabel und seine Nieren klatschte. Gleichsam um diese Unbequemlichkeit auszugleichen, hatte er sich am ganzen Körper mit Schlamm eingerieben, der mittlerweile eingetrocknet und zu einer bröckeligen, heftig juckenden Kruste geworden war.

Auf seinem Kopf saß ein Gebilde aus allen möglichen ungeschickt zusammengestoppelten Fell- und Haarteilen, das (mit sehr viel Glück) ab einer Entfernung von hundert Metern aufwärts als schulterlange schwarze Perücke durchgehen mochte, und als wäre das alles immer noch nicht genug, hatte Katt ihm einen alten, mit abgestorbener Schlangenhaut überzogenen Gummischlauch umgebunden, der haltlos hinter ihm hin und her pendelte und allenfalls von einem kurzsichtigen Troll für einen Schwanz gehalten werden konnte, wie ihn manche der Tiermenschen hatten; und vermutlich noch nicht einmal das.

Nein, es war entwürdigend. Und das Allerschlimmste war: Anders hatte längst begriffen, dass er sich überschätzt hatte.

Er würde es nicht schaffen. Allein schon für das kleine Stück hier herauf hatte er fast eine halbe Stunde gebraucht und er war mit seinen Kräften nahezu am Ende – und dabei hatte er das Rohr noch nicht einmal *erreicht!* Darüber, wie er das harte Stück Arbeit erledigen sollte, das er sich vorgenommen hatte (und erst recht darüber, dass es mit ziemlicher

Wahrscheinlichkeit vollkommen sinnlos war), dachte er vorsichtshalber erst gar nicht nach. Er musste es einfach schaffen, ganz egal wie, denn wenn er schon an dieser lächerlichen Aufgabe scheiterte, dann konnte er sich den Weg in die Berge hinauf gleich sparen.

Vielleicht war es ja dieser Gedanke, der ihm noch einmal die Kraft gab, seine mittlerweile blutig aufgeschürften Hände fester um das Seil zu schließen und sich mit zusammengebissenen Zähnen Stück für Stück weiter in die Höhe zu ziehen, bis es ihm schließlich gelang, sich rittlings auf das kaum einen halben Meter lange, zerfetzte Ende des Aluminiumrohres hinaufzuarbeiten, das aus der Felswand ragte. Danach war er so erschöpft, dass er gegen ein heftiges Schwindelgefühl ankämpfen und minutenlang einfach dasitzen und nach Atem ringen musste. Er zitterte am ganzen Körper und war in Schweiß gebadet. Der Schlamm, mit dem er sich eingerieben hatte, juckte mittlerweile unerträglich und ein Gemisch aus trockenem Schlamm und seinem eigenen Schweiß lief ihm in die Augen und fügte der Symphonie aus unterschiedlichen, aber allesamt unangenehmen Empfindungen einen brennenden Schmerz hinzu. Allein bei dem Gedanken, in diesem Zustand das Seil wieder hinunterzuklettern, zog sich sein Magen zu einem peinvollen Klumpen zusammen.

Dennoch ruhte er nur einen kurzen Moment aus, bevor er auf dem glatten Metallrohr so weit wie möglich nach vorne rutschte und sich dann behutsam vorbeugte. Im allerersten Moment drohte ihm schwindelig zu werden; doch das war ein Phänomen, das er kannte. Anders war weiß Gott nicht der erste Bergsteiger, der kein Problem damit hatte, vor einer dreitausend Meter tiefen Schlucht zu stehen und gelassen nach unten zu blicken, sehr wohl aber damit, aus zehn oder zwanzig Metern Höhe zu Boden zu sehen. Katt und Rex standen nebeneinander und direkt unter ihm, und obwohl beide die Köpfe in den Nacken gelegt hatten und konzentriert zu ihm hochsahen, konnte er erkennen, dass sie sich aufgeregt und mit nervösen kleinen Gesten miteinander unterhielten.

Es war nicht besonders schwer, sich vorzustellen, worüber sie sprachen. Katt hatte keine Zweifel daran gelassen, für wie wahnsinnig sie seinen Plan hielt, und auch Rex hatte sich nicht unbedingt begeistert geäußert, ihm schließlich aber widerwillig zugestimmt (wenn auch vermutlich nur mit dem Hintergedanken, dass eine gute Chance bestand, dass Anders sich bei dieser Kletterpartie den Hals brechen würde). Außer ihnen waren noch mindestens zwei oder drei Dutzend weitere Tiermenschen hierher gekommen, von denen etliche einfach herumstanden und zu ihnen hochsahen, andere jedoch unverzagt weiter an ihrem primitiven Klettergerüst herumbastelten oder mit unzulänglichen Gefäßen versuchten das Wasser aufzusammeln, das sich an den Hauswänden und dem Fels als feiner Tau niederschlug und in öligen Pfützen am Boden sammelte.

Anders löste behutsam seine linke Hand von dem Rohr und nestelte den Knoten auf, mit dem er ein gut dreißig oder vierzig Meter langes Stück Angelschnur um seine Hüfte gebunden hatte. Sein Ende war mit einer rostigen Schraube beschwert, sodass es senkrecht und sehr schnell nach unten fiel, als Anders das Nylonseil durch die Finger gleiten ließ. Rex streckte die Arme aus und fing die Schraube auf, und Anders wickelte die Schnur sorgsam um seine linke Hand, während der Hundemann ihr anderes Ende bereits an einem etwas dickeren Seil befestigte, das zusammengerollt vor ihm lag.

Als er fertig war, gab er das verabredete Zeichen und Anders zog seine Angelschnur wieder an; samt dem festeren Seil, das nun daran hing. Als er sein oberes Ende in Händen hielt, wiederholte er seine auffordernde Geste und Rex befestigte ein weiteres, noch stabileres Seil an dem ersten und daran schließlich, nachdem Anders auch dieses ergriffen und fest um seine Hand und seinen Unterarm gewickelt hatte, eine dünne, aber äußerst stabile Kette.

Das Rasseln, mit dem Anders sie zu sich heraufzog, dröhnte

in seinen Ohren so laut, dass er fast sicher war, man musste es noch in Tiernan hören; und zwanzig Meter Kette – auch wenn sie nicht allzu dick war und im Grunde genommen nur noch aus Rost bestand – hatten ein Gewicht, das ihn vor ein paar Probleme stellte. Nur mit äußerster Anstrengung gelang es ihm, die Kette nicht bloß zu sich heraufzuziehen, sondern ihr Ende auch vor sich um das Rohr herumzuwerfen und es dann mittels einer weiteren, deutlich längeren Schraube mit dem Rest der Kette so zu verbinden, dass das Ganze eine stabile Schlaufe bildete. Kaum war er damit fertig, da bückte sich Rex, um den letzten Teil ihres Planes in Angriff zu nehmen, aber Anders bedeutete ihm mit einem raschen Wink, einen Moment zu warten. Er war mittlerweile so erschöpft, dass er sich nur noch mit größter Mühe auf dem Rohrende halten konnte, und der schwerste Teil seiner Aufgabe lag noch vor ihm.

Anders gestattete sich selbst den Luxus, weitere zwei oder drei Minuten einfach dazuliegen und darauf zu warten, dass sich sein rasender Pulsschlag beruhigte und die Schmerzen in seinen Oberarmen und Händen auf ein erträgliches Maß herabsanken; und das, obwohl er wusste, dass ihm die Zeit davonlief. Sie hatten abgewartet, bis die *Drachen* einen ihrer unregelmäßigen Patrouillenflüge über der Stadt beendet hatten, und waren dann sofort hierher gekommen, und mit einiger Wahrscheinlichkeit würden Stunden vergehen, bevor die schwarzen Kampfhubschrauber wieder am Himmel erschienen. Aber mit *einiger Wahrscheinlichkeit* bedeutete nicht *bestimmt.*

Es brachte allerdings auch nichts, wenn er sich überschätzte und zwanzig Meter in die Tiefe fiel und sich sämtliche Knochen brach, weil ihn im letzten Moment die Kräfte verließen.

Schließlich richtete er sich wieder auf, bedeutete Rex mit einem Zeichen, fortzufahren, und zog mit zusammengebissenen Zähnen und Hand über Hand die rostige Kette nach oben. An ihrem Ende war ein uralter Feuerwehrschlauch befestigt, den

Rex irgendwo in dem endlosen Labyrinth von Kellergewölben unter der Stadt aufgetrieben hatte. Er und Anders hatten die beiden letzten Tage damit verbracht, das Ende des Schlauches so umzuarbeiten, dass man es nicht nur mit einem Handgriff an dem zerfetzten Rohr anbringen konnte, sondern es auch wie ein Trichter funktionierte, der das kostbare Wasser auffing, bevor es eine Beute des Windes werden konnte. So weit die Theorie.

In der Praxis überstieg es um ein Haar Anders' Kräfte, den schweren Schlauch auch nur nach oben zu ziehen, und die Konstruktion, die unten am Boden so sinnreich und simpel ausgesehen hatte, erwies sich hier oben weder als das eine noch das andere. Anders brauchte ein halbes Dutzend Versuche, um sie auch nur an dem verbrannten Aluminium zu befestigen, und selbst dann fing sie nicht einmal die Hälfte des Rinnsals aus kaltem, klarem Wasser auf, das aus dem Berg floss. Darüber hinaus hatte er das unangenehme Gefühl, dass ein einziger heftiger Windzug ausreichen würde um sie abzureißen.

Aber er hatte es geschafft. Ein dünner, beständiger Wasserstrom rann nun in den Schlauch und nach wenigen Augenblicken aus dem unteren Ende wieder heraus, und zumindest für den Moment hatte die Sippe wieder frisches Wasser.

Blieb noch das kleine Problem, wieder hinunterzukommen. Anders hatte vorgehabt sich einfach abzuseilen, doch er war realistisch genug zu begreifen, dass seine Kräfte dafür nicht mehr reichten. Vernünftig wäre gewesen, einfach hier oben zu warten, bis er sich halbwegs erholt hatte, doch das wagte er nicht; wenn die Drachen zurückkamen und einen der Tiermenschen hier oben auf dem Rohr sitzen sahen, dann würden sie ihn wahrscheinlich schon aus sportlichem Ehrgeiz hinunterschießen. Er hatte bis jetzt Glück gehabt und war nicht entdeckt worden, aber wenn Anders seit seiner Ankunft in dieser unheimlichen Welt eines gelernt hatte, dann, dass es nichts brachte, sein Glück unnötig auf die Probe zu stellen.

Ohne sich umzudrehen – das wäre viel zu riskant gewesen –

kroch er auf dem Rohr wieder zurück, bis er die raue Felswand in seinem Rücken spürte, angelte mit der linken Hand nach seinem Seil und tastete mit dem Fuß nach einem der rostigen Metallstücke, die er in die Wand geschlagen hatte. Irgendwie fand er halbwegs sicheren Halt und er brachte sogar das Kunststück fertig, sich an der Wand umzudrehen und langsam und Stück für Stück in die Tiefe zu klettern. Sein Zeitgefühl hatte sich bereits auf dem Weg nach oben verabschiedet, aber er spürte trotzdem, dass er für den Abstieg deutlich länger brauchte als für den Weg nach oben. Und natürlich schaffte er es nicht ganz.

Zwei seiner selbst gebastelten Steigeisen kapitulierten unter seinem Gewicht und brachen aus der Wand. Anders spürte es jedes Mal rechtzeitig genug und konnte sich schnell einen anderen Halt suchen, das dritte und letzte aber brach einfach unter seinem Fuß weg, und bevor Anders auch nur Zeit fand, richtig zu erschrecken, kippte er bereits mit wild rudernden Armen und einem halb erstickten Schrei nach hinten. Unter ihm schrien auch Katt und einige der anderen Tiermenschen erschrocken auf, und noch während er sich halb in der Luft überschlug und voller Entsetzen begriff, dass er sich noch mindestens fünf Meter über dem Boden befand – eine Distanz, die er sich in die Tiefe zu *springen* durchaus zutraute, die bei einem Sturz aber möglicherweise tödlich sein konnte –, griff er mit beiden Händen nach seinem Sicherungsseil und zerrte daran.

Der steinharte Boden raste auf ihn zu. Im allerersten Moment hatte er das Gefühl, dass seine Leine versagte; dann jedoch straffte sich der Knoten und sein Sturz wurde mit einem brutalen Ruck aufgefangen. Aber er musste einen Fehler gemacht haben oder das uralte Seil hatte sich an irgendeiner Stelle verhakt; statt in einer halb sitzenden Position zur Ruhe zu kommen, pendelte Anders anderthalb Meter über dem Boden und kopfüber in wilden Schwüngen am Ende des Seiles hin und her. Eine raue Hand griff nach ihm, verfehlte ihn zwar, fügte ihm jedoch mit den scharfen Krallen, in der sie endete, eine Anzahl höllisch brennender Schnittwunden auf dem Unterarm zu, und ein zweiter Tiermensch sprang nicht schnell genug zur Seite, sodass Anders' Kopf so heftig mit seinem gehörnten Schädel kollidierte, dass er buchstäblich Sterne sah und ihm für einen Moment übel wurde.

Aufgeregte Stimmen und harte, stampfende Schritte näherten sich ihm. Hände ergriffen ihn, hielten seine magenumstülpende, pendelnde Bewegung endlich an, dann wurde das Seil, an dem er hing, kurzerhand durchschnitten und starke Arme ließen ihn behutsam zu Boden sinken.

Das Erste, was er sah, als er die Augen öffnete, war Katts Gesicht. Sie hatte sich neben ihn auf die Knie sinken lassen und sah besorgt zu ihm herab, aber aus dem Schrecken in ihren gelben Katzenaugen wurde fast sofort Ärger und dann blanke Wut, als sie sah, dass er am Leben und offensichtlich auch weitestgehend unverletzt war.

»Na bravo!«, sagte sie spitz. »Das war ja eine ganz hervorragende artistische Leistung.«

»Ja danke«, murmelte Anders benommen, während er sich ungeschickt auf die Ellbogen hochstemmte und vergebens darauf wartete, dass ihm irgendjemand eine helfende Hand entgegenstreckte. »Ich bin auch froh, dass mir nichts passiert ist.«

In den Ausdruck in Katts Augen mischte sich eine Spur von Verachtung. Sie trat demonstrativ einen Schritt zurück und sah mit unverhohlener Schadenfreude dabei zu, wie es ihm kaum gelang, sich auf die Füße zu stellen. Natürlich wusste Anders, dass ihre harsche Reaktion einzig dem tiefen Schrecken entsprang, den er ihr eingejagt hatte, und ihrer Angst um ihn. Aber das machte es nicht unbedingt leichter, sie zu ertragen.

Mit einem demonstrativ beleidigten Gesichtsausdruck drehte er sich um und ging zu den Tiermenschen hin, die mittlerweile damit begonnen hatten, das Wasser aus dem Feuerwehrschlauch in rostige Eimer, Zinkwannen und andere Behältnisse zu füllen. Der dünne, aber beständige Strom lieferte ihnen eine weit größere Ausbeute als Anders erwartet hatte; mit ein wenig Glück würden sie einen Vorrat zusammenbekommen, der die Sippe einige Tage mit frischem Trinkwasser versorgte.

Anders trat ein paar Schritte zurück, legte den Kopf in den Nacken und spähte aus zusammengekniffenen Augen nach oben. Von hier aus betrachtet wirkte seine Konstruktion sehr viel primitiver, als sie war – und vor allem *auffällig*.

»Bewunderst du deine eigene Erfindung?«

Anders wandte sich betont langsam zu Rex um und überlegte einen Moment, mit einer entsprechenden Bemerkung auf seinen bewusst gehässigen Unterton einzugehen, beließ es dann aber bei einem angedeuteten Kopfschütteln. »Ich überlege, wie man sie tarnen kann.«

»Tarnen?« Auf Rex' ohnehin faltiger Stirn erschienen noch mehr tief eingegrabene Linien. »Wieso?«

»Weil ich ziemlich sicher bin, dass Tamars neue Freunde hier ein kleines Wettschießen veranstalten werden, falls sie sehen, was ihr gemacht habt.«

Obwohl Rex nicht darauf antwortete, konnte Anders ihm regelrecht ansehen, dass er sich eher den Kopf über die Bedeutung des Wortes *ihr* zerbrach als über alles andere. Schließlich aber schüttelte er abgehackt den Kopf.

»Unsinn«, sagte er. »Warum sollten sie das tun?«

»Aus dem gleichen Grund, aus dem sie die Wasserleitung schon einmal zerstört haben«, antwortete Katt an Anders' Stelle. Sie wirkte betrübt und zog die Aufmerksamkeit des Hundemannes mit einer entsprechenden Bewegung vollends auf sich. »Anders hat Recht. Wir sollten so viel Wasser mitnehmen, wie wir können – oder uns etwas einfallen lassen, um den Schlauch zu verbergen.«

Rex' Blick irrte demonstrativ missbilligend von Katts Gesicht zu seinem und wieder zurück. »Ihr seid ja verrückt!«, sagte er schließlich abfällig; was ihn nicht daran hinderte, auf dem Absatz herumzufahren und seine Leute rüde anzubellen, dass sie sich gefälligst ein bisschen beeilen sollten.

Katt blickte ihm zwar betont finster nach, Anders entging aber dennoch nicht das leise Zucken ihrer Mundwinkel; sie hatte Mühe, ein Lachen zu unterdrücken. Er selbst fand die Reaktion des Hundemannes alles andere als komisch, sie bereitete ihm ganz im Gegenteil mehr Sorge, als er zugeben wollte. Rex gab sich mittlerweile nicht einmal mehr die Mühe, seine Feindseligkeit zu verhehlen, sondern suchte vielmehr nach immer neuen Gründen, Anders anzugreifen und damit gleichzeitig (zumindest vermutete Anders das) Katts Autorität weiter zu untergraben. Im Prinzip konnte ihm das schnurzegal sein. Wenn er Erfolg hatte und bis nach Hause kam, dann spielte nichts davon mehr eine Rolle. Und wenn er keinen Erfolg hatte – nun, dann würde Tamar seine Pläne vollenden und das Einzige, worüber Rex dann noch herrschen konnte, war eine leere Stadt, in der es allenfalls noch Fresser gab, und wahrscheinlich nicht einmal mehr das.

»Wir sollten zurückgehen«, sagte Katt schließlich. »Es wird bald dunkel und bisher sind sie jeden Abend mit Einbruch der Dämmerung gekommen.«

Anders nickte nur. Er hatte wenig Lust, sich mit einem zentnerschweren Kanister voller Wasser abzuschleppen, und darüber hinaus war er erschöpft und hundemüde und sehnte sich nach einem Bett, auf dem er sich ausstrecken konnte. Er brauchte jedes bisschen Schlaf, das er bekommen konnte. Gleich morgen früh, mit dem ersten Sonnenstrahl, würde er aufbrechen. Er hatte Katt bisher noch nichts davon gesagt, aber er war ziemlich sicher, dass sie es ahnte. Obwohl seit jener schrecklichen Nacht in Tiernan so viel Zeit verstrichen und so unsäglich viel geschehen war und obwohl sie beide sich so sehr verändert hatten, war eines doch gleich geblieben: Katt schien manchmal auf fast magische Weise seine Gedanken zu erraten. Sie spürte ganz instinktiv, wenn er log, und sie spürte ebenso instinktiv, wenn er ihr auswich oder versuchte irgendetwas vor ihr zu verheimlichen. Auch jetzt maß sie ihn mit einem zwar kurzen, jedoch durchdringenden Blick, und Anders meinte in ihren Augen eine vage Trauer zu erkennen, die bisher noch nicht darin gewesen war. Er musste es ihr sagen. Aber er brachte es auch jetzt wieder nicht über sich.

»Rex!«

Der Hundemann drehte sich unwillig um, als er Katts Stimme hörte, und kam provozierend langsam und mit schlurfenden Schritten näher. »Ja?«

»Wir gehen zurück«, sagte Katt. »Du begleitest uns. Das hier schaffen die Männer schon allein.«

Rex wirkte verärgert – vielleicht nur aus Prinzip, möglicherweise aber auch, weil Katt ihm einen direkten Befehl erteilte, statt ihn um etwas zu bitten – und Anders verspürte ein heftiges Gefühl von Enttäuschung. Er hatte gehofft, allein mit Katt zurückgehen zu können und die Zeit zu nutzen, noch einmal und in aller Ruhe mit ihr zu reden. Vielleicht hatte sie das auch gespürt und Rex aus dem einzigen Grund aufgefordert, sie zu begleiten, um ihm diese Möglichkeit zu nehmen. Rex zögerte auch tatsächlich, und der Ärger, der noch heller in seinen Augen aufloderte, galt ganz eindeutig nicht Katt, sondern ihm.

Dann aber hob er bloß mit einem angedeuteten Nicken die Schultern und schlurfte los. Katt drehte sich in dieselbe Richtung und folgte ihm, bevor Anders noch Gelegenheit gefunden hätte, irgendetwas zu sagen oder sie gar zurückzuhalten, und schließlich schloss sich auch Anders den beiden an – wenn auch nicht, ohne noch einen letzten, abschließenden Blick zum Rohr hinaufgeworfen zu haben. Aus der Entfernung betrachtet wirkte die Wand beinahe lächerlich einfach; vollkommen senkrecht und fast völlig glatt zwar, aber trotzdem gerade einmal zwanzig Meter hoch. Nichts, was ihn vor irgendwelche Probleme hätte stellen dürfen. Dass sie es trotzdem getan hatte, hätte ihn eigentlich dazu veranlassen sollen, noch einmal in aller Ruhe über sein Vorhaben nachzudenken.

Sie überquerten die Straße und traten in den Sichtschutz der gegenüberliegenden verfallenen Häuserzeile. Katt und Rex sahen abwechselnd und in kurzen Abständen in den Himmel hinauf und zumindest Rex wirkte deutlich nervös. Schließlich fragte Anders: »Was ist los? Hast du Angst, dass sie zurückkommen?«

Rex verkniff sich eine Antwort, spießte ihn aber mit Blicken regelrecht auf, und obwohl Anders wusste, wie falsch es war, fügte er in übertrieben besorgtem Tonfall noch hinzu: »Ich hoffe doch, du hast deinen Leuten entsprechende Anweisungen gegeben.«

»Anweisungen?«

»Sich in Sicherheit zu bringen, sobald sie auch nur den Schatten eines Hubschraubers am Himmel sehen«, erklärte Anders.

Er hatte mit einem Wutausbruch des Hundemannes gerechnet und Rex' Gesicht sah auch ganz danach aus, aber er beherrschte sich und sagte mit mühsam erzwungener Ruhe: »Du glaubst wirklich, dass sie zurückkommen und alles wieder zerstören, wie?«

»Nein«, antwortete Anders. »Ich *weiß* es.«

»Vielleicht kennst du deine Freunde ja besser als wir«, sagte Rex böse.

Anders wollte antworten, doch diesmal kam ihm Katt zuvor. »Er hat Recht, Rex. Erinnere dich, wie es früher war.«

»Bevor dein Freund vom Himmel gefallen ist und alles durcheinander gebracht hat, meinst du?«

Katt ignorierte die Spitze. »Hast du vergessen, was passiert ist, als wir versucht haben die Brücke zu reparieren?«

Das war eine äußerst schmeichelhafte Umschreibung für das, was Anders getan hatte, dachte er; vor allem wenn man berücksichtigte, was er damit *angerichtet* hatte. Rex warf denn auch prompt einen weiteren wütenden Blick in seine Richtung, aber Katt fuhr bereits fort: »Wissen tötet. Das war Bulls Lieblingsspruch.« Sie lachte leise. »Hast du vergessen, wie wir uns darüber amüsiert und unsere Witze gemacht haben, wenn er es nicht hören konnte?« Sie schüttelte heftig den Kopf. »Aber vielleicht hatte er ja Recht. Die Drachen haben uns immer bestraft, wenn wir hier irgendetwas verändert haben.«

»Das war etwas anderes«, beharrte Rex. Er klang nicht wirklich überzeugt von seinen eigenen Worten. »Wir haben nichts verändert. Wir haben nur wiederhergestellt, was sie zerstört haben.«

»Vielleicht hatten sie ja einen Grund«, sagte Anders.

»Und welcher soll das gewesen sein?« Rex grunzte abfällig. »Ohne das Wasser sind wir verloren. Es hat schon jetzt kaum noch gereicht. Im Sommer, wenn es wirklich heiß wird, würden wir verdursten.«

»Wie praktisch«, sagte Anders. »Zumindest von Tamars Standpunkt aus.«

»Gib dir keine Mühe«, knurrte Rex. »Ich glaube dir nicht.«

»Was?«, fragte Anders. »Dass Tamar jetzt die Macht in Tiernan hat? Vielleicht nicht offiziell, aber durch die zu seinen Gunsten verschobene Machtkonstellation ganz bestimmt. Dass er endlich seinen Traum verwirklichen kann?«

»Was für einen Traum?«, fragte Katt leicht beunruhigt.

Statt direkt zu antworten, machte Anders eine Kopfbewegung zu Rex hin. »Fragt eure neuen Stammesmitglieder, die Schweine. Tamar hat sie nicht nur davongejagt, weil er sie nicht mehr braucht.«

»Und weshalb sonst?«

»Es gibt jetzt keine Tiermenschen mehr in Tiernan«, antwortete Anders. »Nur noch Elder und reinblütige Menschen. Wenn ihr mich fragt, dann war das von Anfang an Tamars großer Traum. Und jetzt, wo ihm die Männer meines Vaters zu Diensten sind, kann ihn nichts mehr daran hindern, ihn zu verwirklichen.«

»Ach?«, grollte Rex. »Und wie soll dieser Traum aussehen?«

»Der Traum von einer Welt ohne Leute wie euch«, antwortete Anders in bewusst herablassend-verletzendem Ton. »Eine ganze Welt voll … reinblütiger Menschen und Elder. Und eines Tages vielleicht sogar nur noch Elder, wer weiß?«

Rex sagte gar nichts, sondern schnaubte nur noch einmal verächtlich, aber Katt sah ihn ungläubig an. »Das ist verrückt«, sagte sie. »Nicht einmal ein Elder könnte so etwas tun oder auch nur denken.«

Du würdest dich wundern, wozu Menschen imstande sind, dachte Anders, sprach diese Worte jedoch klugerweise nicht aus. Katts Begeisterung, ihm bei seiner geplanten Flucht über die Berge zu helfen, würde ganz bestimmt nicht zunehmen, wenn er ihr erzählte, dass er auf dem Weg in eine Welt war, in der Menschen *ganz genau so* dachten. Und es manchmal nicht nur dachten. Statt auf ihre Worte einzugehen wandte er sich wieder direkt an Rex.

»Es waren die Elder, die diese Wasserleitung für euch gebaut haben, habe ich Recht?«, fragte er.

Rex nickte widerwillig. »Hier gibt es kein Wasser. Jedenfalls nicht genug für uns alle.«

»Und du hast dich nie gefragt, warum ausgerechnet die Elder euch ein so großzügiges Geschenk gemacht haben?«

»Weil sie uns brauchen«, antwortete Katt an Rex' Stelle. In ihren Augen war noch immer dieser leise Ausdruck von Verwirrung, in den sich ein allmählich stärker werdender Schrecken mischte. Vielleicht begann sie zu begreifen, dass Anders Recht hatte. »Wir holen Eisen und andere Dinge für sie. Wenn es uns nicht gäbe, müssten sie selbst hinüber auf die andere Seite.«

»Ja, wahrscheinlich«, gestand Anders, schüttelte aber auch gleichzeitig den Kopf. »Das war sicher einer der Gründe. Lebensmittel und Wasser gegen Eisen und andere Schätze, die ihr ihnen bringt. Und zugleich haben sie euer Leben damit in der Hand.«

Katt wollte antworten, doch Anders fuhr mit einer entsprechenden Geste in Rex' Richtung und leicht erhobener Stimme fort: »Er hat es selbst gesagt. Es gibt kein Wasser hier in der Stadt. Und auch kein Essen, habe ich Recht?«

Katt schwieg. Sie wirkte plötzlich betroffen und sehr nachdenklich.

»Wenn die Quelle versiegt und die Elder aufhören euch mit Lebensmitteln zu versorgen, dann ist das euer Todesurteil. Ihr könnt nicht auf die Jagd gehen. Auf der anderen Seite des Flusses sind die Fresser und hinter der Ebene lauern die Wilden. Lass mich raten: Die Drachen haben sie euch bisher vom Hals gehalten, habe ich Recht?«

Weder Katt noch Rex antworteten darauf, aber der rasche erschrockene Blick, den sie miteinander tauschten, war Anders Antwort genug. »Jetzt gibt es keine Wilden mehr. Ihr könntet hinausgehen und draußen nach Nahrung suchen. Es gibt reichlich zu essen in den Wäldern, Früchte, Beeren, Pilze ... übrigens auch genug Wasser. Ihr könntet die Stadt verlassen.«

Wieder tauschten Katt und Rex einen kurzen betroffenen Blick, und Anders begriff, dass er mit seinen Worten, die ihm genau in dem Augenblick erst eingefallen waren, als er sie aussprach, genau ins Schwarze getroffen hatte. Offensichtlich hatten die beiden bereits über diese Idee gesprochen, vielleicht sogar schon versucht sie in die Tat umzusetzen.

»Du redest Unsinn«, knurrte Rex zum wiederholten Mal. »Warum sollten die Elder uns etwas antun? Sie brauchen uns genauso, wie wir sie brauchen.« Er schüttelte heftig den Kopf, um jedem Argument Anders' zuvorzukommen. »Wer sollte ihnen sonst das Eisen bringen, das sie benötigen? Und all die anderen Dinge?«

Anders ließ ganz bewusst einen Augenblick verstreichen, bevor er antwortete. »Als Boris mich hierher gebracht hat, ist mir etwas aufgefallen. Die Keller unter der Stadt sind ziemlich leer geräumt, habe ich Recht? Ihr habt jedes bisschen Eisen und verwertbares Material, das ihr finden konntet, längst herausgeholt.« Rex schwieg weiter beharrlich, aber es war eine ganz besondere Art von Schweigen, die gar keine andere Bedeutung als Zustimmung haben konnte. »Es gibt auf dieser Seite des Flusses nichts mehr, was für die Elder von irgendeiner Bedeutung wäre oder irgendeinen Wert hätte, habe ich Recht?«

»Nicht mehr viel«, gestand Katt an Rex' Stelle.

»Da sind noch ein paar Stahlträger und Treppen und alte Maschinen, ich weiß«, fuhr Anders fort. Obwohl er den Gedanken noch immer erst im gleichen Moment entwickelte, in dem er ihn aussprach, wurde ihm mit jedem Wort, das über seine Lippen kam, klarer, dass es die Wahrheit war. »Deshalb geht ihr auch hinüber auf die Seite der Fresser und riskiert immer wieder euer Leben, um ein paar Kilo rostiges Eisen zu finden oder ein paar Plastikteile.«

»Worauf willst du hinaus?«, fragte Katt. Sie blieb stehen, warf einen kurzen sichernden Blick in den Himmel und fragte dann noch einmal und lauter: »Was meinst du?«

»Wie lange plündert ihr schon die Stadt?«, wollte Anders wissen.

Wenn Katt Anstoß an diesem Wort nahm, so ließ sie es sich nicht anmerken. »Seit es die Welt gibt«, sagte sie.

»Seit dreißig oder vierzig Jahren also«, sagte Anders. »Das ist eine lange Zeit. Irgendwann ist nichts mehr da, was ihr den Elder geben könntet. Hier auf dieser Seite gibt es schon nichts mehr, und auf der anderen Seite …«

»… liegt mehr Eisen, als alle Elder der Welt bis ans Ende aller Zeiten brauchen könnten«, fiel ihm Katt ins Wort. Sie klang ein bisschen zornig; eine ganz bestimmte Tonart aggressiver Verteidigung, hinter der sich Unsicherheit verbarg.

»Es ist eine Menge, du hast Recht«, gab Anders zu. »Aber es wird auch immer schwerer, es zu bergen. Und immer gefährlicher. Und selbst wenn ihr den Fressern irgendwie entgeht – irgendwann werden die Vorräte erschöpft sein und es wird nicht einmal mehr sehr lange dauern.« Er schüttelte traurig den Kopf. »Es ist so, wie ich sage, Katt, glaub mir. Du kennst Tamar. Du hast ihn erlebt und mit ihm gesprochen. Du weißt, was er dir und mir angetan hat und so vielen anderen auch. Er braucht euch nicht mehr. Er *will* euch nicht mehr.«

»Ich bleibe dabei: Es ist Unsinn«, beharrte Rex. »Sie wollen unseren Tod? Das ist doch lächerlich! Wer sollte sie daran hindern, einfach hierher zu kommen und uns zu töten?«

»Ein paar Dutzend Männer und eine Hand voll Hubschrauber?« Anders schüttelte heftig den Kopf. »Nicht einmal Tamar wäre so dumm, das zu versuchen. Ihre Waffen mögen schrecklich sein, aber sie nützen ihnen in einem Guerilla-Kampf hier in der Stadt herzlich wenig. Ihr würdet sie in Stücke reißen, und das wissen sie. Und selbst wenn sie euch am Ende besiegen würden, müssten sie mit großen Verlusten rechnen. Warum sollten sie das tun? Wann habt ihr das letzte Mal Essen bekommen?«

Katt presste die Lippen zu einem dünnen Strich zusammen und wich seinem Blick aus, und auch Rex antwortete erst, nachdem eine geraume Weile verstrichen war. »Es ist schon eine Zeit her.«

»Es ist überfällig, habe ich Recht?«

»Ja!«, fauchte Rex. »Und es ist deine Schuld!«

»Ich fürchte, ja«, sagte Anders leise und mit einem dünnen, vollkommen humorlosen Lächeln. »Sie haben euch gesagt, dass ihr erst wieder Essen bekommt, wenn sie mich eingefangen haben, habe ich Recht?«

»Ja«, sagte Rex.

»Sie werden euch kein Essen mehr bringen«, sagte Anders. »Ganz egal ob sie mich wieder einfangen, ob ich sterbe oder hier bei euch bleibe oder in den Bergen verschwinde. Glaub mir – der Wagen wird nicht mehr kommen.«

»Woher willst du das wissen?«, fragte Rex.

»Weil ich es ganz genauso machen würde, an Tamars Stelle«, antwortete Anders. »In einem Punkt hast du Recht. Auch wenn ich es ungern zugebe: Aber in mancher Hinsicht sind Tamar und ich uns ähnlicher, als du ahnst.«

»Kunststück!«, fauchte Rex. »Eigentlich gehörst du ja auch zu ihnen!«

»Nein«, erwiderte Anders ruhig. »Aber ich weiß, wie er

denkt. Er hat es gar nicht nötig, auch nur einen einzigen Mann hierher zu schicken, um gegen euch zu kämpfen. Sie müssen nur abwarten, bis ihr verhungert seid. Einen Monat oder zwei.« Er hob die Schultern. »Welche Rolle spielt das schon, wenn man dreißig Jahre gewartet hat?«

Rex starrte ihn weiter finster an, doch der Ausdruck in Katts Augen machte ihm klar, dass dieser Gedanke vielleicht für ihn selbst neu war, für das Katzenmädchen und Rex und möglicherweise viele andere hier aber keineswegs. Er hatte eine Wahrheit ausgesprochen, die sie längst kannten und nur nicht akzeptieren wollten.

»Sie brauchen einfach nur zu warten«, sagte er noch einmal. »Ihr werdet entweder hier verhungern oder ihr verlasst die Stadt und sie erledigen euch aus sicherer Entfernung, sobald ihr die Deckung der Häuser aufgegeben habt.«

Er bekam auch diesmal keine Antwort, aber ihm fiel etwas anderes auf: Katt hatte sich möglicherweise gut genug in der Gewalt, doch Rex fuhr kurz und heftig zusammen und starrte sie einen Herzschlag lang aus aufgerissenen Augen an. Und plötzlich begriff er.

»Ihr habt es schon versucht, habe ich Recht?«, fragte er.

Katt zog die Unterlippe zwischen die Zähne und biss darauf, während Rex die Fäuste ballte und ihn so wütend anstarrte, als wäre das alles hier ganz allein seine Schuld (was es in den Augen des Hundemannes sicherlich auch war), und Anders nickte noch einmal und wiederholte: »Ihr habt es versucht. Ihr habt jemanden nach draußen geschickt und sie haben ihn getötet.«

»Ja«, sagte Katt. »Zweimal.«

»Es wird aufhören, sobald sie ihn haben!«, behauptete Rex zornig und mit einer anklagenden Geste auf Anders hin. »Wir hätten ihn sofort ausliefern sollen!«

»Und warum hast du es dann nicht getan, als du die Gelegenheit dazu hattest?«, erkundigte sich Anders beinahe sanft. Rex funkelte ihn nur wütend an, und Anders, der die Unberechenbarkeit des Hundemannes zur Genüge kannte, machte vorsichtshalber einen halben Schritt zurück, fuhr aber trotzdem im gleichen sanften und fast begütigenden Tonfall fort: »Weil du ganz genau weißt, dass ich Recht habe. Du willst es nur nicht wahrhaben.«

»Weil es auch nicht stimmt!«

Anders war ein wenig überrascht, dass ausgerechnet Katt dem Hundemann beisprang, und zugleich auch enttäuscht, dann aber wurde ihm klar, wie ungerecht dieses Gefühl war. Was er Rex gerade gesagt hatte, galt für Katt hundertmal mehr. Sie war bei den Elder gewesen. Sie *kannte* Tamar. Sie hatte erlebt, zu welcher Grausamkeit er fähig war und mit welcher Verachtung er Geschöpfe wie sie behandelte. Sie musste es schon viel, viel früher als Rex begriffen haben, vielleicht schon vor ihrer Rückkehr hierher. Aber wie konnte er erwarten, dass sie dieses schreckliche Wissen akzeptierte?

»Und was erwartest du jetzt?«, fauchte Rex. »Dass wir uns bewaffnen und gegen die Elder und ihre Drachen in den Krieg ziehen?«

»Nein«, antwortete Anders. »Dass ihr mir helft nach Hause zu kommen. Ich kann diesen Irrsinn beenden, aber nicht hier.«

»Selbstverständlich«, höhnte Rex. »Wir werden dir helfen zu entkommen – auch auf die Gefahr hin, dass die Drachen uns wirklich alle töten, wenn sie es herausfinden. Und wer sagt mir, dass du Wort hältst und wirklich wiederkommst?«

»Ich«, antwortete Anders.

»Oh, Verzeihung«, sagte Rex mit gespielter Betretenheit. »Das wusste ich nicht. Hätte ich geahnt, dass du mir dein Ehrenwort gibst, uns nicht zu verraten und im Stich zu lassen …«

»Rex!«, sagte Katt scharf. Rex verstummte gehorsam, warf Anders (und auch ihr) aber noch einen weiteren, trotzigen Blick zu und fuhr dann auf dem Absatz herum, um mit weit ausgreifenden Schritten davonzustürmen. Anders sah ihm nach, bis er in einem der verfallenen Häuser verschwunden war, und schüttelte mit einem lautlosen Seufzen den Kopf. Nun waren Katt und er allein, aber jetzt, wo er die Gelegenheit hatte, fehlten ihm die Worte. Er las die Antwort auf alle Fragen, die er stellen konnte, in Katts Augen.

Nach einer Weile gab er ihr mit einem Wink zu verstehen, dass sie weitergehen sollte. Sie legten den Weg bis zum Lager der Tiermenschen zurück, ohne auch nur noch ein einziges Wort miteinander zu wechseln.

14

Anders blinzelte träge in das Licht der einzelnen, ruhig brennenden Kerze, die das winzige Zimmer erhellte. Es war keine Kerze, wie er sie von früher her kannte; der Docht bestand aus sorgsam geflochtenem Tierhaar, und woraus Katts Leute das *Wachs* improvisiert haben mochten, darüber dachte er lieber erst gar nicht nach, denn es verströmte einen leisen, aber penetranten Geruch – was auch der Grund war, aus dem er von dem ganzen Dutzend Kerzen, das Katt ihm gebracht hatte, nur eine einzelne brennen ließ. Sie war nicht annähernd hell genug, um die Dunkelheit aus der Kammer zu vertreiben, die man ihm zugewiesen hatte, aber mehr als ausreichend, die Luft zu verpesten und jeden Atemzug zu etwas zu machen, das er lieber nicht getan hätte.

Er war hungrig. Vor einer guten Stunde war Rex hereingekommen, um ihm vollkommen überflüssigerweise mitzuteilen, dass es draußen dunkel zu werden begann und er sein Zimmer ab jetzt nicht mehr verlassen sollte, und hatte ihm bei der gleichen Gelegenheit etwas zu essen gebracht. Die wenigen Bissen hatten jedoch gerade ausgereicht, seinen Hunger erst richtig zu entfachen, und sie hatten ungefähr so gut geschmeckt, wie die Kerzen rochen. Rex hatte sich zwar wie gewohnt wortkarg und mürrisch gezeigt, trotzdem aber mit sichtbarer Schadenfreude abgewartet, bis er zu essen begonnen hatte. Anders hatte ihm nicht den Gefallen getan, sich in irgendeiner Form zu beschweren. Dennoch würde dies wieder eine Nacht werden, in der er mit einem knurrenden Magen einschlief und mit einem noch lauter knurrenden Magen wieder aufwachte.

Anders verscheuchte den Gedanken, setzte sich auf und zog fröstelnd die zerschlissene Decke hoch, als er spürte, wie kalt es mittlerweile hier drinnen war. Der strahlende Sonnenschein, der den ganzen Tag über geherrscht hatte, ließ einen zu schnell vergessen, dass der Sommer noch Monate entfernt war und die Berge mit ihren von ewigem Schnee bedeckten Gipfeln dafür umso näher. Darüber hinaus lag das Zimmer zwei Stockwerke unter der Erde und vermutlich wurde es hier drinnen niemals wirklich *warm*.

»Warum schläft du nicht?«, nuschelte Katt neben ihm. Sie hatte sich – ganz wie eine schlafende Katze – unter der zerschlissenen Decke zusammengerollt und während der letzten fünf oder zehn Minuten ein leises, regelmäßiges Schnurren hören lassen, von dem ihm erst jetzt klar wurde, dass es ihre Art war, zu schnarchen. Anders fühlte sich leicht schuldig, dass er sie geweckt hatte, spürte zugleich aber auch, wie sich ein leises Lächeln auf seinem Gesicht ausbreitete. Das Geräusch hatte … bezaubernd geklungen. Außerdem konnte er gut verstehen, dass sie müde war. Sie war kurz nach Rex gekommen und nicht um zu reden. Auch er fühlte sich auf eine sehr angenehme Weise erschöpft und ausgelaugt.

»Weil ich nachdenken muss«, antwortete er mit einiger Verspätung auf ihre Frage.

Er hatte leise gesprochen und in ganz bewusst beiläufigem Ton; der Tag war nicht nur für ihn kräftezehrend gewesen, sondern auch für Katt; die Sorge und die beständig wachsende Angst um die Sippe mussten ihr mindestens ebenso zugesetzt haben wie ihm die körperliche Anstrengung. Und ihm war auch nicht wirklich nach Reden zumute. Er bedauerte schon, überhaupt geantwortet zu haben. Aber es war zu spät. Katt tastete verschlafen und unwillig mit der Hand über die Schulter zurück, um nach der Decke zu greifen, die er ihr weggezogen hatte, dann öffnete sie blinzelnd die Augen und sah zu ihm hoch. Das Kerzenlicht spiegelte sich unnatürlich hell darin, sodass es aussah, als leuchteten sie von innen heraus.

»Nachdenken? Worüber?«

Anders dachte einen Moment lang über irgendeine Ausflucht nach, aber dann sagte er geradeheraus: »Ich gehe morgen früh los.« Es war ihm zuwider, Katt zu belügen.

Katt blinzelte noch zwei- oder dreimal verschlafen und er konnte regelrecht sehen, dass die Worte einige Sekunden brauchten, um ganz in ihr Bewusstsein vorzudringen, dann stemmte auch sie sich mit einem Ruck auf die Hände hoch und maß ihn mit einem Blick, in dem deutlicher Schrecken lag; aber auch noch etwas anderes, das er nicht richtig zu deuten vermochte. Es beunruhigte ihn. »In einem Punkt hat Rex Recht, weißt du?«, sagte sie. »Du bist verrückt.«

»Ja, vielleicht.« Plötzlich fiel es Anders schwer, ihrem Blick standzuhalten. Er lächelte schief, dann schwang er die Beine aus dem Bett, bückte sich nach seiner zerschlissenen Hose und schlüpfte hinein, während er fortfuhr: »Katt, manchmal wünschte ich mir, ich wäre es. Dann wäre das alles hier nur ein Albtraum, aus dem ich vielleicht irgendwann erwachen könnte.«

»Albtraum?«, fragte Katt hinter ihm. »Also, als Albtraum hat mich noch niemand bezeichnet, mit dem ich gerade im Bett gewesen bin.«

»Wie viele waren es denn schon vor mir?«, fragte Anders. Es sollte ein Scherz sein, doch obwohl er nicht einmal in ihre Richtung sah, spürte er, dass die Worte sie verletzten. Rasch drehte er sich zu ihr um und zwang ein entschuldigendes Lächeln auf sein Gesicht. »Tut mir Leid. Das war nicht so gemeint.«

»Ich weiß«, antwortete Katt. »Und um deine Frage zu beantworten: einer.«

»Ich hoffe doch, es war nicht Rex«, antwortete Anders. Zugleich verfluchte er sich in Gedanken dafür, nicht endlich die Klappe zu halten. Was er in Katts Augen las, machte ihm klar, dass er sie wirklich verletzt hatte, und irgendein selbstzerstörerischer Teil von ihm brachte ihn einfach dazu, fröhlich weiterzuplappern; obwohl er zugleich ganz genau wusste, dass er mit seinem albernen Herumgeflachse nichts besser machte.

»Dem Führer der Sippe gehört alles, was er will«, antwortete Katt.

»Bull?«, entfuhr es Anders. Er stand auf. »Nun ja – mit einem ausgewachsenen Stier kann ich vermutlich nicht mithalten.«

Katts Blick verdüsterte sich noch weiter und Anders wurde klar, dass auch diese Bemerkung nicht besonders konstruktiv gewesen war. Dann aber zwang sie sich ebenfalls zu einem Lächeln und richtete sich weiter auf, sodass die Decke vollends von ihr hinabglitt. Im schwachen Licht der einzelnen brennenden Kerze war ihr Körper nur schemenhaft zu erkennen, und dennoch ließ schon dieser Anblick ein neuerliches warmes Gefühl von Zuneigung und Zärtlichkeit in Anders aufsteigen. Nein, er wollte nicht gehen. Er wollte nie wieder irgendwo hingehen, wo er zu weit von ihr entfernt war, um sie mit einem bloßen Ausstrecken des Armes erreichen zu können. Selbst jetzt musste er sich beherrschen, um sich nicht wieder neben sie zu legen und sie an sich zu ziehen.

Katt sah ihn noch einige weitere Augenblicke lang auf diese sonderbare und nicht sehr angenehme Art an, dann zog sie die Beine an den Körper, umschlang sie mit den Armen und stützte das Kinn auf die Knie. Ihr Blick richtete sich auf einen Punkt irgendwo im Nichts. »Sind alle Menschen so wie du, dort, wo du herkommst?«, fragte sie leise.

»Natürlich nicht«, antwortete Anders. »Nicht alle sind gut aussehend, intelligent, tapfer und großmütig zugleich. Das wäre ja unerträglich.«

Katt blieb ernst. Sie starrte weiter ins Leere und Anders

setzte gerade dazu an, ihr zu sagen, dass auch das natürlich nur ein Scherz gewesen war, als sie endlich den Kopf hob und ihm direkt in die Augen sah. »Gibt es Elder bei euch?«, fragte sie.

»Elder?«, wiederholte Anders verwirrt und schüttelte den Kopf. Sie hatten oft über dieses Thema geredet und er hatte diese Frage schon mehr als einmal beantwortet. Dennoch sprach er nicht sofort weiter. Katt hatte diese Frage nicht ohne Grund gestellt, das spürte er. Erst nachdem sie nicht weitersprach, sondern ihn unverwandt und durchdringend anstarrte, fuhr er mit leiser Stimme und einem angedeuteten, nervösen Lächeln fort: »Wenn du Leute wie Tamar meinst, die glauben, sie wären die Herren der Welt, und sich entsprechend benehmen, dann ja. Aber richtige Elder nicht.«

»Du bist ein richtiger Elder«, sagte Katt.

»Unsinn«, begann Anders, wurde aber sofort und im gleichen sanften, jedoch keinen Widerspruch duldenden Ton von ihr unterbrochen.

»Wir haben mit deinem Freund gesprochen, dem Troll. Er sagt, du wärst vom Himmel gefallen, direkt aus dem brennenden Hubschrauber heraus.«

Im ersten Moment war Anders nicht einmal sicher, was ihn mehr überraschte – der Umstand, dass sie das Wort *Hubschrauber* benutzte, oder das, was sie gesagt hatte. Er versuchte sich in ein nervöses Lächeln zu retten, spürte aber selbst, wie kläglich dieser Versuch scheiterte. »Unsinn«, sagte er. »Das ist vollkommener Quatsch. Dann müsste ich ja tot sein.«

Da war das Gefühl, zu fallen. Die schreckliche Erinnerung an sein eigenes Gesicht, das sich verzerrte und sich in einer schwarzen, verspiegelten Scheibe brach, und das entsetzliche Gefühl, zu stürzen, immer schneller und schneller in einen Abgrund hinabzufallen, der kein Ende hatte; eine der schlimmsten Urängste überhaupt. Aber das war doch nur ein Traum gewesen!

»Der *Drache* ist brennend vom Himmel gefallen und in den See gestürzt«, fuhr Katt fort. »Aber du bist vor ihm abgestürzt.

Die Bäume haben dich aufgefangen und vielleicht auch der weiche Boden rings um den See. Doch du müsstest trotzdem tot sein.«

Anders antwortete im ersten Moment gar nicht. Er konnte es nicht. Sein Gedächtnis weigerte sich noch immer, die Erinnerungen an jene schrecklichen letzten Sekunden freizugeben, aber etwas davon schimmerte durch die Mauer hindurch, die sein Bewusstsein davor errichtet hatte. *Fallen. Ein endloser, grauenhafter Sturz, der schneller und schneller und immer noch schneller wurde. Und die absolute Gewissheit, dass ihn der Aufprall töten musste. Wieso lebte er noch?*

»Es heißt bei uns, es wäre fast unmöglich, einen Elder zu töten«, fuhr Katt fort, noch immer mit dieser leisen, fast tonlosen Stimme, und jetzt wieder, ohne ihn direkt anzusehen, obwohl sie ihm zugleich weiter fest in die Augen blickte. »Ich habe das nie geglaubt. Aber vielleicht ist es ja wahr.«

»Ich habe genug Elder sterben sehen«, antwortete Anders. Doch auch an diesen Worten stimmte etwas nicht. Die Antwort war ganz instinktiv erfolgt und sie war wahr – während der Schlacht gegen Janniks Truppen hatte er nur zu viele der weiß gekleideten Ritter unter den Schwert-, Keulen- und Prankenhieben der Wilden zu Boden gehen sehen –, und dennoch irritierte ihn selbst irgendetwas an seinen Worten. Katt fuhr dann auch völlig unbeeindruckt fort: »Es heißt, dass ein Elder fast jede Verletzung überlebt, die ihn nicht auf der Stelle tötet. Weißt du, wie viele Elder bei der Schlacht um die Torburg ums Leben gekommen sind?«

»Viel zu viele«, antwortete Anders mit einem traurigen Blick auf Katt. Ein flüchtiger Ausdruck von Schmerz erschien in ihren Augen und er begriff, dass sie auch diese Worte falsch verstanden hatte. Er bedauerte nicht nur die Elder, die während des entsetzlichen Gemetzels ihr Leben hatten lassen müssen, sondern auch die Menschen und jeden Einzelnen von Janniks Truppe. Er hatte den Unterschied zwischen einer heroischen Schlacht auf einer Kinoleinwand und der Wirklichkeit kennen gelernt. Es gab keinen Grund, der das Auslöschen eines Lebens rechtfertigte.

»Elf«, sagte Katt.

»Elf was?«, fragte Anders verwirrt.

»Es sind elf Elder ums Leben gekommen«, sagte sie.

»Das kann nicht sein«, erwiderte Anders überzeugt. »Ich habe selbst gesehen, dass …«

»Dutzende von ihnen schwer verwundet zu Boden gegangen sind, das mag sein«, unterbrach ihn Katt. »Aber es ist so, wie ich sage: Was einen Elder nicht sofort tötet, davon erholt er sich, und das schnell.« Sie atmete hörbar ein, als brauche sie für die nächsten Worte besonders viel Kraft. »Du bist das beste Beispiel dafür.«

»Unsinn!« Anders fuhr sich nervös mit der Hand über das Kinn und hatte plötzlich nicht mehr die Kraft, ihrem Blick standzuhalten. »Ich meine, selbst … selbst wenn es stimmt, was Boris behauptet hat … solche Fälle sind schon vorgekommen. Ich habe von Fallschirmspringern gehört, die aus dreitausend Metern Höhe abgesprungen sind und überlebt haben, obwohl ihr Schirm nicht aufgegangen ist.« Er hörte selbst, dass seine Stimme immer aufgeregter und fahriger wurde und er jetzt eindeutig im Tonfall einer Verteidigung sprach, von der er selbst wusste, wie sinnlos sie war. »Das ist ganz einfach angewandte Physik, weißt du? Ein fallender Körper erreicht irgendwann seine Höchstgeschwindigkeit und dann spielt es keine Rolle mehr, ob er aus zweihundert oder zweitausend Metern Höhe abstürzt. So etwas kann passieren. Wenn die Bäume meinen Sturz aufgefangen und der weiche Boden ihn gedämpft hat, dann …«

»Davon rede ich nicht«, sagte Katt.

»Wovon dann?«

»Die Krankheit«, erwiderte Katt. »Jeder bekommt sie, der von außerhalb kommt. Jeder stirbt daran. Nur du nicht.«

Anders starrte sie an. Er musste an den sterbenden Soldaten denken, den er in dem Wrack des Helikopters im See gefunden hatte. »Woher willst du das überhaupt wissen?«, fragte er nervös. »Wie viele Elder bei der Schlacht gefallen sind, meine ich?«

»Tamar hat es mir gesagt«, antwortete Katt.

»Ach, und du glaubst ihm natürlich, wie?«, fragte Anders spöttisch.

Katt schüttelte den Kopf. »Warum sollte er lügen? Er war wütend über jeden einzelnen Toten. Er hat damit gedroht, uns für jeden hundertfach bezahlen zu lassen …« Sie hob die Schultern. »Nicht dass wir genug wären, um diese Rechnung zu begleichen.«

Da war irgendetwas, was ihn an diesen Worten störte. Nicht an dem, was sie über Tamar gesagt hatte, sondern an dem zuvor. *Jeder stirbt daran, nur du nicht.* Etwas daran … stimmte nicht. Diese Worte enthielten eine weitere schreckliche Wahrheit, aber es gelang ihm nicht, sie zu ergreifen. »Dann muss es eben eine andere Erklärung geben«, sagte er hilflos. »Wahrscheinlich habe ich einfach nur unverschämtes Glück gehabt.«

»Man sagt auch, dass die Elder das Glück auf ihrer Seite haben«, antwortete Katt leise.

Plötzlich wurde Anders wütend. »Was soll das?«, schnappte er. »Suchst du mit Gewalt nach einem Vorwand? Das brauchst du nicht. Wenn dir irgendetwas von dem Leid tut, was zwischen uns war, dann …« Er sprach nicht weiter. Katt sah ihn ganz ruhig an ohne eine Miene zu verziehen, aber was er in ihren Augen las, das bohrte sich wie eine glühende Dolchklinge in sein Herz. Er tat ihr weh, und was es besonders schlimm machte, war, dass er es in diesem Moment sogar *wollte.* Er wusste nicht, warum, aber es war so. Vielleicht, dachte er, waren Menschen eben so, dass sie immer denen, die ihnen das meiste bedeuteten, auch den größten Schmerz zufügen mussten. Doch selbst wenn es so war, machte es die Sache um keinen Deut besser.

»Entschuldige«, murmelte er.

Katt schüttelte den Kopf. »Du musst dich nicht entschuldigen«, sagte sie. »Du kannst nichts für das, was du bist. Ebenso wenig wie ich.«

Anders wollte antworten, aber weder wusste er, was, noch konnte er es. Seine Kehle war plötzlich wie zugeschnürt. Hilflos machte er einen halben Schritt auf sie zu, blieb wieder stehen und machte dann noch einmal eine Bewegung, die diesmal schon im Ansatz endete. Katt sah ihn noch einen Herzschlag lang aus ihren unheimlichen glühenden Katzenaugen an, dann glitt sie mit einer geschmeidigen Bewegung vom Bett und schloss ihn in die Arme. Sie war einen guten Kopf kleiner als er und wog wahrscheinlich nur die Hälfte, und obwohl er nur zu gut wusste, wie unglaublich stark sie war, hatte er das Gefühl, ein zerbrechliches und verwundbares Kind in seinen Armen zu halten. Und zugleich fühlte er sich in ihrer Nähe so sicher und beschützt wie an keinem anderen Ort auf der Welt. Wieder spürte er, wie wenig er sie verlassen wollte. Wie vollkommen gleichgültig es war, was mit Tamar und Morgen, was mit den Elder, den Menschen, ja selbst mit Katts Sippe geschah, solange *sie* einander hatten.

»Ich will nicht, dass du gehst«, flüsterte sie, als hätte sie seine Gedanken erraten. Wahrscheinlich hatte sie es.

»Ich auch nicht«, antwortete er. »Aber ich muss.«

»Wir könnten hier bleiben«, sagte Katt. »Nur wir beide. Die Stadt ist groß. Ich kenne tausend Verstecke, in denen sie uns niemals finden würden. Wir könnten in die Berge gehen und uns irgendwo einen Unterschlupf suchen oder uns deinem Freund anschließen. Irgendwann werden sie aufhören dich zu suchen.«

Als ob er nicht auch schon daran gedacht hätte! Der Gedanke war verlockend. Vielleicht hatte Katt ja Recht. Dieses Tal war riesig. Nicht einmal die Männer seines Vaters mit all ihren technischen Möglichkeiten konnten es vollkommen überwachen, und Katt war hier geboren und kannte die möglichen Verstecke tausendmal besser als sie. »Sie werden niemals aufhören uns zu suchen«, sagte er dennoch. »Ich *muss* gehen.«

»Dann komme ich mit.«

Anders schüttelte so sacht den Kopf, wie er konnte, und hauchte ihr einen flüchtigen Kuss auf die Lippen. »Du würdest mich nur aufhalten, und das weißt du auch«, sagte er. »Ganz davon abgesehen, dass es dein sicherer Tod wäre.«

»Deiner etwa nicht?«

Abermals schüttelte Anders den Kopf. »Ich habe mir die Sache gründlich überlegt«, behauptete er (was eine glatte Lüge war), küsste sie erneut und diesmal etwas länger und fuhr dann mit einem aufmunternden Lächeln und so überzeugt, wie er es nur konnte, fort: »Es ist gar nicht so schwer, die Berge zu überwinden, wie du vielleicht glaubst. Das erste Mal waren wir schlecht vorbereitet und wussten nicht, worauf wir uns einlassen. Diesmal ist es anders. Mir kann gar nichts passieren.«

»Außer dass du vielleicht erfrierst, abstürzt oder verhungerst, meinst du«, sagte Katt.

»Ich passe schon auf mich auf«, antwortete Anders. »Und im allerschlimmsten Fall stelle ich mich eben den Männern meines Vaters.« Er schüttelte heftig den Kopf, als sie etwas sagen wollte. »Nein, ich bin nicht verrückt. Sie wollen mir nichts tun! Ganz im Gegenteil. Das Schlimmste, was mir passieren kann, ist, dass sie mich zurück nach Tiernan bringen und ich ein unangenehmes Gespräch mit Tamar habe. Aber dich würden sie umbringen.« Obwohl er den Gedanken noch nicht klar genug greifen konnte, um ihn in Worte zu kleiden, hatte er das Gefühl, dass ganz allmählich alles begann einen Sinn zu ergeben. Langsam und fast unmerklich fügten sich die einzelnen Teile des Puzzles zu einem Bild zusammen, das noch zu verschwommen war, um es wirklich zu erkennen. Aber es war da. Nichts von allem, was er bisher erlebt hatte, war zufällig oder gar sinnlos gewesen.

Katt sah ihn wortlos und traurig an, dann zog sie sein Gesicht zu sich herunter und küsste ihn so leidenschaftlich und fordernd wie schon seit ihrer allerersten Nacht nicht mehr.

Gleichzeitig ließ sie sich nach hinten auf das Bett sinken und zog ihn dabei mit sich. Im allerersten Moment versuchte sich Anders zu widersetzen, gab es aber sofort wieder auf. Vielleicht war es ja das letzte Mal, dass er sie in den Armen hielt.

Katt zog ihn endgültig zu sich herab und Anders' Arme lösten sich von ihren Schultern und begannen an ihrem schmalen Körper hinabzugleiten, und die Tür hinter ihnen flog mit einem solchen Ruck auf, dass sie gegen die Wand krachte, und Rex stürmte herein.

»Die Elder sind da!«

Anders erschrak so heftig, dass er nicht nur von Katt, sondern gleich vom Bett herunterplumpste und schmerzhaft mit dem Rücken gegen das eiserne Gestell prallte. Auch Katt fuhr mit einer abrupten Bewegung hoch, starrte den Hundemann einen Sekundenbruchteil beinahe entsetzt an und griff dann instinktiv nach der Decke, um ihre Blöße damit zu verhüllen.

»Verdammt noch mal, Rex!«, sagte Anders gepresst. Für einen Moment tat sein Rücken so weh, dass ihm schwarz vor Augen zu werden drohte. »Hat dir eigentlich nie jemand beigebracht, dass man anklopft, bevor man in ein Zimmer stürmt?«

Der Hundemann maß ihn nur mit einem verächtlichen Blick und wandte sich dann demonstrativ an Katt. »Sie fragen nach dir. Und irgendwie machen sie keinen sehr geduldigen Eindruck.«

»Tamar?«, fragte Katt in immer noch leicht verstörtem Tonfall. Sie versuchte die zerschlissene Decke irgendwie so um sich zu schlingen, dass es einigermaßen würdevoll aussah, erreichte mit ihren fahrigen Bewegungen aber eher das Gegenteil.

»Nein«, antwortete Rex. »Culain, Morgen und noch ein ganzes Dutzend andere.«

»Morgen?« Katt fuhr überrascht hoch und die Decke glitt wieder von ihren Schultern und neben ihr aufs Bett. Sie merkte es nicht einmal.

»Sie und ein Dutzend andere«, bestätigte der Hundemann. Sein Blick tastete unverhohlen neugierig über Katts nackten Körper und blieb für Anders' Geschmack eindeutig zu lange auf ihren kleinen Brüsten hängen, bevor er fortfuhr: »Sie fragen nach euch.«

Im allerersten Moment registrierte Anders den Unterschied zwar, wunderte sich aber nur darüber, dass Rex Katt plötzlich auf diese ehrerbietige Art ansprach – dann sog er scharf die Luft ein. »Uns?«

Rex nickte. Er starrte immer noch Katt an. »Sie wissen, dass du hier bist. Natürlich habe ich es geleugnet, aber sie wissen es.«

Anders tauschte einen verwirrten Blick mit Katt, erntete aber nur ein hilfloses Schulterzucken. Was Rex behauptete, war vollkommen unmöglich.

»Ich versuche sie noch ein paar Augenblicke hinzuhalten«, fuhr der Hundemann fort, als keiner von ihnen irgendetwas sagte. »Doch ich weiß nicht, wie lange ich das kann. Culain macht mir keinen sehr geduldigen Eindruck. Beeilt euch also lieber, mit dem fertig zu werden, was immer ihr gerade getan habt.«

Irgendwann, schwor sich Anders, würde er diesem zu groß geratenen Straßenköter die Zähne einschlagen. Aber nicht jetzt. Er hätte auch gar keine Gelegenheit dazu gehabt, denn Rex war bereits wieder auf dem Absatz herumgefahren und stürmte aus dem Raum.

Anders rappelte sich mit einiger Mühe hoch und tauschte einen weiteren, hilflosen Blick mit Katt. »Culain?«, murmelte er verdattert. »Aber wie kann er wissen, dass ich hier bin?«

Katt hob ein weiteres Mal verwirrt die Schultern. »Vielleicht …« Sie brach ab, zuckte noch einmal mit den Achseln und stand dann mit einer plötzlich Bewegung auf, um sich gleich darauf fast erschrocken wieder zu bücken. Erst nach einem Moment wurde Anders klar, dass sie nach ihrem Kleid suchte und er zuvor gar nicht mitbekommen hatte, wie sie es sich während ihrer stürmischen, jedoch viel zu kurzen leidenschaftlichen Begegnung vom Leib gerissen und weggeschleudert hatte. Er entdeckte das Kleid irgendwo auf der anderen Seite des großen, aber fast vollständig dunklen Zimmers, ging hin und bückte sich danach, um es ihr zu reichen. Während Katt sich das Kleid überstreifte, sagte er: »Sie *können* nicht wissen, dass ich hier bin. Niemand weiß es.«

»Niemand außer Rex und ungefähr hundert anderen«, antwortete Katt.

Anders schüttelte überzeugt den Kopf. »Nein. Glaub mir, ich bin der Letzte, der Rex verteidigt. Aber er hat verstanden, was ich ihm heute Nachmittag gesagt habe.«

»Ja wahrscheinlich«, gestand Katt. »Und selbst wenn nicht, dann …«

»… wären jetzt Tamar und ein halbes Dutzend Typen in schwarzen ABC-Anzügen hereingestürmt und nicht Rex«, führte Anders den Satz zu Ende.

»Aber wie können sie wissen, dass du hier bist?«, murmelte Katt verstört.

Anders wusste darauf so wenig eine Antwort wie auf tausend andere Fragen, die ihm plötzlich durch den Kopf schossen – doch er hatte auch das Gefühl, dass er sie eigentlich gar nicht wissen wollte. Ungeduldig wartete er darauf, dass Katt sich fertig angezogen hatte, und wollte zur Tür gehen, aber Katt vertrat ihm hastig den Weg und schüttelte dann in eindeutig befehlender Manier den Kopf. »Du bleibst hier«, bestimmte sie. »Ich will zuerst sehen, was da oben los ist.«

»Hast du nicht zugehört?«, fragte Anders. »Er hat gesagt, die Elder wollen *uns* sehen.«

»Ja«, antwortete Katt. »Das hat *er* gesagt. Ich will mich selbst davon überzeugen, dass es Morgen und Culain sind. Wenn Rex die Wahrheit gesagt hat, schicke ich jemanden herunter zu dir.«

Anders starrte sie nur verdattert an, aber Katt drehte sich bereits auf dem Absatz um und war aus dem Zimmer, noch bevor er Gelegenheit fand, auch nur ein einziges Wort zu sagen. Er wusste einen Moment lang gar nicht, welches Gefühl überwog: die Befriedigung, festzustellen, dass Katt dem Hundemann offensichtlich ebenso wenig traute wie er, oder der Schrecken, sich eingestehen zu müssen, dass er nicht einmal auf die Idee gekommen war, Rex' Behauptung infrage zu stellen.

Auf eine andere Idee jedenfalls kam er auch nicht: nämlich die, wirklich hier zu bleiben.

Anders zählte in Gedanken langsam bis zehn, dann öffnete er ebenso entschlossen wie leise die Tür, trat auf den dahinter liegenden, vollkommen dunklen Gang hinaus und lauschte einen Moment mit geschlossenen Augen. Gedämpftes Stimmengewirr drang an sein Ohr. Er glaubte aufgeregte Rufe zu hören, vielleicht das Stampfen von Pferdehufen, das Klirren von Metall. War dort oben ein Kampf im Gange? Er glaubte es nicht, aber ganz sicher konnte er nicht sein. Mit klopfendem Herzen wandte er sich nach links, tastete sich mit den Fingern an der Wand entlang, bis er die nächste, ebenfalls geschlossene Brettertür erreichte, und machte sie, so leise er konnte, auf.

Dahinter lag eine schmale, steil in die Höhe führende Betontreppe, die in dem blassen Licht, das von oben hereindrang, nur schemenhaft zu erkennen war. Anders tastete sich Stufe für Stufe hinauf, immer noch mit der Hand an der Wand entlangschleifend und fast vollkommen auf das konzentriert, was er hörte. Das Stimmengewirr wurde lauter, aufgeregter, und der aggressive Unterton darin war nicht mehr zu überhören. Aber es schienen – gottlob – doch nicht die typischen Geräusche eines Kampfes zu sein. Außerdem vernahm er jetzt ganz eindeutig das nervöse Wiehern eines Pferdes.

Ohne es selbst zu merken beschleunigte er seine Schritte auf dem Weg nach oben. Auf dem ersten Treppenabsatz angekommen blieb er noch einmal einen Moment stehen und versuchte, den hin und her huschenden Schatten und verschwommenen Schemen, die er hinter der offenen Tür am Ende des Flures erkennen konnte, irgendeinen Sinn abzugewinnen. Aber das Licht war zu schwach. Behutsam tastete er sich weiter, blieb erst zwei Schritte hinter der Tür endgültig stehen und versuchte, irgendwie mit den Schatten hier drinnen zu verschmelzen. Sein Herz pochte so laut, dass er im allerersten Moment kaum etwas anderes hörte. Dann aber identifizierte er Katts Stimme, auch wenn er die Worte immer noch nicht verstehen konnte. Sie klang aufgeregt, zornig, doch auf eine gänzlich andere Art als die, auf die sie mit Tamar gesprochen hatte. Eine weitere Frauenstimme antwortete und Katts Entgegnung schien noch schärfer auszufallen. Anders sah ein, dass er auf diese Art kaum mehr in Erfahrung bringen würde, als wäre er unten im Keller geblieben, schob sich, den Rücken eng an die Wand gepresst, weiter vor und lugte mit klopfendem Herzen um die Ecke.

Um ein Haar hätte er erleichtert aufgeschrien.

Rex hatte die Wahrheit gesagt. Katt stand nur ein knappes Dutzend Schritte entfernt und debattierte aufgeregt mit Morgen, die hoch aufgerichtet vor ihr stand und auf deren Gesicht sich allmählich stärker werdender Zorn mit einem Ausdruck unendlicher Geduld und Güte mischte, den Anders selbst über die große Entfernung hinweg erkennen konnte. Eine zweite, ebenfalls in erstaunlich hell leuchtendes Weiß gekleidete, aber viel größere Gestalt stand hinter ihr. Anders war erstaunt, als er Culains Gesicht erkannte. Soviel er wusste – nicht nur aus eigener Erfahrung, sondern auch von Katt, ihrer Schwester und anderen Mitgliedern der Sippe, mit denen er gesprochen hatte –, hatten die Tiermenschen niemals das Gesicht des Elder gesehen, sondern stets nur die goldene Posaunenengel-Maske seines Helms. Der Elder trug zwar sein Schwert, aber keine Rüstung.

Es musste etwas sehr Ungewöhnliches geschehen sein.

15

Vier oder fünf weitere in strahlendes Weiß gehüllte Gestalten hatten sich in einem lockeren Halbkreis wenige Schritte hinter den beiden Elder aufgestellt, und Anders nahm an, dass sich mindestens noch einmal die gleiche Anzahl auf der anderen Seite der Straße befand, die er von hier aus nicht einsehen konnte. Ihnen gegenüber stand eine mindestens zehnfache Übermacht an Tiermenschen; wahrscheinlich noch viel mehr. Auch wenn er immer noch nicht wusste, was Katt und Morgen miteinander besprachen, so war die drohende Stimmung, die sich auf dem Platz ausgebreitet hatte, doch fast mit Händen zu greifen. Culain und Morgen mussten einen sehr guten Grund haben, hierher zu kommen, dachte er. Es sei denn, sie waren lebensmüde. Vielleicht war es an der Zeit, sich endlich auf das zu konzentrieren, was Katt und die Elder miteinander sprachen.

»... sage es noch einmal, ehrwürdige Elder«, sagte Katt gerade in diesem Moment und in einem Ton, der gerade noch um eine Winzigkeit devot genug war, um nicht beleidigend zu sein. »Euer Lieblingsmensch ist nicht hier. Und er war es auch nicht. Ihr könnt gern die ganze Stadt durchsuchen, wenn Euch danach ist, aber Ihr werdet nichts finden. Er ist nicht hier, er war nicht hier und er wird auch nicht herkommen. Wäre er dumm genug dazu gewesen, hätten wir ihn längst Eurem Herrn ausgeliefert.«

»Du sprichst von Tamar«, vermutete Morgen. Sie beantwortete ihre eigene Frage mit einem Nicken und einem sofort darauf folgenden Kopfschütteln. »Ich kann dein Misstrauen verstehen, mein Kind. Aber du irrst dich. Tamar ist nicht unser Herr. Wir sind nicht in seinem Auftrag hier, ganz im Gegenteil.« Sie schüttelte traurig den Kopf. Ein verirrter Strahl aus Mondlicht brach sich an ihrer Stirn und ließ ein einzelnes silbernes Funkeln aufblitzen, als trüge sie dort ein Schmuckstück, und als sie weitersprach, klang ihre Stimme traurig, aber auch sehr sanft. »Ich kann verstehen, dass du mir nicht mehr vertraust, Katt. Wahrscheinlich habe ich es nicht besser verdient. Doch in diesem Punkt musst du mir glauben. Tamar ist weder unser Herr noch ist er unser Freund. So wenig wie er eurer ist. Wenn er Anders bei euch findet, dann wird er nicht nur dich töten, sondern euch alle. Wir sind hier, um ihn fortzubringen.«

»Habe ich schon gesagt, dass Ihr die Reise umsonst gemacht habt?«, gab Katt zurück. Aber der beißende Hohn in ihrer Stimme klang plötzlich nicht mehr ganz echt. Zumindest nicht in Anders' Ohren und offensichtlich auch nicht in denen der Elder, denn sie schüttelte nur abermals den Kopf, beugte sich leicht vor und streckte die Hand in Katts Richtung aus. Das Mädchen prallte fast erschrocken einen Schritt zurück und Morgen richtete sich mit enttäuschtem Gesichtsausdruck wieder auf. Als sie weitersprach, klang ihre Stimme nicht kühler, aber deutlich sachlicher.

»Du tust dir keinen Gefallen mit deiner harten Haltung. Und auch Anders nicht. Du rettest ihn nicht, wenn du ihn versteckst. Du lieferst ihn nur an Tamar aus.«

»Ich würde Euch ja helfen, ehrwürdige Elder, wenn ich könnte«, antwortete Katt. »Aber er ist nicht hier. Vielleicht ist er irgendwo in den Ödlanden ums Leben gekommen. Ich habe gehört, es hätte einen Kampf mit den Wilden gegeben?«

Morgen wollte antworten, doch Culains Geduld war offensichtlich erschöpft. Mit einem entschlossenen Schritt trat er an seiner Frau vorbei und machte eine herrische Geste in Katts Richtung. »Genug!«, sagte er scharf. »Wir haben keine Zeit für solche Dummheiten. Vielleicht ist es dir ja nicht klar, aber ihr seid alle in Gefahr.« Er machte eine Geste auf Morgen, die zugleich einen Teil der Männer, die sie begleitet hatten, einschloss. »Und so ganz nebenbei: wir auch. Bisher konnten wir Tamar ja noch irgendwie davon abhalten, mit Gewalt gegen euch vorzugehen, doch lange wird uns das nicht mehr gelingen. Wenn er wüsste, dass wir hier sind, wäre das wahrscheinlich unser Tod. Ich weiß, dass du Anders liebst. Und ich weiß auch, dass du ohne zu zögern dein Leben opfern würdest, um ihn zu retten. Aber willst du das Leben einer ganzen Sippe aufs Spiel setzen, nur weil *wir* dich verletzt haben?«

Katt wirkte verunsichert. Obwohl Anders von seinem Versteck aus ihr Gesicht nicht sehen konnte, spürte er, wie die Entschlossenheit, die er noch vor wenigen Augenblicken in ihrer Stimme gehört hatte, etwas anderem wich, das zu einem Gutteil aus Trotz bestand. Einem Trotz, der noch dazu ihr selbst galt. »Ich verstehe Euch nicht, Herr«, antwortete sie. »Ihr wisst, dass wir Euch treue Untertanen und Diener sind. Ich würde Euch niemals ...«

»Hör endlich auf!«, sagte Culain, nur noch eine Winzigkeit davon entfernt, sie anzuschreien. »Es geht hier um Leben und Tod, du dummes Kind, begreif das endlich!«

Morgen legte ihm besänftigend die Hand auf den Unterarm, und offensichtlich nicht nur zu Anders' Überraschung beruhigte sich der Elder tatsächlich. Er warf Katt zwar noch einen zornigen Blick – und im Herumdrehen Morgen noch einen viel zornigeren – zu, trat aber mit einem Schritt wieder hinter seine Frau zurück und beließ es dabei, Katt wütend anzustarren.

»Doch ich verstehe wirklich nicht ...«, begann Katt, und Anders trat mit einem schnellen Schritt aus seiner Deckung hervor und führte den Satz mit ruhiger, fester Stimme zu Ende: »Warum wir euch weiter belügen sollten?« Er schüttelte den Kopf und warf Katt, die entsetzt herumgefahren war und ihn aus aufgerissenen Augen anstarrte, einen beruhigenden Blick zu. »Ihr habt Recht. Ich bin eine Gefahr. Nicht nur für Katt, sondern für alle hier. Ich hätte niemals hierher kommen sollen.«

Sein Erscheinen löste einen kurzen, aber heftigen Tumult auf dem Platz aus. Anders sah jetzt, dass er sich nicht getäuscht hatte: Culain hatte ein gutes Dutzend Krieger mitgebracht, die in weitem Umkreis und nur scheinbar zufälliger Aufstellung hinter ihm und Morgen verteilt waren, aber auch der allergrößte Teil der Sippe war zusammengelaufen. Und nicht nur die Übermacht war erdrückend, die meisten Tiermenschen waren auch bewaffnet und man musste kein Hellseher sein um zu spüren, dass sie nur zu bereit waren, diese Waffen auch zu benutzen; etliche von ihnen waren vermutlich auch begierig darauf. Rex stand nur ein kleines Stück hinter Katt, aber so, dass Anders ihn bisher nicht gesehen hatte, und der Ausdruck auf *seinem* Gesicht war eine Mischung aus Entsetzen und purem Hass. Anders ging schnell weiter und fuhr fort, bevor er oder Katt irgendetwas sagen konnten, was die Situation nur verschlimmern würde: »Bitte nehmt es Katt nicht übel. Sie wollte mich nur schützen.«

Die Reaktionen auf den Gesichtern der beiden Elder waren so unterschiedlich, wie sie nur sein konnten. Culain blickte ihn finster und mit unverhohlener Wut an, während sich auf den fein geschnittenen Zügen der Elder-Frau ein Ausdruck ausbreitete, der Anders im ersten Moment vollkommen verwirrte. Sie sah ein wenig überrascht aus, zugleich aber auch erleichtert und zum allergrößten Teil … stolz? Anders verstand das nicht, und jetzt war auch nicht der Moment, darüber nachzudenken. »Ich weiß nicht, ob Tamar euch geschickt hat oder aus welchem Grund ihr hier seid«, fuhr er fort. »Ich bitte euch nur, Katt und ihren Leuten nichts zu tun. Ich bin gegen ihren Willen hier. Sie wollten mich nicht aufnehmen und sie hätten mich längst an Tamar und die Drachen ausgeliefert, wenn ich sie nicht gezwungen hätte mich zu beschützen.«

»Was für ein Unsinn!«, sagte Culain.

»Aber das ist doch …«, begann Rex.

Anders brachte ihn mit einer herrischen Geste zum Schweigen. Sein Blick ließ den des Elder-Kriegers nicht los. »Habe ich Euer Wort, dass Katt nichts geschieht, wenn ich freiwillig mit Euch komme?«, fragte er in bewusst formellem Ton. »Und auch niemandem sonst hier?« *Ausgenommen vielleicht Rex,* fügte er in Gedanken hinzu, was er aber vorsichtshalber nicht aussprach.

»Anders, bist du verrückt geworden?«, keuchte Katt.

Anders ignorierte sie. Sein Blick fixierte die dunklen Augen des Elder, und für einen ganz kurzen Moment schienen sie sich eine Art stummes Duell zu liefern, von dem er selbst nicht sagen konnte, wer es gewann. Vermutlich keiner.

»Eines muss man dir lassen«, sagte Culain mit bebender Stimme. »Du hast Mut.«

Anders' Schritte wurden langsamer, während er sich den beiden Elder näherte. Er versuchte Culain weiter fest im Auge zu behalten, sich zugleich aber auch einen Überblick über die Lage zu verschaffen. Der Ausdruck auf Rex' Gesicht war nach wie vor blanker Hass. Was er auf den Gesichtern des Dutzends Elder-Krieger sah, die im Halbkreis um sie herumstanden, das war eine Mischung aus Schrecken und dumpfer Verzweiflung, nicht das, was er erwartet hatte. Morgen blickte ihn noch immer mit diesem sonderbar erleichterten Stolz an, den er mit jeder Sekunde weniger verstand, bis er begriff, dass sie gar nicht ihn ansah, sondern Katt. Ihre Tochter.

Als er näher kam, fiel ihm erneut das Blitzen von Metall an Morgens Kopf auf, und nun erkannte er, dass sie einen schmalen, mit einem daumennagelgroßen Rubin geschmückten Reif um die Stirn trug. Überrascht hielt er inne. Oberons Auge? Er machte einen weiteren Schritt und blieb – sicher nicht durch Zufall – unmittelbar neben Katt abermals stehen. Wieso trug Morgen Oberons Auge?

»Ich bin hier«, sagte er. »Macht mit mir, was Ihr wollt. Ich werde Euch ohne Widerstand begleiten. Aber lasst diese Leute in Ruhe.«

»Niemand will ihnen etwas tun«, sagte Morgen. Sie machte eine Bewegung, wie um auf ihn zuzutreten, doch Culain legte ihr rasch die Hand auf die Schulter und hielt sie zurück.

»Du hättest uns eine Menge Leid und Aufregung erspart,

wenn du gleich zu uns gekommen wärst«, sagte er. »Ist dir eigentlich klar, was du angerichtet hast?«

Das Bild eines brennenden Himmels stieg vor Anders' innerem Auge auf, loderndes rotes und weißes Feuer, das auf Hunderte und Aberhunderte herabregnete und das ein schwarzes Ungeheuer ausspie, das weiteren grellblauen Tod in eine Menge aus hilflosen, flüchtenden Männern, Frauen und Kindern hinabsandte und gekommen war um *ihn* zu holen. Er nickte.

Culain setzte dazu an, in noch schärferem Ton fortzufahren, doch Morgen kam ihm zuvor. »Ich bin froh, dass wenigstens du vernünftig bist.« Sie streifte Culains Hand ab, ging auf sie zu und blieb in weniger als Armeslänge vor ihm und Katt stehen. Den Ausdruck, der nun auf ihrem Gesicht lag, versuchte Anders erst gar nicht zu deuten. Er war ganz und gar nicht das, was er erwartet hätte. Darüber hinaus hing sein Blick wie gebannt an dem schmalen Silberreif mit dem funkelnden Rubin, der Morgens hohe Stirn zierte. Oberons Auge. Aber Morgen – und ein Mitglied des Hohen Rates? Unmöglich!

Morgen wollte etwas sagen, doch Anders kam ihr zuvor. »Wieso seid Ihr …?« Er schüttelte hilflos den Kopf und fixierte den schmalen Silberreif weiter mit Blicken. »Wieso tragt Ihr Oberons Auge?«

»Endela ist ums Leben gekommen«, sagte Culain an Morgens Stelle. »Es muss während der Schlacht um die Torburg geschehen sein. Wir wussten nicht einmal, dass sie da war, doch am Morgen, nachdem Lara und du verschwunden wart, haben wir die ganze Burg abgesucht und dabei haben wir ihren Leichnam gefunden.« Er hob die Schultern, aber Anders hätte nicht sagen können, ob es eine bedauernde oder gleichgültige Geste war. »Oberons Rat muss immer vollständig sein. Ganz gleich was geschieht, drei von uns tragen Oberons Auge und damit die Verantwortung für das Schicksal Tiernans. Tamar hat entschieden, Morgen diese Last aufzubürden, bis ein endgültiger Nachfolger für Endela gewählt ist.« Er runzelte unwillig die Stirn. »Was spielt das jetzt für eine Rolle?«

Es *spielte* eine Rolle. Anders hätte nicht sagen können, warum. Der silberne, rubingeschmückte Reif an Morgens Stirn erfüllte ihn mit einem Unbehagen, das an Furcht grenzte, und obwohl er es nicht erklären konnte, spürte er ganz instinktiv, dass dieses Gefühl berechtigt war. »Und Tamar hat Morgen diese Rolle zugedacht?«, murmelte er zweifelnd. »Ausgerechnet *dir*?«

Bei der letzten Frage hatte er sich direkt – und in bewusst *vertraulicher* Anrede – an die Elder gewandt, aber auch diesmal war es Culain, der antwortete, nicht sie. »Spielt das jetzt eine Rolle?«, fragte er mit einer wegwerfend-ungeduldigen Geste. »Vielleicht glaubt er uns auf diese Weise besänftigen zu können oder ihm tut auch das eine oder andere Leid. Das ist jetzt nicht unsere größte Sorge.«

Es änderte nichts: Irgendetwas sagte Anders, dass es das *doch* war. Aber er konnte das Gefühl jetzt so wenig in Worte kleiden wie zuvor, und Culain war mit seiner Geduld offensichtlich am Ende, denn er trat nun mit einem schnellen Schritt wieder zwischen Morgen und ihn und fuhr unwillig fort: »Du musst hier weg, Anders. Noch heute Nacht.«

»Und wohin?«, fragte Katt, bevor Anders die gleiche Frage stellen konnte.

»Keine Sorge«, sagte Morgen. »Wir bringen ihn an einen Ort, an dem er erst einmal sicher vor Tamar und den Drachen ist.«

»Einen solchen Ort gibt es nicht«, behauptete Katt und verschränkte herausfordernd die Arme vor der Brust.

»Es gibt ihn, doch es ist besser, wenn du ihn nicht kennst«, antwortete Morgen. »Besser für Anders und uns, aber auch besser für dich, glaub mir.«

»Glauben? Dir?«

Culains Miene verdüsterte sich noch weiter, wobei Anders nicht zu sagen vermochte, ob er Katt diese vertrauliche Anrede übel nahm oder das, was sich hinter dieser einfachen Frage verbarg. Morgen jedoch wirkte betroffen. Katts Worte hatten ihr wehgetan und das Schlimmste war vielleicht, die Elder hatte ebenso wie Anders gespürt, dass das auch ganz genau Katts Absicht gewesen war. Und als wäre das noch nicht genug, fuhr Katt in bewusst kühlem Ton fort: »Bitte verzeiht, ehrwürdige Elder – aber wie könnten wir Euch vertrauen, nach allem, was geschehen ist?«

Auch diese Frage enthielt eine Anspielung, die außer Anders nur Katt selbst und den beiden Elder etwas sagen konnte, und sie zeigte durchaus die beabsichtigte Wirkung. Morgen zog die Unterlippe zwischen die Zähne und biss so kräftig darauf, dass Anders fast erwartete, einen Blutstropfen an ihrem Kinn hinablaufen zu sehen – eine kleine unbewusste Geste, die er so oft an Katt beobachtet hatte und die die beiden äußerlich so ungleichen Frauen plötzlich so ähnlich erscheinen ließ, dass er sich vergeblich fragte, wie er es nur eine einzelne Sekunde lang *nicht* hatte sehen können –, und selbst Culain brauchte ein paar Atemzüge, bis er antworten konnte.

»Vielleicht solltest du es nicht übertreiben«, sagte er gepresst. Seine Hand legte sich in einer ganz und gar nicht zufälligen Bewegung auf den Schwertgriff, der aus seinem Gürtel ragte. »Wir haben dir einiges nachgesehen, wegen dem, was wir dir schuldig sind. Aber es gibt Grenzen.«

Katt reckte nur kampflustig das Kinn vor und setzte zu einer – vermutlich noch provozierenderen – Antwort an, doch diesmal kam ihr Anders zuvor.

»Culain hat Recht«, sagte er rasch. »Je eher ich von hier verschwinde, desto besser.« Er drehte sich ganz zu ihr um. »Ich wäre sowieso in ein paar Stunden aufgebrochen. Der Unterschied ist nicht so groß. Und bei ihnen bin ich vermutlich sicherer als hier.«

»Zumindest sind wir sicherer«, knurrte Rex. Niemand beachtete ihn.

»Wollt Ihr sofort aufbrechen oder brauchen Eure Leute und

Eure Pferde Ruhe?«, fragte er nun wieder direkt an Culain gewandt.

Der Elder schüttelte betrübt den Kopf. »Sie bräuchten beides mehr denn je«, antwortete er. »Aber ich fürchte, dazu bleibt uns keine Zeit. Ein wenig Wasser ist alles, mit dem ihr uns aushelfen könntet.«

»Und das ist genau das, was wir euch nicht geben können«, antwortete Katt. Irrte er sich oder klang ihre Stimme provozierend?

Culains Stirn umwölkte sich schon wieder, aber Anders kam seiner möglichen Antwort zuvor. »Katt hat Recht«, sagte er in bedauerndem Tonfall. »So Leid es mir tut. Tamar hat die Wasserversorgung der Sippe zerstört. Es reicht nicht einmal für sie.«

»Tamar?« Culain sah ihn so zweifelnd an, als fiele es ihm trotz allem schwer, seiner Behauptung Glauben zu schenken. »Aber warum sollte er das tun?«

Wenn wir lange genug hier herumstehen, dachte Anders, *können wir ihn wahrscheinlich selbst fragen.* Trotzdem antwortete er, so ruhig er konnte: »Um Katt und ihren Stamm unter Druck zu setzen.« Ihm lag auf der Zunge hinzuzufügen: *und um leichteres Spiel zu haben, wenn er kommt, um sie auszulöschen,* aber das schluckte er im letzten Moment hinunter. Zumindest Morgen jedoch schien seine Gedanken erraten zu haben. Auf ihrem Gesicht erschien ein Ausdruck, der zwischen Schrecken und resigniertem Begreifen schwankte. Ganz offensichtlich war er nicht der Einzige, der sich seine Gedanken über die schreckliche Veränderung gemacht hatte, die mit dem Elder-Krieger vonstatten gegangen war.

»Dann muss es so gehen«, entschied Culain. »Draußen in den Wäldern werden wir Wasser finden.«

»Und dann?«, fragte Anders.

Culain legte den Kopf auf die Seite und sah ihn fragend an.

»Ich meine: Wie geht es dann weiter?« Anders sprach jetzt mit gesenkter Stimme, sodass nur die beiden Elder, Katt und

Rex seine Worte verstehen konnten. »Keine Angst, ich mache keine Schwierigkeiten. Ich komme mit euch. Aber warum tut ihr das? Tamar wird euch töten, wenn er herausfindet, dass ihr mir geholfen habt.« Er streifte den silbernen Reif um Morgens Stirn mit einem unsicheren Blick. Das Schmuckstück machte ihn zunehmend nervös. Das Schlimme war, dass er zwar noch immer nicht wusste, warum, aber das immer intensiver werdende Gefühl hatte, es eigentlich wissen zu *müssen.* »Trotz dem da!«, fügte er hinzu.

»Weil sich die Dinge geändert haben«, antwortete Culain. Er klang ungeduldig, zugleich aber auch so, als hätte er ein Stück weit resigniert und eingesehen, dass es wohl einfacher war und schneller ging, ihm wenigstens einige seiner Fragen zu beantworten, als weitere kostbare Zeit mit einem sinnlosen Disput zu verschwenden. »Tamar hat die Macht in Tiernan an sich gerissen. Wenn er dich in seiner Gewalt hat, dann gibt es niemanden mehr, der ihn noch aufhalten kann. Und wenn du stirbst, auch nicht.« Er hob die Schultern. »So einfach ist das.«

Seltsam – Anders war nicht einmal enttäuscht. Morgens Beweggründe mochten durchaus edler und selbstloser sein, doch Culain hatte ihm gerade gesagt, dass auch Anders nichts anderes als eine Figur auf dem Brett war, auf dem er und Tamar gegeneinander um die Macht in diesem Teil der Welt spielten. Der Gedanke sollte ihn empören, aber er tat es nicht. Ganz im Gegenteil; er machte die Dinge eindeutig klarer und damit einfacher.

»Wenn Ihr wüsstet, wie sehr Ihr Euch irrt«, murmelte er kopfschüttelnd. Dann lachte er ganz leise. »Schade, dass ich nicht dabei sein werde und Tamars Gesicht sehen kann, wenn er die Wahrheit erfährt.«

»Welche Wahrheit?«, fragte Culain.

»Ihr haltet mich wirklich für Oberons Sohn, habe ich Recht?«, fragte Anders.

Culain antwortete nicht gleich, sondern sah ihn auf eine sonderbare Weise an, und als er es endlich tat, war eine Menge von der Härte und Ungeduld aus seinen Augen gewichen. »Noch vor einigen Tagen hätte ich dich ausgelacht für diese Frage. Aber jetzt ...« Er zuckte mit den Schultern. »Oberon ... ich habe Oberon und die Legende, dass er eines Tages seinen eigenen Sohn schicken wird, um uns in eine bessere Welt zu führen, immer nur für ein Märchen gehalten. Eine Legende eben. Etwas, das Menschen und Elder brauchen, um an eine glücklichere Zukunft zu glauben und nicht an ihrem Leben zu verzweifeln. Aber jetzt ...« Er zuckte erneut mit den Schultern und sah Anders dann fest an. »Warum sagst du es mir nicht?«

Ja, warum eigentlich nicht?, dachte Anders. Culains Worte hatten ihn verwirrt. Sie waren absolut nicht das, was er erwartet hatte. Nach Tamar war er der unumschränkte Herrscher über diese Welt, der zweitmächtigste Mann in diesem Tal, dessen Wort Gesetz und dessen Wünsche Befehle waren. Wieso brauchte ein Mann wie er die Hoffnung auf eine glücklichere Zukunft, um nicht an der Gegenwart zu verzweifeln? Das ergab keinen Sinn. »In gewissem Sinn, ja«, sagte er.

»In gewissem Sinn?«

»Ich bin der Sohn meines Vaters«, antwortete Anders mit einem dünnen, bitteren Lächeln. »Aber sein Name ist nicht Oberon und er ist auch kein Gott. Er ist nicht einmal ein Elder, sondern nur ein ganz gewöhnlicher Mensch. Und ich glaube«, fügte er noch leiser und noch bitterer hinzu, »nicht einmal ein besonders guter.«

»Was soll das heißen?«, fragte Culain unwillig. Aber die Schärfe in seiner Stimme war nur Schrecken, kein Zorn.

»Ganz genau weiß ich es selbst nicht«, antwortete Anders. »Vielleicht will ich es auch gar nicht wissen.« Er schüttelte abschließend den Kopf und wollte sich wieder zu Katt umdrehen, bemerkte aber in diesem Moment erst, dass sie mittlerweile direkt an seine Seite getreten war. »Es ist besser, wenn wir jetzt gehen. Sofort.«

»Ich komme mit«, sagte Katt.

»Unsinn!«, antwortete Culain. Morgen wollte etwas sagen, aber er brachte sie mit einem ärgerlichen Blick zum Schweigen und machte gleichzeitig eine deutende Geste hinter sich. Anders bemerkte erst jetzt, dass zwischen den Kriegern, die Culain zu seinem und Morgens Schutz mitgebracht hatte, nicht zwei, sondern drei gesattelte und im Moment reiterlose Pferde standen. Die beiden Elder schienen wirklich sehr sicher gewesen zu sein, ihn hier zu finden.

»Ich komme mit«, beharrte Katt. Ihr Blick wurde flehend. »Bitte! Ich will dich nicht noch einmal verlieren!«

»Sie hat Recht«, sagte Morgen. Anders sah Culain an, dass er kurz davor stand, wirklich wütend zu werden, doch diesmal fuhr die Elder mit ruhiger, wenn auch sehr entschlossener Stimme fort: »Wir können sie nicht hier lassen. Tamar wird sie umbringen, wenn er herausfindet, dass sie ihm geholfen hat.« Sie schien zu spüren, dass dieses Argument allein vielleicht nicht reichte, um Culain zu überzeugen, wandte sich zu ihm um und fügte hinzu: »Außerdem wissen wir nicht, was Anders ihr erzählt hat.«

Culain blieb unentschlossen. Er drehte sich einmal im Kreis und suchte mit aufmerksamen Blicken den Platz und die Schatten zwischen den Häusern und hinter leeren Türen und Fenstern ab, als hoffe er, die Antwort auf all seine Fragen irgendwo dort zu entdecken, dann hob er mit einer resignierten Bewegung die Schultern und murmelte eine widerwillige Zustimmung. »Also gut. Aber dann beeilt euch. Ich möchte nicht noch mehr Zeit verlieren.«

»Ich brauche nur einen Augenblick«, antwortete Katt. Sie drehte sich zu Rex um. »Lass den Elder und ihren Tieren Wasser bringen.«

»Aber wir haben selbst …«, begann der Hundemann ärgerlich, wurde jedoch sofort und mit einer befehlenden Geste von Katt unterbrochen.

»Ihr könnt euch morgen neues Wasser holen. Es sei denn, du willst, dass ich hier bleibe und es selbst übernehme. Aber überleg es dir genau. Es ist nur ein bisschen Wasser. Billiger wirst du mich nicht mehr los.«

Rex starrte sie verstockt an, doch dann drehte er sich auf dem Absatz um und begann Befehle zu bellen, und auch Katt verschwand ohne ein weiteres Wort und mit weit ausgreifenden Schritten in dem Haus, aus dem Anders gerade hervorgekommen war. Anders wollte ihr noch eine Warnung zurufen, sich nicht durch eine unbedachte Bemerkung zu verraten, wenn sie ins Zimmer ging, das Tamars Gehilfe verwanzt hatte, aber sie war zu schnell verschwunden und er kannte Katt auch mittlerweile gut genug um sicher zu sein, dass sie auch jetzt noch einen halbwegs kühlen Kopf bewahren würde. Er überzeugte sich mit einem raschen Blick in die Runde davon, dass das nächste Paar neugierig lauschender Ohren gute zehn Meter entfernt war, dann fragte er mit gesenkter Stimme. »Wohin gehen wir?«

Culain hob nur ärgerlich die linke Augenbraue, aber Morgen antwortete; ebenso leise wie er. »Zuerst in die Wälder. Dort sind wir halbwegs sicher vor Tamars Häschern und auch vor den Drachen. Dann in die Berge.«

»In die Berge?«, wunderte sich Anders.

»Es gibt ein Höhlensystem, nicht allzu weit von hier«, erwiderte Morgen. »Tamar weiß nichts von seiner Existenz. Nur Culain und ich und eine Hand voll Männer, die sich ausnahmslos in unserer Begleitung befinden. Es ist nicht ganz so bequem und luxuriös wie in Tiernan, aber fürs Erste sind wir dort in Sicherheit.«

Und erst in diesem Moment begriff Anders wirklich. Ungläubig starrte er die Elder an. »Ihr … ihr seid auf der Flucht«, murmelte er.

Culain blickte ihm weiter finster ins Gesicht, doch aus Morgens Gestalt schien plötzlich alle Kraft zu weichen. Sie rührte sich nicht, in ihrem Gesicht regte sich kein Muskel, und doch konnte er beinahe sehen, wie die Maske aus gespielter Selbstbeherrschung und Zuversicht, die sie bisher so mühsam aufrecht erhalten hatte, zerbrach. »Ja«, antwortete sie einfach.

»Aber was …?«

»Es war meine Schuld«, sagte Culain. Er machte eine Kopfbewegung auf Morgen. »Ich habe Tamar zur Rede gestellt, als er Morgen in den Hohen Rat berufen hat und nicht mich. Diese Ehre hätte *mir* zugestanden.«

»Ehre?«, wiederholte Anders ungläubig. »Habe ich dich richtig verstanden? Du hast dich mit Tamar überworfen, weil Morgen den Sitz im Hohen Rat bekommen hat, den *du* wolltest?«

»Und er hatte vollkommen Recht damit«, sagte Morgen an Culains Stelle. »Es geht nicht um die Ehre, Anders, oder darum, dass Culain unbedingt einen Platz im Hohen Rat der Elder haben wollte. Tamar hat schon immer nach Macht und Einfluss gegiert. Gäbe es den Hohen Rat nicht, dann hätte er sich schon vor langer Zeit zum alleinigen Herrscher über Tiernan aufgeschwungen. Jetzt, nach Endelas Tod, hat er seine Chance gesehen und ergriffen.« Sie schüttelte heftig den Kopf, als sie sah, dass Anders eine Frage stellen wollte, und fuhr mit leicht erhobener, bitterer Stimme fort: »Aaron ist alt und schwach. Auf dich und auf viele andere mag er einen anderen Eindruck machen, aber die Wahrheit ist, dass er schon lange nicht mehr die Kraft hat, sich Tamar zu widersetzen. So wenig wie ich. Die Reihe war an unserer Familie, den nächsten freien Platz im Hohen Rat einzunehmen, und mit Culain als gleichberechtigtem Partner hätten Tamars Pläne einen schweren Rückschlag erlitten. Er hat mich erwählt, weil er wahrscheinlich der Meinung ist, mit mir leichteres Spiel zu haben. Und ich fürchte, dass das sogar stimmt.«

»Du scheinst nicht viel von dir selbst zu halten, wie?«, fragte Anders.

Culain blickte ihn schon wieder ärgerlich an, weil er es wagte, so respektlos mit der Elder zu sprechen (Gottes Sohn oder nicht – manche Dinge schienen in jeder Kultur gleich zu sein), aber Morgen schüttelte nur traurig den Kopf. »Ich kenne Tamar zu lange. Ich bin ihm nicht gewachsen. Tamar weiß das, ich weiß es und auch Culain weiß es. Als Mitglied des Hohen Rates wäre Culain eine Gefahr für Tamar. Ich bin es nicht.«

»Dann tritt doch deinen Platz an ihn ab«, schlug Anders vor.

Morgen lächelte. »So einfach ist das nicht. Scheidet ein Mitglied des Hohen Rates aus – aus welchem Grund auch immer –, so kann sein Nachfolger nur einstimmig von den anderen gewählt werden. Selbst wenn ich sterbe, würde Culain nicht automatisch nachrücken. Nicht nach dem, was passiert ist.«

»Was ist denn passiert?«, fragte Anders beunruhigt und diese Beunruhigung nahm noch zu, als Morgen nicht sofort antwortete, sondern einige Herzschläge lang wortlos an ihm vorbei ins Leere starrte.

»Es kam zum Streit«, sagte sie. »Culain hat Tamar öffentlich – und zu Recht – beschuldigt, unsere Gesetze zu brechen und nach der Macht in Tiernan zu greifen. Ich glaube, nur die Tatsache, dass er mit *mir* verheiratet ist, einem Mitglied des Hohen Rates, hat ihn davor gerettet, sofort verhaftet und Oberons Rat übergeben zu werden.«

Bei diesen Worten lief Anders ein rascher eisiger Schauer über den Rücken. Es war noch nicht lange her, dass er am eigenen Leibe erfahren hatte, was es bedeuten konnte, wenn man *Oberons Rat übergeben* wurde; Culain war offensichtlich nur um Haaresbreite der weißen Hölle in dem Eisgefängnis in den Bergen entronnen, das Anders selbst beinahe zum Verhängnis geworden wäre. »Und?«, fragte er.

Wieder dauerte es einige Augenblicke, bevor Morgen antwortete. Culain hatte sich halb umgedreht und starrte zu Boden, als wäre ihm das, was Morgen erzählte, peinlich. Wahrscheinlich war es das, auch wenn Anders vermutete, dass bei ihm noch eine andere Art von Unbehagen mitschwang.

»Tamar hat die Macht in Tiernan vielleicht noch nicht offiziell übernommen, aber praktisch schon«, sagte Morgen.

»Oberon sei Dank, haben auch wir noch ein paar Freunde. In der darauf folgenden Nacht wurden wir gewarnt, dass Tamars Krieger auf dem Weg zu uns seien, um Culain zu töten. Wir haben die Männer zusammengerufen, die noch auf unserer Seite sind, und haben uns zurückgezogen, statt uns auf eine offene Auseinandersetzung einzulassen, die ganz Tiernan in den Abgrund hätte stürzen können. Die meisten sind bereits auf dem Weg in die Berge und müssten die Wälder schon erreicht haben. Culain und ich sind hierher gekommen, um dich zu suchen.«

»Und ihr wart so sicher, dass ich hier bin?«, fragte Anders.

Morgen antwortete nicht darauf, aber ihr Blick machte eine Antwort auch überflüssig. Wohin sonst hätte er gehen sollen statt zu dem einzigen Volk, von dem er jemals wirklich selbstlose Hilfe erfahren hatte, seit er hierher gekommen war? Und wohin sonst – da war etwas, das er auch noch in ihren Augen las und das nur für ihn und niemand sonst bestimmt war – als zu ihrer Tochter? Beinahe hätte er über diesen Gedanken gelächelt – bis ihm klar wurde, was er wirklich bedeutete.

»Wenn ihr wisst, dass ich hier bin, dann weiß Tamar es auch«, sagte er leise.

»Ja, vermutlich«, gestand Morgen. »Aber er weiß nicht, wohin wir von hier aus gehen. Und selbst wenn er es wüsste … nicht einmal Tamar würde es wagen, *dir* etwas anzutun.«

»Und dann?«, fragte Anders. »Was habt ihr vor? Ich meine: Selbst wenn wir die Berge und euer Versteck erreichen … Tamar gibt vielleicht auf. Aber mein Vater niemals. Seine Männer werden nicht aufhören nach mir zu suchen, bis sie mich haben oder den Beweis dafür, dass ich tot bin. Ich wäre nur eine Gefahr für euch.«

»Das mag sein«, sagte Culain. »Aber es bringt uns nicht weiter, Fragen zu stellen, auf die wir im Moment keine Antworten haben. Ganz Tiernan feiert Tamar als Retter, der sie vor dem sicheren Untergang bewahrt hat. Aber die Zeiten werden sich ändern. Wir halten uns eine Weile versteckt, dann sehen wir weiter.«

Er sprach deutlich leiser als bisher und Anders hätte den unsicheren Unterton in seiner Stimme nicht einmal hören müssen um zu erkennen, wie wenig überzeugt der Elder von seinen eigenen Worten war. Mehr als einmal, seit es ihn in diesen Teil der Welt verschlagen hatte, der so wenig mit der Wirklichkeit seines bisherigen Lebens zu tun hatte, dass er ihm fast wie ein lebendig gewordener Albtraum vorkam, hatte er sich gewünscht den Elder am Boden zu sehen, ein einziges Mal miterleben zu dürfen, wie er nicht mehr weiterwusste oder verzweifelte. Nun schien es so weit zu sein. Aber er empfand nur sehr wenig Triumph über diesen sehr billigen Sieg.

Katt kam zurück. Sie trug einen abgewetzten Jutebeutel über der linken Schulter, auf dem das verblichene Emblem eines Dritte-Welt-Ladens prangte, wie sie schon vor Jahrzehnten aus der Mode gekommen waren – als wolle sie Anders nicht nur vor Augen führen, wo er sich befand, sondern auch, wie absurd diese ganze Situation im Grunde war –, und einen länglichen Gegenstand in der rechten Hand, den Anders zu seiner maßlosen Überraschung als eines der Gewehre erkannte, wie sie auch die Männer seines Vaters benutzten. »Ich bin so weit«, sagte sie. Als sie seinen überraschten Blick bemerkte, fügte sie mit einem breiten Grinsen hinzu: »Das blöde Ding funktioniert nicht.«

»Und warum schleppst du dich dann damit ab?«

»Weil Tamar das nicht weiß«, antwortete Katt, und im gleichen Sekundenbruchteil flammte der Platz rings um sie herum in einem grellen, unerträglich weißen Licht auf.

Jedenfalls kam es Anders so vor. Noch während er geblendet die Hand über die Augen riss, wurde ihm klar, dass es nicht der ganze Platz war, sondern nur ein scharf umrissener, perfekter Kreis von vielleicht zehn oder zwölf Metern Durchmesser, in dessen direktem Zentrum sich Culain, Katt, Morgen und er befanden. Das Licht war so grell, dass ihm sofort die Tränen in die Augen schossen und die Welt jenseits dieses Kreises einfach ausgelöscht zu sein schien, und noch während er verzweifelt versuchte den stechenden Schmerz zu ignorieren, den die grausame Helligkeit wie glühende Nadeln in seine Augen trieb, und etwas zu *sehen*, hob ein lautloser Sturmwind an, der an seinen Haaren und Kleidern zerrte und binnen eines einzigen Augenblickes so stark wurde, dass er Mühe hatte, sich auf den Beinen zu halten.

Mit einem halb erstickten Aufschrei warf er den Kopf in den Nacken.

Aus den glühenden Nadeln, die sich in seine Augen bohrten, wurden Dolche. Das Licht blieb gleißend und absolut unerträglich und trotzdem erkannte er den riesigen schwarzen Schatten, der sich über diesem Licht schnell und vollkommen lautlos vom Himmel herabsenkte.

»Drachen!«, schrie er. »Weg hier!«

Natürlich war es zu spät. Rechts und links ihrer Position, an den beiden entgegengesetzten Enden des Platzes, flammten zwei weitere Suchscheinwerfer auf, die strahlend weiße Bahnen in die Nacht stanzten, und als hätten die Männer in den Helikoptern dort oben seine Worte gehört, dröhnte plötzlich die Stimme eines Gottes vom Himmel herab: *»Anders! Rühr dich nicht von der Stelle!«*

Anders dachte ja nicht daran. Culain und Morgen standen noch immer wie gelähmt da und hatten schützen die Hände über die Gesichter gehoben, und auch Katt starrte mit weit in den Nacken gelegtem Kopf in den Himmel hinauf. Ihre Pupillen hatten sich zu stecknadelspitzen, kleinen Punkten zusammengezogen und der Ausdruck auf ihrem Gesicht war pures Entsetzen, doch auch sie schien von dem grellen Licht regelrecht paralysiert zu sein. Anders nicht. Er war so erschrocken und wütend wie niemals zuvor im Leben, aber er war auch noch nie zuvor so entschlossen gewesen, um seine Freiheit und sein Leben zu kämpfen. Ohne den weiter herabsinkenden Helikopter auch nur noch eines Blickes zu würdigen, fuhr er herum, griff nach Katts Arm und zerrte sie einfach mit sich.

»Anders! Bleib stehen! Das hat doch keinen Zweck!«,

dröhnte die lautsprecherverstärkte Stimme Tamars vom Himmel herab.

Anders lief nur noch schneller, zog Katt einfach hinter sich her (er registrierte, dass sie den Jutesack abstreifte, das nutzlose Gewehr aber weiter fest umklammert hielt), und obwohl es in einer Situation wie dieser vollkommen absurd und er überdies sicher war, dass Tamar die Bedeutung der Geste ganz gewiss nicht kannte, stieß er im Laufen den linken Arm in die Höhe und reckte den Mittelfinger empor. Der Scheinwerferstrahl folgte ihnen unbarmherzig, und auch ein zweiter tastender Lichtfinger bewegte sich in ihre Richtung. Anders begann Haken zu schlagen, sah aber schon nach ein paar Sekunden ein, wie sinnlos das war; um seine kräftezehrende Bewegung auszugleichen, brauchte der Mann hinter dem Kontrollpult des Helikopters nur einen Finger zu bewegen – falls ihm diese Mühe nicht sogar von einem Computer abgenommen wurde. Halb blind, jetzt aber in vollkommen gerader Richtung und schneller werdend, rannte er auf das gegenüberliegende Ende des Platzes zu.

Die Vorstellung, den Suchscheinwerfer abschütteln zu können, war illusorisch, aber nun erwies es sich als Vorteil, dass er so lange Zeit bei Katts Sippe verbracht hatte. Auch wenn er sich dieses Umstandes selbst bis zu diesem Moment gar nicht bewusst gewesen war, hatte er sich seine Umgebung ganz genau eingeprägt. Noch zwei oder drei Dutzend Schritte und sie erreichten eine schmale Lücke zwischen den verfallenen Gebäuden, in der sie sowohl vor den Suchscheinwerfern als erst recht vor den Helikoptern in Sicherheit waren.

Tamar schien das wohl auch zu wissen, denn seine dröhnende Stimme wurde nicht nur noch lauter, sondern auch deutlich zorniger. »Das ist jetzt genug, Anders! Bleib auf der Stelle stehen oder wir eröffnen das Feuer!«

»Na, dann viel Spaß«, knurrte Anders. Tamar würde nicht auf ihn schießen. Selbst nach dem, was er von Morgen und Culain gehört hatte, war Anders immer noch nicht ganz klar, warum Tamar ihn so verzweifelt in seine Gewalt bringen wollte. Aber eines würde er ganz gewiss nicht tun: ihn töten.

Ein grellblauer Blitz zuckte vom Himmel und zerriss die Dunkelheit jenseits der Mauer aus weißem Licht, die ihnen unbarmherzig folgte. Anders sah rot glühenden Stein und geschmolzenes Metall davonspritzen und wich ganz instinktiv in die andere Richtung aus, doch praktisch sofort zuckte ein weiterer Blitz vom Himmel und zwang ihn erneut seine Richtung zu ändern. Anders fluchte lauthals. Tamar würde vielleicht nicht auf ihn schießen lassen, aber eines hatte er bereits beinahe geschafft: Anders war nahe daran, die Orientierung zu verlieren.

Ein dritter fahlblauer Blitz zerriss die Schwärze vor ihnen und explodierte diesmal so nah im Boden, dass Anders das Gefühl hatte, von einer unsichtbaren, glühenden Hand getroffen zu werden, und instinktiv den Arm vors Gesicht riss um sich zu schützen. Die Männer schossen nicht aus ihren Gewehren, sondern aus den viel stärkeren Bordwaffen der Helikopter. Noch ein winziges bisschen näher und sie brauchten ihn nicht zu treffen, um ihn umzubringen.

Und das, wurde ihm plötzlich klar, war ihr entscheidender Fehler.

Katt schrie entsetzt auf, als Anders weiterrannte und genau auf die Stelle zuhielt, an der der Boden immer noch dunkelrot glühte, wo ihn der fast lichtschnelle Geschosshagel aus angereichertem Uran getroffen hatte. »Anders!«, kreischte sie. »Bist du verrückt?! Sie bringen uns um!«

»Ganz bestimmt nicht!«, schrie Anders zurück und lief nur noch schneller.

Diesmal waren es gleich zwei grellblaue Blitze, die vom Himmel zuckten und mit einer Gewalt in den Boden einschlugen, als hätte Thor seinen Hammer geschwungen. Anders konnte spüren, wie der gesamte Platz unter seinen Füßen bebte. Irgendwo, in dem unsichtbaren Bereich der Welt, brach etwas mit einem lang anhaltenden Krachen und Getöse zusammen, und durch das lauter werdende Surren der Rotoren und das dumpfe Hämmern seines Pulsschlages in seinen Ohren glaubte er jetzt auch Schreie und das Geräusch rennender Schritte zu hören, doch nichts davon ließ ihn langsamer werden. Er versuchte ganz im Gegenteil nur noch schneller zu rennen. Wenn ihn seine Erinnerung nicht täuschte, so lag die Gasse allerhöchstens noch ein Dutzend Schritte vor ihm; zwei oder drei Sekunden bei dem Tempo, das er draufhatte.

Seine Erinnerung täuschte ihn nicht. Aber sie erreichten die rettende Lücke trotzdem nie.

Absurderweise musste Anders genau in diesem Moment an etwas denken, was Jannik ihm vor langer, langer Zeit und in einem anderen Leben einmal gesagt hatte, als sie miteinander trainierten und er ihn – wieder einmal – mit einer Finte zu Boden geschickt hatte, die vollkommen überraschend kam. *Unterschätze deinen Gegner nie. Alles, was dir einfällt, fällt ihm auch ein.*

Seine Verfolger hatten begriffen, was er vorhatte. Der Scheinwerferkegel folgte Katt und ihm unbarmherzig wie ein Bluthund, den nichts dazu bringen konnte, von der einmal aufgenommenen Witterung der Beute abzuweichen, doch der zweite Scheinwerferstrahl, der gerade dazu angesetzt hatte, sich mit dem ersten zu vereinigen, schwenkte plötzlich zur Seite und tastete über die verfallene Gebäudefront auf der anderen Seite des Platzes. Nur den Bruchteil einer Sekunde, nachdem er die schmale Gasse erreicht hatte und daran hängen geblieben war, hämmerte fast ein halbes Dutzend grellblauer Blitze in die brandgeschwärzten Fassaden rechts und links davon. Anders blieb mit einem enttäuschten Aufschrei stehen, als die beiden ohnehin baufälligen Häuser in einer Wolke aus brodelnden Flammen und grauem und schwarzem Staub zusammenbrachen, aus der glühende Feuerzungen und brennende Trümmerstücke in alle Richtungen spritzten.

»Gib doch endlich auf, Junge!«, schrie Tamar. »Du hast keine Chance. Willst du es noch schlimmer machen?«

Was soll denn noch schlimmer kommen?!, dachte Anders. Er sah hastig nach oben. Der Helikopter war noch vier oder fünf Meter über ihm, und auch die beiden anderen Maschinen hatten sich genähert und umkreisten Katt und ihn und den dritten Helikopter wie zwei unsichtbare Raubvögel, die sich ihrer Beute schon sicher, aber noch nicht ganz schlüssig waren, wie sie sie am besten packen konnten. Vielleicht hatte Tamar ja Recht. Seine Lage war aussichtslos. Weglaufen hatte keinen Sinn mehr.

Aber Anders wäre nicht Anders gewesen, hätte ihn diese Erkenntnis auch nur im Geringsten beeindruckt.

Er fuhr herum und riss Katt abermals mit brutaler Kraft einfach mit sich und stürmte in die Richtung zurück, aus der sie gekommen waren. Der Platz war nicht sehr groß. Die Männer in den Helikoptern würden es nicht wagen, wirklich auf ihn zu schießen oder auch nur auf irgendetwas, das nahe genug war, um ihn in echte Gefahr zu bringen, und so furchtbar und so schnell diese riesigen Kampfmaschinen auch sein mochten – sie waren nicht so wendig wie ein hakenschlagender Junge und ein Katzenmädchen. Noch zwei- oder dreimal zuckten blaue Blitze vom Himmel und explodierten harmlos vor ihnen, doch als Anders schließlich herumschwenkte und ganz genau auf einen der niederpeitschenden Blitze zuhielt, stellten die Männer das Feuer ein. Mittlerweile hatte er vollkommen die Orientierung verloren. Jenseits der Mauer aus Licht, die ihnen folgte, herrschte immer noch vollkommene Dunkelheit, und selbst wenn es nicht so gewesen wäre, hätte das blaue Lichtgewitter vom Himmel seine Augen zusätzlich geblendet. Aber er musste nur irgendein Haus finden. Irgendeine Tür, irgendein Fenster. Die Drachen konnten kaum den gesamten Platz rund um ihn herum in Schutt und Asche schießen und sie würden es nicht wagen, auf ein Gebäude zu feuern, in dem er sich befand.

Sie taten etwas anderes.

16

»Also gut«, dröhnte Tamars Stimme vom Himmel, die noch immer elektronisch verstärkt zum Gebrüll eines wütenden Gottes wurde. »Du hast es nicht anders gewollt! Sieh nach links!«

Anders rannte zwar in unverändertem Tempo weiter, tat Tamar aber den Gefallen, im Laufen den Kopf zu drehen – und was er sah, das ließ ihm den Atem stocken.

Ein weiterer Blitz zuckte vom Himmel. Aber diesmal traf er nicht den Boden oder zertrümmerte die Fassade eines Hauses. Im gnadenlosen Weiß eines zweiten Scheinwerferkegels, der dem blauen Lichtblitz im Bruchteil einer Sekunde folgte, sah Anders, wie er mitten in eine Gruppe von Tiermenschen einschlug, die sich vor dem Inferno in den Schutz eines offen stehenden Eingangs geflüchtet hatten. Der Anblick war zu schrecklich um ihn zu ertragen. Anders schloss mit einem Stöhnen die Augen, aber er war nicht schnell genug um nicht zu sehen, dass die grelle Explosion mindestens zwei oder drei von ihnen verschlang; und eine noch weitaus größere Anzahl verletzte. Aus den Schreckens- und Wutschreien, die bisher über den Platz gehallt hatten, wurden Todes- und Schmerzensschreie.

»Es ist ganz allein deine Entscheidung!«, rief Tamar. »Wir können so weitermachen, bis uns die Ziele ausgehen, oder du bleibst stehen!«

Anders rannte noch zwei oder drei Schritte weiter, aber das war nur der Schwung seiner eigenen Bewegung, der ihn vorwärts trug. Schließlich blieb er stehen. Tränen füllten seine Augen, als er den Kopf hob und die Unterseite des riesigen Kampfhubschraubers anstarrte, der mittlerweile nur noch zwei Meter über ihnen schwebte, aber diesmal war nicht allein das grelle Licht des Suchscheinwerfers dafür verantwortlich. Es war vorbei.

»Lauf weg!«, zischte Katt. »Du hast Recht – sie werden dir nichts tun! Lauf!«

»Das kann ich nicht«, protestierte Anders. »Es tut mir Leid.«

»Aber so lauf doch!« Katt schrie jetzt. In ihrer Stimme vibrierte Panik. »Sie werden dir nichts tun! Und uns bringen sie sowieso um!«

»Ja vielleicht«, murmelte Anders. »Doch dann ist es wenigstens nicht …« Er sprach nicht weiter. Er hatte sagen wollen: *Nicht meine Schuld* – aber das stimmte nicht. Es *war* seine Schuld. Alles war seine Schuld, was seit dem Moment seiner Ankunft hier geschehen war. Ganz einfach weil er hier war.

»Es tut mir Leid«, sagte er nur noch einmal. Er ließ Katts Hand los und drehte sich ganz zu ihr um, als der Helikopter ein Stück zur Seite glitt und keine fünf Meter neben ihnen aufsetzte. Der Sturmwind der Rotoren wurde so stark, dass sie sich aneinander festhalten mussten, um nicht von den Füßen gerissen zu werden.

»Anders, bitte!«, flehte Katt. »Lauf doch weg. Ich … ich will nicht … dass …«

»Schon gut«, unterbrach sie Anders. Er bemerkte aus den Augenwinkeln, wie die Seitentür des Helikopters aufgestoßen wurde und zwei, drei Männer in schwarzen Anzügen und mit dunklen Spiegeln anstelle von Gesichtern heraussprangen, dann eine vierte, ganz in strahlendes Weiß gekleidete Gestalt, deren Stirn ein roter Edelstein zierte. Es spielte kein Rolle mehr. Ohne auf Tamar und die näher kommenden Männer zu achten, schloss er Katt in die Arme und drückte sie so fest an sich, wie er nur konnte.

»Es hat keine Sinn mehr«, flüsterte er. »Wahrscheinlich hat es das nie gehabt. Es tut mir Leid, dass ich euch das alles angetan habe.«

»Was für eine herzzerreißende Szene!«, sagte eine Stimme hinter ihnen.

Katt riss sich los und trat erschrocken einen Schritt zurück und zur Seite, und auch Anders fuhr herum und funkelte den Elder hasserfüllt an. Er sagte nichts.

»Eines muss man dir lassen, Junge«, sagte Tamar. »Langweilig wird es mit dir nie.« Sein falsches Lächeln erlosch wie abgeschaltet und er machte eine befehlende Geste. »Komm her!«

Anders dachte nicht daran. Ganz im Gegenteil trat er einen Schritt zur Seite und nahm demonstrativ schützend vor Katt Aufstellung. »Nur wenn du mir versprichst, dass ihr nichts geschieht.«

»Und wenn ich das nicht tue?«, erkundigte sich Tamar. Einer der Soldaten war neben ihm stehen geblieben und zielte – absolut lächerlich – mit seiner Waffe auf Anders, die beiden anderen entfernten sich in die entgegengesetzte Richtung, zweifellos um sie in die Zange zu nehmen und zu überwältigen, sollten sie doch noch einmal einen Fluchtversuch unternehmen. Anders' Gedanken jagten sich. Er wusste, dass er verloren hatte. Endgültig und umfassend und ohne die geringste Chance, aber etwas in ihm weigerte sich immer noch, das zu begreifen. Er *wollte* es einfach nicht. Er wollte irgendetwas sagen, und sei es nur eine kindisch-alberne Bemerkung, um den Elder zu provozieren, doch in diesem Moment trat Katt neben ihm hervor – und richtete das erbeutete Gewehr auf den Elder.

»Dann wirst du gleich erleben, wie sich meine Leute gefühlt haben«, sagte sie kalt.

Tamar hatte sich nicht gut genug in der Gewalt, ein rasches erschrockenes Zusammenzucken zu unterdrücken; und der Mann neben ihm noch viel weniger. Sein Gewehr ruckte herum und richtete sich nun genau auf Katt, aber Anders wusste, dass er nicht abdrücken würde. Katt stand viel zu dicht bei ihm.

»Was soll der Unsinn?« Tamar hatte seine Selbstbeherrschung wiedergefunden und zwang ein abfälliges Lächeln auf seine Lippen. »Wollt ihr es auf einen Kampf mit uns ankommen lassen?«

»Warum eigentlich nicht?«, fragte Anders. »Obwohl es

ziemlich unfair wäre, nicht wahr? Ich meine: Was ist das für ein Kampf, bei dem die eine Seite ihre Waffen nicht einsetzen darf?« Er hörte Schritte hinter sich, ganz leise, aber doch deutlich genug um ihm zu sagen, dass sich die beiden anderen Männer wieder näherten und nicht mehr sehr weit weg waren. »Bleibt lieber stehen«, fuhr er mit erhobener Stimme fort. »Ihr wollt doch nicht, dass ein Unglück passiert, oder? Ich möchte jedenfalls nicht in eurer Haut stecken, wenn ihr das meinem Vater erklärt.«

Zorn blitzte in Tamars dunklen Augen auf, aber die Schritte brachen ab. Anders' Herz hämmerte. Ihm war klar, dass er mit diesem Bluff nicht mehr lange durchkommen würde – doch vielleicht brauchte er das ja auch gar nicht.

»Sie da!« Er deutete mit dem ausgestreckten Arm auf den Mann neben Tamar. »Sie wissen, wer ich bin?«

Der Mann zögerte ein paar Sekunden, doch dann nickte er. Das Gewehr in seiner Hand, das immer noch auf Katt deutete, begann zu zittern. Anders war nicht ganz sicher, aber er glaubte zu sehen, dass sich der Lauf um einen Zentimeter gesenkt hatte.

»Und Sie helfen diesem Kerl trotzdem, mich zu jagen?«, fuhr er kopfschüttelnd fort. »Das ist nicht besonders klug, oder?«

Natürlich bekam er keine Antwort, aber er hatte auch keine haben wollen. Er redete nur, um Zeit zu gewinnen. Er brauchte einen Plan. Irgendeine Idee, um von hier fortzukommen. Seine Gedanken drehten sich jedoch nur wie wild im Kreis. Auf einer tieferen Ebene seines Bewusstseins, die ihm leider im Moment nicht im Geringsten half, begriff er, dass er in Panik war.

Andererseits hatte er auch jeden Grund dazu.

Tamar fuhr sich nervös mit der Hand über die Schläfe. Der Rubin an seinem silbernen Stirnreif blitzte auf wie ein drittes, glühendes Auge, als er eine fahrige Kopfbewegung machte. »Und wie soll es jetzt weitergehen?«, fragte er. »Du weißt, dass ich dich nicht gehen lassen kann.«

»Ich denke schon«, antwortete Anders. »Oder willst du wirklich Oberons Sohn töten?« Nicht dass ihm seine Worte in diesem Moment nicht selbst lächerlich vorgekommen wären. Oberons Sohn? Gewiss nicht. Er war der Sohn seines Vaters, aber sein Vater war kein Gott, kein Elder, sondern nur ein gewissenloser Verbrecher, der all das hier in Kauf genommen hatte, weil es seinen eigenen Plänen diente. Weil er möglicherweise *Geld* daran verdiente.

Tamar zumindest schienen die Worte zu beeindrucken, denn er wirkte nun doch verunsichert. Einen Moment lang schien er in sich hineinzulauschen, dann machte sich ein Ausdruck grimmiger Resignation auf seinem Gesicht breit. Als er nickte, war die Bewegung nicht nur abgehackt und kaum sichtbar, es sah auch aus, als würde ihn eine unsichtbare Hand gegen seinen Willen dazu zwingen. »Du machst es nur schlimmer, Junge.« Er machte eine Kopfbewegung auf Katt. »Du kannst gehen. Aber dann werden wir jede Stunde einen von ihren Leuten hinrichten. Willst du das?«

»Das glaube ich kaum«, antwortete Anders. »Wir werden nicht gehen.« Er wies auf den Helikopter. »Wir werden fliegen.«

Obwohl seine Augen immer noch tränten und er Mühe hatte, richtig zu sehen, konnte er erkennen, wie jedes bisschen Farbe aus Tamars Gesicht wich. Auch der Mann neben ihm fuhr heftig zusammen. Der Gewehrlauf in seiner Hand senkte sich um weitere Zentimeter.

»Gehen Sie zur Seite!«, befahl Anders, nun direkt an den Mann in dem schwarzen Schutzanzug gewandt. »Wir haben nichts mehr zu verlieren. Und passen Sie auf, dass dieses Spitzohr keine Dummheiten macht. Wenn Sie irgendetwas versuchen, wird Katt schießen, das schwöre ich. Und wenn der Hubschrauber explodiert, dann bleibt von uns allen nicht viel übrig.«

Katt unterstrich seine Worte mit einem drohenden Wedeln des Gewehrs und Anders setzte sich mit klopfendem Herzen in Bewegung. Er versuchte, gleichzeitig Tamar und den Mann neben ihm im Auge zu behalten und auf die Schritte hinter sich zu lauschen. Sie waren wieder zu hören, wurden jedoch nicht lauter. Die Männer folgten ihm offensichtlich in gleichbleibendem Abstand und wagten es nicht, zu nahe zu kommen. Eine ebenso wilde wie absurde Hoffnung begann sich in Anders breit zu machen. Konnte es sein, dass er mit diesem wahnsinnigen Bluff durchkam? Die ganz klare Antwort darauf war *nein*, und dennoch machte er einen zweiten und dann einen dritten Schritt und nichts geschah, außer dass der Ausdruck von Wut und Unsicherheit auf Tamars Zügen so sehr zunahm, dass sein Gesicht zu einer Grimasse wurde. Als sie die Hälfte der Entfernung zum Helikopter überwunden hatten, hob der Mann neben Tamar die linke Hand an den Helm und legte den Kopf auf die Seite, als würde er lauschen. Dann sagte er: »Die Waffe ist nicht funktionsfähig.«

Katt schrie auf, als hätte man ihr einen glühenden Dolch zwischen die Schulterblätter gestoßen, riss das Gewehr in die Höhe und versuchte damit nach Tamar zu schlagen, und Anders fuhr auf dem Absatz herum und stürmte davon – direkt in die Arme des Mannes hinein, der sich ihm unbemerkt von hinten genähert hatte.

Diesmal war es wirklich zu Ende. Anders trat und schlug und stieß mit aller Gewalt um sich, aber gegen den viel stärkeren und gut trainierten Angreifer hatte er nicht die geringste Chance. Anders versuchte den Ellbogen in die verspiegelte Scheibe seines Helms zu rammen, doch der Mann duckte sich einfach weg, packte sein Handgelenk und drehte ihm den Arm mit einem so harten Ruck auf den Rücken, dass Anders vor Schmerz aufschrie und in die Knie brach. Nur einen Moment später wurde er hochgehoben und zu Tamar zurückgetragen, obwohl er weiter wie von Sinnen schrie und mit den Beinen strampelte, ohne mehr als leere Luft zu treffen. Erst jetzt sah er, dass auch Katt auf dem Boden lag. Sie schien nicht verletzt zu sein, aber der Mann, der sie niedergerungen hatte, kniete auf ihren Unterarmen und fügte ihr auf diese Weise vermutlich nicht nur große Schmerzen zu, sondern blockierte auch zuverlässig ihre Hände. Ganz offensichtlich wusste er um die gefährlichen Krallen, die sie wie Skalpellklingen aus den Fingerspitzen ausfahren konnte, und auch, was sie seinem Anzug anzutun vermochten.

Tamars Gesicht war noch immer unnatürlich bleich, was ganz eindeutig nicht nur an dem grellen Licht lag, das sie nach wie vor aus zwei verschiedenen Richtungen überflutete. Er fuhr sich nervös mit der Zungenspitze über die Lippen, setzte dazu an, etwas zu sagen, und legte dann leicht den Kopf auf die Seite. Für einen kurzen Moment wurde sein Blick leer, als lausche er auf eine unhörbare Stimme, die mit ihm sprach, dann nickte er und wandte sich mit einer entsprechenden Geste an den Soldaten, der Katt niederhielt.

»Lass sie los.«

Der Mann zögerte. Katt wirkte unter ihm wie ein hilfloses Kind im Griff eines Riesen, aber dieses hilflose Kind hatte im Moment Messerklingen anstelle von Fingern und es schrie vor Enttäuschung und Wut, versuchte mit aller Kraft, sich aus seinem Griff zu winden.

»Lass sie los«, wiederholte Tamar. An Katt gewandt fügte er hinzu: »Wenn du mir dein Wort gibst, vernünftig zu sein. Eine einzige falsche Bewegung und er tötet dich.«

Katts Reaktion fiel ganz genauso aus, wie Anders erwartet hatte: Sie bäumte sich nur noch heftiger gegen einen Griff auf, den sie nicht sprengen konnte, und versuchte ihre Hände loszureißen. Zugleich strampelte sie heftig mit den Beinen, und Anders sah erst jetzt, dass auch aus ihren verbliebenen acht, von Morgen und Valeria vor der drohenden Amputation geretteten Zehen kurze, aber rasierklingenscharfe Krallen geglitten waren.

»Hör auf, Katt«, sagte er leise. »Es hat keine Sinn mehr.«

Im allerersten Moment schien sich Katts Toben eher noch zu steigern, dann aber konnte er regelrecht sehen, wie alle

Kraft aus ihrem Körper wich. Sie erschlaffte und aus ihrem wütenden Fauchen und Schreien wurde ein leises qualvolles Schluchzen. Der Mann, der auf ihr kniete, blieb noch einige Sekunden angespannt und in unveränderter Haltung sitzen, dann richtete er sich auf und trat mit zwei sehr schnellen Schritten zurück, um aus ihrer Reichweite zu gelangen. Katt machte jedoch keine Anstalten, aufzuspringen und ihren sinnlosen Angriff fortzusetzen, sondern drehte sich auf die Seite, zog die Knie an den Leib und schluchzte noch lauter. Rasende Wut stieg bei diesem Anblick in Anders auf. Wut auf Oberons Krieger, der ihr so wehgetan hatte, viel mehr aber noch auf den Mann, der für all das hier verantwortlich war: seinen Vater.

»Also gut«, sagte Tamar. Er klang erschöpft. »Bist du jetzt so weit, Vernunft anzunehmen?«

Anders starrte ihn nur an. Die starken, in ihrer Schutzhülle seltsam künstlich wirkenden Arme des Mannes umschlangen ihn noch immer, obwohl er seine Gegenwehr längst eingestellt hatte. Hätte er ihn in diesem Moment losgelassen, er hätte vielleicht nicht einmal mehr die Kraft gehabt, zu Katt hinüberzugehen und sie zu trösten.

»Können wir uns jetzt vernünftig unterhalten?«, fragte Tamar.

Anders starrte ihn weiter wortlos und voller Hass und einem Gefühl fast körperlich schmerzender Hilflosigkeit an.

»Ich bin dir nicht böse, Junge«, sagte Tamar. »Du hast nichts anderes getan als das, was ich an deiner Stelle auch versucht hätte. Aber weißt du, einen Kampf aufzugeben, den man nicht gewinnen kann, ist keine Schande.«

Anders schwieg weiter. Tamar wartete etliche Sekunden vergeblich auf eine Antwort, setzte dazu an, etwas zu sagen, und legte dann wieder auf dieselbe sonderbare Art den Kopf auf die Seite, als lausche er. Statt seinen sinnlosen Monolog fortzusetzen, gab er dem Mann hinter Anders plötzlich einen Wink, woraufhin dieser ihn losließ und rasch einen Schritt zurücktrat. Ein dritter Schatten erschien auf der anderen Seite in Anders' Augenwinkel und machte jeden Gedanken an einen weiteren Fluchtversuch auf der Stelle zunichte.

Anders streifte seine Erstarrung endlich ab, ging zu Katt hin und ließ sich neben ihr auf die Knie sinken. Er wollte die Hand nach ihr ausstrecken, aber sie zuckte nur zusammen und schlug sogar nach ihm, sodass er die Hand hastig wieder zurückzog. Der Anblick schnürte ihm die Kehle zu. Es hatte nichts mit ihm zu tun. Die Tränen, die in Strömen über Katts Gesicht liefen, kamen auch nicht von dem Schmerz, den ihr der Mann in dem schwarzen ABC-Anzug zweifellos zugefügt hatte. Vielleicht hatte es dessen bedurft, was Morgen und Culain ihm gerade erzählt hatten, um ihn die ganze Tragweite der Niederlage begreifen zu lassen, die nicht nur er, sondern auch und vielleicht sogar noch viel mehr Katt in diesem Moment erlitt. Für sie beide war die Welt zusammengebrochen. Aber für Katt bedeutete das eine ungleich größere Katastrophe als für ihn. Morgen, Culain – und auch Tamar! – waren nicht die Einzigen, die all ihre Hoffnung in ihn gesetzt zu haben schienen.

»Hilf ihr auf!«, befahl Tamar. »Wir haben nicht alle Zeit der Welt.«

Anders warf ihm einen wütenden Blick zu, schluckte die noch wütendere Antwort hinunter, die ihm auf der Zunge lag, und streckte ein zweites Mal vorsichtig die Hand aus, um Katt an der Schulter zu berühren. Diesmal ließ sie es geschehen, aber sie machte keine Anstalten, aufzustehen, sodass er sie schließlich mit sanfter Gewalt in die Höhe zog. »Hat er dir wehgetan?«, fragte er, eigentlich nur um überhaupt etwas zu sagen.

Katt schüttelte trotzig den Kopf und strich sich mit dem Handrücken die Tränen aus dem Gesicht.

»Keine Angst«, sagte Anders. »Es wird alles gut.« Er kam sich selbst lächerlich bei diesen Worten vor.

Tamar machte eine befehlende Geste und die beiden Soldaten hinter Anders traten wieder näher heran, um Katt und ihn in die Mitte zu nehmen, während sich der dritte Mann nach dem Gewehr bückte, das Katt fallen gelassen hatte. Obwohl er selbst es gewesen war, der Tamar darüber informiert hatte, dass die Waffe nicht funktionierte (Anders vermutete, einer der beiden Männer in der Pilotenkanzel hatte nur einen flüchtigen Blick auf eines seiner zahlreichen Messinstrumente werfen müssen, um dies zu erkennen, und er verfluchte sich selbst in Gedanken dafür, nicht sofort auf diese Idee gekommen zu sein), behandelte er das Gewehr mit großem Respekt.

So behutsam, als trüge er eine schlafende Giftschlange, die bei der kleinsten unbedachten Bewegung hochschrecken und ihre Zähne durch seinen Anzug schlagen könnte, trug er sie zum Helikopter zurück und klemmte sie mit sichtlichem Kraftaufwand so zwischen die Sitze, dass sie nicht umfallen konnte. Vielleicht, überlegte Anders, war diese Waffe doch nicht so harmlos, wie er getan hatte. Möglicherweise war er ja nicht der Einzige hier, der wusste, was das Wort *Bluff* bedeutete.

»Kommt!«, befahl Tamar.

Anders legte Katt den Arm um die Schulter und machte automatisch einen Schritt auf die offen stehende Tür des Hubschraubers zu, doch Tamar schüttelte nur knapp den Kopf und deutete nach links. Er ging los, ohne sich auch nur davon zu überzeugen, dass sie ihm folgten.

Sie hatten allerdings auch keine andere Wahl. Ihre drei Bewacher schlossen zu ihnen auf, und auch wenn Anders wusste, dass die Männer nichts tun würden, ihn zu gefährden oder auch nur ernsthaft zu verletzen – sie hatten vor ein paar Sekunden erst bewiesen, dass sie keinerlei Skrupel hatten, ihm wehzutun. Und wenn schon nicht ihm, dann Katt. Widerstand wäre in diesem Moment nicht nur sinnlos gewesen, sondern gefährlich und dumm. Auch wenn Anders das Gefühl hatte, so endgültig und unwiderruflich verloren zu haben wie noch niemals zuvor in seinem Leben, so war er doch tief in sich immer noch nicht bereit aufzugeben. Tamar hatte völlig Recht: sich auf einen Kampf einzulassen, den man nicht gewinnen konnte, war nicht besonders klug. Aber die Umstände konnten sich ändern. Ganz gleich was die Elder oder sein Vater auch mit ihm vorhatten – die Zeit spielte für ihn.

Sie gingen in die Richtung zurück, in der ihre verzweifelte Flucht begonnen hatte. Hinter ihnen wurde das Heulen der Rotoren wieder lauter, als die Maschine abhob und ihnen, einen halben Meter über dem Boden schwebend, im Schritttempo folgte, und auch die beiden anderen Helikopter kamen näher und setzten schließlich in zwanzig oder fünfundzwanzig Metern Entfernung auf. Aus dem Geräusch der Turbinen wurde ein kaum noch hörbares Singen und Flüstern, aber die Rotorblätter drehten sich weiter.

Culain, Morgen und eine Hand voll ihrer Elder-Krieger erwarteten sie fast genau an derselben Stelle, an der sie zurückgeblieben waren. Im allerersten Moment war Anders verblüfft, dass sie die Gelegenheit nicht genutzt hatten, um sich in Sicherheit zu bringen, aber dann sah er die hoch gewachsenen, ganz in Schwarz gekleideten Gestalten, die am Rande des erleuchteten Bereiches standen und mit ihren Waffen auf die Elder zielten. Er zählte auf Anhieb mindestens ein halbes Dutzend, und wahrscheinlich verbargen sich weitere in den Schatten. Wenn er die Stärke der Eingreiftruppe seines Vaters richtig eingeschätzt hatte, dann musste Tamar mit so ziemlich allem angerückt sein, was ihm im Augenblick zur freien Verfügung stand.

Der Gedanke versetzte ihm einen neuerlichen tiefen Stich. Drei Kampfhubschrauber, von denen jeder für sich in der Lage war, eine Kleinstadt in Schutt und Asche zu legen, und zwanzig oder dreißig bis an die Zähne bewaffnete Männer waren trotz allem ein bisschen viel, um Jagd auf einen einzelnen unbewaffneten Flüchtigen zu machen. Tamar hatte die Privatarmee seines Vaters nicht nur seinetwegen mitgebracht.

Als sie auf drei Schritte heran waren, geschah etwas, womit offensichtlich niemand gerechnet hatte: Katt streifte plötzlich seinen Arm ab und rannte auf Morgen zu. Einer der Männer hinter Anders machte eine erschrockene Bewegung, erkannte dann aber gottlob, dass sie nicht zu fliehen versuchte, und senkte seine Waffe wieder, und Katt erreichte die Elder, schloss sie für einen Moment in die Arme und drängte sich so fest an sie, wie sie nur konnte. Ihre Berührung war so ungestüm, dass Morgen einen halben Schritt nach hinten machen musste, um das Gleichgewicht zu halten. Ein Ausdruck vollkommener Überraschung erschien auf ihrem Gesicht, und auch Culain wirkte für einen Moment perplex. Dann, nach einem Augenblick, löste sich Katt wieder von der zwei Köpfe größeren Elder-Frau und trat mit deutlichen Anzeichen von Verlegenheit ein Stück zurück.

»Verzeiht«, murmelte sie. »Ich wollte nicht …«

»Schon gut«, unterbrach sie Morgen. Sie wirkte immer noch verwirrt, aber zugleich erschien in ihren Augen auch ein Ausdruck von Wärme und Glück, den Anders noch niemals zuvor darin gesehen hatte. Wenn er es recht bedachte, dann hatte er Morgen eigentlich nie anders als traurig und allenfalls leicht melancholisch erlebt.

»Also doch.«

Morgen drehte mit einem Ruck den Kopf und starrte Tamar an, und auch Anders drehte sich mit einem neuerlichen unguten Gefühl herum, als ihm der sonderbare Unterton in der Stimme des Elder auffiel. Tamar stand kaum mehr als zwei Schritte neben ihm, aber er schien ihn in diesem Moment vollkommen vergessen zu haben. Sein Blick irrte beständig zwischen Katt und Morgen hin und her, und auf seinem Gesicht begann sich ein Ausdruck von so bösem, höhnischem Triumph auszubreiten, dass Anders ein kalter Schauer über den Rücken lief.

»Ich habe es die ganze Zeit vermutet. Aber nun weiß ich es. Ich muss blind gewesen sein, es nicht sofort zu sehen.« Er hob die Hand, berührte flüchtig den silbernen Reif an seiner Stirn und streckte gleichzeitig den anderen Arm aus. »Oberons Auge, Morgen. Gebt es mir.«

Tatsächlich machte Morgen eine ganz automatische Bewegung, um den Stirnreif abzustreifen und ihn Tamar auszuhändigen, aber Culain drückte ihren Arm mit einer fast groben Bewegung herunter.

»Was fällt Euch ein, Tamar?«, fragte er kalt. »Morgen ist ein Mitglied des Hohen Rates. Ihr habt nicht die Macht, ihr dieses Amt nach Belieben wieder zu nehmen.«

»Oh, ich glaube, ich habe sie doch«, antwortete Tamar verächtlich. »Was ich hier sehe, gibt mir jedes Recht, das ich brauche.«

Culain legte demonstrativ die Hand auf den Schwertgriff. »Ach, ist das so?«, fragte er lauernd. »Was glaubt Ihr denn zu sehen?«

Der Elder blickte nachdenklich einen Moment lang auf Culains Rechte, die sich so fest um den Schwertgriff geschlossen hatte, dass alles Blut aus seinen Fingern wich und seine Haut noch bleicher wirkte. Langsam und eindeutig nicht, um die Waffe zu benutzen, zog er einen Dolch mit einer handlangen, beidseitig geschliffenen Klinge aus dem Gürtel und begann damit zu spielen, während er antwortete: »Ich sehe eine Gruppe abtrünniger Elder, die sich entschlossen hat, Tiernan zu verlassen und gemeinsame Sache mit unseren Feinden zu machen. Und ich sehe ein Mitglied des Hohen Rates, das ganz offensichtlich zu denen übergelaufen ist, die Tiernan und allen Elder in diesem Tal den Tod geschworen haben.« Er hob – in einer perfekt in Szene gesetzten Bewegung – mit einem Ruck den Kopf und starrte Morgen an. Seine Stimme wurde leiser, zugleich auch irgendwie offizieller. »Ihr seid kein Mitglied des Hohen Rates mehr, Morgen. Ich bezichtige Euch des Hochverrats und der Verschwörung gegen Tiernan. Händigt mir Oberons Auge aus. Sobald wir wieder in Tiernan sind, werden wir über Euch und Eure Mitverschwörer zu Gericht sitzen.«

»Ihr seid ja wahnsinnig«, sagte Culain. Seine Hand lag immer noch auf dem Schwert, doch mit der anderen machte er eine Geste in die Runde. »Wir sind hierher gekommen, um Anders zu suchen, aus keinem anderen Grund. Es sind genug Männer bei uns, die das bezeugen werden. Und die im Übrigen auch bezeugen werden, dass wir ihn vor Euch gefunden haben, ohne unnötiges Blut zu vergießen und unser Volk zu entehren.«

Tamar spielte weiter mit dem Dolch. »Unnötiges Blut zu vergießen«, wiederholte er. »Von welchem Blut sprecht Ihr, Culain? Vom Blut unserer Brüder und Schwestern, das vergossen wurde, als die Wilden Tiernan angegriffen haben? Oder von dem dieser … *Tiere* hier?« Er lachte hässlich. »Aber ja, ich vergaß ja ganz, dass Ihr eine besondere Beziehung zu ihnen habt, nicht wahr? Wo ihre Anführerin doch Eure *Tochter* ist.«

Morgen sog scharf die Luft ein und auch Katt fuhr sichtlich zusammen. In ihren Augen flackerte etwas, das Anders nicht gefiel. Er trat mit einem schnellen Schritt neben sie und wollte den Arm um ihre Schulter legen, aber sie streifte ihn ab und trat demonstrativ an die Seite ihrer Mutter.

»Damit kommt Ihr nicht durch«, sagte Culain.

»Oh, ich denke schon«, erwiderte Tamar. »Vor allem wenn ich den Beweis gleich mitbringe!« Und damit trat er mit einem schnellen Schritt auf Katt zu, packte sie grob an der Schulter und versuchte sie von der Elder wegzuzerren.

Anders hätte hinterher nicht mehr sagen können, wer die Katastrophe auslöste. Vielleicht war es Katt, die sich instinktiv zur Wehr setzte und nach dem Elder schlug, sodass ihre Krallen vier dünne, heftig blutende Schnittwunden auf dem nackten Unterarm Tamars hinterließen; vielleicht war es Culain, der sein Schwert zwar immer noch nicht zog, sich aber mit einem wütenden Aufschrei zwischen Tamar und Morgen warf; vielleicht war es Morgen selbst, die ihrerseits versuchte, Katt bei den Schultern zu ergreifen und zurückzuziehen – für eine halbe Sekunde war alles reine Bewegung und Chaos, in dem es einfach zu einem Unglück kommen *musste.* Tamar stolperte mit einem Wutschrei zurück und presste die Hand auf die blutenden Schnitte an seinem Unterarm, aber auch Katt verlor, durch ihre eigene Bewegung und von Morgen zurückgerissen, die Balance und machte eine heftig rudernde Bewegung mit beiden Armen, ohne ihr Gleichgewicht zurückzugewinnen. Sie fiel, stützte sich instinktiv mit der rechten Hand ab – und ihre Finger schlossen sich in der gleichen Bewegung um den Griff des Dolches, der Tamar entglitten war.

»*Fallen lassen!*«, schrie der Mann neben Tamar. Sein Gewehr flog hoch und zielte direkt auf Katts Gesicht. Katt sah eher verwirrt als erschrocken hoch und stand auf die für sie so typische geschmeidige Art auf. Ihre Hand schloss sich fester um den Dolch, wahrscheinlich, ohne es selbst auch nur zu bemerken, und ihr letzter und vielleicht schlimmster Fehler war, dass sie dabei Tamar ansah, nicht den Mann mit dem Gewehr.

Er schoss. Ein gleißend blauer Lichtblitz löste sich aus der Mündung seiner Waffe, aber er traf nicht Katt, sondern Morgen, die sich mit einem gellenden Schrei herum- und zwischen den Schützen und sein Ziel geworfen hatte. Die Elder wurde herumgerissen und meterweit durch die Luft geschleudert, und das Gebäude hinter Anders erbebte wie unter einem Hammerschlag, als eine gewaltige Explosion einen Gutteil seiner Fassade in Stücke riss. Trümmer flogen in alle Richtungen und grell auflodernde Flammen tauchten die Szenerie in ein gespenstisches, stroboskopisch-zuckendes Licht, das die Welt blutig rot färbte und die Bewegungen der Männer zerhackte. Anders hatte sich mit einem gewaltigen Satz abgestoßen, um sich auf Katt zu werfen und sie von den Füßen zu reißen, doch noch bevor er sie erreichte, wirbelte Culain herum und stürzte sich auf den Angreifer. Der Mann registrierte die neue Gefahr und reagierte mit fantastischer Schnelligkeit, aber er war dennoch nicht schnell genug. Culain schien das Schwert nicht wirklich zu ziehen. Die Waffe erschien wie durch Zauberei in seiner Hand und verwandelte sich in einen silbernen Blitz, der den unglückseligen Mann im Bruchteil einer Sekunde enthauptete.

Culain überlebte ihn nur um einen Atemzug. Gleich drei grellblaue Blitze peitschten aus verschiedenen Richtungen über den Platz und rissen ihn buchstäblich in Stücke – und im gleichen Augenblick brach ringsum die Hölle los.

Anders rollte, eng an Katt geklammert, mindestens drei oder vier Meter weit zur Seite und blieb schließlich über ihr liegen, um sie mit seinem eigenen Körper zu schützen, aber er sah trotzdem, wie ein halbes Dutzend von Culains Begleitern ihre Waffen zogen und die verhassten Männer in den schwarzen ABC-Anzügen angriffen. Die Turbine des Hubschraubers heulte schrill auf. Der Helikopter hob nicht wirklich ab, klappte aber plötzlich das Fahrgestell ein und schwebte von einer Sekunde auf die andere dreißig Zentimeter über dem Boden. Das flache Haifischmaul mit den Läufen seiner furchtbaren Waffen schwenkte herum und richtete sich drohend auf die weiß gekleideten Krieger, und auch die beiden Männer, die Anders bisher bewacht hatten, waren mit einem einzigen Schritt neben Tamar und brachten ihre Waffen in Anschlag, um ihn zu beschützen. Der Feuerschein hinter Anders loderte heller und plötzlich war der Platz nicht nur voller Elder und Drachen. Von überall her stürmten Tiermenschen herbei, die Fackeln und Waffen schwenkten, und mindestens zwei Elder-Krieger schwangen sich auf ihre Pferde und rissen Schwert und Schild in die Höhe, um sich ihrem übermächtigen Gegner entgegenzuwerfen.

»*Aufhören!*«, schrie Tamar. Obwohl er diesmal kein Mikrofon benutzte, war seine Stimme fast ebenso weit zu hören wie zuvor. »Legt die Waffen nieder! Alle!«

Anders registrierte erst jetzt, wie heftig sich Katt unter ihm wand und wie abgehackt sie keuchte. Offenbar presste er sie mit solcher Gewalt gegen den Boden, dass sie kaum noch Luft bekam. Hastig rollte er sich von ihr herunter und erhob sich in eine halb hockende Stellung, machte aber auch sofort eine erschrockene Handbewegung, als Katt in die Höhe springen wollte. Die Spannung, die mit einem Mal in der Luft lag, war buchstäblich mit Händen zu greifen. Menschen, Elder und Tiermenschen standen sich mit gezückten Waffen gegenüber, und eine einzige hastige Bewegung, ein falsches Wort, *irgendetwas* konnte ausreichen, um die endgültige Katastrophe auszulösen. Anders war nicht einmal sicher, dass die Hubschrauber und ihre Besatzung den Sieg davontragen würden. Die Übermacht war gewaltig und sie standen einem Feind gegenüber, der von einem seit zwei Generationen schwelenden Hass erfüllt war.

»Legt die Waffen nieder!«, rief Tamar noch einmal. Seine Stimme klang fast beschwörend. »Niemand schießt, habt ihr das verstanden? Wir sind nicht hierher gekommen, um mit euch zu kämpfen!«

Eine unendliche atemlose Sekunde verstrich, in der es so still war, dass man die berühmte Stecknadel hätte fallen hören können. Selbst der Wind und das seidige Geräusch der Rotoren schienen für einen Moment innezuhalten.

Dann riss einer der am nächsten stehenden Elder sein Schwert mit einem Schrei in die Höhe und griff Tamar an. Der Soldat neben ihm wollte seine Waffe herumschwenken, aber Tamar war schneller. Während er mit der linken Hand das Gewehr des Mannes beiseite stieß, zog er mit der rechten seine eigene Klinge, sprang dem Angreifer entgegen und parierte dessen Hieb im allerletzten Moment. Ihre Klingen prallten Funken sprühend aneinander, wurden zurückgezogen, stachen und stießen und suchten nach einer Lücke in der Deckung des jeweils anderen.

Der Kampf dauerte nur wenige Augenblicke und der Angreifer war wirklich *gut,* soweit Anders das beurteilen konnte – aber gegen Tamar hatte er keine Chance. Nach vier, fünf blitzartig aufeinander folgenden Angriffen, Kontern und Gegenangriffen machte Tamar eine plötzliche, völlig unerwartete Bewegung, die seinem Gegenüber das Schwert aus der Hand schlug und es davonfliegen ließ; gleichzeitig vollführte er etwas wie eine halbe Pirouette, an deren Ende sein ausgestrecktes Bein dem Elder die Füße unter dem Leib wegzog. Der Mann kippte mit einem erschrockenen Schrei nach hinten, und noch bevor er wieder aufspringen oder sich auch nur rühren konnte, war Tamar über ihm, versetzte ihm einen harten Fußtritt in den Leib, der ihm den Atem nahm, und stieß mit der Schwertklinge nach seiner Kehle.

Aber er tötete ihn nicht. Anders konnte genau sehen, wie hassverzerrt das Gesicht des Elder war und wie sehr alles in ihm danach schrie, das Leben des Kriegers auszulöschen, doch er tat es nicht. Die Schwertspitze berührte nur fast sacht die Kehle des Mannes, gerade tief genug, um seine Haut zu ritzen und einen einzelnen Tropfen Blut an seinem Hals hinablaufen zu lassen.

»Das ist genug«, sagte Tamar. Sein Atem ging schwer und er stieß die Worte mehr hervor, als er sie wirklich aussprach. Obwohl der Kampf nur wenige Augenblicke gedauert hatte, schien er ihn vollkommen erschöpft zu haben. »Gibst du auf? Habe ich dein Ehrenwort, dass du nicht wieder angreifst?«

Der gestürzte Krieger sah einen Moment lang ebenso verwirrt wie zornig zu ihm hoch, aber dann machte er eine Bewegung, die man zumindest als Zustimmung *deuten* konnte; zu mehr war er nicht in der Lage, wollte er sich nicht an Tamars Schwertspitze selbst die Kehle aufschlitzen.

Auch Tamar ließ noch einen Herzschlag verstreichen, dann aber trat er mit einem raschen Schritt zurück und schob mit einer ebenso schnellen, übertrieben kraftvollen Bewegung das Schwert wieder in die lederne Scheide an seinem Gürtel. »Steh auf!«, befahl er laut. »Es ist schon viel zu viel Blut geflossen. Nimm dein Schwert und geh zu deinen Kameraden.«

Anders beobachtete die Szene zwar mit wachsender Verblüffung, stand aber trotzdem – sehr behutsam – weiter auf und bedeutete Katt mit einem verschwörerischen Blick, es ihm gleichzutun. Sie signalisierte ihm ein Nicken mit den Augen. Sie hatte verstanden. So unglaublich es ihm selbst vor wenigen Augenblicken noch vorgekommen wäre – aber vielleicht hatten sie tatsächlich noch einen Chance. Weder Tamar noch einer seiner Begleiter sahen auch nur in ihre Richtung. Die Aufmerksamkeit des Elder und der Männer in Schwarz war ganz auf die immer noch anwachsende Gruppe aus Tiermenschen und weiß gekleideten Elder-Kriegern gerichtet, der sie sich gegenübersahen. Wenn ihnen das Glück auch nur noch einen Augenblick lang treu blieb, nur einen winzigen Moment, zwei oder drei Sekunden vielleicht …

Anders wagte es nicht, sich umzudrehen, schon aus Angst, durch diese kleine Bewegung die Aufmerksamkeit der Männer zu erregen. Er wusste jedoch, dass Katts Haus nur wenige Schritte hinter ihnen lag. Er konnte die Hitze der Flammen spüren, die noch immer aus der zerborstenen Fassade schlugen, und selbst das Knistern des brennenden Holzes hören. Wenn es ihnen gelang, die Tür zu erreichen, hatten sie eine reelle Chance. Die Kellertreppe lag nur wenige Schritte dahinter, und wenn sie erst einmal in dem Labyrinth aus Gängen, Kellerräumen und unterirdischen Katakomben waren, konnten sie sich auch vor einer ganzen Armee verstecken. Schritt für Schritt näherten sich Katt und er rückwärts gehend dem brennenden Haus und beinahe hätten sie es sogar geschafft.

Beißender Qualm drang Anders in die Kehle und machte ihm klar, dass sie ihrem Ziel jetzt ganz nahe waren. Er unterdrückte den Hustenreiz, der für einen Moment fast unerträglich wurde, aber dann zischte etwas, eine Stichflamme raste genau zwischen Katt und ihm hindurch und versengte seine rechte und ihre linke Schulter. Weder Katt noch er gaben auch nur den mindesten Laut von sich, doch sie konnten beide ein schmerzerfülltes Zusammenzucken nicht unterdrücken. Und offensichtlich reichte selbst diese winzige Bewegung, um Tamar zu alarmieren.

Der Elder fuhr mit einer schlangengleichen Bewegung herum. Seine Augen weiteten sich, als er sah, was sie machten. »Bleibt stehen!«, schrie er. »Rührt euch nicht!«

Anders und Katt taten das genaue Gegenteil. In einer einzigen synchronen Bewegung wirbelten sie herum und stürmten los. Anders hatte sich verschätzt; sie waren keine drei oder vier Meter vom Haus entfernt, sondern standen unmittelbar am Fuß der kurzen Treppe, die zum Eingang hinaufführte, aber sein Herz machte auch einen entsetzen Sprung in seiner Brust, als er sah, dass praktisch die gesamte Fassade in Flammen stand. Das Fenster, hinter dem Katts Kaminzimmer lag, hatte sich in den gähnenden Schlund eines Vulkans verwandelt, aus dem orangefarbene und weiße Flammen schlugen. Auch das obere Drittel der Tür spie Feuer und darunter brodelte schwarzer, fettiger Qualm, der nach schmorendem Gummi und brennenden Chemikalien roch. Die Hitze war fast unerträglich.

Dennoch stürmten sie weiter, ohne auch nur einen Sekundenbruchteil zu zögern.

»Bleibt hier!«, schrie Tamar hinter ihnen. »Seid ihr wahnsinnig? Ihr bringt euch um!«

Irgendein Dummkopf unter seinen Männern gab einen Warnschuss ab, der durch das zerborstene Fenster fuhr und die Höllenglut dahinter zu noch größerer Wut anstachelte, und trotz des Tosens der Flammen und Tamars verzweifelter Schreie glaubte Anders rasche Schritte zu hören. Mit einem einzigen hastigen Satz überwand er die drei Stufen der zerbröckelnden Betontreppe, packte Katts Arm und zwang sie mit einer fast brutalen Bewegung, aber weit nach vorne geduckt, weiterzulaufen und sich durch die Tür zu werfen. Hitze und Qualm wurden schlagartig doppelt schlimm. Anders war von einem Sekundenbruchteil auf den anderen so gut wie blind. Ein brennender Schmerz bohrte sich wie mit glühenden Krallen in seine Augen und die Hitze, die seinen Hinterkopf und seine Schultern versengte, war so gewaltig, dass er glaubte fühlen zu können, wie seine Haut Blasen warf und sich abschälte. Katts Haar begann zu schwelen und sich zu kräuseln – ohne Zweifel erging es ihm nicht anders – und sie begann mit dem freien Arm zu gestikulieren.

»Nicht atmen!«, schrie Anders. »Der Rauch ist giftig!« Er wollte es nicht, aber er beging den Fehler, selbst ganz instinktiv einzuatmen, und er bezahlte mit einem brennenden Schmerz dafür, der sich bis tief in seine Lungen zog, und einem qualvollen Hustenanfall, der ihn um ein Haar aus dem Tritt gebracht hätte. Mit einer verzweifelten Kraftanstrengung stieß er Katt in Richtung Kellertreppe, fiel auf Hände und Knie hinab und versuchte irgendwie auf Fingern und Zehenspitzen weiterzukrabbeln ohne sich wirklich aufzurichten, um dem Boden und dem winzigen Rest atembarer Luft, der dort vielleicht noch verblieben war, so nahe wie möglich zu sein. Wie weit war es bis zu dieser verdammten Treppe? Fünf oder sechs Schritte konnten unmöglich so weit sein!

Mehr waren es auch nicht. Anders hatte diesen Gedanken kaum gedacht, da griffen seine tastenden Hände ins Leere, und bevor er reagieren konnte, verlor er das Gleichgewicht und stürzte kopfüber hinter Katt die Stufen hinab. Der von zuckendem rotem Licht erfüllte Treppenschacht schlug einen dreifachen Salto um ihn herum. Er prallte mindestens ein halbes Dutzend Mal mit Schultern, Ellbogen und Hüften schmerzhaft auf den ausgetretenen hölzernen Stufen auf, aber wie durch ein Wunder verlor er nicht das Bewusstsein und verletzte sich nicht einmal schwer. Unmittelbar neben Katt, die qualvoll und hustend nach Luft ringend am Fuß der Treppe zusammengesunken war, traf er endgültig auf und vergeudete eine endlose kostbare Sekunde damit, in sich hineinzulauschen und nach Anzeichen einer ernsthaften Verletzung zu suchen. Er fand keine. Ihm tat nicht einmal etwas weh (das würde noch kommen, schneller und schlimmer, als ihm recht war, dessen war er sich sicher), und obwohl er das Gefühl hatte, seine Kehle mit gemahlenem und noch dazu glühendem

Glas zu füllen, als er nach Luft schnappte, konnte er sogar atmen. Selbst hier unten war es unerträglich heiß, aber zumindest gab es Luft.

»Bist du ... verletzt?«, würgte Katt mühsam hervor.

»Keine Ahnung«, antwortete Anders wahrheitsgemäß. »Frag mich später noch einmal.« Er versuchte aufzustehen. Es ging. Sein rechtes Bein machte ihm Schwierigkeiten. Es tat nicht weh, aber er spürte, dass es unter ihm wegknicken würde, wenn er es zu sehr belastete. Immerhin konnte er stehen und brachte sogar die Kraft auf, zu der Tür am anderen Ende des kurzen Korridors zu humpeln. Irgendwo über ihnen explodierte etwas. Das ganze Haus schien zu erbeben und Staub und kleine Steintrümmer regneten von der Decke auf sie herab.

Anders schickte ein Stoßgebet zum Himmel, dass es nur irgendeiner von Bulls gesammelten Schätzen war, der unter der Hitze des Feuers in die Luft flog, und nicht etwa das Echo einer vernichtenden Schlacht, die möglicherweise gerade jetzt dort oben ausbrach, doch er vergeudete keine Zeit damit, auch nur noch einen Blick über die Schulter zurückzuwerfen, sondern stieß die Tür auf, langte abermals nach Katts Arm und zog sie mit sich, während er mit zusammengebissenen Zähnen hindurchhumpelte. Vor ihnen lag ein vielleicht zehn Meter langer Gang, von dem rechts und links Türen abzweigten, die allesamt geschlossen waren. Anders stieß zwei oder drei von ihnen auf, während er daran vorübereilte – in den Kellerräumen dahinter ging es ausnahmslos nicht weiter, so viel hatte er mittlerweile schon herausgefunden, aber jeder Sekundenbruchteil, den ihre Verfolger brauchten, um auch nur stehen zu bleiben und einen Blick durch die geöffneten Türen zu werfen, konnte der entscheidende sein.

Sein Ziel war die rostige Feuerschutztür am jenseitigen Ende des Flurs. Sie hatte einen Riegel auf der anderen Seite. Nicht einmal die massive Metallplatte würde ihre Verfolger länger als ein paar Sekunden aufhalten, aber mehr brauchten sie auch nicht. Hinter dieser Tür lag nicht nur der Raum, in dem Rex und die Schweinekrieger Boris gefangen gehalten hatten, sondern auch der Eingang zu einem wahren Labyrinth aus Korridoren, Kellern, Treppen, Schächten und unterirdischen Hallen, das sich unentwegt verzweigte und das wahrscheinlich nicht einmal Katt und ihre Sippe vollständig erforscht hatten.

Wieder erzitterte der Boden unter ihren Füßen. Etwas krachte und dann konnte Anders *spüren*, wie irgendetwas Riesiges und unvorstellbar Schweres auf die Betondecke über ihren Köpfen herabfiel und dabei in Stücke brach. Die Tür, durch die sie hereingekommen waren, zerbarst und roter Feuerschein und erstickende Wärme erfüllten den Gang. Vielleicht hatte das Schicksal ja tatsächlich ein Einsehen mit ihnen und das gesamte Haus brach hinter ihnen zusammen und machte es ihren Verfolgern unmöglich, die Jagd sofort aufzunehmen.

Der Gedanke gab ihm noch einmal neue Kraft. Ohne auf den nun allmählich doch erwachenden pochenden Schmerz in seinem rechten Knie zu achten, beschleunigte er seine Schritte noch einmal, riss die Metalltür auf und beförderte Katt mit einer schwungvollen Bewegung in die dahinter liegende Dunkelheit, bevor auch er hindurchstürmte, die Tür hinter sich zuzog und mit der anderen Hand nach dem Riegel tastete. Das Geräusch, mit dem der rostige Riegel einrastete, schien ihm das schönste, was er jemals gehört hatte.

»Ich glaube, wir haben es geschafft«, keuchte er. »Wir brauchen Licht. Gibt es hier eine Fackel?«

»Sicher«, antwortete eine Stimme, die nicht Katt gehörte.

Anders' Herz blieb stehen. Nicht im übertragenen Sinne. Er konnte spüren, wie es einen Schlag übersprang und ihm ein Schauer eisigen Entsetzens über den Rücken lief. Eine unsichtbare Hand schnürte ihm die Kehle zu, während er herumwirbelte und die Augen weit aufriss, um die vollkommene Dunkelheit hinter sich mit Blicken zu durchdringen. »Katt?«, fragte er.

»Nur die Ruhe, junger Herr«, fuhr die Stimme fort. »Und keine Angst. Eurer kleinen Prinzessin ist nichts passiert.« Ein winziger gelber Funke glomm in der Dunkelheit vor ihm auf und wurde zu einer Flamme, als eine Fackel Feuer fing. Anders sog mit einem entsetzten Stöhnen die Luft zwischen den Zähnen ein.

Rex stand drei Schritte vor ihm und hob die Fackel so weit in die Höhe, dass die Flamme gegen die Decke schlug und Tausende winziger Fünkchen in der Schicht aus schwarzem Ruß aufglühten. In der anderen Hand hielt er eine Eisenstange mit einer gemein aussehenden ausgezackten Spitze und sein Gesicht war hassverzerrt. Auch Katt war da, aber sie hatte seine Frage nicht beantworten können, denn einer von Rex' riesigen Schweinekriegern hatte sie von hinten gepackt und presste ihr seine gewaltige Pranke auf den Mund.

»Lass sie los!«, keuchte Anders. Er machte einen halben Schritt und blieb wieder stehen, als Rex seine Eisenstange hob und warnend damit nach seiner Brust stieß.

»Oder was?«, höhnte der Hundemann. »Forderst du ihn sonst zu einem ritterlichen Zweikampf heraus? Oder holst du deine Freunde, damit sie ihre Blitze nach uns schleudern?«

»Rex, was soll das?«, keuchte Anders. »Was immer du gerade tust – lass Katt aus dem Spiel. Sie kann nichts dafür.«

»Ach?«, fragte Rex höhnisch. »Kann sie nicht?« Trotzdem wandte er sich mit einem raschen Blick an den Schweinekrieger und bedeutete ihm, die Hand von Katts Gesicht zu nehmen. Die riesige Kreatur gehorchte zwar, lockerte ihren Griff aber nur gerade weit genug, dass Katt wieder atmen konnte.

»Rex, du bist wahnsinnig!«, murmelte Anders. »Lass uns gehen! Sie werden euch nichts tun, wenn wir weg sind! Sie wollen nur mich, verstehst du nicht?«

»O doch, ich verstehe dich sehr gut«, antwortete Rex. Seine Stimme zitterte und Anders sah ihm an, wie schwer es ihm fiel, ihm seine Eisenstange nicht gleich hier und jetzt über den Schädel zu ziehen. »Ich habe gerade oben gesehen, wie viel dein Wort wert ist, *Elder*. Wahrscheinlich bringen sie dort gerade unsere Leute um, aber das kann dir ja egal sein. Natürlich lassen wir euch gehen. Möchtest du, dass wir dir und deiner kleinen Elder-Prinzessin eine Sänfte bauen, oder reicht es dir, wenn wir euch ein Stück weit eskortieren?«

»Was hast du vor?«, fragte Anders.

»Was ich von Anfang an hätte tun sollen«, antwortete Rex. Er kam näher. Die Eisenstange zielte unverrückbar auf Anders' Herz, aber er rührte sich nicht, sondern blieb selbst dann noch stehen, als ihr ausgezacktes Ende schmerzhaft gegen seine Brust stieß.

»Du willst uns ausliefern«, vermutete er. Er schüttelte den Kopf. »Rex, begreifst du denn nicht? Tamar wird es dir nicht danken. Im Gegenteil – wenn er mich hat, gibt es keinen Grund mehr für ihn, euch am Leben zu lassen.«

»Vielleicht nicht, aber vielleicht doch«, sagte Rex. »Ich habe gerade gesehen, wie die Elder ihre Freunde behandeln, weißt du? Vielleicht behandeln sie ihre Feinde ja besser, und …«

Rex verstummte mitten im Wort. Seine Augen wurden groß, während sich ihr Blick an einem Punkt irgendwo neben und hinter Anders festsaugte, und ein Ausdruck maßloser Verblüffung machte sich auf seinen Zügen breit.

Irgendetwas raschelte, und unmittelbar neben Anders' Ohr murmelte eine wohl bekannte Stimme: »Nicht gut.« Dann flog eine Faust an ihm vorbei, die ein gutes Stück größer war als sein Kopf, und landete mit vernichtender Wucht in Rex' Gesicht.

17

Die Sonne ging an diesem Morgen mit einem besonders prachtvollen Farbenspiel aus Rot, Orange und Gelb über den Bergen auf, aber nicht einmal das klare Licht des Frühlingsmorgens und die Beruhigung, die in diesem unerschütterlichsten aller Ereignisse liegen sollte, vermochten dem Anblick der Stadt etwas von seinem Schrecken zu nehmen. Das Feuer hatte sich ausgebreitet. Während der Nacht hatten Dutzende von mehr oder weniger großen und mehr oder weniger hellen rot glühenden Dämonenaugen aus der Stadt zu ihnen heraufgestarrt. Das Licht des Sonnenaufgangs löschte den Feuerschein aus, doch an seiner Stelle konnte Anders jetzt die gewaltigen schwarzen und grauen Qualmwolken sehen, die aus den Ruinen einer Stadt emporstiegen, die zum zweiten Mal den Feuertod starb. Er konnte nicht sagen, ob die Schlacht, die Tamar so verzweifelt zu verhindern versucht hatte, am Ende doch noch ausgebrochen oder einer der Brände einfach außer Kontrolle geraten war, aber das Ergebnis blieb das gleiche. Die Stadt brannte. Selbst die erbärmlichen Ruinen, in denen die Nachkommen ihrer Schöpfer bisher Schutz gefunden hatten, zerfielen nun dort unten zu Asche und Staub.

Etwas raschelte. Ein riesiger Schatten legte sich über Anders, als Boris gebückt unter den Felsvorsprung trat, unter dem Katt und er Schutz vor einer Entdeckung aus der Luft gesucht hatten, und ihm eine halbierte Frucht hinhielt, die so groß war wie ein Kürbis und auch so roch, aber keiner war. Anders schüttelte den Kopf. »Ich bin nicht hungrig.«

Der riesige Troll ließ sich ächzend neben ihm niedersinken, presste die breiten Schultern gegen den Fels, was ein Geräusch zur Folge hatte, das an grobkörniges Sandpapier auf rostigem Eisen erinnerte, und wiederholte seine auffordernde Bewegung. »Essen«, grollte er. »Gut.«

Eigentlich nur weil er wusste, dass Boris ohnehin keine Ruhe geben würde, griff Anders mit beiden Händen nach der Frucht und klaubte sich etwas von ihrem klebrigen Inhalt heraus. Es schmeckte nicht gerade gut, aber er spürte, wie sich sein Magen gierig auf die Nahrung stürzte, und entschuldigte sich in Gedanken bei Boris. Er war nicht nur zu Tode erschöpft und hatte überall am Körper Schmerzen, sondern war auch mehr als nur ein bisschen hungrig. Und der Weg, der vor ihnen lag, würde unter Garantie deutlich anstrengender werden als der, den sie bisher zurückgelegt hatten.

Während er sich zwang, das leicht muffig schmeckende Fruchtfleisch hinunterzuwürgen, wanderte sein Blick wieder zur Stadt hin. In dem jetzt zügig an Kraft zunehmenden Sonnenlicht wirkten die Brände klein, geradezu harmlos, aber sie waren jetzt seit einer Stunde hier, vielleicht länger, und in dieser Zeit hatte Anders nur zu deutlich gesehen, wie unerbittlich sich das Feuer ausbreitete. Dort unten gab es vielleicht nicht mehr allzu viel, was überhaupt brennen konnte, doch es gab auch niemanden, der imstande gewesen wäre, die Flammen zu löschen. Wenn kein Wunder geschah und es nicht regnete – und Anders musste nicht nach oben sehen um zu wissen, dass der Himmel strahlend blau und vollkommen wolkenlos war und es *nicht* regnen würde –, dann würde das Feuer vielleicht in ein paar Tagen die ganze Stadt verheert haben. Katt hatte sich neben ihm zusammengerollt und war endlich eingeschlafen, doch Anders wusste, dass er das Ende ihrer Sippe beobachtete. Und nicht nur ihrer. Die Heimat der Tiermenschen verbrannte, und damit der einzige Ort auf der Welt, an dem zu leben ihnen bisher gestattet gewesen war.

Ein bitteres Lachen wollte in seiner Kehle emporsteigen. Anders unterdrückte es, aber mit dem dazugehörigen Gedanken gelang dies nicht. Falls er nicht die Übersicht verloren und richtig gezählt hatte, so war die Liste jetzt komplett. Er hatte Tiernan vernichtet, dabei mitgeholfen, Boris' Volk auszulöschen, und nun hatte er auch Katts Leuten den Untergang gebracht. O ja, und nicht zu vergessen Morgen und Culain, die vor seinen Augen gestorben waren. Kein schlechtes Ergebnis, wenn man bedachte, dass er noch nicht einmal seit einem Jahr hier war.

»Durst?«, fragte Boris.

Anders hatte so wenig Lust, zu trinken, wie er etwas hatte essen wollen. Dennoch nickte er. Spätestens seit er zusammen mit Lara aus der Torburg geflohen war, hatte er begriffen, dass es besser war, alles zu nehmen, was man bekommen konnte, weil man nie wusste, *wann* man wieder etwas bekommen würde. Er erwartete, dass Boris aufstand und davonschlurfte, doch der Troll griff nur neben sich und brachte zu Anders' leiser Überraschung einen zerbeulten Kochtopf zum Vorschein, der nur noch einen Henkel hatte und zur Hälfte mit sandigem Wasser gefüllt war. Anders trank ein paar vorsichtige Schlucke und musste all seine Kraft aufbieten, um sich nicht zu übergeben, als er den Fehler beging, dabei in den Topf zu sehen, und das Gewimmel aus Kaulquappen, Würmern und Insekten entdeckte, das sich auf dem Boden tummelte, aber er trank trotzdem weiter, bis sein Durst vollkommen gelöscht war, und sah dann auf Katt hinab. Er hatte sich geirrt. Sie schlief nicht, sondern starrte unter nur millimeterweit geöffneten Lidern ins Nichts.

»Trink etwas«, sagte er, während er ihr den Topf hinhielt.

Im ersten Moment reagierte sie gar nicht, sodass Anders nicht einmal sicher war, ob sie seine Worte überhaupt gehört hatte. Katt hatte kein Wort mehr gesprochen, seit sie Rex und den Schweinekriegern entkommen waren und ihre stundenlange Flucht durch die unterirdischen Stollen und Treppenschluchten begonnen hatten. Am Anfang war Anders sogar dankbar dafür gewesen. Er konnte nachempfinden, was in dem Mädchen vorging, aber es gab nichts, was er hätte sagen oder tun können, um Katts Schmerz zu lindern. Sie hatte mehr verloren als ihre Heimat. Mittlerweile aber begann ihm ihr Verhalten ernsthafte Sorgen zu bereiten. Ihn plagte die schreckliche Vorstellung, dass sie vielleicht nie wieder sprechen würde.

Nach ein paar Sekunden jedoch öffnete Katt die Augen und richtete sich umständlich und langsam auf. Mit zitternden Händen griff sie nach dem Topf, trank ein paar Schlucke und reichte ihn dann wortlos an den Troll zurück. Boris nahm ihn entgegen und leerte ihn mit einem einzigen gewaltigen Zug samt seiner noch lebenden Fleischbeilage.

»Wir können nicht lange hier bleiben«, sagte Anders. Er

hatte selbst das Gefühl, dass das so ziemlich das Dümmste war, was er in diesem Moment sagen konnte, aber etwas anderes fiel ihm nicht ein. Er fühlte sich hilflos. So hilflos, dass es fast wehtat.

»Ich weiß«, antwortete Katt. Ihr Blick glitt über die Silhouette der Stadt, die allmählich unter einer sich immer weiter ausbreitenden schwarz-grauen Rauchdecke verschwand, und Anders sah, wie die Krallen aus ihren Fingerspitzen herausglitten und sich in das weiche Moos gruben, auf dem sie saß. Besänftigend legte er die Hand auf ihren Unterarm, zog sie aber auch gleich darauf wieder zurück, als er spürte, wie schwer es ihr fiel, seine Berührung nicht abzuschütteln.

»Es tut mir so Leid«, sagte er. Das kam ihm fast noch dümmer vor als das, was er zuvor gesagt hatte. Leer. Eine hohle Phrase, die zu nichts anderem nütze war, als noch mehr Schaden anzurichten.

»Warum?«, fragte Katt, ohne den Blick von der brennenden Stadt zu wenden. »Es sind nur ein paar Ruinen, oder? Nicht so schlimm wie Tiernan. Es ist nicht schade drum.«

»Aber es war deine Heimat.«

»Ich wollte sowieso von dort fortgehen«, erwiderte Katt mit leiser, nahezu tonloser Stimme. »Hast du es schon vergessen? Culain und die ehrwürdige Elder …« Ihre Stimme versagte. Ihr Blick und auch ihr Gesicht blieben so leer, wie sie die ganze Zeit über gewesen waren, aber plötzlich zog sie die Unterlippe zwischen die Zähne und biss so heftig darauf, dass sie zu bluten begann.

Für einen Moment fühlte sich Anders noch hilfloser, als er ohnehin schon war, aber dann tat er das Einzige, was ihm einfiel, auch wenn es sich möglicherweise als Fehler erweisen mochte. Er schloss Katt in die Arme, küsste das Blut von ihren Lippen und drückte sie dann so fest an sich, wie er konnte. Wie er nicht anders erwartet hatte, versuchte sie sich im allerersten Moment zu wehren, dann aber – endlich! – erwiderte sie seine Umarmung nicht nur, sondern klammerte sich plötzlich mit solcher Kraft an ihn, als wäre er das Einzige, woran sie sich in dieser Welt noch festhalten konnte, presste das Gesicht gegen seinen Hals und begann haltlos zu schluchzen.

»Schon gut«, murmelte Anders. »Ich weiß, ich kann dir nicht helfen. Aber ich bin wenigstens da.« Er strich ihr sanft mit der Hand über das angesengte Haar und fühlte auch darunter verkrustetes Blut, und Katts Schluchzen wurde noch heftiger und klang jetzt fast wie eine Folge kleiner abgehackter Schreie. Neben ihm murmelte Boris irgendetwas, das er nicht verstand, erhob sich und schlurfte mit hängenden Schultern davon, und Katt klammerte sich nun so fest an ihn, dass er kaum noch Luft bekam. Trotzdem versuchte Anders nicht, ihre Umarmung zu lockern. Und es dauerte auch nur wenige Augenblicke. Ebenso plötzlich, wie sie die Beherrschung verloren hatte, richtete sie sich wieder auf, rückte ein kleines Stück von ihm weg und fuhr sich dann verlegen mit dem Handrücken über das Gesicht, um die Tränen fortzuwischen.

»Entschuldige«, sagte sie. »Ich wollte nicht …«

»Was?«, unterbrach sie Anders kopfschüttelnd. »Nicht zeigen, dass du ein Mensch bist, der Gefühle hat? Red keinen Unsinn.«

Katt sah ihn auf sonderbare Weise an. Ihre Augen schimmerten noch immer feucht, aber die Tränen waren versiegt und auch ihre Lippe blutete nicht mehr. Die wenigen roten Tropfen, die sich noch darauf befanden, leckte sie selbst weg. »Ein Mensch?«, wiederholte sie.

»Ein Mensch«, bestätigte Anders. »Und im Moment sogar ein ziemlich dummer Mensch, weißt du?«

»Wieso?«

»Weil meiner Meinung nach nur ein Dummkopf glaubt sich entschuldigen zu müssen, wenn er Gefühle zeigt«, antwortete er. Wie nichts anderes auf der Welt wollte er sie wieder in die Arme schließen und an sich pressen, aber er spürte, dass es in diesem Moment nicht richtig gewesen wäre, und so beherrschte er sich. »Ich kenne niemanden, wirklich niemanden,

Katt, der das, was du erlebt hast, so einfach weggesteckt hätte. Jeder andere an deiner Stelle hätte längst aufgegeben.«

»Aufgegeben«, wiederholte Katt nachdenklich. Sie sah noch einmal zur Stadt hin, aber diesmal war der Ausdruck in ihren Augen vollkommen anders als zuvor. »Und dann?«, fragte sie, nachdem sie sich wieder zu ihm umgedreht hatte.

Anders konnte nur die Schultern heben. »Du warst sehr tapfer«, sagte er, was sicherlich nicht die Antwort auf ihre Frage war. Es waren diese beiden Worte, die ihm selbst die größte Sorge bereiteten. *Und dann?* »Ich weiß nicht, ob ich an deiner Stelle den Mut gehabt hätte, so mit den Elder zu sprechen.«

»Weil sie Götter sind?«, fragte Katt verächtlich. »Das waren sie schon immer. Deswegen hassen wir sie nicht weniger.«

»Nein«, antwortete Anders. »Weil du weißt, dass sie es *nicht* sind.« Und auch das war etwas, das bei diesem Volk, so bizarr es auch erscheinen mochte, nicht anders war als bei seinem eigenen. Es war so viel leichter, einen Gott zu hassen, als einen Menschen; und so viel schwerer, seine Angst vor einem Menschen zu überwinden als vor einem Gott.

»Und du?«, fragte Katt.

»Ich? Was meinst du damit?«

»Wie fühlst du dich?«, fragte Katt. »Jetzt, wo du weißt, dass dein Vater *kein* Mensch ist, sondern ein Gott?«

»Das ist er nicht«, antwortete Anders.

»Warum leugnest du es immer noch?«, fragte Katt. »Hast du Angst, dass ich …« Sie musste sich überwinden um weiterzusprechen, aber sie tat es. »Dass ich dich nicht mehr lieben würde, wenn ich wüsste, dass du wirklich Oberons Sohn bist?«

Die Frage schockierte Anders regelrecht. Vielleicht weil sie so nahe lag, vielleicht aber auch, weil sie ihm selbst bisher noch nicht einmal gekommen war. »Nein«, antwortete er. »Ich weiß, dass es nicht so ist. Aber mein Vater ist nicht Oberon.« Er lachte bitter. »Weißt du, ich traue ihm durchaus zu, sich hier unter diesem Namen vorgestellt zu haben. Das würde passen.«

»Wieso?«

»Es gibt die Legende von Oberon auch bei uns«, antwortete Anders. »Er ist der oberste Herr der Elfen, Feen und Fabelwesen.«

»Wesen wie uns, meinst du?«

Anders ignorierte die Frage. »Es gibt keine Feen und Elfen und Zauberwesen«, sagte er. »Nicht da, wo ich herkomme.«

»Aber hier schon.«

»Nein!«, widersprach Anders heftig. »Ihr seid nichts von alledem. Ihr seid Menschen, Katt, begreif das endlich. Jedenfalls wart ihr es einmal.«

»Wie meinst du das?«, murmelte Katt verstört.

Hätte er doch nur die Antwort auf diese Frage gewusst. Nicht zum ersten Mal hatte er das Gefühl, sie zu kennen, schon lange begriffen zu haben, was hier geschehen war, und er *wusste* einfach, dass er längst alle nötigen Informationen hatte, dass sich alle Teile des Puzzles bereits in seinem Besitz befanden. Aber so wie unzählige Male zuvor gelang es ihm auch jetzt nicht, sie richtig zusammenzusetzen. Dennoch spürte er, dass er der Lösung nahe war. Es fehlte nur noch eine Winzigkeit. Vielleicht war das Bild, das er dann sehen würde, einfach zu schrecklich, um es sehen zu *wollen*. »Ich glaube, ich weiß, was hier passiert ist«, murmelte er. »Ich kann es noch nicht ganz genau sagen, Katt, aber allmählich beginnt alles einen Sinn zu ergeben.« Er sah, dass sie zu einer weiteren Frage ansetzte und hob rasch die Hand. »Noch nicht. Bitte.«

Katt wirkte nicht enttäuscht oder verärgert. Sie sah ihn nur einen weiteren Herzschlag lang auf dieselbe schwer zu deutende Art an, dann nickte sie, hob die Hand und fuhr sich damit zuerst über die Augen und dann über die Lippen. Anschließend betrachtete sie eine Sekunde lang konzentriert ihren Handrücken. Als sie feststellte, dass er weder nass noch blutverschmiert war, schien sie zufrieden, denn sie nickte noch einmal.

»Und was wirst du tun, wenn du deinem Vater gegenüberstehst?«, fragte sie.

»Wie meinst du das?«

Katt hob die Schultern und beschäftigte sich weiter damit, konzentriert ihre Hand anzustarren. »Du weißt, dass sie uns kriegen werden.«

»Bisher ist ihnen das jedenfalls noch nicht gelungen«, antwortete Anders, obwohl er sich selbst albern dabei vorkam.

»Du weißt es«, beharrte Katt. »Die Drachen werden nicht aufgeben. Und Tamar auch nicht. Wir können uns noch eine Weile vor ihnen verstecken, aber früher oder später werden sie uns erwischen. Das Tal ist nicht groß genug, um uns auf Dauer zu verstecken.«

»Vielleicht doch«, erwiderte Anders trotzig. »Wenn wir diese Höhlen finden würden, von denen Culain gesprochen hat …«

»Ich weiß, wo sie sind«, sagte Katt.

Anders sah sie überrascht an. »Du weißt es? Woher?«

»Jedenfalls glaube ich es«, schränkte Katt ihre eigene Behauptung ein. »Die Berge sind voller Höhlen, aber die meisten sind zu klein, um einer so großen Anzahl von Menschen und Tieren Unterschlupf zu bieten. Ich kenne nur eine Höhle hier in der Nähe, die groß genug dafür wäre. Eigentlich ist es gar keine Höhle, sondern ein ziemliches Durcheinander von Gängen und schmalen Schluchten.«

»Woher?«, wollte Anders wissen.

»Ratt und ich haben uns früher öfter heimlich aus der Stadt geschlichen«, antwortete Katt. Sie lächelte leicht, aber fast im gleichen Augenblick umwölkte sich ihr Blick auch wieder, als sie über ihre tote Schwester sprach. Selbst den Trost der Erinnerung hatten sie ihr genommen, dachte Anders bitter. »Es ist nicht allzu weit. Vielleicht ein halber Tagesmarsch. Vielleicht weniger, wenn wir gut vorankommen und uns nicht zu oft verstecken müssen.«

Anders wusste, wovon sie sprach. Allein in der Stunde, die

sie jetzt hier oben waren, war dreimal ein Helikopter über sie hinweggeflogen. Der Felsüberhang, zu dem Boris sie geführt hatte, bot ihnen zuverlässigen Schutz vor einer Entdeckung aus der Luft und vermutlich sogar vor den elektronischen Spürgeräten, die die fliegenden Haie an Bord hatten. Dennoch würden sie sich jeden Schritt genau überlegen müssen und wahrscheinlich nur sehr langsam von der Stelle kommen.

»Das ist ja ein tolles Geheimnis, wenn es jeder kennt«, sagte er spöttisch.

Katt schüttelte den Kopf. »Niemand kennt es. Wir haben den Eingang wirklich nur durch Zufall gefunden. Wir waren in den Wäldern und mussten fliehen, als ein paar …«, sie warf einen trägen Blick in die Richtung, in der Boris verschwunden war, »… Wilde unsere Spur aufgenommen hatten. Ratt hat den Eingang gefunden.«

»Ratt?«

Für einen Moment – viel zu kurz – durchbrach ein amüsiertes Funkeln die schwarze Trauer in ihren Katzenaugen. »Sie ist hineingefallen. Ihr ist nichts passiert bis auf ein paar blaue Flecken, und ich bin ihr nachgeklettert und wir waren in Sicherheit. Danach sind wir noch ein paarmal dort gewesen. Es war unser Geheimnis, weißt du?«

Anders nickte zwar, aber aus einem anderen Grund, als Katt annehmen mochte. Er musste an eine andere, weit kleinere Höhle denken, in der er vor nicht allzu langer Zeit mit einer anderen jungen Frau gewesen war, die ihm fast wörtlich dasselbe gesagt hatte. Auch diese Höhle war ein Geheimnis für zwei junge Menschen gewesen und auch diese Höhle hatte das Versprechen, das es für sie bedeutet hatte, nicht einlösen können.

»Vielleicht ist es auch eine ganz andere«, fuhr Katt fort. »Aber jedenfalls sind wir dort erst einmal in Sicherheit.«

»Und wenn nicht?«, fragte Anders. »Ich meine: Wenn es keine andere Höhle ist? Du hast gehört, was Morgen erzählt hat. Die Elder warten dort auf uns.«

Katt hob betont beiläufig die Schultern. »Was soll mir schon passieren?«, fragte sie. »Du bist ja bei mir.«

»Ich meine es ernst«, sagte Anders. Er wusste nicht, wie die Elder reagieren würden, wenn er ohne Culain und Morgen, dafür aber in Begleitung eines Tiermenschen und eines Trolls zu ihnen kam. Erst dann wurde ihm klar, wie sich seine Worte in Katts Ohren anhören mussten. Wohin sollte sie denn gehen?

»Nur einen halben Tagesmarsch?«, vergewisserte er sich.

»Nicht einmal«, antwortete Katt. »Wir mussten uns immer wieder verstecken, weil wir Angst vor den Wilden hatten.« Sie sah flüchtig in den Himmel hinauf. »Aber das hat sich ja kaum geändert. Ich bin nur nicht mehr sicher, vor wem ich mehr Angst haben sollte.«

Zumindest in diesem Punkt hatte Anders ihr etwas voraus.

Er wusste es ganz genau.

18

Das vielleicht Unheimlichste war, wie ähnlich sich die Situationen waren. Sah man von Boris' Gegenwart einmal ab – von der so gut wie nichts zu bemerken war, denn der Troll eilte die meiste Zeit voraus, sondierte das Gelände oder suchte nach einem passenden Versteck, nach Trinkwasser oder Nahrung –, so unterschied sich dieser Marsch nicht sehr von seiner gemeinsamen Flucht mit Lara aus der Torburg. Sie beide waren verletzt, sie beide waren müde und völlig erschöpft, sie beide hatten Angst und wussten nicht, wohin, und sie wurden von einem Feind gejagt, der ihnen so hoffnungslos überlegen war, dass schon der bloße Gedanke an Widerstand etwas Lächerliches hatte. Trotzdem kamen sie besser voran, als Anders zu hoffen gewagt hätte. Bis zum Mittag mussten sie sich zweimal verstecken, um den misstrauischen Augen eines Drachen zu entgehen, der langsam und in weniger als fünfzig Metern

Höhe über sie hinwegglitt und den Wald unter sich absuchte, aber die Männer dort oben waren entweder wenig aufmerksam oder ihre elektronischen Augen und Ohren waren nicht ganz so allmächtig, wie Anders gefürchtet hatte.

Als Boris sie schließlich zu einer kleinen Felsenhöhle im Boden führte, die einen idealen Platz für eine Rast bot (fast unnötig zu erwähnen, dass sie dort bereits ein eingedellter Kochtopf mit – diesmal sauberem – Wasser und eine Hand voll frisch gepflückter Früchte erwartete), schätzte er, dass sie gute sieben oder acht Kilometer zurückgelegt hatten. Nicht viel, wenn er bedachte, dass sie mittlerweile seit mindestens vier Stunden unterwegs waren, zugleich aber weitaus mehr, als er sich selbst noch an diesem Morgen zugetraut hätte. Die Schmerzen, auf die er nach seinem Treppensturz am vergangenen Abend vergeblich gewartet hatte, waren nun überreichlich gekommen. Sein ganzer Körper schien ein einziger blauer Fleck zu sein. Obwohl er sorgsam darauf achtete, sein Knie nicht übermäßig zu belasten, pochte es, als wollte es jeden Moment explodieren, und die wenigen Tage Ruhe, die er in der Stadt der Tiermenschen genossen hatte, waren offensichtlich nicht ausgereichend genug gewesen, um seine Kraftreserven wirklich aufzufüllen.

Was Katt eben über die vermeintliche Unverwundbarkeit und Zähigkeit eines Elder erzählt hatte, entsprach entweder nicht der Wahrheit – oder sein eigener Körper bewies ihm gerade nachhaltig, dass er *kein* Elder war. Anders war beides recht. Er wünschte sich nur noch, endlich die Höhle zu erreichen, von der Katt erzählt hatte, und dort ungefähr eine Woche lang durchzuschlafen. Die Berge waren bereits deutlich näher gekommen. Anders schätzte, mehr als die Hälfte der Strecke geschafft zu haben.

Dennoch nötigte ihm der Gedanke, dass Katt und ihre Schwester diese Entfernung in weniger als einem halben Tag zurückgelegt haben sollten – und das noch dazu ständig auf der Hut vor den Wilden oder anderen Gefahren, die in diesen dichten Wäldern lauern mochten –, einen gehörigen Respekt ab. Zugleich empfand er einen zwar völlig absurden, aber stärker werdenden Neid, je länger er Katt beobachtete. Sah man von seinem eigenen Treppensturz während der Flucht vor Tamars Männern ab – der von den Prügeln, die Katt kurz zuvor von ihnen bezogen hatte, vermutlich mehr als wettgemacht wurde –, so hatte sie in der vergangenen Nacht mindestens dasselbe durchgemacht und erlitten wie er, und auch die Strecke, die sie durch die Keller geflohen waren, war für sie keinen Meter kürzer gewesen als für ihn. Trotzdem hatte er das Gefühl, dass ihre Bewegungen mit jedem Schritt an Kraft und Eleganz zunahmen, was wohl ihrer typisch katzenhaften Zähigkeit zuzuschreiben war.

Nachdem sie ausgiebig getrunken und sich satt gegessen hatten, rollte sich Katt neben ihm auf dem nackten Boden zusammen und schlief auf der Stelle ein. Anders war ebenso müde wie sie, und Boris hatte ihm mit ein paar gemurmelten Worten und einer entsprechenden Geste klar gemacht, dass er Wache halten würde und Anders somit beruhigt schlafen könne. Trotzdem zwang er sich, die Augen offen zu halten. Das war möglicherweise ziemlich dumm. Er würde jede Minute Schlaf, um die er sich jetzt selbst brachte, spätestens nach ihrem Aufbruch bitter bereuen. Aber er wollte einfach dasitzen und das schlafende Mädchen betrachten. Vielleicht war es das allerletzte Mal, dass er Katt so sah: friedlich im Schlaf zusammengerollt und auf der Seite liegend. Selbst jetzt, mit versengtem Haar, zerfetzten Kleidern und über und über mit mehr oder weniger schlimmen Kratzern, Schrammen und verschorften Wunden bedeckt, erschien sie ihm wie das Schönste, was er jemals gesehen hatte. Das Schönste, was er jemals sehen *wollte.* Er musste sich beherrschen, um nicht die Hand nach ihr auszustrecken und sie zu berühren, und er tat es nur nicht, weil er sie damit vielleicht wecken und sie um den Schlaf bringen würde, den sie so dringend nötig hatte.

Plötzlich wurde ihm klar, dass er das schon einmal erlebt

hatte. Es war noch nicht einmal lange her, da hatte er neben einer anderen jungen Frau in einer anderen Höhle gesessen und über ihren Schlaf gewacht, und nicht allzu lange Zeit darauf war sie tot gewesen; nicht einmal aus irgendeinem bestimmten Grund getötet, weil es einen strategischen Sinn gemacht oder ihm auch nur Schmerz zugefügt hätte, sondern einfach weil sie das Pech gehabt hatte, im falschen Moment am falschen Ort zu sein. Eine tiefe Trauer überkam ihn bei diesem Gedanken. Auch wenn er eine Zeit lang selbst fast verzweifelt versucht hatte etwas anderes in sich zu finden, so war Lara doch stets nur eine gute Freundin für ihn gewesen, aber in einem Maße, das ihm erst jetzt wirklich klar wurde. Sie fehlte ihm. Ihr Lachen und ihre Scherze, ihre fröhlichen Augen, ja selbst die Gelegenheiten, bei denen sie sich gestritten hatten. All das hatte ihm mehr gegeben, als er bisher gewusst hatte, war sie doch einer der wenigen Menschen hier gewesen, der nichts von ihm wollte, der ihn nicht für irgendetwas benutzte oder einzusetzen versuchte und der sich nichts von ihm versprach, was über reine Freundschaft und seine bloße Anwesenheit hinausging.

Mit diesem Gedanken schlief er ein – und fand sich unversehens in einem von schrecklichen Visionen und Ängsten erfüllten Albtraum wieder. Er hatte keine Handlung. Es war keine Geschichte, die er erlebte, zumindest keine, an die er sich hinterher hätte erinnern können (oder wollen), sondern nur ein wüstes Durcheinander aus Bildern und sinnlosen Eindrücken, Erinnerungsfetzen an schreiende Gesichter, Flammen und Furcht und dem Klassiker aller Albträume: das Gefühl, zu rennen und zu rennen und zu rennen, ohne wirklich von der Stelle zu kommen, einen schrecklichen, gesichtslosen Verfolger hinter sich, der immer ein winziges bisschen schneller zu sein schien als er, ganz egal wie schnell er auch zu laufen versuchte, und der ihn unweigerlich einholen musste, wenn er auch nur ein einziges Mal den Fehler beging, sich zu ihm umzudrehen.

Jemand schrie in diesem Traum seinen Namen. Die Stimme kam ihm sonderbar vertraut vor, auch wenn er sich zuerst fast weigerte sie zu erkennen. Es war die Stimme seines Vaters, die mal laut, mal leise wurde, ganz verschwand und wieder auftauchte, als bewege er sich irgendwo ganz am Rande seines Albtraumes, und die vergeblich versuchte in ihn einzudringen. Für einen Augenblick glaubte er sogar das Gesicht seines Vaters zu erkennen, doch es verschwamm, bevor er sicher sein konnte, und was viel schlimmer war: Anders begriff voller Schrecken, dass er sich nicht mehr wirklich an das Gesicht seines Vaters erinnerte. Es war absurd. Auch wenn er seinen Vater in den letzten Jahren nur selten gesehen hatte, so war er doch für ihn – nach Jannik vielleicht – der vertrauteste Mensch auf der Welt. Plötzlich aber schien die Erinnerung an ihn ausgelöscht wie ein Stück aus einem Videoband, das jemand mit anderen Bildern überspielt hatte, so geschickt und unauffällig, dass weder ein Schnitt noch ein Ruckeln zu bemerken waren; dennoch spürte man, dass irgendetwas nicht stimmte. Das Gesicht, das er in seinem Traum vor sich sah, war nicht das seines Vaters, sondern er glaubte die markanten, von einem kurz geschnittenen grauen Bart und schulterlangem weißem Haar eingerahmten Züge eines trotz allem persönlichkeitslosen Gottes zu erblicken.

Kaum war das Gesicht verschwunden, da hörte er die Stimme seines Vaters erneut, und zu allem Überfluss begann er nun auch noch an seiner Schulter zu rütteln. Im Gegensatz zu einem normalen Albtraum war sich Anders des Umstandes bewusst, dass er träumte. Aber er hätte nicht sagen können, was ihm mehr Furcht einflößte: Der Gedanke, diesen schrecklichen Albtraum weiter und weiter erleiden zu müssen, oder die vielleicht noch schlimmere Vorstellung, aufzuwachen und sich vielleicht tatsächlich seinem Vater gegenüberzusehen, dessen Stimme mittlerweile so laut und drängend geworden war, als stünde er tatsächlich neben ihm und rüttelte immer heftiger an seiner Schulter.

Natürlich machte es ihm allein dieser Gedanke unmöglich, weiterzuträumen. Anders öffnete widerwillig die Augen und blickte in ein Gesicht, das äußerst beunruhigt auf ihn herabsah. Es gehörte allerdings nicht seinem Vater, sondern Katt. Ein Teil seines Albtraumes schien ihn in die Wirklichkeit hinüber verfolgt zu haben, denn ganz schwach glaubte er absurderweise immer noch die Stimme seines Vaters zu hören, die unentwegt seinen Namen rief.

»Anders, wach endlich auf!«, drängte Katt. Sie fuhr damit fort, so heftig an seiner Schulter zu rütteln, dass Anders' Zähne aufeinander schlugen.

»Ja, ich bin ja wach«, murmelte er verschlafen. »Was …?«

»Jemand ruft dich«, unterbrach ihn Katt aufgeregt. »Hörst du das nicht?«

Anders blinzelte verwirrt. Katt hatte Recht. Es war kein Traum. Jemand rief leise aber sehr deutlich seinen Namen. Nein, verbesserte er sich in Gedanken. Nicht *jemand.* Die Stimme war sehr weit entfernt und klang ein bisschen verzerrt, doch er erkannte sie trotzdem. Die Stimme seines Vaters hatte ihn nicht aus seinen Albträumen heraus in die Wirklichkeit verfolgt, sondern war aus der Wirklichkeit in seinen Traum gedrungen, und sie war es auch, die ihn letzten Endes geweckt hatte. Mit einem Ruck setzte er sich auf. »Das ist doch unmöglich«, murmelte er.

Katt legte den Kopf auf die Seite. »Was?«

»Mein Vater«, murmelte Anders. Er gab Katt mit einem hastigen Wink zu verstehen, dass sie ruhig sein sollte, legte lauschend den Kopf auf die Seite und fuhr dann selbst fort: »Es ist mein Vater.«

»Oberon?« Katt riss ungläubig die Augen auf.

»Nein«, antwortete Anders betont. »Mein Vater. Es ist seine Stimme!« Er wedelte wieder unwillig mit der Hand, als sie antworten wollte, und diesmal schwieg nicht nur Katt, sondern auch er selbst.

Es gab keinen Zweifel. Es war die Stimme seines Vaters.

Anders verschwendete noch einige Augenblicke daran, vergebens nach einer Erklärung für diese Unmöglichkeit zu suchen, dann richtete er sich endgültig auf und kroch auf Händen und Knien zum Ausgang der kleinen Höhle. Er schob den Kopf ins Freie und blickte aufmerksam nach rechts und links, ohne mehr als Bäume, verfilztes Unterholz und eine Sonne zu sehen, die schon beunruhigend tief über dem Horizont stand. Die Stimme war noch immer zu hören. Sie war jetzt deutlicher, als käme sie näher, und Anders hörte auch, dass sie nicht nur seinen Namen rief.

Anders wiederholte seine unwillige Handbewegung, als Katt neben ihm anlangte und etwas sagen wollte, schob sich noch ein winziges Stückchen weiter ins Freie und suchte den Himmel ab.

Der Helikopter war noch ein gutes Stück entfernt und er flog so tief über den Bäumen, dass Anders ihn nur durch Zufall überhaupt sah, weil er genau in diesem Moment eine Lücke im dichten Blattwerk des Waldes passierte. Und er bewegte sich genau auf sie zu!

Auch Katt hatte den Drachen entdeckt, stieß erschrocken die Luft zwischen den Zähnen aus und machte eine Bewegung, um aus der Höhle zu springen und davonzulaufen, aber Anders riss sie mit einem harten Ruck zurück. Er war nicht sicher, dass der halbe Meter Erdreich und Steine über ihren Köpfen ausreichte, um sie vor den elektronischen Augen und Ohren des Hubschraubers zu schützen; doch wenn Katt jetzt hinauslief, dann konnte sie sich ebenso gut eine signalrote Kappe aufsetzen und mit den Armen wedeln. Anders legte ihr eine Hand auf die Schulter und deutete mit der anderen in die Richtung, in der der Helikopter mittlerweile wieder über dem geschlossenen Blätterdach des Waldes verschwunden war, und lauschte mit angehaltenem Atem.

»Anders!«, rief die Stimme seines Vaters. Es gab keinen Zweifel. Es war der vertraute, volltönende Bass, der das Erste war, woran sich Anders in seinem Leben erinnerte, wenn er versuchte an seinen Vater zu denken, und nun, da ihm sein Bild genommen worden war, auch das Einzige. »*Anders, hör mir zu!*«, fuhr die aufgezeichnete Stimme fort. »*Du musst aufhören vor den Männern davonzulaufen! Sie sind auf deiner Seite!*«

»Ja, ganz bestimmt«, murmelte Katt. Anders verstärkte den Druck auf ihrer Schulter, um sie damit zur Ruhe zu gemahnen, und konzentrierte sich weiter auf die Stimme seines Vaters, die der langsam fliegende Helikopter mit dröhnender Lautstärke über dem Wald erschallen ließ.

»*Ich verstehe, dass du Angst hast und wahrscheinlich sehr zornig bist. Aber es ist nicht so, wie du glaubst. Ich kann dir alles erklären, doch dazu musst du zu mir kommen! Du musst dich den Männern stellen, hörst du? Sie werden dir nichts tun und deiner kleinen Freundin auch nicht. Ihr habt nichts zu befürchten! Bitte, Anders, vertrau mir!*«

»Kleine Freundin?«, zischte Katt.

Anders ließ sie jetzt los, gebot ihr aber mit einer fast herrischen Geste, still zu sein. Doch es gab nichts mehr zu hören. Der Helikopter kam näher und flog so dicht und tief über ihrem Versteck hinweg, dass Anders sicher war, ihn mit einem Steinwurf treffen zu können, und für einige Augenblicke wurde die Stimme seines Vaters wirklich zum grollenden Bass eines Gottes, unter dessen Worten die Welt zu erzittern schien. Aber sie wiederholte nur dasselbe, was Anders schon gehört hatte; eine aufgezeichnete Nachricht, die immer und immer wieder ablief und mit der der Helikopter vermutlich den Wald im weiten Umkreis beschallte, wenn nicht das ganze Tal.

Sie blieben reglos unter dem überhängenden Felsen am Höhleneingang liegen, bis der Helikopter nicht nur aus ihrem Sichtbereich verschwunden, sondern auch die Stimme Oberons kaum noch zu verstehen war. Erst dann wagte es Anders, sich weiter aufzurichten und ein kleines Stück aus der Höhle hinauszukriechen. Nachdenklich und vollkommen verwirrt blickte er in die Richtung, in der die Maschine geflogen war. Sosehr es ihn erschreckt hatte, plötzlich diese vertraute Stimme zu hören, ebenso sehr verwirrte es ihn auch.

»Das war Oberon«, flüsterte Katt. Sie klang erschüttert. Fast ehrfürchtig.

»Nein!«, antwortete Anders betont. »Das war mein Vater.«

»Er ist hier?«, murmelte Katt ungläubig. »Er ist dort oben, in dem Drachen?«

»Nein«, antwortete Anders. »Bloß seine Stimme.« Katt blickte noch verwirrter, sodass er mit einer erklärenden Geste in den Himmel hinzufügte: »Wir können so etwas. So, wie ihr Bilder malt, können wir Stimmen aufzeichnen, die man sich später und an einem anderen Ort anhören kann.«

»So wie die Laus, die Tamar in meinem Zimmer hinterlassen hat«, sagte Katt mit einem nachdenklichen Stirnrunzeln.

»Wanze.« Anders lächelte flüchtig. »Aber im Prinzip hast du Recht, ja.«

»Und?«, fragte Katt. »Wirst du tun, worum er dich bittet?«

»Sicher«, sagte Anders spöttisch. »Wenn du mich nicht mit Gewalt daran gehindert hättest, wäre ich sofort rausgesprungen und hätte einen Indianertanz aufgeführt, damit sie mich sehen, was denkst du denn? Schließlich soll sich das alles auch gelohnt haben, oder?«

»Ich fand, er klang ziemlich …«, Katt suchte einen Moment nach dem richtigen Wort, »… überzeugend.«

»Für mich hörte es sich eher verzweifelt an.« Aber war es wirklich das, was er glaubte? Er wusste es nicht. Es war die Stimme seines Vaters gewesen, gar kein Zweifel, und doch glaubte er in ihr etwas Fremdes, ihm bislang Unbekanntes wahrgenommen zu haben. Trotz aller Ruhe und der gewohnten Selbstsicherheit war da ein leiser Unterton von Furcht gewesen. Aber Furcht wovor? Angst um ihn?

Oder Angst *vor* ihm?

»Glaubst du ihm?«, fragte Katt.

»Was?«, gab Anders zurück. »Dass er es gut mit mir meint

und ich und meine *kleine Freundin* nichts zu befürchten haben?« Er schüttelte den Kopf und lachte böse. »Sicher. Und dass alles ganz anders ist, als es aussieht, auch.«

Katt blieb ernst. »Du weißt, was ich meine. Was, wenn er Recht hat und wirklich alles ganz anders ist, als wir glauben?«

»Das bezweifle ich ja gar nicht«, antwortete Anders böse. »Ich schätze, es ist noch viel schlimmer.«

Er hatte selbst das Gefühl, dass es mittlerweile nur noch purer Trotz war, der aus seinen Worten sprach, denn sosehr er sich auch dagegen zu wehren versuchte, verspürte er doch plötzlich einen leisen, nagenden Zweifel, den viel weniger die Worte seines Vaters als mehr die Katts in ihm ausgelöst hatten. Seit er hierher gekommen war, hatte er hundert verschiedene Erklärungen für die Existenz dieser fantastischen Welt und ihrer noch viel fantastischeren Bewohner gefunden und sie eine nach der anderen wieder verworfen – wer sagte ihm, dass die Erklärung, die er nun gefunden zu haben schien, nicht ebenso falsch war?

Anders würgte den Gedanken mit Gewalt ab. Er würde seinem Vater nicht gestatten, auf dem Umweg über Katt Einfluss auf ihn zu nehmen. Denn genau das war es, was im Moment geschah. Anders kannte sogar den Grund. Es war die *Stimme* seines Vaters. Auch ohne technisch auf das Hundertfache ihrer Lautstärke verstärkt zu sein, war sie schon immer sein größtes Kapital gewesen. In seinem ganzen Leben war Anders nur drei- oder viermal dabei gewesen, wenn sein Vater mit einem seiner Geschäftspartner verhandelte oder ein anderes wirklich wichtiges Gespräch führte – was er übrigens *niemals* am Telefon tat, sondern stets nur persönlich –, und nicht einmal er hatte sich der fast hypnotischen Macht dieser Stimme entziehen können. Es war nicht einmal wirklich ihr Klang, obwohl sein Vater alle Chancen gehabt hätte, zum begehrtesten Synchronsprecher der Welt zu werden, hätte er sich nicht dafür entschieden, der reichste Mann der Welt zu sein, sondern irgendetwas, was unhörbar darin mitschwang; eine Selbstsicherheit und Überzeugungskraft, die den Worten, die sie sprach, ein Gewicht verlieh, dem sich niemand entziehen konnte. In gewissem Sinne *war* die Stimme seines Vaters die eines mythischen Gottes, denn sie transportierte eine Wahrhaftigkeit, an der es keine Zweifel gab.

Selbst wenn das, was sie sagte, gelogen war.

»Nein«, sagte er noch einmal. »Das ist nur ein Trick, Katt. Glaub mir. Ich kenne meinen Vater.«

»Aber er klang so …«, murmelte Katt verstört.

»Überzeugend?«, schlug Anders vor. Er nickte. »Du meinst, überzeugend genug um euch allen vorzumachen, er wäre ein Gott? Und er würde es nur gut mit euch meinen? Ja, das stimmt.«

Er wäre überrascht gewesen, hätte Katt eingelenkt, aber er konnte in ihren Augen erkennen, dass es ihm zumindest gelungen war, es seinem Vater mit gleicher Münze heimzuzahlen. Sie begann zu zweifeln. Mehr konnte er im Moment nicht erwarten. Und mehr war auch nicht nötig.

»Auf jeden Fall scheint dem alten Herrn das Wasser bis zum Hals zu stehen«, sagte er grimmig. »Gut.«

»Wie meinst du das?«

»Nach allem, was er bisher unternommen hat, um mich möglichst unauffällig wieder einzufangen, ist das ein ziemlich drastischer Schritt, finde ich«, antwortete Anders. »Ich bin gespannt, was er sich als Nächstes einfallen lässt.«

Er stand endgültig auf, warf noch einen sichernden Blick in den Himmel und bildete dann mit beiden Händen einen Trichter vor dem Mund, um, so laut er nur konnte, nach Boris zu rufen. Was wahrscheinlich nicht nötig gewesen wäre. Er hatte den Namen des Trolls noch nicht ganz ausgesprochen, als es im Gebüsch zu rascheln begann und das riesenhafte Geschöpf geduckt aus dem Unterholz hervortrat. Wie immer war es Anders vollkommen unmöglich, in Boris' Gesicht zu lesen, aber ihm war klar, dass der Troll die ganze Zeit über in ihrer unmittelbaren Nähe gewesen war, um auf sie aufzupassen.

Vielleicht sogar nahe genug, um jedes Wort zu hören. Anders fragte sich, wie viel von dem, was er hörte, Boris wirklich verstand. Er wusste es nicht, doch je länger er mit dem riesigen Geschöpf zusammen war, desto mehr hatte er das Gefühl, dass die Antwort schlichtweg lautete: alles.

»Wir müssen weiter«, sagte er. »Ich möchte ungern im Wald übernachten.« Er drehte sich zu Katt um. »Schaffen wir es heute noch?«

Katt warf einen langen nachdenklichen Blick zur Sonne hinauf, bevor sie mit einer Bewegung antwortete, die irgendwo zwischen einem Achselzucken und einem zaghaften Nicken angesiedelt war. »Wenn wir uns nicht zu oft verstecken müssen …«

»Kaum«, antwortete Anders mit einer Kopfbewegung in die Richtung des mittlerweile endgültig aus ihrem Hörbereich verschwundenen Helikopters. »Sie werden das ganze Gebiet abfliegen. Schließlich wollen sie, dass ihre Nachricht bei mir ankommt. Es gibt keinen Grund, zurückzukommen.«

Katts Gesichtsausdruck nach zu urteilen schien sie davon nicht annähernd so überzeugt zu sein wie er, doch schließlich wiederholte sie ihre unschlüssige Bewegung, wobei der Anteil des Nickens darin diesmal größer war. »Also gut«, sagte sie. »Aber dann dürfen wir keine Zeit mehr verlieren.«

19

Mit dem allerletzten Rest Tageslicht erreichten sie den Fuß der Berge. Sie wären schneller gewesen, aber ganz gegen Anders' feste Überzeugung hatten sie sich doch noch einmal vor einem Helikopter verstecken müssen, der im Tiefflug über den Wald hinwegdonnerte, und kurz darauf hatte sich Katt verlaufen und sie eine gute halbe Stunde in die falsche Richtung geführt, was sie noch einmal dieselbe Zeit gekostet hatte, die verlorene Strecke wieder wettzumachen. Endlich aber begannen die Abstände zwischen den Bäumen größer zu werden und in dem Moos, abgestorbenen Blattwerk und den trockenen Ästen, über die sie gingen, tauchten immer mehr Steine und Felsschutt auf. Es wurde kälter. Im gleichen Maße, in dem das Tageslicht über ihnen zu verblassen begann, hatten die Temperaturen auch einen Sturz begonnen, von dem Anders fürchtete, dass er ins Bodenlose führte. Er kannte die Berge gut genug um zu wissen, wie schnell das Wetter hier umschlagen konnte und wie extrem die Temperaturunterschiede zwischen Tag und Nacht manchmal waren. Wenn sie Pech hatten und Katts Höhle auch nur ein kleines Stück höher im Gebirge lag, dann stapften sie in einer halben Stunde durch Schnee und Eis.

Aber auch wenn das Schicksal bisher geradezu erpicht darauf gewesen zu sein schien, ihnen alle nur denkbaren Steine in den Weg zu legen – diese eine Gehässigkeit blieb ihnen erspart. Der Wald hörte plötzlich und so harsch auf, als wäre jemand mit einem Messer an seinem Rand entlanggefahren und hätte alles, was auf der anderen Seite lag, in Stein verwandelt.

»Dort oben.« Katt hob die Hand und deutete auf ein Gewirr von Felstrümmern und riesigen Findlingen, das sich am Ende einer gewaltigen Schutthalde erhob, an deren Fuß sie standen. Anders konnte dort oben nichts als Schatten und harte Linien erkennen, aber er sah zumindest, dass es zwischen den Felsen hier und da weiß schimmerte. Er hatte sich nicht getäuscht, was die Temperaturen in diesem Teil der Berge anging.

»Bist du sicher?«, fragte er mit einem Blick in den Himmel hinauf. Das Tageslicht hatte bereits deutlich abgenommen. Vielleicht noch eine halbe Stunde, wahrscheinlich weniger, und es würde vollkommen dunkel sein – und nach seiner Einschätzung war das ungefähr die Zeit, die sie brauchen würden, um die Böschung aus Schutt und Steintrümmern und losem Geröll zu überwinden. Die Vorstellung, den Abstieg in die Höhle vielleicht bei vollkommener Dunkelheit bewältigen zu müssen, jagte ihm einen kalten Schauer über den Rücken.

»Ziemlich«, antwortete Katt.

Das war nicht die Antwort, die er hatte hören wollen, und er wandte sich mit fragendem Gesichtsausdruck direkt zu ihr um. »Nur ziemlich?«

Katt hob unglücklich die Schultern. »Es ist schon lange her, dass wir hier waren«, gestand sie und warf einen neuerlichen, nervösen Blick den Hang hinauf. Dann nickte sie. Es sah nicht so aus, als wäre sie wirklich überzeugt. »Aber ich glaube schon. Ja. Es muss hier sein.«

Anders sah sich unglücklich nach Boris um. Wie schon den ganzen Tag über war der Troll auch auf dem letzten Stück des Weges zwar stets in ihrer Nähe geblieben, hatte sich aber nur selten gezeigt. Jetzt wünschte er sich, er wäre hier, obwohl er selbst gar nicht genau hätte sagen können, warum. Der Aufstieg über scharfkantige Splitter und lockeres Geröll würde schon Katt und ihn vor große Probleme stellen; für den schwerfälligen Troll war er wahrscheinlich eine Unmöglichkeit. Aber vielleicht hatte Boris ja einfach bessere Augen als er.

Wie auf ein Stichwort hin trat Boris nur wenige Schritte neben ihnen aus dem Unterholz und nickte ihm beruhigend zu. Dann legte er den Kopf in den Nacken und sah in dieselbe Richtung wie Katt, und diesmal konnte selbst Anders auf seinem Gesicht lesen, wie wenig ihm das behagte, was er sah.

»Vielleicht wäre es besser, wenn du nicht mitkommst«, schlug er vor – in einem Tonfall, der das genaue Gegenteil behauptete. Boris grunzte dann auch nur etwas, das er nicht verstand, machte eine wedelnde Geste mit beiden Händen und tat einen weiteren, entschlossenen Schritt aus dem Wald heraus, und nicht einmal eine Handspanne vor ihm hämmerte ein weiß gefiederter Pfeil in den Boden und blieb zitternd stecken.

Plötzlich ging alles rasend schnell. Überall zwischen den Felsen, aber auch rechts und links im Unterholz tauchten weiß gekleidete Gestalten mit langen Mänteln, Bogen und Armbrüsten auf, und auch hinter ihnen raschelte es verräterisch.

Anders fand nicht einmal genügend Zeit, auch nur wirklich zu erschrecken, geschweige denn das zu verarbeiten, was er sah, bevor sich schon ein weiterer Pfeilhagel auf den Troll niedersenkte. Irgendwie gelang es Boris, den allermeisten der mit großer Präzision gezielten Geschossen auszuweichen; aber eben nur den meisten. Gerade als Anders glaubte, er hätte es geschafft, bohrte sich ein Pfeil tief in Boris' Oberarm, und während der Troll mit einem wütenden Schmerzgebrüll herumfuhr und nach dem gefiederten Schaft des Geschosses zu greifen versuchte, traf ihn ein weiterer Pfeil in die Wade. Boris brüllte noch einmal und lauter, als sein Bein unter ihm wegknickte und er so schwer stürzte, dass der Boden unter Anders' Füßen erzitterte.

»*Nein!*«, schrie er. Katt war herumgefahren und hatte sich instinktiv hinter einen Baum geduckt, doch Anders warf sich ebenso instinktiv in die andere Richtung und stellte sich direkt vor den gefallenen Troll. Ein Pfeil zischte so dicht an ihm vorüber, dass er die Berührung der Federn an seinem Ende zu spüren glaubte, und ein zweites Geschoss bohrte sich nur Zentimeter neben seinem rechten Fuß in den Boden. Anders riss verzweifelt die Arme in die Höhe und begann zu gestikulieren. »Hört auf!«, schrie er. »Nicht weiterschießen!«

Quasi als direkte Antwort auf sein Geschrei zischte ein weiterer Pfeil heran, der ihn diesmal weit verfehlte, sich aber zielsicher in dasselbe Bein bohrte, in dem Boris schon einmal getroffen worden war. Der Troll heulte vor Schmerz und Wut auf, kroch ein kleines Stück davon und riss mit einer einzigen Bewegung die beiden Pfeile heraus, die sich in seine Wade gebohrt hatten. Die Wunden, die die mit gefährlichen, rasiermesserscharfen Widerhaken versehenen Geschosse hinterließen, bluteten heftig, und obwohl es Boris gelang, sich in die Höhe zu stemmen, schien es ihn all seine Kraft zu kosten, stehen zu bleiben. Er wankte sichtlich hin und her, machte schließlich einen ungeschickten Schritt nach hinten und lehnte sich mit dem Rücken an einen Baumstamm.

Wieder zischte ein Pfeil heran. Das Geschoss passierte sowohl Anders als auch den Troll, und hatte Anders vorher ganz instinktiv reagiert, ohne auch nur über die Gefahr nachzudenken, in die er sich begab, so tat er nun etwas vollkommen Verrücktes: Statt sich in Sicherheit zu bringen, trat er mit einem einzigen Schritt direkt zwischen den Troll und das gute Dutzend weiß gekleidete Gestalten, das mit gezückten Waffen heranstürmte, und breitete die Arme aus.

»Nein!«, schrie er. »Lasst ihn in Ruhe!«

Der Pfeilhagel hatte tatsächlich aufgehört, aber die ersten Elder-Krieger waren mittlerweile fast heran und der Ausdruck finsterer Entschlossenheit, den Anders auf ihren Gesichtern las, ließ ihn erschauern. Dennoch wich er keinen Zentimeter zur Seite, sondern straffte nur die Schultern und versuchte noch entschlossener auszusehen – obwohl ihm selbst klar war, wie lächerlich der Anblick im Grunde sein musste, den er bot. Boris war nicht nur fast doppelt so groß wie er, er musste ungefähr das Sechs- oder Siebenfache wiegen und war selbst in seinem momentanen Zustand als Gegner hundertmal gefährlicher, als Anders es jemals sein konnte. Er war kaum mehr als ein Säugling, der einen Erwachsenen beschützen wollte.

Aber vielleicht war es gerade die Absurdität des Anblickes, der sie rettete; oder zumindest Boris. Vier, fünf Elder hatten sich ihnen mittlerweile auf wenige Schritte genähert und eine noch sehr viel größere Anzahl folgte ihnen in einem Abstand, der gerade groß genug war, damit sie ihre Bogen und Armbrüste einsetzen konnten, sollte Boris die Gelegenheit etwa zu einem überraschenden Fluchtversuch oder gar zum Angriff nutzen.

Die Männer kamen weiter näher, bis sie in kaum zwei Metern Entfernung stehen blieben und mit gezückten Waffen einen Halbkreis um ihn und den Troll bildeten. »Geh aus dem Weg, Junge!«, sagte einer von ihnen. Anders hatte Mühe, im schwächer werdenden Licht das Gesicht des Mannes zu erkennen, aber er kam ihm dennoch vage bekannt vor. Er schüttelte stur den Kopf.

»Nein«, sagte er. »Ihr dürft ihm nichts tun. Er steht auf unserer Seite.«

Der Elder starrte ihn eine Sekunde lang einfach nur verblüfft an, dann schüttelte er abgehackt den Kopf, als könnte er einfach nicht glauben, was er da gerade gehört hatte, kam aber noch einen halben Schritt näher und blieb dann endgültig stehen. Sein Blick irrte verstört zwischen Anders' Gesicht und dem des Trolls hin und her. Er setzte dreimal an, bevor er überhaupt etwas sagen konnte.

»Du bist verrückt.«

»Nein«, antwortete Anders so fest und ruhig, wie er nur konnte. Es war weder das eine noch das andere. »Bitte hört auf«, sagte er noch einmal; in einem Tonfall, der beschwörend klingen sollte, von dem er aber selbst spürte, dass er sich einfach nur flehend anhörte. »Boris ist unser Freund. Er hat Katt und mich gerettet. Ohne ihn wären wir jetzt nicht hier.«

»Er ist ein *Wilder*«, antwortete der Elder.

»Ja«, sagte Anders. »Aber er hat uns trotzdem geholfen. Bitte glaubt mir. Ihr dürft ihm nichts tun.«

»Er hat geholfen?«, vergewisserte sich der Elder. Jetzt, als er näher heran war, erkannte Anders ihn. Er kannte seinen Namen nicht, aber der Mann hatte Seite an Seite mit ihm und Tamar und Culain hinter den Zinnen der Torburg gekämpft, und mit einem Mal wurde Anders klar, was er von diesem Krieger verlangte. Es war erst wenige Tage her, da hatte dieser Mann gegen eine ganze Armee solcher Geschöpfe gekämpft, die mit der festen Absicht gekommen waren, ihn und alle seine Brüder und Schwestern zu töten. Er hatte *gesehen*, wie seine Kameraden unter den Klauen und Keulen der Trolle fielen, und sich vermutlich mit mehr als einem dieser riesigen Geschöpfe einen erbitterten Zweikampf geliefert.

»Bitte, lasst es mich erklären«, sagte Anders hastig.

Der Elder starrte weiter den Troll an. In seinem Gesicht arbeitete es. Das Schwert in seiner Hand begann leicht zu zittern, was sicherlich nicht am Gewicht der Waffe lag. Mehr und mehr Männer gesellten sich jetzt zu ihm. Die meisten hatten ihre Schwerter gezogen, einige aber zielten auch weiter mit gespannten Bogen auf den Troll, und Anders betete, dass Boris nun nicht seinerseits irgendetwas Unbedachtes tat, das zu bedauern er wahrscheinlich keine Gelegenheit mehr finden würde. »Es ist wahr«, sagte er. »Boris hat uns gerettet. Er hat mich zu Katts Stamm gebracht und er hat mich auch vor Tamar und seinen Leuten gerettet.«

»Tamar?« Der Kopf des Elder ruckte herum. Sein Blick verdüsterte sich, aber in seinen Augen erschien auch ein schwaches Erschrecken. »Wo ist er? Verfolgt er euch?«

»Nein«, antwortete Anders. »Ich glaube, wir haben ihn abgeschüttelt. Aber auch das haben wir nur ihm zu verdanken.«

Wieder sah der Elder-Krieger den riesigen Troll an, der hinter Anders an einem Baum lehnte und vor Schmerz (oder Wut?) leise grunzte. »Wo sind die anderen?«, fuhr er fort. »Culain und Morgen? Und ihre Begleiter?«

Anders zögerte gerade lange genug mit der Antwort – wie ihm selbst schmerzhaft bewusst war –, um dem Misstrauen des Elder neue Nahrung zu geben. Aber es fiel ihm schwer. Manche Dinge ließen sich leichter ertragen, wenn man sie nicht aussprach. »Tot«, sagte er.

Das ohnehin bleiche Gesicht seines Gegenübers verlor noch mehr an Farbe. »Tot?«, wiederholte er erschrocken. »Alle?«

Anders schüttelte den Kopf. »Ich weiß es nicht«, sagte er wahrheitsgemäß. »Morgen und Culain sind tot. Was mit den anderen geschehen ist, habe ich nicht gesehen.«

»Was ist passiert?«, wollte der Mann wissen. Plötzlich klang seine Stimme scharf, so hart wie Eisen und so kalt wie das Eis auf den Gipfeln der Berge über ihnen. »Hat Tamar sie umgebracht?«

»Nein«, antwortete Anders, obwohl er sich bei diesem Wort selbst wie ein Verräter vorkam. »Es war …«, er suchte einen

Moment nach Worten, »... ein schrecklicher Unfall. Ein Missverständnis. Einer von Tamars Männern hat sie erschossen, aber ich glaube, er wollte es gar nicht. Alles ging so schnell.«

»Das scheint mir auch so«, antwortete der Elder mit einem düsteren Nicken. »Und was ist mit den anderen geschehen?«

»Ich weiß es nicht«, sagte Anders noch einmal. Er machte eine Handbewegung hinter sich, in die Richtung, in der er Katt vermutete. »Wir sind geflohen. Ich weiß nicht, ob es einen Kampf gegeben hat, und wenn ja, wie er ausgegangen ist.«

Das war zumindest zur Hälfte einfach lächerlich. Er wusste tatsächlich nicht, ob es zwischen Tamars Soldaten und den Elder und Tiermenschen zu einem Kampf gekommen war. Aber wenn, wusste er sehr genau, wie er ausgegangen sein musste.

Sein Gegenüber offensichtlich auch, denn sein Gesicht verdüsterte sich noch weiter und er presste die Kiefer so fest aufeinander, dass Anders glaubte seine Zähne knirschen zu hören. Er sagte eine ganze Weile nichts, sondern starrte nur abwechselnd Anders und den Troll an, dann wandte er sich mit einer abrupten Bewegung ab, rammte sein Schwert in die Scheide zurück und machte eine befehlende Geste zu den Männern hinter sich. »Lasst ihn am Leben«, sagte er. »Aber gebt Acht. Eine einzige falsche Bewegung und ihr tötet ihn.«

Anders atmete vorsichtig auf, auch wenn er wusste, dass der gefährliche Moment noch längst nicht vorüber war. Es war fast wie in der vergangenen Nacht auf dem Platz vor Katts Haus. Eine einzige falsche Bewegung konnte eine Katastrophe auslösen. Wie schnell, das hatte er auf schreckliche Weise miterlebt.

»Ihr werdet uns eine Menge erklären müssen, mein Junge«, sagte der Elder. »Aber nicht hier und nicht jetzt. Die Nacht bricht herein und ...«

»... oben in der Höhle sind wir vor den Drachen sicherer als hier«, führte Anders den Satz zu Ende.

Der Elder sah ihn überrascht an und Anders fuhr fort: »Morgen hat mir von eurem geheimen Schlupfwinkel in den Bergen erzählt. Die Höhle, in der ihr euch versteckt.«

»Warum sollte sie das tun?«, fragte der Krieger lauernd.

»Weil sie nicht sicher war, ob wir es schaffen«, antwortete Anders. »Sie wusste, dass Tamar und seine Männer ihr auf den Fersen waren. Sie hat uns den Weg beschrieben für den Fall, das wir getrennt würden.« Er war sich des Risikos bewusst, das er mit dieser Lüge einging. Wenn die Elder sie belauscht hatten und wussten, dass es in Wahrheit Katt war, die ihn hierher geführt hatte und nicht umgekehrt, dann verspielte er damit auch noch das allerletzte bisschen Vertrauen, das er jetzt vielleicht doch noch bei ihnen genoss. Aber seine Taktik schien sich als richtig zu erweisen. Der Elder sah ihn weitere drei oder vier endlose, schwere Herzschläge lang ebenso misstrauisch wie durchdringend an, bevor er abgehackt nickte.

»Also gut«, sagte er. »Ihr kommt mit uns. Ich habe eine Menge Fragen an dich und ich rate dir, ein paar gute Antworten parat zu haben.«

Seine Stimme troff vor Verachtung und Widerwillen, als er den Arm hob und auf Boris deutete. »Und dieses ... *Ding* begleitet uns auch. Kannst du mit ihm reden?«

»Boris versteht unsere Sprache«, antwortete Anders. Die Wahl seiner Worte konnten seinem Gegenüber nicht entgangen sein, aber er ignorierte sie.

»Dann sag ihm, dass er sich besser ruhig verhält und keine Dummheiten macht. Die meisten meiner Männer haben noch eine Rechnung mit ihm und seinesgleichen offen.«

Anders wandte sich betont langsam zu Boris um. Der Troll hatte sich mittlerweile aufgerichtet und lehnte nicht mehr an dem Baumstamm. Aus den tiefen Wunden in seiner Wade lief noch immer Blut, das sich mittlerweile zu einer erschreckend großen Lache zwischen seinen Füßen angesammelt hatte, aber er zeigte nicht das mindeste Anzeichen von Schwäche oder gar Furcht, sondern hatte ganz im Gegenteil die riesigen Hände zu Fäusten geballt und musterte das gute Dutzend weiß gekleidete Gestalten, das ihn mit gezückten Waffen umringte, finster. Was Anders gerade über den Elder gedacht hatte, galt für Boris auch, und das noch viel mehr. Die weiß gekleideten Krieger mit den Fuchsohren und den asketischen Gesichtern waren der Todfeind seines Volkes, und Anders konnte spüren, wie schwer es Boris fiel, sich nicht einfach auf sie zu stürzen; ganz egal ob es nun sein Leben kostete oder nicht.

»Also los!«, befahl der Elder. »Wir müssen in der Höhle sein, bevor es wirklich dunkel wird. In der Nacht sind die Drachen doppelt gefährlich.«

Gleich vier seiner Männer steckten ihre Waffen ein und kamen mit grimmigem Gesichtsausdruck auf Boris zu. Der Troll knurrte drohend, als sie die Hände ausstreckten, um nach seinen Armen zu greifen, und für einen ganz kurzen Moment kehrte die Gefahr zurück; Anders spürte, wie die Spannung wieder anstieg und sich plötzlich zu entladen drohte, als Boris ein warnendes Knurren ausstieß und sich leicht duckte.

»Bring diese Kreatur zum Schweigen«, befahl der Elder. Plötzlich hörte sich seine Stimme so an, als hoffe er, dass es Anders nicht gelänge.

»Boris, bitte«, sagte Anders beschwörend. »Sie werden dir nichts tun. Glaub mir. Sie haben nur Angst, das ist alles.«

»Nicht gut«, grollte Boris.

Hätte er in diesem Moment eine riesige Keule hinter seinem Rücken hervorgezogen, um dem vordersten Elder damit auf den Kopf zu schlagen, hätte die Überraschung nicht größer sein können. Die vier Männer, die sich ihm genähert hatten, prallten erschrocken zurück, und auch ihr Anführer riss ungläubig die Augen auf und starrte erst Boris, dann Anders verblüfft an.

»Es … es spricht?«, fragte er fassungslos.

»Nicht *es*«, verbesserte ihn Anders. »Er.«

»Aber dann …« Der Elder brach ab, schüttelte noch einmal den Kopf und fing sich dann wieder. »Also gut. Anscheinend hast du dieses Ding ja gut dressiert. Dann bist du ab sofort auch dafür verantwortlich. Es wird sich Fesseln anlegen lassen und tun, was wir ihm sagen, oder wir erschlagen es gleich auf der Stelle.«

Anders schluckte alles hinunter, was ihm auf der Zunge lag. So ruhig, wie er nur konnte, wandte er sich wieder an den Troll. »Dir wird nichts passieren, Boris«, sagte er. »Das verspreche ich dir. Bitte tu, was sie von dir verlangen.« Einer plötzlichen Eingebung folgend, wandte er sich noch einmal an den Elder. »Warum lasst ihr ihn nicht einfach laufen?«, fragte er.

»Damit er zu seinen Leuten rennt und morgen früh eine ganze Meute von ihnen über uns herfällt?« Der Elder schüttelte mit einem humorlosen Lachen den Kopf. »Ganz bestimmt nicht.«

Was hatte er eigentlich erwartet? Anders musste sich widerwillig eingestehen, dass er anstelle des weiß gekleideten Kriegers vermutlich kein bisschen anders reagiert hätte. Ganz im Gegenteil musste es für den Mann schon eine gewaltige Überwindung bedeuten, den Troll überhaupt am Leben zu lassen. Niedergeschlagen wandte er sich wieder an Boris. »Ich verspreche dir, dass dir nichts geschieht. Ich verbürge mich mit meinem Leben dafür, wenn du willst.«

Boris starrte ihn einen endlosen Moment lang durchdringend an – und dann streckte er langsam die Arme nach vorne und legte die Handgelenke aneinander, damit die Elder ihn fesseln konnten. »Ja«, knurrte er.

Aber irgendwie brachte er es fertig, dieses Wort wie eine Drohung klingen zu lassen.

20

Ganz, wie Katt gesagt hatte, bestand die Höhle nicht aus einem einzigen großen Raum, sondern erwies sich vielmehr als der Anfang eines gewaltigen unterirdischen Labyrinths aus Stollen, Gängen und mehr oder weniger großen Felsdomen, das tief in den uralten Granit des Gebirges hineinführte. Der Spalt, den

Katt und ihre Schwester vor Jahren entdeckt hatten, war tatsächlich so schmal, dass es Boris einige Mühe (und ein bisschen Haut- und Fellfetzen) kostete, seine breiten Schultern hindurchzuquetschen, und auch danach wurde es nicht wirklich besser: ein schmaler, in halsbrecherisch steilem Winkel in die Tiefe führender Gang nahm sie auf, sodass Anders insgeheim sogar für die starken Hände dankbar war, die ihn festhielten. Nach allem, was hinter ihm lag, war er nicht mehr sicher, dass er den gefährlichen Abstieg aus eigener Kraft bewältigt hätte.

Sie gelangten in eine halbrunde, vielleicht zwanzig Meter durchmessende Höhle, von deren Decke bizarre Felsgewächse herabhingen und die vom flackernden Rot zweier halb heruntergebrannter Feuerstellen erhellt wurde. Fast ein halbes Dutzend unterschiedlich großer Durchgänge führte in weitere Höhlen oder Stollen und damit tiefer in den Berg hinein, und mindestens einer davon musste wohl auch irgendwo eine Verbindung nach draußen haben, denn Anders verspürte einen kühlen Luftzug. Obwohl die beiden Feuerstellen fast heruntergebrannt waren und das nasse Holz heftig qualmte, war die Luft hier drinnen erstaunlich gut.

Katt und er wurden zu einem der Feuer geleitet, während die Elder Boris in eine möglichst weit entfernte Ecke der großen Höhle bugsierten. Obwohl seine Hände mittlerweile auf dem Rücken zusammengebunden und auch seine Füße mit einem kurzen Strick gefesselt waren, der ihm nur winzige, mühsame Schritte ermöglichte, wurde er nach wie vor von gleich vier Kriegern bewacht, die ihre Schwerter und Bogen gegen lange Hellebarden mit gefährlich aussehenden Axtklingen an den Enden eingetauscht hatten. Der Troll kauerte sich widerstandslos in einen Winkel der Felsenhöhle und gab nicht einmal dann einen Laut von sich, als einer der Elder vollkommen überflüssigerweise mit der Spitze seiner Hellebarde nachhalf und ihm eine weitere tiefe Schramme zufügte. Doch Anders glaubte seine vorwurfsvollen Blicke selbst über die große Entfernung hinweg zu spüren.

Katt und er wurden zwar weniger grob, dennoch aber mit dem gleichen Misstrauen behandelt. Auf einen Befehl des Mannes hin, mit dem sie unten am Waldrand gesprochen hatten, setzten sie sich nahe an das fast heruntergebrannte Feuer. Die Elder zogen sich ans andere Ende der Höhle zurück und begannen leise und aufgeregt miteinander zu debattieren, zwei Mann jedoch blieben bei ihnen, um sie aufmerksam und mit feindseligen Mienen zu bewachen. Ganz offensichtlich, dachte Anders sarkastisch, hatte es sich noch nicht bei allen Elder herumgesprochen, wer er eigentlich war. Oder Oberons Ansehen hatte ziemlichen Schaden genommen, seit er Tiernan verlassen hatte.

»Sie streiten sich, was mit uns geschehen soll«, murmelte Katt plötzlich, ganz leise und ohne den Blick von dem Häufchen dunkelrot glühender Asche zu nehmen, zu dem das Feuer zusammengesunken war. Offensichtlich wollte sie nicht, dass die beiden Elder in ihrer Nähe die Worte verstanden.

Anders reagierte im ersten Moment gar nicht, dann beugte er sich vor und hielt die Hände über die Glut, wie um sich daran zu wärmen. Eigentlich nicht nur *wie.* Draußen im Wald war es empfindlich kühl gewesen; hier drinnen war es eisig. Abgesehen von der Farbe der Wände fühlte sich Anders mehr als unangenehm an die Monate erinnert, die er in der Eishöhle oben im Gebirge von Tiernan verbracht hatte. »Und was sagen sie genau?«, flüsterte er ebenso leise. Gleichzeitig versuchte er zu verstehen, was drüben auf der anderen Seite des Raumes gesprochen wurde, aber natürlich gelang es ihm nicht. Katt hatte eben nicht nur die Augen einer Katze, sondern auch deren scharfes Gehör.

»Ein paar von ihnen glauben nicht, dass Culain und Morgen tot sind«, antwortete Katt. »Sie glauben, dass du lügst.«

Einige Sekunden lang fragte sich Anders vergeblich, welchen Grund er haben sollte, die Männer in diesem Punkt zu belügen, kam aber zu keinem Ergebnis und fragte schließlich: »Und ihr Anführer?«

»Er ist nicht ganz sicher«, erwiderte Katt. »Er meint, dass du – *still!*«

Anders beherrschte sich gerade noch im letzten Moment, nicht erschrocken hochzufahren, sondern noch zwei oder drei Augenblicke in unveränderter Haltung dazusitzen und die Hände über der Glut zu reiben, bevor er sich betont langsam aufrichtete und den Kopf wandte. Die meisten Elder standen noch immer am anderen Ende der Höhle und redeten aufgeregt und offensichtlich alle zugleich aufeinander ein, doch ihr Wortführer und zwei finster dreinblickende Krieger kamen mit schnellen Schritten auf sie zu. Anders versuchte ohne Erfolg, im Gesicht des Anführers zu lesen.

»Und?«, begann er unfreundlich.

Der Elder zog vielsagend die linke Augenbraue hoch, überging die Provokation aber ansonsten und ließ sich mit untergeschlagenen Beinen auf der anderen Seite der Feuerstelle zu Boden sinken. Bevor er sich direkt an Anders wandte, gab er einem seiner beiden Begleiter einen Wink. »Bring Feuerholz«, bat er. »Und sieh nach, ob noch etwas zu essen da ist. Die beiden müssen hungrig sein. Schließlich waren sie den ganzen Tag auf der Flucht.«

Die versteckte Anspielung in diesen Worten entging Anders keineswegs, aber er zog es vor, sie zu überhören. »Feuerholz ist eine gute Idee«, sagte er. »Und wenn du schon einmal dabei bist: ein Krug Wein, ein weiches Bett und ein bisschen Musik wären schön.«

Der Mann ging, ohne ihn noch eines Blickes zu würdigen, und der Elder auf der anderen Seite der Feuerstelle schüttelte missbilligend den Kopf. »Anscheinend bist du dir deiner Lage nicht bewusst, Anders.«

Anders schnaubte. »Anders – das ist doch schon mal ein Anfang. Ich dachte schon, du hättest meinen Namen vergessen.«

»Nein«, antwortete sein Gegenüber. »Waldos – nur für den Fall, dass *du* meinen Namen vergessen haben solltest.« Er wartete gerade lange genug, dass Anders *nicht* darauf antworten konnte, und fuhr fort: »Wir haben auf der Mauer der Torburg nebeneinander gestanden, als wir gegen die Brüder deines neuen Freundes da drüben gekämpft haben.«

»Ich weiß«, antwortete Anders. Das entsprach der Wahrheit. Er erinnerte sich jetzt genau an den schlanken Elder mit der hohen Stirn und den dunklen Augen. Aber er glaubte sich auch an etwas anderes zu erinnern. »Ich bin froh, dass du noch lebst«, sagte er aufs Geratewohl. »Ich hätte schwören können gesehen zu haben, wie du gefallen bist.«

Waldos' Miene verdüsterte sich, doch Anders konnte nicht sagen, ob es eine Reaktion auf seine Worte war oder vielleicht auf die Erinnerung, die sie in ihm wachriefen. »Ich wurde verwundet«, nickte er. »Aber ich hatte Glück. Der Wilde, der mich niedergeschlagen hat, muss mich wohl für tot gehalten haben und hat es versäumt, sich davon zu überzeugen.«

Wenn man bedachte, dass das Ganze erst ein paar Tage her war, dachte Anders, dann machte Waldos einen ziemlich lebendigen und gesunden Eindruck, auch wenn er wie alle hier blass und ebenso übernächtigt wie erschöpft aussah. Vielleicht stimmte es doch, was Katt über die Elder erzählt hatte. »Wie es aussieht, habe ich wohl eine Menge verpasst«, sagte er. »Was ist passiert, nachdem ich Tiernan verlassen habe?«

Das Misstrauen in Waldos' Augen schien für einen Moment wieder zuzunehmen. »Hat Culain dir nichts erzählt?«

»Nicht sehr viel«, sagte Anders. »Es ging alles sehr schnell, weißt du? Tamar und seine Begleiter sind nur wenige Minuten nach Culain und seinen Männern bei uns erschienen. Er hat mir erzählt, dass Tamar versucht hat die Macht in Tiernan an sich zu reißen, aber er ist nicht mehr dazu gekommen, mir Einzelheiten zu berichten.«

Der Elder hob die Schultern. »Davon weiß ich nichts.«

»Davon weißt du nichts?« Anders sah ihn verblüfft an. »Aber du bist hier! Ihr versteckt euch vor Tamar und seinen Leuten hier in den Bergen und du weißt nicht einmal, warum?«

»Meine Männer und ich haben Culain die Treue geschworen«, antwortete Waldos. »Und das ist alles, was zählt.«

Anders war so verwirrt, dass er sein Gegenüber fast eine halbe Minute lang einfach nur fassungslos anstarren konnte. Nicht nur Waldos, sondern all diese Männer hier und auch die, die Culain und Morgen in die Stadt begleitet hatten und dort möglicherweise ums Leben gekommen waren, sollten ihre Heimat verlassen, ihre Familien zurückgelassen und alles, was ihnen etwas bedeutete und ihr Leben ausmachte, einfach aufgegeben haben, nur weil sie Culain irgendwann einmal die Treue geschworen hatten, und ohne nach dem Warum und Wieso zu fragen? Das kam ihm so grotesk vor, dass er jedem anderen, der ihm das gesagt hätte, einfach ins Gesicht gelacht hätte. Und doch las er in den dunkeln Augen seines Gegenübers, dass es ganz genauso war.

»Wenn das stimmt, dann habe ich eine schlechte Nachricht für euch«, fuhr er nach einer Weile fort. »Jetzt, wo Culain nicht mehr da ist, hat Tamar wahrscheinlich das Sagen in Tiernan. Ich schätze, er wird nicht besonders begeistert davon sein, wie ihr euren Treueschwur ausgelegt habt.«

»Tamar wird nichts anderes als eben dies von uns erwarten«, antwortete Waldos. »Und wenn es der Wahrheit entspricht, was du berichtet hast, dann weiß er auch, dass wir ihn töten werden – oder bei dem Versuch ums Leben kommen.«

»Nicht so schnell«, sagte Anders. »Ich habe nicht gesagt, dass Tamar Morgen und Culain umgebracht hat. Ich bin wirklich der Letzte, der ihn verteidigt, aber es war tatsächlich eher ein Unglück als alles andere.« Noch während er die Worte aussprach, fragte er sich selbst, was er da eigentlich tat. Wieso verteidigte ausgerechnet *er* Tamar? Und trotzdem hörte er sich fast zu seiner eigenen Überraschung fortfahren: »Ich glaube, niemand hätte es verhindern können.«

»Doch«, sagte Katt leise. »Ich.«

Anders drehte sich fast erschrocken zu ihr um und auch Waldos blickte das Katzenmädchen stirnrunzelnd und mit einem Ausdruck erneut aufflackernden Misstrauens an. »Was willst du damit sagen?«, fragte er.

»Nichts«, antwortete Anders rasch. »Sie redet Unsinn.«

»Warum lässt du sie das nicht selbst beantworten?«, wies ihn Waldos zurecht. »Also? Was genau hast du damit gemeint?«

Katt starrte noch immer aus starren, fast blicklosen Augen in die erlöschende Glut. »Es war meine Schuld«, sagte sie. »Wenn ich das Messer nicht genommen hätte …«

»Welches Messer?« Waldos' rechte Hand bewegte sich auf das Schwert an seinem Gürtel zu.

»Das ist wirklich Unsinn!«, sagte Anders rasch. »Hör nicht auf sie. Sie weiß nicht, was sie redet. Sie hatte ein Messer in der Hand, das ist richtig. Wir hatten alle Waffen. Sie wollte es gerade fallen lassen, aber einer der Krieger muss die Bewegung wohl falsch gedeutet haben und hat geschossen. Das hat das Unglück ausgelöst. Ein Irrtum, mehr nicht.«

Er hatte nicht den Eindruck, dass diese Worte den Elder wirklich besänftigten oder auch nur überzeugten. Seine Hand hatte sich nicht weiter auf das Schwert zu bewegt, lag aber griffbereit neben der Waffe, und Anders musste nicht extra zu ihnen hinsehen um zu spüren, dass sich auch die beiden anderen Elder versteift hatten. So vertraut, wie ihm Katt mittlerweile war, begann er immer wieder zu vergessen, dass sie für die Elder längst keinen so gleichberechtigten Partner darstellte wie er. In ihren Augen war sie nicht viel mehr als ein Tier, das nur zufällig sprechen konnte; irgendwo zwischen den Wilden und ihren menschlichen Sklaven angesiedelt, die ihnen in Tiernan dienten.

»Es war wirklich so, wie ich sage«, wiederholte er beinahe beschwörend. »Es ging alles einfach viel zu schnell. Es war nicht ihre Schuld. Ich meine – genauso gut könnte man behaupten, dass es meine Schuld gewesen wäre.«

Noch einmal verstrichen zwei oder drei Herzschläge, bevor sich der Blick des Elder endlich von Katts Gesicht löste und Anders traf. »Vielleicht ist es das ja«, sagte er.

Anders wollte antworten, aber Waldos machte eine rasche befehlende Geste und fuhr in verändertem, wenn auch keineswegs freundlichem Ton fort: »Genug jetzt! Ich habe einen Mann zur Stadt der Tiermenschen geschickt, um sich dort umzusehen. Sobald er zurück ist, werden wir wissen, was wirklich geschehen ist.«

»Und was dann?«, wollte Anders wissen. »Ich kann ja verstehen, dass du mir nicht glaubst. Aber was werdet ihr tun, wenn sich herausstellt, dass ich die Wahrheit sage?«

»Dann werden wir zurück nach Tiernan gehen und Tamar fordern«, antwortete Waldos ruhig. »Culain hat offensichtlich versucht genau das zu verhindern, indem er uns weggeschickt hat, bevor es zu einer offenen Auseinandersetzung in Tiernan kommen konnte. Aber jetzt bleibt uns keine Wahl mehr. Jetzt müssen wir das tun, was unser Treueeid von uns verlangt.«

Anders stöhnte innerlich auf. Ein Bürgerkrieg unter den Elder war genauso das gewesen, was Culain hatte verhindern wollen, und es war auch das Allerletzte, was er selbst gewollt hatte. »Aber ihr könnt doch nicht …«, begann er, wurde jedoch sofort wieder von Waldos unterbrochen.

»Im Moment können wir gar nichts tun. Wir werden warten, bis unser Kundschafter zurück ist, und dann entscheiden. Ihr solltet die Gelegenheit nutzen, euch auszuruhen und neue Kräfte zu sammeln. Wir brechen morgen bei Sonnenaufgang auf. Der Tag wird sicher anstrengend.«

»Ach?«, fragte Anders. »Und wohin, wenn ich fragen darf.«

Waldos maß ihn nur mit einem eisigen Blick, stand ohne ein weiteres Wort auf und ging, und auch einer der beiden anderen Elder schloss sich ihm an. Der andere blieb zwar in der Nähe, zog sich jedoch ein paar Schritte zurück, um sich mit lässig vor der Brust verschränkten Armen gegen die Felswand zu lehnen. Er schloss sogar die Augen, aber Anders ließ sich von seiner vorgetäuschten Nachlässigkeit nicht beirren. Zweifellos war der Mann hellwach und hörte jedes Wort, das sie miteinander sprachen.

Katt und er blieben stumm und fast reglos nebeneinander sitzen, bis der Krieger zurückkam und das Feuer wieder neu anfachte. Das Holz, das er brachte, war viel zu frisch und nass und brannte nicht gut, produzierte dafür jedoch umso mehr Qualm, der von dem beständigen Luftzug, der durch die Höhle strich, sofort davongetragen wurde. Anders rutschte noch ein kleines Stückchen näher an das Feuer heran, vorgeblich, um sich an den allmählich höher brennenden Flammen zu wärmen, in Wahrheit aber, um die genaue Richtung herauszufinden, aus der dieser Luftzug kam. Kein einziger des halben Dutzends Durchgänge in den Wänden wurde bewacht. Für den Fall, dass Katt und er vielleicht fliehen mussten, wäre es sicher hilfreich, zu wissen, welcher dieser Gänge ins Freie führte.

»Das war ziemlich riskant von dir, weißt du das eigentlich?«, wandte er sich mit gedämpfter Stimme an Katt. »Was hattest du eigentlich vor? Dich um Kopf und Kragen zu reden?«

»Aber es ist die Wahrheit«, flüsterte Katt. »Es war alles meine Schuld. Wenn ich nicht nach diesem verdammten Messer gegriffen hätte …«

»Ja, und wenn ich nicht zu euch gekommen wäre«, unterbrach sie Anders ärgerlich. »Wenn du mich damals nicht vor den Fressern gerettet hättest und wenn ich nicht in dieses verdammte Flugzeug gestiegen wäre, dann wäre nichts von alledem hier passiert.« Er nickte heftig. »Aber ich *bin* in das Flugzeug gestiegen. Du *hast* mich gerettet und ich bin zu euch gekommen. Es ist nun einmal passiert und wir können nichts mehr daran ändern. Es war nicht deine Schuld.« Er streckte die Hand aus und rechnete fest damit, dass sie auch jetzt wieder vor seiner Berührung zurückweichen würde, aber Katt schien sie nicht einmal zu bemerken. Sie starrte weiter in die Flammen. Ihre Hände hatten sich zu Fäusten geballt, so fest, dass ihre rasiermesserscharfen Nägel tief in die Haut schnitten und kleine Rinnsale aus hellrotem Blut über ihre Handgelenke liefen und zu Boden tropften.

»Niemand konnte damit rechnen, dass diese verdammten Hubschrauber so schnell auftauchen«, fuhr er fort. »Ich verstehe es bis jetzt nicht. Sie müssen unmittelbar vor der Stadt gewartet haben.« Seine Stimme wurde zu einem zornigen Grollen. »Ich schätze, wir haben einen Verräter unter uns.«

Katt sah nun doch auf. »Das glaube ich nicht.«

»Dann erklär mir, wie sie so schnell da sein konnten.«

»Die Drachen sind schnell«, antwortete Katt, doch erneut schüttelte Anders nur heftig und sehr entschieden den Kopf.

»Ja«, sagte er. »Aber nicht *so* schnell. Selbst wenn sie irgendwo in den Wäldern versteckt gewesen waren, müssen sie praktisch im gleichen Moment gestartet sein, als Culain in die Stadt einritt.«

»Vielleicht war es nur ein Zufall«, meinte Katt, erntete aber auch jetzt wieder ein – noch entschiedeneres – Kopfschütteln.

»Solche Zufälle gibt es nicht«, behauptete Anders. »Es ist meine Schuld. Ich habe Rex von Anfang an nicht getraut und ich hätte besser auf meine innere Stimme gehört.« Er warf einen nachdenklichen Blick zu Boris hinüber, der an die Wand gelehnt eingeschlafen zu sein schien, als ginge ihn das alles hier nichts an. »Ich hoffe nur, er hat ihm nicht den Schädel eingeschlagen. Das möchte ich nämlich gerne selbst tun.«

»Du glaubst wirklich, dass Rex uns verraten hat?«, fragte Katt.

Die ehrliche Antwort wäre gewesen, Anders wusste selbst nicht, was er glauben sollte. Es sprach einiges dafür, aber auch mindestens ebenso viel dagegen. Rex hätte ein Dutzend Gelegenheiten gehabt, ihn leichter und unauffälliger ans Messer zu liefern, ohne dabei ein so gewaltiges Risiko für sich selbst und die Sippe einzugehen, und es gab eine ganze Menge anderer Erklärungen für das plötzliche Auftauchen der Drachen. Wer sagte ihnen denn, dass die Wanze, die Tamar in Katts Kaminzimmer hinterlassen hatte, die einzige gewesen war? Aber es war leichter, jemandem die Schuld zu geben, den er sowieso nicht leiden konnte, und er brauchte im Moment einfach einen Sündenbock. Warum also nicht Rex? Wenn er ihm unrecht tat, würde es der Hundemann nie erfahren, und wenn nicht, umso besser. Darüber hinaus bezweifelte Anders ohnehin, dass Rex noch am Leben war. Zwar hatte Boris den Hundemann bei ihrem letzten heftigen Zusammenstoß mit einem einzigen Fausthieb niedergestreckt, bevor er sich den Schweinekrieger vorgenommen hatte, aus dessen festem Griff sich Katt nicht ohne Hilfe hatte entwinden können, und anschließend hatten sie ihre Flucht zu dritt fortgesetzt, ohne auch nur noch eine einzige weitere Sekunde zu verschwenden. Aber Anders hatte *gesehen*, mit welch fürchterlicher Kraft der Troll zugeschlagen hatte. Niemand, nicht einmal ein so zäher Köter wie Rex, konnte einen solchen Hieb überleben.

»Weißt du, was das Schlimmste ist?«, fragte Katt plötzlich.

Nein, das wusste Anders nicht. Er wusste auch nicht, wovon sie sprach. Er blickte sie nur fragend an.

»Bis gestern Abend habe ich gedacht, dass ich sie hasse«, murmelte Katt.

»Die Elder?«

»Morgen«, antwortete Katt. »Meine Mutter.«

»Nein«, antwortete Anders mit einem sanften Lächeln, das sie nicht sah, das ihm aber trotzdem wichtig war. »Du hast versucht es dir *einzureden*. Das ist etwas anderes.«

»Das stimmt nicht«, beharrte Katt. »Ich wollte sie hassen. Ich wollte sie verachten für all das, was sie mir weggenommen hat. Für all das, was ich erleiden musste. Ich habe wirklich gedacht, es wäre so, aber … aber jetzt … bin ich mir nicht mehr sicher. Wenn ich die Augen schließe und mir ihr Gesicht vorstelle, dann sehe ich eine Elder vor mir und ich möchte die Krallen hineinschlagen und ihr die Augen herausreißen, doch zugleich …«

»Zugleich ist und bleibt sie deine Mutter«, sagte Anders. Er wollte sich verbessern und aus dem *ist* ein *war* machen, begriff aber im letzten Moment, dass er den Fehler damit nur noch verschlimmert hätte.

»So wie Oberon dein Vater?«, fragte Katt.

Anders bemerkte aus den Augenwinkeln, wie der vermeintlich vor sich hindösende und an der Wand lehnende Elder ganz leicht zusammenfuhr und Katt und ihn unter plötzlich nicht mehr ganz geschlossenen Lidern heraus aufmerksam ansah, aber er antwortete trotzdem mit einem Kopfschütteln und sehr ruhiger, entschiedener Stimme. »Das ist etwas anderes. Von allen Menschen, die ich hier getroffen habe, war Morgen vielleicht die Einzige, die es wirklich ehrlich gemeint hat. Sie hat für dich getan, was sie konnte. Sie hatte keine andere Wahl. Culain und sie sind ebenso in diese Welt hineingeboren worden wie du, und sie hatten genauso wenig die Macht, sie zu verändern. Bei meinem Vater …« Er hob mit einem bitteren Verziehen der Lippen die Schultern. »Ich schätze, niemand hat ihn gezwungen, *das hier* zu tun.«

»Woher willst du das wissen?«, fragte Katt.

Anders wollte impulsiv antworten, doch dann starrte er sie nur verwirrt an. Alles in ihm sträubte sich dagegen, dieser Frage auch nur Gehör zu schenken – aber sie war einmal ausgesprochen und plötzlich erging es ihm so wie gerade bei dem, was er über Rex gedacht hatte. Er *wollte* glauben, dass es so war. Er brauchte einen Schuldigen. Doch was, wenn er sich irrte, und …?

Nein! Anders würgte den Gedanken mit einer bewussten Anstrengung ab. Es konnte gar nicht anders sein. Alles begann mehr und mehr einen Sinn zu ergeben. Fast alle Teile des Puzzles waren an ihrem Platz und ihm fehlten nur noch einige wenige Stücke, damit das Bild rund wurde und er endlich begriff, was hinter alldem hier steckte. Und über allem schwebte das Gesicht seines Vaters, an das er sich nicht mehr erinnern konnte.

Er war fast erleichtert, als einer der Elder herantrat und ihnen Wasser und eine Hand voll Beeren und Früchte anbot. Er war nicht wirklich hungrig, denn Boris hatte sie den ganzen Tag über mit mehr als genug Nahrung versorgt, aber er aß trotzdem alles auf, was ihm gereicht wurde, und er tat es sehr langsam, schon um Zeit zu gewinnen und das Gespräch mit Katt nicht fortführen zu müssen, das sich in eine Richtung zu entwickeln begonnen hatte, die ihm nicht gefiel. Ganz und gar nicht.

21

Es wurde eine sehr unruhige und sehr lange Nacht. Obwohl ihre Bewacher die Feuer weiter anheizten, wurde es nach und nach erbärmlich kalt in der Höhle. Die Elder mussten Tiernan wohl in großer Hast verlassen haben, denn sie hatten buchstäblich nur mitgebracht, was sie am Leibe trugen, und dazu gehörten weder Decken noch Bettzeug. Irgendwann waren Katt und er eng umschlungen und so nahe am Feuer eingeschlafen, wie es gerade noch ging, ohne sich zu verbrennen, aber er wachte trotzdem mindestens ein Dutzend Mal zitternd vor Kälte und mit klappernden Zähnen auf und Katt erging es nicht anders. Vermutlich schlimmer. Während er sich an ihrer, aufgrund des Felidenanteils ihres Metabolismus, viel höheren Körpertemperatur noch ein wenig wärmen konnte, musste sie umgekehrt das Gefühl haben, einen Eisblock zu umarmen, der ihrem Körper noch das bisschen Wärme entzog, das er produzierte. Nach den Monaten in der Eishöhle hatte er geglaubt, sich an Kälte und das Gefühl, von innen heraus zu Eis zu erstarren, gewöhnt zu haben, doch das stimmte nicht. Ganz im Gegenteil schien er plötzlich viel empfindlicher darauf zu reagieren als zuvor, und während er Oberons Urteil ausgesetzt gewesen war, hatte er sich wenigstens nur um sich selbst ängstigen müssen. Jetzt (obwohl es objektiv betrachtet eher umgekehrt war) war da noch die Sorge um Katt, die er beschützen wollte, aber nicht konnte.

Was ihn schließlich weckte, war jedoch nicht nur die Kälte, sondern auch eine allgemeine Unruhe, die sich in der Höhle auszubreiten begann. Im ersten Moment war er viel zu benommen, um mehr als ein an- und abschwellendes Raunen und Rumoren zu identifizieren, die Stimmen und Geräusche zahlreicher Männer, die sich nervös bewegten. Metall klirrte. Jemand rief mehrmals hintereinander dasselbe Wort, das er zwar nicht verstand, das aber irgendwie beunruhigend wirkte. Anders hob mühsam die Lider und blinzelte einen Moment verständnislos in die dunkelrote Glut des Feuers, die sich scheinbar nur wenige Zentimeter vor seinem Gesicht befand, bevor ihm klar wurde, dass es die Stimmen der Elder waren, die er hörte, und das Wort, das ihn so alarmiert hatte, *Drachen* lautete.

Katt bewegte sich unruhig neben ihm im Schlaf. Behutsam versuchte Anders den Arm unter ihr hervorzuziehen, aber natürlich erwachte sie trotzdem. Und ebenso natürlich hatte *sie* keine Mühe, den Schlaf abzuschütteln, sondern schien im gleichen Moment hellwach zu sein, in dem sie die Lider hob. Noch während Anders sich unsicher und mit steif gefrorenen Gliedern hochzurappeln versuchte, setzte sie sich auf, blickte zum anderen Ende der Höhle und ein halb erschrockener, halb alarmierter Ausdruck erschien auf ihrem Gesicht.

»Der Kundschafter ist zurück«, sagte sie.

»So?«, murmelte Anders und versuchte vergeblich, ein Gähnen zu unterdrücken. »Und was hat er herausgefunden?«

»Ich verstehe nicht alles«, gestand Katt. »Aber es hört sich nicht gut an.«

»Na, das ist doch zur Abwechslung endlich mal etwas anderes«, sagte Anders verdrießlich. Er verzog das Gesicht, als er sich weiter aufsetzte und feststellen musste, dass er zwar nicht mehr annähernd so große Schmerzen hatte wie am Tag zuvor, dass sich sein ganzer Körper aber in einen einzigen großen Muskelkater verwandelt zu haben schien. Katt blickte konzentriert weiter zu den Elder hin und schien wohl zu Recht zu der Auffassung gelangt zu sein, dass sein flapsiger Ton der Situation nicht angemessen war und es sich nicht lohnte, darauf zu antworten. Anders bezweifelte überdies, dass sie tatsächlich nicht verstand, was die Elder sagten, denn ihr Gesicht nahm einen immer besorgteren Ausdruck an.

Er gönnte sich ein paar Augenblicke, um endgültig wach zu werden, und seinem Kreislauf noch ein paar mehr, um halbwegs in Schwung zu kommen. Das Stimmengewirr in seinen Ohren wurde ganz allmählich klarer und er identifizierte jetzt ein paarmal nicht nur das Wort Drache, sondern auch Culains und Morgens Namen und mindestens einmal auch den Tamars. Ganz offensichtlich hatte Katt Recht. Der Kundschafter war zurück und er brachte eine Menge Neuigkeiten mit.

Er stand auf, streckte die Hand aus, um auch Katt auf die Füße zu helfen – selbstverständlich ignorierte sie die Geste nicht nur, sondern erhob sich darüber hinaus mit einer so fließenden, kraftvollen Bewegung, dass Anders sich fragte, wer von ihnen beiden hier eigentlich der Elder war, der jede Verletzung wegsteckte, die ihn nicht umbrachte –, und warf dem Mann, der zu seiner Überraschung immer noch in fast unveränderter Haltung an der Wand lehnte und sie bewachte, einen fragenden Blick zu. Erst als der Elder ihm fast unmerklich zugenickt hatte, trat er mit einem großen Schritt über das schon wieder fast heruntergebrannte Feuer hinweg und näherte sich Waldos und den anderen.

Die Elder waren nicht nur alle in das gleiche verschmutzte Weiß gekleidet, sondern ähnelten sich auch sonst wie Mitglieder einer einzigen großen Familie. Trotzdem erkannte Anders den zurückgekehrten Kundschafter sofort. Der Mann war in Schweiß gebadet und so erschöpft, dass er sich nur noch mit Mühe auf den Beinen halten konnte. Seine Kleider hingen in Fetzen und Anders war nicht sicher, ob es sich bei den dunklen Flecken, die seinen Rock und den weißen Mantel besudelten, tatsächlich nur um Schmutz handelte. Jemand hatte ihm einen Wasserschlauch in die Hand gedrückt, aus dem er immer wieder trank, wenn er nicht gerade mit keuchender, vor Erschöpfung zitternder Stimme in seinem Bericht fortfuhr, und als Anders näher kam, sah er, dass die Schwertscheide aus weißem Leder an seinem Gürtel leer war. Der Krieger sah aus, als wäre er die gesamte Strecke von der Stadt der Tiermenschen bis hierher gerannt.

Waldos musste seine Anwesenheit wohl irgendwie gespürt haben, denn obwohl er nicht einmal in seine Richtung blickte, drehte er sich plötzlich um und eine steile Falte erschien auf seiner Stirn, als er Anders erkannte. »Du hattest Recht«, begann er übergangslos. »Tamar und die Drachen sind in der Stadt.«

»Sie sind immer noch dort?« Anders stellte diese Frage in so erschrockenem, scharfem Ton, dass nicht nur das allgemeine Stimmengewirr für einen Moment erstarb, sondern ebenso der zurückgekehrte Kundschafter innehielt und das Katzenmädchen stirnrunzelnd ansah.

»Jedenfalls waren sie das heute Nacht«, antwortete er. »Die Stadt brennt.«

»Und …« Katts Stimme sank zu einem Flüstern herab. »Und die Sippe?«

Der Elder antwortete mit einem bedauernden Kopfschütteln. »Ich weiß nichts von deinen Leuten. Ich konnte nicht ganz in die Stadt. Überall sind Drachen. Und das Feuer breitet sich aus. Ich glaube, sie wird niederbrennen.«

»Hast du Kämpfe beobachtet?«, fragte Anders.

»Nein«, antwortete der Elder. »Aber wie gesagt: Ich war nicht wirklich in der Stadt. Ich wollte es, doch das Risiko war zu groß. Um ein Haar hätten sie mich erwischt. Dass ich ihnen entkommen konnte, war pures Glück.«

Anders erschrak bis ins Mark, aber bevor er etwas sagen konnte, mischte sich Waldos ein. »Und unsere Brüder?«

»Das weiß ich nicht«, antwortete der Kundschafter niedergeschlagen. »Ich habe keinen von ihnen gesehen. Falls sie noch am Leben sind, dann haben die Drachen sie weggebracht.«

»Du bist ihnen entkommen?«, vergewisserte sich Anders. »Wie?«

»Was soll das?«, fragte Waldos unwillig. »Er ist ihnen entkommen, und das allein …«

»Nein«, unterbrach ihn Anders. »Das allein sagt gar nichts. Niemand entkommt diesen Männern!«

»Außer dir?«, fragte Waldos spöttisch.

»Außer mir«, antwortete Anders ernst. »Ich habe einen Vorteil, weißt du? Sie würden es niemals wagen, mir auch nur ein Haar zu krümmen. Glaubst du, dass das auch für deine Männer gilt?«

Waldos starrte ihn einen Herzschlag lang betroffen an und Anders konnte sehen, wie es hinter seiner Stirn arbeitete, doch zu welcher Erkenntnis er auch immer gelangen mochte – sie kam zu spät.

Aus dem Gang, durch den der Kundschafter die Höhle betreten hatte, erscholl ein spitzer Schrei, der mit erschreckender Plötzlichkeit abbrach, und praktisch in der gleichen Sekunde flog ein faustgroßer Gegenstand zu ihnen herein, der genau zwischen den Elder zu Boden fiel, nahezu unmittelbar gefolgt von einem zweiten, etwas größeren.

Anders wirbelte mit einem entsetzen Keuchen herum, warf sich mit weit ausgebreiteten Armen über Katt und riss sie zu Boden, und noch bevor sie aneinander geklammert auf den harten Fels prallten, tauchte ein grellweißer, lodernder Blitz die Höhle in so unerträgliche Helligkeit, dass er gepeinigt aufschrie, obwohl er die Lider zusammengepresst hatte. Ein unvorstellbares Donnern, Dröhnen und Bersten marterte seine Ohren, und der gesamte Berg schien in seinen Grundfesten zu erzittern. Steine und kleine Felsbrocken regneten rings um sie herum zu Boden, und noch während Anders herumrollte und sich schützend über Katt warf, explodierte die zweite Granate; diesmal mit einem sonderbar weichen, dumpfen Laut, der im Nachhall der ersten Explosion fast unterging.

Anders richtete sich mit einem Ruck auf und blinzelte aus tränenden Augen zum Höhleneingang hin. Obwohl er nicht einmal in die entsprechende Richtung gesehen hatte, war er von der Blendgranate fast vollständig geblendet worden, sodass Sekunden vergingen, bevor aus dem sinnlosen Durcheinander von zuckenden Schemen und sich windenden Schatten ein verschwommenes Bild wurde. Auch wenn es ein Anblick war, auf den er gern verzichtet hätte. Drei oder vier Elder waren zu Boden gestürzt und rührten sich nicht mehr, der Rest taumelte geblendet und fast taub umher, und wen die Schockgranate nicht außer Gefecht gesetzt hatte, der brach in diesem Moment in den mattgrünen Schwaden zusammen, die aus dem zweiten, noch viel heimtückischeren Behälter quollen. Das Gas war so dünn, dass es – zumindest für Anders' malträtierte Augen – kaum zu erkennen war, aber seine Wirkung war verheerend. Etliche weitere Elder brachen wie vom Blitz getroffen zusammen, als sie den Fehler begingen, einen tiefen Atemzug zu nehmen oder gar zu schreien, und viele andere fielen auf die Knie oder sanken kraftlos gegen die Wände, um sich würgend zu übergeben.

Das Gas war nicht tödlich – das konnte es nicht sein, denn schließlich war er ja hier drinnen –, doch es wirkte unglaublich schnell. Von den fast zwei Dutzend Elder, die sich vor dem Eingang versammelt hatten, waren allerhöchstens noch vier oder fünf auf den Beinen, und wie um Anders' Schrecken zusätzlich zu schüren, brach genau in diesem Moment ein weiterer von ihnen bewusstlos zusammen, obwohl die sich träge ausbreitenden grünlichen Schwaden ihm gerade einmal bis zu den Knien reichten. Es war kein Gas, das man einatmen musste, dachte Anders entsetzt. Schon die bloße Berührung mit der Haut reichte.

Die Erkenntnis ließ ihn wie elektrisiert in die Höhe springen. Katt mit sich ziehend wich er mit verzweifelten Schritten vor den so täuschend harmlos aussehenden mattgrünen Schwaden zurück, die langsam, wenn auch mit schrecklicher Unaufhaltsamkeit die gesamte Höhle auszufüllen begannen. Ein weiterer Elder krümmte sich, übergab sich würgend und brach dann wie vom Blitz getroffen zusammen. Jetzt waren es nur noch drei der weiß gekleideten Krieger, die auf den Beinen standen – unter ihnen auch Waldos selbst – und dazu die

Männer, die auf Katt und ihn und Boris aufgepasst hatten. Aber selbst wenn sie hundert gewesen wären, hätte es keinen Unterschied gemacht. Das Gas breitete sich aus. Unerbittlich. Die Höhle war groß, doch die grünen Schwaden bedeckten jetzt schon mehr als die Hälfte des Bodens, und Anders zweifelte nicht daran, dass die Männer seines Vaters keinen Fuß hier herein setzen würden, bevor sie sich nicht davon überzeugt hatten, dass all ihre Opfer bewusstlos waren.

Der Gedanke, dass es so enden sollte, machte ihn rasend. Noch gestern Abend hatte er Waldos für verrückt gehalten, als er ihn über Ehre und seinen Eid reden hörte, doch plötzlich verstand er ihn. Er hätte es ertragen, in einem offenen Kampf von einem der schwarz gekleideten Riesen besiegt zu werden – aber nicht von einem Fetzen aus grünem Nebel, der seine Haut berührte! Verzweifelt sah er sich um. Der Krieger, der über Katt und ihn gewacht hatte, stand in angespannter Haltung da und hatte sein Schwert gezogen, aber er wirkte irgendwie genauso hilflos, wie Anders sich fühlte, und auch die vier Männer, die Boris bewachen sollten, waren herumgefahren und hatten ihre Lanzen in die Richtung eines Gegners geschwenkt, der ebenso unsichtbar wie unempfindlich gegen diese archaischen Waffen war. Der Ausdruck auf ihren Gesichtern war pures Entsetzen.

»Der Nebel!«, schrie Anders. »Weicht dem Nebel aus! Er darf euch nicht berühren!«

Waldos und zwei seiner Männer reagierten ganz instinktiv richtig und wichen weiter vor den geisterhaften grünen Schwaden zurück, der dritte jedoch – möglicherweise immer noch geblendet von dem grellweißen Blitz oder durch den ungeheuren Lärm desorientiert – torkelte mit hilflos rudernden Armen genau in die wogenden Schwaden hinein, senkte sich mit einer grotesken halben Pirouette auf die Knie und fiel dann wie ein gefällter Baum nach vorne. Anders' Gedanken rasten. Er versuchte die Geschwindigkeit der Nebelschwaden abzuschätzen. Sie waren langsamer geworden und es kam ihm zumindest so vor, als begänne ihr Vormarsch hier und da ganz zu stocken – aber was sollte die Angreifer daran hindern, eine zweite oder auch dritte, und wenn es sein musste, noch sehr viel mehr Betäubungsgranaten zu werfen oder auch eine andere, vielleicht noch viel verheerendere Waffe einzusetzen? Selbst wenn sie dem Gas irgendwie entgingen, hatten sie nicht die geringste Chance, falls sie hier drinnen blieben.

»Waldos! Die Höhlen! Die Gänge – wohin führen sie?«

Der Elder wirbelte zu ihm herum. Sein Blick flackerte unstet. Er schien Mühe zu haben, Anders überhaupt zu erkennen. Doch er begriff offensichtlich, was Anders meinte. »Wir waren nie tiefer drinnen«, sagte er. »Aber von dort hinten kommt Luft. Vielleicht führt sie nach oben.«

Ohne Anders' Antwort abzuwarten, fuhr er herum und tastete sich unsicher auf den niedrigen Durchgang zu, aus dem der Luftzug drang, und auch zwei oder drei seiner Männer schlossen sich ihm an. Boris jedoch richtete sich mit einem knurrenden Laut auf, machte eine fast nachlässig wirkende Bewegung, mit der er seine Fesseln zerriss, und trat mit einem schwerfälligen Schritt auf einen anderen Durchgang im Fels zu. Einer seiner Bewacher beging den Fehler, herumzuwirbeln und mit seiner Hellebarde nach ihm zu stechen. Boris entriss ihm die Waffe, brach sie mit nur einer Hand in Stücke und versetzte dem Krieger einen Stoß vor die Brust, der ihn zu Boden schleuderte und meterweit davonschlittern ließ.

»Boris! Nein!«, schrie Anders. »Waldos! Halt sie zurück!«

Der Elder war viel zu verblüfft, um überhaupt etwas zu sagen, doch die drei Männer zögerten auch, den Troll noch einmal anzugreifen. Vielleicht waren sie einfach in Panik, möglicherweise hatte ihnen das Schicksal ihres Kameraden aber auch klar gemacht, dass bessere Waffen und zahlenmäßige Überlegenheit nicht unbedingt den Ausschlag geben mussten, wenn man es mit einem ausgewachsenen und noch dazu nicht besonders gut gelaunten Troll zu tun hatte. Boris ignorierte die drei einfach, schlurfte gebückt, wenn auch sehr schnell auf den

Durchgang zu, auf den er gerade gedeutet hatte, und blieb dicht davor stehen, um sich zu Anders umzudrehen.

»Wir sollten ihm folgen«, sagte Anders.

»Einem *Troll?*«, keuchte Waldos. »Bist du wahnsinnig?«

Anders fand den Zeitpunkt für derartige Diskussionen absolut unpassend. »Das hier ist eine Höhle. Und Trolle leben gemeinhin in Höhlen, oder?«, fragte er hastig. »Katt und ich gehen jedenfalls mit ihm. Ihr könnt ja hier bleiben, wenn ihr wollt.«

Er wartete Waldos' Antwort nicht ab, sondern ergriff Katt am Arm und zog sie hinter sich her. Der Elder zögerte tatsächlich noch eine Sekunde, drehte sich um und starrte die träge, näher kriechende grüne Wolke, die seine Männer auf so gespenstische Weise niedergestreckt hatte, mit fast gequältem Ausdruck an. Dann fuhr er abermals herum, rammte sein Schwert in die Scheide und lief mit weit ausgreifenden Schritten hinter ihnen her.

Boris hatte sich mittlerweile unter dem niedrigen Eingang hindurchgebückt, war auf der anderen Seite stehen geblieben und wedelte unwillig mit den Händen. Anders betete, dass das, was er gerade über Trolle gesagt hatte (um ehrlich zu sein: Er hatte es sich in dem Moment ausgedacht, in dem er es sagte), auch der Wahrheit entsprach. Sie hatten weder Licht noch wussten sie, was hinter dem Durchgang auf sie wartete. Vielleicht der Weg in die Freiheit, vielleicht aber auch ein hundert Meter tiefer Abgrund oder der Beginn eines Labyrinths, in dem sie sich hoffnungslos verirren würden. Sie hatten gar keine andere Wahl, als den Instinkten des Trolls zu vertrauen – doch das machte es nicht besser.

Absolute und vollkommen undurchdringliche Dunkelheit schlug wie eine Decke über ihnen zusammen, als sie Boris in den Tunnel folgten. Anders orientierte sich nur an den tapsenden Schritten des Trolls, der mit erstaunlichem Tempo vor ihnen durch die Dunkelheit eilte, und das, obwohl der Gang so niedrig war, dass selbst er und Katt sich bücken mussten, um nicht mit den Köpfen an den harten Fels zu schlagen. »Kannst du etwas sehen?«, keuchte er.

»Ja«, antwortete Katt gepresst. »Dunkelheit. Ziemlich viel davon. Warum fragst du?«

»Aber du bist eine Katze!«, antwortete Anders.

»Ja, aber leider keine Fledermaus«, gab Katt zurück. »Sogar ich brauche ein bisschen Licht, um sehen zu können.«

Zumindest dieses Problem erledigte sich, als die überlebenden Elder hinter ihnen in den Gang stürmten. Sowohl Waldos als auch zwei oder drei seiner Männer waren geistesgegenwärtig genug gewesen, einige brennende Holzscheite aus dem Feuer zu reißen, um sie als Fackeln zu benutzen. Vor ihnen herrschte immer noch vollkommene Schwärze, sodass Anders sein Tempo zurücknahm und wartete, bis die Elder zu ihnen aufgeholt hatten, obwohl ihm das Echo von Boris' Schritten verriet, dass der Troll ohne langsamer zu werden weiterstürmte – und zumindest bisher ganz offensichtlich auch noch auf den Beinen war. Vielleicht kannte er sich ja tatsächlich hier aus. Anders betete jedenfalls, dass es so war. Wenn nicht, waren sie verloren.

Boris' Schritte wurden in der Dunkelheit vor ihnen noch einmal schneller und brachen dann so plötzlich ab, dass Anders' Herz einen erschrockenen Satz machte und ihn seine vollkommen außer Kontrolle geratene Fantasie wieder mit den schlimmsten Schreckensvisionen peinigte, von denen die, den Troll in einen jählings aufklaffenden bodenlosen Abgrund stürzen zu sehen, vielleicht noch die harmloseste war. Die Wirklichkeit war nicht ganz so schlimm, aber auch kaum weniger beunruhigend.

Waldos und seine verbliebenen (nur noch drei!) Krieger stürmten so dicht hinter ihnen her, dass sie allein die Hitze ihrer improvisierten Fackeln schon zwang schneller zu laufen. Tatsächlich führte der Gang nur noch ein kurzes Stück geradeaus und machte dann eine Biegung nach links. Anders hatte plötzlich das Gefühl, ins Nichts zu laufen, und auch das heftig flackernde Licht der Flammen verlor sich plötzlich; aber das entsetzliche Gefühl, zu fallen, mit dem er fest gerechnet hatte, blieb aus. Unter seinen Füßen war nach wie vor fester, wenn auch leicht abschüssiger Boden.

Hinter ihm stürmten die Elder herein und im roten Schein ihrer Fackeln erkannte Anders, dass sie sich in einer riesigen, fast kirchturmhohen Höhle befanden, deren Boden von einem wahren Labyrinth aus Felstrümmern, Geröll und scharfkantigen, spitzen Gebilden aus Lava und zerborstenem Granit bedeckt war. Der sachte Luftzug, den sie in der anderen Höhle gespürt hatten, war hier ein so heftiger Wind, dass er Anders das Haar zerzauste und seine Kleider flattern ließ, und eine Vielzahl verschiedener Echos drang aus allen Richtungen zugleich auf sie ein: Da war das Heulen des Windes, der sich an unsichtbaren Felsgraten und -vorsprüngen brach, das regelmäßige Tröpfeln von Wasser und ein ununterbrochenes helles Klicken und Kollern, als befände sich irgendwo in dieser gigantischen Höhle eine niemals endende, langsame Steinlawine im Niedergang, aber auch noch andere, unheimlichere Laute, die er nicht identifizieren konnte und die ihn beunruhigten. Er meinte Stimmen zu hören, vielleicht sogar Schritte und ein entferntes Geschrei, doch die Elder stießen Katt und ihn weiter, bevor er sicher sein konnte. Es war keineswegs vorbei. Ihre Verfolger mussten spätestens jetzt in die Höhle stürmen und feststellen, dass sie zwar eine Menge abtrünniger Elder-Krieger erwischt hatten, nicht aber den, dem dieser Angriff eigentlich galt.

»Da vorne ist Boris!«, rief Katt. Ihr ausgestreckter Arm deutete nach links, und als Anders' Blick der Geste folgte, erkannte auch er den riesigen Troll, der auf seine sonderbar behäbig wirkende, wenn auch erstaunlich schnelle Art zwischen den Felsen hindurchschlüpfte und sich dabei so zielsicher bewegte, dass er jetzt keinen Zweifel mehr daran hatte, dass der Troll wirklich wusste, was er tat. Ohne einen weiteren Sekundenbruchteil zu zögern, stürmte er los und Katt und

Waldos und die anderen Elder schlossen sich ihnen an; auch wenn Waldos heftig mit beiden Händen zu gestikulieren begann und der Klang in seiner Stimme nun fast hysterisch war.

»Was hast du vor, bei Oberon?«, keuchte er. »Du traust doch nicht etwa diesem *Troll?*«

»Er kennt sich hier aus!«, behauptete Anders. »Aber wenn du eine bessere Idee hast – bitte!«

Waldos verzichtete darauf, etwas zu antworten, doch er wirkte jetzt geradezu entsetzt, und Anders war sicher, dass er ihm nur noch folgte, weil seine Angst vor den unheimlichen Angreifern noch größer war als die vor dem Troll.

Obwohl sie so schnell rannten, wie es auf dem unebenen und mit gefährlichen Felsen und Fallgruben übersäten Boden nur möglich war, wuchs der Vorsprung des Trolls beständig. Immer wieder verloren sie Boris aus den Augen, doch jedes Mal, wenn Anders schon befürchtete, endgültig von ihm abgehängt worden zu sein, tauchte seine breitschultrige Gestalt irgendwo vor ihnen wieder auf, und mindestens einmal war er sicher, dass Boris stehen geblieben war und sich mit einem Blick davon überzeugte, ob sie ihm auch tatsächlich noch folgten. Ein- oder zweimal wandte er im Laufen den Blick und versuchte den Höhleneingang zu erkennen, durch den sie hereingekommen waren, gab es jedoch schließlich auf. Das heftig flackernde Licht ihrer improvisierten Fackeln reichte überraschend weit, aber die Höhle war nicht nur riesig, sondern auch ein einziges Labyrinth. Alles, was mehr als ein Dutzend Schritte entfernt war, wurde einfach zu einem Durcheinander aus flachen Formen und tanzendem rotem Licht. Diesen Nachteil, dachte er betrübt, hatten ihre Verfolger nicht. Selbst ohne die Nachtsichtgeräte und Infrarotbrillen, über die sie garantiert verfügten, musste ihnen das Licht ihrer Fackeln überdeutlich den Weg weisen.

Ein Grund mehr, sich zu beeilen.

Mindestens dreißig oder vierzig Schritte vor ihnen hatte Boris mittlerweile die Höhle durchquert und lief, weit nach vorne gebeugt und in einer Haltung, die an einen rennenden Gorilla erinnerte, weil er sich immer wieder mit den langen Armen abstützte, eine steile Geröllhalde empor, an deren oberem Ende Anders einen weiteren, unregelmäßig geformten Durchgang erblickte. Für einen Moment glaubte er Licht dahinter zu sehen, eine Bewegung, wo keine sein konnte, aber das Licht war zu schlecht um sicher zu sein.

»Schneller!«, keuchte er. »Wenn wir es da hinaufschaffen, haben wir sie abgehängt.«

Nicht einmal dessen war er sich völlig sicher. Wahrscheinlich besaßen ihre Verfolger durchaus die Mittel, ihre Spuren selbst dann zu sehen, wenn sie längst einen halben Kilometer tief drinnen im Berg waren. Aber wenn er einmal anfing in diese Richtung zu denken, dann konnte er ebenso gut auch gleich aufgeben.

Als sie den Fuß der Schutthalde erreichten, ließ er Katts Hand los; schon weil ihm plötzlich klar wurde, warum Boris das Hindernis auf so sonderbar anzusehende Weise überwunden hatte: Es war die einzig mögliche. Das Gemisch aus Geröll, Kies und scharfkantigen Lavasplittern gab immer wieder unter seinem Gewicht nach, sodass er sich nur mit äußerster Konzentration überhaupt auf den Beinen halten konnte und mehr als einmal ein gutes Stück der Strecke wieder zurückrutschte, die er sich gerade mühsam nach oben gekämpft hatte. Zudem bestand die Gefahr, durch eine unbedachte Bewegung eine Lawine auszulösen, die die hinter ihm gehenden Männer durchaus in die Tiefe reißen konnte. Trotzdem jubelte Anders innerlich geradezu, während er sich mit zusammengebissenen Zähnen Schritt für Schritt in die Höhe arbeitete. Für sie war dieses Hindernis lästig und hatte auf jeden Fall das Potenzial, ihnen ein paar neue Schrammen und blutige Kratzer einzubringen; für ihre Verfolger mit ihren empfindlichen Schutzanzügen mochte es sich aber als unüberwindliche Barriere erweisen.

Anders hatte sich Boris auf fünf oder sechs Meter genähert,

als ihre Glückssträhne endete. Hinter ihnen erscholl ein scharfes Zischen und nur eine halbe Sekunde später flammte unter der Höhlendecke, hoch über ihren Köpfen, eine künstliche strahlend weiße Sonne auf, die den gewaltigen Hohlraum mit einem monochromen Muster aus grellweißem, gnadenlosem Licht und scharf abgegrenzten schwarzen Schatten überzog. Obwohl er nicht einmal hinsah, trieb ihm die Helligkeit schon wieder die Tränen in die Augen. Trotzdem registrierte er den fahlblauen Blitz, der plötzlich in ihre Richtung züngelte. Das Geschoss explodierte harmlos knapp hundert Meter entfernt an der Wand der Höhle, aber die Warnung war deutlich genug.

Anders hielt für einen Moment im Klettern inne und sah hinter sich. Er war erstaunt, wie groß die Entfernung war, die sie bereits zurückgelegt hatten – die Höhle musste einen Durchmesser von mindestens drei- oder vierhundert Metern haben. Das gute Dutzend in glänzendes Schwarz gekleidete Gestalten, das auf der anderen Seite aus dem niedrigen Tunnel drängte, wirkte kaum größer als Ameisen. In dem grellen Licht der Leuchtkugel, die sie abgeschossen hatten und die immer noch hoch oben unter der Höhlendecke schwebte und zischend verbrannte, sahen die Männer noch bedrohlicher und todbringender aus als sonst, und Anders machte sich nichts vor. Der Schuss, der sie so weit verfehlt hatte, war nicht mehr als eine Warnung gewesen. Für die Hightechwaffen der Soldaten spielte es keine Rolle, ob sie drei oder dreihundert Meter entfernt waren.

Fast, als hätte er seine Gedanken gelesen und wollte sie ihm bestätigen, ließ sich einer der Männer in diesem Moment auf ein Knie herabsinken, hob seine Waffe und feuerte. Der grellblaue Blitz verfehlte den Elder, auf den er gezielt hatte, aber er schlug kaum einen Meter neben ihm in die Geröllhalde ein, und der Krieger ging mit einem keuchenden Schmerzensschrei zu Boden, als sich kochend heißes Gestein und scharfkantige Lavasplitter wie ein Hagel aus rasiermesserscharfen rot glühenden Klingen in seinen Leib bohrten.

»Zu mir!«, schrie Anders. »Schart euch um mich!«

Die Elder reagierten ganz instinktiv und diesmal sogar richtig. Einzig Waldos zögerte eine halbe Sekunde und sah unschlüssig zu seinem gestürzten Kameraden zurück, schien aber dann zu begreifen, dass es ohnehin nichts mehr gab, was er noch für ihn tun konnte. Mit zwei oder drei hastigen Schritten war auch er neben Anders und gesellte sich zu den beiden letzten Männern, die ihm von seiner kleinen Armee geblieben waren.

Diese Taktik erwies sich als erfolgreich. Die Soldaten stürmten im Laufschritt in die Höhle herein und bewegten sich erschreckend schnell und sicher über den gefährlichen Boden, aber sie schossen nicht noch einmal. Anders fuhr herum und setzte seinen Aufstieg fort. Er ließ jetzt jede Rücksicht fallen. Unter seinen Füßen lösten sich immer mehr Steine und Geröll, und aus dem gelegentlichen Rieseln und Rascheln wurde nun allmählich wirklich eine regelrechte Steinlawine, die den Hang unter ihnen hinabdonnerte. Vielleicht brach ja der gesamte Schuttberg zusammen, dachte er, und ihre Verfolger konnten sehen, wie sie mit ihren empfindlichen Anzügen die mit rasiermesserscharfen Steinklingen übersäte Böschung hinaufkamen.

Als er noch einen guten Meter vom Tunneleingang entfernt war, streckte Boris die Hand aus, packte ihn am Arm und zog ihn das letzte Stück kurzerhand zu sich hinauf. Kaum hatte er ihn zu Boden gesetzt, da verfuhr er auf gleiche Weise mit Katt, und er hätte dasselbe zweifellos auch mit Waldos und seinen beiden Begleitern getan, wäre der Elder nicht mit einer so entsetzen Bewegung vor ihm zurückgeprallt, dass er auf dem unsicheren Untergrund um ein Haar das Gleichgewicht verloren hätte und gestürzt wäre. Boris zog eine Grimasse, grummelte irgendetwas und trat einen Schritt zurück, um die Männer passieren zu lassen, drängte sich aber dann sofort wieder an ihnen vorbei, um die Führung zu übernehmen. Waldos tauschte einen fast gequälten Blick mit seinen beiden Begleitern, doch

Anders nickte ihm aufmunternd zu und beeilte sich dem Troll zu folgen. Zu seiner Erleichterung zögerten auch die drei Elder nur einen winzigen Moment, ehe sie sich ihnen anschlossen. Anders war trotz allem beinahe sicher, dass die Soldaten den Elder nichts antun würden, wenn sie nicht den Fehler begingen, sie ihrerseits anzugreifen, aber sie hatten jetzt nur noch eine einzige Fackel und auch die war schon mehr als zur Hälfte heruntergebrannt. Anders fragte sich vergeblich, was sie tun sollten, falls auch dieses letzte Licht erlosch.

Er bekam die Antwort auf diese Frage schon nach wenigen Minuten. Boris eilte mit so weit ausgreifenden, schnellen Schritten vor ihnen her, dass sie Mühe hatten, mitzuhalten, und plötzlich wurde es vor ihnen hell. Im allerersten Moment war es nur ein blassgrauer Schimmer, so schwach, dass Anders es nicht einmal wagte, wirklich an ihn zu glauben, weil er befürchtete, dass ihm seine Fantasie schon wieder einen bösen Streich spielte. Schon nach wenigen weiteren Schritten aber konnte er den breitschultrigen Schatten des Trolls deutlich vor sich ausmachen. Der Gang führte ins Freie; oder zumindest in einen Teil des unterirdischen Labyrinths, in den Licht fiel. Der Anblick ließ ihn schneller ausgreifen, und auch den vollkommen erschöpften Elder schien das Licht noch einmal neue Kraft zu geben, denn sie schlossen nun wieder dichter zu Katt und ihm auf. Das allerletzte Stück des Weges legten sie tatsächlich rennend zurück.

Kaum zwei Schritte hinter Boris stürmten sie aus dem Ende des Tunnels hervor und befanden sich urplötzlich in einer Umgebung wieder, von der Anders kaum noch zu hoffen gewagt hatte, dass er sie noch einmal zu Gesicht bekommen würde. Unter ihnen breitete sich ein schmales, lang gestrecktes Tal aus, das an allen Seiten von steil aufstrebenden Berghängen eingefasst wurde. Der Himmel über ihnen bestand nicht aus Stein, sondern aus tief hängenden Regenwolken, und das graue Licht war nichts weiter als das der Dämmerung, die gerade erst hereingebrochen war. Dürre, wie aus Draht gebogen wirkende Büsche und vereinzelt stehende, verkrüppelte Bäume wuchsen auf dem Hang unter ihnen, und irgendwo zwischen dem Gewirr aus Felsbrocken und eisverkrusteten Findlingen, das den Talboden bedeckte, glaubte Anders das silberne Blitzen von Wasser zu erkennen.

»Weiter!«, sagte er. »Sie sind bestimmt schon hinter uns her.«

Boris war ohnehin vorausgeeilt und bot schon wieder einen reichlich albernen Anblick, denn er ruderte wild mit beiden Armen, um auf dem abschüssigen Hang das Gleichgewicht nicht zu verlieren, wurde aber trotzdem immer schneller. Waldos und seine beiden Begleiter zögerten dennoch, dem Troll zu folgen. »Das gefällt mir nicht«, sagte der Elder. »Ich sehe nirgendwo einen Weg hinaus. Das ist eine verdammte Falle!«

»Ich bin sicher, dass Boris weiß, was er tut«, antwortete Anders ungeduldig. »Willst du lieber zurückgehen?«

Einen Herzschlag lang sah der Elder so aus, als erwöge er allen Ernstes diesen Gedanken, doch dann deutete er nur ein Kopfschütteln an und ergab sich in sein Schicksal. Falls sie diesen Tag überlebten, dachte Anders, dann würde nicht nur er eine Menge haben, worüber sich nachzudenken lohnte. Ein Elder, der sein Leben einem Troll anvertraute – das war vermutlich noch nie vorgekommen, seit dieses Tal von ihren beiden Rassen bewohnt wurde.

Deutlich langsamer als Boris – wenn auch nicht wirklich eleganter – machten sie sich an den Abstieg. Der Hang war auf dieser Seite nicht mit losen Steinen und Geröll übersät, dafür aber sehr viel steiler als die Böschung, die sie vorhin heraufgestiegen waren, und das zarte Grün, das seinen Augen im allerersten Moment so wohl getan hatte, hatte auch seine unangenehmen Seiten. Die dünne Humusschicht, die den Fels bedeckte, war von einem Gewirr aus Wurzeln und zähen Pflanzensträngen durchzogen, die nur zu oft heimtückische Fallstricke bildeten, sodass Anders seine ganze Konzentration aufwenden musste um nicht zu stürzen. Obwohl ihm die Kälte hier draußen deutlich mehr zu schaffen machte als in der Höhle, war er in Schweiß gebadet, als sie die Böschung endlich hinter sich gebracht hatten, und er zitterte vor Anstrengung am ganzen Leib. Katt und auch den Elder erging es nicht besser, aber ihnen blieb nicht einmal ein Augenblick, um auszuruhen. Sie erreichten den Talgrund unbehelligt, doch Anders war kaum stehen geblieben und hatte sich umgedreht, da tauchte die erste in mattes Schwarz gekleidete Gestalt über ihnen auf, und nur einen Sekundenbruchteil später peitschte ein blauer Blitz in das Tal hinab und ließ eine Fontäne aus geschmolzenem Stein und glühenden Splittern zwischen den Felsen hochschießen. Es war nur eine Warnung, aber sie war deutlich genug. Die Jagd ging weiter.

»Boris, ich bete, dass du weißt, was du tust«, flüsterte Anders.

Der Troll war ein paar Dutzend Schritte vorausgeeilt und nun wieder stehen geblieben, um sich umzudrehen und aufgeregt mit beiden Armen in ihre Richtung zu gestikulieren, was Anders nicht gefiel. Er glaubte zwar nicht, dass die Soldaten auf ihn oder auch nur die Elder schießen würden, doch er war sehr sicher, dass sie bei dem Troll erheblich weniger Skrupel hatten. Boris war nur in Sicherheit, solange er sich in seiner unmittelbaren Nähe befand. Er versuchte zu dem Troll aufzuschließen, aber Boris drehte sich bereits wieder um und lief weiter und der Abstand zu ihm schien eher zu wachsen anstatt kleiner zu werden. Anders sah ganz bewusst nicht mehr zu ihren Verfolgern zurück, während er versuchte noch schneller auszugreifen, um den Troll einzuholen. Er fühlte sich in seinen Albtraum aus der vorletzten Nacht zurückversetzt, in dem er von einem gesichtslosen Ungeheuer verfolgt worden war und ganz genau gewusst hatte, dass es ihn im gleichen Augenblick einholen würde, in dem er den Fehler beging, sich zu ihm umzudrehen.

Trotz all ihrer Bemühungen wurde Boris' Vorsprung immer noch größer. Er verschwand jetzt immer öfter zwischen den

Felsen, und als er schließlich wieder in ihrem Sichtfeld auftauchte, da befand er sich gute achtzig oder hundert Meter vor ihnen und hatte die andere Seite des schmalen Tals schon fast erreicht. Als er stehen blieb, um einen ungeduldigen Blick in ihre Richtung zurückzuwerfen, wurden Anders' schlimmste Befürchtungen bestätigt: Ein blauer Lichtblitz zuckte in seine Richtung und verfehlte ihn nur um Haaresbreite (zumindest sah es über die große Entfernung hinweg so aus), um ein fast metergroßes Stück der Felswand hinter ihm zu zerschlagen, doch Boris duckte sich nur leicht und gab ihnen mit einem hastigen Wink zu verstehen, dass sie sich beeilen sollten. Anders verlängerte den Weg, den der Troll genommen hatte, in Gedanken. Er war nicht einmal überrascht, den dreieckigen Spalt im Felsen zu entdecken, vielleicht zehn oder fünfzehn Meter oberhalb des Trolls. Eine weitere Höhle. Vermutlich die einzige Chance, die sie überhaupt hatten. So erleichtert er gewesen war, das Tageslicht wieder zu sehen, war ihm doch klar, dass es allenfalls Minuten dauern konnte, bis ihre Verfolger sie hier eingeholt hatten.

Plötzlich blieb Katt stehen und deutete mit einem Schrei zu Boris hinauf, und als Anders' Blick der Geste folgte, da fuhr auch er erschrocken zusammen. Der Troll war nicht mehr allein. Unter dem Höhleneingang war eine weitere Gestalt erschienen; ein hoch gewachsener, schlanker Mann mit dunklem Haar, der von Kopf bis Fuß in schwarzes Leder gekleidet war und nur einen Arm hatte.

»Jannik«, flüsterte Anders. Dann schrie er: »Das ist Jannik! Lauft!«

Das genaue Gegenteil geschah. Katt und er stolperten noch ein paar Schritte weiter, die drei Elder jedoch blieben abrupt stehen, und als Anders zu ihnen herumfuhr, gewahrte er auf ihren Gesichtern einen Ausdruck blanken Entsetzens. Keiner von ihnen rührte sich.

»Worauf wartet ihr?«, stieß er atemlos hervor. »Lauft! Sie sind gleich da!«

Tatsächlich hatten die ersten *Drachen* die Talsohle mittlerweile erreicht und drangen ohne zu zögern und erschreckend schnell in das Durcheinander aus Felsbrocken und Gestrüpp ein, doch die drei Elder rührten sich nicht von der Stelle. »Das ... das ist ihr Herr«, murmelte Waldos. »Der Anführer der Wilden.«

»Das ist Jannik«, antwortete Anders. »Er wird euch nichts tun!«

»Das ist der Mann, der das Heer gegen Tiernan geführt hat«, beharrte Waldos. Statt endlich weiterzugehen trat er ganz im Gegenteil einen Schritt zurück und legte die rechte Hand auf das Schwert.

»Waldos, sei vernünftig!«, sagte Anders beschwörend. »Ich versichere dir, es ist alles ganz anders, als du denkst. Bitte glaub mir! Ich kenne Jannik! Er wird euch nichts tun und seine Leute auch nicht.«

Aber war er wirklich sicher? Das letzte Mal, als der Elder Jannik gesehen hatte, hatte er mit dem Schwert in der Hand gegen Männer wie Waldos und seine beiden Begleiter gekämpft und zugleich hilflos mit ansehen müssen, wie seine Freunde und Verbündeten gnadenlos abgeschlachtet wurden. Es hatte eine Zeit gegeben, da hatte er geglaubt, Jannik ebenso gut zu kennen wie sich selbst, aber nun war er nicht sicher, wie er reagieren würde, wenn er den drei Elder gegenüberstand.

Anders verscheuchte den Gedanken. »Jetzt lauft endlich los, verdammt noch mal!«, befahl er. »Ich gebe euch mein Wort, dass euch nichts geschieht!«

Von der gegenüberliegenden Bergflanke her zuckten zwei, drei grellblaue Blitze in Boris' und Janniks Richtung. Keiner der Schüsse kam ihnen nur nahe, aber Jannik zog sich mit einer hastigen Bewegung wieder hinter den Höhleneingang zurück, und auch Boris brachte das letzte Stück Weg in einem grotesken hüpfenden Zickzack hinter sich, der selbst den geübten Schützen dort drüben keine Chance ließ, ihn zu treffen. Anders wusste nicht, ob die Elder seinen Versprechungen wirklich Glauben schenkten oder es dieses neuerliche Feuer war – die drei Männer erwachten jedenfalls endlich aus ihrer Erstarrung und rannten los. Hinter ihnen waren die ersten Soldaten schon fast auf Steinwurfweite heran, wie Anders besorgt feststellte, und nicht nur das – sie bewegten sich deutlich schneller als er, Katt und die drei erschöpften Krieger. Er war nicht wirklich sicher, ob sie dieses ungleiche Wettrennen tatsächlich gewinnen würden.

Sie mussten es auch nicht. Der Berghang war vielleicht noch zwanzig oder dreißig Schritte entfernt, als Jannik wieder hinter den Felsen vor dem Höhleneingang auftauchte. Wie durch Zauberei schien er plötzlich wieder zwei Arme zu haben, auch wenn der eine davon etwas sonderbar aussah. Erst als er sich in die Hocke sinken ließ und damit auf die gegenüberliegende Seite des Tals zielte, erkannte Anders seinen Irrtum: Janniks Armprothese endete nicht in einer künstlichen Hand, sondern in dem schlanken Lauf der gleichen Waffe, wie sie auch ihre Verfolger trugen. Ein grellblauer Lichtblitz zuckte hervor, überwand die Entfernung zwischen den beiden Bergflanken im Bruchteil einer Sekunde und ließ die Männer dort oben in jäher Panik auseinander spritzen. Anders konnte nicht erkennen, ob Jannik einen von ihnen getroffen hatte – der Höhlenausgang war plötzlich voll schwarzen, brodelnden Qualms und hellroten Flammen –, doch sie zogen sich hastig hinter Felsbrocken oder auch wieder ins Innere des Berges zurück.

Zwei oder drei von ihnen erwiderten das Feuer, aber es war ein ungleicher Kampf. Jannik saß sicher hinter der Deckung eines mehr als mannshohen Felsbrockens, den selbst die schrecklichen Waffen seiner Gegner nicht einmal anzukratzen vermochten, und sie hätten ihn nun wirklich treffen müssen um ihn auszuschalten, während er selbst den Schwachpunkt seiner Gegner erkannt hatte und gnadenlos ausnutzte. Er zielte nicht auf die Männer, sondern feuerte auf die Felswand über ihren Köpfen, sodass ein Hagel rasiermesserscharfer, winziger

Steinsplitter und weiß glühender Funken auf sie herabregnete. So überlegen die kleine Armee seines Vaters auch sein mochte, dachte Anders, sie hatten sich die falsche Arena für diese Konfrontation ausgesucht. In einer Umgebung, in der schon der winzigste Kratzer den sicheren Tod bedeutete, konnten sie kaum einen fairen Kampf erwarten.

Anders schöpfte neue Hoffnung und rannte im Zickzack weiter, doch Jannik streckte plötzlich den gesunden Arm hinter dem Felsen hervor und gestikulierte ihm fast erschrocken zu.

»Bleibt unten!«, schrie er. »Geht in Deckung!«

Anders gehorchte ganz instinktiv, auch wenn er diesen Befehl nicht wirklich verstand. Jannik hatte vier oder fünf ihrer Verfolger sicher oben in der Bergflanke festgenagelt, aber eine mindestens doppelt so große Anzahl hatte das Tal längst erreicht und befand sich auf dem Weg zu ihnen. Gerade in dem Moment, in dem er sich hinter einem Felsen in Deckung warf und mit klopfendem Herzen nach ihren Verfolgern Ausschau hielt, drangen die letzten beiden Männer in das Gewirr aus Felsen und Gestrüpp ein.

Und sie hatten es kaum getan, da wurde der Boden lebendig.

Die Felsen waren keine Felsen. Plötzlich öffneten sich Augen in grauer, borkiger Haut, schuppige Arme entfalteten sich, wo Anders erst eine Sekunde zuvor noch einen verkrüppelten Baum oder einen mannshohen Felsbrocken gesehen hatte, fürchterliche Klauen griffen nach den Männern, Reißzähne schnappten. Von einem Moment auf den anderen hallte ein Chor entsetzter, fast panikerfüllter Schreie durch das Tal, und aus dem unaufhaltsam erscheinenden Vormarsch der Soldaten wurde von einem Sekundenbruchteil auf den anderen eine verzweifelte Flucht, die an zahlreichen Stellen in ein wildes Handgemenge überging, an dessen Ausgang es keinen Zweifel geben konnte. Blaues Feuer loderte auf. Anders sah, wie ein Geschöpf, gegen das selbst Boris wie ein Zwerg gewirkt hätte, von gleich drei der blauen Blitze getroffen und zu Boden gestreckt wurde, doch fast im selben Augenblick fielen auch die Schützen unter den Fausthieben von Gegnern, die buchstäblich aus dem Nichts aufgetaucht waren.

»Eine Falle!«, murmelte er. »Das war eine Falle! Und Boris hat das gewusst!«

Die Worte hatten Katt gegolten, aber sie war nicht länger an seiner Seite. Anders sah sich hastig und erschrocken um, atmete jedoch erleichtert auf, als er sie nur ein paar Schritte entfernt sicher hinter einem Felsen kauern sah, von dem er wenigstens hoffte, dass er nicht auch im nächsten Moment zum Leben erwachen würde. Auch Waldos und seine beiden Gefährten hatten sich zu Boden geworfen und krochen hastig in Deckung, und obwohl sich das Kriegsglück so plötzlich und radikal geändert zu haben schien, begriff Anders im nächsten Moment, wie gut sie daran taten. Das Zentrum des Handgemenges war zu weit entfernt, als dass er Einzelheiten erkennen konnte, aber die Männer oben im Berg nahmen nun keine Rücksicht mehr auf Janniks Sperrfeuer, sondern richteten ihre Waffen ins Tal herab und versuchten ihren Kameraden beizustehen.

Ein Gewitter aus blauen, peitschenden Blitzen fuhr unter die Trolle, Riesen und Fabelwesen, die über die völlig überraschten Soldaten hergefallen waren, und nicht alle Schüsse waren wirklich gut gezielt. Einer der blauen Blitze fegte nur wenige Meter an Anders' Deckung vorbei und ließ eine haushohe Säule aus brüllenden Flammen und weiß glühendem Gestein in die Höhe steigen, ein zweiter Schuss zertrümmerte den Felsen, hinter dem einer der Elder vor einem Atemzug noch gelegen hatte. Anders duckte sich tiefer hinter seinen Felsen. Ein Hagel aus winzigen heißen Steinsplittern prasselte auf ihn herab und irgendetwas biss wie eine wütende Hornisse in seine Wange. Anders spürte Blut an den Fingern, als er die Hand ans Gesicht hob.

Doch damit schien der Kampf auch schon wieder abzuflauen. Der Chor aus Schreien, Gebrüll, dumpfen Schlägen und peitschenden Explosionen hielt an, entfernte sich aber nun hörbar, und nach einigen weiteren Sekunden wagte es Anders, vorsichtig über den Rand des Felsens zu spähen. Schwarzer Qualm und Flammen nahmen ihm die Sicht. An mindestens einem Dutzend Stellen vor ihm brannte es und er meinte auch zwei, drei reglose schwarze Umrisse zu erkennen, die am Boden lagen, doch der Großteil der Soldaten hatte es erstaunlicherweise geschafft, sich von den Gegnern zu lösen und der Falle zu entkommen. Zwei der Männer stützten einen verwundeten Kameraden, der schlaff zwischen ihnen hing und offensichtlich nicht mehr aus eigener Kraft laufen konnte, und ein weiterer lag auf halber Höhe des Hanges. Er lebte noch und bewegte sich, aber Anders konnte trotz des Rauches und der großen Entfernung sehen, dass sein Anzug fast auf voller Länge aufgerissen war. Er würde diesen Tag nicht überleben.

Anders beobachtete noch zweierlei, was ihn nicht nur überraschte, sondern auch mit einer spürbaren Erleichterung erfüllte. Nicht einer von Janniks monströsen Kriegern versuchte die Männer zu verfolgen. Die Wilden hatten mindestens ein halbes Dutzend von ihnen getötet oder verwundet, schienen sich aber damit zufrieden zu geben, die Angreifer aus dem Tal zu verjagen, und auch Jannik, der mittlerweile so gleichmäßig und präzise feuerte wie eine Maschine, legte es ganz offensichtlich nicht darauf an, sie zu treffen. Seine Waffe ließ winzige lodernde Vulkane aus der Bergflanke hervorbrechen, doch keine der Explosionen kam den flüchtenden Männern nahe genug, um ihnen wirklich gefährlich zu werden. Schließlich stellte Jannik das Feuer ein und auch der Höhleneingang drüben hatte aufgehört blaue Blitze zu speien. Die Präzision, mit der Jannik das letzte Dutzend Schüsse abgegeben hatte, war unglaublich. Anders sah, dass seine Waffe zwei absolut parallele Linien rauchender Krater in den Berghang gesprengt hatte, die den Weg markierten, den die flüchtenden Männer genommen hatten. Und ganz offensichtlich war die Botschaft angekommen.

Unendlich erleichtert, trotzdem aber weiter vorsichtig und jederzeit bereit, sich wieder zu Boden zu werfen, richtete er sich hinter seiner Deckung auf und sah sich um. Waldos und seine zwei Männer kauerten, anscheinend unversehrt, doch mit totenbleichen Gesichtern und am ganzen Leib zitternd, hinter einem Felsvorsprung, und Katt kam – wenn auch unsicher und kaum weniger blass als die Elder – gerade in diesem Moment hinter ihrem Felsen hervor. Anders lächelte ihr aufmunternd zu und Katt versuchte zumindest, dieses Lächeln zu erwidern; auch wenn es ihr nicht wirklich gelang. Sie zitterte am ganzen Leib. Anders konnte ihren Schrecken nur zu gut verstehen. Selbst er musste sich gegen den Felsbrocken lehnen, um überhaupt auf den Beinen zu bleiben, und für Katt, die weder die Schlacht um die Torburg miterlebt hatte noch den Untergang von Janniks Armee, musste das Geschehen noch viel unbegreiflicher und furchteinflößender gewesen sein als für ihn. Dennoch: Das Wunder war geschehen. Sie lebten und ihre Verfolger hatten sie nicht nur nicht eingeholt, sondern befanden sich auf dem Rückzug.

Anders lächelte ihr noch einmal und so zuversichtlich wie möglich zu, dann hob er den Kopf, als er das Kollern eines Steines über sich hörte. Jannik hatte seine Deckung verlassen und kam mit schnellen Schritten zu ihnen herab, auch wenn er den Tunnelausgang auf der anderen Seite des Tals dabei keine Sekunde aus den Augen ließ. Nur einen kurzen Moment später erschien auch der Troll wieder unter der Höhlenöffnung und diesmal war Anders sicher, hinter Boris weitere schattenhafte Bewegung wahrzunehmen. Mit einem Mal begann es überall rings um sie herum zu rascheln und zu rumoren.

Anders registrierte den veränderten Ausdruck auf Waldos' Gesicht und warf Jannik einen raschen warnenden Blick zu, den dieser zu seiner Erleichterung sofort und richtig zu deuten schien, denn er blieb einen Moment stehen und rief ein einzelnes sonderbar klingendes Wort in einer fremdartigen Sprache. Boris tappte wie ein zu groß geratener Bär unerschütterlich weiter hinter ihm den Hang herab, doch keiner der anderen Wilden kam ihnen wirklich nahe. Die drei Elder rückten trotzdem erschrocken näher zusammen und zogen ihre Waffen.

Jannik bedachte sie mit einem Blick, von dem Anders nicht ganz sicher war, ob er nun verächtlich oder leicht amüsiert wirkte. »Glaubt ihr wirklich, dass das nötig ist?«, fragte er. »Oder irgendetwas sonst?«

Er wartete Waldos' Antwort gar nicht ab, sondern streifte im Herumdrehen Katt mit einem kurzen leicht überraschten Blick und wandte sich dann direkt an Anders. »Das war ziemlich knapp. Wo bist du die ganze Zeit gewesen? Ich hatte eher mit dir gerechnet.«

»Ich wusste gar nicht, dass wir verabredet waren«, antwortete Anders automatisch. »Und wenn wir schon einmal dabei sind: Wo bist *du* die ganze Zeit gewesen?« Er schüttelte den Kopf. »Ich denke, ich werde ein ernstes Wort mit meinem Vater reden müssen. In letzter Zeit nimmst du deinen Job als mein Leibwächter offenbar nicht mehr ganz ernst.«

Jannik lachte. »Es war wirklich knapp. Ich hoffe doch, es war nicht deine grandiose Idee, einen Mann in die Stadt zu schicken, damit er die Drachen zu eurem Versteck führen kann?«

Anders wollte es nicht, aber sein Blick irrte für einen ganz kurzen Moment zu Waldos hin, und das Gesicht des Elder wurde noch finsterer, als es ohnehin schon war. Seine beiden Begleiter hatten ihre Schwerter eingesteckt, er selbst hielt die Waffe jedoch immer noch in der Hand.

Jannik war diplomatisch genug, sich nicht umzudrehen und Anders' Blick zu folgen, aber er hatte verstanden, denn er signalisierte ihm mit den Augen ein Nicken und senkte sogar seine Waffe, die bisher wie durch Zufall auf die drei Elder gedeutet hatte. Anders sah genauer hin und erkannte jetzt, dass

Jannik das Gewehr nicht einfach an seinem Armstumpf festgebunden, sondern sich eine simple, aber sehr sinnreiche Prothese gebastelt hatte, die es ihm ermöglichte, nicht nur präzise zu zielen, sondern das Gewehr auch mit einer entsprechenden Anspannung des Oberarmmuskels abzufeuern.

Jannik war seinem Blick gefolgt und grinste flüchtig. »Du weißt doch: Ich war schon immer ein begeisterter Heimwerker.«

»Ich bin froh, dass du noch lebst«, sagte Anders. Sein Lächeln erlosch. Wahrscheinlich hatten sie beide in dieser harmlosen Flachserei Zuflucht suchen müssen, um mit der Anspannung fertig zu werden, aber plötzlich hatte er das Gefühl, von einer unendlich schweren Last befreit zu sein. »Nicht nur, weil du mir schon wieder das Leben gerettet hast.«

»Das ist mein Job«, sagte Jannik. »Du hast mich ja gerade daran erinnert.«

Anders schüttelte den Kopf. »Ich meine es ernst«, sagte er. »Ich war nicht sicher, ob du noch am Leben bist. Nach dem, was ich im Bunker gesehen habe, hatte ich Angst, dass sie dich erwischt haben könnten.«

»Es war knapp«, erwiderte Jannik. »Aber ich schlage vor, dass wir das Gespräch an einem anderen Ort fortsetzen. Unsere Freunde werden bestimmt bald zurückkommen. Eigentlich wundere ich mich ein bisschen, warum sie nicht schon da sind.« Er warf einen demonstrativen Blick in den Himmel hinauf und machte zugleich eine Geste mit der gesunden Hand hinter sich. »In den Höhlen sind wir in Sicherheit. Nach der Abreibung, die sie gerade bekommen haben, wagen sie es bestimmt nicht noch einmal, uns dorthin zu folgen.«

Anders nickte, ließ aber einige Sekunden verstreichen und warf Jannik einen verstohlenen fragenden Blick zu, während er unauffällig auf Waldos und seine beiden Begleiter deutete. »Und sie?«

»Das liegt ganz bei dir«, antwortete Jannik. »Was soll ich mit ihnen machen?«

Anders fand diese Antwort nicht besonders geschickt, erwiderte aber nichts darauf, sondern trat mit zwei schnellen Schritten an Jannik vorbei und auf Waldos zu. »Ich würde mich freuen, wenn du uns begleitest«, sagte er. »Euch wird nichts geschehen.«

Der Elder blickte abwechselnd ihn und Jannik an. Auf seinem Gesicht lieferten sich noch immer Zorn, Verwirrung und eine schwer zu beschreibende Art von widerwilliger Erleichterung einen stummen Kampf. »Begleiten?«, wiederholte er. »Wohin? Zu den *Wilden*?«

»Was müssen sie denn noch tun, um zu beweisen, dass sie nicht eure Feinde sind?«, fragte Anders, wobei er gleichzeitig im Stillen hoffte, damit auch in Janniks Sinn zu sprechen. Sicher war er nicht. Dennoch fuhr er fort: »Ihr könnt nicht zurück, das weißt du. Es wird nicht mehr lange dauern und die Drachen kommen wieder. Und nach dem, was gerade geschehen ist, bezweifle ich, dass ihr Gnade von ihnen zu erwarten habt. Und von Tamar schon gar nicht.«

»Aber wir können auch nicht mit euch gehen«, beharrte Waldos. »Nicht mit *ihnen*.«

»Ihr habt mein Wort, dass euch nichts geschieht«, sagte Anders. »Wenn ihr nicht bleiben wollt, zeigen sie euch einen anderen Weg aus den Bergen und ihr könnt gehen, wohin ihr wollt. Aber jetzt müssen wir von hier verschwinden.«

Waldos starrte ihn weitere, endlose Sekunden lang durchdringend an und schließlich zwang er sich zu einer Bewegung, die Anders mit sehr viel gutem Willen als ein angedeutetes widerwilliges Nicken interpretierte. Mehr konnte er im Moment vermutlich auch nicht erwarten.

»Also gut«, sagte Jannik, als Anders sich zu ihm umdrehte und ihn fragend ansah. »Meinetwegen können sie mitkommen. Jetzt müssen wir von hier verschwinden.«

Er wandte sich an Boris und sagte ein paar Worte in derselben unverständlichen Sprache, in der er gerade schon einmal geredet hatte. Der Troll schlurfte wortlos davon, vermutlich um Janniks Befehl an die anderen Krieger weiterzuleiten, und

Jannik streifte die drei Elder noch einmal mit einem verächtlichen Blick und drehte sich dann zu Katt um.

»Du musst Katt sein«, sagte er. »Habe ich Recht?«

Katt nickte. Sie stand noch immer in einigen Schritten Abstand da und stützte sich mit der Hand am Felsen ab, hinter dem sie vorhin Deckung gesucht hatte. Etwas an ihrem Gesicht erschreckte Anders. Sie war noch immer so bleich wie vorhin, und als er genauer hinsah, bemerkte er, dass sie nach wie vor am ganzen Leib zitterte. Irgendetwas stimmte nicht mit ihr, dachte er besorgt.

»Und du Jannik, Anders' Freund«, murmelte Katt. Ihre Stimme war kaum mehr als ein Flüstern. »Er hat … viel von dir … erzählt.«

»Was ist mit dir?«, fragte Anders. »Katt?«

»Nichts«, behauptete sie. Sie versuchte ihm fest in die Augen zu blicken, um ihrer Behauptung auf diese Weise mehr Nachdruck zu verleihen, doch selbst dafür schienen ihre Kräfte nicht mehr zu reichen. Als sie einen Schritt auf ihn zu machen wollte, begann sie zu taumeln und musste sich hastig wieder abstützen um nicht zu fallen.

»Katt!«, rief Anders. »Was hast du?«

»Nichts«, murmelte Katt. »Nur ein … Kratzer. Mir ist ein bisschen schwindelig, doch das … geht gleich … vorbei.«

Anders rannte mit weit ausgreifenden Sätzen auf sie zu, aber er kam trotzdem zu spät. Katt versuchte noch einmal einen Schritt zu machen, doch ihre Beine knickten unter ihr weg und ihre Krallen glitten mit einem Geräusch wie Kreide auf einer Schiefertafel über den Felsen, als sie endgültig den Halt verlor. Sie gab ein leises, sonderbar melodisch klingendes Geräusch von sich, kippte ganz langsam nach vorne und fiel genau in Anders' ausgestreckte Arme und im nächsten Augenblick schrie auch er entsetzt auf.

Katts Rücken war eine einzige blutige Wunde.

22

Nicht nur Janniks Gesicht, sondern auch sein Hals und seine Kleider waren voller Blut, als er zurückkam, und Anders konnte trotz des schwachen Lichtes, das in der Höhle vorherrschte, sehen, wie blass und erschöpft er war. Als er sich neben ihm am Feuer niederließ, war die Bewegung fast so etwas wie ein kleiner Sturz.

»Sie lebt«, sagte er, leise und ohne ihm dabei direkt in die Augen zu blicken. »Aber ich kann dir nicht versprechen, dass sie durchkommt.« Er schien auf eine Antwort zu warten, doch Anders starrte ihn nur an. Seine Kehle war wie zugeschnürt. Er konnte spüren, wie langsam und schwer sein Herz schlug, und er wartete darauf, dass irgendetwas geschah; dass er Zorn auf das Schicksal verspürte, Hass auf die Männer, die Katt das angetan hatten, zumindest Verzweiflung oder Angst um sie, doch da war nichts von alledem. Jedes dieser Gefühle hatte ihn überreichlich gequält, während er eine gute halbe Stunde hinter Boris hergelaufen war, der das schwer verletzte Mädchen wie ein schlafendes Kind in der Armbeuge getragen hatte. Jetzt war er zu nichts mehr davon imstande. Es war, als wäre etwas in ihm erloschen. Er fühlte nur noch eine Kälte, die vielleicht schlimmer war als alles andere zuvor, ihn im Moment jedoch sonderbar unberührt ließ.

Als er auch nach einer geraumen Weile nicht antwortete, fügte Jannik im Tonfall einer Verteidigung hinzu: »Ich bin kein Arzt, weißt du?«

»Es ist nicht deine Schuld«, sagte Anders leise. »Sie wird es schon schaffen. Katzen sind zäh.«

Jannik sagte nichts dazu, aber das war ganz offensichtlich nicht das, was er hatte hören wollen, und auch Anders selbst spürte, wie hohl diese Worte klangen. Katt selber hatte oft genug ihre Zähigkeit betont, und er hatte ihren damit verbundenen Optimismus nur zu gerne akzeptiert – doch in einer Situation wie dieser wäre es unangemessen gewesen, sich an ihr festzuklammern.

Und sinnlos. Sie würde sterben. Anders wusste es. Er hatte die schreckliche Verletzung gesehen, die ihr die glühenden Steinsplitter zugefügt hatten, und selbst wenn es nicht so gewesen wäre – es konnte gar nicht anders kommen. Bisher hatte er jedem, der seinen Weg gekreuzt hatte, auf die eine oder andere Weise den Untergang gebracht. Angefangen von Jannik bis hin zu Culain und Morgen. Warum also sollte ausgerechnet der Mensch, der ihm auf der ganzen Welt das allermeiste bedeutete, eine Ausnahme dieser Regel bilden?

»Ich habe ein paar Männer zu den Ruinen des Bunkers geschickt«, fuhr Jannik fort. »Die Drachen haben nicht alles zerstört. Vielleicht finden sie einen Verbandskasten oder Medikamente.«

Selbst wenn, dachte Anders, würden sie zu spät kommen. Es war ein guter Tagesmarsch bis zu den Ruinen der ausgebrannten Bunkerfestung, und noch einmal dieselbe Strecke zurück. Außerdem würden sie nichts finden. Wenn er eines über die Männer seines Vaters gelernt hatte, dann, dass sie *gründlich* waren. Er sagte jedoch auch dazu nichts, sondern löste seinen Blick endlich von Janniks Gesicht und starrte weiter in die Flammen. Da es kalt war, hielt er seine Hände über das prasselnde Feuer und spreizte die Finger, um jedes bisschen kostbarer Wärme aufzusaugen, aber es nutzte nichts. Ein paar vorwitzige Flammenzungen strichen über seine Finger und seine Handballen, doch er spürte keinen Schmerz, nicht einmal die Wärme. Vielleicht waren nicht nur seine Gefühle erloschen.

Nach einer Weile streckte Jannik die Hand aus und zog seine Arme mit sanfter Gewalt zurück. »Das hilft ihr auch nicht, weißt du?«, sagte er.

Nein, dachte Anders. Das Einzige, was Katt geholfen hätte, war, wenn er niemals hierher gekommen wäre.

Jannik stand auf, entfernte sich ein paar Schritte und kam

nach wenigen Augenblicken wieder, einen Wasserschlauch und einen halbwegs sauberen Stofffetzen in der Hand. Er hielt Anders den Schlauch hin, und als dieser mit einem stummen Kopfschütteln ablehnte, trank er selbst einen Schluck, ließ sich mit untergeschlagenen Beinen an der gleichen Stelle nieder, an der er zuvor schon gesessen hatte, und tränkte den mitgebrachten Lappen mit Wasser. Anders sah ihm eine geraume Weile wortlos dabei zu, wie er sich zuerst das Gesicht abwischte – was einigermaßen funktionierte – und dann das eingetrocknete Blut von seiner Hand zu entfernen versuchte – was überhaupt nicht klappte. Sich die Hände zu waschen war ein Ding der Unmöglichkeit, wenn man nur *eine* Hand hatte.

Es war Katts Blut, das an seinen Fingern klebte, und vielleicht war das der einzige Grund, aus dem Anders sich wortlos vorbeugte, mit der linken Hand nach seinem Arm und mit der rechten nach dem Lappen griff und Janniks Finger zu säubern begann. Jannik ließ es wortlos geschehen, obwohl Anders wusste, wie sehr er es hasste, angefasst zu werden. Nicht nur in diesem Punkt waren sie sich sehr ähnlich. Auch Anders hasste es, wenn ihn jemand berührte. Solange er sich zurückerinnern konnte, waren sein Vater, Jannik und Katt die einzigen Menschen auf der Welt gewesen, deren körperliche Nähe ihm kein Unbehagen bereitete und denen er es ohne Wenn und Aber gestattete, ihn anzufassen.

Während er weiter sorgsam an Janniks Hand herumwischte, die längst sauber war, ließ er seinen Blick zum vielleicht hundertsten Mal durch die weitläufige Höhle streifen, in der sie Unterschlupf gefunden hatten. Sie war deutlich größer als die, in der er zusammen mit den Elder übernachtet hatte, und es war sehr viel heller hier drinnen. Trotzdem wirkte der Platz beengt, denn abgesehen von ihm selbst und Jannik und den Elder hielten sich an die hundert von Boris' Brüdern und Schwestern hier drinnen auf. Ein gutes Dutzend Feuer brannten, ohne die Kälte, die sich in den Wänden aus schwarzem Granit eingenistet hatte, wirklich vertreiben zu können, und es gab nur zwei Ein- und Ausgänge. Durch einen waren sie vor einer Stunde hereingekommen, der andere führte offensichtlich tiefer in den Berg hinein. Manchmal hörte Anders Geräusche aus dem Stollen dringen. Schritte und ein Poltern, den Klang rauer, gutturaler Stimmen, und einmal auch einen Schrei. Jannik hatte von einem sicheren Versteck in den Bergen gesprochen, in das er seine überlebenden Krieger führen wollte, und wahrscheinlich handelte es sich dabei um diese Höhle hier.

Anders' Blick verharrte für einen Moment auf den Gestalten der drei Elder, die sich am gegenüberliegenden Ende der Höhle um ein Feuer gekauert hatten und sich, wahrscheinlich ohne es selbst zu merken, Schutz suchend zusammendrängten. Keiner der Wilden beging den Fehler, ihnen auch nur nahe zu kommen, aber Anders war dennoch klar, dass sich Waldos und seine beiden Männer fühlen mussten, als hätte man sie lebendig in den Vorhof der Hölle verschleppt. Jannik hatte es nicht einmal für nötig befunden, ihnen ihre Waffen wegzunehmen, doch was Anders im allerersten Moment wie eine unerwartete Großzügigkeit vorgekommen war, das diente in Wahrheit wohl eher dazu, den Elder ihre Machtlosigkeit vor Augen zu führen.

»Was hast du mit den Elder vor?«, fragte Anders.

»Du hast ihnen dein Wort gegeben, dass ihnen nichts geschieht«, erwiderte Jannik. Er lachte ganz leise. »Genau genommen hast du ihnen *mein* Wort gegeben, aber das spielt keine Rolle. Einer von ihnen ist verletzt, glaube ich. Er kann sich ausruhen und essen, und wenn ihr Anführer es gestattet, kümmere ich mich auch um seine Wunden. Danach können sie gehen.«

Anders war erleichtert das zu hören, schüttelte aber trotzdem den Kopf. »Das meine ich nicht. Wenn ihr die Schlacht gewonnen hättet – was hättest du getan?«

Jannik zog fast behutsam seine Hand zurück und sah ihn

lange und durchdringend an. »Spielt das jetzt noch eine Rolle?«

»Für mich schon«, sagte Anders.

»Dasselbe wie mit ihnen, nehme ich an«, sagte Jannik mit einer Kopfbewegung auf Waldos und die beiden anderen. »Ihre Wunden versorgt und sie gehen lassen, wenn sie das wollen.«

»Gehen lassen?«, wiederholte Anders. »Wohin?«

»Hat jemand deine Freundin gefragt, wohin sie gehen will?«, gab Jannik hart zurück. »Oder Boris und seine Leute?« Er stieß hörbar die Luft aus. »Willst du eine ehrliche Antwort? Ich habe mir keine Gedanken darüber gemacht.«

»Du hast all das hier nur angefangen, um Tiernan zu zerstören?«, fragte Anders und schüttelte den Kopf, um seine eigene Frage gleich zu beantworten. »Kaum.«

»Nicht Tiernan«, erwiderte Jannik heftig. »Aber das, wofür Tiernan steht. Dieses ganze verdammte System! Ich wollte Gerechtigkeit schaffen!«

»Mit deinem Schwert?«

»Nein, natürlich nicht«, antwortete Jannik böse. »Eigentlich hatte ich daran gedacht, einen Debattierklub zu gründen und vielleicht die eine oder andere Volkspartei, damit wir freie Wahlen abhalten können. Ich habe sogar schon die ersten Plakate entworfen. Wenn du Zeit hast, zeige ich sie dir bei Gelegenheit. *Boris for President!* gefällt mir sehr gut.«

»Du weißt, was ich meine«, sagte Anders ernst. »Gewalt hat noch niemals etwas geändert.«

»Ach?«, begehrte Jannik auf. Anders fragte sich, wieso er so gereizt auf dieses Thema reagierte. Es konnte nicht sein, dass Jannik sich dieselbe Frage nicht schon selbst gestellt hatte, und eigentlich kannte Anders ihn als jemanden, der gut mit Kritik umgehen konnte. Aber vielleicht war das gerade die Antwort: Vielleicht *hatte* er sich diese Fragen selbst gestellt und vielleicht wollte er die Antworten, zu denen er gekommen war, nicht wahrhaben.

»Ich frage mich, was du in all den Jahren in der Schule eigentlich getan hast«, fuhr Jannik fort. »Offensichtlich hast du im Geschichtsunterricht nicht richtig aufgepasst. Gewalt hat *immer* etwas geändert. Du willst eine friedliche Revolution?« Er schüttelte heftig den Kopf. »Die gibt es nicht.«

»Es hat sie gegeben«, behauptete Anders.

»Ja, und eine oder zwei haben vielleicht sogar funktioniert«, fügte Jannik grimmig hinzu. »Von denen, die in einem Blutbad unter Unschuldigen geendet haben, hört man hinterher nicht mehr viel, weißt du?« Er schüttelte wieder den Kopf. »Und selbst diese friedlichen Revolutionen waren nicht ganz so friedlich, wie man uns glauben machen will. Falls es deiner Aufmerksamkeit entgangen ist, Anders – die Elder beherrschen dieses Tal und seine Bewohner seit zwei Generationen mit dem Schwert. Glaubst du, sie legen es weg, nur weil sie plötzlich zu der Erkenntnis gekommen sind, dass es so nicht weitergeht?«

»Das habe ich nicht gemeint«, sagte Anders. »Angenommen es gäbe einen Weg, die Elder zu besiegen – was würdest du mit ihnen tun?«

»Sie jedenfalls nicht umbringen, wenn du das meinst«, sagte Jannik; in einem Ton, der Anders klar machte, dass er auch über diese Option schon ernsthaft nachgedacht haben musste. »Aber es gibt keinen Weg. Wir haben nicht mehr genug Männer für einen zweiten Angriff wie den auf die Torburg.«

»Und wenn du sie hättest, würde er so enden wie der erste«, fügte Anders hinzu. »Es sei denn, es gelingt euch, die Mauern zu überwinden, ohne die Aufmerksamkeit der Drachen zu erwecken.«

»Warum sagst du das?«, fragte Jannik.

»Weil ich glaube, dass ich weiß, wie es funktioniert«, antwortete Anders.

Jannik machte ein zweifelndes Gesicht. »Was?«

»Oberons Auge«, antwortete Anders. Jannik sah ihn nur vollkommen verständnislos an, aber plötzlich, als wäre es notwendig gewesen, es nur einmal laut auszusprechen, war alles so klar, dass Anders sich vergeblich fragte, wieso er nicht schon vor Monaten darauf gekommen war. »Es sind die Stirnbänder«, sagte er. »Das Symbol ihrer Macht, das die Mitglieder des Hohen Rates tragen. Ich glaube, sie sind nicht nur Schmuckstücke, sondern tatsächlich das, als was die Elder sie bezeichnen: Oberons Auge und Ohr.«

Jannik schwieg eine ganze Weile. In seinem Gesicht arbeitete es. »Das ergibt Sinn«, sagte er nachdenklich. »Es sind … Stirnbänder, sagst du?«

Anders nickte. »Die drei Mitglieder des Hohen Rates tragen sie, wenn sie offiziell zusammenkommen«, sagte er. »Tamar hat es getragen, als er in der Torburg eintraf, um bei der Verteidigung zu helfen.«

»Und kurz darauf sind die Drachen gekommen«, fügte Jannik hinzu, noch immer im gleichen nachdenklichen Ton, jetzt aber auch hörbar bitterer.

»Es muss so sein«, fuhr Anders fort, gar nicht einmal so sehr an Jannik gewandt, sondern fast nur an sich selbst. Plötzlich ergab auch der bisher letzte schreckliche Akt des Dramas einen Sinn. Trotz Morgens durchaus einleuchtender Erklärung war es ihm fast unmöglich gewesen, zu glauben, dass Tamar ausgerechnet *sie* in den Hohen Rat berufen und als gleichberechtigte Partnerin neben sich setzen sollte. Aber das hatte er niemals vorgehabt. Alles, was er wollte, war, dass sie Oberons Auge zu seinem Versteck brachte.

»Deshalb sind sie auch so schnell da gewesen«, murmelte er. »Es waren nicht einmal fünf Minuten.«

Obwohl Jannik den vorherigen Gedanken nicht gehört hatte, schien er zu begreifen, was Anders meinte. »Das heißt, wenn wir den Hohen Rat ausschalten …«

»Nicht den Hohen Rat«, unterbrach ihn Anders. »Nur die Stirnbänder.«

»Und wie sollen wir das schaffen, ohne die Elder zu töten, die sie tragen?«, erkundigte sich Jannik.

»Nicht *wir*«, verbesserte ihn Anders. »*Ich*.«

Jannik sah ihn wortlos an.

»Ich glaube, ich könnte es schaffen«, sagte Anders. »Aber ich will dein Wort, dass deine Männer kein Blutbad unter den Elder anrichten.«

»Wie soll das gehen?«, fragte Jannik. »Du hast lange genug unter ihnen gelebt. Glaubst du wirklich, sie geben einfach so kampflos auf?«

»Du bist hier der Stratege, nicht ich«, erwiderte Anders. »Ich werde dir ganz bestimmt nicht helfen noch mehr Blut zu vergießen. Ihr seid den Elder an Zahl immer noch hoffnungslos überlegen, habe ich Recht?« Jannik schwieg, was Anders aber als Zustimmung wertete. »Wenn sie sehen, dass die Drachen ihnen nicht zu Hilfe eilen, dann geben sie vielleicht auf.«

»Die Elder? Niemals.«

»Aber das ist meine Bedingung«, antwortete Anders. »Ich will dasselbe wie du, Jannik. Doch nicht auf demselben Weg. Dieser ganze Albtraum wird aufhören, wenn die Welt von der Existenz dieses Tals erfährt. Nicht einmal mein Vater ist mächtig genug um *damit* davonzukommen. Ich will hier raus und ich weiß, wie ich es schaffen kann.«

»Über die Mauer?« Jannik schüttelte heftig den Kopf. »Vergiss es.«

»Nein«, antwortete Anders. »Es gibt noch einen anderen Weg. Doch dazu brauche ich deine Hilfe.«

»Welchen?«, wollte Jannik wissen.

Anders zögerte einen kurzen Moment. Obwohl sich sein schlechtes Gewissen bei diesem Gedanken regte, war er nicht sicher, ob es tatsächlich klug war, Jannik von der unterirdischen Anlage zu berichten, die er in den Bergen unter Tiernan entdeckt hatte; und schon gar nicht von der Tür, die es dort gab. Aber er wusste zugleich auch, was er von Jannik verlangte. Er konnte kaum erwarten, dass er all seine Pläne und Träume aufgab, ohne ihm nicht zumindest ein Minimum an Vertrauen entgegenzubringen. Anders zögerte noch ein letztes Mal, doch dann begann er, Jannik von der geheimen Tür in Culains Haus zu erzählen und von dem, was sie dahinter entdeckt hatten. Er ließ nichts aus und er war selbst erstaunt, wie viele längst vergessen geglaubte Details ihm wieder einfielen. Er erzählte weiter, und mindestens ebenso interessant, wie es für Jannik sein musste, seinem Bericht zu lauschen, war es für Anders, den Ausdruck auf dem Gesicht seines Gegenübers zu beobachten. Jannik unterbrach ihn kein einziges Mal, aber Anders wurde mehr und mehr klar, dass er sehr genau wusste, worüber er sprach.

»Das muss die alte Anlage sein, in der alles begonnen hat«, sagte er, als Anders zu Ende gekommen war. »Ich hätte nicht gedacht, dass sie noch existiert.« Sein Gesicht verdüsterte sich noch weiter. »Ich hätte nicht gedacht, dass sie so *dumm* sind, sie nicht endgültig zu zerstören.«

»Was für eine Anlage?«, fragte Anders. »*Was* hat dort begonnen?«

»Das alles hier«, antwortete Jannik. »Dieser ganze Wahnsinn.«

»Es war so eine Art Labor, habe ich Recht?«, fragte Anders.

»Wenn du es so nennen willst«, antwortete Jannik bitter. »Wie nennt man einen Ort, an dem Menschen versuchen Gott zu spielen?«

»Und was genau ist dort passiert?«, wollte Anders wissen.

»Das weiß niemand mehr genau«, erwiderte Jannik bitter. »Niemand außer deinem Vater. Ich habe ihn ein paarmal gefragt, doch er hat nie geantwortet. Aber ich habe das eine oder andere trotzdem herausbekommen – oder mir zusammengereimt, nenne es, wie du willst. Sie haben mit Dingen herumgespielt, von denen sie besser die Finger gelassen hätten.«

»Genforschung?«, vermutete Anders. Er kramte in seinem Gedächtnis, um sich zu erinnern, wie lange es her war, seit Menschen begonnen hatten auf diesem Gebiet zu arbeiten, aber er kam zu keinem wirklichen Ergebnis. Der zerstörte Bunker, den Katt und er gefunden hatten, war mindestens vierzig, wenn nicht fünfzig Jahre alt; ebenso alt wie die Ruinen, wie Tiernan – und wie die ältesten Menschen, die hier lebten. Hatte es vor so langer Zeit schon Forschungen in dieser Richtung gegeben? Er wusste es nicht.

»Was für ein harmloses Wort für etwas so Gefährliches«, antwortete Jannik. Er nickte. »Ja, ich glaube, das muss es wohl gewesen sein. Am Anfang dachte ich, es wären irgendwelche Bakterien oder Viren gewesen. Vielleicht ein bakteriologischer Kampfstoff. Irgendeine neue chemische Waffe, die außer Kontrolle geraten ist. Aber es war viel schlimmer. Was immer sie dort unten getan haben, sie haben mit der Schöpfung selbst herumgespielt. Und es ist ihnen entkommen.«

Anders war nicht im Geringsten überrascht. Abgesehen von einigen Details, die er noch nicht ganz verstand, war das die einzige überhaupt denkbare Erklärung. Und dennoch weigerte er sich im allerersten Moment einfach, sie zu akzeptieren. Trotz allem, was er bisher über seinen Vater gesagt und gedacht hatte, *wollte* er nicht glauben, dass er zu einem solch ungeheuerlichen Verbrechen imstande gewesen sein sollte. »Waffen?«, murmelte er. »Du behauptest, mein Vater hätte in diesem Labor geheime *Waffen* entwickeln lassen? So etwas würde er nicht tun!«

»Natürlich nicht«, sagte Jannik spöttisch, beugte sich vor und hob das Partikelgewehr auf, das er scheinbar achtlos neben sich zu Boden gelegt hatte, um fast liebkosend mit den Fingerspitzen über den stahlblau schimmernden Lauf zu streichen. »Warum sollte er auch?«

Anders starrte die Waffe an. Er schwieg.

»Aber Bakterien oder Viren oder durchdrehende …«, Anders suchte vergeblich nach dem richtigen Wort, »DNS … was auch immer, brennen keine Städte nieder«, sagte er fast verzweifelt.

»Nein«, antwortete Jannik kalt. »Das waren *sie*, nachdem ihnen klar geworden war, dass sie die Sache nicht mehr in den Griff kriegen würden. Ein paar gut gezielte, ganz spezielle *sau-*

bere Bomben, um die Gefahr zu beseitigen und alle Spuren zu verwischen, ohne durch radioaktiven Fallout oder eine einzige gigantische Explosion irgendwelche Messinstrumente in weit entfernten Forschungsstationen verrückt spielen zu lassen: Das war ihre Lösung.« Er hob die Schultern. »Aber es hat nicht funktioniert, wie du siehst. Ihre kleinen Lieblinge sind ihnen nicht nur entwischt, sie waren auch zäher, als sie geglaubt haben. Also hat dein Vater beschlossen, die Flasche sorgfältig zu verkorken und dafür zu sorgen, dass sie es auch bleibt. Wer weiß – vielleicht hofft er ja immer noch, die Sache irgendwie in den Griff zu kriegen. Immerhin war das alles hier eine gewaltige Investition, die selbst ein Mann wie er nicht so einfach abschreibt.«

»Pech nur, dass jetzt sein eigener Sohn in der Falle sitzt.«

Es ging ganz langsam. Der Gedanke war nicht klar formuliert da, es waren keine Bruchstücke, die sich zu einem Bild zusammenfügten, sondern vielmehr etwas, das die ganze Zeit über tief in Anders vorhanden gewesen war; ein Gefühl wie ein dumpfer Schmerz, der von Anfang an dicht unterhalb der Grenze des Wahrnehmbaren in ihm gepocht hatte und nun ganz langsam stärker wurde. Er sah Jannik lange und durchdringend in die Augen, und was er darin las, das ließ seinen Verdacht zur Gewissheit werden. »Du warst es, habe ich Recht?«, fragte er.

Jannik schwieg. Er hielt Anders' Blick gelassen stand und in seinen Augen erschien ganz im Gegenteil ein Ausdruck von Gnadenlosigkeit und Härte, der Anders einen kalten Schauer über den Rücken jagte. Doch darunter, so tief verborgen, dass vielleicht nicht einmal Jannik selbst sich dessen bewusst war, steckte noch etwas anderes. Ein tiefes Bedauern und ein vager, aber quälender Schmerz, der es Anders einfach nicht möglich machte, ihn deswegen zu hassen, was er ihm angetan hatte. »Die Männer, die uns entführt haben – du hast sie beauftragt.«

»Ja«, sagte Jannik einfach.

»Warum?«

»Kannst du dir das nicht denken?«, fragte Jannik kühl. »Sieh dich doch um! Ich wollte dasselbe wie du, nämlich das alles hier beenden! Ich wollte dich hierher bringen, um deinen Vater zu zwingen, endlich vor der ganzen Welt zuzugeben, was er getan hat! Glaubst du etwa, ich wollte das alles hier?« Er hob anklagend seinen verstümmelten Arm. »Glaubst du, ich wollte *das*? Es war alles ganz anders geplant. Ich hätte diesen beiden Idioten nicht trauen sollen. Weißt du, ich habe mich für besonders schlau gehalten, zwei Deppen anzuheuern, die mit Mühe und Not ihren Namen buchstabieren konnten und nur scharf auf ein bisschen schnelles Geld waren. Ich hätte es besser wissen müssen. Es war in dem Moment vorbei, indem dieser Trottel den Transponder zerstört hat. Es tut mir wirklich Leid, Anders. Nicht um mich oder die Elder oder diese beiden Dummköpfe, aber um dich.«

»So?«, murmelte Anders tonlos.

»Es hat eine Zeit gegeben, Anders«, fuhr Jannik fort, »da war ich fest entschlossen dich umzubringen. Als ich erfahren habe, was dein Vater getan hat, da wollte ich dich töten. Nicht ihn, sondern dich, damit er begreift, was das Wort *Leid* bedeutet. Aber irgendwann habe ich begriffen, dass du anders bist als er. Ich dachte, wenn ich dich hierher bringe und dir zeige, was hier geschehen ist, dann könntest du mir helfen wiedergutzumachen, was dein Vater angerichtet hat.« Er schüttelte müde den Kopf. »Ich war wohl ziemlich naiv. In aller Bescheidenheit – ich bin nicht ganz untalentiert in dem, was ich tue, aber es war wohl doch ein bisschen zu viel, einem Gott den Krieg zu erklären.«

»Mein Vater ist kein Gott«, sagte Anders.

»Wer weiß«, erwiderte Jannik. »In gewisser Weise vielleicht schon. Ich bin kein gläubiger Mensch, weißt du, doch es hat ja vielleicht seinen Grund, dass die meisten Menschen ihre Götter mehr fürchten als lieben.« Er wechselte abrupt nicht nur das Thema, sondern auch seine Art, zu reden. »Du glaubst also, es gibt dort unten einen Ausgang?« Er schüttelte den

Kopf, bevor Anders auch nur Atem zu einer Antwort holen konnte, und fuhr fort. »Wahrscheinlich hast du sogar Recht. Aber wenn, dann ist er ganz bestimmt so schwer bewacht, dass wir keine Chance hätten.«

»Es gibt etwas viel Besseres«, antwortete Anders. »Einen Helikopter.«

Jannik legte demonstrativ seinen Kopf auf die Seite und sah ihn zweifelnd an, und Anders fuhr eine Spur lauter und mit einem bekräftigenden Nicken fort: »Katt und ich haben ihn gefunden. Er ist uralt, aber ich bin fast sicher, dass er noch funktioniert. Du kannst doch einen Hubschrauber fliegen, oder?«

»Das kommt auf das Modell an«, antwortete Jannik, nickte dann jedoch und fügte etwas leiser hinzu: »Ja. Ich denke schon. Aber das ist trotzdem verrückt.«

»So wie das alles hier?«, fragte Anders.

Diesmal war Janniks Kopfschütteln deutlich heftiger. »Selbst wenn er wirklich da ist und selbst wenn wir ihn in Gang bekommen würden – was ich bezweifle nach so langer Zeit …«

»Er sah ziemlich intakt aus«, unterbrach ihn Anders. »Ich bin sicher, dass er regelmäßig gewartet wird.«

»… würden wir keine fünfhundert Meter weit kommen«, fuhr Jannik ungerührt fort. »Hast du etwa schon vergessen, wie wir hierher gekommen sind?«

»Keineswegs«, erwiderte Anders. Er war ein bisschen verärgert. Seit sie die Maschine gefunden hatten, hatte das bloße Wissen um ihre Existenz an ihm genagt wie ein dünner Stachel, den er sich eingerissen hatte und der ihn nicht wirklich quälte, sich aber nachhaltig und immer wieder in Erinnerung brachte. Ganz offensichtlich hatte ein Teil von ihm fest damit gerechnet, dass Jannik mit einem Freudenschrei aufspringen und einen Indianertanz aufführen würde, wenn er ihm von dem Helikopter erzählte. Jetzt war derselbe Teil von ihm auf geradezu kindische Weise beleidigt, weil Jannik so ganz und gar nicht seinen Erwartungen gerecht wurde. »Aber diesmal ist die Situation vollkommen anders. Als wir hierher gekommen sind, wusste niemand, dass ich an Bord der Maschine bin. Diesmal werden wir dafür sorgen, dass sie es wissen. Niemand wird es wagen, auf uns zu schießen.«

»Das ist vollkommen verrückt«, beharrte Jannik. »Du glaubst doch nicht wirklich, dass die Männer in aller Ruhe zusehen, wie wir den Helikopter flottmachen und damit davonfliegen?« Er schüttelte den Kopf. »Das wird nicht funktionieren, Anders. Ich habe selbst einmal zu diesen Männern gehört, wenn auch nur für kurze Zeit. Ich habe nicht alles gesehen, aber ich weiß, dass sie gut sind.«

»Das bist du auch«, erwiderte Anders. »Bisher hast du sie eigentlich jedes Mal geschlagen, wenn die Kräfteverteilung nicht *zu* ungerecht war. Ich will nicht, dass du dort unten einen Krieg beginnst. Hilf mir aus diesem verdammten Tal herauszukommen und alles andere erledige ich.«

»Bist du sicher?«, fragte Jannik. »Was hast du vor? Dich an die Presse zu wenden? Das Fernsehen? Das Radio?« Er lachte. »Die Hälfte der Sender und Zeitungen, zu denen du gehen kannst, gehören deinem Vater.«

»Aber die andere Hälfte nicht«, antwortete Anders. »Ich will nicht diskutieren, Jannik. Das ist mein Angebot: Ich helfe dir Tiernan zu übernehmen und du bringst mich dafür hier raus.«

»Und wenn ich dich betrüge?«, fragte Jannik. »Ich könnte dein Angebot annehmen und dich dann als Geisel nehmen, sobald wir die Stadt erobert haben.«

Anders machte sich nicht einmal die Mühe, darauf zu antworten. Er sah Jannik nur noch einen Moment lang durchdringend an, bevor er sich erhob und in die Richtung ging, aus der Jannik vor ein paar Minuten gekommen war. Ein Krieger vertrat ihm den Weg, als er die Höhle verlassen wollte, machte jedoch dann mitten in der Bewegung kehrt und gab den Ausgang frei; wahrscheinlich hatte Jannik ihm einen entsprechenden Wink gegeben. Anders ging an ihm vorbei, ohne die riesige Kreatur auch nur eines einzigen Blickes zu würdigen, marschierte den Gang einige Schritte entlang und bog dann nach rechts ab, um gebückt in den sehr viel kleineren, halbrunden Hohlraum zu treten, in den sie Katt gebracht hatten.

Anders' Herz schien sich endgültig in einen Eisklumpen zu verwandeln, als er neben dem improvisierten Lager niederkniete, auf dem das Mädchen lag. Katt hatte entweder das Bewusstsein verloren oder schlief so tief, dass er im ersten Moment nicht einmal sicher war, ob sie überhaupt noch lebte. Die Höhle war vom flackernden Licht eines kleinen Feuers erhellt, das vergeblich versuchte gegen die Eiseskälte anzukämpfen, die hier drinnen im Berg herrschte, doch nicht einmal dieser tanzende rote Schein vermochte ihrem Gesicht die unnatürliche Blässe zu nehmen, die sich darauf ausgebreitet hatte. Katts Wangen wirkten eingefallen und ihre Lippen waren vom Fieber rissig geworden. Jannik hatte ihr das verbrannte Kleid ausgezogen und einen festen Verband aus dunkelgrauem Stoff um ihren Oberkörper gewickelt, der auch ihren rechten Oberarm fest an den Leib presste. Was von ihrem Haar noch übrig war, war verkohlt und hatte sich unter der Hitze gekräuselt, die ihren Rücken verbrannt hatte, und auch ihr rechtes Bein war von der Hüfte an bis zur Wade hinunter bandagiert. Anders war in der völlig widersinnigen Hoffnung hierher gekommen, sie vielleicht wach vorzufinden und noch einmal mit ihr reden zu können; jetzt war er froh, dass sie schlief. Aus eigener peinvoller Erfahrung wusste er zwar, dass sie selbst das nicht unbedingt vor den Schmerzen bewahren musste, die sie litt, aber so war es auf jeden Fall leichter zu ertragen.

»Ich werde diesem Wahnsinn ein Ende bereiten«, flüsterte er, während er behutsam die Hand ausstreckte und ihr eine Strähne des verkohlten Haares aus der Stirn strich. Katt bewegte sich für einen Moment unruhig im Schlaf, fast als hätte sie die Worte gehört und versuchte irgendwie darauf zu antworten, doch wahrscheinlich war es nur eine ganz instinktive Reaktion auf die Berührung. Trotzdem beugte sich Anders weiter vor, griff nach ihren Fingern und umschloss sie fest mit beiden Händen. »Ich verspreche dir, dass all unsere Freunde nicht umsonst gestorben sind«, fuhr er fort. »Wenn du aufwachst, ist es vorbei.« So oder so, fügte er in Gedanken hinzu. Aber das sprach er natürlich nicht laut aus.

Er musste länger als eine Stunde neben Katts Krankenlager gesessen haben, ohne hinterher sagen zu können, was er in dieser Zeit gedacht hatte oder was in ihm vorgegangen war, bevor er wieder Schritte hinter sich hörte und wusste, dass es Jannik war, ohne sich zu ihm umdrehen zu müssen. »Hast du dich entschieden?«, fragte er.

»Ich wollte nach ihrem Verband sehen«, antwortete Jannik. »Wenn sich die Wunde entzündet, überlebt sie die nächste Nacht nicht.«

»Nein«, sagte Anders. »Das wolltest du nicht. Also?«

Jannik trat gebückt an ihm vorbei und ließ sich auf der anderen Seite des schmalen Krankenlagers in die Hocke sinken, bevor er antwortete. Er hatte tatsächlich eine Schale mit frischem Wasser und sauberes Verbandszeug mitgebracht, legte aber nun beides aus der Hand und sah Anders stirnrunzelnd an. Anders war ihm dankbar dafür. Er hätte es nicht ertragen, das, was unter Katts Verbänden war, in diesem Moment auch noch sehen zu müssen.

»Du lässt mir ja keine Wahl«, sagte Jannik. Er klang irgendwie traurig. »Ich halte es nach wie vor für Wahnsinn. Selbst wenn du irgendwie hier rauskommst, hast du keine Chance. Du weißt nicht, wie mächtig dein Vater wirklich ist, habe ich Recht?«

»Nein«, antwortete Anders. »Und es interessiert mich auch nicht. Irgendjemand wird mir zuhören.«

»Ja, und irgendjemand wird dir auch glauben«, bestätigte Jannik. »Und? Meinst du etwa, du wärst der Erste, der hinter dieses Geheimnis gekommen ist? Dein Vater weiß, wie man Menschen zum Schweigen bringt. Ganze Regierungen, wenn es sein muss.«

»Also hilfst du mir nicht?«, vergewisserte sich Anders.

»Selbstverständlich tue ich es«, seufzte Jannik. »Wie gesagt: Du lässt mir keine Wahl. Anscheinend habe ich dich unterschätzt. In mancher Hinsicht bist du deinem Vater ähnlicher, als ich dachte. Ich sage es nur noch einmal: Du hast keine Chance!«

Anders starrte ihn fast eine Minute lang ebenso wortlos wie kalt an. Jannik hielt seinem Blick völlig ruhig stand; keiner von ihnen würde diesen Kampf gewinnen oder verlieren. Schließlich ließ Anders Katts Hand los, beugte sich zu ihr hinab und hauchte ihr einen Kuss auf die spröden Lippen.

»Dann zeig mir, wie ich hier herauskomme«, verlangte er, während er aufstand und sich zum Ausgang wandte.

23

Nach den endlosen Stunden, die er unter der Erde verbracht und nichts anderes gesehen hatte als schwarzen Stein und das Rot von Flammen, tat das Sonnenlicht seinen Augen im ersten Moment regelrecht weh. Sie hatten nicht lange gebraucht, um den Ausgang aus dem Höhlenlabyrinth zu erreichen; weniger als zehn Minuten, die sie zum Teil allerdings kletternd oder auch auf Händen und Knien kriechend hatten zurücklegen müssen. Jetzt standen sie endlich wieder unter freiem Himmel und Anders hatte nicht nur zum ersten Mal seit Tagen das Gefühl, endlich wieder frei atmen zu können, er war auch überrascht, wie früh es noch war. Als Jannik und seine Krieger sie gerettet hatten, war die Sonne gerade aufgegangen – jetzt stand sie nur einen Fingerbreit über den Bergen auf der anderen Seite des Tals. Alles in allem konnten seither kaum mehr als zwei Stunden vergangen sein, obwohl er das Gefühl hatte, es wären Tage gewesen. Außerdem war es sehr kalt.

»Auch auf die Gefahr hin, dir auf die Nerven zu gehen«, sagte Jannik, »aber bist du wirklich sicher, dass du das tun willst?«

Die Höhle, durch die sie den Berg verlassen hatten, lag mindestens drei- oder vierhundert Meter hoch im Hang. Unter ihnen lag eine steil abfallende Böschung, die mit Felsen, Schutt und vereinzelten, niedrig wachsenden Bäumen übersät war und an deren Fuß sich die dichten Wälder des Ödlandes auszubreiten begannen. Anders beschattete die Augen mit der Hand und blickte konzentriert in die Richtung, in der er Tiernan vermutete. Tatsächlich glaubte er ein mattweißes Schimmern wahrzunehmen, aber es konnte sich ebenso gut um einen Gletscher oder das ewige Eis auf den Gipfeln der Berge handeln. »Wie lange brauchst du, um deine Leute zusammenzurufen und Tiernan zu erreichen?«, fragte er ohne auf Janniks Frage einzugehen.

»Drei Tage, heute mitgerechnet«, antwortete Jannik. Er sah ihn leicht verunsichert an und zuckte mit den Schultern. *Ich habe es versucht.*

»Dann gib mir eine Woche, heute mitgerechnet«, sagte Anders. »Tamar wird mich bestimmt nicht voller Wiedersehensfreude in die Arme schließen und mir sofort all seine Geheimnisse anvertrauen. Ich werde eine Weile brauchen um herauszufinden, wo sie die Dinger aufbewahren.«

»Du brauchst allein drei Tage, um nach Tiernan zu kommen«, sagte Jannik zweifelnd. »Vielleicht sogar vier. Boris wird dich begleiten. Vielleicht gelingt es ihm, irgendwo ein Pferd aufzutreiben, aber darauf würde ich mich nicht verlassen.«

»Das ist nicht nötig«, antwortete Anders.

Jannik sah ihn an, als zweifle er an seinem Verstand. »Du kannst nicht allein durch diese Wälder gehen. Das wäre Selbstmord.«

»Das habe ich auch nicht vor«, erwiderte Anders mit einem matten Lächeln. »Ich dachte mir, ich nehme ein Taxi.« Er streckte die Hand aus. »Leihst du mir dein Gewehr? Nur für einen Augenblick.«

Janniks Blick spiegelte nur noch größere Verwirrung, aber er händigte Anders gehorsam die Waffe aus, die er sich über die linke Schulter gehängt hatte. Anders sah sich suchend um, visierte einen hausgroßen Felsbrocken in hundertfünfzig oder zweihundert Metern Entfernung an und gab rasch hintereinander drei Schüsse ab. Die grellblauen Lichtblitze schwärzten die Flanken des Felsbrockens, ohne ihm darüber hinaus irgendeinen Schaden zufügen zu können, doch das Krachen der Explosionen grollte wie dutzendfach gebrochenes Donnern über das Tal.

Anders reichte Jannik die Waffe zurück. »Und jetzt verschwindet hier«, sagte er. »Eine Woche, von heute an gerechnet. Zwei Stunden nach Sonnenuntergang. Die Elder gehen früh zu Bett.«

Jannik starrte ihn noch einen Moment lang verblüfft an, aber dann wandte er sich mit einem Nicken ab, hängte sich die Waffe wieder über die Schulter und gab Boris mit einem befehlenden Wink zu verstehen, dass er ihm folgen sollte. Ohne ein weiteres Wort des Abschieds verschwanden die beiden in der Höhle und auch Anders begann sich langsam von ihrem Eingang zu entfernen. Er glaubte nicht, dass die Männer seines Vaters noch einmal das Risiko eingehen würden, in das Tunnellabyrinth einzudringen, das für so viele von ihnen zur Todesfalle geworden war, aber es hatte auch keinen Sinn, ein unnötiges Risiko einzugehen. Ohne besondere Hast schlenderte er auf den Felsen zu, auf den er gerade geschossen hatte, umrundete ihn halb und fand schließlich eine Stelle, an der er ohne allzu große Mühe hinaufsteigen konnte.

Er musste nicht lange warten. Es waren noch keine fünf Minuten vergangen, als ein winziger schwarzer Punkt über dem Wald im Osten erschien. Rasend schnell und so gut wie lautlos kam er näher, wurde zu einem Schatten und schließlich zum lang gestreckten Umriss eines schwarzen fliegenden Hais.

Anders sah dem Helikopter ruhig entgegen. Als er bis auf fünfzig Meter heran war, hob er die Arme und winkte. Die Maschine kam in unverändertem Tempo näher, bremste im buchstäblich allerletzten Moment und sehr schnell ab und blieb dann reglos über ihm in der Luft hängen. Anders konnte die Männer hinter der spiegelnden Scheibe des Cockpits natürlich nicht erkennen, aber er glaubte ihr Misstrauen regelrecht zu spüren. Wahrscheinlich vermuteten sie eine Falle. Er an ihrer Stelle hätte es jedenfalls getan.

Anders hob wieder die Arme und winkte erneut. Der Helikopter kam nicht näher, sank jedoch ein Stück tiefer, sodass der Sturmwind seiner Rotoren nun wieder an seinen Haaren und Kleidern zu zerren begann, und Anders drehte sich sehr langsam um und begann eine rasche Folge ausholender, überdeutlicher Bewegungen zu machen, um den Männern seine Absicht zu verdeutlichen. Dann kletterte er – sehr viel langsamer, als er es gekonnt hätte, wieder von dem Felsen hinunter und trat ein paar Schritte zur Seite. Der Helikopter folgte ihm in gleich bleibendem Abstand, und selbst als Anders stehen blieb und erneut die Arme hob um zu winken, rührte sich die Maschine nicht.

»Ich gebe auf!«, schrie er. »Habt ihr verstanden? Ich ergebe mich! Es ist keine Falle!« Er bezweifelte, dass die Männer dort oben seine Worte hörten, aber er versuchte sie mit entsprechenden Gesten zu untermalen, die eigentlich eindeutig genug sein mussten. Dennoch rührte sich der Helikopter nicht von der Stelle, sondern blieb mit leicht nach vorne gesenktem Bug zwanzig Meter über ihm in der Luft hängen.

Es vergingen nur wenige Minuten, bis Anders verstand, warum. Ein zweiter Helikopter näherte sich aus westlicher Richtung. Er flog sehr viel langsamer als der erste und er kam auch nicht in direkter Linie auf ihn zu, sondern schwenkte immer wieder in weitem Bogen nach rechts und links, wobei er sich den Baumwipfeln manchmal gefährlich weit zu nähern schien. Die Männer suchten das Gelände unter sich ab, um nicht erneut in eine Falle zu tappen.

Erst als sich die Hubschrauberbesatzungen davon überzeugt hatten, dass ihnen ganz offensichtlich kein weiterer Hinterhalt drohte, kam auch die zweite Maschine näher. Einen Moment lang hing sie so dicht neben der ersten in der Luft, dass Anders sich beinahe wunderte, dass sich die schwirrenden Rotorblätter nicht berührten, dann glitt sie ein Stück zur Seite und begann gleichzeitig an Höhe zu verlieren. Der Berg war zu abschüssig, als dass der Helikopter darauf hätte landen können. Einen halben Meter über dem Boden kam die Maschine zur Ruhe. Die Seitentür flog auf und drei bewaffnete Männer sprangen heraus. Zwei von ihnen ließen sich sofort auf die Knie sinken und brachten ihre Waffen in unterschiedlichen Richtungen in Anschlag, während der dritte einen Moment lang vollkommen reglos dastand und mit schräg gehaltenem Kopf zu Anders herübersah. Er hatte sein Gewehr zwar nicht erhoben, hielt es aber schussbereit in den Händen.

»Wo sind die anderen? Deine Freunde?«, drang seine Stimme dumpf unter dem geschlossenen Helm hervor.

»Ich bin allein«, antwortete Anders. »Ihr braucht keine Angst zu haben. Es ist keine Falle. Ich gebe auf.«

Sein Gegenüber schien ihm nicht unbedingt Glauben zu schenken. Er machte zwar einen einzelnen Schritt, blieb aber sofort wieder stehen und sah sich hektisch nach rechts und links um. Erst nachdem etliche weitere Sekunden verstrichen waren, ohne dass etwas passierte, kam er zögernd näher, blieb jedoch in respektvollen fünf Schritten Abstand vor Anders wieder stehen. »Du gibst auf?«, vergewisserte er sich. »Einfach so?«

»Ihr habt mir die Entscheidung ja nicht gerade schwer gemacht«, antwortete Anders und zuckte mit den Schultern. »Aber wenn es Ihnen nicht gefällt, kann ich auch wieder gehen.« Er drehte sich tatsächlich um und tat so, als wolle er losmarschieren.

»Bleib stehen!«, befahl der Soldat. »Rühr dich nicht von der Stelle!«

»Oder was?«, fragte Anders spöttisch, während er sich wieder zu dem Mann umdrehte.

»Bleib einfach stehen«, antwortete Oberons Krieger. »Oder

nein – komm hierher. Aber ganz langsam. Ich will deine Hände sehen.«

Anders verdrehte demonstrativ die Augen, hob jedoch gehorsam die Arme und ging mit langsamen Schritten auf den Mann zu. Er konnte sein Misstrauen durchaus verstehen. Er an seiner Stelle hätte nicht anders reagiert. Immerhin hatte bisher jede Begegnung zwischen ihm und den Männern in den schwarzen ABC-Anzügen in einer Katastrophe geendet. Anders machte einen Schritt und blieb wieder stehen, als der Mann eine unwillige Bewegung machte. Aus dem Helikopter waren mittlerweile zwei weitere Krieger gesprungen, die nach rechts und links ausschwärmten, um die nähere Umgebung zu sichern, und von Süden her näherte sich eine dritte, tief fliegende Maschine. Auch sie kam rasend schnell herangeflogen, blieb einen Moment wie schwerelos unmittelbar über Anders in der Luft stehen und kletterte dann auf gute vierzig oder fünfzig Meter Höhe, um dort Position zu beziehen. Anders wusste nicht, ob dieses übervorsichtige Verhalten ihn nun amüsieren oder ärgern sollte; auf jeden Fall schienen die Männer einen gehörigen Respekt vor ihm zu haben.

»Und wie geht es jetzt weiter?«, fragte er spöttisch. »Ich meine: Warten wir auf einen Truppentransporter oder eine Hundertschaft Fallschirmjäger oder so was?«

»Wo ist deine Waffe?«, fragte sein Gegenüber.

»Welche Waffe?«, gab Anders zurück.

Die Stimme, die dumpf und verzerrt unter dem Helm hervordrang, klang leicht verärgert. »Die, mit der du auf den Felsen geschossen hast. Stell dich nicht dumm.«

»Ach die meinen Sie«, antwortete Anders grinsend. Er zuckte mit den Schultern. »Ich muss sie wohl irgendwo verlegt haben. Gut, dass Sie mich dran erinnern. Ich habe schon die ganze Zeit danach gesucht.«

»Du scheinst das Ganze hier ja für einen Spaß zu halten, wie?«, fragte der Soldat. »Aber das ist es nicht. Wo sind deine Freunde?«

»Weg«, antwortete Anders. »Und sie kommen auch nicht wieder, wenn es das ist, wovor Sie Angst haben.« Er schüttelte bekräftigend den Kopf. »Es ist keine Falle oder so was. Ich habe doch gesagt: Ich gebe auf, und das war ernst gemeint.«

»Ich hoffe es«, antwortete der Mann. »Auch für dich.« Er starrte Anders noch einen Herzschlag lang durchdringend an, dann drehte er sich langsam um, gab ihm einen Wink und ging zögernd auf die offen stehende Tür des Helikopters zu. Seine Kameraden waren mittlerweile weiter ausgeschwärmt und hielten die nähere Umgebung aufmerksam im Auge, und auch der zweite Helikopter war ein Stück zur Seite geglitten und hatte den Bug ein wenig gesenkt, vermutlich, um seine Bordwaffen besser zum Einsatz bringen zu können, sollte sich auch nur das Geringste unter ihm regen. Anders musste gegen den Drang ankämpfen, einen nervösen Blick in Richtung des Höhleneingangs zurückzuwerfen, hinter dem Jannik und Boris verschwunden waren. Er konnte die Nervosität der Männer regelrecht spüren. Er hoffte nur, dass sie wirklich so gut waren, wie Jannik behauptet hatte. Auch das war etwas, was er von Jannik gelernt, aber erst hier wirklich begriffen hatte: Viel gefährlicher als ein intelligenter und fähiger Gegner war einer, der Angst hatte und noch dazu nervös war. Solche Männer neigten zu Kurzschlussreaktionen.

»Komm schon!«, befahl der Soldat.

Anders blieb demonstrativ noch einmal mitten im Schritt stehen, sah sich nach rechts und links um und ging dann provozierend langsam weiter. Aus den Augenwinkeln heraus sah er, wie sich die Männer, die auf den Hang ausgeschwärmt waren, nun langsam wieder zurückzogen, ohne dass ihre Aufmerksamkeit auch nur einen Deut nachzulassen schien. Mit einiger Mühe gelang es ihm, in die reglos über dem Boden schwebende Maschine einzusteigen, ohne dabei eine allzu alberne Figur zu machen, dann trat er rasch von der Tür zurück, um Platz für die nachfolgenden Soldaten zu schaffen. Die Männer näherten sich der Maschine jedoch nur auf wenige Meter.

»Setz dich!«, befahl sein Gegenüber. Anders ließ sich gehorsam auf eine der harten Plastikbänke sinken und der Mann schloss die Tür. Augenblicklich begann die Maschine zu steigen und sich dabei bereits in die entgegengesetzte Richtung zu drehen, während sich der zweite Helikopter nun ebenso langsam zu Boden senkte, um die Soldaten aufzunehmen.

»Wohin fliegen wir?«, fragte Anders.

Er rechnete nicht wirklich damit, eine Antwort zu bekommen, und er bekam auch keine. Der Soldat starrte ihn nur wortlos durch die verspiegelte Scheibe seines Helms an und nahm dann auf der gegenüberliegenden Sitzbank Platz. Anders war es nur recht. Er war trotz allem ein wenig erstaunt, wie leicht und im Grunde reibungslos alles funktioniert hatte; erst jetzt, im Nachhinein, fielen ihm hundert Dinge ein, die hätten schief gehen können, und nur wenige dieser Szenarien (um nicht zu sagen: gar keine) endeten in etwas anderem als einer Katastrophe. Ihm war nicht nach Konversation. Und seinem Gegenüber höchstwahrscheinlich auch nicht. Vielleicht traute der Mann dem Frieden immer noch nicht und witterte trotz allem eine Falle. Anders hätte es ihm nicht verdenken können.

Der Helikopter stieg auf hundertfünfzig oder zweihundert Meter Höhe, korrigierte seinen Kurs, bis die flache Kante genau nach Norden und auf das weiße Schimmern wies, das Anders vorhin schon dort gesehen hatte, und beschleunigte dann mit solcher Kraft, dass Anders in den Sitz geworfen wurde und sich instinktiv an dem harten Plastik festklammerte. Der Wald unter ihnen wurde zu einem verwischten Durcheinander aus Grün und Braun, und selbst die Berge schienen sich in Schemen zu verwandeln, die rasend schnell an ihnen vorüberjagten. Für die Strecke, für die er zu Fuß drei Tage und selbst zu Pferde vermutlich einen gebraucht hätte, benötigte der Hubschrauber weniger als fünf Minuten.

Das weiße Schimmern wurde deutlicher und entpuppte sich tatsächlich als riesiger Gletscher, der das Sonnenlicht zurückwarf, aber endlich gewahrte Anders auch das mattere, wie Eissplitter in den Fels gestreute Weiß Tiernans, vor dem sich die Festungsmauer wie ein dünner, wie mit einem Lineal gezogener Strich abhob. Anders suchte nach der Torburg und war im ersten Moment erstaunt sie nicht zu sehen, dann erblickte er sie doch und erschrak. Das strahlende Weiß, nach dem er Ausschau gehalten hatte, war verschwunden. Was von der einst schimmernden Märchenburg noch übrig war, das war eine brandgeschwärzte, halb eingestürzte Ruine, die ihn mehr an die Stadt der Tiermenschen erinnerte als an das verzauberte Elfenschloss, zu dem die Torburg in seiner Erinnerung geworden war.

Der Helikopter wurde wieder langsamer, als sie sich der Stadt näherten, und begann gleichzeitig an Höhe zu verlieren. Direkt über und vor der Mauer, die Tiernan zum Tal hin abschirmte, kam der Hubschrauber zum Stillstand, so als setze sich die massive Wand gleichermaßen unsichtbar wie unüberwindbar weiter in die Höhe hin fort. Anders sah, wie einer der Männer vorne in der Pilotenkanzel hektisch in sein Funkgerät zu sprechen begann. Obwohl er nichts von dem verstand, was dort vorne gesprochen wurde, spürte er doch, dass dieser Aufenthalt nicht unbedingt planmäßig war. Zwanzig oder dreißig Sekunden vergingen auf diese Weise, dann drehte sich die Maschine in der Luft, bis die große Schiebetür parallel zu dem noch geschlossenen Tor in der Wehrmauer stand, und sank schließlich langsam zu Boden.

»Steh auf!«, befahl sein Gegenüber.

Anders fragte sich nicht nur, was er eigentlich tun wollte, wenn er *nicht* gehorchte, er war auch ganz in der Stimmung, es auszuprobieren. Doch er wusste auch gleichzeitig, wie albern das wäre. Er würde den Soldaten nur in eine unangenehme Situation bringen, aus der keiner von ihnen irgendeinen Nutzen zog. Für diesen Mann war er zwar nicht der Sohn eines Gottes, wohl aber der Sohn eines überaus mächtigen *Menschen*, der fast ebenso weit über ihm stand; und vor dem er wahrscheinlich deutlich *mehr* Angst hatte als vor irgendeiner mythischen

Göttergestalt. Nach einem Zögern, das gerade lange genug dauerte, um seinem trotzigen Stolz Genüge zu tun, stand er auf und trat an die Tür. Der Soldat öffnete sie, machte jedoch keine Anstalten, aus der Maschine zu springen, die jetzt wieder reglos wenige Zentimeter über dem Boden schwebte, sondern machte nur eine befehlende Geste mit der Hand. »Geh. Du wirst erwartet.«

Anders war überrascht. Er hatte fest damit gerechnet, von den Männern – sicherlich nicht in Ketten, jedoch sorgfältig bewacht – nicht nur bis nach Tiernan, sondern unmittelbar vor Tamar geführt zu werden, aber aus einem Grund, den er nicht kannte, schien sich der Pilot zu weigern die Mauer zu überfliegen. Anders prägte sich diesen Umstand sorgfältig ein. Vielleicht würde er später noch einmal wichtig werden. Er sprang aus der Maschine, entfernte sich hastig und geduckt ein paar Schritte und drehte sich dann wieder um, als er das lauter werdende Heulen der Turbinen hinter sich hörte. Der Hubschrauber schoss wie von einem Katapult geschnellt zwanzig oder dreißig Meter weit in die Höhe und kam dort schaukelnd zum Stillstand. Die Seitentür stand immer noch offen. Der Soldat kniete jetzt darin und hatte sein Gewehr wieder von der Schulter in die Armbeuge genommen. Der Lauf deutete nicht auf Anders, sondern bewegte sich langsam im Halbkreis von rechts nach links und wieder zurück, als suche er nach einem Ziel. Die Männer vermuteten offensichtlich immer noch einen Hinterhalt; irgendeine sorgsam ausgeklügelte Falle, in der Anders die Rolle des Köders spielte.

Ein dumpfes Rumpeln ließ ihn herumfahren. Der Helikopter hatte ihn nur wenige Meter vor dem gigantischen Tor in der Schutzmauer abgesetzt, das sich jetzt schwerfällig auf seinen rostigen Schienen in Bewegung setzte und zur Seite zu rollen begann. Anders sah kurz nach oben und gewahrte eine Anzahl blitzender Helme und schimmernder Speerspitzen über den schmutzig weißen Zinnen der Burg, doch auch als das Tor weiter aufglitt, kam niemand heraus.

»Geh weiter!«, dröhnte eine lautsprecherverstärkte Stimme aus dem Helikopter zu ihm herab. »Schnell!«

Anders warf dem Helikopter einen trotzigen Blick zu, setzte sich aber dennoch gehorsam in Bewegung und trat durch den anderthalb Meter breiten Spalt, um den sich das Tor mittlerweile geöffnet hatte. Er war noch nicht ganz hindurch, da kam die gewaltige Stahlplatte mit einem dumpfen Knirschen zum Stillstand und begann sich praktisch im gleichen Augenblick wieder in die entgegengesetzte Richtung zu bewegen. Die Männer in dem Hubschrauber über ihm schienen nicht die Einzigen zu sein, die eine Falle vermuteten. Anders beschleunigte seine Schritte nun doch ein wenig, um dem wieder zugleitenden Tor auszuweichen; doch bevor er es endgültig durchschritt, warf er noch einen flüchtigen Blick über die Schulter zurück, und für einen winzigen Augenblick glaubte er weit draußen am Himmel über dem Wald das Flackern mattblauer, zuckender Blitze zu erkennen. Der Anblick versetzte ihm einen tiefen Stich, unter dem er sichtbar zusammenfuhr. So naiv dieser Gedanke auch gewesen sein mochte – er hatte gehofft, dass die Schüsse, die er auf den Felsen abgegeben hatte, die letzten in diesem sinnlosen Krieg wären.

Ein halbes Dutzend Elder in schimmernden Rüstungen und weißen Mänteln erwartete ihn. Anders sah sich demonstrativ in der Runde um und suchte nach einem bekannten Gesicht, dann wartete er darauf, dass ihn irgendjemand ansprach. Er sah weder das eine noch geschah das andere. Die Männer starrten ihn einfach nur an, und auch das auf völlig andere Art, als er angenommen hätte; eigentlich erkannte er in ihren Gesichtern nichts als eine Mischung aus Überraschung und immer noch nicht ganz besänftigtem Misstrauen, aber weder die Feindseligkeit, die dem Verräter gelten musste, der er in ihren Augen ganz bestimmt war, noch die Ehrfurcht dem Sohn ihrer obersten Gottheit gegenüber. Schließlich wurde es ihm zu viel.

»Also gut«, sagte er. »Ich bin wieder hier. Und nun?«

Er bekam auch jetzt keine Antwort. Zwei oder drei der Männer bewegten sich nervös (oder unbehaglich?), und zumindest einer machte eine Geste, wie um nach seiner Waffe zu greifen, führte die Bewegung aber nicht zu Ende.

»Was ist los?«, fragte Anders. »Hat es euch die Sprache verschlagen oder habt ihr ein Schweigegelübde abgelegt?« Niemand lachte. Niemand sagte etwas. Die Situation war geradezu absurd.

»Falls ich gerade ungelegen komme, kann ich gerne wieder gehen«, schlug Anders vor. Was zum Teufel war hier los?

Er bekam auch jetzt keine Antwort, aber immerhin drehte sich einer der Männer um und ging mit schnellen Schritten davon. Nur kurze Zeit darauf kam er mit drei gesattelten Pferden am Zügel wieder zurück.

»Darf ich das als Einladung verstehen?«, fragte Anders. Plötzlich wurde er wütend. »Verdammt noch mal – redet mit mir!«

Eine spürbare Unruhe begann von den Männern rings um ihn herum Besitz zu ergreifen. Der Elder, der die Pferde gebracht hatte, senkte betreten den Blick und sah plötzlich überall hin, nur nicht mehr in Anders' Gesicht.

»Wir … sollen Euch zu Tamar bringen, Herr«, murmelte er.

Euch?, dachte Anders überrascht. Und *Herr?* Laut wiederholte er: »Tamar?«

Der Elder wirkte mit einem Mal noch unglücklicher. Wenn Anders jemals einen Menschen gesehen hatte, der sich weit weg wünschte, dann ihn. »Er erwartet Euch«, bestätigte er. »Und …«

»Und er hat euch verboten mit mir zu sprechen, habe ich Recht?«, vermutete Anders. Tamar erwartete ihn bereits? Das war erstaunlich, dachte er. Auch wenn es ihm länger vorkam – seit er in den Helikopter gestiegen war, konnten nicht mehr als zehn Minuten vergangen sein. Anscheinend hatte der neue Herr Tiernans mittlerweile kaum noch Hemmungen, ganz offen zu demonstrieren, dass er über Kräfte verfügte, die seinen Untergebenen wie Zauberei vorkommen mussten.

»Dann sollten wir Seine Königliche Hoheit nicht länger warten lassen als unbedingt nötig«, sagte er.

Der Elder schwieg natürlich auch dazu, trat aber rasch einen Schritt zur Seite und forderte Anders mit einer entsprechenden Geste auf, in den Sattel zu steigen. Kaum hatte er es getan, da saßen auch er und einer seiner Kameraden auf und das Pferd begann sich auf der Stelle umzudrehen, ohne dass Anders die Zügel auch nur berühren musste.

24

Draußen über dem Tal begann die Sonne unterzugehen und Anders war noch immer allein. Der Ritt ins Tal von Tiernan hinab hatte nicht lange gedauert; die beiden Elder hatten ihn zwar mit großem Respekt und Ehrerbietung, aber auch ebenso großer Unnachgiebigkeit behandelt und nicht nur von Anfang an ein scharfes Tempo vorgelegt, sondern auch einen Weg in die Stadt der Elder gewählt, der in weitem Bogen um jedes von Menschen bewohnte Haus herumführte. Anders hatte auf dem gesamten Weg nicht mehr als eine Hand voll Menschen zu Gesicht bekommen und selbst die nur aus großer Entfernung, und auch Tiernan wirkte wie ausgestorben.

Er konnte die neugierigen Blicke, die ihn hinter Fenstern hervor und aus Schatten heraus trafen, fast körperlich spüren, aber niemand war gekommen um ihn zu begrüßen. Niemand hatte sich auch nur blicken lassen, niemand hatte ihn empfangen. Zu seiner Überraschung hatten ihn seine Bewacher nicht zu Tamars Haus gebracht oder in Oberons Halle – mit beidem hatte er gerechnet, und er wäre nicht weiter erstaunt gewesen, hätte sich beides nach den Ereignissen der vergangenen Tage und dem, was er von Morgen erfahren hatte, als ein und dasselbe herausgestellt –, sondern die lange Eisentreppe hinauf in ein Gebäude, das er nur zu gut kannte. Culains Haus. Doch auch dort hatte er niemanden angetroffen. Weder Tamar noch ein anderer Elder hatten ihn in Empfang genommen, und wenn es Morgens Haushälterin und Dienstmagd überhaupt noch gab, so zeigte sie sich nicht. Seine beiden Begleiter hatten ihn in das große Zimmer ganz am Ende des Flures geführt, in dem Katt und er gelebt hatten, als sie hier gewesen waren, und dann die Tür hinter ihm verriegelt. Seither war er allein.

Anders wusste nicht, wie viel Zeit inzwischen vergangen war – vielleicht vier oder fünf Stunden, der Strecke nach zu urteilen, die sich die Sonne seither über den Himmel bewegt hatte. Den allergrößten Teil davon hatte er auf der schmalen Fensterbank aus ausgeglühtem Beton sitzend zugebracht und auf den schmalen Ausschnitt der Stadt und des Tals hinabgeblickt, den er von hier aus sehen konnte. Sehen, doch nicht erreichen. Im ersten Moment nach seiner Ankunft war ihm das Zimmer vollkommen unverändert vorgekommen, so sehr, dass es ihn fast erschreckt hatte, denn dieser Raum barg für ihn – auch wenn er im Grunde nur wenige Tage hier gewesen war – so viele Erinnerungen und Gefühle, dass er nahezu zu einer Folterkammer wurde, in der er einem ständigen Wechselbad aus Bildern von vergangenem Glück und Erinnerungen an unsägliche Schrecken ausgesetzt war. Aber einen Unterschied gab es doch, und obwohl er ihn sofort sah, wurde ihm seine Bedeutung erst nach einer geraumen Weile klar.

Das große Fenster, unter dem nur eine mäßig schwierige Kletterpartie von fünf oder sechs Metern lag, war jetzt vergittert. Die Eisenstäbe waren rostig und unterschiedlich dick und gehörten ganz offensichtlich nicht zusammen, und wer immer sie eingesetzt hatte, war weder ein talentierter Maurer noch schien er über einen übergroßen Sinn für ordentliche Arbeit zu verfügen. Aber sie erwiesen sich als äußerst massiv, waren sehr fest ins Mauerwerk eingelassen und die Abstände zwischen ihnen entschieden zu schmal um sich hindurchzuzwängen. Anders prüfte sogar die Festigkeit des Mörtels; zuerst mit dem Fingernagel, dann mit dem Rand eines Kerzenständers aus Eisen, der auf dem Tisch stand, und kam zu dem Schluss, dass er mindestens mehrere Tage alt sein musste.

Ganz offensichtlich hatte Tamar fest damit gerechnet, ihn wieder einzufangen, und dieses Gefängnis schon für ihn vorbereiten lassen – für ihn oder vielleicht jemand anderen, der früher einmal in diesem Haus gelebt hatte. Tiernan hatte nicht nur einen neuen Herrscher bekommen, dachte er. Die Zeiten, in denen es in der Stadt der Elder keine verschlossenen Türen gegeben hatte, schienen ebenfalls vorbei zu sein.

Als es zu dämmern begann, gewahrte Anders zum ersten Mal eine Bewegung im Tal unter sich. Eine Abteilung Reiter näherte sich – vielleicht ein Dutzend Männer auf weißen Pferden, die ausnahmslos strahlend weiße Mäntel und schimmernde Brustharnische und Helme trugen. Anders konnte nicht erkennen, ob sich Tamar unter ihnen befand, sprang jedoch von seinem Aussichtsposten am Fenster und eilte zur Tür, kaum dass die Reiter außer Sicht waren. Sie würden mindestens noch zehn Minuten brauchen, um hier heraufzukommen, und wahrscheinlich noch einmal die gleiche Zeit, um die Treppe hinter sich zu lassen und das Haus zu betreten. Dennoch hielt er es einfach nicht mehr aus, am Fenster zu sitzen und ins Leere zu starren.

Seine Geduld wurde jedoch auf eine harte Probe gestellt. Draußen sank die Sonne langsam weiter. Das Tageslicht verblasste, und da im Kamin kein Feuer brannte, begann sich schon wieder eine unangenehme Kälte im Zimmer breit zu machen. Eine halbe Stunde verstrich, dann noch eine, und als er endlich das Geräusch von Schritten durch das dicke Holz der Tür näher kommen hörte, war es draußen über dem Tal bereits vollkommen dunkel geworden.

Anders trat rückwärts zwei Schritte von der Tür zurück, stieß im Dunkeln gegen einen Stuhl, der mit einem lautstarken Poltern umfiel, und konnte sich gerade noch an der Tischkante festhalten um nicht zu stürzen. Wütend auf sich selbst fing er sich wieder, drehte sich um und tastete sich mit weit nach rechts und links ausgestreckten Armen zurück zum Fenster. Ein Gutteil der Zeit, die seit seiner Ankunft verstrichen war, hatte er mit nichts anderem zugebracht, als sich die unterschiedlichsten Szenarien auszumalen, wie er Tamar gegenübertreten würde. Die wenigsten davon waren realistisch gewesen und nicht alle hatten damit geendet, dass er als Sieger aus dieser ersten Konfrontation hervorging; aber in keinem einzigen hatte er auf dem Rücken gelegen und nach Luft gejapst, weil er im Dunkeln über einen Stuhl gestolpert war.

Er erreichte das Fenster gerade noch rechtzeitig, um sich lässig dagegen zu lehnen und die Arme vor der Brust zu verschränken, bevor die Tür aufging, und anscheinend entwickelte das Schicksal, das ihm bisher so übel mitgespielt hatte, nun doch einen gewissen Sinn für Humor: Es war Tamar, der hereinkam und prompt über den umgefallenen Stuhl fiel, den er im Dunkeln übersehen hatte.

»Ihr kommt spät, Tamar«, sagte Anders mit einem breiten Grinsen, von dem er sehr bedauerte, dass der Elder es in der Dunkelheit hier drinnen nicht sehen konnte.

Tamar fluchte, rappelte sich hoch und versetzte dem Stuhl einen Tritt, der ihn quer durch den Raum fliegen und an der gegenüberliegenden Wand endgültig in Stücke zerbrechen ließ. Zornig fuhr er herum, verschwand wieder auf dem Flur und kam nach einem Augenblick mit einer brennenden Fackel zurück, mit der er nacheinander ein halbes Dutzend Kerzen im Raum entzündete, bevor er sie mit einer ärgerlichen Bewegung in den Kamin warf. Im ersten Moment drohte die Flamme zu erlöschen, dann fing das trockene Holz, das im Kamin aufgestapelt war, knisternd Feuer. Erst in dem auflodernden roten Schein sah Anders, dass Tamar sich die Unterlippe blutig geschlagen hatte, und er erblickte auch die Feuersteine und den trockenen Docht, die auf dem Kaminsims lagen.

»Ich hoffe, du hast dich über deinen kleinen Streich gut amüsiert«, grollte Tamar, während er sich das Blut von der

Unterlippe tupfte und anschließend mit gerunzelter Stirn seine Fingerspitzen betrachtete.

»Warum?«, fragte Anders. »Seid Ihr hierher gekommen, um mir mitzuteilen, dass ich in Zukunft nicht mehr so viel zu lachen haben werde?«

Tamar maß ihn mit einem wütenden Blick, fuhr abermals auf dem Absatz herum und warf die Tür ins Schloss. Seine Kleidung, fiel Anders auf, war derangiert und zerknittert, was nicht allein an dem Sturz liegen konnte. Selbst im unsicheren Licht der Kerzen und des flackernden Kaminfeuers konnte er die tief eingegrabenen Linien der Erschöpfung sehen, die Tamars Gesicht durchzogen, und den Schmutz, der an seinen Stiefeln und seinem Mantelsaum klebte. Tamar sah aus wie ein Mann, der eine sehr lange, sehr anstrengende Reise hinter sich hatte. Ganz offensichtlich hatte er den Weg zurück nach Tiernan nicht annähernd so bequem hinter sich gebracht wie Anders.

»Hat man dich gut behandelt?«, fragte er.

»Jedenfalls hat mich niemand *schlecht* behandelt«, antwortete Anders. »Aber wenn du schon fragst: Der Zimmerservice lässt ein bisschen zu wünschen übrig und die Minibar ist auch nicht aufgefüllt worden.«

»Mir ist nicht nach Scherzen zumute, Anders«, sagte Tamar leise. Er fuhr sich erneut und diesmal mit dem Handrücken über den Mund, wischte das Blut an seinem ohnehin ruinierten Mantel ab und ließ sich dann mit einem müden Seufzen auf die Tischkante sinken. Anders sah, dass er einen frischen Verband am linken Arm trug, und er war jetzt auch nicht mehr sicher, dass die dunklen Flecken auf seinem Mantel tatsächlich nur Schmutz waren. Eine ganze Weile starrte Tamar einfach an ihm vorbei ins Leere. Er wirkte so erschöpft, wie Anders ihn bisher nur ein einziges Mal erlebt hatte: nach der Schlacht um die Torburg. Schließlich sagte er: »Man hat mir gesagt, du hättest dich freiwillig gestellt. Ist das wahr?«

»Ja«, antwortete Anders.

»Warum?«, fragte Tamar.

»Vielleicht wollte ich dir keinen Vorwand mehr geben, noch mehr von meinen Freunden umzubringen.«

Seltsam – aber er hatte das Gefühl, dass seine Worte den Elder tatsächlich verletzten. Tamar ließ etliche Sekunden verstreichen, in denen er ihn nur weiter aus unendlich müden Augen ansah, dann hob er mit einer kraftlosen Geste beide Arme und nahm den Helm ab. Darunter kam nicht nur sein schulterlanges, schweißverklebtes Haar zum Vorschein, sondern auch ein schmaler Silberreif mit einem fingernagelgroßen blutroten Rubin, der ihm im flackernden Widerschein des Kaminfeuers zuzuzwinkern schien wie ein unheimliches Auge.

»Du sprichst von Culain und Morgen«, seufzte Tamar. »Wahrscheinlich wirst du mir nicht glauben: aber was passiert ist, tut mir aufrichtig Leid. Ich wollte ihren Tod nicht. Und schon gar nicht so.«

»Du hast sie ja auch nicht selbst umgebracht«, antwortete Anders böse. »Wie praktisch.«

Diesmal war er sicher, sich Tamars Zusammenzucken nicht nur einzubilden. Der Elder antwortete nicht mehr auf diesen neuerlichen Angriff, sondern lächelte nur traurig. Das rote Dämonenauge auf seiner Stirn schien Anders zustimmend zuzublinzeln und er sah rasch weg. Wahrscheinlich hatte er Oberons Auge ohnehin schon viel zu lange angestarrt. Wenn sein verwegener Plan auch nur die winzigste Aussicht auf Erfolg haben sollte, dann durfte Tamar auf gar keinen Fall argwöhnisch werden und sein Geheimnis vorzeitig erraten.

Wieder ließ Tamar eine geraume Weile verstreichen, in der er abwechselnd ihn anblickte und ins Leere starrte, dann setzte er den Helm mit schon fast übertrieben wirkenden, umständlichen Bewegungen neben sich auf die Tischplatte, stand auf und fuhr sich glättend mit den Fingern über den zerknitterten Mantel. »Vielleicht ist es kein guter Moment, um zu reden. Wenn du willst, komme ich morgen früh wieder. Wir haben eine Menge zu besprechen.«

Ganz augenscheinlich, dachte Anders, war es vor allem für *ihn* kein guter Moment, um zu reden. Er korrigierte seine Einschätzung, was Tamars Zustand anging, noch einmal um ein gutes Stück nach unten. Der Elder war nicht müde, er war vollkommen am Ende seiner Kräfte, und mit einem Mal begriff er, dass er die ganze Strecke durch die Ödlande bis hierher ohne Pause durchgeritten sein musste. Es dauerte auch nur noch einen Moment, bis ihm klar wurde, warum.

»Haben dir deine neuen Freunde die Mitarbeit schon wieder aufgekündigt?«, fragte Anders schadenfroh. »Das tut mir Leid. Aber ich hätte es dir vorher sagen können. Sie haben, was sie wollten. Ich fürchte, jetzt brauchen sie dich nicht mehr. Ich fürchte auch, du wirst deinen schmutzigen kleinen Krieg ab sofort wieder allein führen müssen.«

In Tamars Augen blitzte es kurz und wütend auf, doch er hatte sich sofort wieder in der Gewalt. Vielleicht war er auch einfach nur zu müde um dem Gefühl nachzugeben. »Es *ist* nicht der richtige Moment, um zu reden«, sagte er matt. »Ich lasse dir etwas zu essen bringen und frische Kleider. Wir sprechen morgen früh.«

»Warum?«, fragte Anders. »Du wirst morgen früh nichts anderes von mir hören als jetzt.«

Tamar hatte sich bereits zur Tür gewandt, machte jetzt jedoch wieder mitten in der Bewegung kehrt und maß ihn mit einem langen abschätzenden Blick. »Warum bist du zurückgekommen?«, fragte er.

»Vielleicht um dich aufzuhalten?«, schlug Anders vor.

»Aufhalten?«, wiederholte Tamar. Er machte ein Gesicht, als müsse er einen Moment angestrengt über die Bedeutung dieses Wortes nachdenken, und nickte schließlich. »Und du glaubst, das müsstest du?«

»Jemand muss es versuchen, oder?«, erwiderte Anders. »Und wer wäre besser dazu geeignet, einen größenwahnsinnigen Diktator zu stoppen, als Oberons Sohn?«

Tamar blickte ihn nun vollends verwirrt an, und auch Anders war sich absolut darüber im Klaren, wie sich seine Worte in den Ohren des Elder anhören mussten. Aber es war ihm nicht nur gleich, er *wollte,* dass Tamar ihn für einen Dummkopf hielt. Mochte der Elder ruhig glauben, es letztendlich doch nur mit einem Kind zu tun zu haben, das seine Grenzen nicht kannte und sich maßlos überschätzte. Je weniger er ahnte, weshalb er wirklich zurückgekommen war, desto besser.

»Oberons Sohn«, wiederholte Tamar mit sonderbarer Betonung. Er lachte ganz leise. »Ja, das bist du wohl. Doch mehr auch nicht, mein Junge.«

»Nenn mich nicht so!«, sagte Anders scharf. »Ich bin kein Kind!«

»Aber du benimmst dich so«, sagte Tamar. Anders triumphierte innerlich, ließ sich jedoch nichts anmerken und blieb weiter auf der Hut. Möglicherweise war er nicht der Einzige in diesem Raum, der ein Spielchen spielte. »Ich bin nur nicht ganz sicher, warum«, fuhr der Elder fort. »Ich erwarte nicht, dass du mir vertraust. Doch ich bin nicht dein Feind, Anders. Das war ich nie.«

»Du bist aber auch nicht mein Freund«, erwiderte Anders. »Und das wirst du auch nie.«

»Vermutlich nicht. Doch wer weiß …« Tamar hob die Schultern. »Vielleicht änderst du deine Einstellung mit der Zeit ja noch. Sicherlich nicht heute und auch nicht in naher Zukunft, aber irgendwann … Wir werden sehen.« Er wandte sich erneut ab, nahm den Helm vom Tisch und ging zur Tür, und Anders wartete, bis er die Hand nach dem Riegel ausgestreckt hatte, bevor er ihn in scharfem Ton zurückrief.

»Tamar! Verdammt noch mal – rede mit mir!«

Er war wütend. In allen Szenarien, die er immer wieder in Gedanken durchgespielt hatte, war eines nicht vorgekommen, nämlich dass Tamar ihn einfach ignorierte. Nach allem, was der Elder getan hatte, um seiner wieder habhaft zu werden, hätte er doch wohl ein bisschen mehr Aufmerksamkeit verdient.

Tamar drehte sich fast provozierend langsam wieder zu ihm

um und Anders begriff, dass er schon wieder einen Fehler gemacht hatte. Der Elder wirkte so erschöpft und abgekämpft wie zuvor, doch aus seinen Augen war jede Spur von Müdigkeit verschwunden. »Reden?«, fragte er. »Worüber?«

»Vielleicht über den Grund, aus dem ich hier bin«, sagte Anders. Er wusste, dass es ein Fehler war, aber er wurde immer wütender und er konnte sich nicht mehr beherrschen. »Das ist das Mindeste, was du mir sagen könntest.«

»Du bist hier, weil es Oberons Wunsch ist«, antwortete Tamar.

»Blödsinn!«, stieß Anders hervor. »Du hast einen Krieg angefangen, du hast dich mit den schlimmsten Feinden deines Volkes eingelassen und du hast deine eigenen Leute umgebracht – nur weil es *Oberons Wunsch* ist? Das glaubst du doch selbst nicht!«

»Es spielt keine Rolle, was ich glaube oder denke«, antwortete Tamar ruhig. »Oberon ist unser Herr. Sein Wunsch ist Gesetz. Es steht uns nicht zu, seine Befehle anzuzweifeln.«

»Wie praktisch«, sagte Anders böse. »Und ich nehme an, er teilt dir seine Wünsche auch nur persönlich mit. Wie macht er das? Erscheint er dir im Traum oder lässt er ab und zu einen Dornbusch in Flammen aufgehen und schreibt seine Befehle in die Asche?«

Tamar blieb ruhig, obwohl Anders ihm ansah, wie schwer es ihm fiel. Sein Spott hatte den Elder nicht wirklich treffen können, sehr wohl aber die verletzende Absicht, die er dahinter spürte. »Es ist Oberons Wunsch, dass du hier in Tiernan bleibst«, sagte er. »So lange es sein muss, als Gefangener, auch wenn es mir lieber wäre, wenn vor diesem Fenster keine Gitter mehr sein müssten.«

»Du glaubst es wirklich, nicht wahr?«, fragte Anders. »Ich meine: Du glaubst wirklich, dass ich Oberons Sohn bin.«

»Ich *weiß*, dass du es bist«, erwiderte Tamar.

»Wenn das wirklich stimmt«, sagte Anders, »dann habe ich mich in dir getäuscht. Du bist ein Dummkopf, Tamar.«

»Wieso?«

»Angenommen, ich bin wirklich der, für den du mich hältst«, antwortete Anders, »dann werde *ich* eines Tages *dein* Herr sein. Willst du mich wirklich zum Feind haben? Ich kann ziemlich nachtragend sein, weißt du?«

Tamar lächelte, als hätte er etwas sehr Dummes gesagt, und irgendwie hatte Anders das Gefühl, dass das auch so war. »Du wirst noch viel lernen, mein Junge«, meinte er beinahe sanft. »Oberon ist unser Herr und du bist sein Sohn – aber du bist doch kein Gott.«

»Schade«, sagte Anders. »Und ich dachte immer, so etwas vererbt sich in direkter Linie.«

Tamar blieb ernst. »Es ist Oberons Wille, dass du bei uns lebst und sicher und glücklich bist«, sagte er. »Vielleicht wirst du eines Tages über Tiernan herrschen. Vielleicht werde ich dir das Schicksal unseres Volkes anvertrauen, wenn meine Zeit gekommen ist, vielleicht wirst du es mir auch entreißen, wenn du stark genug geworden bist um mich zu fordern. Niemand weiß, was die Zukunft bringt. Aber du bist nicht mehr als irgendeiner von uns.«

»Du meinst, dass ein so mächtiger und weiser König wie du sich nicht von einem dahergelaufenen Bengel wie mir einschüchtern lässt«, sagte Anders böse.

»Es ist Oberons Wunsch, dass wir über deine Sicherheit wachen und dafür sorgen, dass dir kein Leid geschieht«, antwortete Tamar hörbar kühler. »Das werde ich tun, ganz gleich was dazu nötig ist.« Seine Stimme wurde wieder sanfter, wenn auch nicht viel. »Ich kann dich verstehen, Anders. Du hast Schlimmes erlebt. Du hast deine Freunde sterben sehen, du hast miterlebt, wie alles zerbrochen ist, woran du geglaubt hast und was dir etwas bedeutet hat, und du glaubst alles verloren zu haben und vom Schicksal im Stich gelassen worden zu sein. Aber manchmal gehört so etwas dazu, um erwachsen zu werden.«

»Erwachsen?«, fragte Anders bitter. »Was meinst du damit? So zu werden wie du? Ein Mörder?«

»Warum sagst du das?«, fragte Tamar traurig.

»Weil es die Wahrheit ist«, behauptete Anders. »Du willst, dass ich bei euch bleibe? Dass ich so werde wie *ihr*?« Er konnte gar nicht so viel Verachtung in dieses Wort legen, wie er empfand. »Lieber gehe ich zu Jannik und seinen Mutanten zurück!«

»Du meinst die Wilden«, vermutete Tamar.

»Wilde? Ja«, sagte Anders. »Nur dass ich bei diesen *Wilden* hundertmal mehr Menschlichkeit erlebt habe als in eurem wunderschönen Königreich.« Ein Teil von ihm versuchte fast verzweifelt ihn zur Mäßigung zu mahnen. Tamar würde ihm die Rolle des reuigen Sünders sicherlich nicht glauben, der zurückkam und um Vergebung für seine Irrtümer und Verfehlungen bat, und natürlich gehörte es zu seinem Plan, ihm genau das vorzuspielen, was er zu hören erwartete. Aber vielleicht sollte er den Bogen auch nicht überspannen. Trotzdem konnte er in diesem Moment einfach nicht anders als in noch schärferem Ton fortzufahren: »Ihr seid keine Könige, Tamar. Ihr seid nicht das edle, weise Volk, das über das Schicksal der Welt wacht. Ihr seid nichts anderes als Aasgeier, die von denen leben, die sie angeblich beschützen.«

»Du bist jung«, sagte Tamar. »Deshalb verzeihe ich dir diese Worte. Du weißt sehr wenig von dem, worüber du redest.«

»Ich weiß genug«, antwortete Anders. »Die Wesen, die ihr Wilde und Tiermenschen nennt, schicken ihre eigenen Kinder jedenfalls nicht in die Verbannung, nur weil sie einen Finger zu viel haben oder die falsche Haarfarbe.«

Tamar nickte, als hätte er genau diese Worte erwartet. Sie schienen ihn traurig zu stimmen. »Ja«, murmelte er. »Culain hat mir berichtet, dass ihr darüber geredet habt. Aber auch das ist etwas, das du noch verstehen wirst, irgendwann. Jedenfalls hoffe ich es.«

»Ich glaube nicht, dass ich so etwas verstehen *will*«, antwortete Anders.

»Aber du wirst es, eines Tages«, beharrte Tamar. »Als ich so alt war wie du, Anders, da habe ich ganz genauso gedacht. Jedem ergeht es so, bevor er begreift, dass wir keine andere Wahl haben.«

»Keine andere Wahl als die, das Blut der Herrenrasse rein zu erhalten?«, schnappte Anders.

»Nein«, sagte Tamar ruhig. »Und es hat nichts damit zu tun, dass wir glauben etwas Besseres zu sein. Wir müssen es einfach tun, um zu überleben. Die Elder sind die Einzigen, die zwischen den Menschen in diesem Tal und dem Chaos stehen. Vielleicht ist das, was wir tun, ein Verbrechen, zumindest nach deinen Maßstäben. Aber wir haben keine Wahl.«

Anders wollte noch wütender antworten, doch plötzlich konnte er es nicht. Was Tamar sagte, das war fast wörtlich dasselbe, was Morgen ihm gesagt hatte, als sie über das gleiche Thema sprachen. Aber was ihn aus dem Mund der Elder allenfalls mit einem Gefühl von Trauer und Schrecken erfüllt hatte, das empörte ihn bei Tamar so sehr, dass er sich beherrschen musste, um ihm nicht buchstäblich an die Kehle zu gehen. Und vielleicht war das Allerschlimmste überhaupt, dass da jetzt wie damals eine dünne, flüsternde Stimme tief in ihm war, die ihn fragte, ob der Elder nicht Recht hatte. Ob nicht das, was er sagte, die grausame Wahrheit war; eine Wahrheit, die keine Rücksicht auf Gefühle und Ethik, auf Gerechtigkeit und Menschlichkeit nahm, sondern einfach *war*.

Der Gedanke war so schrecklich, dass er nicht weitersprechen konnte.

»Du bist noch immer in Morgens Tochter verliebt, nicht wahr?«, fragte Tamar.

»Wenn du Katt meinst – ja«, antwortete Anders trotzig.

»Man hat mir berichtet, sie wurde verwundet«, sagte Tamar. »Ich hoffe, es ist nicht zu schlimm.«

»Sie wird es überleben«, antwortete Anders gepresst und alles andere als überzeugt davon, dass das der Wahrheit entsprach. *Und wenn nicht, dann töte ich dich dafür.* Er sprach diese Worte nicht laut aus, doch in den Augen des Elder erschien ein Ausdruck, als hätte er sie trotzdem gehört. Auf seinem Gesicht machte sich eine Mischung aus Trauer und ehrlich empfundenem Mitleid breit.

»Es ist spät«, sagte Tamar. »Wir haben beide einen anstrengenden Tag hinter uns. Ruh dich jetzt aus. Ich komme morgen wieder und wir reden weiter. Denk über das nach, was ich dir gesagt habe.« Er lächelte matt. »Und ich verspreche dir, dass ich über das nachdenken werde, was du gesagt hast.«

25

Er erwachte am nächsten Morgen erst gegen Mittag. Wie oft, wenn er zu lange geschlafen hatte, fühlte er sich alles andere als ausgeruht und erquickt, sondern ganz im Gegenteil vollkommen ermattet; seine Glieder waren bleischwer und in seinem Mund war ein muffiger Geschmack, als hätte er tagelang von schlechtem Brot gelebt. Außerdem hatte er ein schlechtes Gewissen, so lange geschlafen zu haben. Dass sein Körper nach all den überstandenen Strapazen die Ruhe einfach dringend nötig gehabt und sich genommen hatte, was er brauchte, änderte nichts daran, sich wie ein Verräter an sich selbst vorzukommen, sich einfach hinzulegen und auszuschlafen, als wäre nichts geschehen.

Andererseits, dachte er missmutig, während er sich umständlich auf die Ellbogen hochstemmte und vergeblich versuchte den Schlaf wegzublinzeln, war es ja nicht unbedingt so, als hätte er gerade einen wichtigen Termin verschlafen. In seinem Zimmer hatte sich auf den ersten Blick nichts verändert. Das Feuer im Kamin brannte immer noch und verbreitete nicht nur einen harzigen aber durchaus angenehmen Brandgeruch, sondern auch wohlige Wärme. Die Gitter vor dem Fenster waren auch noch da.

Auf den zweiten Blick stellte er fest, dass sehr wohl jemand hier gewesen sein musste, während er geschlafen hatte: Auf einem niedrigen Schemel neben seinem Bett lag ein Stapel ordentlich zusammengefalteter, sauberer Kleider – das knöchellange weiße Hemd, das von den Elder getragen wurde, grobe Unterwäsche, Sandalen und ein einfacher Hanfstrick, der wohl die Stelle eines Gürtels einnahm – und auf dem Tisch standen ein Wasserkrug samt Becher und eine hölzerne Schale mit Brot und frischem Obst. Allein der Anblick des Essens ließ Anders nicht nur das Wasser im Munde zusammenlaufen, auch sein Magen meldete sich mit einem hörbaren Knurren und erinnerte ihn daran, wie lange es her war, dass er die letzte ordentliche Mahlzeit bekommen hatte.

Anders schlug mit einem Ruck die Decke zurück und biss die Zähne zusammen, als seine nackten Fußsohlen den eiskalten Steinboden berührten. Die trockene Wärme, die das Kaminfeuer verbreitete, und der strahlende Sonnenschein vor dem Fenster draußen hatten ihn für einen Moment vergessen lassen, wie hoch sie sich im Gebirge befanden und wie weit der Sommer in Wahrheit noch entfernt war. Statt sofort zum Tisch zu gehen und sich wie ein ausgehungerter Löwe über das Essen herzumachen, kletterte er hastig wieder auf das Bett hinauf und zog seine zerschlissenen Kleider aus – eigentlich riss er sie sich vom Leib, denn es war nur noch ein entschlossener Ruck nötig, damit sie sich in morsche Fetzen auflösten. Die Haut, die darunter zum Vorschein kam, war auch nicht wesentlich sauberer, doch er hatte keine Möglichkeit, sich zu waschen, sodass er den Gedanken mit einem Achselzucken abtat und in die frischen Kleider schlüpfte, die Tamar für ihn hatte bereitlegen lassen. Er fühlte sich anschließend nicht unbedingt sauberer, aber dennoch deutlich wohler.

In dem Krug, den er auf dem Tisch vorfand, befand sich kein Wasser, sondern ein leichter Wein, von dem Anders allerdings nur einen einzigen großen Schluck trank, um seinen ärgsten Durst zu stillen, um anschließend nur noch vorsichtig daran zu nippen und Lippen und Gaumen zu befeuchten. Schon dieser eine Schluck löste ein zwar durchaus angenehmes, wenn auch warnendes Schwindelgefühl hinter seiner Stirn aus, und so ausgehungert und erschöpft, wie er war, würde wahrscheinlich ein einziger Becher davon reichen, ihn vollkommen betrunken zu machen. Besser, er war vorsichtig.

Dasselbe absurde Gefühl von schlechtem Gewissen, das sein verspätetes Erwachen begleitet hatte, meldete sich auch wieder, als er zu essen begann. Albern oder nicht, er musste an Jannik und Katt und all die anderen denken, und er hatte bei jedem Bissen, den er gierig hinunterschlang, das Gefühl, ihn denen zu stehlen, denen er eigentlich zustand.

Was ihn nicht daran hinderte, es zu tun. Sein schlechtes Gewissen wurde noch stärker und kam ihm mit einem Mal gar nicht mehr so absurd vor, als er an sein gestriges Gespräch mit Tamar dachte. Selbstgefälligkeit und Stolz waren ja eine schöne Sache, solange man in der bequemen Position war, sie sich leisten zu können – aber ein knurrender Magen war auch ein verdammt gutes Argument dagegen. Vielleicht war die simple Tatsache, dass er sich trotz seiner Schuldgefühle mit großem Appetit den Bauch voll schlug, schon der erste Schritt auf einem Weg, an dessen Ende Menschen – oder Elder – so wurden wie Tamar.

Vielleicht hatte er auch einfach nur Hunger.

Anders leerte den Teller, den unsichtbare dienstbare Geister für ihn bereitgestellt hatten, bis auf den letzten Krümel, spülte mit schlechtem Gewissen und einem weiteren Schluck Wein nach und sah sich dann unentschlossen im Zimmer um. Er war lange genug hier gewesen, um diesen Raum wie seine Westentasche zu kennen; es gab einfach nichts zu entdecken oder zu erforschen und es gab schon gar keine Möglichkeit, ihn zu verlassen, solange der Riegel auf der anderen Seite der Tür vorgelegt war. Anders hätte am liebsten so lange mit den Fäusten gegen die Tür gehämmert, bis jemand kam und sie öffnete, verwarf den Gedanken aber dann wieder. Letzten Endes war er hierher gekommen, um die Rolle des – wenn auch noch widerstrebenden – reuigen Sünders zu spielen. Je renitenter er sich gab, desto länger würde er brauchen, um Tamars Vertrauen zu gewinnen.

Statt zur Tür ging er wieder zum Fenster zurück, um seine übliche Aussichtsposition zu beziehen, und dabei blieb es für die nächsten zwei oder vielleicht sogar drei Stunden. Anders hatte insgeheim damit gerechnet, dass Tamar ihn irgendwie beobachten ließ und auftauchen würde, sobald er wach war, aber sollte es so sein, dann erwies sich der Elder als der eindeutig Bessere in diesem kleinen Geduldsspielchen. Eine Stunde verging, eine weitere und vielleicht sogar noch eine, ohne dass die Tür aufging oder er auch nur ein Geräusch von draußen hörte, und die einzige Abwechslung in dem schmalen Ausschnitt der Welt, den er durch das vergitterte Fenster seines Gefängnisses sehen konnte, stellte eine Gruppe weiß gekleideter Elder-Krieger dar, die in scharfem Tempo in Richtung Torburg verschwand. Obwohl Anders sich dagegen sträubte, gab der Anblick seiner nagenden Sorge neue Nahrung. Er musste an das blaue Flackern denken, das er gestern draußen über den Ödlanden zu sehen geglaubt hatte, und an sein letztes Gespräch mit Jannik. Vielleicht war seine Hoffnung, den Krieg mit seiner Aufgabe beendet zu haben, doch ein wenig zu optimistisch gewesen.

Darüber hinaus geschah – nichts. Als das Sonnenlicht über dem Tal allmählich zu verblassen begann und die Farben ihre Leuchtkraft verloren, erschienen zwei menschliche Bedienstete in seinem Zimmer – Maran war nicht unter ihnen –, die ihm Wasser und Essen brachten. Genau wie die Krieger gestern weigerten sie sich beharrlich, auch nur ein einziges Wort mit ihm zu reden. Aber immerhin schienen sie ihm wenigstens *zuzuhören*: Sie gingen zwar so wortlos, wie sie gekommen waren, doch schon nach wenigen Minuten trugen zwei Krieger einen hölzernen Badezuber herein, den die Diener mit heißem Wasser füllten. Er konnte zum ersten Mal seit Monaten wieder ein heißes Bad nehmen; ein Luxus, dessen ganze Köstlichkeit er erst in dem Moment begriff, als er in den Zuber gestiegen war und sich in dem dampfend heißen Wasser ausgestreckt hatte.

Anders genoss das Bad, bis das Wasser wieder so kalt geworden war, dass er mit den Zähnen zu klappern begann. Dann hüllte er sich in das grobe Tuch, das die Diener mitgebracht hatten, warf zwei frische Holzscheite ins Feuer und kauerte sich vor dem Kamin zusammen, bis die Hitze so stark geworden war, dass er es nicht mehr aushielt. Als er sich endlich wieder angezogen hatte und auf seinen Beobachtungsposten am Fenster zurückkehrte, war es draußen vollkommen dunkel geworden. Der zweite Tag der Frist, die er mit Jannik vereinbart hatte, war nahezu verstrichen und Tamar war nicht zurückgekommen.

Tamar kam auch am dritten Tag nicht und auch nicht am vierten. Pünktlich eine halbe Stunde nach Sonnenauf- und vor Sonnenuntergang sowie genau zu Mittag kamen die beiden Diener, um ihm Essen und Wasser zu bringen, aber abgesehen von ihnen war der ebenso freundlich wie unerbittlich-entschlossen aussehende Krieger draußen auf dem Flur der einzige andere Mensch, den Anders sah. Am ersten Tag fragte er noch ein paarmal nach Tamar, doch er bekam darauf ebenso wenig eine Antwort wie auf alles andere und gab es schließlich auf. Auch wenn das gesamte Volk der Elder mit einem Mal ein Schweigegelübde abgelegt zu haben schien, so zweifelte er doch nicht daran, dass man Tamar jedes Wort berichten würde, das *er* sagte, und der neue Herrscher Tiernans musste nicht unbedingt wissen, *wie* nervös er war.

Auch der fünfte und somit vorletzte Tag seiner selbst gesetzten Frist verstrich zum allergrößten Teil, ohne dass sich etwas Aufregenderes ereignete als die drei Mahlzeiten, die er bekam, und die Beobachtung eines weiteren Reitertrupps, der sich abermals in Richtung Torburg bewegte. Vielleicht war der einzige Grund, aus dem Anders in all diesen endlosen Stunden nicht tatsächlich den Verstand verlor, die Zeit, die er in der Eishöhle in den Bergen zugebracht hatte. Für eine Weile *war* er dort oben dem Wahnsinn nahe gewesen, ja er war sogar sicher, dass er die Grenze ein paarmal tatsächlich überschritten hatte; aber er hatte stets den Rückweg gefunden und irgendwann hatte er gelernt, seine Gedanken einfach auf Wanderschaft zu schicken und das Verstreichen der Zeit irgendwie auszublenden.

Seltsamerweise half ihm diese Technik jetzt nicht annähernd so gut wie in der Zeit in den Bergen; gerade am ersten Tag schien sie überhaupt nicht mehr zu funktionieren, und selbst jetzt kamen ihm die verstrichenen fünf Tage vor wie fünf *Monate*, in denen sich jede einzelne Stunde zu einer Ewigkeit gedehnt hatte. Vielleicht lag es daran, dass er jetzt mehr zu verlieren hatte. Als er Oberons Urteil ausgeliefert gewesen war, hatte nur sein Leben auf dem Spiel gestanden. Jetzt hing vom Erfolg seines verzweifelten Planes so unendlich viel mehr ab.

Es war schon wieder fast Zeit für das Abendessen. Seine innere Uhr hatte sich erstaunlich schnell an diesen einfachen Lebensrhythmus gewöhnt, der ihm aufgezwungen worden war, und er wusste meist schon mehrere Minuten vorher, dass bald die Tür aufgehen und seine beiden stummen Diener hereinkommen würden, um sein Essen zu bringen. Vielleicht fuhr er deshalb so überrascht zusammen, als er plötzlich das Geräusch des Riegels hörte und die Tür nach innen schwang. Es waren nicht die Diener, es war Tamar.

Der Elder hatte sich verändert. Er trug jetzt frische Kleider von einem so strahlenden Weiß, dass es wahrscheinlich in den Augen schmerzte, wenn man sie im hellen Sonnenlicht betrachtete, und darunter eine schimmernde, frisch polierte Rüstung, die nicht den mindesten Kratzer aufwies, geschweige denn die Spuren einer Schlacht wie die, in der Anders ihn an seinem ersten Abend hier gesehen hatte. Metall schimmerte an seiner Stirn, sodass er im allerersten Moment dachte, er trüge auch jetzt wieder Oberons Auge. Als der Elder jedoch näher kam, erkannte er, dass es sich um einen schlichten silbernen Reif handelte, der das Zeichen seiner Macht offenbar nur symbolisierte. Insgeheim war er erleichtert. Schon bei seiner Ankunft war es ihm schwer gefallen, das als Schmuckstück getarnte Abhörgerät nicht unentwegt anzustarren. Anders traute sich durchaus zu, den Elder darüber hinwegzutäuschen, dass er um die Bedeutung dieses Stirnreifs wusste, aber es war eben nicht nur ein Schmuckstück und Symbol der Macht, und am anderen Ende der unsichtbaren Verbindung, von der er nicht einmal sicher war, dass Tamar von ihr wusste, saßen möglicherweise Männer, die sich nicht so leicht täuschen ließen. Möglicherweise sogar sein Vater selbst.

»Anders!«, begrüßte ihn Tamar freundlich. »Wie ich sehe, hast du dich ein bisschen erholt. Das freut mich.«

»Immerhin hatte ich Zeit genug dazu«, antwortete Anders in schärferem Ton, als er beabsichtig hatte. Ganz davon abgesehen, dass sich seine Gefangenschaft mit jeder Stunde, die verstrich, zu einer größeren Gefahr für ihre Pläne entwickelte, ärgerte es ihn einfach, dass der Elder sich einbildete, ihn nach Gutdünken einsperren und vergessen zu können.

»Es tut mir wirklich Leid«, antwortete Tamar. »Aber vielleicht kannst du verstehen, dass ich in den letzten Tagen sehr viele Dinge zu erledigen hatte. Ich hätte mich gerne mehr um dich gekümmert, doch es war mir einfach nicht möglich.«

»Was gab es denn so Wichtiges?«, fragte Anders spitz. »Treibjagd? Palastrevolution? Völkermord?«

»Nichts von all dem«, erwiderte Tamar ungerührt und seufzte. »Politik.«

»Und ich dachte, das wäre dasselbe«, antwortete Anders. »Zumindest manchmal.«

Tamars Antwort bestand nur aus einem entwaffnenden Lächeln, das Anders nur umso mehr ärgerte. »Ich habe ein paar gute Neuigkeiten für dich«, verkündete er. »Willst du sie hören? Oder möchtest du mich zuerst noch ein bisschen beleidigen?«

»Würde es etwas nutzen?«, fragte Anders.

Tamar lächelte noch freundlicher und schüttelte den Kopf. »Nur wenn dir daran gelegen ist, noch mehr Zeit in diesem Zimmer zu verbringen.«

»Nicht unbedingt«, antwortete Anders finster. Dann zwang er sich zu einem gequälten Lächeln, dem er ein angedeutetes Achselzucken folgen ließ. Wahrscheinlich hatte Tamar genau das gehört, was er erwartete, und er konnte allmählich damit beginnen, seinen gespielten Trotz abbröckeln zu lassen. Dennoch würde eine Kleinigkeit mehr vielleicht nicht schaden. »Was muss ich denn tun, um hier herauszukommen?«, fragte er. »Soll ich ein paar gefangene Tiermenschen köpfen? Oder reicht es, wenn ich den einen oder anderen Freund verrate?«

Tamars Lächeln entgleiste für einen winzigen Moment, doch der Elder fing sich auch fast sofort wieder. »Wir machen keine Gefangenen, Anders«, sagte er kühl. »Das solltest du doch wissen. Und was deine Freunde angeht – oder um genau zu sein: die beiden einzigen Freunde, die du noch hast –, so sind sie Teil der guten Nachrichten, die ich dir eigentlich überbringen wollte. Doch du scheinst sie ja nicht hören zu wollen.«

»Wen meinst du?«, entfuhr es Anders. »Jannik und …«

Um ein Haar hätte er *Boris* gesagt, konnte es aber im letzten Moment noch verhindern. So gut Tamar auch über vieles informiert zu sein schien, was ihn betraf, hatte er doch offensichtlich keine Ahnung von dem ganz besonderen Verbündeten, den er bei den Wilden gewonnen hatte.

»… und das Katzenmädchen, ja«, nickte Tamar. »Sie ist noch am Leben. Und nach allem, was ich gehört habe, befindet sie sich bereits auf dem Wege der Besserung.«

»Woher willst du das wissen?«, fragte Anders misstrauisch.

»Leider nicht, weil sich die beiden in unserer Gewalt befänden«, antwortete Tamar. »Aber ihrer nicht habhaft zu werden bedeutet nicht, nichts über sie zu wissen.«

»Wie viele Männer hast du bei dem Versuch verloren, in die Höhlen einzudringen?«, fragte Anders. Katt lebte? Ein Teil von ihm jubelte vor Freude, aber ein anderer wusste auch, dass Tamar nur auf einem einzigen Weg davon erfahren haben konnte. Zumindest ein Teil seiner Hoffnungen hatte sich zerschlagen. Der Krieg war nicht vorbei.

»Keinen«, antwortete Tamar. »Die Berge sind das ureigenste Gebiet der Wilden. Es wäre vollkommener Wahnsinn, sie dort anzugreifen. Und wozu auch? Solange sie in ihren Höhlen bleiben und nicht noch einmal versuchen uns anzugreifen, werde ich nichts gegen sie unternehmen.« Er wartete einen Moment vergebens auf eine Antwort, zuckte dann resigniert mit den Schultern und ließ ein leises Seufzen hören. Sein Blick wurde weicher, als er auf Anders zutrat und ihn nachdenklich ansah. »Du willst nicht wirklich, dass wir dort weitermachen, wo wir vor ein paar Tagen aufgehört haben, oder?«, fragte er.

Anders überlegte einen Moment, was wohl die angemessene Antwort auf diese Frage sein mochte, dann deutete auch er ein Achselzucken an und zwang sich zu einem widerwillig wirkenden Kopfschütteln. »Nein«, gestand er.

»Das freut mich«, sagte Tamar. »Wie ich dir schon gesagt habe: Ich bin nicht dein Feind, aber ich erwarte nicht, dass du das glaubst. Können wir nicht wenigstens eine Art Burgfrieden schließen?«

»Und wie sollte der aussehen?«, fragte Anders.

»Möchtest du hier eingesperrt bleiben?«, fragte Tamar und beantwortete seine eigene Frage gleich mit einem Kopfschütteln. »Natürlich nicht. Und ich möchte dich auch nicht weiter wie einen Gefangenen behandeln. Wenn ich dir mein Wort gebe, dass deinen Freunden nichts geschieht, solange sie uns nicht angreifen oder uns auf eine andere Art dazu zwingen, uns zu wehren, gibst du mir dann dein Wort, nicht abermals zu fliehen?«

»Das Problem dabei ist«, sagte Anders, »dass keiner von uns so richtig weiß, was das Wort des anderen wert ist.«

»Ich würde gerne glauben, dass du mir das Wort eines Mannes gibst«, antwortete Tamar. »Und dass ich auf dieses Wort vertrauen kann. Du kannst jedenfalls auf das meine vertrauen.«

»Ach?«, fragte Anders spöttisch. »Seit wann?«

»Wann habe ich dich jemals angelogen?«, gab Tamar zurück. Anders setzte ganz automatisch zu einer weiteren, patzigen Antwort an, doch dann konnte er den Elder nur fast betroffen anblicken. Tamar hatte Recht. Er hatte ihm vieles gesagt, was er ihm übel nahm, er hatte ihm etliches gesagt und noch mehr getan, wofür er ihn hasste – aber er hatte ihn niemals belogen.

Sein Schweigen schien dem Elder Antwort genug zu sein, denn er nickte mit zufriedenem Gesichtsausdruck und machte eine fragende Geste. »Habe ich dein Wort?«

»Das weiß ich nicht«, antwortete Anders. Am liebsten hätte er sich für diese Worte geohrfeigt. Möglicherweise hatte er sich gerade selbst um die letzte Chance gebracht, seinen Plan doch noch irgendwie in die Tat umzusetzen. Einen besseren Vorwand, ihn wieder einzusperren und den Schlüssel wegzuwerfen, hätte er Tamar vermutlich gar nicht liefern können. Doch zugleich spürte er auch, wie sinnlos es wäre, den Elder anlügen zu wollen. Anders fielen auf Anhieb etliche hundert wenig schmeichelhafte Bezeichnungen für sein Gegenüber ein, aber *Dummkopf* gehörte ganz bestimmt nicht dazu. »Was ist mit Katt?«

»Ich habe dir alles gesagt, was ich über sie weiß«, antwortete Tamar, doch Anders schüttelte den Kopf und fuhr fort: »Das meine ich nicht. Was werdet ihr mit ihr tun, wenn ihr sie einfangt?«

»Nichts«, antwortete Tamar. »Schon weil niemand vorhat sie *einzufangen*. Ebenso wenig wie deinen Freund oder sonst jemanden. Ich habe dir doch gesagt: Solange sie uns nicht zwingen uns zu verteidigen, werden wir ihnen nichts tun.«

»Ja, das habe ich gesehen«, meinte Anders bitter.

»Du denkst an die Schlacht«, sagte Tamar. »Ich kann dich verstehen, Anders. Viele tapfere Männer sind an diesem Tag gestorben und mancher ist innerlich zerbrochen. Aber wir haben sie nicht angefangen. Es war dein Freund, der dieses Heer aufgestellt und uns angegriffen hat, nicht umgekehrt.

»War es auch Jannik, der Katts Volk seit Jahrzehnten versklavt und zum Zeitvertreib Jagd auf die Wesen macht, die ihr Wilde nennt?«, fragte Anders.

»Wir leben auf die einzige Art, auf die wir leben können«, antwortete Tamar. »Und das gilt nicht nur für uns.« Er schüttelte den Kopf. Die Wahl seiner Worte war scharf, ihr Klang aber eher verständnisvoll. »Wie lange bist du jetzt hier? Ein Jahr? Noch nicht einmal. Und nur einen kleinen Teil dieser Zeit hast du wirklich hier bei uns verbracht. Wieso glaubst du das Recht zu haben, über uns und unsere Art, zu leben, urteilen zu dürfen?«

»Weil ich den Unterschied zwischen Recht und Unrecht kenne«, antwortete Anders.

»Woher?«, wollte Tamar wissen. »Aus der Welt, aus der du kommst? Aus dem Land hinter den Bergen? Wieso glaubst du, was für euch gilt, muss auch für uns gelten?«

»Weil es einfach nicht richtig ist!«, antwortete Anders. Selbst in seinen eigenen Ohren klang das nicht besonders überzeugend, sondern eindeutig nur nach dem Trotz, der es war. Ihm gingen die Argumente aus. Es war nicht das erste Mal, dass ihm klar wurde, wie gefährlich es sein konnte, sich mit einem Mann wie Tamar auf eine Diskussion einzulassen; noch dazu auf eine Diskussion über etwas, von dem er tatsächlich sehr viel weniger wusste als der Elder oder irgendeiner hier. Plötzlich wollte er das Gespräch nicht weiterführen. Schon weil er Angst hatte, die Stimme könnte wieder in ihm erwachen, die ihn leise, aber penetrant und gnadenlos fragte, ob es nicht doch möglich war, dass *er* sich irrte und der Elder Recht hatte.

»Es kann nicht richtig sein, dass ein Volk von dem anderen lebt«, sagte er hilflos.

»Sprichst du vom Volk deiner Freundin?«, fragte Tamar sanft. »Ohne die Lebensmittel, die wir ihnen liefern, würden sie in wenigen Monaten verhungern.« Anders wollte widersprechen, aber Tamar fuhr mit leicht erhobener Stimme und einer Geste zum Fenster hin fort: »Fast die Hälfte von allem, was auf unseren Feldern geerntet wird, ist für ihr Volk bestimmt. Viele tapfere Krieger haben den Tod gefunden, weil sie ihre Stadt vor den Angriffen der Wilden beschützt haben.« Er schüttelte den Kopf. »Ich verstehe dich. Ich verstehe dich sogar nur zu gut, Anders. Aber glaub mir: Da ist so viel, was du noch nicht weißt. So viel, was du noch gar nicht verstehen kannst. Das Einzige, worum ich dich bitte, ist, uns die Gelegenheit zu geben, es dir zu zeigen.«

»Sicher«, sagte Anders bitter. »Und während ich darauf warte, dass ich endlich alles verstehe, nutzt ihr die Zeit, um es zu Ende zu bringen, habe ich Recht?«

Tamar seufzte tief. »Es ist vorbei, Anders, versteh das doch. Es wird nie wieder einen Krieg wie diesen geben.«

»Ja«, sagte Anders böse. »Weil ihr mit der Hand voll Überlebender, die es noch gibt, jetzt leichtes Spiel habt. Wie lange wirst du noch brauchen, um auch den Rest von ihnen umzubringen? Einen Monat? Oder weniger?«

»Wenn du das wirklich glaubst, dann bist du dumm«, sagte Tamar. »Wir hegen keinen Groll gegen die Tiermenschen. Du weißt, wer viele von ihnen wirklich sind. Glaubst du tatsächlich, wir würden Krieg gegen unsere eigenen Kinder führen?« Er schnitt Anders mit einer plötzlich zornig wirkenden Geste das Wort ab, als er etwas erwidern wollte. »Ich habe nicht alle Zeit der Welt. Und ich habe schon gar keine Lust, immer wieder dasselbe Gespräch mit dir zu führen. Habe ich dein Wort, dass du dich wie ein Mann benimmst und nicht zu fliehen versuchst, oder willst du in diesem Zimmer bleiben, bis du zur Vernunft gekommen bist?«

Er hatte gewonnen. Zumindest hatte er die erste Hürde überwunden und vielleicht hatte er ja jetzt doch noch eine Chance. Dennoch ließ Anders noch gut zehn Sekunden verstreichen, in denen er den Elder feindselig ansah, bevor er leise und zwischen zusammengebissenen Zähnen hervorstieß: »Du hast mein Wort.«

»Das Wort eines Kindes oder das eines Mannes?«, fragte Tamar. Aus dem Mund so ziemlich jedes anderen Menschen, den Anders kannte, hätten diese Worte einfach nur albern geklungen. Doch jetzt ließen sie ihm einen kalten Schauer über den Rücken laufen.

»Mein Wort«, antwortete er betont. »Das Wort von Oberons Sohn.«

»Das genügt mir«, sagte Tamar fast feierlich. Noch eine letzte, endlose Sekunde starrte er Anders so durchdringend an, als wäre er tatsächlich in der Lage, hinter seine Stirn zu blicken und Wahrheit von Lüge zu unterscheiden, dann nickte er fast unmerklich, als wäre er für sich zu einer Entscheidung gelangt, und plötzlich breitete sich ein sehr erleichtert wirkendes, sehr ehrliches Lächeln auf seinem schmalen Gesicht aus. »Ich bin sehr froh, dass du dich so entschieden hast«, sagte er. »Du wirst mich jetzt begleiten. Es gibt ein paar Leute, die mit dir reden wollen.«

»Und ich dachte schon, ich würde das nie mehr erleben.«

»Oh, du meinst, weil niemand mit dir gesprochen und deine Fragen beantwortet hat?«, fragte Tamar. »Ich hatte es verboten.«

»Warum?«

»Ich wollte, dass du diese Zeit für dich hast«, antwortete Tamar. »Zeit, um nachzudenken. Und ich sehe, dass du sie offensichtlich gut genutzt hast.«

»Jemand will mich sprechen?«, fragte Anders. »Wer?«

»Oh, so ziemlich jeder hier in Tiernan«, erwiderte Tamar lächelnd. »Vorerst aber Aaron und einige andere. Um genau zu sein, möchte der Hohe Rat mit dir reden.«

»Der Hohe Rat?«, fragte Anders erschrocken.

»Du bist eine wichtige Persönlichkeit«, antwortete Tamar lächelnd. »Auch wenn ich deine Hoffnungen enttäuschen muss, ein junger Gott zu sein. Es kommt nicht oft vor, dass jemand, der nicht hier geboren ist, einen Platz in unseren Reihen findet.« Er tat so, als müsse er einen Moment nachdenken und käme zu einem überraschenden Ergebnis. »Um ehrlich zu sein, ist es das erste Mal.«

»Ich habe noch nicht endgültig zugestimmt, oder?«, fragte Anders.

»Aber auch nicht nein gesagt«, erwiderte Tamar. »Bist du bereit? Es geziemt sich nicht, den Hohen Rat warten zu lassen.«

26

Oberons Halle kam ihm so kalt und abweisend vor wie beim allerersten Mal, als er sie betreten hatte, aber auch auf eine schwer zu beschreibende Art zugleich feindseliger. Vor einem guten halben Jahr war dies ein Ort gewesen, der ihm Respekt eingeflößt hatte und sicherlich auch ein bisschen Angst, und hinter dem großen Tisch vor dem gebogenen, schmalen Fenster hatten drei Elder gesessen, von denen er nicht wusste, was er von ihnen zu halten hatte und ob er ihnen trauen konnte. Jetzt waren zwei dieser drei ganz speziellen Plätze leer, die sich von den übrigen, um den ovalen Tisch gruppierten Stühlen schon allein durch ihre Größe abhoben und somit die besondere Stellung des Hohen Rates dokumentierten. Dem Elder, der auf dem mittleren der drei gewaltigen Thronsessel Platz genommen hatte, *konnte* er nicht trauen, nicht weil er sein Feind gewesen wäre, aber weil er ganz offensichtlich unter Tamars Einfluss stand, und dem Besitzer des zweiten verwaisten Stuhles neben Aaron konnte er nicht trauen, weil Tamar eben Tamar war. Der Stuhl auf der anderen Seite des alten Elder-Herrschers war zwar leer, nicht jedoch die Tischplatte davor. Auf dem polierten schwarzen Stein lag ein schmaler Silberreif mit einem großen Rubin.

Anders blieb wie vom Donner gerührt stehen, als er Oberons Auge erblickte. »Du willst doch nicht etwa …«, begann er, brach ab und biss sich, wütend auf sich selbst, auf die Unterlippe.

Aber es war zu spät. Tamar hatte natürlich erraten, was er

sagen wollte, und ein leichtes Lächeln breitete sich auf seinen Lippen aus.

»... dich zu einem Mitglied des Hohen Rates ernennen, jetzt, wo ein Platz frei ist?«, führte er den Satz zu Ende. Seine Stimme klang eindeutig spöttisch, seine Augen funkelten amüsiert. Beides wirkte objektiv eher belustigt als verletzend, doch Anders wertete es genau andersherum. Der Elder schüttelte den Kopf. »Nein. Das wäre vielleicht ein bisschen verfrüht, scheint mir.« Das Funkeln in seinen Augen nahm zu. »Vielleicht um zehn oder zwanzig Jahre, mehr nicht.«

Anders entschied, dass es das Klügste war, nicht weiter darauf einzugehen. »Was tue ich hier?«, fragte er.

»Etwas, das ich zutiefst bedauere«, antwortete Tamar. Er schüttelte den Kopf und hob die Hand, um Anders mit der gleichen Geste das Wort abzuschneiden, ihn aber auch dazu aufzufordern, um den Tisch herumzugehen und an den freien Stuhl neben Aaron heranzutreten; den Platz, vor dem das silberne Stirnband lag. Anders sah ihn einfach nur verwirrt – wenn auch mit einem Gefühl wachsender Beunruhigung – an, doch Tamar wiederholte nur seine auffordernde Geste und unterstrich sie noch mit einem entsprechenden Nicken, und schließlich drehte er sich achselzuckend um und tat, was der Elder von ihm verlangte. Möglicherweise war er ja nicht der Einzige, der sich in den letzten Tagen die Zeit damit vertrieben hatte, sich auf alle möglichen Arten auszumalen, wie ihre nächste Begegnung verlaufen würde. Wenn es Tamar Spaß machte, das Spielchen zu spielen – warum nicht?

Der Elder wartete, bis er hinter dem Tisch angelangt war, und machte danach eine neuerliche auffordernde Geste auf Oberons Auge. »Sieh es dir ruhig an«, sagte er.

Ganz instinktiv wollte Anders die Hand nach dem vermeintlichen Schmuckstück ausstrecken, beherrschte sich aber im letzten Moment noch. Das ungute Gefühl in ihm wurde stärker.

»Du wunderst dich sicher«, sagte Tamar, »dass Oberons

Auge dort vor dir auf dem Tisch liegt, wo es doch sonst nur von Mitgliedern des Hohen Rates berührt werden darf.«

»Ein wenig«, antwortete Anders. »Aber ich weiß zu wenig von euren Gebräuchen und Sitten.«

Tamar nickte, als hätte er damit eine Wahrheit ausgesprochen, die viel größer und bedeutsamer war, als er selbst begriff. »Oberons Auge ist unser größter und kostbarster Schatz, denn durch ihn teilt er uns seine Wünsche und Befehle mit und wir ihm unsere Bitten. Unglücklicherweise besteht der Hohe Rat zurzeit nur aus zwei Mitgliedern. Und Aaron und ich sind übereingekommen, die Wahl des dritten aufzuschieben, bis sich die allgemeine Situation ein wenig beruhigt hat.«

Ja, oder bis Aaron einen Unfall hat oder freiwillig zurücktritt und der Hohe Rat nur noch aus einem Mitglied besteht, dachte Anders. Erst jetzt, als es schon wieder vorbei war, wurde er sich selbst bewusst, dass er tatsächlich begonnen hatte, so etwas wie eine widerwillige Sympathie für den Elder zu empfinden. Aber sie zerbröckelte fast so schnell, wie sie gekommen war.

»Und warum erzählst du mir das?«, fragte er.

»Ich bin nicht blind, Anders«, antwortete Tamar lächelnd. »Deine Blicke sind mir nicht entgangen. Du brennst darauf, dir Oberons Auge genauer anzusehen. Warum nicht? In gewisser Hinsicht gehört es dir sicherlich ebenso wie uns, und wer weiß …« Er zuckte mit den Schultern. »Vielleicht wirst du es eines Tages tatsächlich selbst tragen.« Er wiederholte seine auffordernde Geste. »Nur keine Scheu. Nimm es in die Hand und sieh es dir an.«

Hier stimmte etwas nicht, dachte Anders. Hier stimmte etwas ganz und gar nicht. Am liebsten wäre er herumgefahren und ohne ein weiteres Wort in sein Zimmer zurückgegangen, aber natürlich wusste er, dass Tamar das nicht zulassen würde. Zögernd griff er nach dem Reif, nahm ihn in beide Hände und hielt ihn ins Licht, nachdem er einen letzten, ebenso zweifelnden wie fragenden Blick mit dem Elder getauscht hatte, und Tamar abermals auffordernd nickte. Das Stirnband war überraschend leicht, wenn man bedachte, dass es scheinbar aus purem Silber bestand und der vermeintliche Rubin darin die Größe eines Fingernagels hatte. Es fühlte sich auch nicht an wie Metall, aber auch nicht wie Plastik oder irgendeine Imitation, sondern … sonderbar. Auf eine angenehme Weise warm und so anschmiegsam, als hätte er kein künstlich gefertigtes Objekt, sondern etwas Lebendiges in der Hand. Es musste ein sehr angenehmes Gefühl sein, den Reif zu tragen.

Da weder Tamar noch Aaron etwas dagegen zu haben schienen, trat er einen Schritt zur Seite und brachte das Schmuckstück näher an einen der brennenden Kerzenständer heran. Seine Außenseite war so glatt poliert, dass sich das Licht der Kerzenflammen darin brach und Millionen winziger, flirrender Sterne zu flüchtigem Leben zu erwecken schien, während die Innenseite mit einem komplizierten Muster aus winzigen, filigranen Linien übersät war, die er im allerersten Moment für Buchstaben einer fremdartigen, uralten Schrift hielt; vielleicht die Schrift der Elder.

Aber es verging nur ein einziger Augenblick, bis er begriff, was es wirklich war.

Was er sah, war die winzigste und komplizierteste gedruckte Schaltung, die er jemals zu Gesicht bekommen hatte. Jetzt hatte er die Bestätigung. Oberons Auge hatte nichts Magisches an sich. Es war nichts anderes als der große Bruder des elektronischen Spions, den Tamar in Katts Haus zurückgelassen hatte; wenn auch vermutlich hundertmal leistungsfähiger. Auf der Rückseite des (ganz bestimmt künstlichen) Rubins, der den Reifen schmückte, befand sich ein winziges Muster aus Tausenden rechteckiger schwarzer Facetten. Vielleicht das Gegenstück einer Batterie, wahrscheinlich jedoch etwas, für das es außerhalb der Geheimlabore seines Vaters noch nicht einmal einen Namen gab.

»Das ist wirklich sehr schön«, sagte er zögernd. »Aber du hast doch gerade nur einen Scherz gemacht, als du gesagt hast, dass ich es vielleicht eines Tages tragen werde, oder?«

Wieder hob Tamar die Schultern, und in dem winzigen Moment, den er für diese Bewegung brauchte, ging eine fast erschreckende Veränderung in seinem Gesicht vor sich. Sein Lächeln erlosch, machte für einen Moment einem Ausdruck großer Müdigkeit und ebenso großer Enttäuschung Platz und dann wieder der gnadenlosen Härte, die Anders schon so oft in seinen Augen gelesen hatte. »Ach, weißt du, Anders«, sagte er matt, »im Augenblick ist mir nicht nach Scherzen zumute.«

Noch vor einer Sekunde hatte Anders ernsthaft darüber nachgedacht, wie er das Stirnband möglichst unauffällig sabotieren konnte, wo er es doch schon einmal in Händen hielt; vielleicht würde es ja reichen, mit den Fingernägeln einige der mikroskopisch feinen Leiterbahnen zu unterbrechen oder das Facettengeflecht zu demolieren. Jetzt vergaß er diesen Gedanken schlagartig. Hinter seiner Stirn begann eine Alarmsirene zu schrillen und er hatte plötzlich Mühe, das Stirnband wieder auf den Tisch zu legen, ohne dass seine Hände dabei zitterten. »Was meinst du damit?«, fragte er.

Tamar schüttelte irgendwie traurig den Kopf. »Ich habe dich gefragt, ob ich mich auf dein Wort verlassen kann«, antwortete er. »Erinnerst du dich?«

»Ja«, erwiderte Anders. Sein Herz begann zu klopfen.

»Ich hatte wirklich gehofft dir vertrauen zu können«, fuhr Tamar fort. »Jetzt fürchte ich allerdings, dass ich es doch nicht kann.«

»Aber wieso denn?«, stotterte Anders. »Ich meine, ich habe doch gar nichts …«

Tamar unterbrach ihn, indem er sanft die Hand hob. Gleichzeitig drehte er sich halb um und nickte in Richtung der Tür, durch die sie den Raum betreten hatten. Obwohl sie geschlossen und außer ihm, Aaron und Anders selbst niemand anwesend war, schwang sie fast augenblicklich nach innen und erst zwei, dann vier und schließlich sechs schwer bewaffnete und grimmig dreinblickende Elder-Soldaten traten ein.

Anders hätte um ein Haar aufgeschrien, als er die ganz in

zerfetztes Schwarz gekleidete Gestalt sah, die die Männer in Ketten zwischen sich führten.

Es war Jannik. Nicht nur seine Kleider hingen in Fetzen. Seine nackte Brust, die unter dem zerrissenen Hemd zum Vorschein kam, war mit zahlreichen frischen Wunden und Schrammen übersät. Die rechte Seite seines Gesichtes war unförmig angeschwollen und das Auge geschlossen und sein Haar war blutverklebt. Die Elder hatten seine Fußknöchel mit einer kurzen Kette verbunden, die ihm nur kleine, trippelnde Schritte erlaubte, und seine verbliebene Hand mit einem eisernen Ring an eine zweite Kette gebunden, die sich um seine Hüfte schlang. Seine Armprothese war verschwunden und der Stumpf seines Oberarmes mit einem ledernen Gürtel so fest an den Körper geschnallt, dass er ihn nicht einmal einen Millimeter bewegen konnte. Er war so schwach, dass er sich kaum auf den Beinen halten konnte und möglicherweise gestürzt wäre, hätten ihn die beiden Krieger, die ihn flankierten, nicht festgehalten.

»Jannik«, flüsterte Anders. Er wollte noch mehr sagen, doch in diesem Moment fiel sein Blick in das Gesicht eines der Krieger, die Jannik eskortierten, und wenn er geglaubt hatte, dass sein Schrecken nicht mehr größer werden könnte, so sah er sich in diesem Moment getäuscht. Er kannte diesen Krieger. Er kannte sogar seinen Namen.

»Verschlägt dir die Wiedersehensfreude die Sprache?«, fragte Tamar kühl. »Du hast mich wirklich sehr enttäuscht, Anders. Ich nehme dir nichts von all dem übel, was vorher passiert ist. Auch wenn es mir nicht gefallen hat, du hast dich für die andere Seite entschieden und diese Entscheidung habe ich akzeptiert. Aber du hast mich belogen. Du hast mir dein Ehrenwort gegeben. Das Ehrenwort eines Mannes. Was soll ich jetzt von dir halten? Wie kann ich dir jemals wieder trauen, ganz egal wie viel Zeit vergeht und was passiert?«

Anders hörte kaum hin. Wahrscheinlich glaubte Tamar den Unsinn sogar, den er redete, aber welche Rolle spielte das jetzt noch? Und dennoch hörte er sich selbst fast zu seiner eigenen Überraschung antworten: »So, wie du mich belogen hast?«

»Habe ich das?«

»Hast du nicht behauptet, du würdest keine Krieger in die Berge schicken?«, fragte Anders. Er sah Tamar dabei nicht an, sondern starrte mit klopfendem Herzen weiter in Janniks Gesicht und wartete vergeblich darauf, dass dieser seinen Blick erwiderte. Janniks Augen waren leer. Er wirkte wie ein Mann, der seine Umgebung nicht mehr wirklich wahrnimmt.

»Es war nicht nötig, unsere Männer in die Berge zu schicken«, antwortete Tamar. »Wir haben deinen Freund und seine kleine Armee gar nicht weit von hier aufgegriffen. Nur ein paar Stunden entfernt, um genau zu sein. Und auf direktem Weg nicht nur nach Tiernan, sondern hierher, in Oberons Halle, um ganz genau zu sein.« Er machte eine Kopfbewegung auf das Stirnband, das Anders unmittelbar vor sich auf den Tisch gelegt hatte. »Es wird dir nicht gelingen, es zu zerstören. Und selbst wenn, so hätte es euch nichts genutzt. Oberon wacht auch so über seine Kinder.«

Anders löste seinen Blick mühsam von Janniks misshandeltem Gesicht und starrte den Elder neben ihm an. »Wo wir gerade beim Thema Verräter sind ...«, murmelte er.

Waldos fuhr wie unter einem Schlag zusammen und schien plötzlich nicht mehr die Kraft zu haben, seinem Blick standzuhalten, aber Tamar machte eine ärgerliche Bewegung, trat mit zwei schnellen Schritten auf ihn zu. »Du nennst einen Mann einen Verräter, den du selbst aufgefordert hast, sein eigenes Volk zu verraten?«, fragte er. »Das klingt selbst aus deinem Mund absurd!«

Anders ignorierte ihn. Er starrte weiter den dunkelhaarigen Elder neben Jannik an. »Du hast dich also entschieden«, sagte er bitter. »Und ich hätte dir fast geglaubt. Du warst wirklich sehr überzeugend, als du gesagt hast, dass du Tamar töten wirst, weißt du das?«

Waldos fuhr erneut und noch heftiger zusammen, aber Tamar sagte: »Er hat mir von diesem voreiligen Schwur erzählt. Ich nehme es ihm nicht übel. Er und seine Männer haben Culain Treue bis in den Tod und darüber hinaus geschworen, wenn es sein muss.« Der Blick, den er dem Elder dabei zuwarf, und auch irgendetwas in seiner Stimme machten Anders klar, dass das nicht stimmte. Dennoch fuhr Tamar fort: »Waldos und seine Krieger sind von falschen Voraussetzungen ausgegangen. Sie konnten nicht wissen, wie Culain ums Leben gekommen ist. Ich habe ihm verziehen.«

»Bevor oder nachdem er uns verraten hat?«, fragte Anders bitter. Er wandte sich direkt an Waldos. »Und was ist mit Katt? Habt ihr sie auch gleich mitgebracht?«

»Sie ist in den Bergen zurückgeblieben«, antwortete Waldos leise und ohne ihn anzusehen. »Macht Euch keine Sorgen. Sie war noch sehr schwach, als wir aufgebrochen sind, doch sie befand sich auf dem Wege der Besserung.«

»Wie tröstlich«, sagte Anders böse. »Dann könnt ihr sie ja ganz gesund umbringen, wenn sie euch das nächste Mal in die Hände fällt.«

Waldos antwortete nicht darauf, aber er wirkte plötzlich wie ein geprügelter Hund, und Tamar sagte scharf: »Genug! Ich habe dich nicht hierher gebracht, um mir deine kindischen Anschuldigungen anzuhören. Weder deiner Freundin noch irgendeinem ihres Volkes wird etwas geschehen, solange sie in ihrem Gebiet bleiben. Ich habe dir mein Wort gegeben und *ich* halte mein Wort.«

»Euer Plan wäre so oder so nicht aufgegangen, Anders«, sagte Aaron. Es waren die ersten Worte, die er überhaupt sprach, seit Anders hereingekommen war, und sie klangen weder überheblich noch triumphierend, sondern ganz ehrlich mitfühlend. Anders wandte nur kurz den Kopf um ihn anzusehen und er erblickte eine Bitterkeit und Schwäche in seinen Augen, die ihn schaudern ließen. »Es wäre nur zu weiterem sinnlosem Blutvergießen gekommen.«

»Und was habt ihr jetzt vor?«, fragte Anders bitter.

»Mit deinem Freund werden wir nach unseren Gesetzen verfahren«, antwortete Tamar.

»Du meinst, ihr zerrt ihn gleich draußen auf den Platz und schlagt ihm den Kopf ab?«, vermutete Anders.

Er sah Tamar an, wie schwer es ihm fiel, sich weiter zu beherrschen, aber er schaffte es. »Seine Wunden werden versorgt und wir werden ihn pflegen, bis er kräftig genug ist, um sich vor dem Gesetz Tiernans zu verantworten«, erwiderte er. »Und bevor du fragst: Weder ich noch Aaron werden diesem Gericht angehören. Dennoch besteht kein Zweifel an dem Urteil, das er zu erwarten hat.«

»Natürlich nicht«, sagte Anders.

»Dein Freund hat Elder-Blut vergossen. Unser Gesetz verlangt, dass Blut mit Blut vergolten wird. Du selbst solltest das am besten wissen. Du hast das Blut eines Elder vergossen und du hast dafür bezahlt. Aber ich bin es nicht, der das Urteil sprechen wird.«

»Und ich bin auch ganz sicher, du wirst nicht versuchen Einfluss darauf zu nehmen«, sagte Anders spöttisch.

»Selbst wenn ich es wollte, stünde es nicht in meiner Macht«, erwiderte Tamar. »Weder auf die eine noch auf die andere Weise.«

Anders hätte vor Verzweiflung am liebsten laut aufgeschrien. Es war alles vorbei. Ganz egal wie oft er sich selbst gesagt hatte, wie lächerlich gering die Aussichten waren, dass ihr verzweifelter Plan gelang – jetzt, nachdem er tatsächlich und endgültig gescheitert war, fühlte er sich, als hätte ihm jemand den Boden unter den Füßen weggezogen. Nicht einmal in jenem schrecklichen Moment, als Katt in seinen Armen zusammengebrochen und er fest davon überzeugt gewesen war, dass sie sterben würde, war er sich so hilflos und ausgeliefert vorgekommen wie jetzt.

»Ich will mit meinem Vater sprechen«, sagte er.

»Wenn es Oberons Wunsch ist, mit dir zu reden«, antwortete Tamar, »so wird er das tun.«

Anders hatte die Worte schon bedauert, noch bevor er sie ganz ausgesprochen hatte. Wenn es überhaupt noch möglich gewesen war, dann hatte er sich mit dieser Bitte in Tamars Augen wohl noch mehr und endgültig deklassiert. Vielleicht sollte er sich zumindest die weitere Demütigung ersparen, sie auch noch zu wiederholen.

»Wohin bringt ihr ihn?«, fragte er stattdessen.

»An einen sicheren Ort«, erwiderte Tamar.

»Sicher für ihn oder sicher für euch?«

Tamar setzte zwar zu einer Antwort an, schürzte aber dann nur abfällig die Lippen, als wäre er zu dem Schluss gekommen, dass diese Frage einer Antwort gar nicht wert sei. Stattdessen machte er eine herrische Handbewegung, woraufhin sich Aaron umständlich aus seinem Stuhl erhob und mit hängenden Schultern um den Tisch herumging. Auf eine zweite Geste des Elder hin befestigte Waldos das lose Ende der Kette, die um Janniks Hüften geschlungen war, an einem eisernen Ring in der Wand ganz in der Nähe der Tür. Dann trat er rasch zurück und verließ zusammen mit seinen Kameraden den Raum, und auch Tamar und Aaron bewegten sich in Richtung Tür.

»Auch wenn ich selbst nicht weiß, warum«, sagte Tamar bereits im Hinausgehen und ohne sich dabei zu ihm umzudrehen, »mache ich dir noch ein letztes Geschenk, Anders. Falls du noch einmal mit deinem Freund reden willst, dann tu es jetzt. Ihr werdet euch nicht wiedersehen.«

Er ging, doch bevor er die Tür hinter sich schloss, schlüpfte einer der Elder-Krieger herein, die Jannik bisher bewacht hatten. Ohne Anders oder Jannik auch nur eines Blickes zu würdigen, ging er mit raschen Schritten bis zum entgegengesetzten Ende des großen Raumes, wo er in lässiger Haltung, zugleich aber sehr aufmerksam Aufstellung nahm. Anders starrte ihn einen Moment lang feindselig an, beließ es dann jedoch bei einem Achselzucken und ging rasch zu Jannik hinüber. Er hätte lieber unter vier Augen mit Jannik geredet, aber in einer Situation wie dieser konnte er nicht wählerisch sein.

Aus dem schon fast körperlich schmerzenden Gefühl der Hilflosigkeit, das ihn bisher erfüllt hatte, wurde blanke Wut, als er näher kam und sah, in welch bemitleidenswertem Zustand sich Jannik wirklich befand. Keine der Wunden, die er sehen konnte, schien lebensgefährlich zu sein, aber es waren entsetzlich viele, und auch da, wo Janniks Kleider nicht zerrissen und zerfetzt waren, waren sie überall mit eingetrocknetem Blut getränkt. Janniks Blick schien noch immer auf diese schreckliche Art leer, sodass Anders nicht einmal sicher war, ob er seine Gegenwart überhaupt zur Kenntnis nahm. Im allerersten Moment schnürte ihm der Anblick derart die Kehle zu, dass er kein Wort herausbekam.

»Du musst nichts … sagen«, murmelte Jannik plötzlich. Seine Lippen waren so geschwollen, er konnte kaum sprechen. Anders erriet die Worte mehr, als er sie verstand.

»Es tut mir so Leid«, sagte er schließlich. Die Worte klangen banal und so hilflos, wie er sich in diesem Moment fühlte. »Ich … ich dachte wirklich, wir könnten Waldos und den anderen trauen.«

Jannik gab ein Geräusch von sich, das wahrscheinlich ein Lachen hatte werden sollen, in Anders' Ohren aber einfach nur schrecklich klang. »Trau niemals einem Elder«, murmelte er. »Nicht einmal, wenn er vor dir steht. Vielleicht gerade dann nicht.«

»Was ist passiert?«, fragte Anders.

Jannik versuchte den Kopf zu heben, um aus seinen zugeschwollenen Augen zu dem Krieger hinüberzusehen, der auf der anderen Seite des Zimmers stand.

Anders wusste ja, wie scharf das Gehör der Elder war, bezweifelte aber trotzdem, der Mann könnte sie über die große Entfernung hinweg tatsächlich belauschen; zumal Jannik so undeutlich sprach, dass selbst er Mühe hatte, ihn überhaupt zu verstehen. Er nickte Jannik aufmunternd zu.

»Es war eine Falle«, murmelte Jannik stockend. »Sie wussten, dass wir kommen. Ich weiß nicht, wie und woher, aber irgendwie wussten sie ganz genau, wo wir uns sammeln und wann und wie viele wir sein würden.«

»Waldos«, vermutete Anders.

Jannik sagte nichts dazu – warum auch? Die Anzahl der möglichen Verräter in seinen Reihen war nicht besonders groß. »Wir hatten trotz allem ... Glück«, fuhr er stockend fort. »Boris hat die Falle im allerletzten Moment bemerkt. Er und die meisten anderen konnten entkommen.«

Anders verspürte ein heftiges Gefühl von Erleichterung, als er an den riesigen, tölpelhaft wirkenden Troll dachte, fuhr aber trotzdem in leisem, besorgtem Ton fort: »Und Katt?«

»Der Elder sagt die Wahrheit«, antwortete Jannik mühsam. »Es geht ihr gut.« Wieder versuchte er zu lachen und diesmal endete das Geräusch in einem schrecklichen, rasselnden Husten, das ihm für fast eine Minute den Atem nahm. »Du kennst sie ja«, fuhr er schließlich fort. »Sie hat ziemlich nachdrücklich darauf bestanden, uns zu begleiten. Ich hatte schon Angst, sie fesseln und knebeln zu müssen, damit sie es nicht tut.«

»Sie ist noch in den Bergen?«

Jannik hob die Schultern. »Jedenfalls war sie es vor zwei Tagen«, sagte er. »Ich habe ein paar Leute bei ihr zurückgelassen. Wie ich sie kenne, hat sie ihnen mittlerweile die Augen ausgekratzt und die Arme und Beine gebrochen, damit sie sie nicht verfolgen können. Aber sie hat mir ihr Wort gegeben, zu ihrem Volk zurückzukehren, sollte unser Unternehmen scheitern.«

Offensichtlich kannte Jannik Katt doch nicht so gut, wie er annahm, dachte Anders. Katt würde alles tun, nur ganz gewiss nicht nach Hause zurückkehren und zur Tagesordnung übergehen, als wäre nichts passiert. Dennoch war er so erleichtert, dass seine Hände ganz sacht zu zittern anfingen. Immerhin war sie am Leben und ganz offensichtlich in Freiheit.

»Das spielt jetzt keine Rolle«, sagte er. »Viel wichtiger ist, wie es dir geht. Hast du große Schmerzen?«

»Ich bin schon schlimmer verprügelt worden«, behauptete Jannik, fügte aber nach einer Sekunde und mit einem schiefen Lächeln hinzu: »Ich kann mich nur nicht mehr erinnern, wann.«

Anders war ganz und gar nicht nach Lachen zumute. Dennoch verzog er flüchtig die Lippen, und sei es nur, damit Jannik ihm nicht ansah, wie elend und hilflos er sich in Wahrheit fühlte. »Das wird schon wieder«, sagte er.

»Ja, bestimmt«, versicherte Jannik. Er versuchte sich zu bewegen, aber die Kette, mit der er an der Wand befestigt war, ließ es nicht zu. »Ich bin sicher, deine neuen Freunde werden ihr Möglichstes tun, um mich rasch wieder gesund zu pflegen. Schließlich gehört es sich nicht, einen todkranken Mann hinzurichten.«

»Warum sagst du das?«, fragte Anders leise. »Die Elder sind nicht meine Freunde. Und sie werden es auch niemals sein.«

»Aber das sollten sie«, erwiderte Jannik plötzlich sehr ernst und mit einer sonderbaren Betonung, die Anders einen kalten Schauer über den Rücken laufen ließ. »Nein, widersprich mir nicht«, sagte er rasch, als Anders genau dazu ansetzte. »Ich meine es ernst. Es ist vorbei, Anders. Wir haben verloren.«

»Unsinn!«, widersprach Anders. »Es ist erst dann vorbei, wenn ...«

»Es *ist* vorbei«, unterbrach ihn Jannik. »Es gibt in jedem Kampf Sieger und Verlierer, nur will man vorher nicht wahrhaben, dass man auch auf der Seite der Verlierer stehen könnte. Diesmal sind wir es. Wir können nichts mehr gewinnen. Du solltest jetzt an dich denken, Anders. Mach dir keine Sorgen um mich.«

»Sie werden dich töten«, sagte Anders leise.

Jannik versuchte mit den Schultern zu zucken, aber selbst diese kleine Bewegung wurde von seinen Ketten verhindert. »Ja, wahrscheinlich. Das nennt man dann wohl Berufsrisiko, in einem Job wie meinem. Ich wusste immer, dass es mich früher oder später einmal erwischen würde.« Er lachte ganz leise. »Was willst du? Ein solches Ende ist immer noch besser, als von irgendeinem Möchtegern-Kidnapper mit der Intelligenz einer Bratkartoffel aus dem Hinterhalt abgestochen zu werden, oder? Immerhin gehe ich mit wehenden Fahnen unter.«

»Bist du deswegen hinterher weniger tot?«, fragte Anders leise.

»Wahrscheinlich nicht«, gestand Jannik. »Doch immerhin wird man mich dann in nachhaltiger Erinnerung behalten.« Er schüttelte den Kopf, als Anders erneut widersprechen wollte, und wurde wieder ernst. »Du musst jetzt an dich denken, Anders. Und wenn schon nicht an dich, dann an das, was wir beide uns vorgenommen hatten. Vielleicht war mein Weg falsch und ich musste scheitern. Jetzt bist du an der Reihe. Ich beneide dich nicht um diese Aufgabe.«

»Ich lasse nicht zu, dass Tamar dich umbringt«, beharrte Anders. Selbst er spürte, wie hohl sich diese Worte anhörten. Dennoch fuhr er fort: »Niemals. Eher …«

»Du wirst absolut nichts Dummes tun, sondern das einzig Vernünftige«, unterbrach ihn Jannik. »Wenn wir schon einmal in der Abteilung große Worte und dramatische Abschiedsszenen sind, dann verlange ich, dass du mir etwas versprichst. Du wirst dich benehmen wie ein erwachsener Mensch. Du wirst dich in dein Schicksal fügen und die Zeit für dich arbeiten lassen.« Er machte eine matte Kopfbewegung in Richtung des ovalen Tisches, hinter dem sich die drei gewaltigen Thronsessel aus der Reihe der anderen Stühle hervorhoben. »Irgendwann wirst du dort sitzen, Anders. Ob es Tamar gefällt oder nicht, es kann gar nicht anders kommen. Irgendwann bist du der Herrscher dieses Landes und spätestens dann kannst du zu Ende bringen, was wir angefangen haben.«

»Irgendwann?«, fragte Anders. »Wann? In zehn Jahren? Oder zwanzig oder dreißig?«

»Vielleicht«, antwortete Jannik. »Auf jeden Fall nicht heute oder morgen. Begehe nicht den gleichen Fehler wie ich. Vielleicht lassen sich manche Dinge eben nicht erzwingen. Ich habe es versucht und hunderte von Unschuldigen haben mit ihrem Leben dafür bezahlt. Mach es nicht noch schlimmer als ich.«

Was sollte er darauf sagen? Anders suchte verzweifelt nach Worten. Tief in sich spürte er, dass Jannik Unrecht hatte, dass es einen anderen, vielleicht dritten Weg geben musste, um diesem Land und seinen Bewohnern so etwas wie ein menschenwürdiges Leben zu ermöglichen. Aber ihm fehlten einfach die Worte. Anders war elend zumute. Er wusste, dass Tamar höchstwahrscheinlich die Wahrheit gesagt hatte: Sie würden sich nicht wiedersehen und er wollte einfach nicht, dass ihr allerletztes Gespräch *so* endete.

»Aber du kannst doch nicht ... «, stammelte er. »Ich meine, es ... es darf doch nicht ...«

Die Tür ging auf und Tamar, Waldos und zwei weitere Elder kamen herein. »Das genügt«, sagte Tamar, während er seinen Begleitern gleichzeitig einen Wink gab. »Ich hoffe, ihr habt die Zeit genutzt, um Abschied voneinander zu nehmen. Bringt sie weg!«

27

Anders erlebte noch etwas Überraschendes, das ihm aber vielleicht einzig deshalb als so ungewöhnlich im Gedächtnis haften blieb, weil es quasi das Einzige war, was sich für lange Zeit ereignen sollte. Er war nicht überrascht, aus Oberons Halle hinaus- und wieder zurück zu dem benachbarten Gebäude geführt zu werden, in dem er auch in den fünf Tagen zuvor untergebracht gewesen war; schließlich hatte sich Tamar ja alle Mühe gegeben, das Erkerzimmer mit dem großen Fenster in ein ausbruchsicheres Gefängnis zu verwandeln. Doch Jannik und er wurden – auch wenn sie sich an den entgegengesetzten Enden der kleinen Kolonne bewegten – keineswegs getrennt. Das Ziel Janniks und seiner Eskorte war Morgens ehemaliges

Zuhause. Für einen ganz kurzen Moment schöpfte er sogar die wilde, widersinnige Hoffnung, dass man sie vielleicht trotz allem, was Tamar gesagt hatte, gemeinsam unterbringen würde. Doch natürlich war dem nicht so. Tamar persönlich führte ihn durch den langen Korridor zurück in sein Zimmer, während Jannik von seinen Bewachern in Culains ehemaliges Kaminzimmer gestoßen wurde, das dem seinen schräg gegenüberlag. Das war mehr als erstaunlich, denn in eben diesem Zimmer befand sich der geheime Eingang in das unterirdische Labor, durch den Anders zu entkommen gehofft hatte. Es konnte doch unmöglich sein, dass Tamar und alle anderen davon nichts wussten!

Um ein Haar hätte Anders eine entsprechende Frage gestellt, konnte es sich aber im letzten Moment noch verkneifen. Ganz davon abgesehen, dass er ganz bestimmt keine Antwort bekommen hätte, wäre das ziemlich dumm gewesen. Mit großer Sicherheit wusste Tamar von der Geheimtür und hatte entsprechende Vorkehrungen getroffen; und für den unwahrscheinlichen Fall, dass es nicht so war, gedachte Anders nicht, ihn mit der Nase darauf zu stoßen. Ohne dass er noch ein einziges Wort zu ihm gesagt hätte, stieß Tamar ihn mit sanfter Gewalt durch die Tür und zog sie hinter sich wieder zu. Anders konnte hören, wie von außen ein schwerer Riegel vorgelegt wurde.

Kurze Zeit darauf hörte er doch noch etwas: Jemand schrie. Es war Jannik, dessen Schreie selbst durch die dicken Wände und massiven Türen drangen. Es dauerte nicht lange und es war für vier Tage das letzte Mal, dass er überhaupt den Klang einer menschlichen Stimme hören sollte, sah man von seiner eigenen ab, aber das Geräusch verfolgte ihn noch den ganzen Tag über und bis in seine Träume hinein. In der darauf folgenden Nacht erwachte er ein halbes Dutzend Mal schweißgebadet und mit klopfendem Herzen und meinte den Widerhall von Janniks Schreien in den Ohren zu haben.

Auf diese Weise vergingen drei Tage. Pünktlich auf die Minute kamen die beiden Bediensteten, die er schon kannte, um ihm sein Essen und jeden zweiten Tag frische Kleider zu bringen, und wie auch schon zuvor weigerten sie sich beharrlich, mit ihm zu reden und anders als mit einem Nicken, einem Kopfschütteln oder einer vagen Geste auf seine immer bohrender werdenden Fragen zu reagieren. Schließlich, am Abend des dritten Tages, hielt Anders es nicht mehr aus. Es war nur eine Kleinigkeit. Hinterher konnte er sich nicht einmal mehr erinnern, welche Frage er dem Mann überhaupt gestellt hatte, aber das spielte keine Rolle: Als er auch diesmal statt einer Antwort nur ein trauriges Kopfschütteln bekam, da erfüllte ihn diese Reaktion mit einer solchen Wut, er wäre beinahe selbst vor sich erschrocken. Ohne, dass er imstande gewesen wäre, etwas dagegen zu tun, packte er den Mann bei den Schultern, riss ihn so derb herum, dass er beinahe das Gleichgewicht verloren hätte, und stieß ihn gegen die Wand. »Verdammt noch mal, sprich endlich mit mir!«, schrie er ihn an. »Ich befehle dir mir zu antworten, hast du das verstanden?«

Auf dem Gesicht des Mannes spiegelte sich Schrecken, viel mehr jedoch auch Überraschung. Er versuchte seitlich vor ihm zurückzuweichen, aber Anders packte ihn erneut bei den Schultern und begann ihn wie wild zu schütteln. »Du sollst antworten!«, schrie er. »Ich will, dass ihr mit mir redet!«

Der Mann versuchte sich aus Anders' Griff zu winden. Er war einen Kopf größer als er, viel breitschultriger und mit Sicherheit sehr viel stärker. Vermutlich wäre es ihm ein Leichtes gewesen, Anders' Hände abzuschütteln oder ihn gleich von sich zu stoßen. Er tat jedoch weder das eine noch das andere, sondern wich nur weiter mit eng an die Wand gepresstem Rücken vor ihm zurück, aber Anders folgte ihm und schüttelte ihn immer heftiger. Er fragte sich, wie weit er gehen konnte, und für einen kurzen schlimmen Moment überlegte er ganz ernsthaft, dem Mann einfach die Fäuste ins Gesicht zu schlagen nur um auszuprobieren, was noch nötig war, um eine Reaktion zu provozieren.

Selbstverständlich tat er das nicht. Denn auf einmal wurde ihm klar, wie ungerecht und dumm sein Verhalten war. Der Mann behandelte ihn schließlich nicht so, weil er ihn verachtete oder um ihn zu quälen, sondern ganz zweifellos, weil Tamar ihm verboten hatte mit ihm zu reden. Ganz im Gegenteil war ihm die Situation vermutlich genauso unangenehm wie Anders, wenn nicht sogar mehr. Seine Wut verrauchte so schnell, wie sie gekommen war, und er ließ den total eingeschüchterten Diener los und trat rasch zwei Schritte zurück.

»Entschuldige«, sagte er. »Es tut mir Leid. Ich wollte dich nicht anschreien.«

Der Mann sah ihn auch jetzt nur wortlos an. Einen Herzschlag lang stand er einfach nur da, dann drehte er sich mit einem Ruck um und verließ das Zimmer, und auch sein Begleiter hatte es plötzlich sehr eilig, zu gehen. Anders blieb zerknirscht und wütend auf sich selbst zurück. Bevor die Männer gekommen waren, war er hungrig gewesen und hatte sich auf das Abendessen gefreut, schon weil es zu den wenigen kostbaren Unterbrechungen seines täglichen Einerleis hier gehörte. Jetzt war ihm der Appetit vergangen. Ohne das köstliche Mahl, das auf dem Tisch stand, auch nur eines Blickes zu würdigen, ging er zum Bett, ließ sich darauf fallen und vergrub das Gesicht in den Kissen. Er musste sich zusammenreißen, um nicht vor Wut und Frustration einfach loszuheulen, und irgendwann schlief er ein.

Er erwachte am nächsten Morgen erst lange nach Sonnenaufgang. Niemand hatte ihn geweckt und das Essen, das auf dem Tisch stand, war dasselbe wie gestern Abend.

Es war auch mittags noch dasselbe. Niemand kam, um ihm frisches Essen oder wenigstens Wasser zu bringen, und dabei blieb es auch bis zum Abend. Irgendwann im Laufe des Nachmittags war er so hungrig geworden, dass er das schal schmeckende Essen hinuntergewürgt und auch den Krug bis auf den letzten Tropfen geleert hatte, doch auch an diesem

Abend kam niemand herein, und so schlief Anders nicht nur frustriert und wütend auf sich selbst, sondern auch mit knurrendem Magen ein.

Als er am nächsten Morgen erwachte, waren das benutzte Geschirr und der Krug weggeschafft worden, aber nicht ersetzt. Sein Hunger war noch nicht stark genug, um über seinen Stolz zu triumphieren, sodass er einfach stur auf dem Bett liegen blieb und fast bis zum Mittag nichts anderes tat als die steinerne Decke über seinem Kopf anzustarren. Sein Magen hatte aufgehört zu revoltieren, und seit er aus der behüteten Welt seiner Kindheit und Jugend in diesen Stein gewordenen Albtraum verschlagen worden war, hatte er oft und lange genug gehungert um zu wissen, dass das Gefühl vielleicht noch für einen oder zwei Tage schlimmer werden und dann einfach verebben würde, bevor es wirklich zur Qual wurde. Aber er hatte Durst. Er konnte sich nicht vorstellen, dass Tamar tatsächlich vorhaben sollte, ihn verdursten zu lassen, doch sein Gaumen und seine Kehle fühlten sich schon jetzt so ausgedörrt an, das Atmen bereitete ihm Mühe, und er wusste, dass *dieses* Gefühl spätestens morgen zur Qual werden würde.

Erst zur Mittagsstunde wurde er erlöst. Pünktlich auf die Sekunde ging die Tür auf und die beiden Diener kamen herein. Einer war mit frischer Wäsche, einem hölzernen Eimer mit dampfend-heißem Wasser und einem Stück der groben, aber erstaunlich effektiven Seife beladen, die die Elder benutzten; der andere trug ein hölzernes Tablett mit einem Wasserkrug, einem halben Laib Brot und einem Teller dampfender Kartoffeln und Gemüse vor sich her. Noch bevor er es auf dem Tisch abladen konnte, war Anders mit einem Satz aus dem Bett und schon auf halbem Wege zu ihm.

»Nicht so schnell«, sagte eine Stimme von der Tür her.

Anders machte mitten im Schritt Halt und hob erschrocken den Kopf. Hinter den beiden Dienern war Tamar in das Zimmer getreten, aber der Anblick des Essens hatte Anders so in seinen Bann geschlagen, dass er ihn bisher nicht einmal bemerkt hatte. Selbst jetzt wollte er ihn am liebsten einfach ignorieren, um den Wasserkrug an sich zu reißen und wenigstens einen Schluck zu trinken, doch etwas in Tamars Blick warnte ihn.

»Was willst du?«, krächzte er. Anders erschrak selbst, als er den Ton seiner Stimme hörte. Sie hörte sich fremd in seinen Ohren an und auf eine Weise krächzend, die an einen uralten Mann erinnerte, und es war nicht nur der Durst, der sie zittern ließ.

»Vielleicht möchte ich mich mit eigenen Augen davon überzeugen, dass du endlich Vernunft annimmst«, antwortete Tamar kühl. »Ich hoffe doch sehr, der gestrige Tag war dir Lehre genug.«

»Dann war es dein Befehl, mich hungern zu lassen?«, fragte Anders. Er fuhr sich nervös mit der Zungenspitze über die Lippen, aber es nutzte nichts. Auch seine Zunge war vollkommen ausgetrocknet, und allein das Wissen um den Krug voller Wasser, der fast zum Greifen nahe auf dem Tisch stand, ließ seinen Durst zu etwas werden, das ihn fast wahnsinnig machte.

Tamar deutete auf den Diener, der das Essen gebracht hatte. »Diese Männer sind nicht freiwillig hier oder weil es ihnen Spaß macht. Keiner von ihnen hat sich um die Aufgabe gerissen, denn sie müssen sie zusätzlich zu ihrer normalen Tagesarbeit verrichten. Es steht dir nicht zu, sie anzuschreien oder gar die Hand gegen sie zu erheben.«

Anders konnte nicht anders, als dem Mann einen wütenden Blick zuzuwerfen, und Tamar fuhr leiser, aber in noch schärferem Ton fort: »Er hat nichts gesagt. Und auch sein Kamerad nicht.«

»Also lässt du mich belauschen?«, vermutete Anders mit einer abgehackten Kopfbewegung zur Tür. Tamar hatte sie hinter sich geschlossen, doch er wusste, dass ein Posten davor stand.

Der Elder schüttelte den Kopf. »Das war nicht nötig. Du warst laut genug. Für diesmal werde ich es noch gut sein lassen, aber solltest du noch einmal dergestalt die Beherrschung verlieren, dann wirst du streng bestraft. Hast du das verstanden?«

»Streng bestraft?«, wiederholte Anders. Er musste sich beherrschen, um das Essen nicht wie hypnotisiert anzustarren, doch es gelang ihm nicht. »Einen Tag ohne Essen und Trinken für ein lautes Wort? Ich frage mich, was du unter einer *strengen* Strafe verstehst.«

»Es liegt ganz bei dir, es herauszufinden«, antwortete Tamar.

Anders war klug genug nichts mehr dazu zu sagen. Wahrscheinlich war es schon ein Fehler gewesen, sich überhaupt mit Tamar auf dieses Gespräch einzulassen. Er konnte es nicht begründen, aber er hatte das intensive Gefühl, dass Tamar nicht nur hierher gekommen war, um ihn zurechtzuweisen. Anstatt auch nur noch einen einzigen Ton zu sagen, ging er zum Tisch, nahm den Wasserkrug mit beiden Händen auf und trank zwei, drei große Schlucke. Das kalte Wasser schien seinen Durst im allerersten Moment nicht zu löschen, sondern eher noch anzustacheln, und am liebsten hätte er den gesamten Inhalt des Kruges in einem einzigen Zug hinuntergestürzt. Stattdessen setzte er ihn fast behutsam wieder ab, warf einen kurzen, aber ganz eindeutig gierigen Blick auf den Teller mit dampfend heißem Essen und brach dann ein kleines Stück vom Brotlaib ab, das er langsam und sorgfältig zu kauen begann. Wenn er jetzt zu viel trank oder zu hastig schlang, dann würde ihm nur übel werden und er wollte Tamar ganz gewiss nicht die Genugtuung gönnen, sich vor seinen Füßen zu übergeben. Darauf vielleicht schon, dachte er. Das wäre den Spaß beinahe wert.

»Vielleicht habe ich mich doch in dir getäuscht«, sagte Tamar. »Ich war der Meinung, dass ein paar Tage vielleicht reichen, um dich zur Vernunft kommen zu lassen.«

»Was genau verstehst du denn unter ein paar Tagen?«,

wollte Anders wissen. Er zog sich einen Stuhl heran, ließ sich betont langsam darauf nieder und begann mit erzwungen ruhigen Bewegungen zu essen.

»Auch das liegt ganz bei dir«, erwiderte Tamar. »Ein paar Wochen, ein Monat, ein Jahr …« Er machte eine flatternde Handbewegung. »Sobald ich zu dem Schluss gekommen bin, dir wirklich vertrauen zu können. Im Moment scheint es mir leider eher so, dass wir uns von diesem Punkt immer weiter entfernen.«

Anders beugte sich tiefer über seinen Teller und tat so, als konzentriere er sich voll und ganz auf die simple Tätigkeit des Essens. Was nicht einmal völlig gelogen war. Er spürte erst jetzt, *wie* hungrig er wirklich gewesen war. Doch er hätte auch gar nicht gewusst, was er antworten sollte. Warum auch immer – Tamar war aus einem ganz bestimmten Grund hier. Er wollte etwas wissen oder ihm etwas mitteilen, was er aber aus irgendeinem Grund anscheinend nur konnte, wenn Anders ihm ein Stichwort gab. Er dachte ja nicht daran. Nachdem Tamar ihn einmal überführt hatte, ihn angelogen zu haben, würde es ihm jetzt umso schwerer fallen, sein Vertrauen wirklich zurückzuerlangen. Sich bei ihm einzuschmeicheln war ganz bestimmt nicht der richtige Weg dazu.

»Also gut«, sagte Tamar schließlich. Er versuchte nicht einmal, den enttäuschten Unterton aus seiner Stimme zu verbannen. »Ich zähle auf deinen Hunger, wenn schon nicht auf deine Vernunft, und verlasse mich darauf, dass so etwas nicht wieder vorkommt.« Er brach ab, blickte Anders fünf, zehn, dann geschlagene zwanzig Sekunden lang eindeutig erwartungsvoll an und wandte sich schließlich mit einem Ruck ab, als er begriff, dass er keine Antwort bekommen würde. Anders kaute unbeeindruckt weiter, warf aber einen verstohlenen Blick aus den Augenwinkeln heraus auf den Flur, als Tamar die Tür öffnete und zusammen mit den beiden Dienern das Zimmer verließ. Ganz wie er erwartet hatte, stand ein bewaffneter Posten unmittelbar vor seiner Tür draußen auf dem Gang. Zwei weitere, mit Schild und Hellebarde ausgerüstete Elder standen rechts und links der anderen Tür, hinter der Jannik verschwunden war. Drei gestandene Krieger, um einen halb verhungerten Jungen und einen mehr als halb tot geschlagenen Krüppel zu bewachen, dachte Anders spöttisch. Vermutlich durfte er das mit Fug und Recht als Kompliment betrachten.

28

Irgendwann verlor er das Gefühl für Zeit. Seine innere Uhr hatte sich genau auf das Erscheinen der Diener eingestellt, die ihm Essen und Kleider brachten, aber irgendwann ertappte sich Anders dabei, nicht mehr zu wissen, seit wie vielen Tagen er hier eingesperrt war – sicherlich weit mehr als eine Woche, doch es konnte auch ebenso gut ein Monat sein. Oder auch ein Jahr. Irgendwann war es so gekommen, wie er es sich hätte denken können und nur nicht hatte wahrhaben wollen: Anders hatte sich Tamars Warnung zu Herzen genommen und nicht noch einmal versucht die Diener zu zwingen, mit ihm zu reden, aber seine Selbstbeherrschung hatte in einem anderen Punkt völlig versagt. Mindestens zwei- oder dreimal hatte er einfach angefangen, mit den Fäusten gegen die Tür zu schlagen, zu schreien und zu wimmern, doch niemand war gekommen, um nach ihm zu sehen oder ihn zu bestrafen. Diesen zwei kurz hintereinander folgenden Zusammenbrüchen war eine lange Zeit gefolgt, in der er Tag und Nacht nahezu ununterbrochen auf dem Bett gelegen und ins Leere gestarrt hatte, dann wieder war er ruhelos in seinem Gefängnis auf und ab gegangen, bis er vor lauter Erschöpfung in einen tiefen Schlaf sank.

Als er daraus erwachte, fühlte er sich nicht nur erholter; auch sein Zeitgefühl begann wieder zurückzukehren. Nachdem er versucht hatte den Ablauf der letzten Tage einigermaßen zu rekonstruieren, kam er darauf, dass knappe zwei Wochen verstrichen sein mussten, seit die verräterischen Elder Jannik hierher gebracht hatten. Nicht zum ersten Mal nahm er sich vor, gleich am nächsten Morgen einen angekohlten Holzscheit aus dem Kamin zu nehmen und in einer verborgenen Ecke des Zimmers damit anzufangen, mit einer Strichliste eine Art primitiven Kalender zu führen – und es kam ihm dabei vor, als habe er nun endlich einen Zustand erreicht, in dem er wenigstens hoffen konnte, sich mit seinem Schicksal zu arrangieren.

So, wie auch ganz am Anfang seiner Gefangenschaft schon, hatte ihm seine Erfahrung in den Eishöhlen nur sehr wenig genutzt. Er war fast sieben Monate dort oben eingesperrt gewesen, ganz allein mit sich, der Kälte, dem Eis und seinen eigenen Gedanken, doch das hier war … anders. Vollkommen anders. Er wusste ja nicht einmal, ob Jannik noch am Leben war. Manchmal, wenn die Tür aufging und die Diener ihm sein Essen brachten, konnte er einen Blick auf den Flur draußen erhaschen und hatte auf diese Weise festgestellt, zumindest die beiden Posten standen noch vor der Tür zu Janniks Gefängnis, deshalb nahm er an, dass es so war. Aber es konnte genauso gut auch andere Gründe geben. Immerhin war dies hier das Haus eines der obersten Elder gewesen. Vielleicht war es nun Tamars Haus. Abgesehen von Oberons Halle war dieses Gebäude das größte, weitläufigste und auch prachtvollste in ganz Tiernan. Eigentlich hätte es zu dem Bild gepasst, das er sich von Tamar gemacht hatte, wenn der selbst ernannte Herrscher der Elder nun auch Culains Schloss für sich beanspruchte.

Anders verscheuchte den Gedanken. Es war nicht das erste Mal, dass er ihn dachte, ebenso wenig wie alles andere, was ihm seit dem schrecklichen Abend durch den Kopf schoss. Auch das war ein Unterschied zu seinem Gefängnis in den Gletscherhöhlen: Ihm gingen allmählich die Gedanken aus. Er hatte das Gefühl, jeden möglichen Gedanken schon einmal gedacht zu haben, jeden noch so unsinnigen und fantastischen Fluchtplan schon einmal ersonnen, jede noch so entsetzliche

Vision dessen, was vor ihm lag, schon einmal gehabt oder sich in jede noch so wirre Fantasie schon einmal geflüchtet zu haben. Und zum wiederholten Mal fragte er sich ganz ernsthaft, ob er vielleicht dabei war, den Verstand zu verlieren.

Es musste ungefähr Mitternacht sein. Anders hatte sich wie jeden Abend kurz nach Dunkelwerden zu Bett gelegt und war fast augenblicklich eingeschlafen, aber er fand nicht wirklich Ruhe. Zwei- oder dreimal war er aufgewacht und nur mühsam wieder eingeschlafen, und jetzt fühlte er sich von einer nervösen Unrast erfüllt, die keinen Grund hatte, dennoch aber mit jedem Moment stärker zu werden schien. Es war nicht das erste Mal, dass ihm das passierte, seit sein Martyrium begonnen hatte – doch in letzter Zeit wurde es schlimmer.

Ein Geräusch drang in seine Gedanken – vielleicht nur der Schrei eines Tiers irgendwo draußen im Tal, eine Stimme, die irgendwo in Tiernan sprach. Anders hätte ihm keinerlei Beachtung geschenkt, aber das Gefühl der Unruhe wurde immer stärker. Er wusste, dass er jetzt kein Auge mehr zumachen würde und es wahrscheinlich nur schlimmer machte, wenn er weiter hier liegen blieb und versuchte den Schlaf herbeizuzwingen, also stand er auf, schlenderte zum Fenster und blickte hinaus. Das Tal lag dunkel unter ihm. Von seinem Platz am Fenster aus konnte er den Mond nicht erkennen, doch der klare Sternenhimmel über Tiernan verriet ihm, dass seine Einschätzung richtig gewesen war; es war kurz vor oder nach Mitternacht. Nicht nur die weißen Gebäude Tiernans, die sich wie ein unregelmäßiges Muster aus in den Fels geklebten Schwalbennestern rings um das hufeisenförmige Tal zogen, sondern auch die Menschenstadt weiter unten an der Mauer lagen still und wie ausgestorben da. Nirgends brannte ein Licht. Nirgends bewegte sich etwas. Wenn er das Geräusch wirklich gehört und sich nicht nur eingebildet hatte, dann war es wahrscheinlich nur ein Zufall gewesen, der nichts bedeutete.

Genau in diesem Moment wiederholte es sich. Es war noch

immer verzerrt und dumpf und nicht zu identifizieren, aber Anders erkannte immerhin die Richtung, aus der es kam. Verblüfft und ein wenig alarmiert drehte er sich um. Der Laut war durch die geschlossene Tür gedrungen. Und noch während er darüber nachdachte, hörte er ein anderes, diesmal jedoch vertrautes Geräusch: Der schwere Riegel, der von außen vor seiner Tür lag, wurde zurückgeschoben und plötzlich erschien ein schmaler Streifen aus flackerndem rotem Licht in der Dunkelheit vor ihm.

Die Tür wurde geöffnet. Draußen auf dem Flur brannte nur eine einzige Fackel, in deren rotem Widerschein Anders nur einen schwarzen Umriss erkennen konnte, der in sonderbar geduckter, angespannter Haltung dastand. Irgendetwas an diesem Bild war falsch, doch er konnte nicht sofort sagen, was.

»Anders?«

Die Stimme war wenig mehr als ein gehetztes Flüstern, aber sie hatte dennoch etwas Vertrautes.

»Wer ist da?«, fragte Anders.

»Still!«, antwortete der Schatten. »Nicht so laut. Komm her! Rasch!«

Verwirrt und beunruhigt zugleich gehorchte Anders und ging zur Tür. Ganz flüchtig erwog er den Gedanken, dass es sich vielleicht um nichts anderes als eine weitere Falle Tamars handelte, der nur ein Spielchen mit ihm spielte, um ihn anschließend noch härter zu bestrafen, verwarf diese Idee aber auch sofort wieder. Auch wenn er Tamar eine solche Grausamkeit durchaus zutraute, hatte er sie gar nicht nötig. Er konnte mit ihm machen, was immer er wollte. Und er brauchte keinen Vorwand dazu.

Dennoch blieb er zwei Schritte vor der Tür stehen und riss erstaunt die Augen auf, als er sah, wen er vor sich hatte.

»Waldos?«, murmelte er ungläubig. »Du …?«

Der Elder unterbrach ihn mit einer erschrockenen Geste. »Still!«, sagte er noch einmal. »Komm her. Rasch. Sie könnten das Licht sehen!«

Anders ging nicht weiter, sondern machte ganz im Gegenteil einen Schritt zurück ins Zimmer. Plötzlich begannen seine Hände zu zittern. »Was soll das?«, fauchte er. »Was willst du?«

»Ich bin auf deiner Seite«, antwortete Waldos. »Bitte komm! Wir haben keine Zeit!«

»Ich glaube dir kein Wort«, antwortete Anders.

Der Elder setzte zu einer Antwort an, schüttelte aber dann nur den Kopf und trat ein kleines Stück zur Seite, und Anders konnte sehen, was er bisher nur gespürt und was ihm das Gefühl vermittelt hatte, dass draußen etwas nicht so war, wie es sein sollte. Unmittelbar neben dem Elder lag eine reglos ausgestreckte Gestalt in einem weißen Mantel und auch die beiden Posten vor Janniks Tür waren zu Boden gesunken und bewegten sich nicht mehr.

»Bitte, Anders!«, sagte Waldos fast beschwörend. »Du musst mir vertrauen.«

»Dir?«, erwiderte Anders verwirrt. Was er sah, schien die Behauptung des Elder zu beweisen – doch das hatte er schon einmal gedacht und einen fürchterlichen Preis für das Vertrauen bezahlt, das er Waldos entgegengebracht hatte. Er schüttelte den Kopf. »Ich weiß nicht, was das soll. Aber ich glaube dir kein Wort.«

»Dann glaubst du vielleicht mir.« Waldos trat noch ein weiteres Stück zur Seite und neben ihm erschien eine kleinere, sehr viel schlankere Gestalt.

Anders' Herz setzte aus. Er konnte spüren, wie alles Blut aus seinem Gesicht wich und seine Hände zu zittern begannen, doch alles, was er hervorbrachte, war ein ungläubiges Krächzen – und dann warf er sich mit einem Schrei nach vorne, schloss Katt so ungestüm in die Arme, dass sie von den Beinen gerissen wurde und ein erschrockenes Keuchen ausstieß, und wirbelte sie zwei-, drei-, viermal im Kreis herum, wobei er sie immer heftiger an sich drückte, bis ihr tatsächlich die Luft wegblieb. Seine Gedanken rasten und schienen gleichzeitig stillzustehen. Alles in ihm war in Aufruhr und er war so durcheinander, dass er nicht einmal bemerkte, wie Waldos kurzerhand den Arm ausstreckte, Katt und ihn endlich auf den Flur hinauszog und die Tür hinter ihnen schloss. Er konnte nicht sprechen. Alles, was er herausbrachte, war ein sinnloses, kicherndes Stammeln. Seine Gedanken liefen Amok. Katt lebte. Sie war hier. Er hielt sie in den Armen, und das war alles, was im Moment zählte.

Schließlich machte Katt sich mit schon deutlich mehr als sanfter Gewalt aus seiner Umarmung los, legte ihm beide Hände auf die Brust und drückte ihn ein Stück weit von sich fort. »Nicht so stürmisch«, sagte sie atemlos. »Ich freue mich genauso dich wiederzusehen, aber du hast nicht viel davon, wenn du mir gleich die Rippen brichst, weißt du?«

»Katt«, sagte Waldos ernst.

Anders wollte ihm einen drohenden Blick zuwerfen, aber Katt hielt ihn davon ab, indem sie wieder dichter an ihn herantrat, sich auf die Zehenspitzen stellte und ihm einen flüchtigen Kuss auf die Lippen gab. Dann trat sie zurück und schüttelte demonstrativ den Kopf. »Waldos hat Recht«, sagte sie. »Dafür haben wir jetzt keine Zeit. Wir müssen hier weg.«

»Weg?«, wiederholte Anders verständnislos. Verwirrt blickte er abwechselnd Katt, den Elder und die drei bewusstlosen Krieger an. »Aber … «, stammelte er. »Wo kommst du her? Ich meine – was tust du hier? Ist Boris auch da?«

Katt antwortete mit einer Bewegung, die irgendwo zwischen einem Nicken und einem Kopfschütteln angesiedelt war. »Er wartet draußen vor der Torburg auf uns. Waldos hat mir einen geheimen Weg in die Stadt gezeigt, aber es wäre zu riskant gewesen, Boris mitzubringen. Mach dir keine Sorgen, ihm fehlt nichts. Er und ein paar andere warten auf uns.«

»Warten?«, wiederholte Anders. Er verstand immer noch kein Wort. Völlig verwirrt – doch ohne die Spur eines schlechten Gewissens – drehte er sich zu dem Elder um. »Aber warum?«, murmelte er. »Ich meine … wieso hast du uns zuerst verraten und dann …«

»Das hat er nicht«, unterbrach ihn Katt. »Aber dazu ist jetzt wirklich keine Zeit. Wir müssen Jannik befreien. Noch hat niemand etwas bemerkt, doch das wird nicht mehr lange so bleiben.«

Anders setzte dazu an, eine weitere Frage zu stellen, aber dann sah er ein, dass sie Recht hatte. Möglicherweise würden Stunden vergehen, bevor die Wachablösung kam und feststellte, was hier passiert war, ebenso gut konnte das jedoch schon in einer Minute passieren. »Also gut«, sagte er. »Aber du wirst mir eine Menge erklären müssen, Waldos.«

Der Elder stürmte ohne zu zögern auf die Tür von Janniks Gefängnis zu. Auch sie war nur mit einem schweren Riegel verschlossen, den der hoch gewachsene Krieger ohne die geringste Mühe zur Seite schob. Dann zog er möglichst leise die Tür auf. In dem dahinter liegenden Raum brannte kein Licht und auch das Feuer im Kamin war erloschen, sodass es empfindlich kalt war. Als sie eintraten, gewahrten sie jedoch einen dünnen, senkrechten gelben Streifen aus Licht, der unmittelbar aus der Wand neben dem Kamin zu dringen schien – ausgerechnet aus der Tür, die im weiteren Verlauf zu dem Geheimlabor führte, das er zusammen mit Katt vor einem guten halben Jahr entdeckt hatte! Anders machte eine entsprechende Geste, die Waldos zwar im Dunkeln nicht sehen konnte, die aber auch vollkommen überflüssig war. Der Elder bewegte sich bereits mit raschen Schritten auf den Lichtstreifen zu und nur einen Moment später hörten sie ein dumpfes Quietschen, und aus dem schmalen Spalt wurde ein hell erleuchtetes, mannshohes Rechteck. Anders registrierte verwirrt, dass man Jannik ganz offensichtlich nicht hier in Culains früherem Kaminzimmer, sondern in dem dahinter liegenden Vorratsraum untergebracht hatte. So viel zu seiner Hoffnung, Tamar und die anderen Elder wüssten vielleicht nichts von dem unterirdischen Labyrinth, über dem sich ihre Stadt erhob.

All diese Gedanken waren wie weggefegt, als er dicht hinter Waldos durch die Tür stürmte und Jannik sah.

Sein ehemaliger Leibwächter saß mit gegen die Wand gelehntem Kopf und geschlossenen Augen auf dem Boden. Er trug noch immer die gleichen zerfetzten Kleider, in denen Anders ihn zum letzten Mal gesehen hatte, und sein Gesicht und seine nackte Brust waren ebenso verdreckt und blutverkrustet wie damals. Die Kette zwischen seinen Fußgelenken war kürzer geworden, sodass er nun allenfalls noch hopsen konnte, keinesfalls aber einen Schritt tun, und auch seine unversehrte Hand war nach wie vor mit einem eisernen Ring an einer Kette befestigt, die man um seine Hüfte geschlungen hatte. Doch das war es nicht, was Anders schier den Atem stocken ließ, als er Jannik sah. Es war sein anderer, verstümmelter Arm. Dicht oberhalb des Ellbogens hatte man einen eisernen Ring um seinen Stumpf gelegt und einen handlangen Metallstab in sein Fleisch und auf der anderen Seite wieder herausgetrieben, der mit einer Art grobem Splint gesichert war. An seinem anderen Ende befand sich ein Ring, von dem aus eine Kette zu einem zweiten, rostigen Eisenring in der Wand führte.

»Großer Gott!«, stöhnte Anders. »Wer … wer hat das getan?«

Auch Katt war mitten im Schritt stehen geblieben und hatte entsetzt die Augen aufgerissen, Waldos jedoch stürmte ohne innezuhalten weiter und ließ sich neben Jannik auf die Knie sinken. Anders hatte ihn für bewusstlos gehalten, wenn nicht gar für tot, doch als er die Schritte des Elder hörte, öffnete Jannik müde die Augen und bewegte den Kopf. Anders erschrak erneut und fast noch heftiger, als er sah, dass Jannik nahezu zum Skelett abgemagert war. Die Schwellung in seinem Gesicht war zurückgegangen, aber dafür entdeckte er eine Anzahl neuer, tiefer Wunden und Abschürfungen. Janniks Augen waren trüb. Offensichtlich hatte er hohes Fieber.

Dennoch erkannte er Anders ganz offensichtlich, denn auf seinen geschundenen Lippen erschien ein mattes, schmerzerfülltes Lächeln. »Anders«, murmelte er. »Gut.«

Endlich überwand Anders seine Erstarrung und ging weiter. Mit jedem Schritt, den er sich Jannik näherte, fiel es ihm schwerer, den Blick auf ihn gerichtet zu halten. Warum auch immer sie Jannik das angetan hatten – es war ein schieres Wunder, dass er überhaupt noch lebte.

»Jannik?«, flüsterte er. »Verstehst du mich?«

»Keine Angst. Es ist schlimmer, als es aussieht.« Jannik sog scharf die Luft ein, als Waldos die Hand ausstreckte und seinen Armstumpf berührte. »Eigentlich wollte ich es genau andersherum ausdrücken«, sagte er gepresst. »Aber ich fürchte fast, ich habe Recht.«

»Halt still«, sagte Waldos. »Ich muss sehen, wie ich das verdammte Ding abkriege.«

Er zog die Hände zurück, streckte die Arme aus und führte die Bewegung auch jetzt nicht zu Ende. Er sah hilflos aus. Nach einem Moment stand er auf, blickte sich suchend um und verschwand dann in der Dunkelheit. Anders hörte ihn irgendwo hinter sich herumhantieren, während er selbst und Katt weitergingen und sich neben Jannik auf die Knie sinken ließen.

»Wer hat das getan?«, murmelte er noch einmal. »Tamar?«

Jannik nickte abgehackt. »Er und ein paar … seiner ganz besonderen … Freunde«, antwortete er mühsam.

»Aber warum?«, murmelte Katt fassungslos. »Was … was wollte er von dir?«

Jannik lachte leise. »Antworten, Kleines. Verdammt viele Antworten auf verdammt viele Fragen.«

»Fragen?«

Jannik hustete. »Tamar ist kein Dummkopf. Hast du wirklich geglaubt, dass er Oberon für einen Gott hält? Oder die Drachen für seine magischen Diener?« Er schüttelte den Kopf. »Er weiß ganz genau, wer wir wirklich sind. Und dummerweise weiß er auch genau, woher ich komme. Er hatte die eine oder andere Frage über unsere Welt, unsere Technik, unsere Möglichkeiten – o ja, und nicht zu vergessen: unsere Waffen. Unglücklicherweise konnte ich mich an keine einzige Antwort mehr erinnern und da hat er eben versucht ein bisschen nachzuhelfen.«

»Du willst sagen, er hat dich *gefoltert*, weil er Informationen von dir wollte?«, murmelte Anders fassungslos. Trotz allem fiel es ihm schwer, das zu glauben.

»Sieht fast so aus, wie?«, murmelte Jannik.

»Aber sie wollten dich gesund pflegen!«, protestierte Anders. »Sie wollten dich vor Gericht stellen und …«

»Das wollte er keine Sekunde lang«, unterbrach ihn Waldos. Er kam zurück und brachte eine Anzahl der unterschiedlichsten Metall- und Eisenteile mit, die er irgendwo in dem Durcheinander des großen Raumes gefunden hatte. »Nur wir, Aaron und eine Hand voll ausgesuchter Männer in Tiernan wissen, dass dein Freund überhaupt noch lebt. Für alle anderen ist er schon vor Tagen gestorben.« Er kniete neben Jannik nieder und sah ihn leicht ratlos an. »Und dir hätte er dasselbe erzählt, sobald er den Moment für günstig gehalten hätte.«

»Aber damit kommt er nicht durch!«, sagte Anders. »Oberons Auge …«

»War abgeschaltet«, unterbrach ihn Jannik. »Ich gebe es zwar nicht gerne zu, aber in diesem speziellen Fall kann ich meinen früheren Kameraden leider nicht die Schuld geben. Weder sie noch dein Vater hätten zugelassen, was Tamar tut. Er muss es gewusst haben. Deswegen hat er vorsichtshalber von Anfang an darauf verzichtet, sich Oberons Rat einzuholen.« Er atmete hörbar ein, drehte den Kopf und sah den Elder an. »Du hast dir ziemlich viel Zeit gelassen, mein Freund.«

»Mein Freund?«, wiederholte Anders ungläubig.

Sowohl Jannik als auch Waldos ignorierten ihn. »Und ich hätte noch länger gewartet, wenn es möglich gewesen wäre«, antwortete Waldos. »Tamar ist immer noch misstrauisch. Aber ich hatte keine Wahl. Er will dich morgen bei Sonnenaufgang hinrichten lassen.«

»Dann haben wir ja noch jede Menge Zeit.« Jannik machte

eine Kopfbewegung auf das improvisierte Werkzeug, das Waldos mitgebracht hatte. »Worauf wartest du?«

Waldos sah mit einem Mal sehr verunsichert aus; fast ängstlich. »Ich weiß nicht genau, was …«

»Doch«, unterbrach ihn Jannik. »Das weißt du. Fang schon an.«

»Das könnte ziemlich wehtun«, warnte Waldos.

»Tamar sei Dank, bin ich daran gewöhnt«, antwortete Jannik. »Und es wird nicht besser, wenn du wartest, weißt du?«

Der Elder nickte, hob zwei unterarmlange, dünne Eisenstäbe hoch, die er mitgebracht hatte, und schob sie so behutsam wie möglich durch eine Öse der rostigen Eisenkette, die Jannik an die Wand fesselte. Anders sah, wie sich seine Muskeln spannten und sich sein Gesicht vor Anstrengung verzerrte, während er die Stangen in verschiedene Richtungen auseinander bog und versuchte die Kette auf diese Weise zu sprengen.

Es gelang ihm nicht. Waldos setzte ab, atmete tief ein und versuchte es dann noch einmal und mit noch größerem Kraftaufwand, bis sich die beiden Eisenstangen in seiner Hand langsam zu verbiegen begannen. Die Kette hielt seinen Bemühungen ohne Probleme stand, selbst als der Elder seine Anstrengungen noch einmal verdoppelte und Schweiß auf seiner Stirn stand. Schließlich gab er es auf und ließ sein improvisiertes Werkzeug mit einem resignierten Seufzer sinken.

»Das hat keinen Sinn«, sagte er.

»Dann fällt mir nur noch eines ein«, sagte Jannik. »Aber tu mir einen Gefallen und binde den Arm vorher gründlich ab. Ich möchte keine Blutspur hinterlassen, der man folgen kann.«

Anders spürte, wie er noch blasser wurde, als er begriff, wovon Jannik überhaupt sprach. Er wollte protestieren, aber er brachte keinen Ton heraus.

»Das ist doch Wahnsinn«, flüsterte Katt.

Jannik grinste schief. »Stimmt. Mal was Neues, nicht wahr?« Er machte eine neuerliche, ungeduldig-auffordernde

Bewegung zu Waldos. »Fang lieber an, bevor ich es mir anders überlege.«

Der Elder zögerte zwar noch einen allerletzten Moment, dann aber griff er entschlossen nach dem eisernen Ring, der sich um Janniks Armstumpf spannte, hielt ihn fest und zog mit der anderen Hand den Splint heraus, der den zwanzig Zentimeter langen Stahlnagel an Ort und Stelle hielt. Selbst bei dieser fast sanften Berührung biss Jannik schon die Zähne zusammen und begann zu zittern, nickte aber dennoch erneut. Waldos zögerte noch einen allerletzten Moment, doch dann griff er entschlossen zu – und zog den Stahlnagel mit einem einzigen, entschlossenen Ruck aus Janniks Fleisch.

Anders wurde schon bei dem bloßen Anblick übel. Hastig wandte er sich ab, und neben ihm begann auch Katt zu keuchen und klammerte sich plötzlich mit solcher Kraft an seinen Arm, dass es wehtat. Er wartete darauf, Jannik schreien zu hören, doch alles, was er vernahm, war ein leises Ächzen und Janniks schneller werdender, hektischer Atem.

»Ein Tuch, schnell!«, sagte Waldos.

Anders sah sich hilflos um, aber Katt griff mit einer einzigen Bewegung nach dem Saum ihres Kleides und riss einen Streifen davon ab. Erst jetzt wagte es Anders wieder, Jannik anzusehen.

Jannik war nach vorne und halb auf die Seite gesunken. Er hatte die Augen geschlossen und die Kiefer so fest aufeinander gepresst, dass seine Sehnen wie dünne Stricke durch die Haut traten, und die Wunde an seinem Arm blutete nicht annähernd so heftig, wie Anders erwartet hätte; jetzt wusste er endlich, was die Schreie bedeutet hatten, die er an seinem ersten Tag gehört hatte, aber er begriff auch, dass Tamars Folterknechte mit diabolischer Behutsamkeit zu Werke gegangen und ganz bewusst keine großen Arterien oder Venen verletzt hatten. Schließlich hatten sie Jannik nicht umbringen, sondern ganz im Gegenteil so lange wie möglich am Leben erhalten wollen.

Während Waldos rasch und mit erstaunlichem Geschick Janniks Arm verband, stand er auf und wandte sich mit einem Ruck ab. Sein Magen revoltierte immer noch. Vielleicht war es das allererste Mal, dass er die Bedeutung des Wortes *Mitleid* tatsächlich begriff, denn er spürte den grausamen Schmerz, den sein Freund erleiden musste, tatsächlich wie seinen eigenen. Mit aller Kraft musste er gegen die Übelkeit ankämpfen, die in seinen Eingeweiden wühlte – und gegen den Hass auf Tamar, den er plötzlich empfand. Anders erschrak fast vor sich selbst. In all der Zeit, die er nun hier war, hatte er mehr als einmal um sein Leben kämpfen müssen, aber er hatte niemals zuvor das Bedürfnis verspürt, jemanden umzubringen. Jetzt fühlte er es. Wäre Tamar in diesem Moment hier gewesen, er hätte ihn ohne mit der Wimper zu zucken umbringen können.

Nachdem Waldos Janniks Arm verbunden hatte, löste er mit wenigen geschickten Bewegungen auch seine Fußfesseln und die zusätzliche Kette, die um seine Hüfte geschlungen war. Jannik lehnte die ganze Zeit vollkommen reglos an der Wand und gab nicht den mindesten Laut von sich, aber die Anspannung wich weder aus seinem Gesicht noch aus seinem Körper.

»So«, sagte Waldos schließlich. »Mehr kann ich im Moment nicht tun. Glaubst du, dass du laufen kannst?«

»Wenn nicht, dann tragen wir ihn«, sagte Anders rasch.

Waldos würdigte ihn nicht einmal einer Antwort und auch Katt warf ihm nur einen schrägen Blick zu. Selbst wenn sie die Kraft gehabt hätten, Jannik das ganze Stück bis zur Torburg zu tragen, so war doch die bloße Vorstellung, dabei nicht aufzufallen, einfach nur albern.

»Eine Minute«, flüsterte Jannik gepresst. »Gebt mir … eine Minute.«

Tatsächlich versuchte er sich zu bewegen, ächzte aber nur und gab den Versuch fast sofort wieder auf. Er musste nahezu zwei Wochen in dieser unbequemen Haltung an der Wand gelehnt haben, dachte Anders besorgt. Wahrscheinlich würde er Stunden brauchen, bis er auch nur einen einzigen *Schritt* tun konnte.

»In Ordnung«, sagte Waldos und stand mit einer fließenden Bewegung auf. »Ich sehe draußen nach dem Rechten.« Er tauschte einen raschen und ebenso besorgten wie mahnenden Blick mit Katt, dann drehte er sich mit einem Ruck um und ging, und Anders verspürte einen kurzen Stich einer vollkommen absurden Eifersucht. Er verscheuchte das Gefühl.

»Wie ist euer Plan?«, fragte er.

»Plan?« Katt blinzelte und machte ein Gesicht, als könnte sie mit diesem Wort nicht allzu viel anfangen.

»Wenn wir aus Tiernan heraus sind«, erklärte Anders. »Wohin gehen wir?«

»Zuerst einmal zurück in die Berge«, antwortete Katt, wenn auch erst nach einem hörbaren Zögern und in einem sonderbar unentschlossenen Ton, der Anders nicht gefiel; er war beinahe sicher, dass sie sich die Antwort in dem Moment ausgedacht hatte, in dem sie sie aussprach.

»Also habt ihr keinen Plan«, seufzte er.

»Es ging alles viel zu schnell«, verteidigte sich Katt. »Wir dachten, wir hätten noch mehr Zeit.«

Jannik ächzte wieder und Katt warf ihm einen leicht betroffenen Blick zu, bevor sie mit einem abermaligen Schulterzucken und in jetzt eindeutig verteidigendem Tonfall fortfuhr: »Die Berge sind unsere einzige Chance. Tamars Krieger wagen sich nicht in die Höhlen. Und die Drachen auch nicht.«

»Und dann?«, fragte Anders.

Katt setzte zu einer scharfen Antwort an, aber Jannik kam ihr zuvor. »Ihr habt eine komische Art, Wiedersehen zu feiern«, keuchte er. »Fallt euch gefälligst um den Hals oder tut sonst was, statt euch zu streiten!« Er versuchte sich in die Höhe zu stemmen, gab es aber schon nach einer halben Sekunde wieder auf und sank mit einem unterdrückten Schmerzenslaut erneut zu Boden.

»Du kannst nicht laufen«, sagte Katt bestimmt. Als hätte sie Angst, dass Anders Janniks Vorschlag aufgreifen könnte, rückte sie ein kleines Stück von ihm weg und sagte noch einmal: »Völlig unmöglich. Wir werden ihn tragen müssen.«

Jannik murmelte irgendetwas Unverständliches, sah sie beinahe feindselig an und versuchte abermals sich auf die Beine zu stellen. Diesmal gelang es ihm sogar. Wenn auch schwankend, so stand er doch aus eigener Kraft. »Seht ihr?«, fragte er mühsam. »Es geht schon. Mein Kreislauf muss nur richtig in Schwung kommen.«

»Klar, und gleich morgen früh melden wir dich zur nächsten Olympiade an«, sagte Anders spöttisch. Dennoch war er erstaunt, dass Jannik überhaupt die Kraft aufbrachte, zu stehen. Er an seiner Stelle hätte eine Woche gebraucht, bevor er auch nur einen Arm hätte heben können.

Falsch. Anders verbesserte sich in Gedanken. Er an seiner Stelle wäre schon längst nicht mehr am Leben.

Ein dumpfes Poltern drang von draußen herein. Anders fuhr erschrocken herum, bedeutete Katt noch in der Bewegung mit einer Geste, zurückzubleiben, und eilte zur Tür. Doch es war nur Waldos, der gerade damit beschäftigt war, den dritten bewusstlosen Wachposten in Culains ehemaliges Studierzimmer zu schleifen und sorgfältig an Händen und Füßen zu fesseln. Anders verspürte ein flüchtiges, aber dennoch intensives Gefühl von Erleichterung, als ihm der Anblick klar machte, dass Waldos die Männer nur niedergeschlagen, nicht getötet hatte.

»Wie geht es Jannik?«, fragte der Elder, ohne von seinem Tun aufzusehen.

»Geradezu unverschämt gut«, antwortete Anders. »Ich glaube fast, er kann es schaffen. Auch wenn ich beim besten Willen nicht verstehe, wie.«

Waldos verpasste auch dem dritten Krieger einen Knebel und überzeugte sich mit ein paar raschen Bewegungen davon, dass seine Fesseln auch zuverlässig saßen. »Ja«, sagte er. »Für einen Menschen ist er erstaunlich stark.«

Er stand auf, bückte sich dann noch einmal und zog das Schwert des Mannes aus der Scheide, und im gleichen Moment flog die Tür hinter ihm erneut auf und zwei weitere Elder stürmten herein. Waldos wirbelte mit einer unglaublich schnellen Bewegung herum und hob das erbeutete Schwert, während er gleichzeitig mit der anderen Hand nach seiner eigenen Waffe griff, die noch in seinem Gürtel steckte. Dann aber entspannte er sich wieder, und auch Anders erschrak nur für einen winzigen Moment, bevor er die beiden Männer erkannte. Es waren die Krieger, die mit ihnen in den Bergen gewesen waren.

Aber irgendetwas stimmte nicht. Waldos wechselte ein paar rasche Worte mit einem der Männer, und obwohl Anders nicht verstand, wovon sie sprachen, hätte er schon blind sein müssen um nicht zu sehen, wie besorgt die drei Krieger wirkten.

»Was ist los?«, fragte er, als sich Waldos wieder zu ihm umwandte.

»Sie haben Alarm geschlagen«, antwortete der Elder finster. »Ich weiß nicht, was passiert ist. Vielleicht hat jemand Boris' Leute draußen im Wald bemerkt.«

Seltsam – aber Anders war nicht einmal wirklich überrascht. Nicht einmal enttäuscht. Irgendwie hatte er gewusst, dass es nicht gut gehen würde. Obwohl er nahezu sicher war, was er zur Antwort bekommen würde, fragte er mit einer Geste auf die beiden Krieger hinter Waldos: »Wie viele Männer hast du?«

»Nur wir drei«, antwortete Waldos. »Wir sind alle, die von Culains Garde übrig geblieben sind.« Er schüttelte leicht den Kopf. »Aber auch wenn wir mehr wären, könnten wir uns den Weg zur Mauer nicht freikämpfen.« Sein Gesicht nahm einen noch besorgteren Ausdruck an. »Es wäre vollkommen sinnlos. Und ich will auch nicht das Blut meiner Brüder vergießen.«

Er winkte seine beiden Begleiter endgültig zu sich heran, schloss die Tür und suchte einen Moment lang vergeblich nach einem Riegel. Dabei musste er so gut wie Anders wissen, wie sinnlos das war. Tamars Krieger würden nicht so lange brauchen, die Tür einzuschlagen, wie er, sie zu verriegeln.

»Es gibt noch einen anderen Weg hier heraus«, sagte er.

Waldos' Reaktion machte ihm klar, dass er wohl von dem geheimen Labyrinth unter der Stadt wusste, es aber nicht als Ausweg sah. Er blickte Anders einen Moment lang unentschlossen an, und wenn von den widerstrebenden Gefühlen in seinen Augen überhaupt eines die Oberhand gewann, dann war es Furcht. Dennoch zuckte er schließlich nur mit den Schultern und forderte ihn mit einer entsprechenden Bewegung auf, zu Jannik zurückzugehen.

Anders erlebte eine Überraschung, als er wieder durch die offen stehende Kamintür trat. Jannik hatte sich auf geradezu wundersame Weise erholt und stand jetzt nicht nur sicher auf den Beinen, sondern war ihnen sogar entgegengekommen. Er wirkte immer noch sehr blass, und dennoch konnte Anders nicht anders, als ihn mit offenem Mund und weit aufgerissenen Augen anzustarren. Noch vor wenigen Minuten hätte er keinen Pfifferling mehr auf Janniks Leben gegeben. Jetzt sah er aus wie ein Mann, der zwar eine schwere und kräftezehrende Krankheit hinter sich hatte, sich aber eindeutig auf dem Wege der Besserung befand.

»Was ist passiert?«, fragte Jannik.

Der Elder erklärte ihm rasch und in knappen Worten dasselbe wie Anders gerade und auch Jannik wirkte nicht wirklich überrascht. »Dann haben wir ein Problem«, sagte er, nachdem Waldos zu Ende gesprochen hatte. »Ich sehe, du hast mir etwas mitgebracht?«

Waldos wusste im ersten Moment offensichtlich nicht, wovon er sprach. Jannik streckte wortlos die Hand aus, nahm das Schwert, das Waldos dem bewusstlosen Krieger abgenommen hatte, und schob es unter seinen Gürtel. »Schließt die Tür«, sagte er.

Waldos und seine beiden Begleiter gehorchten. Die schwere

Tür aus gut drei Zentimeter dickem Stahl rastete mit einem Laut ein, der Anders an eine zufallende Tresortür erinnerte. Jannik begutachtete die Konstruktion einen Moment lang aus halb zugekniffenen Augen, dann deutete er auf ein verdeckt angebrachtes Drehrad aus matt gewordenem Eisen. Einer von Waldos' Männern versuchte einen Augenblick lang vergeblich es nach rechts zu drehen, probierte dann die entgegengesetzte Richtung und schaffte zwei volle Umdrehungen, ehe ein dumpfes, ungemein schweres Klacken aus dem Inneren der Tür erscholl.

»Gut«, sagte Jannik. »Damit werden sie eine Weile beschäftigt sein.«

»Eine Weile?«, fragte Anders. »Wenn du mich fragst, hält das Ding spielend einem Kanonenschuss stand.«

Jannik wiegte zweifelnd den Kopf. »Wahrscheinlich. Aber du solltest Tamar nicht unterschätzen. Früher oder später wird er einen Weg finden. Doch das verschafft uns immerhin ein bisschen Zeit.«

»Zeit, wozu?«, fragte einer der Elder. »Wir sind hier drinnen gefangen.«

Bevor Jannik antworten konnte, mischte sich Katt ein. »Es gibt einen Weg nach draußen«, sagte sie. Nicht nur der Elder, sondern auch Waldos und der zweite Krieger blickten sie ebenso erschrocken wie zweifelnd an, aber Katt nickte nur heftig mit dem Kopf, um ihre Worte zu bekräftigen, und deutete gleichzeitig auf Anders. »Anders und ich haben ihn schon einmal genommen. Er ist nicht ungefährlich, doch wir können nach draußen.«

Anders sah sie traurig an, verzichtete jedoch auf eine Antwort. Katt hatte sich offensichtlich entschlossen, den Ernst der Lage einfach zu ignorieren. Anders war nicht einmal sicher, ob er den Spalt in der Felswand, durch den sie damals geflohen waren, überhaupt wieder finden würde. Und selbst wenn, so bezweifelte er trotz allem, dass Jannik die Kraft hatte, den mühsamen Abstieg an dem Drahtseil im Aufzugschacht zu bewältigen, von dem eiskalten, reißend strömenden unterirdischen Fluss, der sie danach erwartete, ganz zu schweigen.

Mit einem Gesicht, als hätte er seine Gedanken gelesen, setzte Waldos zu einer Antwort an, doch Jannik kam ihm zuvor. »Sie hat Recht«, sagte er. »Anders hat mir von dieser Anlage erzählt. Sie ist riesig. Ich bin sicher, dass es mehr als einen Ausgang gibt.«

»Und wenn sie die Tür doch aufbrechen?«, fragte Waldos.

»Tamar wird es nicht wagen, uns dort hinunter zu verfolgen«, behauptete Jannik. »Und er wird auch ganz bestimmt nicht die Drachen alarmieren. Er müsste eine Menge unangenehmer Fragen beantworten und ich glaube nicht, dass er das möchte.« Er überlegte noch einen Augenblick, dann drehte er sich mit einer schon fast unheimlich kraftvollen Bewegung um und ging zu der Stelle an der Wand zurück, an der er angekettet gewesen war. In einer eisernen Haltekonstruktion, die sich ein gutes Stück außerhalb seiner Reichweite befunden hatte, brannte eine schon mehr als zur Hälfte heruntergebrannte Fackel. Jannik nahm sie heraus, sah sich einen Moment lang suchend und fast ratlos um und machte dann eine wedelnde Bewegung. »Sucht euch irgendetwas Brennbares. Wir brauchen Licht.« Er selbst hob die Fackel höher und bewegte sich mit vorsichtigen Schritten tiefer in den Raum hinein. Katt und Anders folgten ihm, während Waldos und seine beiden Begleiter in der Dunkelheit verschwanden und auf der Suche nach hölzernen Gerätschaften lautstark herumzuhantieren begannen.

Jannik ging nur ein paar Schritte, bis er vor einer weiteren geschlossenen Metalltür stehen blieb. Damals, erinnerte sich Anders, als Katt und er hier gewesen waren, hatte sie offen gestanden, und in dem kurzen Moment, den Jannik brauchte, um die Hand nach der Klinke auszustrecken und sie herunterzudrücken, peinigte ihn seine Fantasie mit der schrecklichen Vorstellung, dass sie jetzt nicht nur geschlossen, sondern vielleicht *verriegelt* war. Sollte es so sein, dann saßen sie in der

Falle und hatten nur noch die Wahl, hier drinnen zu verhungern oder zu ersticken oder sich Tamars Häschern zu stellen.

Seine Sorge erwies sich als unbegründet. Jannik drückte die Klinke herunter und die Tür schwang mit einem Knarren auf, das jedem Requisit aus einem Horrorfilm zur Ehre gereicht hätte. Ein spürbarer Luftzug fauchte aus dem dahinter liegenden dunklen Gang zu ihnen herein und ließ Janniks Fackel bedrohlich flackern.

»Und wenn sie uns bemerken?«, fragte er so leise, dass nur Jannik und Katt seine Worte hören konnten.

»Haben sie euch damals bemerkt?«, gab Jannik zurück.

Anders schüttelte zwar den Kopf, war aber keineswegs beruhigt. Seit dem Tag, an dem er hierher gekommen war, hatte es sich fast als eine Art Naturgesetz erwiesen, dass prinzipiell alles, was er anfing, schief gehen musste. Warum also sollte sich an dieser ehernen Regel jetzt etwas ändern?

Es verging noch ein Moment, dann kamen die drei Elder zurück, bewaffnet mit einem ganzen Sammelsurium der unterschiedlichsten hölzernen Gegenstände: abgebrochene Stuhlbeine, Bretter und Teile von kaputten Möbeln, die sie irgendwo in dem Chaos gefunden hatten. Jannik wirkte nicht sonderlich begeistert und auch Anders musste plötzlich an Dinge denken, denen er in der Welt, in der er geboren war, selten mehr als nur flüchtige Beachtung geschenkt hatte – hilfreiche Kleinigkeiten wie Rauchmelder oder wärmeempfindliche Sensoren. Er war nicht ganz sicher, meinte sich dann jedoch zu erinnern, dass es sie auch vor vierzig Jahren schon gegeben hatte.

Doch sie hatten keine Wahl. Es kostete Jannik einige Mühe, aber nach ein paar Minuten hatte er es geschafft, auch die drei improvisierten Fackeln der Elder in Brand zu setzen, sodass der Kreis aus unsicher flackernder Helligkeit, der sie umgab, nun deutlich größer wurde.

»Bist du sicher, du schaffst es?«, fragte Anders noch einmal, als Jannik – alles andere als zufrieden – nickte und losgehen wollte.

»Nein«, antwortete Jannik. »Aber ich bin ziemlich sicher, was passiert, wenn wir hier bleiben.«

Das war ein Argument, gegen das Anders nichts einzuwenden wusste. Ohne ein weiteres Wort griff er nach Katts Hand. Mit klopfendem Herzen folgten sie Jannik und den drei Elder in die absolute Dunkelheit des Gangs hinein.

29

Seit Katt und er das letzte Mal hier gewesen waren, schien der Gang länger geworden zu sein. Anders hatte jetzt so wenig wie damals daran gedacht, seine Schritte zu zählen, um die Entfernung zu schätzen, die sie bisher zurückgelegt hatten, und er wusste auch, dass einem in Situationen wie dieser die eigenen Nerven ganz besonders gern den einen oder anderen bösen Streich spielten. Jannik folgte ganz genau wie sie damals dem Korridor geradeaus und erst jetzt fielen Anders die Türen und Abzweigungen auf, die es hier gab und denen er bei seinem ersten Besuch nicht nur keine Beachtung geschenkt hatte, sondern die er gar nicht bewusst registriert hatte. Sein *Verstand* sagte ihm, sie waren ganz bestimmt auf dem richtigen Weg. Was nichts daran änderte, dass er mit jedem Schritt, den die Dunkelheit vor dem flackernden roten Licht von Janniks Fackel zurückwich, ohne dass der herbeigesehnte Ausgang vor ihnen erschien, sicherer war, dass sie sich einfach verirrt haben *mussten.*

Katt schien es ganz ähnlich zu ergehen. Obwohl sie genau wie er und alle anderen kein Wort gesprochen hatte, seit sie losgegangen waren, spürte Anders ihre Nervosität und Furcht mit jedem Moment intensiver. Vielleicht war es aber auch nur die Angst vor dem, was vor ihnen lag. Selbst wenn Katt es niemals gesagt hatte, so wusste Anders doch, dass sie während ihrer ersten Expedition in den unterirdischen Teil der Elder-Festung wahre Höllenqualen ausgestanden haben musste. Für ihn war der Weg durch das halb zerstörte Labor vor einem gutem halben Jahr trotz aller Schrecken wie ein kleiner Ausflug in eine längst vergessene und verloren geglaubte Vergangenheit gewesen; für Katt musste es genau andersherum gewesen sein. Was ihm vertraut vorgekommen war und ihn allerhöchstens beunruhigt hatte, weil er zugleich wusste, dass hier einst etwas Schreckliches passiert war, das musste ihr so fremd und bizarr und erschreckend erschienen sein wie eine Vision aus einer vollkommen andersartigen, bedrohlichen Welt. Umso mehr bewunderte er sie jetzt insgeheim dafür, dass sie ihm abermals klaglos folgte.

Jannik ging plötzlich langsamer und blieb dann ganz stehen, und als Anders alarmiert den Kopf hob, sah er, dass sie das Ende des Korridors erreicht hatten. Vor ihnen lag eine geschlossene, massive Stahltür. Als Jannik sie öffnete, enthüllte das vorauseilende rote Licht der Fackeln keine weiteren Wände aus uraltem grauem Sichtbeton, sondern verlor sich in schwarzer Weite. Sie hatten ihr Ziel erreicht. Unter ihnen musste die Halle liegen, in der Katt und er damals den abgedeckten Helikopter gefunden hatten.

Jannik schob die Tür ohne zu zögern vollends auf und trat hindurch, und für einen winzigen Moment drohte Anders erneut in Panik zu geraten, als die Dunkelheit seine Gestalt einfach aufzusaugen schien. Dann aber hörte er Janniks Stimme, die leise seinen Namen rief, ließ Katts Hand los und beeilte sich, an den Elder vorbei und durch die Tür und an seine Seite zu treten. Ein kühler Lufthauch, der leicht muffig roch, schlug ihm entgegen, und obwohl er so gut wie blind war, konnte er die Weite des sie umgebenden Raumes doch fast körperlich spüren.

»Sind wir richtig?«, fragte Jannik.

Anders zuckte nur mit den Schultern; erst nach einer guten Sekunde fiel ihm auf, dass Jannik die Geste vermutlich gar nicht sehen konnte. »Wahrscheinlich«, sagte er. »Irgendwo hier muss es sein. Aber ich … bin nicht ganz sicher. Es ist ziemlich lange her, und …«

»Ich verstehe«, unterbrach ihn Jannik. Er senkte die Fackel ein wenig, sodass der flackernde Lichtschein einen kleinen Teil des eisernen Geländers aus der Schwärze riss, neben dem er stand. Anders senkte den Blick und erkannte den geriffelten Metallgitterboden wieder, dem Katt und er damals bis zur Treppe gefolgt waren.

»Ich glaube, wir sind richtig«, murmelte er.

Es wurde ein wenig heller, als die Elder hinter ihnen durch die schmale Tür drängten. »Was ist das hier?«, fragte Waldos. In seiner Stimme schwang Furcht.

»Vielleicht der Weg nach draußen«, antwortete Jannik. Das erste Wort dieser Antwort gefiel Anders nicht, aber er war klug genug, es unkommentiert zu lassen. Eigentlich gefiel ihm nichts von alledem hier. Je länger er darüber nachdachte, desto mehr Argumente fielen ihm dafür ein, warum ihr wahnwitziger Plan überhaupt nicht funktionieren *konnte*. Doch auch das behielt er für sich.

»Kommt«, sagte Jannik. Er wandte sich nach links. Obwohl er vorsichtig auftrat, begann das uralte Metallgitter unter seinen Schritten zu dröhnen, als er die Treppe erreichte und langsam die Stufen hinabstieg. Anders' Herz schien plötzlich genauso laut zu schlagen und in gewisser Hinsicht war er fast froh, dass es so dunkel war. Auf diese Weise konnte man ihm wenigstens nicht ansehen, wie viel Angst er hatte. Vielleicht nur um nicht vor Katt und den anderen (vor allem aber vor Katt) als Feigling dazustehen, beeilte er sich, Jannik zu folgen und als Erster hinter ihm die Treppe hinabzugehen; was ein durch und durch scheußliches Gefühl war, denn er konnte weder die Stufen unter seinen Füßen sehen noch das Geländer, an dem er sich festhielt. Janniks Fackel stanzte nur eine trübrote Kugel aus blasser Helligkeit in die Luft, die von der allgegenwärtigen Finsternis einfach aufgesogen zu werden schien.

Nach einer kleinen Ewigkeit hatten sie das Ende der Treppe erreicht und Jannik machte noch einen Schritt zur Seite und blieb dann stehen. Langsam drehte er sich einmal um sich selbst und schwenkte dabei seine Fackel hoch über dem Kopf, aber das Ergebnis war höchst unbefriedigend. Das Licht verlor sich weiter in scheinbar endloser, absoluter Finsternis, nur auf der linken Seite huschte der rote Schein für einen flüchtigen Moment über rissig gewordenen Beton. Jannik drehte sich ein zweites Mal komplett um sich selbst, trat dann an die Wand heran und senkte die Fackel auf Brusthöhe, während er sich langsam entfernte.

»Was hast du vor?«, fragte Anders beunruhigt.

»Bleibt, wo ihr seid«, antwortete Jannik. »Ich bin gleich zurück.«

»Wonach sucht er?«, fragte Katt. Sie war als Letzte die Treppe heruntergekommen und schmiegte sich nun Schutz suchend an Anders' Seite, während die drei Elder im Licht ihrer improvisierten Fackeln stocksteif dastanden und sich alle Mühe gaben, sich nicht anmerken zu lassen, mit welcher Furcht sie diese unheimliche Umgebung erfüllte.

»Ich bin nicht sicher«, antwortete Anders. Das war nicht ganz die Wahrheit. Er war sogar *ziemlich* sicher, dass er wusste, wonach Jannik Ausschau hielt. Er war nur nicht sicher, ob ihm die Idee gefiel.

»Habe ich dir schon einmal gesagt, dass du ein erbärmlicher Lügner bist?«, murmelte Katt.

»Ich glaube schon«, sagte Anders. »Na und? Sei doch froh.«

Einige weitere Sekunden vergingen, in denen sich Jannik weiter von ihnen entfernte und im trüber werdenden Licht seiner Fackel aufmerksam die Wand absuchte, dann blieb er plötzlich stehen und sagte: »Erschreckt jetzt nicht.«

Ein leises Klacken erscholl. Eine, zwei, dann drei endlose Sekunden lang geschah gar nichts und Anders begann sich bereits zu fragen, ob er sich vielleicht umsonst Sorgen gemacht hatte, dann aber erwachten unter der Decke der hohen Halle Dutzende von großen, blendend weißen Neonröhren zu flackerndem Leben. Anders fuhr leicht zusammen, obwohl er eigentlich gewusst hatte, was kam, während Katt offenbar nur noch mit Mühe einen Schrei unterdrücken konnte, und auch die drei Elder sahen sich hektisch und erschrocken um. In dem grellen, fast schattenlosen Licht, das die Neonröhren warfen, wirkten ihre Gesichter noch bleicher, als sie von Natur aus waren, und obwohl sie sich erstaunlich gut in der Gewalt hatten, fiel es Anders nicht schwer, ihre Furcht nachzuempfinden. Selbst ihm erging es ein bisschen so. Es war zweifellos die gleiche Halle, durch die Katt und er damals gegangen waren, aber er hatte sie viel kleiner in Erinnerung und ihre Architektur nicht so monumental und bedrohlich.

»Keine Sorge«, sagte Jannik, während er zu ihnen zurückkam und an Waldos und seine beiden Begleiter gewandt. »Das ist keine Zauberei. Und auch nichts, wovor ihr Angst haben müsst.«

Waldos nickte nur verkrampft, doch Anders war nicht ganz so sicher wie Jannik. »Hältst du das für klug?«, fragte er.

»Was?«, gab Jannik zurück. »Das Licht einzuschalten?«

»Jemand könnte es merken«, antwortete Anders besorgt, erntete aber nur ein knappes Kopfschütteln.

»Kaum«, sagte Jannik. »Wenn sie diese Anlage *so* genau überwachen würden, hätten sie uns wahrscheinlich längst entdeckt.«

Anders glaubte zu spüren, dass Jannik nicht ganz so überzeugt von seinen eigenen Worten war, wie er sich gab, sparte sich aber jeden weiteren Protest. Wenn seine Angst tatsächlich begründet war, dann war es jetzt ohnehin zu spät; und insgeheim war er auch sehr erleichtert, nicht weiter im Dunkeln durch dieses unterirdische, gigantische Labyrinth stolpern zu müssen.

»Also?«, fragte Jannik.

Anders sah ihn noch einmal einen Moment lang zweifelnd an, dann aber drehte er sich um und ließ seinen Blick suchend durch die große, fast leere Halle schweifen. Alles schien ganz genauso zu sein, wie Katt und er es damals verlassen hatten.

Bis auf ein paar alte Fässer und Palettenstapel zu seiner Linken, denen er bei seinem ersten Besuch hier unten keine große Beachtung geschenkt hatte, weil sie schon damals wie die vergessenen Relikte einer ausgestorbenen Kultur auf ihn gewirkt hatten, war die Halle leer – sah man einmal von dem Helikopter ab, der noch immer unter seiner Plane dastand. Eine zentimeterdicke Staubschicht bedeckte den Boden, in der ein Durcheinander von Fußspuren und Abdrücken zu sehen war, manche uralt, andere frisch. Nicht wenige davon stammten von Katt und ihm, aber er war auch fast sicher, andere, neuere Spuren zu sehen, die ihre eigenen überdeckten.

Jemand war nach ihnen hier gewesen, was im Grunde ja auch nicht verwunderlich war. Immerhin war eine Menge Zeit vergangen und wahrscheinlich benutzten die Drachen diesen Weg immer noch, um insgeheim Kontakt mit den Herrschern Tiernans aufzunehmen. Anders fragte sich besorgt, ob seine und Katts Spuren ihre Gegner vielleicht auch zu dem Helikopter geführt hatten, fand aber in der Staubschicht auf dem Boden zumindest keine eindeutigen Hinweise darauf. Vielleicht war das das Gute daran, sich in einer verzweifelten Situation zu befinden, dachte er sarkastisch. Man musste keinerlei Rücksicht mehr darauf nehmen, ein Risiko einzugehen oder nicht.

»Dort hinten«, sagte er. Es war überflüssig. Jannik hatte den riesigen, mit einer fleckigen Tarnplane abgedeckten Umriss bereits entdeckt und musterte ihn aus eng zusammengekniffenen Augen. Ohne noch etwas zu sagen ging er darauf zu, schwenkte dann jedoch ein Stück zur Seite und näherte sich nicht mehr direkt dem Helikopter, sondern trat an das riesige, geschlossene Hangartor heran, in dessen Richtung die Nase der Maschine wies. Zwei Schritte davor blieb er stehen, musterte es fast eine Minute lang schweigend und sehr aufmerksam und ging dann zu der kleinen Schalttafel hinüber, die daneben an der Wand angebracht war.

»Was tut er?«, fragte Katt unsicher.

»Ich hoffe, nicht das, was ich denke«, murmelte Anders. Jannik untersuchte die Schalttafel für seinen Geschmack ein wenig zu aufmerksam, und er verspürte fast so etwas wie Entsetzen, als er plötzlich die Hand hob und mit den Fingerspitzen über die Knöpfe strich. Zu seiner Erleichterung ließ Jannik den Arm aber dann wieder sinken und kam mit schnellen Schritten zu ihnen zurück.

»Vielleicht haben wir Glück«, sagte er. »So wie es aussieht, scheint der Motor noch Strom zu haben.«

»Und was heißt das?«, erkundigte sich Katt.

»Dass wir das Tor wahrscheinlich öffnen können«, antwortete Jannik mit einem flüchtigen Lächeln. »Aber eins nach dem anderen. Wenn wir den Hangar öffnen, wird garantiert irgendwo ein Alarm ausgelöst. Jetzt kümmern wir uns erst einmal um eine passende Reisegelegenheit.«

Katt sah unsicher zu dem abgedeckten Hubschrauber zurück. Anders als die drei Elder wusste sie, was sich unter der riesigen Plane verbarg, und auch wenn Anders ihr damals erklärt hatte, dass es sich um nichts Bedrohlicheres als eine uralte, abgeschaltete Maschine handelte, schien sie ihre angeborene Furcht vor den Drachen und allem, was mit ihnen zu tun hatte, doch noch nicht vollkommen überwunden zu haben, denn sie presste, sicher ohne es zu merken, die Lippen zu einem dünnen Strich zusammen und ballte die Hände zu Fäusten. Anders warf ihr einen beruhigten Blick zu, legte die Hand um ihre Schulter und folgte Jannik. Aber auch Waldos und die beiden anderen Elder schlossen sich ihnen an, hielten jedoch einen deutlich größeren Abstand, als nötig gewesen wäre, und Anders entging auch nicht, dass alle drei die Hände auf ihren Schwertern liegen hatten.

Jannik hatte den Helikopter mittlerweile erreicht, legte seine Fackel behutsam so zu Boden, dass die Flamme nicht erlosch, und schlug dann die Plane ein Stück zur Seite. Waldos und die beiden Krieger gingen im ersten Moment noch weiter, dann aber, als er sah, was unter dem Tuch zum Vorschein kam, wurden Waldos' Augen groß, und er erstarrte mitten in der Bewegung.

»Ein Drache!«, keuchte er entsetzt. »Bei Oberon! Das ist …«

»Das ist kein Drache«, sagte Anders rasch. »Jedenfalls keiner, wie ihr ihn kennt. Es gibt keinen Grund, Angst zu haben. Es ist nur eine Maschine, hörst du?«

In Waldos' Augen stand deutlich die Frage geschrieben, wo denn bitte schön der Unterschied war, aber er sagte nichts, sondern starrte den Hubschrauber nur mit wachsendem Entsetzen an. Der eine seiner beiden Krieger war einen Schritt zurückgewichen und hatte seine Waffe halb gezogen, der andere war wie Waldos selbst zur Reglosigkeit erstarrt und der Ausdruck von Furcht auf seinem Gesicht war womöglich noch größer. Anders wurde plötzlich klar, wie gefährlich die Situation war. Noch eine Winzigkeit und die Männer würden einfach die Beherrschung verlieren.

»Waldos, bitte!«, sagte er beschwörend. »Sieh mich an!«

Es vergingen einige weitere Augenblicke, in denen der Elder seine Worte nicht einmal zur Kenntnis genommen zu haben schien, dann aber riss er seinen Blick mit sichtbarer Mühe von Jannik und dem Helikopter los, der Stück für Stück unter der Plane zum Vorschein kam, und starrte Anders an. Er wollte etwas sagen, doch seine Stimme versagte ihm den Dienst.

»Bitte glaub mir«, sagte Anders. »Daran ist absolut nichts Gefährliches. Es ist nur eine Maschine. Sie ist weder böse noch kann sie euch etwas tun. Ganz im Gegenteil.«

Waldos schluckte zwei- oder dreimal krampfhaft, bevor er seine Stimme wenigstens so weit wieder unter Kontrolle hatte, überhaupt etwas sagen zu können. »Eine … Maschine? Was soll das sein?«

»Anders hat Recht«, sprang ihm Katt bei. Sie deutete auf den Hubschrauber. »Ich war schon in ihr. Sie hat mir nichts getan. Sie kann mir gar nichts tun, weißt du?«

»Aber es sieht aus, wie …«, murmelte Waldos unsicher.

»Wie ein Drache?«, fragte Katt. Sie nickte. »Sie ist auch etwas ziemlich Ähnliches. Auch die Drachen sind nur Maschinen. Sie sind nicht böse, Waldos. Sie sind nicht einmal gefährlich. Gefährlich sind nur die Männer, die sie fliegen.«

Anders war für einen Moment hin- und hergerissen zwischen der Überzeugung, dass Katt gerade vollkommen den Verstand verloren hatte, und einem Gefühl heftiger Bewunderung. Katt hatte in wenigen Worten zusammengefasst, was auch er nicht besser hätte ausdrücken können. Er fragte sich nur, ob die drei Elder in der Verfassung waren, sie überhaupt zu verstehen.

»Aber das ist …«, stammelte Waldos unsicher. »Das ist ein Drache. Ich bin ganz sicher, dass …«

»Anders!«, rief Jannik. Er winkte ihm zu. »Ich brauche dich hier.«

Anders drehte sich fast erleichtert zu ihm um, raunte Katt aber im Vorübergehen zu: »Versuch sie zu beruhigen. Du machst das wunderbar.« Vorsichtshalber gab er Katt keine Gelegenheit, irgendetwas zu antworten, sondern ging mit schnellen Schritten zu Jannik hinüber, der die Plane mittlerweile weit genug zurückgeschlagen hatte, um die Cockpittür öffnen zu können. Als Anders neben ihm ankam, hievte er sich gerade ächzend auf den Pilotensitz.

»Das sieht gar nicht mal so schlecht aus«, sagte er. »Jedenfalls sehe ich keine Beschädigungen. Hast du irgendetwas angefasst oder verändert, als ihr hier drinnen übernachtet habt?«

Anders schüttelte hastig den Kopf, obwohl er nicht einmal ganz sicher war. »Kannst du dieses Modell fliegen?«

Jannik antwortete nicht so schnell, wie er gehofft hatte. Sein Blick glitt aufmerksam und alles andere als euphorisch über die im Vergleich zu den Kampfhubschraubern primitiven, dennoch aber ungeheuer kompliziert und verwirrend aussehenden Messinstrumente und Schalter, und schließlich hob er die Hand und schmiegte die Finger um den wuchtigen Steuerknüppel. »Einen Helikopter zu fliegen ist etwas völlig anderes als ein Flugzeug. Ich habe noch nie von einem Einarmigen gehört, der das kann. Ich bin nicht einmal sicher, ob es überhaupt möglich ist.«

»Soll das heißen, du kannst es nicht?«, fragte Anders erschrocken.

Jannik reagierte mit einer komplizierten Bewegung, die Anders aber einfach als Kopfschütteln auslegte. »Das habe ich nicht gesagt. Die Frage ist doch eher, ob sie überhaupt noch fliegt. Ich habe dieses Modell schon einmal gesehen.«

»Wirklich?«, fragte Anders hoffnungsvoll.

Jannik nickte. »Ja. In alten Büchern. Und ich glaube, einmal in einem Museum.« Er schüttelte seufzend den Kopf, während seine Finger weiter über den mit brüchig gewordenem Kunstleder überzogenen Steuerknüppel strichen. »Das Ding muss älter sein als ich. Aber es macht einen guten Eindruck. Ich bin sogar fast sicher, dass es regelmäßig gewartet wird.«

»Sonst gäbe es ja auch keinen Grund, es noch hier stehen zu lassen«, sagte Anders hastig. Wenn er sich nur genug Mühe gab, dann würde er bestimmt noch ein paar fadenscheinige Argumente finden, warum dieser Helikopter einfach noch funktionstüchtig sein *musste*.

»Ich sagte: Auf den ersten Blick«, gab Jannik zurück. Er sah ihn fast Verzeihung heischend an, dann beugte er sich vor und legte rasch hintereinander ein halbes Dutzend Schalter auf dem Armaturenbrett um. Die ersten zwei oder drei zeigten überhaupt keine Wirkung, dann aber glommen ein paar grüne und rote Lämpchen in dem Durcheinander von Skalen und Anzeigeinstrumenten auf und Anders schöpfte neue Hoffnung.

»Das sieht doch gut aus, oder?«, fragte er.

Jannik antwortete gar nicht, sondern legte noch einige weitere Schalter um, begutachtete die Instrumente vor sich aufmerksam und schwang sich dann umständlich wieder aus der Maschine. »Hilf mir mit der Plane. Ich will mir den Motor ansehen.«

Anders wollte gehorsam nach vorne eilen, aber Jannik hielt ihn mit einer raschen Kopfbewegung zurück und deutete in die entgegengesetzte Richtung, und Anders erinnerte sich ein bisschen zu spät daran, dass das hier schließlich kein Automobil war, sondern ein Hubschrauber, dessen Motor samt dem größten Teil der übrigen Technik in dem lang gezogenen, schlanken Heck untergebracht war. Rasch und mit einem Lächeln bewegte er sich in die entgegengesetzte Richtung und griff nach dem Rand der steifen Plane um sie hochzuheben. Aber sie war viel zu schwer. Anders mühte sich eine Weile nach Kräften ab, doch erst als die drei Elder hinzutraten und ihm halfen, gelang es ihnen, das steife Segeltuch so weit von der Maschine herunterzuziehen, dass Jannik die Klappe über dem Motorraum öffnen konnte. Dahinter kam etwas zum Vorschein, das sehr wenig Ähnlichkeit mit allen Motoren hatte, die Anders kannte. Es wirkte gleichzeitig primitiver und grobschlächtiger wie auch ungemein kompliziert.

Diese Maschine, erinnerte er sich, war mindestens doppelt so alt wie er selbst, wenn nicht sogar noch wesentlich älter. Die modernen Motoren, auf die er dann und wann einen Blick geworfen hatte, hatten mit diesem Triebwerk ungefähr so viel gemeinsam wie ein hochgezüchtetes Rennpferd mit einem plumpen Dinosaurier. Auch Jannik schien im ersten Moment regelrecht ratlos zu sein, denn er stellte sich zwar auf die Zehenspitzen, um weiter in den Motorraum hineinblicken zu können, und berührte sogar hier und da ein Teil, drehte an einer Schraube oder zog an einem Baudenzug, aber sein Gesicht war – zumindest für Anders' Geschmack – nicht unbedingt das eines Mannes, der mit dem zufrieden war, was er tat. Oder auch nur einigermaßen davon überzeugt.

»Und?«, fragte er, als sich Jannik nach einer kleinen Ewigkeit wieder zurücksinken ließ und sich seine ölverschmierte Hand an der Hose abwischte.

Jannik zuckte nur andeutungsweise mit den Schultern. »Ich bin nicht ganz sicher. Der Motor scheint in Ordnung zu sein.

Zumindest«, fügte er mit einem säuerlichen Blick auf die schwarzen Striemen auf seinem Handrücken hinzu, »ist das Öl frisch. Wenn die Batterie noch genug Spannung hat, könnte er anspringen. Aber ob die Maschine fliegt …« Er seufzte unglücklich. »Ich fürchte, es gibt nur eine Möglichkeit, das herauszufinden.«

»Was … was meinst du damit?«, fragte Waldos unsicher. »Du willst in diesen *Drachen* …«

»Wir werden mit dieser *Maschine* von hier fliehen«, unterbrach ihn Anders betont. »Ja.«

»Fliehen?«, keuchte Waldos. »*Damit*?!«

»Falls sie noch funktioniert«, schränkte Jannik ein. »Und ihr solltet uns begleiten. Ich will dir nichts vormachen – es könnte ziemlich gefährlich werden. Möglicherweise kommen wir alle dabei ums Leben. Aber wenn ihr hier bleibt, erwartet euch der sichere Tod.«

Waldos antwortete nicht gleich. Sein Blick glitt immer unsicherer über den klobigen Rumpf des Hubschraubers, der nun zum allergrößten Teil von der Plane befreit war, und Anders konnte deutlich auf seinem Gesicht ablesen, wie er innerlich mit sich rang. Für den Elder und seine beiden Begleiter war dieser Helikopter alles, was sie jemals gefürchtet und gehasst hatten. Er war sehr sicher, dass Waldos verstanden hatte, was er und Katt ihm zu erklären versucht hatten, und er war ebenso sicher, dass ein Teil des Elder ihnen auch glaubte. Aber der hoch gewachsene Krieger hatte ein ganzes Leben gelebt, in dem andere Begriffe und Werte galten als die, die Anders und Jannik kannten. Logik hatte in dem Kampf, den er gerade mit sich selbst ausfocht, vielleicht kein allzu großes Gewicht. Anders fragte sich, wie ihm wohl zumute wäre, stünde plötzlich der Teufel persönlich vor ihm und versuchte ihm zu erklären, dass er getrost in seinen von geflügelten Dämonen gezogenen Wagen einsteigen könnte.

»Also gut«, sagte Jannik. »Ich versuche inzwischen mein Glück.«

Er verschwand wieder in der offen stehenden Tür der Pilotenkanzel und ließ drei sehr unglücklich aussehende Elder zurück. Anders folgte ihm, kletterte jedoch nicht zu ihm hinein, obwohl Jannik eine auffordernde Geste machte, sondern blieb mit klopfendem Herzen vor der Maschine stehen. Er fragte sich, was Jannik vorhatte. Die Plane war zwar fast zur Gänze heruntergezogen, bedeckte aber immer noch die großen Rotoren, sodass es unmöglich war, sie zu starten. Was Jannik nicht davon abhielt, rasch hintereinander mehr als ein Dutzend Schalter umzulegen und Knöpfe zu drücken. Auf dem Armaturenbrett des Hubschraubers leuchteten zahllose winzige Lämpchen auf, Zeiger kletterten zitternd über ihre Skalen nach oben und Anders hörte ein leises, gleichmäßiges Brummen, das aus dem hinteren Teil der Maschine drang.

»Jetzt wird es spannend«, sagte Jannik. Mit einer fast zeremoniell wirkenden Bewegung beugte er sich vor und presste den Daumen auf einen großen roten Knopf unmittelbar über dem Steuerknüppel. Nichts geschah.

Jannik runzelte die Stirn, versuchte es noch einmal und mit demselben Ergebnis, schüttelte mit allen Anzeichen der Enttäuschung den Kopf und legte eine Anzahl weiterer winziger Schalter und Hebel um. Dann drückte er den Knopf noch einmal und noch einmal und noch ein drittes Mal, ohne dass er damit auch nur die geringste Reaktion erzielt hätte.

»Was … bedeutet das?«, fragte Anders zögernd.

»Nichts Gutes«, murmelte Jannik. Er schüttelte wieder den Kopf und seufzte. »Genau das habe ich befürchtet. Die Batterie ist platt.«

»Aber du hast doch gesagt, dass die Maschine regelmäßig gewartet worden ist«, sagte Anders fast verzweifelt.

»Das eine hat mit dem anderen nicht viel zu tun, fürchte ich«, sagte Jannik düster. »Sie haben sie flugtauglich gehalten, doch wahrscheinlich nie benutzt.«

»Aber … aber man kann sie doch aufladen«, stammelte Anders. Er war der Verzweiflung nahe. Die Rettung hatte zum

Greifen nahe vor ihnen gelegen – es konnte doch nicht an einer so lächerlichen Kleinigkeit wie einer leeren Batterie scheitern!

»Sicher«, antwortete Jannik bissig. »Gar kein Problem. Wir bauen sie eben aus und bringen sie zur nächsten Tankstelle. In zwei Stunden ist die Sache erledigt.« Er schüttelte heftig den Kopf. »Wahrscheinlich steht hier sogar irgendwo ein Ladegerät herum oder eine frische Batterie. Aber bis wir die gefunden haben …«

Er brach mitten im Satz ab, hob erschrocken die Hand und legte lauschend den Kopf auf die Seite. »Still!«

Auch Anders sah sich alarmiert um, konnte jedoch weder etwas Auffälliges sehen noch hören. Womit er im Moment allerdings ziemlich allein zu sein schien. Auch die drei Elder wirkten mit einem Mal noch angespannter und nervöser als zuvor, und Katt war herumgefahren und starrte aus misstrauisch zusammengekniffenen Augen in die Richtung, aus der sie gekommen waren.

»Jemand kommt«, sagte Jannik. »Die Fackeln aus! Schnell! Hier herein!« Er rutschte hastig auf dem Pilotensitz zur Seite, und während die drei Elder ihre improvisierten Fackelstöcke zu Boden warfen und die Flammen austraten, glitten Anders und Katt rasch zu ihm herein, und nach einem letzten Zögern folgten ihnen Waldos und seine beiden Begleiter – auch wenn der Ausdruck auf ihren Gesichtern dabei der von Männern war, die sehenden Auges in das aufgerissene Maul eines Drachen spazierten.

»Was hast du gehört?«, fragte Anders.

Jannik machte eine erschrockene Geste, still zu sein, bedeutete ihm dann, zur Seite zu rutschen, und kletterte umständlich, aber sehr schnell und vollkommen lautlos über ihn hinweg, um sich hinter der flachen Schnauze des Helikopters in die Hocke sinken zu lassen. Anders rang einen Moment mit sich selbst, doch dann folgte er ihm und kauerte sich mit klopfendem Herzen neben Jannik zusammen.

Sie mussten nicht lange warten. Es vergingen vielleicht noch drei oder vier Sekunden, bevor das Echo schneller, schwerer Schritte an ihre Ohren drang, und Anders musste sich beherrschen, um nicht einen erschrockenen Schrei auszustoßen, als er das halbe Dutzend schwarz gekleidete Gestalten sah, die aus der Tür heraustraten, durch die Katt und er damals zum Lichtschacht gegangen waren. Jetzt war alles aus. Einem von diesen Männern *musste* einfach auffallen, dass in der Halle Licht brannte, und darüber hinaus hätten sie schon blind sein müssen, um die zahlreichen frischen Spuren zu übersehen, die sie in der Staubschicht auf dem Boden hinterlassen hatten – gar nicht zu reden von der fast völlig heruntergerissenen Plane.

Aber das Wunder geschah. Sehr schnell und ohne ein einziges Wort miteinander zu wechseln oder auch nur einen Blick nach rechts oder links zu werfen, durchquerten die Männer die Halle und steuerten die Treppe an, die sie selbst gerade heruntergekommen waren.

»Was zum Teufel ist denn das?«, flüsterte Jannik.

Es dauerte einen Moment, bis Anders überhaupt begriff, wovon er sprach. Auf den allerersten Blick unterschieden sich die Männer nicht von denen, die er zur Genüge kennen und fürchten gelernt hatte. Auf den zweiten schon. Nur zwei von ihnen trugen die schwarzen, glänzenden Kunststoffanzüge, die sie vor der tödlichen Luft dieses Tals schützten. Die anderen waren in etwas gehüllt, das Anders an die futuristische Version einer Ritterrüstung erinnerte, auch wenn das mattschwarze Metall vermutlich kein Eisen, sondern eher eine Art diamantharter Kunststoff sein mochte. Ihre Helme waren flacher und statt der schwarz verspiegelten Scheibe wiesen sie nur zwei matt schimmernde Linsen auf; vermutlich die Objektive einer Stereokamera. Das Einzige, was sich nicht geändert hatte, waren die Furcht einflößenden Waffen, die sie trugen.

»Was war das?«, murmelte Anders erschüttert, als die Männer die Treppe überwunden und die Tür hinter sich geschlossen hatten.

»Sieht so aus, als hätten unsere Freunde dazugelernt«, antwortete Jannik düster. Er überlegte einen Moment angestrengt, dann stand er mit einem Ruck auf und gestikulierte Katt und den drei Elder zu, wieder aus dem Hubschrauber zu klettern. »Wir müssen weg. Schnell.«

»Aber der Hubschrauber«, murmelte Anders. Seine Gedanken überschlugen sich. Er drohte in Panik zu geraten. Das war einfach nicht *fair!* Das Schicksal hatte ihnen die nahezu sichere Rettung direkt vor die Füße gelegt und jetzt sollte alles umsonst gewesen sein? Er weigerte sich einfach, das zu akzeptieren. »Vielleicht können wir ihn ja doch starten«, stammelte er. »Ich meine … vielleicht finden wir … es muss doch hier Strom gegen. Vielleicht können wir ein Startkabel improvisieren oder …«

Er brach ab, als ihn Janniks Blick traf.

»Das hier ist kein Auto, dem man einfach Starthilfe geben kann«, sagte Jannik, zwar spöttisch, dennoch aber in zugleich sanftem, fast väterlichem Ton. »Und selbst wenn es so wäre, hätten wir nicht die Zeit.« Er machte eine Kopfbewegung zur Treppe hin. »In spätestens zwei oder drei Minuten erfahren sie von Tamar, wohin wir verschwunden sind. Und dann werden sie diese Halle sehr gründlich untersuchen.«

»Dann kämpfen wir«, sagte Waldos. Er ließ mit einer entschlossenen Bewegung die Hand auf den Schwertknauf an seinem Gürtel klatschen. »Wir haben sie schon einmal besiegt.«

»Nicht *diese* Männer«, antwortete Jannik traurig. »Das wäre Selbstmord. Wir müssen weg.« Er starrte einen Moment lang ins Leere, dann deutlich länger und mit nachdenklichem Gesichtsausdruck in die Richtung, aus der die Drachen gekommen waren. »Wenn die Kerle hier hereingekommen sind, dann gibt es auch einen Weg hinaus«, murmelte er.

»Es gibt eine Tür«, bestätigte Anders. Jannik drehte mit einem Ruck den Kopf und sah ihn fast ärgerlich an und Anders fügte hastig hinzu: »Aber sie ist verschlossen. Und ganz bestimmt ziemlich gut gesichert.«

»Selbst die sicherste Tür muss man aufmachen um hindurchzugehen«, antwortete Jannik. »Warum hast du mir nichts davon gesagt?«

»Weil das Ding besser gesichert ist als der Eingang von Fort Knox«, erwiderte Anders. »Es gibt eine Codetafel und Kameras und ...«

»Wir haben gar keine andere Wahl«, unterbrach ihn Jannik. Er machte eine befehlende Geste. »Los!«

Die drei Elder wandten sich auf der Stelle um, höchstwahrscheinlich einfach nur froh, aus der Nähe des unheimlichen Fluggerätes entkommen zu können, aber Anders rührte sich nicht, sondern schüttelte nur noch einmal und noch entschiedener den Kopf.

»Das ist Wahnsinn!«, protestierte er. »Sie warten wahrscheinlich schon dort unten auf uns!«

»Möglich«, antwortete Jannik. »Doch dann gehe ich lieber zu ihnen als hier darauf zu warten, dass sie zu uns kommen.« Seine Stimme wurde ein wenig milder, gewann aber zugleich auch an Eindringlichkeit. »Sei vernünftig, Anders. Spätestens von Tamar werden sie erfahren, wo wir sind. In ein paar Minuten wimmelt es hier von Männern.«

Er hatte mit jedem Wort Recht, dachte Anders. Und dennoch – alles in ihm sträubte sich dagegen, noch einmal hinunter in den unheimlichen, zerstörten Teil der Anlage zu gehen. Er *wusste* einfach, dass es nur in einer Katastrophe enden konnte.

Aber wie Jannik gesagt hatte, sie hatten gar keine andere Wahl.

Katt musste wohl zu dem gleichen Schluss gekommen sein, denn plötzlich war *sie* es, die *ihn* an der Hand ergriff und einfach mit sich zog. Doch auch ihr Mut erlosch ebenso plötzlich wieder, wie er sie überkommen hatte. Noch bevor sie die Tür, aus der die *Drachen* herausgekommen waren, erreicht hatten, wurden ihre Schritte wieder langsamer und Anders spürte, dass sie seine Finger jetzt nicht mehr so fest umklammert hielt, um ihn hinter sich herzuziehen, sondern um einen Halt in ihrer Furcht zu finden.

Auch hinter dieser Tür brannte jetzt – anders als damals, als sie sich im unsicheren Schein einer kleinen, fast im Erlöschen begriffenen Taschenlampe durch die finsteren Gänge getastet hatten, ein helles, fast schon unangenehm weißes Licht. Etliche der Türen, die damals offen gestanden hatten, waren jetzt sorgsam geschlossen, und ein frisches Muster aus zahlreichen Fußspuren zerstörte die fingerdicke Staubschicht auf dem Boden. Vor ihnen waren nicht nur die Männer hier gewesen, die sie gerade gesehen hatten. Dennoch atmete Anders erleichtert auf, als sein Blick an Jannik vorbei und zum Ende des Korridors ging.

Nicht nur dieser Gang war hell erleuchtet, auch in der Liftkabine am Ende des Korridors, deren Türen einladend weit offen standen, brannte Licht. Wenigstens die mühsame und lebensgefährliche Kletterpartie an dem Stahlkabel hinunter würde ihnen diesmal erspart bleiben.

Jannik schien von dieser Entdeckung weniger begeistert zu sein als er. Anders konnte zwar sein Gesicht nicht sehen, aber seine Schritte wurden langsamer, je näher er der Liftkabine kam, und schließlich blieb er sogar ganz stehen, um sich misstrauisch nach rechts und links umzublicken. Erst nach einem spürbaren Zögern ging er weiter, trat jedoch nur einen vorsichtigen halben Schritt in die offen stehende Kabine hinein, bevor er sich abermals umsah und vor allem die Decke mit misstrauischen Blicken abtastete.

»Das gefällt mir nicht«, murmelte er.

»Wir mussten damals an einem Drahtseil hinabklettern«, sagte Anders. »Glaub mir – das hat uns noch viel weniger gefallen.« Natürlich wusste er sehr genau, was Jannik meinte. Die Bedeutung dieser offen stehenden Tür war so klar, dass jemand ebenso gut mit roter Neonfarbe *Falle!* hätte darauf schreiben können.

Jannik warf ihm nur einen kurzen ärgerlichen Blick zu, sah sich erneut und mit eindeutig noch größerem Unbehagen in der kleinen rechteckigen Kabine um und trat schließlich mit einem angedeuteten, irgendwie resigniert wirkenden Achselzucken hinein. Während er sie mit einer Kopfbewegung anwies, ihm zu folgen, zog er das Schwert aus dem Gürtel. Anders fragte sich, was er mit der mehr als meterlangen, rasiermesserscharf geschliffenen Klinge in der winzigen Kabine eigentlich erreichen wollte; abgesehen davon vielleicht, sich selbst und alle anderen zu verletzen. Vorsichtshalber sprach er diesen Gedanken jedoch nicht aus, sondern beeilte sich ganz im Gegenteil, zusammen mit Katt in die Liftkabine und hinter Jannik zu treten. Jannik war nervös, und auch wenn Anders die bloße Vorstellung noch vor ein paar Stunden empört von sich gewiesen hätte, so spürte er doch auch, dass er Angst hatte. Und wenn schon *Jannik* Angst hatte, dann konnte er getrost davon ausgehen, dass es wirklich übel um sie stand.

Fast, als spüre er seine Nervosität und täte sein Möglichstes, um ihr noch neue Nahrung zu geben, zögerte Jannik für Anders' Geschmack eindeutig zu lange, bevor er die Hand hob und nach der kleinen Schalttafel neben der Tür griff. Er berührte sie jedoch nicht, sondern drehte im letzten Moment den Kopf und sah Anders fragend an.

»Abwärts«, sagte Anders mit einem nervösen Lächeln. »Ganz nach unten.«

Jannik drückte den untersten Knopf. Die Türen schlossen sich mit einem schleifenden Geräusch und das Licht flackerte für einen winzigen Moment, als sich die Kabine in Bewegung setzte. Die drei Elder fuhren erschrocken zusammen und sahen sich angstvoll um, aber Jannik machte eine rasche beruhigende Geste – und bedeutete ihnen dann absurderweise aus der gleichen Bewegung heraus, ihre Waffen zu ziehen. Anders und Katt wichen so weit bis an die verchromte Rückwand der Kabine zurück, wie es nur möglich war (also um weniger als eine Handbreit, um genau zu sein), als die drei Krieger ihre Schwerter zogen. Er schloss seine Hand fester um Katts Finger und versuchte ein möglichst aufmunterndes Lächeln auf sein Gesicht zu zwingen, das seine Wirkung aber hoffnungslos verfehlte. Anders machte sich nichts vor. Ganz offensichtlich rechnete Jannik fest damit, dass sich dieser allzu einladend offen stehende Aufzug als Falle entpuppen würde, und wenn das so war, dann hatten sie keine Chance.

Oder aber doch …

»Lasst mich nach vorne«, sagte er.

Jannik sah ihn an, als zweifle er an seinem Verstand, doch nach kaum einer halben Sekunde hellte sich sein Gesicht auch schon wieder auf und er gab Waldos mit einer Geste zu verstehen, dass er Platz machen sollte. Anders' Vorschlag war weder so verrückt noch so heldenmütig, wie er sich anhörte, sondern das Ergebnis einer ganz einfachen logischen Überlegung: Wenn die Lifttüren gleich aufglitten und auf der anderen Seite tatsächlich ein halbes Dutzend bis an die Zähne bewaffnete Krieger auf sie wartete, dann würden sie zumindest nicht sofort schießen.

Wenigstens hoffte Anders das.

Falls sie ihn erkannten.

Und falls keiner von ihnen die Nerven verlor.

Oder sonst irgendetwas Unvorhergesehenes geschah.

Seine Fantasie, die gerade wieder einmal ihr altes Hobby entdeckt zu haben schien – ihn fertig zu machen –, wäre wahrscheinlich noch weitaus mehr in Schwung gekommen, doch die Fahrt dauerte nur wenige Augenblicke. Anders konnte spüren, wie die Kabine unsanft abbremste, dann glitten die verchromten Türen mit einem scharrenden Laut auf, der ihn an nichts so sehr erinnerte wie an das Geräusch, mit dem eine Schwertklinge aus der Scheide glitt, und sonderbarerweise taten sie es gleichzeitig rasend schnell wie auch quälend langsam. Anders' Herz hämmerte wild. Um ein Haar hätte er aufgeschrien, als er eine riesige schwarze Gestalt vor sich erblickte, die mit einem noch viel riesigeren Gewehr auf ihn zielte, aber dann war sie plötzlich verschwunden, und noch bevor er aufschreien oder irgendetwas anders tun konnte, um sich endgültig zum Narren zu machen, wurde ihm klar, dass er nur sein eigenes Spiegelbild in den verchromten Aufzugtüren gesehen und vollkommen falsch interpretiert hatte.

Der Gang dahinter war ebenso hell erleuchtet wie der Korridor oben und genauso leer.

Trotzdem zog ihn Jannik mit einer schon fast derben Bewegung zurück, war mit einem einzigen Satz aus der Kabine und drehte sich blitzschnell einmal um seine eigene Achse, wobei er eine leicht gebückte Haltung annahm und das Schwert waagrecht vor den Oberkörper hielt. Vermutlich brauchte er weniger als eine Sekunde, um sich davon zu überzeugen, dass sie allein waren und ihnen kein Hinterhalt drohte. Trotzdem blieb er noch eine ganze Weile in derselben angespannten Haltung stehen und schien zu lauschen, bevor er sich aufrichtete und eine auffordernde Geste machte.

»Alles klar«, sagte er. »Kommt!«

Dicht hinter Waldos und gefolgt von den beiden anderen Elder verließen auch Anders und Katt die Kabine. Ein sonderbares Gefühl ergriff von ihm Besitz. Nicht wirklich Angst, aber auch keine Erleichterung, sondern eine Verwirrung und Unsicherheit, die fast schlimmer war.

»Die Tür?«, fragte Jannik. »In welcher Richtung liegt sie?«

Anders blickte unbehaglich nach rechts, dann nach links, dann wieder in die entgegengesetzte Richtung. Als sie damals hier gewesen waren, hatten sie nur die kleine Taschenlampe gehabt und waren noch dazu halb verrückt vor Angst gewesen. Jetzt, im hellen Licht der Neonröhren, die auch hier in kurzen Abständen unter der Decke angebracht waren und ausnahmslos brannten – was eine Menge darüber aussagte, wie *verlassen* und *aufgegeben* diese Anlage wirklich war –, sah alles so vollkommen anders aus, dass er nicht einmal sicher war, überhaupt in der richtigen Etage zu sein.

»Die Tür«, drängte Jannik. »Anders, wir haben keine Zeit!«

Anders wollte ihm ja antworten – aber die Wahrheit war: Er wusste es nicht. Mit jedem nervösen Blick, mit dem er seine Umgebung abtastete, erkannte er weniger wieder.

»Nach rechts«, sagte Katt schließlich. »Gleich hinter der nächsten Biegung.«

Jannik nickte mit grimmigem Gesicht und wollte losgehen, aber Anders hielt ihn noch einmal zurück. »Das Labor. Es ist nicht weit von hier. Nur ein paar Schritte. Und da ist … auch noch ein anderer Ausgang.« Mit einem Mal sträubte sich alles in ihm bei der Vorstellung, sich dieser Tür zu nähern. Und es war nicht einmal die Furcht, dass sie sie nicht öffnen konnten oder dahinter vielleicht eine Falle auf sie wartete. Ganz im Gegenteil. Auch wenn er es nicht verstand, so schien doch irgendetwas in ihm beinahe panische Angst davor zu haben, dass sie offen stand. Konnte es sein, dachte er, so absurd ihm die Vorstellung auch selbst vorkommen mochte, dass ein Teil von ihm gar nicht hier weg*wollte?*

»Der Junge hat Recht«, sagte Jannik, nachdem er eine Weile nachgedacht hatte und an Waldos und seine beiden Begleiter gewandt. »Ich muss mir dieses Labor ansehen.«

Vermutlich konnten die drei Elder mit dem Wort *Labor* nicht allzu viel anfangen, aber die Blicke, die sie miteinander tauschten, sprachen Bände. Sie hatten auch mit dem Wort *Helikopter* nichts anfangen können, doch was unter der Tarnplane zum Vorschein gekommen war, das hatte sie bis ins Innerste erschreckt.

»Es ist wichtig«, sagte Jannik, der ebenso deutlich in den Gesichtern der Elder zu lesen schien wie Anders. »Möglicherweise hängt unser Leben davon ab. Kommt.« Er schob sein Schwert in den Gürtel, fuhr auf dem Absatz herum und eilte los.

Der Weg zu dem zerstörten Labor war nicht ganz so kurz, wie Anders behauptet hatte. Zweimal verlor er in dem Labyrinth aus Gängen und sich kreuzenden Korridoren die Orientierung, bis sie endlich den halb verschütteten Korridor fanden, an dessen Ende das Labor lag. Anders als der Rest der unterirdischen Anlage war dieser Gang nicht beleuchtet, aber das Licht, das hinter ihnen hereinfiel, reichte zumindest aus um Schemen zu erkennen. Anders war nicht wirklich enttäuscht. Ganz im Gegenteil, er hätte vermutlich mehr Angst gehabt, dieses unheimliche Labor im Hellen zu betreten. Selbst das Wenige, was ihm der blasse Schein der Taschenlampe damals enthüllt hatte, war eigentlich schon sehr viel mehr gewesen, als er wirklich hatte sehen wollen.

»Bleibt hier«, befahl Jannik. »Ich gehe allein.«

Niemand widersprach. Auch Anders nicht. Was immer Jannik dort drinnen zu finden hoffte – eigentlich wollte er es gar nicht wissen. Er wünschte sich fast, niemals hierher gekommen zu sein.

Während Jannik sich an der ebenso schweren wie nutzlos gewordenen Panzertür der Schleuse zu schaffen machte und sie mit einiger Mühe aufschob, sah sich Anders schaudernd in dem halb eingestürzten Korridor um. Der Spalt in der Felswand, durch den Katt und er damals entkommen waren, war von hier aus nicht zu sehen, aber er spürte einen sachten eiskalten Luftzug, und wenn man sich konzentrierte, konnte man das leise Geräusch des Wassers hören, das tief unter ihren Füßen dahinschoss. Sie sollten diesen Weg nehmen. Auch wenn es ihm immer noch ein Rätsel war, wie, so hatte sich Jannik doch auf schon beinahe unheimliche Weise erholt, und er traute ihm mittlerweile durchaus zu, das Stück bis zum Wasserfall zu schwimmen; und das sogar mit nur einem Arm. Und wenn sie erst einmal draußen und in der Nähe von Gondrons Haus waren, dann brauchten sie nur noch abzuwarten, bis die Nacht hereinbrach. Plötzlich kam ihm jede andere Idee besser vor als die, zu dieser unheimlichen Tür zurückzugehen und das Tal auf diesem Wege zu verlassen.

»Ihr werdet gehen, nicht wahr?«, fragte Katt plötzlich.

Anders schrak aus seinen Gedanken hoch und sah sie eine Sekunde lang verständnislos an. »Ich dachte, genau deshalb wären wir hier«, antwortete er, aber Katt unterbrach ihn mit einem Kopfschütteln und sagte noch einmal und mit veränderter Betonung: »Ihr werdet gehen. Ich meine, dein Freund und du … ihr kehrt in die Welt zurück, aus der ihr gekommen seid.«

»Nicht Jannik und ich«, verbesserte sie Anders. Plötzlich war in seinem Mund ein schlechter Geschmack und er hatte Mühe, überhaupt weiterzusprechen. »*Wir*«, sagte er betont. »Wir drei.« Er warf einen fast schuldbewussten Blick in Richtung der drei Elder, die in wenigen Schritten Entfernung stehen geblieben waren und sich unbehaglich umsahen, zweifellos aber jedes Wort hörten, und verbesserte sich: »Wir alle.«

Katt schüttelte sanft den Kopf. Anders wollte die Hand nach ihr ausstrecken, doch sie wich einen halben Schritt zurück und sah ihn aus großen, plötzlich auf unheimliche Weise dunkel wirkenden Augen an. »Du weißt, dass das nicht geht.«

»Was redest du für einen Unsinn?«, fragte Anders. »Natürlich kommst du mit. Ich habe nie …«

Katt unterbrach ihn, leise, traurig, aber auch in einem Ton so großer Überzeugung, dass es ihm einfach unmöglich wurde, zu widersprechen. »Du weißt, warum ich dich nicht begleite. Ich kann nicht in eurer Welt leben.«

»Aber … aber wieso denn nicht?«, murmelte Anders. Es fiel ihm schwer, überhaupt etwas zu sagen; vielleicht weil er wusste, wie sinnlos es war. Irgendwie hatte er es bisher geschafft, die Augen vor der Wahrheit zu verschließen, doch tief in sich hatte er die ganze Zeit über gewusst, dass es so kommen würde. Dennoch fuhr er fort: »Natürlich kommst du mit. Was glaubst du denn, warum ich das alles hier gemacht habe?«

»Ich kann nicht dort leben«, beharrte Katt. »Du hast mir viel von deiner Welt erzählt. Ich dachte, ich wollte dorthin. Aber das stimmt nicht. Ich … ich kann dort nicht sein.«

»Ich bin doch auch bei euch«, wandte Anders ein.

»Seit ich dich kennen gelernt habe, redest du von nichts anderem als davon, nach Hause zu kommen«, erwiderte Katt.

»Damit das alles hier aufhört, ja!«, erwiderte Anders erregt. »Ich will, dass die ganze Welt erfährt, was hier passiert ist. Und du bist der beste Beweis dafür!«

»Damit mich alle anstarren und mich wie ein Ungeheuer begaffen und mich herumreichen und untersuchen«, murmelte Katt. »Und selbst wenn nicht – ich gehöre hierher, Anders. So wie du in deine Welt.«

»Unsinn!«, sagte Anders noch einmal und jetzt so laut, dass die drei Elder stirnrunzelnd in seine Richtung blickten. »Wir sind bestimmt nicht so weit gekommen, dass ich dich jetzt hier einfach zurücklasse. Niemand wird dir dort draußen etwas tun. Niemand wird dich anstarren oder begaffen, verlass dich darauf. Das werde ich nicht zulassen!«

Katt erwiderte nichts darauf, aber ihr Blick wurde fast noch trauriger, und auch wenn Anders nicht bereit war es zuzugeben, so wusste er doch, dass sie Recht hatte. Vielleicht – wahrscheinlich sogar – würde es ihm gelingen, sie doch noch zu überreden, mit Jannik und ihm zu kommen, zugleich wusste er aber auch, er hatte nicht das Recht dazu. Aber er wollte es nicht zugeben. Hätte er es getan, dann hätte er sich gleichzeitig auch selbst eingestehen müssen, dass alles, was er vom allerersten Tag seines Aufenthalts hier getan hatte, umsonst gewesen war. Dann waren nicht nur seine und Janniks Leiden umsonst gewesen, dann waren Hunderte und Aberhunderte von Leben vollkommen sinnlos ausgelöscht worden, und diesen Gedanken hätte er im Moment vielleicht noch weniger ertragen als den, Katt zu verlieren.

30

Es dauerte gute zehn Minuten, bis Jannik zurückkam. Eine Ewigkeit, in der sie kein Wort mehr miteinander gesprochen und Anders einfach dagestanden und aus leeren Augen in die Dunkelheit gestarrt hatte. Es war das schleifende Geräusch der schweren Panzertür, die ihn aus seinen trüben Gedanken riss, doch selbst als er sich umdrehte und Jannik aus dem zerstörten Labortrakt herauskommen sah, verging fast eine Sekunde, bis er ihn überhaupt erkannte, und noch eine, bis er weit genug in die Wirklichkeit zurückgefunden hatte um sich zu erinnern, warum sie hier waren und wo sie waren. Alles erschien ihm plötzlich so sinnlos, dass er sich beinahe selbst ein wenig wunderte, sich fragen zu hören: »Was hast du gefunden?«

Obwohl es vollkommen überflüssig war, schob Jannik die Tür sorgsam hinter sich wieder ins Schloss, bevor er sich zu ihm umdrehte. »Das, was ich befürchtet habe«, sagte er. »Ich bin kein Wissenschaftler, aber ich glaube, es ist sogar noch schlimmer.« Er erklärte diese Worte nicht weiter, sondern sah Anders nur mit einem bitteren Gesichtsausdruck einen Moment lang an, dann gab er sich einen sichtbaren Ruck und machte eine Kopfbewegung auf den erleuchteten Teil des Korridors. »Kommt jetzt. Wir haben schon genug Zeit verloren.«

»Es gibt noch einen anderen Weg hier heraus«, erinnerte Anders, aber Jannik schüttelte nur wieder den Kopf, sagte diesmal gar nichts darauf und setzte sich stattdessen in Bewegung. Anders überlegte eine Sekunde lang ganz ernsthaft, ihn einfach gehen zu lassen und zusammen mit Katt abermals durch den Felsspalt zu fliehen. Jetzt, wo sie wussten, was sie erwartete, und beide ausgeruht und – fast – im Vollbesitz ihrer Kräfte waren, würde es ihnen wahrscheinlich nicht schwer fallen, den unterirdischen Fluss und den Wasserfall zu überwinden, und er traute sich und vor allem auch Katt zu, einen Weg aus Tiernan heraus und zurück in die Stadt der Tiermenschen zu finden. Sollte Jannik doch gehen und seinen Krieg gegen das Schicksal, seinen Vater und die ganze Welt allein führen, der ohnehin von Anfang an viel mehr seiner als der Anders' gewesen war.

Stattdessen griff er nur traurig nach Katts Arm und schloss sich Jannik und den drei Elder an.

Sie brauchten noch einmal gute zehn Minuten, um den

Rückweg zu bewältigen, und es war das Geräusch der Lifttüren, das sie rettete. Anders hörte das verräterische Schleifen im gleichen Moment wie Jannik, der gerade im Begriff war, um die Ecke zu biegen, dann aber erschrocken den Arm hob und zurückprallte. Das metallische Schleifen hielt an, dann konnten sie hören, wie sich die Liftkabine summend in Bewegung setzte.

»Das war knapp«, flüsterte Anders erleichtert. Jannik gab ihm mit einem erschrockenen Wink zu verstehen, dass er still sein sollte, schüttelte ärgerlich den Kopf und ließ sich dann in die Hocke sinken, um sich buchstäblich zentimeterweise wieder nach vorne zu schieben. Eine geraume Weile saß er vollkommen reglos da, dann entspannte er sich und stand langsam auf. »Ich glaube, sie sind weg«, flüsterte er. »Aber seid vorsichtig.«

Anders' Herz begann trotzdem schneller zu schlagen, als er ebenfalls um die Ecke bog und die geschlossenen Lifttüren vor sich sah. Er versuchte die Zeit abzuschätzen, die vergangen sein musste, seit sie hier heruntergekommen waren. Es war mindestens eine halbe Stunde, wenn nicht mehr. Ihre Verfolger mussten längst wissen, dass sie sich irgendwo hier aufhielten, und waren vermutlich schon zu Dutzenden ausgeschwärmt um nach ihnen zu suchen. Er versuchte sich zwar damit zu beruhigen, dass diese Anlage riesig war und die Männer ja nicht einmal wussten, auf welcher der vier Etagen sie sich aufhielten, aber das war nur ein schwacher Trost. Ihre Verfolger waren ganz bestimmt nicht darauf angewiesen, Raum für Raum nach ihnen abzusuchen, sondern verfügten über ganz andere, effektivere Mittel.

Jannik blieb wieder stehen, als sie die nächste Gangkreuzung erreichten, sah sich einen Moment lang unschlüssig um und gab Katt mit einem entsprechenden Wink zu verstehen, zu ihm zu kommen. Anders' Geschmack nach war diese Bewegung eindeutig *zu* befehlend und er hielt es auch für viel zu gefährlich, Katt ausgerechnet jetzt vorausgehen zu lassen, sodass er demonstrativ den Arm um ihre Schultern legte und entschlossen war, sie nötigenfalls mit Gewalt zurückzuhalten. Was Katt vorhin zu ihm gesagt hatte, hatte irgendetwas in ihm ausgelöst; eine Entwicklung, über die er sich selbst noch nicht ganz im Klaren war – aber er war nun entschlossener denn je, sie zu verteidigen, und wenn es sein musste, selbst gegen seine Freunde.

Zumindest im Moment war das jedoch nicht nötig. Katt schien ebenso wenig versessen auf das zu sein, was hinter der Abzweigung auf sie wartete, wie er, denn sie schüttelte nur den Kopf und deutete nach rechts. Jannik sah sie einen Atemzug lang beinahe feindselig an, wie es Anders vorkam, doch dann drehte er sich um und schlich geduckt und in angespannter Haltung weiter.

Genau zwei Schritte. Dann blieb er so abrupt stehen, als wäre er gegen ein unsichtbares Hindernis geprallt.

Beunruhigt nahm Anders die Hand von Katts Schulter, bedeutete ihr mit einer Geste, zurückzubleiben (was sie nicht tat), eilte hinter Jannik her und blieb dann ebenso plötzlich stehen wie er. Katt hatte sich nicht getäuscht. Am Ende des Gangs, der jetzt vor ihnen lag, befand sich die Tür.

Sie stand offen.

»Hier stimmt doch etwas nicht«, murmelte er – eigentlich mehr zu sich selbst gewandt als an Jannik, doch Jannik antwortete trotzdem.

»Vielleicht«, sagte er. »Aber vielleicht auch nicht. Vielleicht haben sie jeden Mann losgeschickt, den sie haben, um uns zu suchen.«

»Und wenn es doch eine Falle ist?«

Jannik zuckte betont beiläufig mit den Schultern. »Ich kenne eine gute Methode, um es herauszufinden.« Er atmete hörbar ein, packte sein Schwert fester und ging mit langsamen Schritten los.

Der Gang, dem sie sich näherten, unterschied sich in nichts von dem auf dieser Seite der Tür; allenfalls, dass er ein wenig sauberer war. Er war nicht sehr lang und an seinem jenseitigen Ende, weniger als ein Dutzend Schritte entfernt, gab es nur eine einzige Tür und die obligaten, wenn auch hier sorgsam hinter dickem Panzerglas geschützten Neonröhren unter der Decke. Anders musterte insbesondere die Tür aufmerksam, während sie sich langsam darauf zubewegten. Sie war tatsächlich so massiv, wie sie von außen gewirkt hatte – der Stahl war mindestens zehn Zentimeter dick, das Ding musste Tonnen wiegen! –, und sie hatte mehrere Falze und Nuten und überdimensional dicke Dichtungen aus einem schwarzen, gummiähnlichen Material. Eigentlich sah sie nicht aus wie irgendeine Tür, auf die Anders in seinem Leben schon mal getroffen wäre, sondern erinnerte ihn eher an das Panzerschott eines Raumschiffes aus einem Science-Fiction-Film. Er blieb stehen, als ihm klar wurde, was seine Beobachtung wirklich bedeutete.

»Es ist eine Schleuse«, sagte er. »Genau wie die hinten im Labor.«

Jannik nickte unbeeindruckt. Offensichtlich hatte er das schon früher bemerkt. »Ja«, sagte er. »Sie hat am Schluss auch nichts genutzt.«

Anders streckte die Hand aus, um ihn zurückzuhalten, führte die Bewegung aber dann nicht zu Ende. Er stand auf der falschen Seite und hätte Janniks verstümmelten Arm berühren müssen und er wollte ihm nicht wehtun.

Zumindest redete er sich ein, dass das der Grund war, aus dem er davor zurückschreckte, Jannik zu berühren.

»Warte«, sagte er. »Wenn … wenn das eine Schleusenkammer ist, dann gibt es sicher einen guten Grund dafür.«

»Meinst du?«, fragte Jannik. »Lass mich überlegen. Denselben, aus dem die Drachen luftdichte Schutzanzüge tragen, meinst du?«

Anders ignorierte den spöttischen Unterton in seiner Stimme und fuhr sehr ernst fort: »Wenn wir da durchgehen, dann verseuchen wir vielleicht den gesamten Teil dahinter.«

»Möglich«, antwortete Jannik ungerührt. »Aber ich dachte,

du wolltest hier raus? Daran hättest du ein bisschen eher denken müssen, meinst du nicht auch?«

Anders sagte nichts darauf, doch Jannik musste wohl selbst spüren, dass er zu weit gegangen war, denn er zwang ein schiefes Lächeln auf seine Lippen und fuhr in deutlich versöhnlicherem Ton fort: »Keine Angst. Ich kenne diese Anlage zwar nicht, aber andere. Das hier ist ganz bestimmt nicht die einzige Sicherheitseinrichtung. Wahrscheinlich ist der gesamte Bunker luftdicht zur Außenwelt hin abgeriegelt. Außerdem haben wir gar keine andere Wahl. Es sei denn«, fügte er nach einem kurzen, wenn auch spürbaren Zögern hinzu, »du willst umkehren.«

Das war nicht nur so dahingesagt, spürte Anders. Jannik schien ganz genau zu wissen, was in ihm vorging. Möglicherweise war das seine Art, ihm so offen, wie es ihm nur möglich war, einen Weg anzubieten, um sich aus der Affäre zu ziehen. Anders war sicher, dass er mit keinem Wort versuchen würde ihn umzustimmen, wenn er jetzt mit einem einfachen *Ja* antwortete.

Aber dann wäre er sich wie ein Verräter vorgekommen. Statt zu tun, was er im Grunde mehr als alles andere wollte, zuckte er nur mit den Schultern und trat an Jannik vorbei als Erster in die hell erleuchtete Schleusenkammer.

Katt, die drei Elder und als Letzter Jannik selbst folgten ihm. Katt schmiegte sich so eng an ihn, wie es überhaupt nur ging, und auch den Elder war es mittlerweile kaum noch möglich, ihre Nervosität zu verbergen. Nur Jannik schien mit jeder Sekunde, die verging, an Sicherheit zu gewinnen. Rasch trat er hinter Waldos durch die tonnenschwere Tür, sah sich suchend um und ging dann mit schnellen Schritten zur gegenüberliegenden Seite der Kammer. »Erschreckt jetzt nicht«, sagte er.

Ein dumpfes Klacken erscholl, als er eine Taste neben der Tür auf der anderen Seite berührte, und Anders spürte, wie unter ihren Füßen eine schwere Maschine zum Leben erwachte. Die tonnenschwere Panzertür hinter ihnen begann sich langsam und nahezu lautlos – und wie von Geisterhand bewegt – zu schließen. Anders spürte, wie Katt neben ihm zu zittern begann, und er konnte ihre Anspannung fühlen. Katt war ungemein mutig – viel mutiger als er selbst –, aber das hier hatte nichts mehr mit herkömmlichen Begriffen wie Mut oder Feigheit zu tun. Auf der anderen Seite dieser Tür, vor der Jannik jetzt stand, wartete eine Welt auf sie, die ihr tausendmal fremdartiger und furchteinflößender vorkommen musste, als Anders die ihre erschienen war.

Die Tür schloss sich mit einem dumpfen, sonderbar saugenden Laut. Katt fuhr zusammen und gab ein kleines erschrockenes Geräusch von sich, und auch den drei Elder sah man an, dass sie sich in diesem Moment weit, weit weg wünschten.

Jannik berührte eine weitere Taste. Das Licht flackerte und ein leises helles Zischen erklang, das allmählich an Lautstärke zunahm.

»Keine Angst«, sagte Jannik. Die Aufforderung klang nicht sonderlich überzeugend, fand Anders, nicht, wenn man bedachte, wie sehr Janniks Stimme zitterte. »Falls diese Schleuse so funktioniert wie die anderen, die ich kenne, dann saugen sie jetzt wahrscheinlich die Atmosphäre ab. Aber es dauert nur eine Minute; allerhöchstens. Haltet die Luft an.«

»Wie bitte?«, ächzte Anders.

Jannik grinste nur schief, hob die Schultern und drückte eine weitere Taste. Das Zischen wurde lauter und Anders glaubte beinahe zu spüren, wie die Luft dünner und ihm der kostbare Atem aus den Lungen gesogen wurde. Stattdessen öffneten sich unter der Decke plötzlich jedoch Hunderte von Düsen, aus denen ein feiner, scharf riechender Sprühnebel drang, der sich in Schwaden zuerst unter der Decke ausbreitete und dann langsam herabzusinken begann.

»Ach ja, noch etwas«, sagte Jannik. Täuschte sich Anders oder klang seine Stimme mit einem Mal fast amüsiert. »Atmet das Zeug besser nicht ein. Es ist nicht sehr gesund.«

Anders schenkte ihm einen giftigen Blick, schlang die Arme fester um Katt und atmete hastig ein; gerade noch rechtzeitig, bevor sich der ätzende Sprühnebel auf sie herabsenkte und sie vollkommen einhüllte. Der Nebel brannte leicht auf seiner nackten Haut wie stark verdünnte Säure, und wahrscheinlich, dachte Anders, war es auch ganz genau das. Normalerweise trug wohl jeder, der diese Kammer betrat, einen Anzug aus schwarzem Gummi, der mit Sicherheit härter im Nehmen war als menschliche Haut und wahrscheinlich zusätzlich über Luftfilter verfügte, die verhinderten, dass der Reinigungsnebel in die Lungen drang.

Gottlob dauerte es nicht lange. Der Nebel senkte sich rasch weiter und hinterließ einen feuchten, scharf riechenden Film auf ihrer Haut und ihren Kleidern, während er zu Boden sank und sich gleichzeitig aufzulösen schien, und Anders atmete zuerst vorsichtig, dann zutiefst erleichtert ein, als er spürte, dass die Luft wieder sauber war. Der dünne Film, der seine Haut bedeckte und in seinem Haar klebte, löste sich binnen weniger Augenblicke einfach auf, und auch ihre feuchten Kleider trockneten so schnell, dass man dabei zusehen konnte. Anders warf einen überraschten Blick in Janniks Richtung und wollte gerade eine entsprechende Frage stellen, als das Licht seine Farbe änderte. Aus dem fast unangenehm grellen, klaren Weiß wurde ein sonderbar intensives Blau, das allen Dingen ihre festen Konturen zu nehmen schien und tief im Hintergrund seiner Augen schmerzte. Anders presste instinktiv die Lider aufeinander. Dennoch konnte er spüren, dass das Licht noch an Intensität zunahm. Ein dunkles, vibrierendes Summen erklang, mehr fühl- als wirklich hörbar, dann begann sein ganzer Körper zu kribbeln – und plötzlich, von einem Sekundenbruchteil auf den anderen, war es vorbei.

»Das ist neu«, sagte Jannik in leicht erstauntem, aber auch anerkennendem Tonfall, als Anders vorsichtig die Lider hob und ihn ansah. »Und ich muss gestehen, deutlich eleganter als diese plumpe Vakuummethode.«

»Was war das?«, fragte einer der Elder beunruhigt. Er hatte den rechten Arm mit dem Schwert ausgestreckt, als suchte er nach einem unsichtbaren Feind, den er aufspießen konnte, fuhr sich aber mit der anderen Hand immer wieder durch das Haar und betrachtete seine Finger, als könnte er nicht verstehen, dass die Nässe, die er gefühlt hatte, schon wieder weg war.

»Nichts«, sagte Jannik rasch und mit einem beruhigenden Lächeln. »Nur unsere Art …«

Er brach erschrocken und mitten im Satz ab, als sich das dumpfe Klacken von vorhin wiederholte und sie spüren konnten, wie die großen Motoren unter ihren Füßen wieder ansprangen. Nicht ganz so lautlos wie ihre Schwester auf der anderen Seite, dafür aber deutlich schneller begann sich die große Tür in seinem Rücken zu öffnen. Jannik gab ihnen mit einer hastigen Bewegung zu verstehen, dass sie still sein sollten, glitt lautlos zur Seite und packte das Schwert fester.

Die Tür schwang mit einem leisen Summen nach innen und ein hoch gewachsener, erstaunlich junger Mann, der einen der offenbar allgegenwärtigen schwarzen ABC-Anzüge, aber keinen Helm trug, trat mit einem raschen Schritt in die Schleusenkammer und blieb wie vom Donner gerührt stehen, als er sah, dass sie nicht leer war.

Sein Schrecken hielt nur einen Sekundenbruchteil an und er reagierte mit unglaublicher Schnelligkeit und wirbelte herum.

Trotzdem war Jannik schneller. Er ließ das Schwert fallen, und noch bevor es mit einem lang anhaltenden Klirren auf dem Boden aufschlug, traf seine Handkante die Halsschlagader des jungen Drachen und raubte ihm auf der Stelle das Bewusstsein. Ohne einen Laut sackte er zusammen. Jannik versuchte ihn aufzufangen, aber er hatte sich wohl trotz all der Zeit, die vergangen war, noch nicht ganz umgestellt, denn er versuchte mit einem Arm zuzugreifen, den er nicht mehr hatte. Der schlaffe Körper des Drachen entglitt ihm und fiel schwer zu Boden. Noch bevor Anders und Katt neben ihm angelangt waren, hatte sich Jannik bereits auf ein Knie herabsinken lassen und tastete mit den Fingerspitzen über den Hals des Mannes.

»Ist er tot?«, fragte Katt.

Jannik schüttelte abgehackt den Kopf. »Ich bin kein Killer, Kleine. Ich töte nur, wenn ich keine andere Wahl habe.« Er stand wieder auf, seufzte tief und fügte leiser und in irgendwie bedauernd klingendem Tonfall hinzu: »Obwohl ich ihm damit wahrscheinlich einen Gefallen getan hätte. Er wird sterben. Was kommt dieser Idiot auch ohne Helm hier herein? Bringen sie diesen Kindern denn heute gar nichts mehr bei?«

Sowohl Katt als auch die Elder sahen Jannik eindeutig verständnislos an, aber in Anders begann ein tiefer, ungläubiger Schrecken Gestalt anzunehmen. Er hoffte, dass er Jannik falsch verstanden hatte. »Was genau meinst du damit?«, murmelte er.

Janniks Antwort bestand nur aus einem wortlosen, durchdringenden Blick, doch was Anders darin las, das war schon deutlich mehr, als er überhaupt wissen wollte.

»Anders?«, fragte Katt. Auch sie klang alarmiert, sah ihn und Jannik aber abwechselnd und eher verstört an.

»Er meint damit, dass jeder sterben wird, der uns ohne Schutzanzug begegnet«, sagte Anders leise. »Habe ich Recht?«

»Das hier«, antwortete Jannik mit trotzig geschürzten Lippen und einer Geste auf den Gang hinter der offen stehenden Schleusentür, »ist der rote Bereich. Normalerweise bewegt sich hier niemand ohne Schutzanzug. Dieser Narr ist selbst schuld.«

»Was … was soll das heißen?«, fragte Katt.

Statt zu antworten drehte sich Jannik mit einem Ruck herum, hob sein Schwert auf und trat dann ohne ein weiteres Wort durch die Tür.

»Nichts«, sagte Anders rasch und mit einem bekräftigenden Kopfschütteln und einem ebenso falschen wie wenig überzeugenden Lächeln. »Mach dir keine Sorgen. Es wird alles gut. Komm.«

Katt *machte* sich sichtlich Sorgen und sie war offenbar keineswegs gewillt, sich mit dieser Antwort abspeisen zu lassen. Aber Anders gab ihr keine Gelegenheit, eine weitere Frage zu stellen, sondern ging in großem Bogen um den reglos daliegenden, todgeweihten jungen Mann herum und folgte Jannik.

Auch dieser Korridor unterschied sich kaum von dem Teil der Anlage, den sie bereits kannten. Die Wände waren sauberer und auf dem Boden lag kein Staub, doch das war auch schon alles. Der Korridor zog sich vor ihnen gute dreißig oder vierzig Meter weit dahin, bevor er in die Stufen einer aus nacktem Beton gegossenen Treppe überging. Das Licht war milder. Unter der Decke brannten keine Neonröhren, sondern große rechteckige Platten, deren Licht fast an das der Sonne erinnerte, und es gab eine Anzahl grau gestrichener Metalltüren, die an beiden Seiten abzweigten. Jannik, der schon ein paar Schritte vorausgeeilt war, öffnete die erste dieser Türen, stürmte ohne auch nur im Schritt innezuhalten hindurch und kam nach weniger als einer Sekunde zurück.

»Alles in Ordnung«, sagte er. »Geht hier rein. Schnell!« Er selbst eilte ihnen wieder entgegen und an Anders vorbei und machte eine entsprechende Geste zu den Elder, auf die hin Waldos und einer seiner Begleiter den bewusstlosen Drachen aufhoben und aus der Schleusenkammer trugen. Anders wich zur Seite um Platz zu machen. Ohne dass es einer weiteren Aufforderung bedurft hätte, trugen die Männer den Bewusstlosen in den Raum, den Jannik gerade inspiziert hatte, und Anders und Katt folgten ihnen.

Das Zimmer war unerwartet klein und nahezu leer. Es gab einen einfachen Tisch aus Metall und zwei Stühle und an der Wand neben der Tür einen riesigen, im Moment allerdings abgeschalteten Bildschirm mit einer dafür umso kleineren Tastatur darunter, das war alles. Die beiden Krieger luden den Bewusstlosen kurzerhand auf dem Tisch ab und Jannik riss einen Streifen aus seinem ohnehin zerfetzten Hemd, um ihn sorgsam an Händen und Füßen zu fesseln. Erst als er das erledigt hatte, ging er zur Tür zurück und schloss sie.

»Das sollte reichen«, sagte er. »Für den Augenblick sind wir wahrscheinlich sicher.«

Anders fragte sich, woher er diese Überzeugung nahm. Sein Blick tastete nervös über den großen Bildschirm an der Wand. Wo es Bildschirme gab, da mochte es durchaus auch Kameras geben, und es war nur eine Frage der Zeit – nicht sehr viel Zeit –, bis irgendjemand, und sei es durch Zufall, sie auf einem dazugehörigen Monitor entdeckte.

Jannik hatte seinen Blick bemerkt und anscheinend auch richtig gedeutet. »Mach dir keine Sorgen«, sagte er mit einem erzwungenen Lächeln. »Sie haben im Moment Besseres zu tun, als diesen Teil der Anlage zu überwachen.« Er schien noch mehr sagen zu wollen, runzelte aber dann nachdenklich die Stirn und trat langsam an Anders vorbei an den Schirm heran. Zögernd streckte er die Hand aus und berührte die kleine Tastatur darunter. Der Monitor erwachte mit einem leisen elektrischen Knistern zum Leben.

Katt schlug mit einem erschrockenen Laut die Hand vor den Mund, als ein farbiges, beinahe plastisch wirkendes Abbild derselben Gänge und Korridore darauf erschien, durch die sie vor wenigen Minuten erst geirrt waren, und auch die drei Elder rissen ungläubig die Augen auf.

»Keine Angst«, sagte Jannik rasch. »Es ist nur ein Bild.« Auf dem Monitor erschienen jetzt drei schwarz gekleidete Männer.

Waldos fuhr noch heftiger zusammen und wich instinktiv einen halben Schritt zurück, während Katt mit einem eher verwunderten Gesichtsausdruck näher an den Schirm herantrat und dann zögernd die Hand hob, um mit den Fingerspitzen über das nahezu unsichtbar erscheinende Glas zu fahren. Sobald sich einer der Drachen auf dem Monitor der Stelle näherte, an der ihre Hand lag, zog sie den Arm hastig zurück, wirkte aber trotzdem eher fasziniert als wirklich erschrocken.

»Das … ist so etwas wie ein Fenster, nicht wahr?«, murmelte sie. »Ein Fenster, durch das man an weit entfernte Orte sehen kann, ohne selbst gesehen zu werden, habe ich Recht?«

Was den letzten Teil ihrer Frage anging, so hätte sich Anders nichts mehr gewünscht, als dass es so war. Dennoch nickte er nur, erstaunt über den Scharfsinn von Katts Frage, vor allem als sie hinzufügte: »So ähnlich wie der Lauscher, den Tamar bei mir zurückgelassen hat. Nur dass das hier Bilder zeigt.«

Anders konnte sie nur erstaunt anblicken. Er bezweifelte, dass er umgekehrt dieses System so schnell durchschaut hätte, wäre er an Katts Stelle gewesen.

»Wenn der Unterricht beendet ist, könnten wir dann jetzt weitermachen?«, erkundigte sich Jannik.

Anders maß ihn mit einem kühlen Blick. Seit sie die Schleuse betreten hatten, hatte Jannik sich verändert. Anders konnte noch nicht sagen, warum und in welche Richtung, aber er hatte das Gefühl, dass ihm diese Veränderung nicht gefiel. »Gern«, sagte er. »Und womit?«

Jannik machte eine Kopfbewegung zur Tür. »Ich gehe mich draußen umsehen. Wenn irgendetwas passiert oder ich in zehn Minuten nicht zurück bin, dann versucht auf eigene Faust hier herauszukommen.«

»Prima Idee«, sagte Anders. »Verrätst du uns auch, wie?«

»Im Prinzip müsst ihr nur den Markierungen an den Wänden folgen«, antwortete Jannik. »Die grünen Streifen führen nach draußen.«

Anders konnte sich nicht erinnern, irgendwelche Markierungen draußen an den Wänden gesehen zu haben, schon gar keine *grünen Streifen.* Er sagte jedoch nichts mehr dazu. Ihnen allen war klar, dass sie verloren waren, wenn Jannik nicht zurückkehrte. Stattdessen machte er eine Kopfbewegung auf den bewusstlosen Drachen. »Was machen wir mit ihm, wenn er wach wird?«

»Das wird er nicht«, versprach Jannik. »Und wenn doch, dann hört ihm einfach nicht zu, ganz egal was er sagt.«

Das gefiel Anders noch sehr viel weniger als alles, was er vorher gesagt hatte, aber Jannik gab ihm keine Gelegenheit, noch einmal zu protestieren, sondern drehte sich fast hastig um und ging zur Tür. Behutsam öffnete er sie einen Spaltbreit, lugte hindurch und huschte dann lautlos auf den Flur hinaus.

Anders fühlte sich auf eine sonderbare, schwer in Worte zu fassende Art allein gelassen, als Jannik die Tür hinter sich ins Schloss zog, und er spürte auch, dass es den anderen ebenso erging. Es hatte nichts damit zu tun, dass Jannik vermutlich trotz seines fehlenden Armes und seines momentanen schlechten Zustandes noch immer kampfstärker war als Waldos oder einer der anderen Elder. Jannik hatte ihnen allein durch seine Anwesenheit ein Maß an Zuversicht und Mut verliehen, dessen Anders sich bis jetzt noch gar nicht bewusst gewesen war. Er begriff plötzlich, dass es sich mit Jannik im Grunde nicht anders verhielt als mit Katt: ihn einmal zu verlieren, war entsetzlich gewesen; der Gedanke, es könnte ein zweites Mal geschehen, war mehr, als er ertragen konnte.

Er musste sich beherrschen, um nicht einfach hinter Jannik herzustürmen – nicht einmal weil er so mutig gewesen wäre, sondern weil er plötzlich so große Angst hatte, allein zurückzubleiben. Sehr weit wäre er allerdings auch gar nicht gekommen, denn es vergingen nur ein paar Augenblicke, bis Jannik zurückkehrte. Zu Anders' Beunruhigung hatte er das Schwert wieder gezogen, schüttelte aber dennoch nur rasch den Kopf, als er seine Unruhe bemerkte, und sagte: »Alles in Ordnung. Bisher scheint niemand etwas gemerkt zu haben.«

Anders warf noch einen raschen besorgten Blick zu dem bewusstlosen Drachen zurück. Er fühlte sich nicht gut dabei, ihn einfach hier zurückzulassen, aber er sagte sich gleichzeitig, dass das wahrscheinlich auch das Einzige war, was sie überhaupt tun konnten. Wenn Jannik die Wahrheit gesagt hatte, was sein Schicksal anging, so spielte es ohnehin keine Rolle mehr. Und wenn nicht, dann war er hier, wo ihn seine Kameraden früher oder später mit Sicherheit finden würden, auf jeden Fall besser untergebracht.

Zusammen mit Katt verließ er als Letzter das Zimmer. Jannik hatte sich bereits nach rechts gewandt und näherte sich mit schnellen Schritten einer richtigen Tür am Ende des Korridors. Auch neben ihr war eine kleine, äußerst robust aussehende Schalttafel angebracht und Anders nahm an, dass es sich um eine weitere luftdicht abschließende Schleuse handelte. Jannik musterte diese Schalttafel mit einem Gesichtsausdruck, der Anders nicht besonders gefiel; offensichtlich war er mit der Konstruktion nicht vertraut und fürchtete etwas falsch zu machen.

Auch Anders sah sich nervös um. Zwei oder drei der Türen, die vorhin sorgsam geschlossen gewesen waren, standen offen oder waren nur noch angelehnt. Anders bezweifelte allerdings, dass Jannik die dahinter liegenden Räume gründlich durchsucht hatte – dazu hatten die wenigen Augenblicke, die er weg gewesen war, kaum ausgereicht.

»Was liegt hinter jener Tür?«, erkundigte sich Waldos.

»Noch mehr Türen«, antwortete Jannik, »und eine Menge Drachen, fürchte ich.« Er kam Waldos' besorgter Entgegnung mit einem raschen Kopfschütteln zuvor. »Keine Sorge – wenn wir erst einmal hier raus sind, haben wir eine gute Chance. Ihr dürft nur nicht …«

Anders erfuhr niemals, was sie nicht tun durften. Plötzlich zerriss ein schrilles, an- und abschwellendes Heulen die Luft. Von einem Sekundenbruchteil auf den anderen färbte sich das Licht rot und eine schrille Computerstimme begann immer und immer wieder dieselben beiden Worte zu rufen: *»Achtung! Kontaminationsalarm!«*

Jannik prallte von der Schalttafel zurück, als hätte er unversehens glühendes Eisen angefasst, obwohl Anders vollkommen sicher war, dass er sie nicht einmal berührt hatte. Auch die drei Elder fuhren herum, hoben ihre Waffen und hielten instinktiv nach einem Feind Ausschau, und Anders selbst legte – rein instinktiv und ohne bewusste Absicht – schützend den Arm um Katts Schulter. Es gab jedoch niemanden, vor dem er sie hätte beschützen müssen, so wenig, wie die Schwerter der Elder irgendein Ziel hatten. Das Flackern des Lichtes schien hektischer zu werden und wäre Anders nicht vollkommen sicher gewesen, der Stimme eines Computers zu lauschen, so hätte er geschworen, plötzlich einen fast panischen Unterton in der Warnung zu hören, die mit der mechanischen Gleichgültigkeit einer Maschine immer und immer wieder wiederholt wurde. Von irgendeinem Gegner war keine Spur zu sehen. Anders war jedoch sicher, dass das nicht mehr lange so bleiben würde.

Er sollte Recht behalten. Die Computerstimme schrie vielleicht noch ein Dutzend Mal ihre stets gleich bleibende Warnung und verstummte dann, und zugleich hörte das Licht auf zu flackern, behielt jedoch seine warnende düsterrote Farbe. Die Stille, die daraufhin einkehrte, war so tief und auf ihre Art so unheimlich, dass sich Anders beinahe wünschte, der Computer möge weiterschreien.

»Was geschieht jetzt?«, flüsterte Katt. Sie machte sich mit sanfter Gewalt aus seiner Umarmung los, wich jedoch kein Stück zur Seite, sondern presste sich im Gegenteil eher noch fester an ihn.

Statt zu antworten sah sich Jannik einen Moment lang wild in dem langen Korridor um und deutete dann auf eine der Türen hinter ihnen. Er stürmte darauf zu, rammte sie mit der Schulter vollends auf, ohne sich die Mühe zu machen, nach der Klinke zu greifen, und stürmte hindurch. Anders, Katt und die drei Elder folgten ihm dichtauf. Waldos wollte an der Tür herumfahren, vermutlich um sich dort zu postieren und eventuelle Verfolger abzuwehren, aber Jannik winkte ungeduldig ab. »Das hat keinen Sinn!«, keuchte er. »Weiter!«

Der Raum war deutlich größer als der erste, den sie nach der Schleuse betreten hatten, aber ebenso spartanisch eingerichtet, und anders als dort gab es hier eine zweite Tür, auf die

Jannik nun zustürmte. Dahinter kam ein schmaler Korridor zum Vorschein, der nach nur einigen Metern vor einer gänzlich aus Glas bestehenden Tür endete. Jannik durchquerte auch diesen Korridor mit wenigen weit ausgreifenden Schritten und wollte die Tür auf die gleiche Weise wie die beiden zuvor öffnen. Diesmal gelang es ihm nicht. Sie hatte keine Klinke, sondern nur eine direkt in das Glas hineingeätzte Zifferntastatur, und als Jannik sich wütend mit der Schulter gegen das Glas warf, bestand das einzige Ergebnis darin, dass er zurückgeschleudert wurde und beinahe gestürzt wäre. Anders wollte ihm zu Hilfe eilen, doch Jannik schüttelte seine Hand nur wütend ab und versuchte es noch einmal und mit noch mehr Schwung.

Diesmal war der Anprall so heftig, dass Anders fast zu hören glaubte, wie Janniks Schulter knirschte. Die Glastür zeigte sich von dieser groben Behandlung vollkommen unbeeindruckt, aber Jannik fiel mit einem nicht mehr ganz unterdrückten schmerzerfüllten Keuchen auf die Knie und hatte für einen Moment Mühe, nicht gänzlich zu stürzen. Fünf, vielleicht sogar zehn Sekunden hockte er mit schmerzverzerrtem Gesicht da, bevor er sich wieder in die Höhe stemmte und die Glastür beinahe hasserfüllt musterte. Obwohl er wissen musste, wie das Ergebnis aussehen würde, hämmerte er den Knauf seines Schwertes drei-, vier-, fünfmal hintereinander mit aller Gewalt gegen das Glas. Als er schließlich zurücktrat und erschöpft den Arm sinken ließ, hatte das schimmernde Material nicht einmal einen Kratzer.

Anders versuchte, sich seine Enttäuschung nicht allzu deutlich anmerken zu lassen, doch dieser Versuch musste wohl spätestens in dem Moment kläglich scheitern, als er an Jannik vorbei und ganz an die gläserne Tür herantrat, um einen Blick in den dahinter liegenden Raum zu werfen. Im allerersten Moment erschien ihm das, was er sah, so verwirrend, dass es ihm kaum gelang, ihm irgendeinen Sinn abzugewinnen. Der Raum war riesig, wirkte aber trotzdem irgendwie beengt, denn er war hoffnungslos voll gestellt mit Tischen, Schränken, Schreibtischen voller Computermonitoren und Tastaturen und großen Glasbehältern, von denen manche mit trüben Flüssigkeiten gefüllt waren, in denen Dinge schwammen, die Anders lieber nicht genau erkennen wollte. Ihm wurde rasch klar, dass es sich um eine Art Labor handelte; ganz ähnlich dem, auf das sie in dem zerstörten Teil der Anlage gestoßen waren, nur ungleich moderner. Auf der anderen Seite des Raums gab es gleich drei weitere Türen, von denen eine sperrangelweit offen stand, wie um sie zusätzlich zu verhöhnen.

»Was ist das hier?«, fragte Waldos. Ohne eine Antwort abzuwarten trat er neben Anders und fuhr fast ängstlich mit den Fingerspitzen über das Glas. Ihm musste der Anblick des ultramodernen Labors auf der anderen Seite der nahezu unsichtbaren Barriere noch viel verwirrender und befremdlicher vorkommen als Anders; aber ganz offensichtlich machte es ihm auch ebenso große Angst.

»Nichts, was uns jetzt noch weiterhilft«, knurrte Jannik. »Wir müssen zurück.«

Der Elder zögerte. Er fuhr erneut mit den Fingern über das Glas, warf Jannik einen unsicheren Blick zu und sagte dann: »Wenn wir es zu dritt versuchen …«

»Hätte es genauso wenig Sinn«, unterbrach ihn Jannik mit einem neuerlichen, entschiedenen Kopfschütteln. »Das Ding hält wahrscheinlich einem Kanonenschuss stand.« Er machte eine harsche Handbewegung, um Waldos jede weitere Entgegnung gleich von vornherein abzuschneiden, und sagte noch einmal: »Wir müssen zurück.«

Der Gesichtsausdruck des Elder sprach Bände. Er wusste ebenso gut wie Jannik, Anders und auch alle anderen hier, dass es kein Zurück für sie gab. Selbst wenn der Gang draußen wider Erwarten noch nicht voller feindlicher Krieger war, führte der einzige Weg hier heraus zurück in das aufgegebene Labor – wo sie ganz bestimmt von ihren Verfolgern erwartet wurden. Anders versuchte in Gedanken die Zeit abzuschätzen, die seit dem Alarm vergangen war. Vermutlich nicht mehr als ein paar Minuten, aber er kannte diese Männer mittlerweile gut genug um zu wissen, dass das deutlich mehr Zeit war, als sie brauchten.

Dennoch widersprach er nicht, als sich Jannik mit einem demonstrativen Ruck umdrehte und wieder zum Ausgang eilte. Sie hatten den großen Raum zur Hälfte durchquert, als die Tür aufflog und ein Mann in einem schwarzen ABC-Anzug hereinstürmte; dicht gefolgt von einem zweiten, ähnlich gekleideten Drachen.

Aber eben nur *ähnlich.* Einer der Männer sah aus wie die zahlreichen Soldaten, denen Anders bisher schon begegnet war, der andere jedoch trug eine der sonderbaren schwarzen *Ritterrüstungen*, wie er sie vorhin oben im Hangar das erste Mal zu Gesicht bekommen hatte. Was Jannik jedoch nicht davon abhielt, wie ein Wirbelwind unter die Angreifer zu fahren und ihnen einen Crashkurs in einarmiger asiatischer Kampfkunst zu verpassen, der nicht einmal eine ganze Sekunde dauerte. Als er vorüber war, lag einer der Männer reglos auf dem Boden und die schwarze Sichtscheibe seines Helms war geborsten. Den anderen hatte Jannik mit einem perfekten Schulterwurf quer durch den Raum und mit solcher Wucht gegen die Wand geschleudert, dass er trotz seines offenbar nahezu unzerstörbaren Kampfanzuges wankte und benommen darum kämpfte, auf den Beinen zu bleiben. Jannik machte sich nicht die Mühe, ihm nachzusetzen, obwohl Anders sicher war, dass er ihn trotz seiner bizarren Rüstung hätte ausschalten können.

Stattdessen bückte er sich rasch nach seinem gestürzten Kameraden, ließ sein Schwert fallen und hob in der gleichen Bewegung das Gewehr des Drachen auf. Anders fuhr erschrocken zusammen, doch Jannik hatte offenbar gar nicht vorgehabt wirklich zu schießen. Er richtete die Waffe zwar auf sein Gegenüber, aber Anders wusste, wie unglaublich schnell Jannik sein konnte – hätte er tatsächlich abdrücken wollen, dann hätte der Mann nicht einmal mehr Zeit gefunden, zu erschrecken. So starrte er Jannik eine halbe Sekunde lang entsetzt an, dann fuhr er herum und stürmte aus der Tür.

»Warum habt Ihr das getan?«, keuchte Waldos. »Jetzt wird er seine Kameraden alarmieren und wir haben noch einen Feind mehr!«

Jannik ließ mit einem bedauernden Kopfschütteln die Waffe sinken. »Sie wissen längst, dass wir hier sind«, sagte er leise. »Und das nächste Mal werden sie vorbereitet sein. Aber wenigstens haben wir jetzt eine Waffe.«

»Du hast doch nicht vor, hier drinnen eine wilde Schießerei anzufangen, oder?«, fragte Anders. Schon der bloße *Gedanke* ließ ihm einen kalten Schauer über den Rücken laufen.

»Ich hatte nicht vor, überhaupt *hier* zu sein«, sagte Jannik düster. »Verdammt, ich weiß nicht mehr, was wir tun sollen! Wir sitzen in der Falle! Es gibt keinen ...«

Er brach mitten im Satz ab, starrte eine geschlagene Sekunde lang das Gewehr an, das er in der Hand hielt, und ein Ausdruck verwirrter Verblüffung begann von seinem Gesicht Besitz zu ergreifen. Dann murmelte er ganz leise: »Ich Idiot«, fuhr auf dem Absatz herum und war mit wenigen großen Schritten wieder bei der gegenüberliegenden Tür. Ein grellblauer Blitz löschte für einen Moment das weiße Neonlicht aus, das den Raum erfüllte, dann ertönte eine krachende Explosion, die sich mit dem Geräusch von zerberstendem Glas vermengte, das zu Boden fiel.

»Kommt!«, schrie Jannik.

Nicht nur die bisher so unüberwindlich erscheinende Glastür war seinem Schuss zum Opfer gefallen. Als Anders dicht hinter ihm in den Korridor stürmte, sah er, dass ein Teil des dahinter liegenden Laboratoriums in Flammen stand. Noch während er durch den kurzen Gang stürmte, erwachte eine Sprinkleranlage unter der Decke zum Leben, die es aber nicht schaffte, die Flammen wirklich zu ersticken. Das Feuer fand in geschmolzenem Plastik und brennenden Chemikalien reichlich Nahrung, und Anders zog es vor, lieber gar nicht darüber nachzudenken, *was* er da gerade einatmete, während Katt und er dicht hinter Jannik durch den großen Raum stürmten. Wenigstens breitete sich das Feuer nicht schnell genug aus, um ihnen den Weg abzuschneiden – vielleicht aber ihren Verfolgern. Irgendetwas explodierte inmitten der Flammen und überschüttete sie mit einem Regen aus kleinen glühenden Glassplittern, und in der Luft lag plötzlich ein so beißender Gestank, dass Anders entsetzt den Atem anhielt, während er die letzten drei, vier Schritte zurücklegte. Hinter ihm begannen die Elder gequält zu husten, aber Anders konnte nur hoffen, dass sie ganz instinktiv dasselbe taten wie er. Wenn einer von ihnen stürzte oder gar das Bewusstsein verlor, dann war das sein sicheres Todesurteil.

Es waren nur noch wenige Schritte und doch war Anders auf dem letzten Stück nicht mehr sicher, ob er es wirklich schaffen würde. Seine Lungen schienen zu bersten. Der ätzende Qualm trieb ihm die Tränen in die Augen, sodass er kaum noch sah, wohin er rannte, und obwohl die Sprinkleranlage den Raum mit solchen Unmengen von Wasser überflutete, dass sie alle binnen einer einzigen Sekunde bis auf die Haut durchnässt gewesen waren, wurde es immer heißer. Mehr taumelnd als rennend erreichte er die Tür, stieß Katt kurzerhand hindurch und atmete erleichtert auf, als Jannik ihn schließlich am Arm ergriff und grob zu sich hereinzerrte. Ganz egal ob die Luft nun giftig war oder nicht, er musste atmen. Erschöpft ließ er sich neben Jannik gegen die Wand sinken, atmete tief und gierig und so schnell hintereinander ein paarmal ein und aus, dass ihm schwindlig wurde, und nahm nur noch durch einen dichten Schleier aus Tränen wahr, wie auch die drei Elder nacheinander hinter ihnen in den rettenden Gang stürzten. Nur am Rande registrierte er, dass Jannik seine Waffe hob und zwei weitere Schüsse abgab, die das Labor endgültig in eine Hölle aus Flammen und mörderischer Hitze verwandelte, bevor er die Tür zuwarf und sein Schwert benutzte, um die Klinke zu verkeilen.

»Weiter!«, befahl Jannik. »Es muss hier noch einen anderen Ausgang geben!«

Anders hätte es lieber andersherum gehabt – doch es war Katt, die ihn am Arm ergriff und hinter sich herzerrte, weil er kaum noch die Kraft hatte, zu laufen. Irgendetwas musste in der Luft gewesen sein, die er eingeatmet hatte. Ihm war schwindlig und in seinem Magen begann sich ein leises Gefühl von Übelkeit breit zu machen, das wie der Vorgeschmack auf Schlimmeres wirkte. Aber immerhin konnte er atmen; eine Selbstverständlichkeit, die rasend schnell zum Luxus wurde, wenn man sich ihrer auch nur ein paar Sekunden lang beraubt sah.

Seine Gedanken kehrten erst wieder in die Wirklichkeit zurück, als er Jannik vor sich enttäuscht aufschreien hörte. Anders blinzelte mühsam die Tränen weg. Jannik war abermals stehen geblieben, obwohl sie den Raum, in den sie gelangt waren, nicht einmal zur Hälfte durchquert hatten. Aber er konnte nicht weiter, denn unmittelbar vor ihnen befand sich eine Trennwand aus massivem Glas, die vom Boden bis zur Decke reichte. Jannik hätte zweifellos keine Hemmungen gehabt, auch sie mit einem einzigen Schuss aus der erbeuteten Waffe zu beseitigen, doch es gab etwas, das ganz entschieden gegen diese Möglichkeit sprach.

Genauer gesagt waren es sechs Gründe, die ganz in nachtschwarze Kampfanzüge gehüllt waren, unheimliche rot leuchtende Kameralinsen anstelle von Augen hatten und mit ihren Waffen durch die Glaswand hindurch auf Jannik zielten. Ein leises Knacken ertönte und dann sagte eine kalte, auf unheimliche Weise gefühllos klingende Stimme scheinbar aus dem Nichts heraus: »Leg die Waffe weg. Du hast jetzt wirklich genug Schaden angerichtet.«

Noch bevor Jannik antworten oder sonst wie reagieren konnte, ertönte hinter ihnen eine krachende Explosion, mit der die Tür, die er so mühsam verkeilt hatte, aus den Angeln gerissen und meterweit in ihre Richtung geschleudert wurde.

Flammen und ein Regen aus glühenden Trümmerstücken folgten ihr, und nur eine Sekunde später stürmte auch aus dieser Richtung ein halbes Dutzend Drachen herein. Jannik wirbelte herum und riss seine Waffe in die Höhe, und mindestens zwei oder drei der neu aufgetauchten Soldaten legten ebenfalls auf ihn an, und was Anders jetzt tat, das hatte weder etwas mit Mut noch mit Berechnung zu tun, auch wenn er sich das selbst gerne eingeredet hätte: Ohne auch nur einen Sekundenbruchteil zu zögern, ließ er Katts Hand los und trat mit einem einzigen Schritt zwischen Jannik und Oberons Krieger.

»Anders, bist du verrückt?«, keuchte Jannik. »Willst du, dass sie dich umbringen?«

»Keineswegs«, antwortete Anders auf Janniks zweite Frage. Seine erste Frage beantwortete er zwar nur in Gedanken, aber mit einem eindeutigen *Ja.* »Tretet hinter mich«, sagte er. »Sie werden nicht schießen!«

Das hatten sie auch nicht nötig, fügte er in Gedanken hinzu. Ihre Übermacht war schon jetzt erdrückend und hinter ihnen stürmten noch einmal drei oder vier Männer herein, die ihre Waffen zwar drohend auf sie richteten, aber ganz bestimmt nicht schießen würden. Ganz davon abgesehen, dass die Gefahr bestand, die gläserne Trennwand zu zertrümmern und somit einen weiteren Teil der unterirdischen Anlage der Verseuchung preiszugeben, würde es keiner von ihnen riskieren, *ihn* in Gefahr zu bringen. Doch es war nur ein schwacher Trost. Anders' Geste mochte ebenso heldenhaft wie selbstlos wirken, aber sie hatte ihnen letztendlich nur einige wenige Sekunden erkauft. Nicht einmal Jannik konnte mit *dieser* Übermacht fertig werden.

Wieder ertönte die unheimliche Stimme aus den Nichts. »Es ist vorbei, Jannik. Gib endlich auf. Du kannst nicht mehr gewinnen.«

Obwohl kalt und durch die schlechte Qualität der Übertragung verzerrt, kam die Stimme Anders mit einem Mal auf erschreckende Weise bekannt vor. Er warf einen nervösen Blick über die Schulter zurück, aber das Bild hinter ihnen hatte sich nicht geändert. Die Soldaten standen immer noch da und hatten ihre Waffen schussbereit erhoben. Sie würden nicht von sich aus das Feuer eröffnen, doch Anders zweifelte auch nicht daran, dass sie sich verteidigen würden, sollten sie dazu gezwungen werden. Die Stimme hatte Recht. Es war vorbei.

Aber ein Teil von ihm wollte das einfach nicht zugeben. Er wandte sich wieder um und sah der mittlerweile auf fast ein Dutzend Männer angewachsenen kleinen Armee hinter ihnen trotzig entgegen. Oberons Krieger hatten ihre Waffen zwar gesenkt, verteilten sich jedoch nun rasch zu einem Halbkreis und kamen gleichzeitig langsam näher. Ihre Bewegungen waren koordiniert und zielgerichtet, trotzdem aber einen Deut langsamer, als Anders erwartet hätte; anscheinend wussten sie, wem sie gegenüberstanden, und begingen nicht den Fehler, den einzelnen, noch dazu einarmigen Mann zu unterschätzen – ein Fehler, der bereits zwei ihrer Kameraden das Leben gekostet hatte.

Zwei zu viel, dachte Anders bitter. In diesem sinnlosen Kampf waren bisher so viele Leben vergeudet worden, dass er den Gedanken plötzlich nicht mehr ertrug, es könnte auch nur noch ein einziges hinzukommen. Ein Leben auszulöschen war immer ein schreckliches Verbrechen, ganz gleich unter welchen Umständen – aber es vollkommen ohne Grund zu tun, war noch viel schlimmer. Und plötzlich wurde ihm klar, wie sinnlos es von Anfang an gewesen war. Mit einem Mal – viel, viel zu spät – begriff er, dass Janniks Weg von Anfang an der falsche gewesen war.

»Sie haben Recht, Jannik«, murmelte er. »Es hat keinen Sinn mehr.«

Er hob demonstrativ die Arme und fuhr fort, an die noch immer langsam näher kommenden Männer gewandt: »Wir geben auf.«

»Nein, verdammt noch mal, das tun wir nicht!«, sagte Jannik. Bevor Anders auch nur wirklich begriff, was geschah, trat Jannik mit einem einzigen Schritt unmittelbar hinter ihn, schlang den Arm um seinen Hals und bog seinen Kopf mit einem kurzen, harten Ruck zurück. »Keine Angst«, zischte seine Stimme ganz dicht an Anders' Ohr. »Ich bluffe nur. Aber sie werden es nicht wagen, dich in Gefahr zu bringen.«

Anders hatte keine Angst. Jetzt nicht mehr. Es gab nichts mehr, was er noch gewinnen konnte, und somit auch nichts mehr, was ihm noch wirklich Angst einzuflößen vermochte.

»Einen Schritt weiter und ich breche ihm das Genick!«, drohte Jannik erneut. Er unterstrich seine Worte mit einem neuerlichen harten Ruck, der einen quälenden Schmerz durch Anders' Nacken rasen ließ, und tatsächlich blieben die Männer nicht nur stehen, sondern wichen nach einem Augenblick sogar ein Stück zurück. Aber es war so sinnlos, dachte Anders. Was glaubte Jannik noch erreichen zu können? Ein paar Augenblicke, mehr nicht. Er spürte, wie erregt Jannik war und wie dicht er davor stand, tatsächlich in Panik zu geraten, aber er hatte immer noch keine Angst. Nichts spielte mehr eine Rolle. Das Einzige, was er vielleicht empfand, war eine vage Trauer, wenn er an all die Jahre mit Katt dachte, die er nun *nicht* mehr erleben würde, ganz gleich ob Jannik ihn nun tötete oder nicht. Vielleicht war es sogar besser, sie gar nicht zu erleben, statt ohne sie.

Die Männer wichen weiter vor ihnen zurück. Fast alle hatten mittlerweile ihre Waffen gesenkt und der eine oder andere sogar die Arme, um Jannik zu signalisieren, dass er ihn nicht angreifen oder irgendetwas anderes Unbedachtes tun würde. Das schien Jannik jedoch nicht zu genügen. Er wich rasch ein paar Schritte zurück, bis er mit dem Rücken gegen die Glasscheibe stieß, wobei er Anders so derb mit sich zerrte, dass dieser Mühe hatte, auf den Beinen zu bleiben. Er bemerkte aus den Augenwinkeln, wie Katts Augen fast hasserfüllt aufleuchteten und sie sich zum Sprung spannte, um sich auf Jannik zu werfen und vermutlich ihre Krallen in sein Gesicht zu graben, und versuchte ihr mit fast verzweifelten Blicken zu signalisieren, es nicht zu tun.

»Keinen Schritt näher!«, sagte Jannik noch einmal und vollkommen überflüssigerweise. Seine Stimme bebte. Sein Arm umschloss Anders' Hals jetzt so fest, dass er kaum noch atmen konnte.

Die Männer wichen wieder ein weiteres Stück zurück und auch der allerletzte senkte nun seine Waffe, aber es war ein Sieg ohne Sinn. Hinter den Drachen kamen noch mehr Soldaten durch die aufgebrochene Tür, dann betraten fünf, sechs, schließlich fast ein Dutzend hoch gewachsene Gestalten im strahlenden Weiß der Elder den Raum. Anders' Augen weiteten sich ungläubig, als er ihren Anführer erkannte.

»Tamar!«, sagte Waldos hasserfüllt. »Ich hätte Euch doch töten sollen, als ich die Gelegenheit dazu hatte!«

»Vermutlich«, bestätigte der Elder-Fürst ungerührt. »Manche Fehler rächen sich schneller, als einem lieb ist, nicht wahr?« Sein Blick hielt den Waldos' einen Moment lang gefangen, dann drehte er mit einem Ruck den Kopf und starrte Jannik an. »Lass ihn los!«, befahl er.

Jannik dachte nicht daran, sondern brachte ganz im Gegenteil irgendwie das Kunststück fertig, seine Waffe auf Tamar zu richten, ohne Anders dabei loszulassen. »Wenn ich es nicht tue?«

Tamar zog sein Schwert. »Lass ihn los«, sagte er noch einmal.

»Ganz bestimmt nicht«, antwortete Jannik und bog Anders' Kopf noch ein kleines Stück weiter in den Nacken, sodass er nun endgültig keine Luft mehr bekam. »Willst du es riskieren? Möchtest du Oberon erklären, warum sein Sohn tot ist?«

Tamar setzte zu einer Antwort an, doch dann wurden seine Augen plötzlich groß und ein Ausdruck vollkommener Fassungslosigkeit breitete sich auf seinem Gesicht aus, und eine ruhige, sehr tiefe Stimme sagte: »Das wird nicht nötig sein, Jannik. Bitte lass ihn los. Lass uns reden.«

Jannik fuhr so heftig zusammen, dass es Anders mit der Angst zu tun bekam, er könne ihm ganz aus Versehen tatsächlich das Genick brechen, und aus Tamars Gesicht wich auch noch das allerletzte bisschen Farbe, dann fiel er auf ein Knie herab und beugte so tief das Haupt, dass er eigentlich hätte nach vorne kippen müssen.

»Oberon«, hauchte er.

31

Obwohl es objektiv gesehen nicht einmal lange her war, dass Anders seinem Vater das letzte Mal gegenübergestanden hatte – weniger als ein Jahr um genau zu sein, eine Spanne, die selbst für das subjektiv viel intensivere Zeitempfinden eines jungen Menschen vielleicht lang, aber doch überschaubar war –, hatte Anders im allerersten Moment fast Mühe, ihn zu erkennen. Es lag nicht daran, dass er sich verändert hätte; Ottmar Beron war immer noch derselbe hoch gewachsene Mann von kräftigem Wuchs, mit den gleichen, auf sonderbare Weise zeitlos wirkenden Zügen, die es nicht nur Anders stets vollkommen unmöglich gemacht hatten, sein Alter zu schätzen. Nichts an ihm hatte sich wirklich verändert. Sein grau gewordenes, trotzdem aber noch immer volles Haar, das er normalerweise streng zurückgekämmt und zu einem Pferdeschwanz gebunden trug, fiel jetzt offen bis weit über seine Schultern herab, der eisgraue Bart war vielleicht etwas voller geworden, jedoch ebenso penibel ausrasiert und gestutzt wie immer, und auch der Blick seiner beinahe schon unnatürlich blauen, hellen Augen hatte nichts von seiner zwingenden Macht eingebüßt.

Und dennoch schien es ein vollkommen Fremder zu sein, der Anders gegenüberstand.

Er konnte das Gefühl nicht wirklich in Worte kleiden. Es lag nicht daran, dass sein Vater das Haar nun offen und anstelle eines modischen Maßanzuges ein einfaches weißes Gewand trug, das von einem ebenfalls weißen Gürtel über der Hüfte zusammengehalten wurde, und dazu einen bodenlangen Mantel von gleicher Farbe, der lose um seine Schultern hing. Es lag auch nicht an dem schlanken Schwert mit dem goldverzierten, ziselierten Griff, das aus seinem Gürtel ragte, oder dem schmalen Reif mit dem blutroten Rubin, der seine Stirn zierte. Das alles waren Äußerlichkeiten, die er erwartet hatte. Seinen Vater in einem Armani-Anzug und mit einem eleganten Aktenköfferchen und einer dezent-auffälligen Rolex am Handgelenk in *dieser* Umgebung zu erblicken hätte ihn weit mehr irritiert, als ihn in der schlichen Tracht eines Elder zu sehen.

Und dennoch: Es fiel Anders schwer, ihn wirklich zu erkennen. Ihn als das zu akzeptieren, was er war. Plötzlich war da etwas, was er stets in der Nähe seines Vaters gespürt, aber noch niemals so deutlich *gesehen* hatte. Da war eine Aura von Kraft, von unendlichem Wissen und … *Weisheit*, die ihn mit solcher Intensität umgab, dass man fast meinte sie sehen zu können. Der Mann, der so plötzlich auf der anderen Seite der gläsernen Wand aufgetaucht war und ihn stumm ansah, war und blieb das, was er immer gewesen war – Anders' Vater –, und trotzdem war er von einem Augenblick auf den anderen mehr. So unendlich viel mehr, dass Anders keine Worte fand, um den Unterschied zu beschreiben.

»Oberon«, flüsterte Tamar noch einmal. Anders riss seinen Blick mit einiger Mühe vom Gesicht seines Vaters los und sah, dass Tamar nicht als einziger Elder ehrfürchtig auf die Knie gesunken war und den Kopf gesenkt hatte. Auch alle anderen Elder – einschließlich Waldos – waren auf die Knie gefallen und hatten das Haupt gesenkt. Selbst Katt war einen Schritt weit zurückgeprallt und starrte die weiße Gestalt auf der anderen Seite der Glasscheibe aus großen Augen an. Sie zitterte. Ganz leicht nur, aber am ganzen Leib.

»Bitte, lass ihn los, Jannik«, sagte Oberon noch einmal.

Seine Stimme war leise, fast sanft, doch sie hatte eine so zwingende Macht, dass Anders spürte, wie schwer es Jannik fiel, sich ihrem Befehl zu widersetzen.

»Und wenn nicht?«, fragte Jannik. Seine Stimme zitterte. »Was wirst du dann tun?«

Oberon schüttelte mit einem traurigen Seufzen den Kopf. »Was willst du jetzt hören?«, fragte er traurig. »Dass ich dich anflehe, das Leben meines Sohnes zu verschonen? Möchtest du, dass ich vor dir auf die Knie sinke? Ich tue es, wenn du es willst. Aber ich glaube nicht, dass *du* es willst.«

»Hör auf!«, schrie Jannik. »Hör endlich auf, du verdammter, größenwahnsinniger Despot! Du weißt verdammt genau, was ich will!«

»Nein«, sagte Oberon ruhig, »das weiß ich nicht. Sag mir, was ich tun muss, damit dieser Wahnsinn aufhört, und ich tue es.«

»Ich will nichts als die Wahrheit«, antwortete Jannik mit bebender Stimme. »Du willst wissen, was ich will? Also gut. Ich will, dass du allen hier die Wahrheit sagst! Ich will, dass sie aus deinem Mund hören, wer für all das hier verantwortlich ist! Ich will, dass du zugibst, dass *du* diese Hölle auf Erden hier erschaffen hast! Das ist alles, was ich will. Sie sollen hören, dass ihr Gott kein Gott, sondern nur ein Wahnsinniger ist!«

Oberons Blick umwölkte sich. Sehr ruhig und mit einem sonderbaren Ausdruck von Trauer und Enttäuschung sah er sekundenlang Jannik an, dann einen kurzen Moment Anders und dann wieder Jannik. Und schließlich sagte er: »Wenn du das möchtest, dann tue ich es. Aber es wäre nicht die Wahrheit.«

»Natürlich nicht«, antwortete Jannik höhnisch. »Wie hätte ich auch etwas anderes als Ausflüchte erwarten können?«

»Jannik, bitte sei vernünftig«, sagte Oberon. »Lass Anders los und leg deine Waffe weg. Du hast mein Wort, dass dir nichts geschieht. Und auch den anderen nicht.« Er hob die

Hand und sagte noch einmal und mit lauterer Stimme: »Ich habt mich gehört. Niemand wird ihnen etwas zuleide tun.«

Jannik dachte nicht daran, Anders loszulassen, aber wenigstens hatte er seinen Griff so weit gelockert, dass er wieder atmen konnte. »Ich habe nichts anderes erwartet«, sagte er bitter. »Nicht einmal jetzt, wo das Leben deines Sohnes auf dem Spiel steht, würdest du zugeben einen Fehler gemacht zu haben, nicht wahr?

»Einen Fehler?« Oberon wiederholte das Wort mit einer seltsamen Betonung. Ein flüchtiges, wenn auch sehr bitteres Lächeln huschte über seine Lippen und verschwand wieder. »Ja, ich habe in der Tat einen Fehler gemacht. Einen schweren, unverzeihlichen Fehler. Ich habe dich unterschätzt, Jannik. Vielleicht habe ich deinen Zorn verdient, vielleicht sogar deinen Hass. Aber Anders hatte nichts mit alledem zu tun.

»Das hatten die Menschen hier auch nicht«, erwiderte Jannik erregt. »Weder sie noch ihre Eltern und Großeltern, denen du die Zukunft gestohlen hast!«

»Aber ich war es nicht, Jannik«, sagte Oberon. »Du hast mich niemals gefragt, was hier wirklich passiert ist.«

»Wozu auch?«, erwiderte Jannik heftig. »Hättest du mir die Wahrheit gesagt, wenn ich es getan hätte?«

Oberon antwortete nicht gleich, aber der Anteil von Trauer in seinem Blick nahm zu. »Vermutlich nicht«, gestand er schließlich. Er schüttelte den Kopf. »Nein, wahrscheinlich nicht.«

»Es war auch nicht nötig«, sagte Jannik. »Ich kenne dich gut genug. Ottmar Beron! Der große, reiche, alles wissende, alles könnende Beherrscher der Welt, wie? Ich musste das alles hier nur einmal sehen, um zu begreifen, was du getan hast!« Er lachte, doch es klang eher wie ein unterdrückter Schrei. »Alles hier trägt deine Handschrift. Ich wette, du hast sogar deinen Namen geändert, nur damit er so ähnlich klingt wie Oberon. Ist dir eigentlich niemals selbst in den Sinn gekommen, dass du vielleicht an Größenwahn leidest?« Er machte ein heftige, wütende Bewegung, die Anders abermals für einen Moment den Atem raubte. Er ächzte. »Was war es, das du hier erreichen wolltest? Wolltest du dich endgültig zum Gott aufschwingen? War es das? Hat es dir nicht mehr gereicht, Menschen mit deinem Geld und deiner Macht und deinem Einfluss zu manipulieren? Wolltest du dir deine eigenen Untertanen *erschaffen*, als du angefangen hast mit der Schöpfung herumzuspielen?«

Oberons Blick löste sich für einen Moment von Janniks Gesicht und suchte den Anders', dann schüttelte er traurig den Kopf und antwortete mit leiser, sehr sanfter Stimme: »Du hast in einem Punkt Recht, Jannik. Mein Name ist nicht Ottmar Beron.«

»Wie überraschend«, sagte Jannik höhnisch.

»Ich habe ihn angenommen, schon vor langer Zeit«, fuhr Oberon ruhig fort. »Ich gebe zu, ein wenig aus Eitelkeit, vor allem aber, weil mein wirklicher Name nicht mehr in diese Zeit gepasst hätte.«

»Dein wirklicher Name?« Jannik lachte böse. »Verrätst du ihn uns oder würde es uns normale Sterbliche auf der Stelle zerstören, ihn zu hören?«

Anders' Vater blieb ernst. »Mein Name ist Oberon«, sagte er ruhig. Er machte eine Geste auf Waldos und die anderen knienden Elder. »Und ich bin das, wofür sie mich halten. Ich war es immer.«

Jannik keuchte. »Du bist wahnsinnig!«, stieß er hervor. »Du bist vollkommen und komplett …«

»Ich bin Oberon«, unterbrach ihn Anders' Vater, ruhig und doch auf eine Art, die keinen Widerspruch und keinen Zweifel an seinen Worten zuließ und es Jannik unmöglich machte, weiterzusprechen. »Ich bin der oberste Herrscher des Elfenvolkes. Und vielleicht zugleich der Letzte meiner Art.« Ein sanftes, verständnisvoll-trauriges Lächeln erschien auf seinen Lippen. »Und nun, Jannik«, sagte er, »leg die Waffe weg und lass deinen Bruder los.«

Es dauerte zwei oder auch drei Sekunden, bis die wahre Bedeutung dieser Worte langsam in Anders' Bewusstsein sickerte, und Jannik musste mindestens die gleiche Zeit gebraucht haben, denn er stand einfach wie erstarrt da, sagte nichts, gab keinen Laut von sich, und Anders glaubte zu hören, dass selbst sein Herz für einen Moment aufhörte zu schlagen. Dann begann er am ganzen Leib zu zittern.

»Meinen …«

»Deinen Bruder, Jannik«, sagte Oberon ruhig. »Ja. Du bist ebenso mein Sohn wie er.«

Anders hatte noch längst nicht verarbeitet, was er soeben gehört hatte – er konnte es nicht und er *wollte* es auch nicht akzeptieren, obwohl er zugleich mit einer Sicherheit, die jeden Zweifel ausschloss, spürte, dass es die Wahrheit war –, aber er begriff auch zugleich mit derselben Klarheit, dass sein Vater in diesem Moment nichts Falscheres hätte sagen können. Oberon schien es wohl auch zu ahnen, denn in seinen eisblauen Augen glomm ein jäher Schrecken auf, doch es war zu spät. Jannik überwand seine Lähmung. Er ließ Anders los und stieß einen gellenden Schrei aus, hoch und spitz und so voller Qual, als hätte man ihm einen glühenden Dolch zwischen die Schulterblätter gestoßen, taumelte einen halben Schritt zurück und riss seine Waffe hoch.

Anders registrierte im allerletzten Moment, was geschehen würde, und er reagierte so schnell wie niemals zuvor im Leben: Jannik hatte ihm einen Stoß versetzt, der ihn haltlos zur Seite taumeln ließ, aber die schiere Verzweiflung gab ihm die Kraft, sich mitten in der Bewegung herumzuwerfen und ihn anzuspringen. Nur den Bruchteil einer Sekunde, nachdem sich sein Finger um den Abzug seiner futuristischen Waffe gekrümmt hatte, prallte er gegen ihn und riss Jannik mit sich von den Füßen.

Die Waffe entlud sich mit einem hellen, elektrischen Zischen. Anders konnte die grauenhafte Hitze fühlen, mit der die Luft rings um den Lauf in sonnenheißes Plasma verwandelt wurde. Blaues Licht peinigte seine Augen und nur Zentimeter hinter ihm verwandelte sich die Panzerglasscheibe in einen Wasserfall aus glühenden, mikroskopisch feinen Glasscherben, der mit einem nicht enden wollenden Klirren und Bersten zu Boden regnete.

Noch während Jannik und er aneinander geklammert fielen, brach rings um sie herum das schiere Chaos los. Janniks Schuss hatte nicht nur die Scheibe zerschmettert, sondern auch einen Teil der gegenüberliegenden Wand in Brand gesetzt. Katt schrie. Hinter ihnen entstand ein kurzes Handgemenge, als sich die Drachen auf Waldos und seine beiden Begleiter stürzten und sie schon allein durch ihre Überzahl niederrangen, und auch Jannik und er wurden gepackt und überwältigt, noch bevor ihr Sturz auch nur ganz zu Ende gewesen wäre. Jannik schrie noch immer wie unter wahren Tantalusqualen, bäumte sich mit der schieren Kraft der Verzweiflung auf und schaffte es tatsächlich, zwei der Angreifer von sich zu stoßen, dann aber verschwand er unter einer wahren Flut gepanzerter schwarzer Gestalten, die ihn zu Boden rissen. Und auch Anders wurde gepackt und herumgeschleudert. Eine Hand ergriff seinen Arm und drehte ihn mit so brutaler Kraft auf den Rücken, dass er vor Schmerz aufstöhnte, dann traf ein Fußtritt seine Kniekehlen und ließ ihn auf die Knie herabfallen, und eine in schwarzes Eisen gepanzerte Hand drückte seinen Kopf so weit nach vorn, dass sein Kinn auf die Brust stieß und er kaum noch atmen konnte. Aus den Augenwinkeln sah er Katt hilflos im Griff eines anderen schwarzen Riesen zappeln. Ihre Krallen fuhren mit einem Geräusch wie Kreide auf einer Schiefertafel über das stahlharte schwarze Plastik der Rüstung, ohne ihm auch nur einen Kratzer zufügen zu können, und auch Waldos und die beiden Elder lagen hilflos auf dem Boden, jeder von gleich zwei Angreifern gepackt und an Armen und Beinen gehalten. Der ganze bizarre Kampf – wenn man ihn denn so nennen wollte – hatte nicht mehr als ein paar Sekunden gedauert. Von der Decke regnete beständig glühendes Glas, und die Flammen, die sich in den

Beton der jenseitigen Mauer fraßen, schossen immer noch höher auf.

»Aufhören! Lasst sie … in Ruhe!«

Oberons Stimme klang verzerrt. Sie zitterte und es war ein Unterton von Qual darin, der Anders einen eisigen Schauer über den Rücken jagte. Seine Worte zeigten nicht sofort Wirkung. Der Druck auf Anders' Arm und Hinterkopf ließ zwar ein wenig nach, doch längst nicht genug, dass er auch nur den Kopf heben oder sich gar losreißen konnte, und Oberons Krieger dachten nicht daran, Katt oder die Elder oder gar Jannik loszulassen. Ganz im Gegenteil zerrten sie Jannik fast brutal auf die Beine, wobei sein Arm ebenso wie der Anders' – zweifellos aber mit sehr viel grausamerer Kraft – auf den Rücken gebogen wurde. Ein weiterer Mann hatte ihm von hinten den Arm um den Hals geschlungen und bog seinen Kopf weit in den Nacken; auf die gleiche Art, wie Jannik vorhin Anders gehalten hatte, nur dass es sich jetzt nicht um einen Bluff handelte, sondern um tödlichen Ernst. Jannik war dennoch nicht bereit aufzugeben. Er trat mit aller Kraft um sich, traf einen der Männer und fegte ihn von den Beinen, woraufhin ihm ein anderer den Gewehrkolben in den Leib schlug. Jannik japste verzweifelt nach Luft und hörte auf, um sich zu treten, aber nicht, sich gegen den Griff seiner Peiniger zu sträuben.

»Ihr sollt aufhören! Ich befehle es!«

Diesmal reagierten die Männer, obwohl Oberons Stimme noch einmal deutlich an Kraft verloren hatte. Natürlich ließen sie Jannik nicht los, sie lockerten nicht einmal ihren Griff, aber Anders – und nach einer Sekunde auch Katt – wurde losgelassen, und noch während Anders sich mit einem erleichterten Seufzer aufrichtete und seine schmerzende Schulter massierte, durften auch die drei Elder aufstehen; auch wenn man sie selbstverständlich entwaffnet hatte und jeweils zwei Drachen einen der Männer in die Mitte nahmen und argwöhnisch jede seiner Bewegungen beäugten.

Anders hielt fast verzweifelt nach seinem Vater Ausschau.

Ein Teil von ihm versuchte ihm klar zu machen, dass er sich völlig umsonst sorgte. Er hatte die furchtbare Wirkung der Waffe, mit der Jannik geschossen hatte, schon oft genug miterlebt um zu wissen, dass er ihn gar nicht getroffen haben konnte – das bewies allein schon die Tatsache, dass Oberon noch am Leben und in der Lage war, zu sprechen. Aber da war ein Unterton unerträglicher Pein in seiner Stimme gewesen, und so verzweifelt sich Anders auch umsah, im allerersten Moment konnte er ihn einfach nirgends erblicken. Dann – sein Herz machte einen so erschrockenen Sprung, dass ihm im allerersten Moment schwindlig wurde und er hastig die Arme ausstrecken musste, um sein Gleichgewicht zu halten – sah er ihn doch. Oberon lag nur ein paar Schritte entfernt auf dem Boden. Drei oder vier seiner Männer knieten rings um ihn herum und kümmerten sich um ihn, aber Anders konnte dennoch das schreckliche, helle Rot sehen, das sein ehemals blütenweißes Elder-Gewand färbte.

Er schrie auf, war mit einem einzigen Satz bei ihm und stieß die beiden Männer, die ihm im Weg waren, einfach zur Seite. »Vater!«, schrie er. »Was ist mit dir?«

Er fiel neben Oberon auf die Knie, streckte die Arme nach ihm aus und prallte beinahe entsetzt zurück, als er erkannte, was geschehen war. Er hatte Recht gehabt. Janniks Schuss hatte ihn verfehlt. Aber aus seiner Brust ragte eine fast halbmeterlange, handbreite gezackte Glasscherbe, die seinen Körper zur Gänze durchbohrt hatte wie die Spitze eines riesigen gläsernen Speeres, mit dem die Götter gegeneinander kämpfen mochten. Blut floss in Strömen aus den beiden schrecklichen Wunden und hatte die Brust seines Gewandes bereits zur Gänze durchtränkt, sodass es in schweren, nassen Falten an seiner Haut klebte, und bildete eine erschreckend schnell größer werdende Lache unter seinem Rücken. Anders spürte, wie die blanke Verzweiflung nach ihm griff. Noch vor wenigen Augenblicken hatte er geglaubt, dass dieser Mann sein größter Feind sei, ja, es hatte eine Zeit gegeben, da hatte er sich ernsthaft eingeredet, dass ihm nicht einmal sein Tod noch etwas ausmachen würde. Jetzt war ihm klar, wie absurd diese Vorstellung gewesen war. Ganz egal was Oberon getan hatte, ganz egal was er *war* – er war vor allem eines: sein Vater.

Katt fiel neben ihm auf die Knie und stieß mit einem erschrockenen Laut die Luft zwischen den Zähnen aus, als sie die gut Unterarm-lange Glasscherbe sah, die aus Oberons Brust ragte. »Aber das …«

»… spielt jetzt keine Rolle«, unterbrach sie Oberon. Seine Augen waren dunkel vor Schmerz und dennoch glaubte Anders so etwas wie ein sanftes, zufriedenes Lächeln darin aufglühen zu sehen, als er Katt betrachtete. »Jetzt nicht mehr. Es ist alles gut. So wie es gekommen ist.«

Gut?, dachte Anders hysterisch. Sein Vater *starb!*

Als hätte er seine Gedanken gelesen, löste sich Oberons Blick von Katts Gesicht und suchte den Anders'. Und was Anders darin las, das machte seine Verwirrung komplett. Da war Schmerz, natürlich, die pure, unvorstellbare Qual, die er erleiden musste, aber auch eine solche Wärme, Zufriedenheit und Güte, wie er sie noch niemals zuvor bei seinem Vater erlebt hatte. Er musste wissen, dass er starb, doch dieser Gedanke schien ihn nicht im Mindesten zu beunruhigen oder gar zu erschrecken oder zornig zu machen. Er wirkte ganz im Gegenteil durch und durch zufrieden.

»Das ist also Katt.« Oberon fuhr sich mit der Zunge über die Lippen, als wären sie plötzlich so ausgetrocknet, dass er sie befeuchten musste, um überhaupt weitersprechen zu können. Seine Stimme wurde noch leiser. »Du hast einen guten Geschmack, mein Junge. Ein bisschen exotisch, aber gut. Ich bin sicher, dass du bei ihr in guten Händen bist.«

»Sie sollten nicht sprechen«, sagte einer der Männer, die auf der anderen Seite niedergekniet waren. Obwohl Anders sein Gesicht nicht erkennen konnte, spürte er die Hilflosigkeit des Drachen, die ebenso groß war wie seine eigene. »Der Arzt ist schon unterwegs. Er ist in einer Minute hier.«

Oberon ignorierte ihn. Mühsam drehte er den Kopf auf die Seite, um wieder Katt anzusehen, und Anders erkannte, welche Kraft es ihn kostete, den Arm zu heben und die Hand nach ihr auszustrecken. Katt wirkte für einen Moment vollkommen irritiert, fast erschrocken, dann aber ließ sich es zu, dass er ihre Finger ergriff. »Und du bei ihm«, fuhr er fort. Er versuchte zu lachen, brachte jedoch nur ein gequältes Husten zustande, bei dem blasiger rosafarbener Schaum auf seinen Lippen erschien; ein Anblick, der Anders schier das Herz brach. »Aber ich warne dich, mein Kind«, fuhr er fort. »Du hast ja schon erlebt, dass er neben ein paar anderen Dingen offensichtlich auch meinen Starrsinn geerbt hat. Du wirst es nicht leicht mit ihm haben.«

»Bitte sprich nicht«, sagte Anders. »Warte auf den Arzt. Es wird alles wieder gut. Ganz bestimmt.«

Sein Vater sagte nichts dazu, doch der Blick, mit dem er Anders maß, sprach Bände. Vielleicht würde alles gut werden, aber ganz gewiss nicht so, wie Anders es im Moment meinte. »Da sind … noch ein paar Dinge, die du wissen musst.«

Es gab unendlich viele Dinge, die er wissen musste, unendlich viele Fragen, die auf eine Antwort warteten – und zugleich nur eine einzige, die im Moment wirklich wichtig war. »War das die Wahrheit, was du gerade über Jannik gesagt hast?«, murmelte er.

»Dass er dein Bruder ist?« Oberon nickte. »Ja. Bringt ihn her.«

Die letzten Worte galten einem der Männer neben ihm. Der Drache zögerte, stand aber dann mit einem Ruck auf und gab seinem Kameraden einen entsprechenden befehlenden Wink, der vermutlich gar nicht nötig gewesen wäre. Obwohl Oberons Stimme mittlerweile kaum noch mehr als ein kraftloses Flüstern war und jeden Moment endgültig ersterben konnte, war es so still in dem großen Raum geworden, dass jeder hier seine Worte verstanden haben musste.

»Und lasst ihn los, verdammt noch mal«, fügte Oberon hinzu, als gleich vier Männer Jannik herbeischleiften. Diesmal dauerte es spürbar länger, bis die Männer gehorchten und Jannik losließen, und sie schienen keineswegs von dem überzeugt zu sein, was sie taten, denn sie blieben nur Zentimeter hinter ihm stehen, bereit sofort wieder zuzugreifen, sollte er auch nur eine einzige verdächtige Bewegung machen.

»Ja«, sagte Oberon noch einmal. »Es ist wahr. Anders ist dein Bruder, Jannik.«

Unendlich viel Zeit schien zu vergehen, in der Jannik einfach nur dastand, auf den sterbenden Elder herabblickte und weder zu blinzeln noch zu atmen schien. Sein Gesicht war zu einer Maske erstarrt und vollkommen ausdruckslos. Und auch als er schließlich sprach, war seine Stimme flach und so bar jeden Lebens, dass Anders ein neuer kalter Schauer über den Rücken lief. »Du bist … mein Vater?«, murmelte er. »Aber warum? Wieso hast du mir nie etwas …« Er konnte nicht weitersprechen und rettete sich in ein verwirrtes Kopfschütteln. Sosehr er sich bisher im Griff gehabt hatte, so schnell schien seine Selbstbeherrschung nun zu zerbröckeln. Er verzog noch immer keine Miene, aber in seinen Augen begann ein Ausdruck heranzuwachsen, für den das Wort *Verzweiflung* nicht mehr ausreichte, während er abwechselnd und in immer schnellerer Folge Anders, Oberon und dann wieder Anders und wieder seinen Vater anstarrte.

»Es war der Wunsch deiner Mutter«, antwortete Oberon. »Sie wollte nicht, dass du all das hier siehst. Sie wollte nicht, dass du in dieser Welt aufwachsen musst.«

»Meine Mutter?«, wiederholte Jannik verstört. Er machte einen weiteren halben Schritt auf Oberon zu, woraufhin die drei Männer hinter ihm sofort wieder zugreifen wollten und es sicher auch getan hätten, hätte Oberon nicht rasch die Hand gehoben und sie mit dieser Geste zurückgehalten. »Aber ich habe meine Mutter niemals … ich meine … meine Eltern waren doch ganz …«

Er verstummte endgültig.

»Der Mann und die Frau, die du für deine Eltern gehalten

hast, waren nicht deine wirklichen Eltern«, sagte Oberon leise, in einem zugleich bedauernden wie um Vergebung bittenden Ton. »Es waren gute Menschen, die ich sorgsam ausgesucht habe, damit sie dich aufnehmen und wie ihr eigenes Kind aufziehen. Du bist zu ihnen gekommen, bevor du eine Woche alt warst.«

»Aber sie haben mir niemals etwas gesagt«, murmelte Jannik. Er wirkte verloren, so vollkommen hilflos und zerschmettert, dass Anders nichts anderes als pures Mitleid mit ihm empfinden konnte.

»Das war die Bedingung«, antwortete Oberon. »Es war der Wunsch deiner Mutter, Jannik. Sie starb bei deiner Geburt, aber zuvor hat sie mir das Versprechen abgenommen, dass du bei ihrem Volk aufwächst und ein ganz normales Leben führen kannst.«

»Bei *ihrem* Volk?«

»Deine Mutter war eine Frau aus dem Volk der Menschen«, sagte Oberon. Sein Blick ließ für einen Moment den Janniks los und suchte Anders'. »So wie auch deine, Anders.« Seine Stimme wurde bitter. »Auch sie ist bei deiner Geburt gestorben. Wenn es etwas gibt, was ich mir vorwerfen muss, dann ist es der Tod dieser beiden Frauen, die ich aufrichtig geliebt habe. Vielleicht hat das Schicksal beschlossen, mich auf diese Weise zu bestrafen.«

Anders tauschte einen vollkommen verwirrten, hilflosen Blick mit Jannik. »Das Volk der Menschen?«, fragte er zögernd. »Aber wir sind doch … ich meine, du bist doch auch ein Mensch.«

»Nein«, sagte Oberon. »Das war ich nie.« Er drückte kurz und mit einem schmerzhaften Lächeln Katts Hand. »Deine kleine Freundin hier ist hundertmal mehr Mensch, als ich es jemals gewesen bin.«

»Aber das ist doch Unsinn!«, antwortete Anders. Sein Vater halluzinierte. Zweifellos begann der einsetzende Todeskampf seine Sinne zu verwirren.

»Ich wollte, es wäre so«, antwortete Oberon. »Aber es ist die Wahrheit. Wir sind uns ähnlich, doch wir sind nicht dasselbe Volk, Anders. Wir waren lange da, bevor es Menschen gab, und ich wollte, ich könnte sagen, wir werden auch noch da sein, wenn die Menschen schon längst vergessen sind. Doch ich fürchte, auch das wäre nicht die Wahrheit. Ich bin der Letzte meiner Art. Der Letzte aus dem Volk der Elfen und Feen.«

Es wurde sehr still. Selbst das Prasseln des Feuers schien plötzlich leiser zu werden, und auch die gut zwei Dutzend Männer, die sich mittlerweile um den sterbenden Elder versammelt hatte, gaben nicht den mindesten Laut von sich. Anders hob langsam den Kopf und ließ seinen Blick in die Runde schweifen. Die Gesichter der Drachen konnte er nicht erkennen, auch wenn er ihre Erschütterung spürte, während Waldos, Tamar und die anderen Elder ihren sterbenden Gott mit unterschiedlichen Graden der Bestürzung ansahen, zum Teil aber auch aus Augen voll abgrundtiefen Schreckens.

»Das ... das Volk der ... Elfen und Feen?«, vergewisserte sich Jannik ungläubig.

»Und der Einhörner, der Zwerge und Riesen, Minotauren und Pane ...« Oberon schüttelte schwach den Kopf, vielleicht um anzudeuten, wie beliebig lang er diese Aufzählung hätte fortsetzen können. »Hast du wirklich geglaubt, dass wir nur eine Legende sind? Und wenn, hast du dich niemals gefragt, warum es das Wissen um unsere Existenz in allen Völkern und Kulturen der Erde gegeben hat und warum wir überall ähnlich beschrieben worden sind, ganz egal auf welchem Kontinent und in welcher Zeit?« Er schüttelte noch einmal und kräftiger den Kopf. »Wir waren immer da, Jannik. Wir haben über diese Welt geherrscht, lange bevor der erste Mensch zwei Steine aneinander geschlagen und sich gefragt hat, warum es dabei Funken gibt und ob man nicht vielleicht etwas damit anfangen könnte. Wir haben euch geleitet und beschützt, als ihr jung und wild und dumm wart. Aber als ihr stärker wurdet und ein bisschen weiser – nur ein bisschen, wirklich nicht mehr –, da ging unsere Zeit zu Ende. Als das Zeitalter der Menschen begann, sind wir gegangen. Nur einige wenige von uns sind geblieben, um über euch zu wachen. Nicht genug, um aufzufallen, aber genug, um in euren Legenden und Mythen weiterzuleben.«

»Über uns zu wachen?« Für einen winzigen Moment flackerte noch einmal ein schwaches Echo des alten Zorns in Janniks Augen auf. »So wie hier?«

»Du glaubst immer noch, dass das alles hier mein Werk ist?«, fragte Oberon traurig.

»Wessen sonst?«

»O Jannik, hast du es denn immer noch nicht verstanden?«, murmelte Oberon. »Unser Volk hat über diese Welt geherrscht, als es so etwas wie Menschen noch nicht einmal gab. Wir sind zu den Sternen geflogen, zehntausend Jahre bevor die Pyramiden von Gizeh gebaut wurden. Glaubst du denn wirklich, ich hätte das alles hier getan?«

»Aber … aber wer denn sonst?«, stammelte Jannik.

»Es waren Menschen«, antwortete Oberon. Für einen Moment wurde sein Blick hart und in seiner Stimme schien noch einmal die alte Kraft mitzuschwingen, aber auch etwas wie ein tiefer, nie gestillter Groll. »Menschen, die nicht wussten, worauf sie sich einließen. Das Labor, in dem du gewesen bist … es war das erste überhaupt, in dem Menschen versucht haben Gott zu spielen. Vielleicht hast du Recht und es ist meine Schuld, denn ich hätte sie daran hindern müssen. Aber ich wusste es nicht. Und als ich es erfahren habe, war es zu spät.«

»Sie haben mit der DNS von Menschen experimentiert«, vermutete Anders.

»Nicht nur mit der von Menschen«, antwortete Oberon. »Aber auch mit ihr, ja.« Er lachte ganz leise. »Weißt du, was seltsam ist, Anders? Für die Bewohner dieses Tales – und ich glaube, für den einen oder anderen in der Welt dort draußen auch – bin ich so etwas wie ein Gott, aber ich selbst habe niemals an die Existenz der Götter oder eines lenkenden Schicksals geglaubt, bis ich das hier zum ersten Mal gesehen habe. Hätten sie nur mit dem Erbgut eines Menschen experimentiert, so wären sie gescheitert, wie so viele vor und nach ihnen. Aber wenn es etwas wie eine lenkende Macht des Schicksals gibt, dann hat sie einen ganz besonderen Sinn für Humor. Oder sie folgt einem Plan, den ich nicht verstehe. Es war kein Mensch, mit dem sie experimentiert haben. Es war einer von uns.«

»Ein Elder?«, stieß Katt ungläubig hervor.

Oberon nickte. »Ja«, sagte er. »Es war das Blut eines Elder, mit dem sie experimentiert haben, und das Ergebnis war frappierend. Ich kann ihnen nicht einmal wirklich böse sein. Sie wussten nicht, was sie tun. Sie waren wie Kinder, die mit dem Feuer spielen und sich an seiner Wärme und seinen Farben erfreuen, aber denen man nie gesagt hat, wie gefährlich es ist. Ihre Schöpfung ist ihnen entkommen. Ihr habt das Labor gesehen.«

Anders nickte. Er musste an die über vierzig Jahre alten Leichen in den Schutzanzügen denken, die er gesehen hatte, und an den winzigen, so harmlos erscheinenden Riss in der dicken Panzerglasscheibe des Laboratoriums, und plötzlich wusste er, was sein Vater gemeint hatte, als er von einem ganz besonderen Sinn für Humor sprach, den das Schicksal an den Tag gelegt hatte. Es war eine so lächerliche Kleinigkeit gewesen. Ein zerbrochenes Reagenzglas. Eine Dichtung, die nicht wirklich schloss, ein unerwartetes und von niemandem vorausgesehenes Erdbeben in einem Gebirge, das seit einer Million Jahren ungerührt dastand, eine Wand aus Beton, die zusammengebrochen war … was immer es gewesen sein mochte, es war so furchtbar banal, wenn man bedachte, was es angerichtet hatte.

»Hätte ich in jenem Moment davon erfahren«, fuhr Oberon fort, »dann hätte ich das Schlimmste vielleicht noch verhindern können. Aber ich wusste es nicht, und als ihnen allmählich klar wurde, was sie da erschaffen hatten, haben sie das Einzige getan, was sie noch glaubten tun zu können.«

»Sie haben eine ganz spezielle Art von Atombombe zum Einsatz gebracht«, murmelte Jannik.«

»Und damit die Katastrophe endgültig heraufbeschworen«, bestätigte Oberon. »Ja. Die Wissenschaftler der Menschen würden es wohl eine Mutation nennen, aber ich glaube, dieses Wort ist falsch. Was hier geschehen ist, war größer. Vielleicht hat es sogar einen Sinn. Und sei es nur den, allen zu zeigen, was geschieht, wenn man an Dinge rührt, an die man niemals rühren sollte.«

Lange, endlos lange, wie es Anders vorkam, sagte niemand ein Wort. Bedrücktes Schweigen breitete sich aus. Selbst den Elder, für die schon ein Großteil der Worte, die Oberon benutzt hatte, vollkommen sinnlos sein musste, war ihre Betroffenheit anzusehen. Ob sie nun alle Details verstanden oder nicht, sie hatten begriffen, was ihr sterbender Gott erzählte.

»Es war erst die Detonation der Bombe, die mich aufmerksam werden ließ«, fuhr Oberon fort. Anders registrierte – fast beiläufig, aber doch voll tiefem Schrecken, dass seine Wunden jetzt nicht mehr so stark bluteten wie noch vor wenigen Minuten. In seinen Adern war nicht mehr viel, was sein Körper noch hergeben konnte. »Ich habe mein Möglichstes getan, um den Schaden wenigstens in Grenzen zu halten. Ich habe die Mauer errichtet und den Schutzschild über dem Tal, der es vor einer Entdeckung aus der Luft oder dem Weltraum schützt. Ich dachte, ich würde eine Lösung finden. Aber nicht einmal mir ist es gelungen. Mir stehen Mittel zur Verfügung, von denen die Menschen dieser Welt nicht einmal träumen, und dennoch habe ich versagt.«

»Und warum hast du es niemandem gezeigt?«, fragte Jannik. »Warum hast du nicht der ganzen Welt gezeigt, was hier geschehen ist, um ihr wenigstens die Augen zu öffnen, wenn es schon nicht mehr rückgängig zu machen ist?«

»Weil es wahrscheinlich das Ende der Welt gewesen wäre«, antwortete Oberon. »Zumindest das Ende der Welt, wie ihr sie kennt. Was das Blut eines Elder und der schreckliche Fluch dieser ganz speziellen Bombe damals erschaffen haben, das werden wir vielleicht nie besiegen können.«

»Und was ist das?«, wollte Katt wissen.

Oberon sah weiter abwechselnd seine beiden Söhne an, während er antwortete: »Die *Krankheit*. Ihr habt sie beide bekommen, als ihr das Tal betreten und zum ersten Mal seine Luft geatmet habt.«

»Aber wir haben sie überlebt«, sagte Anders.

»Weil mein Blut in euren Adern fließt«, antwortete Oberon. »Jannik und du seid zur Hälfte Elder. Deshalb habt ihr sie überlebt. Und deshalb könnt ihr dieses Tal nie wieder verlassen.«

Janniks Augen wurden groß vor Schrecken, aber – es kam ihm fast selbst absurd vor, doch es war so – alles, was Anders spürte, war eine unendlich tiefe Erleichterung. Er sah Katt an und sie musste seinen Blick wohl spüren, denn auch sie hob den Kopf und blickte ihn an, und Anders erkannte allein an der Reaktion in ihren Augen, dass er lächelte.

»Ihr habt die Krankheit überstanden, aber ihr würdet sie verbreiten«, fuhr Oberon fort. »Es gibt kein Mittel dagegen. Wer sie bekommt, stirbt, und die Wenigen, die sie überleben, geben sie an andere weiter.«

»Und an ihre Kinder«, vermutete Anders. »Sie würden so wie Gondrons Sohn. Oder wie Katt.«

Nur für sich und in Gedanken fügte er hinzu: oder wie Rex, wie die Schweinekrieger oder wie Boris; der auf schreckliche Weise gescheiterte Versuch, das Beste zweier Welten zusammenzufügen, die sich nicht zusammenfügen ließen.

»Vielleicht finden wir eines Tages ein Mittel dagegen«, sagte Oberon. »Ich beschäftige seit einem halben Jahrhundert die besten Wissenschaftler überall auf der Welt mit nichts anderem. Irgendwann werden sie etwas finden, das imstande ist, das Virus zu stoppen. Aber bevor es so weit ist, darf die Welt nichts von der Existenz dieses Tales und seiner Bewohner erfahren. Denn andernfalls würden Abenteurer und Hasardeure hier auftauchen und früher oder später den Schutzwall niederreißen, den ich um das Tal errichtet habe – und das wäre das Todesurteil für die Welt draußen und für jeden hier drinnen.«

Anders erschauerte, als ihm klar wurde, was ihm sein Vater gerade gesagt hatte. Aber gleichzeitig fragte er sich auch, wieso er nicht selbst schon längst auf diesen Gedanken gekommen war. Sein Vater konnte gar nicht anders handeln. Das Leben der Elder, der Menschen in diesem Tal, der Tiermenschen und Wilden und aller anderen Geschöpfe wog viel, aber unendlich mehr wog die Existenz einer ganzen Welt, deren Bewohner nicht einmal eine Ahnung von der Gefahr hatten, in der sie seit einem halben Jahrhundert schwebten. Der Gedanke kam ihm selbst so zynisch und brutal vor, dass sich etwas in ihm krümmte wie ein getretener Hund – und dennoch war es die einzige Antwort. Manchmal scherte sich das Schicksal eben nicht um Begriffe wie Ethik und Moral. Vor allem dann nicht, wenn man es vorher herausgefordert hatte.

Als hätte er seine Gedanken gelesen und versuchte sie zu bestätigen, sagte Oberon: »Ich habe alle nötigen Vorkehrungen schon am ersten Tag getroffen. Und es spielt keine Rolle, ob ich noch da bin oder nicht.«

»Dann war alles umsonst?«, murmelte Jannik. »Dann war das alles hier …«

»Nein«, unterbrach ihn Oberon. Er versuchte sich hochzustemmen, und zu Anders' großer Überraschung gelang es ihm sogar, sich halbwegs auf die Ellbogen zu erheben, auch wenn sich sein Gesicht dabei vor Schmerz verzerrte und noch mehr Blut über seine Lippen rann und seinen Bart rot färbte. »Es war nicht umsonst. Du hast mir gezeigt, dass ich Fehler gemacht habe. Ich dachte, ich hätte nicht das Recht, mich in das Leben hier im Tal stärker einzumischen, aber das ist nicht wahr. Ich hätte sogar die Pflicht gehabt, es zu tun, und ich hätte vor allem eingreifen müssen, als der Hohe Rat begonnen hat, seine eigenen Urteile in meinem Namen als *Oberons Rat* zu vollstrecken.« Er presste schmerzhaft die Kiefer aufeinander, blieb für einen Moment mit geschlossenen Augen sitzen, um neue Kraft zu schöpfen, und sah sich dann suchend um.

»Tamar?«

Der Elder kam mit demütig gebeugtem Haupt heran und fiel zwei Schritte vor ihm auf die Knie, aber Oberon scheuchte ihn mit einem unwilligen Blick wieder hoch. »Herr?«, flüsterte Tamar.

»Du hast gehört, was ich gesagt habe?«, fragte Oberon.

Tamar nickte. Er wagte es nicht, den Blick zu heben.

»Es wird in Zukunft keinen Hohen Rat der Elder mehr geben«, sagte Oberon. »Du kannst das Spielzeug, das ich euch geschenkt habe, meinetwegen behalten, aber Oberons Auge wird euch keine Fragen mehr beantworten und auch keine Befehle mehr erteilen.«

Tamar begann am ganzen Leib zu zittern. Sein Mut reichte immer noch nicht aus, Oberons Blick standzuhalten, aber Anders sah, wie sich seine Hand so fest um den Schwertknauf in seinem Gürtel schloss, dass alles Blut aus seinen Fingern wich. »Herr?«, stammelte er. »Ich … ich verstehe nicht.«

»Das musst du auch nicht«, unterbrach ihn Oberon. »Ich habe einen allerletzten Befehl für dich und ich wünsche, dass du ihn ausführst. Die Elder, die Menschen und alle anderen Völker dieses Tals werden in Zukunft in Frieden miteinander leben. Es wird keine Unterdrückung mehr geben und keiner wird mit dem Schwert über den anderen herrschen.«

»Aber Herr«, stammelte Tamar. »Wir können doch nicht …«

»Die Drachen werden euch nicht mehr beschützen«, fiel ihm Oberon ins Wort. »Sie werden über euch wachen, aber sie werden nicht länger das Schwert der Elder sein. Von heute an wird dieses Tal allen gehören, die in ihm geboren sind und in ihm leben. Ich mache euch ein letztes Geschenk. Die Drachen werden die *Fresser* auslöschen, und was ihr auf der anderen Seite des Flusses nicht findet um zu überleben, das werden sie euch geben. Darüber hinaus liegt euer Schicksal jetzt in euren eigenen Händen.«

Er ließ sich erschöpft zurücksinken, und für einen Moment wurde sein Atem so flach, dass Anders ein neuerlicher, jäher Schrecken durchfuhr. Doch noch bevor er etwas sagen konnte, öffnete Oberon noch einmal die Augen und sah erst ihn und dann Katt an. »Pass gut auf ihn auf, Mädchen«, sagte er mit einem matten Lächeln. »Und sag später nicht, ich hätte dich nicht gewarnt. Der Bursche ist ein furchtbarer Dickschädel.«

»Ich weiß«, sagte Katt. »Das ist einer der Gründe, aus denen er mir so gefällt.«

Anders sah sie verwirrt an, dann lachte er, legte den Arm um ihre Schulter und drückte sie an sich, und auch auf Oberons Zügen breitete sich ein matter werdendes Lächeln aus. Er schloss endgültig die Augen, ließ den Kopf auf die Seite fallen und murmelte leise und mit veränderter Stimme: »Und könnte jemand endlich diese verdammte Sirene abstellen?«

Epilog

Der Sommer war gekommen und wieder gegangen, um einem Winter zu weichen, der so mild und kurz gewesen war, wie ihn noch niemand hier im Tal erlebt hatte, fast als hätte sich die Natur entschlossen, die Menschen hier für alles Leid zu entschädigen, das sie ertragen hatten. Es war jetzt immer noch kühl, wenn auch nicht mehr kalt, und obwohl der letzte Schnee schon vor fast einem Monat verschwunden war, schlug Anders fröstelnd den Kragen seines weißen Mantels hoch, als er aus dem Haus trat und seinen Blick – wie immer, wenn er hier war – langsam und sehr aufmerksam in die Runde schweifen ließ. Sosehr er den Ausblick vom Balkon des Hauses genoss, in dem Katt und er seit einem guten Jahr lebten und das früher einmal Culain und Morgen gehört hatte, liebte er es doch noch viel mehr, Tiernan und die neu aufgebaute Torburg von hier aus zu betrachten.

Gondrons Haus lag an einem ganz besonderen Punkt, und ob es nun Zufall war oder nicht, das Haus des ehemaligen Schmieds bot als einziges im ganzen Tal eine Aussicht, von der aus man nicht nur Tiernan, sondern auch die Menschenstadt, die Torburg und die Reste der ehemaligen Mauer mit einem einzigen Blick erfassen konnte. Und auch wenn Anders im Grunde ganz genau wusste, dass es vollkommen unmöglich und das Tal viel zu groß dafür war, so bildete er sich doch gerne ein, die Veränderungen, die in Tiernan stattgefunden hatten, von diesem besonderen Punkt aus tatsächlich sehen zu können.

In dem einen oder anderen Punkt traf das sogar zu: Aus der brandgeschwärzten Ruine der ehemaligen Torburg war ein prachtvolles Schloss geworden, dessen Zinnen und Wehrtürme allerdings nur noch der Zierde dienten und allenfalls dem Schutz vor Unwettern oder einem besonders harten Winter. Die gewaltige Mauer, die Tiernan einst vom Rest des Tals abgeschottet hatte, war zu mehr als einem Drittel vollkommen niedergerissen worden und auch der Rest würde in den kommenden Jahren noch folgen; ihre Welt war zu klein, um eine solche Menge kostbaren Baumaterials einfach ungenutzt stehen zu lassen. Dennoch waren die wirklichen, wichtigen Veränderungen, die nicht nur Tiernan, sondern das ganze Tal erfahren hatte, mit bloßem Auge nicht zu sehen. Aber Anders wusste, dass es sie gab, und vielleicht war einer der Hauptgründe, warum Katt und er den ehemaligen Schmied und seine Familie so oft und gern besuchten, der, dass er sie hier am deutlichsten spürte, wenn er sie schon nicht sah.

Davon abgesehen, hatte er mit dem *Sehen* im Moment ohnehin Schwierigkeiten.

Anders fuhr sich mit Daumen und Zeigefinger über die Augen und versuchte das Gefühl wegzureiben, sie wären mit Sand gefüllt. Natürlich machte er es nur schlimmer. Er unterdrückte ein Gähnen – was es auch nicht besser machte –, blinzelte ein paarmal und widerstand der Versuchung, sich umzudrehen, als er das Geräusch der Tür hinter sich hörte. Es war nicht nötig. Katts Schritte hatten gerade in den letzten Wochen etliches von ihrer gewohnten Eleganz und Leichtigkeit eingebüßt, aber er erkannte sie trotzdem. Wahrscheinlich hätte er sie auch erkannt, wenn er taub und sie hundert Meilen weit weg gewesen wäre.

»Wusste ich doch, dass du hier draußen stehst und dich vor der Arbeit drückst«, sagte Katt spöttisch hinter ihm. »Warum bist du überhaupt mitgekommen? Die allermeiste Zeit musste ich reden.«

»Wie meistens«, antwortete Anders im gleichen spöttisch-herausfordernden Ton und drehte sich nun doch zu ihr um. »Wenn wir allein sind, lässt du mich selten überhaupt zu Wort kommen. Also, worüber beschwerst du dich?«

Auch Katt musste die Kälte spüren, die noch immer eisig über dem Land lag und sich sicherlich noch für eine gute Stunde weigern würde, der wärmenden Kraft der Sonne zu weichen, die gerade an einem wolkenlosen Himmel emporstieg, denn sie zog genau wie er zuvor ihren Mantel enger um die Schultern und fröstelte übertrieben. Anders lächelte sie zwar an, fragte sich zugleich aber auch, ob es richtig gewesen war, sie mitzunehmen, oder ob er ihr zu viel zumutete. Auf der anderen Seite war es ihm noch nie gelungen, Katt von irgendetwas abzubringen, was sie sich einmal in den Kopf gesetzt hatte, und er wusste ja, wie zäh sie war. Ganz plötzlich wurde sein Lächeln breiter, als ihm klar wurde, wie er sich benahm: keinen Deut besser als all die anderen werdenden Väter, denen er jemals begegnet war und über deren schon fast hysterische Besorgnis und gluckenhaftes Getue er sich insgeheim immer amüsiert hatte.

»Gehen wir ein Stück spazieren?«, fragte er.

Katt sah ihn mit gespieltem Entsetzen an. »Bei dieser Kälte?«

Anders hob die Schultern. »Du kannst auch gern wieder hineingehen, wenn du die Luft dort drinnen besser findest oder das unwiderstehliche Bedürfnis hast, dir einen von Janniks endlosen Vorträgen anzuhören.«

Katt verzog das Gesicht, als hätte er etwas Unanständiges von ihr verlangt, und schüttelte sich übertrieben. Das war einer der Nachteile, dachte Anders spöttisch, die das neue Leben im Tal und vor allem seine und Katts Position als Sprecher der Tiermenschen mit sich brachte. Früher war es einfach gewesen, Befehle zu erteilen oder auch zu befolgen. Jetzt verbrachten sie viel zu viel Zeit mit endlosen Diskussionen, Debatten und Auseinandersetzungen, die oft nur deshalb nicht in einen offenen Streit ausarteten, weil am Schluss meist alle viel zu erschöpft dazu waren. Vor allem Waldos, der neue Führer der Elder, hatte sich zu Anders' Überraschung als jemand erwiesen, den er sich auch gut in der Politik eines x-beliebigen Landes irgendwo draußen in der Welt vorstellen konnte. Wenn es etwas gab, was er wollte – oder auch nicht wollte –, dann konnte er ebenso stur sein, wie er sich auch jedem logischen Argument verschloss. Gottlob hatte er in Gondron, den die Menschen zu ihrem Führer gewählt hatten, und Jannik, der nun nicht mehr über ein Heer gebot, sich aber als erstaunlich vorausschauender und manchmal schon auf fast unheimliche Weise bedachter Führer des Bergvolkes herausgestellt hatte, zwei durchaus gleichwertige Verhandlungspartner. Und was Katt und ihn anging … Anders zog es vor, diesen Gedanken nicht zu Ende zu denken. Hätte er es getan, hätte er sich eingestehen müssen, dass *sie* die wahre Stimme der Tiermenschen war.

»Warum eigentlich nicht?«, fragte Katt schließlich. Anders wusste genau, dass sie aus keinem anderen Grund hier herausgekommen war. Doch Katt war eben Katt und sie würde niemals zugeben, dass sie einen Vorschlag, den er machte, ohne Wenn und Aber einfach so annahm. Anders schluckte alles hinunter, was ihm dazu auf der Zunge lag, drehte sich um und wartete, bis Katt neben ihn getreten war und sich bei ihm untergehakt hatte. Noch vor ein paar Wochen wäre so etwas einfach nicht vorstellbar gewesen. Hilfe von einem anderen anzunehmen – selbst von ihm – wäre ein Gedanke gewesen, der sie einfach empört hätte. Aber in den letzten Wochen hatte sie fast schon erschreckend an Gewicht zugelegt, sodass Anders sie manchmal – wenn sie allein waren und er sicher sein konnte, sich außer Reichweite ihrer Krallen zu befinden – liebevoll als seine *kleine Fellkugel* bezeichnete. Zwei- oder dreimal hatte er sich bei diesen Gelegenheiten ernsthaft bei der Überlegung ertappt, wie viel von einer Katze wirklich in ihr sein mochte. In dem Internat, das in den letzten Jahren sein Zuhause gewesen war, hatte es eine Katze gegeben, die auf einen Schlag *elf* Junge zur Welt gebracht hatte …

Anders verscheuchte den Gedanken. Stattdessen ergriff er Katts Arm, hakte sie fester bei sich unter und versuchte gleichzeitig den Rhythmus seiner Schritte so zu verändern, dass er ihr einen Großteil ihres Gewichtes abnehmen konnte. Das Kunststück dabei war, es so zu tun, dass Katt es nicht merkte.

Die Sonne gewann allmählich an Kraft, während sie langsam über den gewundenen Pfad gingen, der von Gondrons Haus weiter hinauf in die Berge führte. Auch das war kein Zufall. Dieser Ort hatte eine ganz besondere Bedeutung für sie, und sooft sie Gondron und seine Familie auch besuchten, so selten fanden sie Gelegenheit, hierher zurückzukehren. Anders nahm sich fest vor, das zu ändern. Irgendwann würde das Leben im Tal anfangen sich zu normalisieren und vielleicht würden sie dann ein wenig mehr Zeit für sich finden. So in zwanzig oder dreißig oder auch vierzig Jahren, fügte er spöttisch hinzu.

Fast, ohne es zu merken, legte er den Kopf in den Nacken und suchte den Himmel aus eng zusammengekniffenen Augen mit Blicken ab. Er sah nur ein gleichmäßiges, strahlendes Blau und dennoch glaubte er für einen Moment ein winziges Funkeln wahrzunehmen; eines der zahllosen unsichtbaren Augen, mit denen sein Vater noch immer über das Tal und das Schicksal seiner Bewohner wachte; ganz egal was er auch behauptet hatte. Der Gedanke hatte etwas Beruhigendes, trotz allem.

»Wonach suchst du?«, fragte Katt.

»Ich bin immer noch nicht ganz sicher, ob ich ihm nun dankbar sein oder ihn verfluchen soll«, antwortete Anders. »Ich meine: Glaubst du, er hat gewusst, was er uns antut?«

»Indem er uns die Freiheit schenkte?« Katt lachte. »Ich bitte dich, Anders. Er ist dein Vater. Natürlich hat er gewusst, was er tut. Wahrscheinlich sitzt er jetzt in irgendeiner seiner zahllosen Welten und beobachtet uns und lacht sich immer noch halb tot darüber, wie wir auf ihn hereingefallen sind.«

Das wäre möglich, dachte Anders. Nicht nur das Schicksal, sondern auch sein Vater hatten einen reichlich derben Sinn für Humor. Selbst er war damals fest davon überzeugt gewesen, dass Oberon sterben würde – dabei hätte er es eigentlich besser wissen müssen. Es war so, wie Katt damals gesagt hatte: Was einen Elder nicht sofort tötet, das vermag ihm nichts anzuhaben. Und sein Vater war nicht *irgendein* Elder, sondern der Urvater *aller* Elder und vermutlich, wenn man nur lange genug nachforschte, auch ihr aller Vorfahre.

Und möglicherweise ihr Retter. Anders sah noch einmal in den Himmel hinauf und hob schließlich sogar die Hand, um flüchtig zu winken, nur für den unwahrscheinlichen Fall, dass irgendeine der zahllosen unsichtbaren Kameras dort oben doch genau dieses Bild auffing und Oberon es sehen mochte, dann blieb er stehen und ließ seinen Blick nachdenklich über die weißen Schwalbennester der Elder-Stadt gleiten, die in einem unregelmäßigen Muster an der Flanke des Berges verteilt waren. Es war jetzt fast ein halbes Jahr her, seit er das letzte Mal in der unterirdischen Anlage gewesen war, und wenn er die Fortschritte hochrechnete, die die Renovierungsarbeiten damals schon gemacht hatten, dann musste die Anlage mittlerweile nicht nur vollkommen wiederhergestellt sein, sondern in besserem Zustand denn je.

Jetzt, wo es kein Geheimnis mehr gab, das vor den Bewohnern des Tales gehütet werden musste, hatte Oberon all seinen Einfluss und ein Gutteil seines unvorstellbaren Vermögens aufgeboten, um das Labor wieder in Betrieb zu nehmen, und nach allem, was er gehört hatte, machten sie gute Fortschritte. Anders war nicht so vermessen, etwa anzunehmen, dass er oder Katt den Tag noch erleben würden, an dem die Seuche endgültig besiegt war und die Welt draußen erfahren würde, welche Wunder sich in dem kleinen Bergtal verbargen, aber vielleicht ja ihre Kinder. Und wenn nicht sie, dann deren Kinder.

»Mir wird allmählich doch kalt«, sagte Katt. »Lass uns zurückgehen.«

»Du hast also doch Sehnsucht nach Jannik«, sagte Anders. »Oder vielleicht nach Waldos?«

Katt zog eine Grimasse. »Wenn wir uns das nächste Mal treffen«, sagte sie ernsthaft, »dann bringe ich Rex mit.«

»Er hat keine Zähne mehr«, erinnerte Anders, doch Katt schüttelte nur noch heftiger den Kopf. »Aber er ist und bleibt ein bissiger Köter. He – die Idee gefällt mir. Wir bringen ihn einfach mit und er geht allen anderen so lange auf die Nerven, bis sie aufgeben. Auf diese Weise erringt unser Volk doch noch die unumschränkte Herrschaft über das Tal.« Sie fuhr sich mit der Hand über den Bauch, der den weißen Stoff ihres Kleides so sehr wölbte, als wollte er ihn sprengen. »Die Idee gefällt mir sogar immer besser. Unsere Kinder werden Könige sein.«

»Wieso sagst du immer *Kinder*?«, fragte Anders. »Es könnte doch genauso gut auch nur *ein* Kind sein.«

Katt runzelte die Stirn, betrachtete vielsagend noch einmal und sehr eingehend ihren Bauch und schüttelte dann entschieden den Kopf. Sie sagte nichts.

Auch Anders zog es vor, keinen weiteren Kommentar dazu abzugeben. »Wenn dir kalt ist, gehen wir lieber zurück«, sagte er stattdessen. »Außerdem weiß ich ja, wie sehr du dich nach Jannik und seinen endlosen Vorträgen sehnst. Wie lang war der letzte noch mal – eine Stunde?«

Katt knuffte ihn spielerisch in die Rippen und Anders drehte sich lachend um – blieb dann aber noch einmal mitten in der Bewegung stehen und sah einen Augenblick zu den Türmen und Zinnen der Torburg hin, die im klaren Licht der aufgehenden Sonne glänzten wie weiße Edelsteine.

»Sie ist schön geworden, nicht wahr?«, fragte Katt.

Anders nickte. »Ja.«

»Und warum siehst du dabei so traurig aus?«, fragte Katt.

»Tue ich das?«, fragte Anders. Allein der Ton, in dem sie die Frage stellte, beantwortete sie schon.

»Ja.«

»Ich musste an Lara denken«, gestand Anders. Ein ganz sachter, aber hörbarer Unterton von Trauer schlich sich in seine Stimme. Es war nicht nur Lara. So wunderschön und verzaubert die Märchenburg auch aussah, die sie anstelle der niedergebrannten Festung errichtet hatten, erinnerte ihn ihr Anblick doch auch an das unvorstellbare Grauen, das er dort erlebt hatte, und all die vielen und so sinnlos geopferten Leben. Und vielleicht war es gut so. Niemand hatte auch nur mit einer Silbe gefragt, warum die Menschen in diesem Tal so viel Arbeit, Zeit und Schweiß aufbringen sollten, um eine Burg wieder aufzubauen, die keiner mehr brauchte; aber vielleicht, dachte Anders, war er überhaupt der Einzige hier, der die Antwort nicht sofort gewusst hatte. Sie brauchten diese Burg, damit die Menschen hier im Tal niemals vergaßen, was geschehen war. Und was wieder geschehen konnte, wenn sich Machtgier und Überheblichkeit noch einmal als stärker erweisen sollten als Mitgefühl und Vernunft.

»Lara?«, fragte Katt. Sie tat einen Moment lang durchaus überzeugend so, als müsse sie erst nachdenken, um sich zu erinnern, was dieser Name bedeutete. »Du meinst das Mädchen, mit dem du damals aus der Torburg geflohen bist?«

Anders nickte stumm. Ein kurzes, aber heftiges Gefühl von Trauer überkam ihn, als er ihr schmales Gesicht noch einmal vor sich zu sehen glaubte, und verging dann wieder. Laras Opfer war nicht umsonst gewesen.

»Lass uns gehen«, sagte er.

»Lara«, wiederholte Katt noch einmal. Sie bemühte sich, ein möglichst finsteres Gesicht aufzusetzen. »Sie war hübsch, nicht wahr?«

»Nicht so hübsch wie du«, antwortete Anders. Nach einer Sekunde fügte er hinzu: »Allerdings auch nicht so dick.«

»So?«, machte Katt nachdenklich. »Ja, ja, jetzt erinnere ich mich. Sie *war* hübsch.« Ihre Stimme nahm einen ganz sachten, aber lauernden Unterton an. »Habt ihr miteinander ...«

Anders wandte sich ganz in ihre Richtung. »Was?«

»Nun ja, ein junger Dummkopf wie du und ein hübsches Mädchen allein draußen in der Wildnis ...« Sie hob langsam die Schultern und sah ihn mit schräg gehaltenem Kopf und sehr misstrauisch an. »Habt ihr nun oder habt ihr nicht?«

»Selbstverständlich nicht«, antwortete Anders.

»Und du würdest mir natürlich die Wahrheit sagen, wenn es anders wäre«, vermutete Katt.

»Selbstverständlich nicht«, sagte Anders noch einmal.

Katt nickte grimmig. »Ja, das dachte ich mir.«

»Und wenn doch?«, stichelte Anders. Er hob beruhigend die Hand, als Katt auffahren wollte. »Ich meine es natürlich nur rein hypothetisch. Was würdest du tun, wenn es doch so gewesen wäre? Immerhin waren wir damals noch nicht ... hmm ...«

»Sprich dich ruhig aus«, sagte Katt. Ihre Augen blitzten. »Was waren wir damals noch nicht?«

»Du hast meine Frage nicht beantwortet«, sagte Anders grinsend. »Was würdest du tun?«

»Ich würde dich zu einem Zweikampf herausfordern«, antwortete Katt ernst. »Was hast du denn erwartet?«

»Ein Zweikampf?«, fragte Anders kichernd. »Jetzt? In deinem Zustand?«

Katt nickte vollkommen ernst. »Sicher.«

»Und wie sollte das aussehen?«, erkundigte sich Anders. »Mit Schwert und Schild? Oder soll ich zu meinem Vater gehen und ihn um zwei seiner Gewehre bitten?«

Katt schüttelte mit todernstem Gesichtsausdruck den Kopf. »Nur mit bloßen Händen«, sagte sie, »und allem, was uns die Natur gegeben hat.« Sie hob die Hände vor die Augen, betrachtete einen Moment lang nachdenklich ihre Finger und ließ dann mit einem Ruck alle zehn rasiermesserscharfen Krallen aus ihren Fingerspitzen ausfahren.

Anders prallte in gespieltem Entsetzen zurück, aber dann lachte er, zog sie an sich und drückte ihr einen flüchtigen Kuss auf die Nasenspitze, bevor er den Arm um ihre Schulter legte. »Komm. Gehen wir zurück.«

Irgendwo hinter ihnen ertönte ein Platschen; ein Laut, als ob ein Stein ins Wasser fiele. Dann noch einmal und noch einmal und schließlich noch einmal. Anders und Katt tauschten einen verwirrten Blick, wandten sich wieder in die entgegengesetzte Richtung und liefen los, so schnell es Katts Zustand zuließ. Der Weg schlängelte sich noch ein paar Dutzend Schritte den Hang hinauf und machte dann einen scharfen Knick, bevor er jählings abbrach und sich zu einem halbrunden Platz weitete, an dessen gegenüberliegender, von einer steilen Felswand gebildeten Begrenzung sich ein schmaler Wasserfall in einen flachen, von spärlichem Buschwerk gesäumten See ergoss. Hier waren Katt und er damals aus der unterirdischen Bunkeranlage entkommen, und dies war auch der Ort, an den sie so oft zurückkehrten, wie es ihre Zeit zuließ.

Ganz so geheim, wie sie gehofft hatten, schien er aber nicht mehr zu sein, denn als sie um die Ecke bogen, erblickten sie eine riesige, breitschultrige Gestalt, die mit untergeschlagenen Beinen am Ufer des Sees hockte und in regelmäßigen Abständen kleine Steine ins Wasser warf; das gleichmäßige Platschen, das sie gehört hatten.

»Boris?«, murmelte Katt verwirrt. »Aber was …«

Anders hob hastig die Hand und brachte sie zum Schweigen, während er gleichzeitig den anderen Zeigefinger über die Lippen legte. Boris hatte anscheinend noch nicht bemerkt, dass er nicht mehr allein war, und nach Anders' Meinung sollte das auch so bleiben. Es war ein seltsamer Anblick, dieses riesige, scheinbar grobschlächtige und so unvorstellbar starke Wesen so friedlich dahocken zu sehen, mit nichts anderem beschäftigt, als dann und wann einen Stein ins Wasser zu werfen und die ersten warmen Strahlen der aufgehenden Sonne zu genießen; ein Anblick, der sein Herz auf sonderbare Weise berührte und vielleicht das schönste Geschenk war, das ihm das Schicksal nach allem hatte machen können.

Boris klaubte einen weiteren Stein vom Seeufer auf, hielt das Gesicht ins warme Sonnenlicht und schloss die Augen, und als Anders und Katt sich umwandten und lautlos den Weg zurückgingen, den sie gekommen waren, hörte er nicht nur das Platschen, mit dem der Stein ins Wasser fiel, sondern glaubte auch darunter ganz leise die Stimme des Trolls zu vernehmen.

»Gut«, flüsterte Boris. »Gut.«

ENDE

Werkverzeichnis der im Heyne Verlag von Wolfgang und Heike Hohlbein erschienenen Titel

› Werkverzeichnis

© Tom Platzer

HEYNE ‹

Die Autoren

Wolfgang Hohlbein wurde 1953 in Weimar geboren. Schon als Jugendlicher begann er, fantastische Geschichten zu schreiben. Nach der Schulzeit in Nordrhein-Westfalen machte er eine Ausbildung zum Industriekaufmann und arbeitete daraufhin in diesem Beruf.
Bei einem Wettbewerb des Ueberreuter Verlags im Jahre 1982 belegte er zusammen mit seiner Frau Heike den ersten Platz: mit dem Jugendbuch ***Märchenmond***, das ursprünglich der Fantasie seiner Frau entsprang und mit über 700.000 verkauften Exemplaren zum Bestseller wurde. Im gleichen Jahr erschien Hohlbeins Roman ***Der wandernde Wald***, der ebenfalls großen Erfolg hatte. Wolfgang Hohlbein verlegte sich daraufhin ganz auf das Schreiben und hat inzwischen ein Millionenpublikum gewonnen.
Er ist einer der beliebtesten deutschen Autoren auf dem Gebiet der fantastischen Literatur und zählt mit seinen Romanen aus den verschiedensten Genres – Thriller, Horror, ScienceFiction und historischer Roman – zu den erfolgreichsten und produktivsten deutschen Autoren überhaupt. Zusammen mit seiner Frau Heike, der gemeinsamen Tochter Rebecca und etlichen anderen Co-Autoren hat er bislang mehr als 220 Bücher und Geschichten verfasst.
Heute leben Wolfgang und Heike Hohlbein mit ihren sechs Kindern in der Nähe von Düsseldorf.

1. Fantasy von Wolfgang Hohlbein

x **Die Nacht des Drachen**
Die 13jährige Yori begegnet auf der Jagd einer verwundeten Smaragdechse und rettet ihr das Leben. Doch damit beschwört sie die Rache eines brutalen Sklavenhändlers herauf, der sie und ihr Dorf vernichten will. In einem riesigen alten Drachen findet Yori einen mächtigen, aber auch gefährlichen Verbündeten.

Saint Nick
Eigentlich ist Nikolaus der Schutzheilige der Kinder, doch jetzt ist er als Weihnachtsmann der Manager des großen Festes – und hat den Sinn von Weihnachten völlig vergessen! Da setzen die Elfen ein Ultimatum: Ein neuer Elf muss her, sonst wird Weihnachten ausfallen. Gelingt es Saint Nick, mit Hilfe der Waisen Virginia und Stan das Weihnachtsfest zu retten?

Die Magier-Trilogie

x **Erbe der Nacht (Band 1)**
Der junge Robert Craven erfährt, dass er der Nachfahre eines großen Magiers ist. Nun ist in längst vergangener Zeit eine geheimnisvolle Kraft erwacht, die die Gegenwart bedroht. Als sein Großvater umkommt, erkennt Robert, dass er in großer Gefahr schwebt. Kann er dem nächtlichen Besucher trauen, der ihm seine Hilfe anbietet?

x **Tor ins Nichts (Band 2)**
Seit Robert Craven erfahren hat, dass er magische Kräfte besitzt, beschäftigt er sich mit dem Okkulten. Noch ist er ein Anfänger und erhofft sich Hilfe und Anleitung von dem Holländer DeVries. Dieser jedoch nutzt seine magischen Kenntnisse auf zerstörerische Weise. Um ihn aufzuhalten, begibt sich Robert in einen gefährlichen Kampf.

✗ **Sand der Zeit (Band 3)**
Robert wird von Visionen aus den Wikingerzeiten gequält. Um diesen auf den Grund zu gehen, reist er mit seinem Freund Jake Becker nach Mexiko zu Professor Havilland, einem bedeutenden Wikingerforscher. Doch dort wartet das Grauen auf sie.

2. Fantasy von Wolfgang & Heike Hohlbein

Märchenmond

Nach einer Blinddarmoperation liegt Kims kleine Schwester im Koma. Da erfährt Kim von dem Land Märchenmond, in dem der böse Boraas seine Schwester gefangenhält. Kim gelangt in das magische Land und macht sich mit seinen neuen Freunden auf die abenteuerliche Suche nach seiner Schwester.

Märchenmonds Erben

Bei seiner Rückkehr nach Märchenmond stellt Kim erschrocken fest, dass sich vieles verändert hat: Niemand glaubt mehr an Träume und Magie, alte Bräuche und Riten werden missachtet. Kim versucht mit Hilfe des Zauberers Themistokles, Märchenmond zu retten. Denn ohne seine magischen Kräfte ist die Welt verloren.

Der Greif

Als Mark in den schwarzen Turm eindringt, ahnt er nicht, welche Kräfte er entfesselt. Der Greif, magischer Herrscher über dieses alptraumhafte Reich, versucht den Jungen in seine Gewalt zu bringen. Doch inmitten von Feuer und Schatten liegt ein Paradies, und um dieses zu retten, nimmt Mark den aussichtslos scheinenden Kampf gegen den mächtigen Greif auf.

Schattenjagd

»Schattenjagd« ist für David das beste Computerspiel aller Zeiten. Bald greift die virtuelle Welt jedoch nach der Wirklichkeit, und ihre Geschöpfe entwickeln ein unheimliches Eigenleben. David muss ein letztes Mal in das Spiel einsteigen, um die bedrohlichen Geschöpfe aufzuhalten.

Krieg der Engel

Der 15-jährige Eric hat stets denselben Traum. Ein weißer Engel steht mit brennendem Gefieder auf dem Dach einer gigantischen schwarzen Kathedrale, die sich über einer trostlosen Landschaft erhebt. Als Erics Eltern plötzlich in die Gewalt der schwarzen Engel geraten, entbrennt ein gnadenloser Kampf.

Dreizehn

Das Mädchen Thirteen entdeckt im alten Haus ihres Großvaters ein Labyrinth, in dem sechs Kinder gefangen gehalten werden – die letzten Kinder, die der Rattenfänger damals aus Hameln entführte. Beim Versuch, sie zu retten, geraten Thirteen und ihr Freund Frank in Lebensgefahr. Am Freitag den 13. wird sich ihr Schicksal entscheiden.

Das Buch

Leonie stammt aus einer altehrwürdigen Buchhändlerfamilie. Wie schon ihre Großmutter ist auch sie eine »Hüterin der Wirklichkeit«. Als zwei Unbefugte ein Buch aus dem Archiv entwenden, muss sich Leonie einem gefährlichen Kampf um die einzig gültige Wahrheit stellen, denn die beiden schreiben die Wirklichkeit um - mit katastrophalen Folgen!

Die Legende von Camelot (Trilogie)

Gralszauber (Band 1)

Der Küchenjunge Dulac träumt davon, ein heldenhafter Ritter zu werden. Als er eine alte Rüstung und ein Schwert findet, verwandelt er sich in den tapferen Helden seiner Träume. Als Silberner Ritter Lancelot zieht er an der Seite von König Artus in den Kampf gegen den finsteren Mordred. Das Schicksal Britanniens steht auf dem Spiel.

Elbenschwert (Band 2)

Die Hochzeit von König Artus und Gwinneth soll gefeiert werden. Doch Morgaine, die Mutter des finsteren Mordred, entführt die junge Braut. Lancelot macht sich auf, um Gwinneth zu retten. Währenddessen sammelt Mordred seine Krieger zum Angriff auf Camelot.

Runenschild (Band 3)

Nach Lancelots Flucht von Camelot geraten er und Gwinneth in die sagenhafte Welt von Avalon. Ohne sein Schwert glaubt Lancelot, chancenlos gegen die Dunkelelben zu sein. Doch sein Schild erweist sich als rettende, magische Waffe. Und noch etwas erfährt Lancelot: Das Schicksal aller liegt in den Händen der Dunkelelben.

Die Bedrohung

Die friedliche Zeit im Tal ist vorbei, als Ungeheuer Elben und Menschen bedrohen. Ger Frey bietet den verzweifelten Menschen seine Hilfe an - zu spät durchschauen Anders und die Elbin Madras, dass sich sein Plan gegen das Volk der Elben richtet. Können sie den Angriff der Menschen auf die Elben noch verhindern?

Spiegelzeit

In einem Glaslabyrinth auf einem Rummelplatz gelangt Julian durch einen Spiegel in eine längst vergangene Zeit, in der sich eine schreckliche Katastrophe Tag für Tag aufs Neue ereignet. Nur er kann die unschuldigen Opfer erlösen.

Unterland

Bei einem Ausflug in die Katakomben trifft Michael auf den Schriftsteller Henry Wolf, mit dem er in ein Labyrinth finsterer Gänge gerät. Von bizarren Wesen verfolgt, stoßen sie unter einem See auf eine uralte Stadt. Michael wird in den Kampf zwischen zwei gewaltigen Mächten hineingerissen.

Die Prophezeiung

Vor mehr als dreitausend Jahren sprach der sterbende Pharao Echnaton einen Fluch aus, dessen Magie bis in die heutige Zeit reicht. Der junge Aton ist nun ausersehen, die Prophezeiung zu erfüllen. Doch dunkle Mächte haben sich verschworen, um dies zu verhindern.

Drachenfeuer

Hinter einem Wasserfall entdeckt Chris ein Bronzetor. Als er es durchschreitet, findet er sich im geheimnisvollen Land der Feen wieder, das von einem kriegerischen Volk bedroht wird. Chris ist erwählt, das Land zu retten: Er soll den mächtigen Drachen wecken, der hoch im Norden schläft. Doch der Drache selbst wird zur tödlichen Gefahr.

Die Anders-Saga (vier Bücher)

Anders 1 – Die tote Stadt

Der Traumurlaub gerät zur Katastrophe: Nach einem Flugzeugabsturz findet sich der 16-jährige Anders in einer gewaltigen Ruinenstadt aus Stein und Metall wieder, die ein schreckliches Geheimnis birgt. Es ist eine bizarre Welt mit grausamen Regeln, bevölkert von seltsamen Kreaturen. Zusammen mit dem rätselhaften Katzenmädchen Katt versucht Anders herauszufinden, was der toten Stadt widerfahren ist. Ein Albtraum beginnt.

Anders 2 – Im dunklen Land

Gemeinsam mit Katt will Anders aus dem vergessenen Tal entkommen. Ihre Flucht endet vor einer geheimnisvollen Mauer mitten in der Eiswüste. Hier fallen sie dem Elder Culain in die Hände, der sie über die Ebene des Todes ins sagenumwobene Tiernan, die Stadt der Elder, bringt. Verzweifelt schmiedet Anders Fluchtpläne.

Anders 3 – Der Thron von Tiernan

Kaum ist Anders in die Festung vor den Toren Tiernans zurückgekehrt, wird die weiße Elderstadt von einem Heer angegriffen, das einem Albtraum zu entstammen scheint: eine gewaltige Armee von Riesen, Trollen und Gnomen, Wiedergängern und Werwölfen, angeführt von einem unheimlichen Reiter auf einem schwarzen Einhorn.

Anders 4 – Der Gott der Elder

Es ist die düsterste Stunde in der Geschichte des vergessenen Tales: Die Tiermenschen sollen ausgelöscht werden. Noch einmal versucht Anders, das Tal und seine Bewohner in eine glücklichere Zukunft zu führen. Doch als er dabei dem streng gehüteten Geheimnis des dunklen Landes auf die Spur kommt, gerät er selbst in höchste Gefahr. Jetzt kann ihn und Katt nur noch ein einziger Mensch retten: sein erbittertster Gegner.

3. Mystery-Thriller

Die Azrael-Bücher

Azrael (Band 1)
Mehrere Menschen bringen sich in Berlin auf außergewöhnliche Weise um, nachdem sie mit ihrem eigenen Blut den Namen des Todesengels Azrael an die Wand geschrieben haben. Hinweise auf Fremdverschulden scheint es nicht zu geben, bis man im Blut eines der Toten eine unbekannte Droge entdeckt.

Azrael - Die Wiederkehr (Band 2)
Eine rätselhafte Mordserie sucht Berlin heim, an jedem Tatort findet sich der Schriftzug »Azrael«. Kriminalinspektor Bremer wird an die Geschehnisse vor einigen Jahren erinnert, die er lange verdrängt hat. Dann entdeckt er einen Mann, der im Koma liegt und stets reagiert, wenn der geheimnisvolle Mörder zuschlägt. Hat das Ungeheuer überlebt?

Wyrm
In Maggoty gehen seltsame Dinge vor. Schon bei der Anfahrt des Landvermessers Joffrey Coppelstone wird sein Auto von einer unheimlichen Substanz regelrecht aufgefressen. Als er im Dorf Hilfe sucht, begegnet man ihm mit unverhohlener Feindseligkeit. Er gerät in einen Sumpf von Aberglauben und sklavischer Vergötterung einer dämonischen Macht.

Katzenwinter
Nach dem Tod von Justins Großmutter liegt etwas Bedrohliches über der kleinen Stadt. Justin entdeckt die Quelle der Gefahr: in den Ruinen eines alten Klosters, wo im Mittelalter finstere Magie herrschte. Justin muss die Kräfte zurückzudrängen, andernfalls droht der Untergang. Doch die Tore zu dieser dunklen Welt sind bereits geöffnet.

Druidentor

Uhren laufen rückwärts und Menschen verschwinden, ein Tunnel in den Schweizer Bergen wird zur schwarzen Hölle. Schon bald ist klar, dass hier Dinge geschehen, die die Existenz des Lebens auf der Erde gefährden und vernichten werden, wenn nichts Entscheidendes passiert.

Im Netz der Spinnen

Den Horrorstreifen auf seinem Videogerät findet der Kriminalbeamte Fred Issler eher lächerlich. Bis zum Abspann, als eine Horde Vogelspinnen aus der Bildröhre kriecht. Ein mörderischer Alptraum beginnt – und die Polizei ist machtlos.

Teufelsloch

In der Mine Devil's Hole geschieht Entsetzliches. Als Bergbauingenieur Harrison in den Stollen hinabsteigt, stößt er auf einen entstellten Toten und ein Labyrinth von Gängen. An den Wänden findet er Bilder jener Kreaturen, die auch seine Träume vergiften. Dort unten lauert etwas Grauenhaftes.

Die Dark-Skies-Bücher

Dark Skies - Das Rätsel um Majestic 12 (Band 1)

Der jungen John Loengard ist entsetzt. Bei Recherchen über UFO-Sichtungen stößt er auf ein geheimes Projekt der US-Regierung: Majestic 12. Unfassbares soll vertuscht werden: Aliens haben sich unter die Menschheit gemischt. Bald wissen John und seine Verlobte zuviel. Ihnen bleibt nur noch die Flucht.

Majestic – Die Saat des Todes (Band 2)

Nov. 1963, Kennedys Ermordung erschüttert die Welt. Keiner ahnt, dass zur gleichen Zeit eine außerirdische Macht die Weltherrschaft anstrebt. Sie hat sich schon der wichtigsten Entscheidungsträger Washingtons bemächtigt. Nur John Loengard kann das Schlimmste verhindern, doch es ist schon fast zu spät.

4. Historische Romane von Wolfgang Hohlbein

Die Nibelungensaga

Der Ring der Nibelungen (Band 1)
Als der junge Drachentöter Siegfried an den Hof der Burgunder kommt, verliebt er sich in die schöne Kriemhild. Er bietet sich an, ihrem Bruder König Gunther bei dessen Brautwerbung zu Seite stehen. Die beiden schließen einen verräterischen Pakt, der beiden das Eheglück sichern soll, jedoch nur Tod und Verderben bringt.

Die Rache der Nibelungen (Band 2)
Siebzehn dunkle Winter sind seit dem verräterischen Mord an Siegfried vergangen. Weitab vom Schatz der Nibelungen wächst sein Sohn Sigurd in Island auf. Als dort die Dunklen Horden von König Wulfgar von Xanten einfallen, greift er nach dem Schwert seines Vaters und eine Odyssee durch den ganzen Kontinent beginnt.

Das Erbe der Nibelungen (Band 3)
Ein Jahrhundert ist vergangen, seit der Sohn des Drachentöters Siegfried sich den alten Göttern verweigerte und in der Unterwelt Utgard seine Freiheit erkämpfte. Doch die Nibelungen haben nicht vergessen, was Siegfried und sein Blutclan ihnen angetan haben. Ihre schwarzen Herzen schreien nach Rache. Auf einem Kontinent, der von der Pest dahin gerafft wird, machen sie Jagd auf Sigfinn und Calder, die letzten Nachfahren Siegfrieds.

Odysseus
Auf der Fahrt zu seiner Heimat Ithaka gerät Odysseus in einen schrecklichen Sturm. Während der darauf folgenden Irrfahrt muss er unglaubliche Hindernisse überwinden. Als Odysseus nach langen Jahren endlich nach Hause gelangt, stellt er fest, dass sein Königreich in großer Gefahr ist.

Das Siegel

Am frühen Morgen landet ein Schiff im Hafen von Alexandria. Unter den Gefangenen ist Ulrich von Wolfenstein, der als Kreuzfahrer ins Heilige Land ziehen wollte und es nun als Sklave betritt. Er wird zum Mittelpunkt einer Intrige der Tempelritter und Sarazenen und das Schicksal Jerusalems liegt in seiner Hand.

Hagen von Tronje

Hagen von Tronje gilt als der einsame, finstere Verräter und Königsmörder, während Siegfried, der Drachentöter und Herrscher der Nibelungen, der strahlendste aller Helden ist. Im Spannungsfeld dieser beiden großen, schillernden Gestalten entwickelt sich das dramatische Geschehen des Nibelungenepos.

Die Templer-Saga

Die Templerin (Band 1)

Friesland im 12. Jahrhundert: Robin ist noch ein junges Mädchen, als Fremde ihr Dorf überfallen und ihre Mutter töten. Man verdächtigt die Tempelritter, doch Robin kennt die Wahrheit. Sie sucht Zuflucht vor den wirklichen Mördern bei den Templern und beginnt ihr eigenes, geheimnisvolles Schicksal zu begreifen.

Der Ring des Sarazenen (Band 2)

Die junge Friesin Robin ist in der Rüstung eines Tempelritters unterwegs ins Gelobte Land. Sie gerät in die Fänge eines Sklavenhändlers und soll als Haremsdame verkauft werden. Als einziger Schutz bleibt ihr der geheimnisvolle Ring, den sie von ihrem treuen Freund und Begleiter Salim bekam.

Die Rückkehr der Templerin (Band 3)
Um ihr eigenes Leben zu retten, sieht sich Robin noch einmal gezwungen, im Heiligen Land für die Sache der Templer zu kämpfen. Während das Heer der Kreuzfahrer in Auflösung begriffen ist, rettet sie dem König von Jerusalem das Leben und wird Zeugin eines weiteren heimtückischen Mordanschlags. Bald steht sie im Mittelpunkt einer groß angelegten Intrige.

Die Templerin - Das Wasser des Lebens (Band 4)
Das Heilige Land im Jahr 1179: Balduin, der junge König von Jerusalem, leidet an Lepra. Seine inneren und äußeren Feinde wittern in dieser Schwäche ihre Chance. In geheimer Mission bricht die königstreue Templerin Robin nach Ägypten auf, um das rettende „Wasser des Lebens" zu finden. Aber die Feinde sind allgegenwärtig ... Wolfgang und Rebecca Hohlbein haben die Fortsetzung der großen Saga um die legendäre Templerin Robin geschrieben.

5. Kurzgeschichten von Wolfgang Hohlbein

Wolfgang Hohlbeins Fantasy Selection
Von Wolfgang Hohlbein zusammengestellte Fantasy-Geschichten verschiedener Autoren mit Spannung vom Feinsten, die den Leser mit dunklem Grauen erfüllen.

Wolfgang Hohlbeins New Fantasy Selection
Geschichten, die dem Leser Schauder über den Rücken laufen lassen! Die in diesem Band versammelten Erzählungen erfolgreicher Autoren sind nichts für furchtsame Gemüter, denn in ihnen regiert der Schrecken. Hohlbein selbst leitet jede Erzählung ein.

Nächtliche Begegnung. Wolfgang Hohlbeins Fantasy Selection
Blutsaugende Zeitgenossen, verlogene Engel und ein gefühlskalter Arzt, der seinem todgeweihten Patienten um jeden Preis das Augenlicht zurückgeben will, sorgen in der von Wolfgang Hohlbein zusammengestellten Kurzgeschichtensammlung für hochgradigen Nervenkitzel.